E. Hardy

Dhammapalas Paramattha Dipani

Part 3

E. Hardy

Dhammapalas Paramattha Dipani
Part 3

ISBN/EAN: 9783337385071

Printed in Europe, USA, Canada, Australia, Japan

Cover: Foto ©Andreas Hilbeck / pixelio.de

More available books at **www.hansebooks.com**

Pali Text Society

DHAMMAPĀLA'S

PARAMATTHA-DĪPANĪ

PART III

BEING THE COMMENTARY

ON THE

PETA-VATTHU

EDITED BY

PROF. E. HARDY, PH.D., D.D.

LONDON
PUBLISHED FOR THE PALI TEXT SOCIETY BY HENRY FROWDE
OXFORD UNIVERSITY PRESS WAREHOUSE, AMEN CORNER E.C.
1894

PREFACE.

For this edition of Dhammapāla's Commentary on the Petavatthu I have made use of the following MSS.: —

S_1: palm-leaf MS. of the India Office Library *(see Journal of the P. T. S. 1882 pp. 79 sq.)*.

S_2: palm-leaf MS. of the British Museum, purchased in 1890 *(Cat. No. 4137)*.

Both MSS. are written in Sinhalese characters.

B.: palm-leaf MS. of the Bibliothèque Nationale, marked on the cover *Petavatthu-aṭṭhakathā P. n. 37* — *Pali 130* (Grimblot), and written in Burmese characters.

Besides these, for the Petavatthu alone, without the Commentary in which it is embodied, I could use three more MSS. none of which had been consulted by the late Professor Minayeff in his edition of the P. V., *viz.*

M.: palm-leaf MS. of the India Office Library, Mandalay Collection;

C.: palm-leaf MS. of the Bibliothèque Nationale, *Pali 123 III* (Bigandet);

D.: a second palm-leaf MS. of the Bibliothèque Nationale, marked *Petavatthupālito P. n. 36* — *Pali 130* (Grimblot).

All the lastnamed MSS. are written in Burmese characters.[1]

Of these, M. is a very correct copy, and, in most places, exhibits better readings than any other MS. at my disposal. C. and D. side more with B. than with M., but they are

---

[1] In order to distinguish the MSS. of this sort from those which contain the text of the P. V. enclosed in Dhammapāla's Commentary on it, I have employed a semicolon wherever readings from both kinds of MSS. are given in the Notes (except in a few cases where confusion might arise).

all derived from one and the same source. This may be proved by their having in common many readings which stand in apparent contradistinction to the Sinhalese MSS.; e. g. I, 1, 1 (p. 6) etto; I, 1, 3 (p. 7) gamati; I, 4, 2 (p. 17) te c'eva; I, 6, 8 (p. 34) sac' etaṃ pakataṃ; I, 8, 1 (p. 39) gattasattaṃ; I, 11, 8 (p. 59) ruccadimhase; I, 11, 11 (p. 59) ittaraṃ; II, 1, 5 (p. 69) mamedaṃ; II, 1, 13 (p. 72) adakkhi; II, 1, 18 (p. 72) c'ākāse; II, 1, 20 (p. 72) appaṭigandhikā; II, 2, 2 (p. 79; cp. *also* II, 7, 9 *on* p. 101) pittivisayaṃ; II, 3, 21 (p. 85) parivārenti; II, 4, 2 (p. 90) Nandisena; II, 6, 2 (p. 94) vuṭṭhāsi; II, 6, 15 (p. 97) arahanto; II, 7, 12 (p. 101) attakammaphalupago; II, 8, 1 (p. 106) tvaṃ; II, 8, 5 (p. 108) hetu vaco; II, 8, 9. 11 (p. 108) datvā; II, 9, 7 (p. 115) cintaye; II, 9, 15 (p. 118) nivesanaṃ; II, 11, 1 (p. 145) upasaṅkamma; II, 12, 8 (p. 156) sajjā; II, 13, 1 (p. 162) akrubbatha; III, 1, 6 (p. 172) sāhundavāsino; III, 1, 13 (p. 172) kappaka; III, 1, 16 (p. 173) Vejayante; III, 3, 2 (p. 187) uttattarūpo; III, 4, 1 (p. 192) ayañ ca; III, 4, 3 (p. 193) sabbakulassa; III, 9, 4 (p. 210) ukkacca; *and* IV, 1 (p. 218 sqq.) *almost in each of its eighty-eight strophes.*

Further, there are omitted in the Burmese MSS. certain words which occur in the two Sinhalese MSS.; e. g. I, 3, 3 (p. 15) pisuṇā *after* musā; I, 5, 7 (p. 28) v' *before* udakaṃ; I, 9, 1 (p. 44) ca *before* sabbadā; II, 8, 6 (p. 108) pana; II, 9, 51 (p. 133) janā *before* tisahassā sūdā, in place of which they have tisahassā sūdā; II, 10 (p. 143) nāma *after* Uttaro; II, 13, 4 (p. 163) kassa. And too they insert here and there some words which are missing in S_1 and S_2; e. g. I, 9, 8 (p. 45) ca *after* akkosati; II, 8, 2 (p. 106) ahu; II, 8, 4 (p. 107) taṃ *before* upakkhataṃ; II, 12, 3 (p. 155) ca *after* haṃsa.°, which, likely, has been left out erroneously by S_1. S_2; II, 12, 15 (p. 158) n'etaṃ *after* channaṃ; III, 1, 19 rammaṃ.

Moreover, we find in M. C. D.; B. some striking errors; e. g. I, 7, 8 (p. 37) pubbalohitako *for* pūti.°; II, 3, 28 (p. 85) sapattiṃ *for* sapatiṃ; II, 9 10, (p. 117) appasayho *for* suppasayho; II, 9, 38 (p. 126) suda *for* sūdā; III, 1, 17

(p. 173) goṇakatthate *for* goṇasaṇṭhite; III, 1, 18 aṅgato aṅgaṃ *for* aṅkato aṅkaṃ; III. 2, 24 (p. 183) karaṇaṃ *for* karakaṃ.

Hence it may be safely concluded, that there existed one archetype from which all our Burmese MSS. proceeded, and, since B. contains both text and Commentary, this archetype seems to have existed when our Commentary was written. Nevertheless, I do not like to draw this latter conclusion, because S_1 and S_2 often give two readings for the same word which recurs as well in the text as in the Commentary, one differing from the reading of the Burmese MSS., and one agreeing with them, and so also B. often goes with S_1 or S_2 in the Commentary, whereas the text has the same reading as M. C. D., and *vice versa*. Therefore, it would not be proper to establish, for the Sinhalese MSS., a lineage different from that of the Burmese ones.[1] Of course, it may be a matter of dispute, whether a Sinhalese MS. was the common ancestor of our exstant MSS., or a Burmese one, as the reasons *Pro* and *Contra* balance each other in such a way as to preclude any absolute decision.

Regarding Dhammapāla's Commentary, published here

[1] E. g. III, 2, 4 (p. 180) all MSS. have catukuṇḍiko bhavitvāna, although this spoils the metre, but we observe that also in the Commentary, where the whole Pāda is repeated, the MSS. are consonant in having the same reading. In other places, we are unable to decide, whether the text, in its modern form, agrees with that which Dhammapāla had before himself, or not; e. g. III, 2, 30 (p. 183) bhaddan te which all MSS. are in favour of, might, easily, be substituted by bhante, still we cannot control it, because the Commentator has left it unnoticed. There are again instances, where both sets of MSS. have divergent readings as well in the text as in the commentary, though the divergency be, possibly, but a casual one; e. g. II, 12, 9 the elision of 'a' in sampattāya before aḍḍharattāya is omitted in S_1 and S_2, yet the effect is the same as in B. where 'a' is elided, since we are bound to perform the elision while we are reciting the Pāda.

for the first time, it has already been observed by Professors T. W. Rhys Davids and J. Estlin Carpenter in the Preface to their edition of the Sumaṅgala-Vilāsinī (p. VII), that, on the whole, the commentaries are less carefully preserved than the Piṭaka-texts upon which they are based. But compared to such works as for instance the Sumaṅgala-Vilāsinī or the Manoratha-Pūraṇī, our Commentary has suffered much more by the neglect of later generations. So I could procure but three MSS., and these so much abundant in errors of every kind, that if I were permitted to put all their readings in the footnotes, the latter would have far surpassed the text in size. Clerical blunders, inherent, as it were, in all our Pāli MSS., stand side by side with others which plainly betray the absence of mind in the copyists. In places, they give a quite unintelligible reading, whereas the correct one could have easily been found by a little consideration. Sometimes, the copy before them may have led them astray. But, since all three MSS. supplement each other, I hope to have succeeded in making out the true meaning, if not the very words of the original, by carefully collating them. And I must not leave unnoticed, that the Burmese MS. (B.) furnished me a larger number of reliable readings than the two Sinhalese MSS. together.[1] Between the latter, however, there does not exist such an affinity as to justify their real equalisation. On the contrary, S_1 and S_2 represent two different lines of textual tradition, and, on that account, they, too, set right each other in many instances.

Without mentioning again and again the well known

---

[1] I, expressly, refer the reader to the list of *Corrections and Additions* where he will meet with some readings which I apprehended but afterwards to be better than those chosen by me, because, in the beginning, I did not appreciate the Burmese MSS. as they deserved; and, for this reason, a list of Corrections and Additions has become necessary, owing also to the circumstance of my not having had any auxiliary eyes to read the proofs with me.

peculiarities of the spelling in our Burmese MSS., I think it at least to be fit to draw attention to a point not always duly considered. Every Burmese MS., by the very form of its written characters, proves a good preservative against the mistakes an editor is liable to make, if he *exclusively* relies upon Sinhalese MSS. E. g. tantake *for* nantake (Petav. III, 2, 15 of the published text), puthusantesu *for* puthusattesu (l. c. III, 7, 3), tiraṃkatvā *for* niraṃkatvā (l. c. III, 9, 6), tiyassa *for* niyassa (l. c. IV, 1, 13), santo for yan no (l. c. IV, 6, 5) are, of course, due to the likeness of t and n, y and s in the Sinhalese writing. But an equal deficiency holds good also with the Burmese MSS., wherever they happen to be our only source of information. So, in one instance (p. 7 sq.), where the Burmese MS. has been my only guide, I freely accuse myself of a similar mistake. On p. 8 I wrote javaṃ instead of evaṃ. Initial e and j are often very much alike, specially if they are written carelessly, and also the meaning seemed to be in favour of javaṃ. Since, however, exactly the same sentence recurrs on p. 120, and here all MSS. have evaṃ, I substitute now on p. 8 evaṃ for javaṃ.

I postpone the other introductory remarks which I first intended to make on Dhammapāla's Commentary to the Petavatthu both from a comparative point of view and as considered by itself, until I shall have finished my edition of the Commentary on the Vimānavatthu, closely connected with the former in subject and style. I would only express a doubt as to the identity of Dhammapāla with the Dharmapāla, who lived at the monastery of Nālanda and was a teacher of the teacher of Hiuen-tsang. I hope, ere long, to be able to explain my reasons for this elsewhere.

I cannot finish without having expressed my obligations to Mr. Ch. H. Tawney, Chief Librarian of the India Office, as well as to the administrations of the Bibliothèque Nationale and the British Museum. My special thanks are due to Mr. Lardy, Ministre de Suisse at Paris, on whose request at the French Foreign Office the Bibliothèque Nationale has, with the utmost kindness, allowed me to use two Burmese MSS. (B. and D.) in our University Library. Last not least, I beg to tender my warmest acknowledgments to Professor Rhys Davids, on whose suggestion I have undertaken this work.

Freiburg, Switzerland. THE EDITOR.
October 1896.[1]

[1] The authors' MS.-copy of the texts intended for publication by the Pali Text Society in 1894 having been burnt, (together with the type as set up), during a fire at the printers' works, this volume, actually printed in 1896, is published as part of the issues of the Society for 1894.

CONTENTS.

PARAMATTHADĪPANĪ

ON THE

PETAVATTHU.

Namo Tassa Bhagavato Arahato Sammāsambuddhassa.

Mahākāruṇikaṃ[1] nāthaṃ ñeyyasāgarapāraguṃ
vande nipuṇagambhīraṃ vicitranayadesanaṃ. 1

Vijjācaraṇasampannaṃ yena nīyanti lokato
vande taṃ uttamaṃ[2] dhammaṃ sammāsambuddhapūjitaṃ. 2

Sīlādiguṇasampanno ṭhito maggaphalesu yo
vande ariyasaṅghan taṃ puññakhettaṃ anuttaraṃ. 3

Vandanā[3] janitaṃ puññaṃ iti yaṃ ratanattaye
hatantarāyo sabbattha hutvāhan tassa tejasā 4

Petehi ca kataṃ[4] kammaṃ yaṃ yaṃ [illegible]
petabhāvāvahaṃ taṃ [illegible] [illegible][5] phalabhedato 5

[illegible] desanā yā visesato
[illegible] kammaphalaṃ paccakkhakārinī[6] 6

Petavatthu ti[7] nāmena supariññātavatthukā
yaṃ Khuddakanikāyasmiṃ saṅgāyiṃsu mahesayo 7

Tassā[8] sammāvalambitvā[9] porāṇaṭṭhakathānayaṃ
[illegible] nidānāni vibhāvento visesato 8

[illegible] asaṅkiṇṇaṃ nipuṇatthavinicchayaṃ
mahāvihāravāsīnaṃ samayaṃ avilomayaṃ 9

Yathā balaṃ karissāmi atthasaṃvaṇṇanaṃ[10] subhaṃ
sakkaccaṃ bhāsato taṃ me nisāmayatha sādhavo ti. 10

---

[1] °karuṇikaṃ B. S. [2] anuttaraṃ S. S.

Tattha Petavatthū ti Seṭṭhiputtādikassa tassa tassa sattassa[1] petabhāvahetubhūtakammaṃ tassa pana pakāsanavasena pavatto Kheṭṭūpamā arahanto ti ādiko pariyattidhammo idha[2] Petavatthū ti[3] adhippeto. Tayidaṃ[4] Petavatthuṃ kena bhāsitaṃ kattha bhāsitaṃ kadā bhāsitaṃ kasmā bhāsitan ti vuccate. Idaṃ hi Petavatthuṃ duvidhena pavattaṃ atthuppattivasena ca[5] pucchāvissajjanavasena ca. Tattha yaṃ atthuppattivasena pavattaṃ taṃ Bhagavatā tāva[6] bhāsitaṃ. Itaraṃ Naradattherādīhi pucchitaṃ tehi tehi[7] petehi bhāsitaṃ. Satthā pana yasmā Nāradattherādīhi tasmiṃ pucchāvissajjane āropite taṃ taṃ atthuppattiṃ katvā sampattaparisāya dhammaṃ desesi. Tasmā sabbapetavatthuṃ Satthārā bhāsitam eva nāma jātaṃ. Pavattitapavaradhammacakko[8] hi Satthā tattha tattha Rājagahādīsu viharanto yebhuyyena tāya tāya[9] atthuppattiyā pucchāvissajjanavasena sattānaṃ[10] kammaphalapaccakkhakaraṇāya taṃ taṃ petavatthudesanaṃ[11] ārūḷhan ti. Ayaṃ tāv' ettha kena bhāsitan ti ādīnaṃ padānaṃ sādhāraṇato vissajjanā. Asādhāraṇato pana tassa tassa vatthussa atthavaṇṇanāyam eva āgamissati. Taṃ pan' etaṃ Petavatthuṃ Vinayapiṭakaṃ Suttapiṭakaṃ Abhidhammapiṭakan ti tīsu piṭakesu Suttantapiṭakapariyāpannaṃ, Dīghanikāyo Majjhimanikāyo Saṃyuttanikāyo Aṅguttaranikāyo Khuddakanikāyo ti pañcasu nikāyesu Khuddakanikāyapariyāpannaṃ, suttaṃ geyyaṃ veyyākaraṇaṃ gāthā udānaṃ itivuttakaṃ jātakaṃ abbhutadhammaṃ vedallan ti navasu sāsanaṅgesu[12] gāthāsaṅgahaṃ.

Dvāsītiṃ buddhato gaṇhiṃ[13] dve sahassāni bhikkhuto
caturāsītisahassāni ye 'me dhammā pavattino ti

evaṃ dhammabhaṇḍāgārikena paṭiññātesu caturāsītiyā dhammakkhandhasahassesu katipayadhammakkhandhasaṅgahaṃ. Bhāṇavārato catubhāṇavāramattaṃ, vaggato Uragavaggo Ubbarīvaggo Cūḷavaggo Mahāvaggo ti catuvaggasaṅgahaṃ. Tesu paṭhamavagge dvādasa vatthūni, dutiya-

[1] om. S. [2] om. B. [3] om. B. [4] tass' idaṃ, B.
[5] om. B. [6] om. B. [7] om. B. [8] pavattavaraṃ, B.
[9] om. S. [10] pāṇīnaṃ, S. [11] desanāya, B.
[12] nava aṅgesu, B. [13] gaṇhiṃ, S.

sa vatthūni, tatiyavagge dasa vatthūni, catuttha-
sa vatthūnī ti vatthuto ekapaññāsavatthupaṭi-
. Tattha[2] vaggesu Uragavaggo ādi, vatthūsu
āpetavatthu ādi, tassāpi khettūpamā arahanto
thā ādi. Taṃ pan' etaṃ[3] vatthuṃ[4]:

I, 1.

Rājagahe viharanto Veḷuvane Kalandakanivāpe
seṭṭhiputtapetaṃ ārabbha [illegible] Rājagahe
aro aḍḍho mahaddhano mahābhogo [illegible]
[illegible]sannicayo seṭṭhi ahosi. [illegible]
[illegible] Mahādhanaseṭṭhi tv' eva samaññā
[6] assa eko 'va[5] putto ahosi piyo manāpo. Tas-
aṃ patte mātāpitaro evaṃ cintesuṃ 'ambhākaṃ
ivase divase sahassaṃ sahassaṃ paribbayaṃ
vassasatenāpi ayaṃ dhanasannicayo parikkhayaṃ
atī' ti. 'Imassa[7] sippuggahaṇaparissamena aki-
tto yathā sukhaṃ bhoge paribhuñjatū' ti sippaṃ
esuṃ vayapattassa[8] pana kularūpayobbanavilā-
aṃ kāmābhimukhaṃ dhammasaññāvimukhaṃ
esuṃ[9]. So tāya saddhiṃ abhiramanto dhamme
a pi anuppādetvā samaṇabrāhmaṇagurujanesu
hutvā dhuttajanaparivuto rajjamāno pañcakāma-
giddho mohena andho hutvā kālaṃ vītināmetvā
[illegible]katesu naṭakagāyakādīnaṃ[11] yathicchitaṃ
aṃ vināsetvā na cirass' eva pārijuññappatto[12]
a gahetvā jīvitaṃ kappento puna iṇaṃ pi ala-
ikehi[13] codiyamāno tesaṃ attano khettavatthu-
datvā kapālahattho bhikkhaṃ caritvā paribhuñ-
ṃ yena nagare anāthasālāyaṃ vasati.
ṃ ekadivasaṃ corā samāgatā evaṃ āhaṃsu:
sa kiṃ tuyhaṃ iminā dujjīvitena? Taruṇo tvaṃ

---

s ti. [2] tassa, B. [3] pana 'n' etaṃ, S$_1$.
[5] om. B. [6] nāgamissati, B. and omits ti.
assa, B. [8] vayapatte, B. [9] anesuṃ, S$_1$.
o, B.
t the margin nāṭa-] kiyādīnaṃ, S$_1$; naṭakayinā-
naṭakagāyanādīnaṃ, B.
ama.°, S$_1$. [13] iṇayādhikehi, B.

asi thāmajavabalasampanno. Kasmā hatthapādavikalo viya acchasi? Ehi amhehi saha corikāya paresaṃ santakaṃ gahetvā sukhena jīvitaṃ kappehī' ti. So 'nāhaṃ corikaṃ kātuṃ jānāmī' ti āha. Corā 'mayaṃ taṃ sikkhāpema kevalaṃ tvaṃ amhākaṃ vacanaṃ karohī' ti āhaṃsu. So sādhū ti sampaṭicchitvā tehi saddhiṃ agamāsi. Atha te corā tassa hatthe mahantaṃ muggaraṃ datvā sandhiṃ chinditvā gharaṃ pavisantā taṃ sandhimukhe ṭhapetvā[1] 'sace idha añño koci āgacchati taṃ iminā muggarena paharitvā ekappahāren' eva mārehī' ti vadiṃsu. So andhabālo hitāhitaṃ ajānanto paresaṃ āgamanaṃ[2] eva olokento tattha aṭṭhāsi. Corā pana gharaṃ pavisitvā[3] gayhūpagaṃ gahetvā [illegible] ñātamattā 'va ito c' ito ca palāyiṃsu. [illegible] [illegible] [illegible] [illegible] dhāvantā ito c' ito ca olokento taṃ purisaṃ [illegible] ṭhitaṃ disvā 'ha re duṭṭhacora' ti gahetvā hatthapāde muggarādīhi uppothetvā rañño dassesuṃ 'ayaṃ deva coro sandhimukhe gahito' ti. Rājā 'imassa sīsaṃ chindāpehī' ti nagaraguttikaṃ āṇāpesi[5]. Sādhu devā ti nagaraguttiko taṃ gāhāpetvā pacchābāhuṃ gāḷhabandhanaṃ bandhāpetvā rattavaṇṇaviralamālāya[6] bandhakaṇṭhaṃ iṭṭhakacuṇṇamakkhitaṃ sīsaṃ vajjhapahaṭabheridesitamaggaṃ rathikāya rathikaṃ siṅghāṭakena siṅghāṭakaṃ vicaritvā[8] kasāhi tāḷayanto[9] āghātanābhimukhaṃ nesi. Ayaṃ imasmiṃ nagare vilumpamānakacoro gahito ti kolāhalaṃ ahosi.

Tena ca samayena tasmiṃ nagare Sulasā nāma nagarasobhinī pāsāde ṭhitā vātapānantarena olokentī taṃ tathā nīyamānaṃ disvā pubbe tena katapaṛicayā 'ayaṃ puriso imasmiṃ yeva nagare mahatiṃ sampattiṃ anubhavitvā idāni evarūpaṃ anatthaṃ anayavyasanaṃ patto' ti tassa kāruññataṃ uppādetvā cattāro modake pānīyañ ca pesesi nagaraguttikassa ca ārocāpesi[10] 'tāva ayyo āgametu yā-

[1] B. *adds* āhaṃsu. [2] B. *adds* aggaṃ, *but omits* eva.
[3] B. *adds* [illegible] gahetvā. [4] *om.* B.
[5] āṇāpesi, [illegible]
[6] °viramālāya, [illegible] B.
[7] sīsaṃ [illegible] S.
[8] *om.* S₁. S₂. [9] [illegible] B. [10] ārocesi, S₁. S₂.

vāyaṃ puriso ime modake khāditvā pānīyaṃ pivissatī' ti. Ath' etasmiṃ[1] antare āyasmā Mahāmoggallāno dibbena cakkhunā olokento tassa vyasanappattiṃ[2] disvā karuṇāya sañcoditamānaso 'ayaṃ puriso akatapuñño[3] katapāpo teṇāyaṃ niraye nibbattissati, mayi pana gate modake[4] pānīyañ ca datvā bhummadevesu uppajjissati, yan nūnāhaṃ imassa avassayo bhaveyyan' ti cintetvā pānīye modakesu ca[5] upanīyamānesu tassa purisassa purato pāturahosi. So theraṃ disvā pasannamānaso 'kiṃ me idha' eva imehi pariyamānassa[6] modakehi khāditehi? idaṃ pana [illegible] gacchantassa pātheyyaṃ bhavissatī' ti cintetvā [illegible] [illegible] dāpesi. Thero tassa pasādasaṃvaddhanatthaṃ[8] passantass' eva tass' eva tathārūpe ṭhāne nisīditvā modake paribhuñjitvā pānīyaṃ[9] pivitvā[10] uṭṭhāyāsanā pakkāmi. So pana puriso coraghātakehi āghātanaṃ netvā sīsacchedaṃ patto. Anuttare puññakkhette Moggallānatthere[11] katena puññena uḷāre[12] devaloke nibbattanāraho pi. Yasmā 'Sulasaṃ āgamma mayā ayaṃ deyyadhammo laddho' ti Sulasāya gatena sinehena maraṇakāle cittaṃ upakkiliṭṭhaṃ ahosi, tasmā hīnakāyaṃ uppajjanto pabbatagahanasambhūte[13] sandacchāye mahati nigrodharukkhe rukkhadevatā hutvā nibbatti.

So kira sace paṭhamavaye kulavaṃsaṭhapane[14] ussukkaṃ akarissa, tasmiṃ yeva[15] nagare seṭṭhīnaṃ aggo abhavissa majjhimavaye majjhimo pacchimavaye pacchimo, sace pana paṭhamavaye pabbajito abhavissa arahā abhavissa majjhimavaye sakadāgāmī anāgāmī vā[16] abhavissa[17] pacchimavaye sotāpanno abhavissa, pāpamittasaṃsaggena pana [illegible] corādhutto duccaritanirato anādariyako[18] hutvā [illegible] sabbasampattiyo parihāyitvā mahāvyasanaṃ patto ti vadanti.

---

[1] tasmiṃ, B. [2] tassa taṃ pavattiṃ, B.
[3] °puññena, S. [4] B. *adds* ca. [5] *om.* B.
[6] ānīyatassa, S.; [illegible], S. [7] B. *adds* ca.
[8] *all MSS have* tassa *after* pasāda°. [9] pāniyañ ca, B.
[10] pivetvā, B. [11] therena, S. S. [12] uḷārena, S. S.
[13] paññattagahana°, S. S. [14] °vaṃsaṭhapadaye, B.
[15] *om.* S. S. [16] *om.* B. [17] bhavissa, B. [18] [illegible]

Atha so aparena samayena Sulasaṃ uyyānagataṃ disvā sañjātakāmarāgo andhakāraṃ māpetvā taṃ[1] attano bhavanaṃ netvā sattāhaṃ tayā saddhiṃ saṃvāsaṃ[2] kappesi attānañ c' assā[3] ārocesi. Tassā[4] mātā taṃ apassantī rodamānā ito c' ito ca paribbhamati. Taṃ disvā mahājano 'ayyo Mahāmoggallāno mahiddhiko mahānubhāvo tassā gatiṃ jāneyya, taṃ upasaṅkamitvā puccheyyāsī' ti āha. Sā sādhu ayyo ti theraṃ upasaṅkamitvā taṃ atthaṃ pucchi. Thero 'ito sattame divase Veḷuvanamahāvihāre Bhagavati dhammaṃ desente parisapariyante passissasī' ti āha. Atha Sulasā taṃ devaputtaṃ avoca[5]: 'ayuttaṃ[6] mayhaṃ tava bhavane vasantiyā ajja sattamo divaso, mama mātā maṃ apassantī paridevasokasamāpannā bhavissati, sādhu maṃ deva tatth' eva nehī ti. So taṃ netvā Veḷuvane Bhagavati dhammaṃ desente parisapariyante ṭhapetvā adissamānarūpo aṭṭhāsi. Tato mahājano Sulasaṃ disvā evam āha: 'amma Sulase tvaṃ ettakaṃ divasaṃ kahiṃ gatā? tava mātā taṃ apassantī paridevasokasamāpannā ummādapattā viya jātā' ti. Sā taṃ pavattiṃ mahājanassa ācikkhi mahājanena ca[7] 'kathaṃ so puriso tathā pāpapasuto[8] akatakusalo devūpapattiṃ paṭilabhatī' ti vutte Sulasā 'mayā dāpite modake pānīyañ ca ayyassa Mahāmoggallānattherassa datvā tena puññena devūpapattiṃ paṭilabhatī' ti āha. Taṃ sutvā mahājano acchariyabbhutacittajāto ahosi 'arahanto nāma anuttaraṃ puññakkhettaṃ lokassa, yesu appako pi kato kāro sattānaṃ devūpapattiṃ āvahatī' ti uḷāraṃ pītisomanassaṃ pativedesi. Bhikkhū taṃ atthaṃ Bhagavato ārocesuṃ. Tato Bhagavā imissāya[9] atthuppattiyā imā gāthā abhāsi[10]:

Khettūpamā arahanto dāyakā kassakūpamā
bījūpamaṃ deyyadhammaṃ etto[11] nibbattate phalaṃ. 1

---

1 S_1 S_2 *add* tattha. 2 saṃvāsanaṃ, S_1.
3 c' assā, S_1 S_2. 4 tasmā, S_1.
5 ārocesi, S_1; āroci, S_2. 6 *om.* S_1, S_2. 7 pi, S_1 S_2.
8 katapāpasaṃ [illegible], B. 9 imissā, B.; imissāyaṃ, S_1.
10 B. *puts* [illegible] khuddakaṃ ti.
11 ogho, S_1, S_2; [illegible] kaso etto.

Etaṃ [1] bījaṃ kasīkhettaṃ petānaṃ dāyakassa ca
taṃ petā paribhuñjanti dātā puññena vaḍḍhati. 2
Idh' eva kusalaṃ katvā pete ca paṭipūjayaṃ [2]
saggañ ca kamati [3] ṭhānaṃ kammaṃ katvāna bhaddakan ti. 3

Tattha khettūpamā ti khittaṃ vuttaṃ bījaṃ tāyati mahapphalaṃ bhāvakāraṇena rakkhatī ti khettaṃ. Sālibījādīnaṃ virūhanaṭṭhānaṃ taṃ upamā ete santi khettūpamā kedārasadisā ti attho. Arahanto ti khīṇāsavā. Te hi [4] kilesānaṃ saṃsāravaṭṭassa [5] [illegible] hatattā tato eva ārakattā paccayādīnaṃ arahattā pāpakaraṇe [illegible] arahanto ti vuccanti. Tattha yathā khettaṃ hi [illegible] svābhisaṅkhataṃ bījamhi vutte utusalilādipaccayantarūpetaṃ kassakassa mahapphalaṃ hoti, evaṃ khīṇāsavasantāno lobhādidosarahito svābhisaṅkhato deyyadhammabīje vutte kālādipaccayantarasahito dāyakassa mahapphalo hoti. Tenāha Bhagavā: khettūpamā arahanto ti. Ukkaṭṭhanideso ayaṃ. Tassa sekhādīnaṃ pi khettassa vā paṭikkhepato dāyakā ti cīvarādīnaṃ paccayānaṃ dātāro pariccajanakā. Tena sampariccāgena attano santāne lobhādīnaṃ pariccajanakā chedanakā tato vā attano santānassa sodhakā rakkhakā cā ti attho. Kassūpamā ti kassakasadisā. Yathā kassako sālikhettādīnaṃ [illegible] yathā kālañ ca [illegible]ānanīharaṇanidhānarakkhaṇādinā [illegible] uḷāraṃ vipulañ ca sassaphalaṃ paṭilabhati, evaṃ dāyako pi arahante sudeyyadhammapariccāgena pāricariyāya ca appamajjanto uḷāraṃ vipulañ ca dānaphalaṃ paṭilabhati. Tena vuttaṃ: dāyakā kassūpamā ti.

Bījūpamaṃ deyyadhamman ti liṅgavipallāsena vuttaṃ. [illegible] deyyadhammo ti attho. [illegible] hi dasavidhassa dātabbavatthuno [illegible] Etto nibbattate phalan ti etassa dāyakapaṭiggāhakadeyya-

---

[1] ogha, S_1; o[illegible] [2] [illegible]pūjayaṃ, M. D.; B.; °pūjiya, C.
[3] gamati, M. C. D.; B. [illegible]
[4] S_1. S_2 *omit the whole passage from* kilesānaṃ *to* uddissa *after* Pete ca paṭipūjayan ti pete (*on p.* 8 *l.* 4 *from the bottom*). [5] °vattassa *or* °cakkassa.

dhammapariccāgato dānaphalaṃ nibbattati c' eva uppajjati ca cirataraṃpabandhavasena pavattati cā ti attho. Ettha yasmā pariccāgacetanābhisaṅkhatassa annapānādivatthuno bhāvo na itarassa, tasmā bījūpamaṃ deyyadhamman ti deyyadhammagahaṇaṃ kataṃ. Tena deyyadhammāpadesena deyyadhammavatthuvisayāyapariccāgato nāyayeva bījabhāvo daṭṭhabbo. Sā hi paṭisandhi-ādippabhedassa tassa nissayārammaṇapabhedassa ca phalassa nipphādikā na deyyadhammo ti.

Etaṃ bījaṃ kasīkhettan ti yathā vuttaṃ bījaṃ yathā vuttañ ca khettaṃ tassa bījassa tasmiṃ khette vapanapayogasaṅkhātā kasī cā ti attho. Etaṃtayaṃ kesaṃ icchitabban ti āha: petānaṃ dāyakassa cā ti. Yadi dāyako pete uddissa dānaṃ deti petānañ ca dāyakassa ca, atha na pete uddissa dānaṃ deti dāyakass' eva etaṃ bījaṃ esā kasī etaṃ khettaṃ upakārāya hotī ti adhippāyo. Idāni taṃ upakāraṃ dassetuṃ: petā paribhuñjanti dātā puññena vaḍḍhatī ti vuttaṃ. Tattha taṃ petā paribhuñjantī ti dāyakena pete uddissa dāne dinne yathā vuttaṃ khettakasībījasampattiyā anumodanāya ca yaṃ petānaṃ upakappati taṃ dānaphalaṃ petā paribhuñjanti. Dātā puññena vaḍḍhatī ti dātā pana attano dānamayapuññanimittaṃ devamanusse subhogasampatti-ādinā puññaphalena abhivaḍḍhati.

Puññaphalam pi hi Kusalānaṃ bhikkhave dhammānaṃ samādānahetu javaṃ idaṃ puññaṃ pavaḍḍhatī ti ādi puññan ti vuccati.

Idh' eva kusalaṃ katvā ti anavajjasukhavipākaṭṭhena kusalaṃ petānaṃ uddissa vasena dānamayaṃ puññaṃ upacinitvā idh' eva imasmiṃ yeva attabhāve. Pete ca paṭipūjayan ti pete uddissa dānena[1] sampādetvā[2] anubhūyamānadukkhato pete mocetvā (te hi[3] uddissa dīyamānaṃ dānaṃ) tesaṃ pūjā nāma hoti. Tenāha: ambhākañ ca katā pūjā[4] petānaṃ pūjā ca katā ulārā ti ca pete cā ti[5] ca

---

[1] tena, S1 S2. [2] sammānetvā, S1 S2.
[3] pete hi, S1 S2. [4] B, S2 *add* ti.
[5] petā ti ca, S1 S2.

viññūnan ti evam ādike diṭṭhadhammike dānāni-
ṅgaṇhāti.

ñ ca kamati ṭhānaṃ kammaṃ katvāna[2]
kan ti bhaddakaṃ[3] kalyāṇaṃ[4] kusalaṃ kammaṃ
behi āyu-ādihi dasahi ṭhānehi suṭṭhu-aggattā saggan
ānāmaṃ katapuññānibbattanaṭṭhānaṃ devalokaṃ
uppajjanavasena [illegible]
vatvā [illegible]
[illegible]
[illegible] ti [illegible]mayakusalakammaṃ eva ti
[illegible] upādetabbaṃ.

an' ettha petā ti arahanto adhippetā ti vadanti.
aṃ matimattaṃ[10]. Petā ti khīṇāsavānaṃ āga-
s' eva abhāvato bījādibhāvassa ca dāyakassa[11]
ṃ ayujjamānattā petayonikānaṃ yujjamānattā[12] ca.
āpariyosāne devaputtaṃ Sulasañ ca ādiṃ katvā
iyā pāṇasahassānaṃ[13] dhammābhisamayo ahosī[14].

matthadīpaniyā[15] Petavatthusaṃvaṇṇanāya [illegible]
Khettūpama Peta[illegible]

[illegible]

I. 2.

[illegible] sabbasovaṇṇo ti.[16] Idam Satthari [illegible]
upanissāya Veḷuvane Kalandakanivāpe [illegible]
ṃ sūkaramukhapetaṃ[17] ārabbha [illegible]
ssapassa bhagavato sāsane [illegible]

[illegible] katvā S. [illegible]
[illegible]
[illegible] S. B.
imaggaṃ [illegible] nimaṃ.
yakassa [illegible]
mānattā, S. [illegible] B.
dds ti. [15] om. B. [16] om. S. B.
rapetaṃ, B.

saññato ahosi, vācāya asaññato bhikkhū akkosati paribhāsati. So kālaṃ katvā niraye nibbatto. Ekaṃ buddhantaraṃ tattha pacitvā[1] tato cavitvā imasmiṃ buddhuppāde Rājagahasamīpe Gijjhakūṭe pabbatapāde tass' eva kammassa vipākavasena khuppipāsābhi gunūpeto[2] hutvā nibbatti. Tassa kāyo suvaṇṇavaṇṇo ahosi[3], mukhaṃ sūkaramukhasadisaṃ. Ath' āyasmā Nārado Gijjhakūṭapabbate[4] vasanto pāto 'va sarīrapaṭijagganaṃ katvā pattacīvaraṃ[5] c' ādāya[5] Rājagahaṃ piṇḍacāratvāya[6] gacchanto[7] antarāmagge taṃ petaṃ disvā tena katakammaṃ pucchanto gāthaṃ āha[8]:

Kāyo te sabbasovaṇṇo sabbā obhāsate disā
mukhan te sūkarass' eva, kiṃ kammam akarī[9] pure ti. 1

Tattha kāyo te sabbasovaṇṇo ti tava kāyo deho sabbo suvaṇṇavaṇṇo uggatakanakasannibho.[10] Sabbā obhāsate disā ti tassa pabhāya sabbā pi disā samantato pabhāseti[11] vijjoteti.[12] Obhāsatī ti vā antogadhahetu attham idaṃ padan ti te kāyo sabbasovaṇṇo sabbā disā obhāseti vijjotetī ti attho daṭṭhabbo. Mukhan te sūkarass' evā ti mukham pana te sūkarassa viya sūkaramukhasadisaṃ tava[13] mukhan ti attho. Kiṃ kammam akarī[14] pure ti tvaṃ[15] pubbe[15] atītajātiyaṃ kīdisaṃ[16] kammam akāsī ti pucchati. Evaṃ so[17] therena pana[18] peto katakammaṃ puṭṭho gāthāya vissajjento[19]:

Kāyena saññato āsiṃ vācāy' āsim asaññato
tena me tādiso vaṇṇo yathā passasi Nāradā ti 2

āha.

Tattha kāyena saññato āsin ti kāyikena saññamena saññato kāyaṃ cārikena[20] saṃvarena saṃvuto ahosiṃ[21].

---

[1] pathitvā, S_1. S_2. [2] gūnopeto, S_1. S_2; bhūtopeto, B.
[3] hoti, B. [4] B. omits pabbate. [5] om. B.
[6] piṇḍattāya, B. [7] āgacchanto, B.
[8] B. puts gātham āha after pure ti.
[9] akāsi, M. C. D.; B. [10] uttatta°, B.
[11] obhāsati, B. [12] vijjotati, B. [13] vā l. tava, B.
[14] akāsi, B. [15] om. B. [16] kiṃ disaṃ, B.
[17] om. B., but puts it after therena. [18] om. B.
[19] vissajjanto, S_1; B. has eva before vis°.
[20] S_1 adds vā. [21] ahosi, S_1.

Vācāyāsim asaññato ti vācasikena[1] asamvarena samannāgato ahosim. Tenā ti tena ubhayena saññamena ca. Me ti mayham. Tādiso vanno ti etādiso[2] yathā tvam Nārada paccakkhato passasi, evarūpo kāyena manussasanthāno suvannavanno mukhena sūkarasadiso āsin ti yojanā, vannasaddo hi idha chavisanthāne 'va datthabbo. Evam peto therena pucchito tam attham[3] vissajjetvā tam eva kāranam katvā therassa ovādam dento[4] gātham āha[5]:

Tan tāham[6] Nārada brūmi sāmam [illegible]
mākāsi mukhasā pāpam mā kho sūkaramukho ahū ti.

[illegible] Tāhan ti te aham. Nārada [illegible] Brūmī ti kathemi. Sāman ti sayam eva. Idan ti attano sarīram sandhāya vadati. Ayam h' ettha attho yasmā bhante Nārada idam[8] mama sarīram galato patthāya hetthā manussasanthānam upari sūkarasanthānam tayā paccakkhato tāva[9] dittho[10] tasmā te aham ovādavasena vadāmi[11]. Kim idan[12] ti petī āha: mākāsi mukhasā pāpam mā kho sūkaramukho ahū ti[13].

Tattha mā ti patisedhenipāto. Mukhasā ti mukhena. Kho ti[14] avadhāranam. Vācāya pāpakammam[15] mā akāsi mā karohi mā kho sūkaramukho ahū [illegible] sūkaramukho ahosi yeva[16], [illegible] vācāya [illegible] sūkaramukho bhaveyyāsi, [illegible] pāpan ti phalapatisedhanamukhena [illegible] eva patisedheti[18].

Ath' āyasmā Nārado Rājagahe pindāya caritvā pacchābhattam pindapātapatikkanto catuparisamajjhe [illegible] [illegible] tam attham ārocesi[19]. Satthā Nārada [illegible]

---

[1] [illegible] (sic) ahosim. [2] ādiso, B. [3] [illegible], B.
[4] ovādanto, B. [5] B. [illegible] after āhā ti.
[6] tan tāham, M. C. D.; [illegible] [7] S₁ has here a gap which does not [illegible] after paccakkhato. [8] imam, B.
[9] ca l. tāva, S. B. [10] [illegible], B. [11] S₁ adds ti.
[12] om. B. [13] [illegible]; S₁ adds -la- after mākāsi.
[14] S₁ adds ca. [15] pāpakammam, S₁. [16] viya mukhamāhosi yeva, B. [17] sac' eva, B. [18] patisedheti, [illegible]
[19] S₁ here adds: so vihāram pavisitvā cintesi.

mayā so satto diṭṭho' ti vatvā anekā kāravo kāraṃ vacīduccaritasannissitaṃ ādīnavaṃ vacīsucaritapaṭisaṃyuttaṃ[1] ānisaṃsaṃ pakāsento dhammaṃ desesi. Sā desanā sampattaparisāya sātthikā ahosi[2].

Sūkarapetavatthuvaṇṇanā.

I, 3.

Dibbaṃ subhaṃ dhāresi vaṇṇadhātuṃ ti. Idaṃ Satthari Veḷuvane viharante Kalandakanivāpe aññataraṃ pūtimukhapetaṃ ārabbha vuttaṃ. Atīte kira Kassapassa bhagavato kāle dve kulaputtā tassa sāsane pabbajitvā sīlācārasampannā sallekhavuttino aññatarasmiṃ gāmakāvāse [illegible] vasanti. Atha aññataro pāpajjhāsayo [illegible] upagacchi. [illegible] vasanaṭṭhānaṃ [illegible] dutiyadivase [illegible] piṇḍāya pavisiṃsu. Manussā taṃ disvā [illegible] therassa [illegible][5] [illegible] kāraṃ katvā yāgubhattādīhi patimānesuṃ. [illegible] pavisitvā cintesi 'sundaro 'yaṃ[6] gocaragāmo [illegible] saddhāsampannā[7] paṇītaṃ piṇḍapātaṃ denti ayañ ca[8] vihāro chāyūdakasampanno sakkā idh' eva sukhena vasituṃ, imesu pana bhikkhūsu idh' eva vasantesu mayhaṃ[9] [illegible] vihāro na bhavissati, antevāsikavāso viya[10] bhavissati [illegible] bhinditvā yathā na [illegible][11] [illegible] ti. Ath' ekadivasaṃ [illegible] pesuñña [illegible] upasaṅkamitvā [illegible] 'ti[12] vutte [illegible] 'kathehi āvuso' ti [illegible] 'eso bhante [illegible]

[illegible]

hākam sahāyakathero[1] sammukhā mitto[2] viya attānam dassetvā param mukhā sapatto viya upavadatī' ti. 'Kim kathetī' ti pucchito 'suṇātha bhante, eso mahāthero saṭho[3] māyāvī kuhako micchājīvena jīvitam kappetī' ti tumhākam aguṇam kathetī'[4] ti āha. 'Mā āvuso evam bhaṇi, na so bhikkhu evam mam upavadissati, gihikālato paṭṭhāya mama[5] sabhāvam[6] jānāti, pesalakalyāṇasīlo' ti. 'Sace bhante tumhe attano visuddhacittatāya evam cintetha, tam tumhākam yeva anucchavikam, mayham pana tena saddhim veram natthi. Kasmā aham tena avuttam vakkhāmi ti [illegible] sayam eva jānissathā' ti āha. Thero pi puthujjanabhāvavasena[7] dveḷhakacitto 'evam pi siyā' ti sāsaṅkahadayo hutvā thokam sithilavissāso ahosi. So bālo paṭhamam mahātheram bhinditvā itaram pi theram vuttanayena[8] paribhindi. Atha te ubho pi[9] therā dutiya-divase aññamaññam anālapitvā pattacīvaram ādāya gāme piṇḍāya caritvā[10] piṇḍapātam ādāya attano vasanaṭṭhāne yeva paribhuñjitvā sāmīcimattam pi akatvā tam divasam tatth' eva vasitvā vibhātāya ca rattiyā aññamaññam anārocetvā' va yathā phāsukaṭṭhānam āgamaṃsu. Pesunikam pana bhikkhum paripuṇṇamanoratham gāmam[11] piṇḍāya paviṭṭham manussā disvā āhaṃsu: 'bhante therā kuhiṃ gatā' ti. So āha: [illegible] aññamaññam kalaham katvā mayā mā[12] kalaham karotha, samaggā hotha, kalaho nāma anatthāvaho hoti āyatim dukkhuppādako akusalasaṃvattaniko, purimakā pi kalahena mahatā hīnā parihaṭṭhā ti ādīni vuccamānā pi mama vacanam anādayitvā pakkamantī' ti. Tato manussā 'therā tāva gacchantu, tumhe pana amhākam anukampāya idh' eva anukkaṇṭhitā[13] vasathā' ti yāciṃsu. So 'sādhū' ti paṭissuṇitvā tatth' eva[14] vasanto [illegible] cintesi 'mayā sīlavanto kalyāṇadhammā bhikkhū āvāsa-lobhena paribhinnā, bahuṃ vata mayā pāpakammaṃ pasu-

---

[1] sahāyathero, B. [2] B. omits mitto . . . mukhā.
[3] S₁. S₂ read sadho; B. has saṭho. [4] kathesi, B.
[5] mamam, S₂. [6] sabhāvam, S₁. [7] °dosena l. °vasena, B.
[8] °nayen' eva, B. [9] S₁ adds te. [10] vicaritvā, B.
[11] gāmaya, S₁. [12] B. puts mā *before* karotha.
[13] °ṭhitvā, B. [14] B. *omits* eva.

tam' ti balavavippatisārābhibhūto sokavegena gilāno hutvā na ciren' eva kālam katvā Avīcimhi nibbatti.

Itare dve sahāyakatherā[1] janapadacārikam carantā aññatarasmim āvāse samāgantvā aññamaññam sammoditvā tena bhikkhunā vuttam bhedavacanam aññamaññassa ārocetvā tassa abhūtabhāvam ñatvā samaggā hutvā anukkamena tam eva āvāsam paccāgamimsu. Manussā dve there disvā hatthatutthā sañjātasomanassā[2] hutvā catūhi paccayehi upatthahimsu. Therā[3] tatth' eva[4] vasantā sappāyaāhāralābhena samāhitacittavipassanam vaddhetvā na ciren' eva arahattam pāpunimsu.

Pesuniko bhikkhu ekam buddhantaram niraye pacitvā imasmim buddhuppāde Rājagahassa avidūre pūtimukhapeto hutvā nibbatti. Tassa [illegible] suvannavanno ahosi, mukhato pana[5] pulavakā [illegible] ito ca mukham khādanti. Tatharūpam pi[6] [illegible] duggandham vāyati. Ath' āyasmā Nārado Gijjhakūtapabbatā orohanto tam disvā[7]:

> Dibbam subham dhāresi vannadhātum, vehāyasam
> tiṭṭhasi antalikkhe
> mukhañ ca te kimiyo[8] pūtigandham khādanti, kim
> kammam akāsi pubbe ti 1

[illegible] katakammam pucchi.

Tattha dibbesu ti [illegible][9] devattabhāvapariyāpannam, idha pana dibbam viya ti dibbam. Subhan ti sobhanam sundarabhāvam vā. Vannadhātun ti [illegible] vannam[10]. Dhāresi ti vahasi. Vehāyasam[11] tiṭṭhasi antalikkhe ti vehāyasasaññite[12] antalikkhe tiṭṭhasi. Keci pana vihāyasam[13] tiṭṭhasi antalikkhe ti pātham vatvā vihāyasam[13] abhāsento antalikkhe tiṭṭhasi ti vacanaseseна

---

[1] sahāyatherā, B. [2] saññoyasomanassā, S. [3] B. adds ca. [4] B. omits eva. [5] om. B. [6] [illegible] pi, S₁. S₂. [7] B. adds [illegible] [8] kimayo, S₁. S₂. [9] dibbabhāvam, B. [10] om. S₂. [illegible] shows some [illegible] of the [illegible] [12] vehāyasa[illegible] [13] vehāyasan, S₁. S₂.

atthaṃ vadanti. Pūtigandhan ti kuṇapagandhaṃ duggandhan ti attho. Kiṃ kammam akāsi pubbe ti paramaduggandhaṃ te mukhaṃ kimiyo[1] khādanti kāyo ca suvaṇṇavaṇṇo, kīdisaṃ[2] nāma kammaṃ evarūpassa attabhāvassa kāraṇabhūtaṃ pubbe tvam akāsī ti pucchi. Therena so peto attanā katakammaṃ puṭṭho tam atthaṃ vissajjento[3] gātham āha[4]:

Samaṇo ahaṃ pāpo dukkhavāco[5] tapassirūpo mukhasā asaññato
laddhā[6] ca me tapasā vaṇṇadhātum mukhañ ca me pesuṇiyena[7] pūti ti. 2

Tattha samaṇo ahaṃ pāpo ti ahaṃ lāmako samaṇo pāpabhikkhu ahosi[8]. Dukkhavāco[9] ti dukkhavacano[10] pare atikkamitvā laṅghitvā[11] vattā[12] paresaṃ guṇaṃ paridhaṃsakavacano[13] ti attho. Atidukkhavāco ti vā pāṭho ativiya pharusavacano musāvādapesuññādivacīduccaritanirato[14]. Tapassīrūpo ti samaṇapaṭirūpako. Mukhasā ti mukhena. Laddhā[15] ti paṭiladdhā[16], ca-kāro sampiṇḍanattho. Me ti mayā. Tapasā ti brahmacariyena[17]. Pesuṇiyenā ti[18] pisuṇā vācāya. Pūtī ti pūtigandhaṃ.

Evam so peto attano katakammaṃ ācikkhitvā idāni therassa ovādaṃ dento osānagātham[19] āha:

Tayidaṃ tayā[20] Nārada sāmaṃ diṭṭhaṃ, anukampakā ye kusalā vadeyyuṃ
mā pesuṇaṃ mā ca[21] musā[22] abhaṇi, yakkho tuvaṃ hohisi kāmakāmī ti[23]. 3

[1] kimayo, S₁. [2] kiṃ disaṃ, B. [3] visajjanto, B.
[4] B. *puts* gātham āha *after* pūti ti.
[5] duṭhavāco, M. D.; B. *reads* tiduṭhavāco.
[6] laḷā, D.; B.; M. *has* laḷā. [7] pesuṇiyena, C.
[8] B *adds* ti. [9] atiduṭhavāco, B. [10] atiduṭha°, B.
[11] laṅghetvā, B. [12] vattā, B.
[13] paridhaṃkavacano, S₁. S₂ paridhaṃ sanamano, B.
[14] °pesuññāvacī°, S₁. [15] laḷā, B. [16] putiḷalā, B.
[17] brahmayena, S₂; S₁ *adds* ti. [18] S₁ *omits* pesuṇiyenā ti.
[19] *om.* B. [20] *om.* D. [21] pa, S₂.
[22] musā pisuṇā, S₁. S₂. [23] B. *adds* ovādagāthaṃ āha.

Tattha tayidan ti tam idam mama rūpam. Anukampakā ye kusalā vadeyyun ti ye anukampanasīlā kāruṇikā parahitapaṭipattiyam kusalā nipuṇā buddhādayo yam vadeyyum tad[1] eva vadāmī ti adhippāyo. Idāni tam ovādam dassento 'mā pesunam mā ca musā abhaṇi yakkho tuvam hohisi kāmakāmī' ti āha[2]. Tass' attho: pesunam vacanam[3] musā ca mā[4] abhaṇi mā kathesi, yadi[5] tvam musāvādam pisunavācañ ca[6] pahāya vācāya saññato bhaveyyāsi, yakkho vā[7] devo vā[8] devaññataro vā tvam bhavissasi, kāmam kāmī kaññam[9] uḷāram dibbasampattim paṭilabhitvā tatthagamanasīlo yathā sukham indriyānam paricaraṇena[10] abhiramanasīlo ti.

Tam sutvā thero tato Rājagaham gantvā[11] piṇḍāya caritvā pacchābhattam piṇḍapātapaṭikkanto Satthuno[12] tam [illegible] ārocesi. Satthā tam [illegible] katvā dhammam desesi. Sā desanā sampattaparisāya sātthikā ahosi[13].

Pūtimukhapetavatthuvaṇṇanā.

I, 4.

Yam kiñcārammaṇam katvā ti. Idam Satthā Sāvatthiyam[14] Jetavane viharanto Anāthapiṇḍikassa gahapatino [illegible] kathesi. Anāthapiṇḍikassa kira gahapatino [illegible] katapiṭṭham[14] dhītalikam adāsi. [illegible][15] [illegible] ti[16] sā tattha dhītusaññam uppādesi. Ath' assā[17] ekadivasam tam [illegible] pamādena paribhijji. Tato dārikā mama [illegible] rodantim[18] koci pi gehajano [illegible].

Tasmiñ ca samaye Satthā Anāthapiṇḍikassa gahapatino gehe paññatte āsane nisinno hoti. Mahāseṭṭhi ca[20] Bhaga-

---

[1] tam (om. eva), B. [2] om. S., S.,
[3] [illegible] pisunavacanam, B. [4] om. B. [5] B. [illegible]
[6] [illegible] B. [7] om. S.. [8] om. B. [9] [illegible] B.
[10] [illegible]cāraṇena, S.. [11] om. B. [illegible]
[12] [illegible] B. [13] B. adds ti.
[14] B. [illegible] jātam.
[15] S., S., [illegible]
[16] kilasu ti [illegible]
[18] parodanti (m), B. [illegible] [19] om. B.

vato samīpe nisinno hoti. Dhātī taṃ dārikaṃ gahetvā seṭṭhissa santikaṃ agamāsi. Seṭṭhi taṃ disvā 'kiṃ nissāya dārikā rodatī' ti āha. Dhātī taṃ pavattiṃ seṭṭhissa ārocesi. Seṭṭhi taṃ dārikaṃ aṅke nisīdāpetvā 'tava dhītudānaṃ dassāmī' ti saññāpetvā Satthuno[1] ārocesi: 'bhante mama nattudhītaraṃ[2] piṇḍadhītalikaṃ[3] uddissa dānaṃ dātukāmo taṃ me pañcahi bhikkhusatehi saddhiṃ svātanāya adhivāsethā' ti. Adhivāsesi Bhagavā tuṇhībhāvena. Atha Bhagavā dutiyadivase pañcahi bhikkhusatehi saddhiṃ seṭṭhissa gharaṃ gantvā bhattakiccaṃ katvā anumodanaṃ karonto imā gāthā abhāsi:

[illegible] ārammanaṃ katvā dajjā dānaṃ amaccharī
pubbe pete ca ārabbha atha vā vatthudevatā 1
Cattāro ca mahārāje lokapāle yasassine
Kuveraṃ Dhataraṭṭhañ ca Virūpakkhaṃ Virūḷhakaṃ,
te c' eva[5] pūjitā honti dāyakā ca anipphalā. 2
Na hi ruṇṇaṃ 'va[6] soko vā yā c'aññā paridevanā
na taṃ petassa[7] atthāya evaṃ tiṭṭhanti ñātayo[8]. 3
Ayañ ca kho dakkhiṇā dinnā saṅghamhi suppatiṭṭhitā
dīgharattaṃ hitāy' assa ṭhānaso [illegible] 4

Tattha [illegible] uddissa. Dajjā ti dadeyya. [illegible] sampattiyā parehi sādhāraṇā bhā[illegible] maccherassa [illegible] amacchar[illegible] ricāgasīlo maccheriyalobhādi [illegible] dānaṃ dadeyyā ti adhippāyo. [illegible]

[illegible]

[illegible][1] gaṇhanto Kuveran ti ādim āha. Tattha Kuveran ti Vessavaṇam Dhataraṭṭhan ti ādīni sesānam tiṇṇam lokapālānam nāmāni. Te c' eva[2] pūjitā honti ti te ca mahārājāno pubbe petavatthudevatādayo[3] ca uddissa [illegible]-kiriyāya paṭimānitā honti. Dāyakā ca anipphalā ti ye dānam denti te dāyakā ca paresam uddissa na[4] [illegible] nipphalā attano dānaphalassa bhāgino eva honti. Idāni ye attano ñātīnam maraṇena rodanti[5] socanti[6] paridevanti, tesam tam niratthakam attaparitāpanam attam evā ti dassetum Na hi ruṇṇam 'vā ti gātham āha.

Tattha ruṇṇan ti ruditam assumocanam, na hi kātabban ti vacanaseso. Soko ti socanam cittasantāpo [illegible] Yā c' aññā paridevanā ti yā [illegible] [illegible] [illegible] [illegible] yasmā ruṇṇam vā soko vā paridevanā vā [illegible] tam pe[illegible] kālakatassa atthāya upakārāya na hoti [illegible] kātabbam, tathāpi evam tiṭṭhanti ñātayo [illegible] adhippāyo. Evam ruṇṇādīnam niratthabhāvam dassetvā idāni yā pubbe petādike ārabbha dāyakena saṅghassa dakkhiṇā dinnā tassa[9] sātthabhāvam dassento Ayañ ca kho [illegible] gātham āha.

[illegible] tam dinnam[10] dānam paccak[illegible] [illegible] vyatireko[11]. Tena [illegible] Dakkhiṇā ti dānam. Saṅghamhi suppatiṭṭhitā ti anuttare

---

[1] [illegible] B. [2] ceva B, [illegible] S, [illegible] ca. [3] [illegible] B. [4] B. [illegible] matteana. [5] [illegible] B. [6] [illegible] B, [illegible] socanti [illegible] [7] [illegible] S. [8] S. [illegible] [9] [illegible] [10] S. [illegible] [11] [illegible] B. [illegible] mayam eva S, [illegible]

ette saṅghe suṭṭhu patiṭṭhitā. Dīgharattaṃ ssā ti assa petassa cirakālaṃ hitāya atthāya. tam[1] upakappatī ti khaṇ' añña 'va nippajjati are ti attho. Ayaṃ hitātthadhammatā: yaṃ pete āne dinne petā ce anumodanti tāva devassa pha- bhuñjantī[2] ti.

Bhagavā dhammaṃ desetvā mahājanaṃ pete ud- hi ratamānasaṃ katvā [illegible] se seṭṭhibhariyā[3] [illegible] ti. Evaṃ te māsamattaṃ mahādānaṃ [illegible] rājā Pasenadi Kosalo Bhagavantaṃ upa- [illegible] bhante bhikkhū māsamattaṃ mama [illegible][5]' ti pucchi. Satthārā tasmiṃ kāraṇe ājā pi seṭṭhiṃ anuvattanto buddhapamukhassa ṅghassa mahādānaṃ pavattesi. Taṃ disvā nā- naṃ[6] anuvattantā māsamattaṃ mahādanaṃ pa- Evaṃ māsadvayaṃ piṭṭhadhītalikamūlakaṃ ṃ pavattenti[7].

Piṭṭhadhītalikapetavatthuvaṇṇanā.

I. 5.

[illegible] ti. Idaṃ Satthā Rājagahe [illegible] pete ārabbha kathesi. Tatrāyaṃ [illegible][7] savaṭṭakappe Kāsipurī nāma nagaraṃ [illegible] Jayaseno nāma rājā raṭṭhaṃ[8] kāresi[9], tassa āma devī. Tassā kucchiyaṃ Phusso nāma Bodhi- attetvā anupubbena sammāsambodhiṃ [illegible] Jayaseno rājā [illegible] [illegible] [illegible] [illegible] [illegible]

B. [2] [illegible] add atha.
B. [5] [illegible] S., S.
rājānam, B.; [illegible] nāgarājānaṃ.
tati, B.; all MSS. add ti. [8] om. S., S.
add eva. [10] mamattaṃ, B. [illegible]

buddhā nāma sabbalokahitāya[1] uppajjanti, na ekass' evātthāya[2], amhākañ ca pitā aññesam okāsaṃ na deti, kathaṃ nu kho mayaṃ labheyyāma Bhagavantam upaṭṭhātuṃ saṅghañ cā' ti. Tesam etad ahosi: 'handa mayaṃ kiñci upāyaṃ karomā' ti. Te paccantaṃ kupitaṃ viya kārāpesuṃ. Tato rājā 'paccanto kupito' ti sutvā tayo pi putte paccantaṃ vūpasametuṃ pesesi. Te gantvā vūpasametvā āgatā rājā tuṭṭho varaṃ adāsi 'yam icchatha taṃ gaṇhathā' ti. Te 'mayaṃ Bhagavantam upaṭṭhātum icchāmā' ti āhaṃsu. Rājā etaṃ ṭhapetvā 'aññaṃ gaṇhathā' ti āha. Te 'mayam aññena anatthikā' ti āhaṃsu. 'Tena hi paricchedaṃ katvā gaṇhathā' ti. Te satta vassāni yāciṃsu. Rājā nādāsi[3]. Evañ cha pañca cattāri tīṇi dve ekaṃ, sattamāsaṃ cha pañca cattāro ti vatvā yāva temāsaṃ yāciṃsu. Tadā rājā gaṇhathā ti adāsi. Te Bhagavantaṃ upasaṅkamitvā āhaṃsu: 'icchāma mayaṃ bhante Bhagavantaṃ temāsaṃ upaṭṭhātum, adhivāsetu no bhante Bhagavā imaṃ temāsaṃ vassavāsan' ti. Adhivāsesi Bhagavā tuṇhībhāvena. Te tayo attano janapade niyuttakapurisassa likhāpaṇṇam pesesuṃ 'imaṃ temāsam amhehi Bhagavā upaṭṭhātabbo, vihāraṃ ādikatvā sabbaṃ Bhagavato upaṭṭhānasambhāraṃ[4] sampādehī' ti. So sabbaṃ sampādetvā paṭipesesi. Te kāsāyavatthanivatthā hutvā aḍḍhateyyehi purisasahassehi veyyāvaccakarehi Bhagavantaṃ bhikkhusaṅghañ ca sakkaccaṃ upaṭṭhahamānā janapadaṃ netvā vihāraṃ niyādetvā vassaṃ vasāpesuṃ. Tesaṃ bhaṇḍāgāriko eko[5] gahapatiputto sapajāpatiko saddho ahosi pasanno. So buddhapamukhassa bhikkhusaṅghassa[6] sakkaccaṃ[7] dānavatthuṃ adāsi. Janapade niyuttakapuriso taṃ gahetvā janapadehi ekādasamattehi purisasahassehi saddhiṃ sakkaccam eva dānavatthuṃ[8] pesesi. Tattha keci janā ca paṭihatacittā ahesuṃ. Te dānassa antarāyaṃ katvā deyyadhammaṃ attanā[9] khādiṃsu bhattasālañ ca agginā dahiṃsu. Saparivārā te hi[10] rājaputtā Bhagavato sakkāraṃ

[1] °hitattāyo, B. [2] eva atthāya, B.; ev' atthāya, S₁. S₂.
[3] na adāsi, B. [4] °sambhāre, B. [5] *om.* B.
[6] B. *omits* bhikkhu *before* saṅghassa.
[7] B. *puts* sakkaccaṃ *after* dāna°. [8] dānaṃ, B.
[9] B. *adds* 'va. [10] pavāritā, B., *and om.* tehi.

katvā Bhagavantaṃ purakkhatvā pitu santikam eva āgamiṃsu[1]. Tattha gantvā Bhagavā[2] parinibbāyi rājaputtā[3] ca janapade niyuttakapuriso[4] ca bhaṇḍāgāriko ca anupubbena kālaṃ katvā saddhiṃ parisāya sagge uppajjiṃsu, paṭihatacittā janā nirayesu uppajjiṃsu[5]. Evaṃ tesaṃ ubhayesam pi[5] janānaṃ saggato saggaṃ nirayato nirayaṃ uppajjantānaṃ dvānavutikappā vītivattā. Atha imasmiṃ bhaddakappe Kassapassa bhagavato kāle te[5] paṭihatacittā janā petesu uppannā. Tadā manussā attano ñātakānaṃ petānaṃ atthāya dānaṃ datvā uddissanti: 'idam no ñātīnaṃ hotū' ti. Te sampattiṃ labhanti. Atha ime pi petānaṃ disvā Kassapasammāsambuddhaṃ upasaṅkamitvā pucchiṃsu: 'kin nu kho bhante mayaṃ[6] evarūpaṃ sampattiṃ labheyyāmā' ti. Bhagavā āha: 'idāni na labhetha, anāgate pana Gotamo nāma sammāsambuddho bhavissati, tassa[7] Bhagavato kāle Bimbisāro nāma rājā bhavissati, so tumhākam ito dvānavutikappe ñātiko[8] ahosi. So[5] buddhassa dānaṃ datvā tumhākaṃ uddissati, tadā labhissathā' ti. Evaṃ vutte kira tesaṃ petānaṃ[9] vacanaṃ sve labhissathā ti vuttaṃ viya ahosi.

Tato ekasmiṃ buddhantare vītivatte loke[10] amhākaṃ Bhagavā uppajji, te pi tayo rājaputtā purisasahassena saddhiṃ[11] devalokato cavitvā Magadharaṭṭhe brāhmaṇakulesu uppajjitvā anupubbena tāpasapabbajjaṃ pabbajitvā Gayāsīse tayo Jaṭilā ahesuṃ, janapade niyuttakapuriso rājā Bimbisāro ahosi, bhaṇḍāgāriko gahapatiputto Visākho nāma seṭṭhi ahosi, tassa pajāpatī Dhammadinnā nāma seṭṭhidhītā ahosi, avasesā pana parisā rañño parivārā hutvā nibbattiṃsu. Amhākaṃ pi Bhagavā loke uppajjitvā sattasattāhaṃ vītināmetvā[12] anupubbena Bārāṇasiṃ[13] āgamma dhammacakkaṃ pavattetvā pañcavaggiye ādiṃ katvā yāva sahassa[14] parivāre tayo Jaṭile vinetvā Rājagahaṃ agamāsi.

---

[1] agamiṃsu, S_2.
[2] S_1 *adds* tattha, *and om.* pari *before* nibbāyi.
[3] rājā ca puttā, B. [4] niyuttap.°, S_1. S_2. [5] *om.* B.
[6] B. *adds* pi. [7] *om.* S_1. [8] ñāti, B. [9] B. *adds* taṃ.
[10] *om.* B. [11] *om.* S_1. S_2. [12] atikkametva, B.
[13] Bārāṇasiyaṃ, S_1. [14] aḍḍhateyyasahassa, B.

Tattha pi[1] tadāhu pasaṅkantaṃ[2] yeva rājānaṃ Bimbisāraṃ sotāpattiphale patiṭṭhāpesi saddhiṃ ekādasanahutehi Aṅga-Magadhavāsīhi brāhmaṇagahapatikehi. Atha raññā svātanāya bhattena nimantito adhivāsetvā dutiyadivase mānavakavaṇṇena Sakkena devānam indena purato[3] gacchantena:

danto dantehi saha purāṇajaṭilehi vippamutto vippamuttehi
siṅganikkhasuvaṇṇo Rājagahaṃ pāvisi Bhagavā ti[4]

evam ādīhi gāthāhi[5] abhitthaviyamāno[6] Rājagahaṃ pavisitvā rañño nivesane mahādānaṃ sampaṭicchi. Te pana petā 'idāni rājā dānaṃ amhākaṃ uddissatī' ti gehaṃ[7] samparivāretvā aṭṭhaṃsu. Rājā dānaṃ datvā 'kattha[8] nu kho Bhagavā vihareyyā' ti Bhagavato vihāraṭṭhānaṃ yeva cintesi, na taṃ dānaṃ kassaci uddisi[9]. Tathā taṃ dānam alabhantā[10] petā chinnāsā hutvā rattiyaṃ rañño nivesane ativiya bhiṃsanakaṃ vissaram[11] akaṃsu. Rājā bhayasantāsasaṃvegaṃ āpajjitvā vibhātāya rattiyā Bhagavato ārocesi: 'evarūpaṃ saddaṃ[12] assosi, kin nu kho me bhante bhavissatī' ti? Bhagavā 'mā bhāyi mahārāja, na te[13] kiñci pāpakaṃ bhavissati, vuddhi[14] te[14] bhavissati[14], atha kho santi te purāṇañātakā[15] petesu uppannā, te ekaṃ buddhantaraṃ tam eva paccāsiṃsantā 'buddhassa dānaṃ datvā amhākam uddissatī' ti vicarantā hīyo dānaṃ datvā na uddissasi[16], te chinnāsā hutvā tathārūpaṃ bhiṃsanakaṃ vissaram[17] akaṃsū' ti. 'Kim[14] idāni pi bhante dinne[18] te[19] labheyyun[20]' ti? 'Āma mahārājā' ti. 'Tena hi bhante adhivāsetu me Bhagavā svātanāya[21], dānaṃ tesaṃ uddissāmī' ti. Adhivāsesi Bhagavā tuṇhībhāvena. Rājā nivesanaṃ gantvā mahādānaṃ paṭiyādāpetvā[22] Bhagavato kālaṃ āro-

---

[1] ca l. pi, B. [2] °kamantaṃ, B. [3] B. *twice.*
[4] — Mahāv. I. 22. 13. [5] kathāhi, S_1. S_2.
[6] abhittayamāno, S_2. [7] āsāya, B. [8] katha, S_1.
[9] uddisi, S_1. S_2; uddissati, B. [10] yathā taṃ taṃ atthaṃ ajānantā, B. [11] *om.* S_1. S_2. [12] saddo, B. [13] tava, B.
[14] *om.* B. [15] °ñātikā, S_1. S_2. [16] B. *reads*: vicarantaṃ na tayā hiyyo dānaṃ datvā uddisi. [17] bheravam, S_1. S_2.
[18] *om.* S_1. [19] *om.* B. [20] labheyyaṃ, S_1. B.
[21] ajjhatanāya, B. [22] paṭiyādetvā, B.; paṭiyāpetvā, S_1.

cāpesi. Bhagavā rājantepuraṃ gantvā paññatte āsane nisīdi saddhiṃ bhikkhusaṅghena. Te petā 'ajja labheyyāmā' ti gantvā tirokuḍḍādīsu aṭṭhaṃsu. Bhagavā tathā akāsi yathā te sabbe pi[1] rañño āpāthaṃ gatā ahesuṃ. Rājā dakkhiṇodakaṃ dento 'idaṃ me ñātīnaṃ hotū' ti uddisi. Tāva-d-eva petānaṃ kamalakuvalayasañchannā[2] pokkharaṇiyo nibbattiṃsu. Te tattha nahātvā pivitvā ca paṭippassaddhadarathakilamathapipāsā suvaṇṇavaṇṇā ahesuṃ. Rājā yāgukhajjakabhojjanāni datvā uddisi. Tesaṃ taṃ khaṇ'aññ'eva dibbayāgukhajjakabhajjāni nibbattiṃsu. Te tāni[3] paribhuñjitvā pi nindiyā ahesuṃ. Rājā vatthasenāsanāni datvā uddisi. Tesaṃ dibbavatthā[4] dibbapāsādā seyyāpaccattharaṇālaṅkāravidhayo nibbattiṃsu. Sā ca tesaṃ sampatti sabbā pi yathā rañño pākaṭā hoti tathā Bhagavā adhiṭṭhāsi. Rājā taṃ disvā ativiya attamano ahosi. Tato Bhagavā bhuttāvī pavārito rañño Bimbisārassa anumodanatthaṃ Tirokuḍḍapetavatthuṃ abhāsi:

Tiro kuḍḍesu tiṭṭhanti sandhisiṅghāṭakesu ca
dvārabāhāsu tiṭṭhanti āgantvāna sakaṃ gharaṃ. 1
Pahūte[5] annapānamhi khajjabhojje upaṭṭhite
na tesaṃ koci sarati sattānaṃ kammapaccayā. 2
Evaṃ dadanti ñātīnaṃ ye honti anukampakā
suciṃ paṇītaṃ kālena kappiyaṃ pānabhojanaṃ:
idaṃ vo ñātīnaṃ hotu, sukhitā hontu ñātayo. 3
Te ca tattha samāgantvā ñātipetā samāgatā
pahūte annapānamhi sakkaccaṃ anumodare. 4
Ciraṃ jīvantu no ñātī yesaṃ hetu labhāmase
amhākañ ca katā pūjā dāyakā ca anipphalā. 5
Na hi tattha kasī atthi gorakkh' etta[6] na vijjati
vaṇijjā tādisī n' atthi hiraññena kayākkayaṃ[7]. 6
Ito dinnena yāpenti petā kālakatā tahiṃ
unname v' udakaṃ[8] vuṭṭhaṃ[9] yathā ninnaṃ pavattati

---

[1] va l. pi, B. [2] °kuvalasamochannā, S_1. S_2.
[3] petā l. tāni, S_1. [4] om. B.
[5] bahute, M. D. (*also* 4 c). [6] ettha, D.; B.
[7] kayākayaṃ, *in all Burmese* MSS.
[8] v' *before* udakaṃ, *only in* S_1. S_2. [9] vuṭṭhiṃ, S_1.

evam eva ito dinnaṃ petānaṃ upakappati. 7
Yathā vārivahā[1] pūrā paripūrenti sāgaraṃ
evam eva ito dinnaṃ petānam upakappati. 8
Adāsi me akāsi me ñātimittā sakhā ca me
petānaṃ dakkhiṇaṃ[2] dajjā pubbe katam anussaraṃ. 9
Na hi — I, 4, 3[3] 10
Ayañ ca — I, 4, 4 11
So ñātidhammo ca ayaṃ nidassito petānaṃ pūjā
ca katā uḷārā
balañ ca bhikkhūnam anuppadinnaṃ tumhehi puññaṃ
pasutaṃ anappakan ti. 12

Tattha **tiro kuḍḍesū** ti kuḍḍānaṃ parabhāgesu. **Tiṭṭhantī** ti nisajjādipaṭikkhepato ṭhānakappanavacanam etaṃ, gahapākārakuḍḍānaṃ[4] parato bahi evaṃ tiṭṭhantī ti attho. **Sandhisiṅghāṭakesu cā** ti sandhīsu ca siṅghāṭakesu ca, sandhiyo[5] ti catukoṇaracchā gharasandhi bhittisandhi[6] ālokasandhiyo pi vuccanti, siṅghāṭake ti koṇaracchā. **Dvārabāhāsu titthantī** ti nagaradvāragharadvārānaṃ bāhā nissāya tiṭṭhanti. **Āgantvāna sakaṃ gharan** ti sakagharaṃ nāma pubbañātigharaṃ pi attano[7] sāmibhāvena ajjhāvutthagharaṃ pi. Tad ubhayaṃ hi te yasmā sakasaññāya āgacchanti tasmā āgantvāna sakaṃ gharan ti āha.

Evaṃ Bhagavā pubbe anajjhāvutthe[8] pubbaṃ pi pubbañātigharattā Bimbisāranivesanaṃ sakagharasaññāya āgantvā tirokuḍḍādīsu ṭhite issāmacchariyaphalaṃ anubhavante ativiya duddasikavirūpabhayānikadassane bahū pete rañño dassento Tirokuḍḍesu tiṭṭhantī ti gāthaṃ vatvā puna tehi katassa kammassa dāruṇabhāvaṃ[9] dassento Pahūte annapānamhī ti dutiyagatham āha.

Tattha **pahūte** ti anappake bahumhi yāvadatthe ti

---

[1] vaharivahā, S_2. [2] dakkhiṇā, S_2; dakkhiṇa, S_1; *the other MSS. have* dakkhiṇaṃ. [3] S_1. S_2 *have here* petānaṃ, *whereas* M. C. D., B. *retain* petassa; M. *only has* etaṃ l. evaṃ. [4] gehap.°, B. [5] sandhi, B. [6] *om.* B. [7] attanā, B. [8] °vutthā, *all.* [9] garubhāvaṃ, S_1.

attho, ba-kārassa hi pa-kāro labbhati Pahu santo na bharatī ti ādīsu viya. Keci pana bahuke ti paṭhanti, te pana[1] pamādapāṭhā. Annapānamhī ti anne ca pāne ca. Khajjabhojje[2] ti khajje ca bhojje ca, etena asitapītakhāyitasāyitavasena catubbidham pi āhāraṃ dasseti. Upaṭṭhite ti upagamma[3] ṭhite sajjite paṭiyatte ti attho. Na tesaṃ koci sarati sattānan ti tesaṃ pettivisayaṃ[4] uppannānaṃ[5] sattānaṃ koci mātā vā pitā[6] vā[6] putto vā nattā vā na sarati[7]. Kiṃ kāraṇā? kammapaccayā attanā katassa[8] adānadānapaṭisedhanādibhedassa kadariyakammassa[9] karaṇabhāvato. Tahiṃ[10] kammaṃ tesaṃ ñātīnaṃ saritum[11] na deti.

Evaṃ Bhagavā anappakeci[12] annapānādimhi vijjamāne ñātīnaṃ paccāsiṃsantānaṃ petānaṃ pāpakammavasena[13] ñātakānaṃ[14] anussaraṇamattassā pi abhāvaṃ dassetvā idāni pettivisaye[4] uppanne[15] ñātake uddissa dinnaṃ dānaṃ[16] pasaṃsanto Evaṃ dadanti ñātīnan ti tatiyagātham āha.

Tattha evan ti upamāvacanam. Tassa dvidhā[17] sambandho: tesaṃ sattānaṃ kammapaccayā asarantesu pi kesuci[18] keci dadanti ñātīnaṃ ye[19] evaṃ anukampakā honti ti ca mahārāja yathā tayā dinnaṃ evaṃ suciṃ paṇītaṃ kālena kappiyaṃ pānabhojanaṃ dadanti ñātīnaṃ ye honti anukampakā ti ca. Tattha dadanti ti uddissanti niyādenti. Ñātīnam ti mātito pitito ca sambandhānaṃ. Ye ti ye keci puttādayo. Honti ti bhavanti. Anukampakā ti atthakāmā[20] hitesino. Sucin ti suddhaṃ[21] manoharaṃ dhammikañ ca[22]. Paṇītan ti uḷāraṃ. Kālenā ti dakkhiṇeyyānaṃ paribhogayogyakālena ñātipetānaṃ vā tiro

---

[1] *om.* B. [2] °bhojjaṃ, S_1. [3] upagama, B.
[4] pittivisaye, B. [5] upapannānaṃ, B. [6] *om.* B.
[7] nassarati, B. [8] katakammassa, B. [9] kadariyassa, B.
[10] taṃ hi, B. [11] paritum, S_1.
[12] appakeci, S_2; anappake pi, B. [13] kammaphalena, B.
[14] ñātikānaṃ, S_1. [15] upapanne, B.
[16] raññā dinnadānaṃ, B. [17] dvividhasam.°, S_1; dvidhasam.°, S_2; dvidhā sampanno, B. [18] tesu pi, S_1; kesu pi, S_2. [19] yeva, B. [20] atthakāmā ti, S_1. S_2.
[21] sundaraṃ, S_1. S_2. [22] S_1 *has* nāpikaṃ; S_2 nāma nāp.°

kuḍḍādīsu āgantvā ṭhitakālena. Kappiyan ti anucchavikaṃ paṭirūpaṃ ariyānaṃ paribhogāraham. Pānabhojanan ti pānañ ca bhojanañ ca. Tadupādesena ettha[1] sabbaṃ[2] deyyadhammaṃ vadati[3]. Idāni yena pakārena tesaṃ petānaṃ dinnaṃ nāma hoti, tam dassento Idaṃ vo ñātīnaṃ hotu, sukhitā hontu[4] ñātayo[5] ti āha. Tatiyagāthā purimapadena[6] sambandhitabbā: evaṃ dadanti ñātīnaṃ ye honti anukampakā, idam vo ñātīnaṃ hotu sukhitā hontu ñātayo[7] ti. Tena dātabbākāradassanaṃ kataṃ[8] hoti. Tattha idan ti deyyadhammanidassanaṃ. Vo ti nipātamattam Ye hi vo ariyā ti ādīsu viya. Ñātīnaṃ hotū ti pettivisaye[9] uppannānaṃ[10] ñātakānaṃ[11] hotu. No ñātīnan ti ca paṭhanti, amhākaṃ ñātīnan ti attho. Sukhitā hontu ñātayo[7] ti te pettivisayuppannā[12] ñātayo[7] idaṃ phalaṃ[13] paccanubhavanto[14] sukhitā sukhappattā hontu. Yasmā idaṃ vo ñātinaṃ hotū[15] ti vutte pi aññena katakammaṃ aññassa phalaṃ dinnaṃ hoti kevalaṃ pana tathā uddissa dīyamānaṃ[16] vuttapetānaṃ[17] kusalakammassa paccayo hoti, tasmā yathā tesaṃ tasmiṃ vatthusmiṃ tasmiṃ yeva khaṇe phalanibbattakaṃ kusalaṃ kammaṃ hoti. Tam dassento Te ca tatthā ti ādim āha.

Tattha te ti ñātipetā. Tatthā ti yattha dānaṃ dīyati tattha samāgantvā ti ime no ñātayo[18] amhākaṃ atthāya dānaṃ uddissanti ti anumodanatthaṃ tattha samāgatā hutvā. Pahūte[19] annapānamhi ti attano uddissa dīyamāne tasmiṃ vatthusmiṃ pahūte[20] annapānamhi. Sakkaccam anumodare ti kammaphalaṃ abhisaddahantā cittikāraṃ vijjamānā avikkhittacittā va hutvā idaṃ vo[21] dānaṃ[22]

---

[1] c' ettha, B.; S_1. S_2 *have* tadapasenatthe.
[2] saddhaṃ, S_1. [3] vadāti, S_1. [4] honti, S_2.
[5] ñātiyo, S_2 (ñāti āha, S_1). [6] °addhena, S_2; °aṭṭhena, S_1.
[7] ñātiyo, S_1. S_2. [8] *om.* S_1. [9] pittivisayaṃ, B.
[10] upapannānaṃ, B. [11] ñātīnaṃ, S_1; ñātikānaṃ, S_2.
[12] pittiv.°, B. [13] evaṃ l. phalaṃ, S_1. [14] °bhavantā, B.
[15] hontu, B. [16] disvāna l. dīy.°, S_1. S_2.
[17] taṃ vuttaṃ petānaṃ, S_1. S_2. [18] ñātiyo, S_1. S_2.
[19] bahute, B. [20] S_2 *twice*.
[21] no, B. [22] ñātīnaṃ, S_2.

hitāya sukhāya hotū ti modanti anumodanti pītisomanassajātā honti.

Ciraṃ[1] jīvantū[2] ti[1] ciraṃ jīvino[2] dīghāyukā hontu. No ñātī ti amhākaṃ ñātakā. Yesaṃ hetū ti yesaṃ kāraṇā ye nissāya. Labhāmase ti īdisaṃ sampattiṃ labhāma. Idaṃ hi uddissanena[3] laddhaṃ sampattiṃ anubhavantānaṃ petānaṃ attano ñātīnaṃ thomanākāradassanaṃ. Petānaṃ hi attano anumodanena dāyakānaṃ uddissanena dakkhiṇeyyasampattiyā vā tīhi aṅgehi dakkhiṇā taṃ khaṇ' aññe'va phalanibbattikā hoti[4]. Tattha dāyakā visesahetu. Ten' āha: yesaṃ hetu labhāmase ti. Amhākañ ca katā pūjā ti idaṃ vo ñātīnaṃ hotū ti evaṃ uddissantehi dāyakehi amhākañ ca pūjā katā. Dāyakā ca anipphalā ti yasmiṃ santāne[5] kammaṃ nibbattaṃ tassa tatth' eva phaladānato, ettha[6] hi[6] kiṃ pana pettivisayuppannā[7] evañ ñātihetusampattiyo labhanti udāhu aññe pī ti na c'ettha amhehi vattabbaṃ atthi. Bhagavatā eva[8] vyākatattā vuttaṃ h' etaṃ: 'mayam assu bho Gotama brāhmaṇā nāma dānāni dema puññāni[9] karoma, idaṃ dānaṃ petānaṃ ñātisālohitānaṃ upakappatu, idaṃ dānaṃ petāñātisālohitā paribhuñjantū ti, kacci taṃ bho Gotama dānaṃ petānaṃ ñātisālohitānaṃ upakappati, kacci te petāñātisālohitā taṃ dānaṃ paribhuñjantī' ti? 'Ṭhāne kho brāhmaṇa upakappati, no aṭṭhāne' ti[10]. 'Katamaṃ pana bho Gotama ṭhānaṃ, katamaṃ aṭṭhānan' ti?

'Idha brāhmaṇa ekacco pāṇātipātī hoti — pe[11] — micchādiṭṭhiko hoti. So kāyassa bhedā parammaraṇā nirayaṃ uppajjati. Yo nerayikānaṃ sattānaṃ āhāro tena so tattha yāpeti tena so tattha tiṭṭhati. Idaṃ pi kho brāhmaṇa aṭṭhānaṃ yattha ṭhitassa taṃ dānaṃ na upakappati.

'Idha brāhmaṇa ekacco pāṇātipātī hoti — pe[11] — micchādiṭṭhiko hoti. So kāyassa bhedā parammaraṇā tiracchā-

---

[1] *om.* S₁. [2] jīvantā, B. [3] uddissamānena, B., *but it agrees with* S₁. S₂ *a few lines afterwards where the same word recurs.* [4] honti, B.
[5] B. *adds* pariccāgamayaṃ. [6] *om.* B. [7] pittiv.°, B.
[8] evaṃ, B. [9] saddhāni, B. [10] *om.* B.
[11] pa, B.; la, S₁. S₂.

nayoniyaṃ uppajjati. Yo tiracchānayoniyānaṃ sattānaṃ āhāro tena so tattha yāpeti tena so tattha tiṭṭhati. Idaṃ pi kho brāhmaṇa aṭṭhānaṃ yattha ṭhitassa taṃ dānam na upakappati[1].

'Idha kho brāhmaṇa ekacco pāṇātipātā paṭivirato hoti — pe[2] — sammādiṭṭhiko hoti. So kāyassa bhedā parammaraṇā manussānaṃ sahavyataṃ uppajjati, devānaṃ sahavyataṃ uppajjati. Yo devānaṃ āhāro tena so tattha yāpeti tena so tattha tiṭṭhati. Idaṃ kho brāhmaṇa aṭṭhānaṃ yattha ṭhitassa taṃ dānaṃ na upakappati.

'Idha brāhmaṇa ekacco pāṇātipāti hoti — pe[2] — micchādiṭṭhiko hoti. So kāyassa bhedāparammaraṇā pettivisayaṃ[3] uppajjati. Yo pettivisayikānaṃ[3] sattānaṃ āhāro tena so tattha yāpeti tena so tattha tiṭṭhati, yaṃ vā pan'assa ito anupavecchanti[4] mittā vā amaccā vā ñātisālohitā vā tena so tattha yāpeti tena so tattha tiṭṭhati. Idaṃ kho brāhmaṇa ṭhānaṃ yattha ṭhitassa taṃ dānaṃ upakappatī' ti.

'Sace pana bho Gotama so peto ñātisālohito taṃ ṭhānaṃ anuppanno hoti, ko taṃ[5] dānaṃ paribhuñjatī' ti? 'Aññe pi 'ssa brāhmaṇa petā ñātisālohitā taṃ ṭhānam uppannā honti, te taṃ dānaṃ paribhuñjantī' ti. 'Sace pana bho Gotama so c'eva peto ñātisālohito taṃ ṭhānam anuppanno hoti, aññe pi 'ssa petā ñātisālohitā taṃ ṭhānaṃ anuppannā honti, ko taṃ dānaṃ paribhuñjatī' ti? 'Aṭṭhānaṃ kho taṃ[6] brāhmaṇa anavakāso yaṃ taṃ ṭhānaṃ vivittaṃ assa iminā dīghena addhunā yad idaṃ petehi ñātisālohitehi, api ca kho[6] brāhmaṇa dāyako pi anipphalo' ti.

Idāni pettivisayuppannānaṃ[3] tattha aññassa kasigorakkhādino sampatti paṭilābhakāraṇassa abhāvaṃ ito dinnena yāpanañ ca dassetuṃ Na hī ti ādi vuttaṃ.

Tattha na hi tattha kasī atthī ti tasmiṃ pettivisaye[3] kasī na hi atthi yaṃ nissāya petā sukhena jīveyyuṃ. Gorakkh' etta na vijjatī ti ettha pettivisaye[3] na kevalaṃ kasī yeva n'atthi, atha kho gorakkhā pi na vijjati yaṃ

---

[1] S[1] *omits this sentence entirely.* [2] pa, B.; la, S[1]. S[3]. [3] pittiv.°, B. S[1]. [4] °vacchanti, B. [5] *om.* S[1]. S[3]. [6] *om.* B.

nissāya te sukhena jīveyyuṃ. Vaṇijjā tādisī n'atthī ti vaṇijjā pi tādisī n'atthi[1] yā tesaṃ sampattipaṭilābhahetu bhaveyya. Hiraññena kayakkayan ti hiraññena kayavikkayyaṃ pi tattha tādisaṃ natthi yaṃ tesaṃ sampattipaṭilābhahetu bhaveyya.

Ito dinnena yāpenti petā kālakatā tahin ti kevalaṃ pana ito[2] ñātihi mittāmaccehi vā dinnena yāpenti attabhāvaṃ pavattenti petā pettivisayuppannā[3] kālakatā[4] attano maraṇakālena gatā. Kālagatā ti[5] vā pāṭho. Katakālā katamaraṇā maraṇasampattā. Tahin ti tasmiṃ pettivisaye[6].

Idāni yathā vuttam atthaṃ upamāhi pakāsetuṃ Unname v'udakaṃ vuṭṭhan[7] ti gāthadvayam āha. Tass' attho: yathā unname thale[8] unnatapadese meghehi abhivuṭṭhaṃ udakaṃ yathā ninnaṃ pavattati, yo bhūmibhāgo ninno oṇato taṃ upagacchati, evam eva ito dinnaṃ dānaṃ[9] petānaṃ upakappati phaluppattiyā viniyujjati, ninnam iva hi udakappavattiyā ṭhānaṃ petaloko dānupakappanāya, yathāha: idaṃ brāhmaṇa ṭhānaṃ yattha ṭhitassa taṃ dānaṃ upakappatī ti. Yathā ca kandarapadarasākhapasākhakusubbhamahāsobbhehi[10] opatitena[11] udakena vārivahā mahānajjo pūrā hutvā sāgaraṃ paripūrenti,[12] evaṃ ito dinnaṃ dānaṃ pubbe vuttanayen' eva petānaṃ upakappati. Yasmā petā ito kiñci labhāmā ti āsābhibhūtā ñātigharaṃ āgantvā[13] idaṃ nāma no dethā ti yācituṃ na sakkonti, tasmā tesaṃ imāni anussaraṇavatthūni anussaranto kulaputto dakkhiṇaṃ dajjā ti dassento Adāsi me ti gātham āha.

Tass' attho: idaṃ nāma me dhanaṃ vā dhaññaṃ vā adāsi, idaṃ nāma me kiccaṃ attanā vosānaṃ anāpajjanto[14] akāsi. Asuko me mātito vā pitito vā sambandhattā ñāti-

---

[1] *om.* B. [2] ito pana, B. [3] pittiv.°, S_1. B.
[4] kālaṅkatā, B. [5] kālaṅkatā ti, B.; kilagatā ti, S_1; kilagatā, S_2. [6] pittiv.°, S_1. S_2. [7] vaṭṭhan, S_1. B.; vuṭṭhin, S_2. [8] unnathale, S_2 (uṇṇathale, S_1).
[9] *om.* S_1. B. [10] kandarapadarasākhasākha.°, S_1. S_2; °mahākusumbhehi, S_2; °mahākumbhehi, B. [11] ovuḷhitena, B.; opalahitena, S_2. [12] B. *om.* pari *before* pūrenti.
[13] B. *adds* pi. [14] attanā te yogaṃ āpajjanto, B.

sinehavasena ṭhānasamatthatāya mitto asuko ca[1] me sahapaṃsukīḷitasahāyo sakhā ti[2] etaṃ sabbam anussaraṃ petānaṃ[3] dakkhiṇaṃ dajjā dānaṃ nīyāteyya. Dakkhiṇā dajjā ti pi[4] pāṭho. Petānaṃ dakkhiṇā dātabbā, tena adāsi me ti ādinā nayena pubbe kataṃ anussaraṃ anussaraṇā ti vuttaṃ hoti, karaṇatthe hi idaṃ paccattaṃ vacanaṃ. Ye pana sattā ñātimaraṇena ruṇṇasokādi varā eva[5] hutvā tiṭṭhanti, na tesaṃ[6] atthāya kiñci denti. Tesaṃ taṃ ruṇṇasokādi kevalaṃ attaparitāpanam eva hoti, na[7] petānaṃ kiñci atthaṃ sādheti ti dassento Na hi ruṇṇaṃ vā ti gāthaṃ vatvā puna Magadharājena dinnadakkhiṇāya sātthakabhāvaṃ dassetuṃ Ayañ ca kho ti gāthaṃ āha.

Tesaṃ attho heṭṭhā vutto yeva. Idāni yasmā idaṃ dakkhiṇaṃ dentena raññā ñātihi kattabbakiccakaraṇena ñātidhammo nidassito bahujanassa pākaṭo[8] nidassanaṃ pākaṭakataṃ 'tumhehi pi evam eva ñātisu[1] ñātidhammo paripūretabbo' ti te ca pete dibbasampattiṃ adhigamentena petānaṃ pūjā ca katā uḷārā buddhappamukhaṃ bhikkhusaṅghaṃ annapānādīhi santappentena bhikkhūnaṃ balaṃ[9] anuppadinnaṃ anukampādiguṇaparivāracāgacetanaṃ nibbattentena anappakaṃ puññaṃ pasutaṃ, tasmā Bhagavā imehi yathābhuccaguṇehi rājānaṃ sampahaṃsento So ñātidhammo ca[10] ti osānagāthaṃ āha.

Tattha ñātidhammo ti ñātīhi ñātīnaṃ kattabbakaraṇam. Uḷārā ti hitā samiddhā[11]. Balan ti kāyabalaṃ. Pasutan ti upacitaṃ. Ettha[12] ca so ñātidhammo ca ayaṃ nidassito ti etena Bhagavā rājānaṃ dhammiyā kathāya sandassesi ñātidhammasandassanaṃ hetusandassanaṃ[13]. Petānaṃ pūjā ca katā uḷārā ti iminā samādapesi. Uḷārā ti pasaṃsanaṃ h'ettha punappunapūjākaraṇasamādapanaṃ. Balañ[14] ca bhikkhūnam anuppadinnan ti iminā samuttejesi. Bhikkhūnaṃ balānupadānam h'ettha eva 'va[15] vidhānatthabalānuppadāne ti

---

[1] om. B. [2] B. adds ca. [3] sattānam, S₁. S₂.
[4] vā, B. [5] ve l. vara eva, B. [6] tesañ ca, B.
[7] taṃ na, B. [8] B. adds kato. [9] phalam, B.
[10] om. B. [11] pitā, S₁. S₂. [12] etam (etañ, S₂), S₂.
[13] h'ettha sand.°, B. [14] phalañ, B. [15] h'ettha evam, B.

ussāhavaḍḍhanena samuttejanaṃ. Tumhehi puññaṃ pasutam anappakan ti iminā sampahaṃsesi. Puññappasavanakittanaṃ[1] h'ettha tassa yathābhuccaguṇasaṃvaṇṇanatāya sampahaṃsan ti evam ettha yojanā veditabbā.

Desanāpariyosāne pettivisayuppattiyā[2] ādīnaṃ 'va saṃvaṇṇanena saṃviggahadayānaṃ yoniso padahataṃ caturāsītiyā pāṇasahassānaṃ dhammābhisamayo ahosi. Dutiyadivase pi devamanussānam imaṃ[3] eva tirokuḍḍadesanaṃ desesi. Evaṃ yāva sattadivasā tādiso eva[4] dhammābhisamayo ahosi[5].

Tirokuḍḍapetavatthuvaṇṇanā.

I, 6.

Naggā dubbaṇṇarūpāsī ti. Idaṃ Satthari Sāvatthiyaṃ viharante pañcaputtakhādiniṃ petiṃ ārabbha vuttaṃ. Sāvatthiyā kira avidūre gāmake aññatarassa kuṭimbikassa[6] bhariyā vañjhā ahosi. Tassa ñātakā etad avocuṃ 'tava pajāpatī vañjhā, aññaṃ te kaññam ānemā' ti. So tassa bhariyāya sinehena na icchi. Ath' assa bhariyā taṃ pavuttiṃ[7] sutvā sāmikaṃ evam āha 'sāmi ahaṃ vañjhā, aññā[8] kaññā ānetabbā, mā te kulavaṃso upacchijjī' ti. So tāya nippīḷiyamāno aññaṃ kaññaṃ[8] ānesi. Sā aparena samayena gabbhinī ahosi. Vañjhitthi 'ayaṃ puttaṃ labhitvā imassa[9] gehassa issarā bhavissatī' ti issāpakatā tassā gabbhapātanupāyaṃ pariyesantī aññataraṃ paribbājakaṃ annapānādīhi santappitvā tena tassā gabbhapātanaṃ dāpesi. Sā gabbhe patite[10] attano mātuyā ārocesi. Mātā attano ñātake samodhānetvā tam atthaṃ vedesi[11]. Te[12] vañjhitthiṃ etad avocuṃ 'tayā imissā[13] gabbho pātito' ti. 'Nāhaṃ pātesin[14]' ti. 'Sace tayā gabbho na pātito sapathaṃ[15]

---

[1] °sampasavana.°, B. [2] pittiv.°, B. [3] idaṃ, B.
[4] 'va, B. [5] B. *adds* ti.
[6] kuṭumbikassa, B. *throughout.* [7] pavattiṃ, B.
[8] *om.* B. [9] sabbassa, B. [10] *om.* S₁. [11] nivedesi, B.
[12] *om.* S₁. [13] imassā, S₁. B. [14] pātemi, B.
[15] sapataṃ, B. *throughout.*

karohī' ti. 'Sace mayā gabbho pātito duggatiparāyanā khuppipāsābhibhūtā sāyaṃ pātaṃ pañca pañca putte vijāyitvā khāditvā tittiṃ na gaccheyyaṃ niccaṃ duggandhā makkhikāparikkhiṇṇā ca bhaveyyan' ti musāvatvā sapathaṃ akāsi.

Sā na cirass' eva kālaṃ katvā tass' eva gāmassa avidūre dubbaṇṇārūpapetī[1] hutvā nibbatti. Tadā janapade vutthavassā aṭṭha therā Satthu dassanatthaṃ Sāvatthiyaṃ āgacchantā tassa gāmassa avidūre chāyūdakasampanne araññaṭṭhāne vāsaṃ upagacchiṃsu[2]. Atha sā petī therānaṃ attānaṃ dassesi. Tesu saṅghatthero taṃ petiṃ:

Naggā dubbaṇṇarūpāsi duggandhā pūti vāyasi
makkhikāparikiṇṇā[3] 'va[4], kā nu tvaṃ idha tiṭṭhasī ti 1

gāthāya paṭipucchi.

Tattha[5] naggā ti niccolā. Dubbaṇṇarūpāsī[6] ti virūpā[7] ativiya bībhacchādassanarūpena[8] samannāgatā āsi. Duggandhā ti aniṭṭhagandhā. Pūti vāyasī ti sarīrato kuṇapagandhā vāyasi. Makkhikāparikiṇṇā 'vā[9] ti nīlamakkhikāhi samantato ākiṇṇā. Kā nu tvaṃ idha tiṭṭhasī ti kā nāma evarūpā imasmiṃ ṭhāne tiṭṭhasi, ito c' ito ca[10] vicarasī[11] ti attho.

Atha sā petī therena evaṃ puṭṭhā attānaṃ pakāsentī sattānaṃ saṃvegaṃ janentī:

Ahaṃ bhaddante petī 'mhi duggatā Yamalokikā
pāpakammaṃ karitvāna petalokam[12] ito gatā. 2
kālena pañca puttāni sāyaṃ pañca punāpare
vijāyitvāna khādāmi, te pi nā honti me alaṃ. 3

---

[1] vuttarūpāpeti, B. [2] upagañchiṃsu, S_1. S_2.
[3] makkhikāhi par.°, M. C. D.; *om.* B. [4] *om.* M. C. D.
[5] *om.* S_1. S_2. [6] dubbaṇṇā ti, S_1. S_2 (*and then* sī ti).
[7] S_1. S_2 *add* ti. [8] ativiya jigucchena rūpena, B.
[9] makkhikāhi parikiṇṇā ti, B. [10] *om.* S_1. S_2.
[11] pavicarasī ti, S_1. S_2 (*or rather* pa *is a mistake for* ca *after* c' ito). [12] °lokā, *all except* C. D.

Pariḍayhati dhūmāyati[1] khudāya[2] hadayaṃ mama
pānīyaṃ na labhe pātuṃ, passa maṃ vyasanaṃ gatan ti 4

imā tisso gāthā abhāsi.

Tattha bhaddante[3] ti theraṃ gāravena ālapati. **Duggatā** ti duggatiṃ gatā. **Yamalokikā** ti Yamaloko ti laddhanāmena petaloke tatthapariyāpannabhāvena viditā. **Ito gatā** ti ito manussalokato petalokaṃ uppajjanavasena gatā, uppannā ti attho.

Kālenā ti rattiyā vibhātakāle, bhummatthe[4] hi etaṃ karaṇavacanaṃ. **Pañca puttānī** ti pañca putte liṅgavipallāsena h' etaṃ vuttaṃ. **Sāyaṃ pañca punāpare** ti sāyaṇhakāle puna apare pañca putte khādāmī ti yojanā. **Vijāyitvānā** ti divase divase dasa dasa putte vijāyitvā. **Te pi nā honti me alan** ti te pi ekadivasaṃ dasa puttā mayhaṃ khudāpaṭighātāya[5] alaṃ pariyattā na honti, gāthāsukhatthaṃ h' ettha[6] nā iti dīghaṃ katvā vuttaṃ.

Pariḍayhati dhūmāyati[7] khudāya[8] hadayaṃ mamā ti khudāya[8] jigacchāya bādhayamānāya mama hadayapadeso udaragginā parito[9] jhāyati dhūmāyati[10] santappati. **Pānīyaṃ na labhe patun** ti pipāsābhibhūtā tattha tattha vicarantī pānīyaṃ pātuṃ na labhāmi. **Passa maṃ vyasanaṃ gatan** ti petuppattiyā sādhāraṇaṃ asādhāraṇañ ca imaṃ īdisaṃ vyasanaṃ upagataṃ maṃ passa bhante ti attanā anubhavīyamānaṃ dukkhaṃ therassa pavedeti[11]. Taṃ sutvā thero tāya katakammaṃ pucchanto:

kin nu kāyena vācāya manasā dukkaṭaṃ kataṃ
kissa kammavipākena puttamaṃsāni khādasī ti 5

gāthaṃ āha.

Tattha[12] **dukkaṭan** ti duccaritaṃ. **Kissa kammavipākenā** ti kīdisassa[13] kammassa vipākena kiṃ pāṇātipātassa udāhu adinnādānādīsu aññatarassā ti attho. Kena kammavipākenā ti keci paṭhanti.

---

[1] dhūpāya, S₁; dhupayanti, S₂. [2] khuddāya, M. C. D.; B. [3] bhante, S₁. [4] bhummatte, B. [5] khuddāya pati.°, B. [6] te pi l. h' ettha, B. [7] dhūpāyati, S₁; dhupāyati, S₂. [8] khuddāya, B. [9] parisamantato, B. [10] dhūyati, S₂. [11] pavedesi, B. [12] tassa, S₁. [13] kiṃdisassa, B.

Atha sā petī attanā katakammaṃ therassa kathenti:

Sapatī[1] me gabbhinī āsi, tassā pāpaṃ acetayiṃ[2]
sāhaṃ paduṭṭhamanasā akariṃ[3] gabbhapātanaṃ. 6
Tassā dvemāsiko[4] gabbho lohitañ ñeva paggharī
tad assā[5] mātā kupitā mayhaṃ ñātī samānayi
sapathañ ca maṃ[6] kāresi[7] paribhāsāpayi ca maṃ. 7
Sāhaṃ ghorañ ca sapathaṃ musāvādaṃ abhāsissaṃ:
puttamaṃsāni khādāmi sac' etaṃ[8] pakataṃ[9] mayā. 8
Tassa kammavipākena[10] musāvādassa c' ūbhayaṃ
puttamaṃsāni khādāmi pubbalohitamakkhikā[11] ti 9

āha.

Tattha sapatī ti samānapatikā[12] itthi vuccati. **Tassā pāpaṃ acetayin** ti tassā sapatiyā pāpaṃ luddakaṃ kammaṃ cetesiṃ[13]. **Paduṭṭhamanasā** ti paduṭṭhacittā paduṭṭhena vā manasā.

Dvemāsiko ti dve māsā jāto patiṭṭhito hutvā dvemāsiko. **Lohitañ ñeva paggharī** ti vipajjamāno rudhiraṃ[14] ñeva hutvā vissandi. **Tad assā**[15] **matā kupitā mayhaṃ ñātī samānayī** ti tadā assā sapatiyā matā mayhaṃ kupitā attano ñātake[16] samodhānesi. Tat' assā ti[17] vā pāṭho, tato assā ti padavibhāgo.

Sapathan ti sapanaṃ[18]. **Paribhāsāpayi cā** ti bhayena tajjāpesi. **Sapathaṃ musāvādaṃ abhāsissan** ti sac' etaṃ[19] mayā kataṃ īdisī[20] bhaveyyan ti kataṃ eva pāpaṃ akataṃ katvā dassentī[21] musāvādaṃ abhūtaṃ[22] sapathaṃ abhāsiṃ.

Puttamaṃsāni khādāmi sac' etaṃ pakataṃ mayā

---

[1] sapatti, C. D.; B. [2] acetayi, C. D.
[3] akari, C. D.; B. [4] dvemāsiyo, S$_1$. S$_2$. [5] assa, M.
[6] māṃ, S$_1$. S$_2$. [7] akaresi, C. [8] sapathañ, S$_1$. S$_2$.
[9] ca kataṃ, S$_1$. S$_2$. [10] kammavipākaṃ, B.; kammassa vipākaṃ, M. C. D. [11] °makkhitā, M. D. [12] °pati, S$_1$. S$_2$.
[13] acetayiṃ, B. [14] ruhira, B.; rudhiṃ, S$_1$.
[15] assa, S$_2$. [16] B. *adds* pare. [17] tassā ti, S$_1$. S$_2$.
[18] sappanaṃ, S$_1$. S$_2$. [19] sapathaṃ, S$_1$. S$_2$. [illegible]
[20] īdisaṃ, B. [21] dassesi, S$_1$ (dassesiṃ, S$_2$.) [illegible]
[22] abhanaṃ, S$_2$; abhathaṃ, S$_1$. [illegible]

ti idaṃ tadā sapathassa katākāradassanaṃ[1], yadi etaṃ gabbhapātanapāpaṃ mayā kataṃ, āyatiṃ punabbhavābhinibbattiyaṃ mayhaṃ puttamaṃsāni yeva khādeyyan ti attho. Tassā ti tassa[2] gabbhapātanavasena pavattassa pāṇatipātakammassa[3]. Musāvādassa cā ti musāvādakammassa ca. Ubhayan ti ubhayassa pi kammassa ubhayena vipākena, karaṇatthe[4] hi idaṃ paccattavacanaṃ. Pubbalohitamakkhikā ti pasavanavasena[5] paribhuñjanavasena ca pubbena lohitena ca makkhikā hutvā puttamaṃsāni khādāmī ti yojanā.

Evaṃ sā petī attano kammavipākaṃ pavedetvā puna theraṃ[6] evaṃ āha: 'ahaṃ bhante imasmiṃ yeva gāme asukassa kuṭimbikassa bhariyā hutvā issāpakatā hutvā pāpakammaṃ katvā evaṃ petayoniyaṃ nibbattā. Sādhu bhante tassa kuṭimbikassa gehaṃ gacchatha. So tumhākaṃ dānaṃ dassati. Taṃ dakkhiṇaṃ mayhaṃ uddissāpeyyātha[7]. Evaṃ me ito petalokato mutti bhavissatī' ti. Therā taṃ sutvā taṃ anukampamānā ullumpanasabhāvasaṇṭhitā tassa kuṭimbikassa gehaṃ piṇḍāya pavisiṃsu. Kuṭimbiko there disvā sañjātapasādo paccuggantvā pattaṃ gahetvā there āsane nisīdāpetvā paṇītaṃ āhāraṃ bhojetuṃ ārabhi. Therā taṃ pavattiṃ kuṭimbikassa ārocetvā taṃ dānaṃ tassā petiyā uddissāpesuṃ. Taṃ khaṇaññeva sā petī tato dukkhato apetā[8] uḷārasampattiṃ labhitvā rattiyaṃ kuṭimbikassa attānaṃ dassesi. Atha therā anukkamena Sāvatthiyaṃ gantvā Bhagavato tam attham ārocesuṃ. Bhagavā tam attham atthuppattiṃ katvā sampattaparisāya dhammaṃ desesi[9]. Sā[10] desanā[11] mahājanassa sātthikā ahosi[12].

Pañcaputtakhādakapetavatthuvaṇṇanā[13].

---

[1] °ākāraṇadassanam, S₁. [2] tassā, S₁. S₂. [3] pāṇatipātassa, B. (om. kammassa). [4] karaṇatte, S₁. [5] sapatavasena, B. [6] there, B. [7] ādiseyyātha, B. [8] apanetvā, B. [9] S₁. S₂ *insert here the following phrase:* mahājano patiladdhasaṃvego issāmaccherato pativirami (S₂ °viramati). [10] *om.* S₁. S₂. [11] nidesanā, S₁. [12] ahosī ti, S₁. S₂. B. [13] °puttamaṃsakhādaka°, B.

I, 7.

Naggā dubbaṇṇarūpāsi ti. Idaṃ Satthari Sāvatthiyaṃ viharante sattaputtakhāditapetiṃ ārabbha vuttaṃ. Sāvatthiyā kira avidūre aññatarasmiṃ gāme aññatarassa upāsakassa dve puttā ahesuṃ paṭhamavaye ṭhitā rūpasampannā sīlācāraguṇasamannāgatā. Tesaṃ mātā puttavasena bhattāraṃ atimaññati. So bhariyāya avamānito nibbindamānaso aññaṃ kaññaṃ ānesi. Sā na ciren' eva gabbhinī ahosi. Jeṭṭhabhariyā issāpakatā aññataraṃ vejjaṃ[1] āmisena upalāpetvā tena[2] tassā temāsikaṃ gabbhaṃ pātesi. Atha sā[3] ñātīhi ca bhattunā[4] ca 'tayā imissā gabbho pātito' ti puṭṭhā 'nāhaṃ pātesin' ti musāvatvā, tehi asaddahantehi 'sapathaṃ karohī' ti vuttā[2] 'sāyaṃ pātaṃ satta satta putte vijāyitvā puttamaṃsāni khādāmi[5] niccaṃ duggandhā ca makkhikāparikiṇṇā ca bhaveyyan' ti sapathaṃ akāsi. Sā aparena samayena kālaṃ katvā tassa gabbhapātanassa musāvādassa ca phalen' eva petayoniyaṃ nibbattā[6] vuttanayen' eva[7] puttamaṃsāni khādenti tass' eva gāmassa avidūre vicarati.

Tena ca samayena sambahulā therā gāmakāvāse vutthavassā Bhagavantaṃ dassanāya Sāvatthiyaṃ[8] āgacchantā tassa gāmassa avidūre ekasmiṃ padase rattiyaṃ vāsaṃ kappesuṃ. Atha sā petī tesaṃ therānaṃ attānaṃ dasesi. Taṃ mahāthero[9]

Naggā — I, 6, 1 1

gāthāya[10] pucchi[10]. Sā therena puṭṭhā[11]:

Ahaṃ — I, 6, 2[12] 2
Kālena satta ..... satta ... — I, 6, 3 3

---

[1] vijjāvādīnaṃ, B. [2] *om.* B. [3] ath' assā, B.
[4] attanā l. bhattunā, B. [5] B. *is here corrupt, it reads:* khādini bhaveyyan ti. [6] nibbattetvā, B.
[7] vuttanayena, B. (*om.* eva). [8] Sāvatthiṃ, B.
[9] °therā, S_1. B.; B. *adds* gāthāya pucchiṃsu.
[10] *om.* B. [11] B. *adds* tāhi gāthāhi paṭivacanaṃ adāsi.
[12] S_1. S_2. B. *have* bhante *instead of* bhaddante (M. C. D.); *all MSS. however have* petalokaṃ.

Pariḍayhati dhūmayati kudāya hadayaṃ mama
nibbutiṃ nādhigacchāmi aggidaḍḍhā va[1] ātape ti 4

tihi[2] gāthāhi paṭivacanaṃ adāsi.

Tattha nibbutin[3] ti khuppipāsadukkhassa vūpasamanaṃ. Nādhigacchāmī ti na labhāmi. Aggidaḍḍhā va[4] ātape ti ati-uṇha-atāpe aggiḍayhamānā viya nibbutiṃ nādhigacchāmī ti yojanā.

Taṃ sutvā mahāthero tāya katakammaṃ pucchanto:

Kin nu kāyena — I, 6, 5[5] 5

gātham āha.

Atha sā petī attano petalokuppattiñ[6] ca puttānañ ca khādakāraṇaṃ kathentī imā[7] gāthā abhāsi:

Ahu mayhaṃ duve puttā ubho sampattayobhanā
sāhaṃ puttabalūpetā sāmikaṃ atimaññissaṃ[8]. 6
Tato me sāmiko kuddho sapatiṃ[9] aññam[10] ānayi
sā ca gabbhaṃ alabbhittha, tassā pāpaṃ acetayiṃ. 7
Sāhaṃ paduṭṭhamanasā akariṃ gabbhapātanaṃ
tassā temāsiko gabbho pūtilohitako[11] pati. 8
Tad assā mātā — I, 6, 7 c. d. 8[12] 9
Puttamaṃsāni — I, 6, 9[13] 10

Tattha putta balūpetā ti puttabalena upetā puttānaṃ vasena laddhabalā. Atimaññissan[14] ti atikkamitvā[15] avamaññiṃ.

Pūtilohitako[10] patī ti kuṇapalohitaṃ hutvā gabbho paripati. Sesaṃ sabbaṃ anantarasadisam eva. Tattha aṭṭha therā idha sambahulā, tattha pañca puttā idha sattā ti ayam eva viseso[16].

Sattaputtakhādakapetavatthuvaṇṇanā.

---

[1] °daḍḍh' eva, *only* M.; S_1. [2] *om.* S_1. S_2; B. *omits the whole phrase.* [3] nivuttin, S_1. S_2. [4] eva, S_1. [5] manasāya, S_1. S_2 (*instead of* manasā). [6] B. *omits* peta *before* loku.°. [7] B. *omits* imā g. abh.°. [8] atimaññasiṃ, S_1. S_2. [9] sapattiṃ, M. C. D. (sapataṃ, B.). [10] mayhaṃ l. aññam, M.C.D.; B. [11] pubbaloh.°, M.C.D.; B. [12] akaresi, C. D. [13] °makkhitā, M.; S_2. [14] *all MSS.* [15] B. *adds* maññiṃ. [16] B. *adds* ti, *whereas* S_1. S_2 *repeat the very same sentences as above* I, 6 (p. 35) *with a few slightly different*

I, 8.*)

Kin nu ummatarūpo vā ti. Idaṃ Satthā Jetavane viharanto aññataraṃ matapitikaṃ[1] kuṭimbikaṃ ārabbha kathesi. Sāvatthiyaṃ kira[2] aññatarassa kuṭimbikassa pitā kālam akāsi. So pitu maraṇena sokasantattamānaso[3] hadayaparidevamāno ummattako viya vicaranto yaṃ yaṃ passati taṃ taṃ pucchati[4]: 'api me pitaraṃ passathā' ti. Na koci tassa sokaṃ vinodetuṃ asakkhi. Tassa pana hadaye ghaṭe padīpo viya sotāpattiphalassa[5] upanissayo pajjalati. Satthā paccūsasamaye lokaṃ olokento tassa sotāpattiphalassa upanissayaṃ disvā 'imassa atītakāraṇaṃ āharitvā sokaṃ vūpasametvā sotāpattiphalaṃ dātuṃ vaṭṭati' ti cintetvā punadivase pacchābhattaṃ piṇḍapātapaṭikkanto pacchāsamaṇam ādāya tassa gharadvāram agamāsi. So 'Satthā āgato' ti sutvā paccuggantvā Satthāraṃ gehaṃ pavesetvā, Satthari paññatte āsane nisinne sayaṃ[6] Bhagavantaṃ vanditvā ekamantaṃ nisinno 'bhante mayhaṃ pitu gataṭṭhānaṃ jānāthā' ti āha. Atha naṃ Satthā 'upāsaka kim imasmiṃ attabhāve pitaraṃ pucchasi udāhu atīte' ti āha. So taṃ vacanaṃ sutvā 'bahutarā[7] mayhaṃ pitaro' ti tanubhūtasoko thokaṃ majjhattaṃ[8] paṭilabhati. Ath' assa Satthā sokavinodanadhammikathaṃ katvā apagatasokaṃ kallacittaṃ viditvā sāmukkaṃsikāya dhammadesanāya sotāpattiphale patiṭṭhāpetvā vihāraṃ agamāsi. Ath'assa bhikkhū dhammasabhāyaṃ kathaṃ samuṭṭhāpesuṃ: 'passatha āvuso buddhānubhāvaṃ, tathā sokaṃ paramosoko[9] upāsako khaṇen' eva[10] Bhagavatā sotāpattiphale vinīto' ti.

---

readings, *viz.* kammaṃ l. kammavipākaṃ; mahātheram l. theraṃ; mayhaṃ *before* (*not after*) dakkhiṇaṃ; *om.* me ito *after* Evaṃ (eva. S₁); āsanesu l. āsane: patilabhitvā l. labhitvā; S₁ rattiṃ l. rattiyam.

[1] matapattika, S₂; pattika, S₁. [2] *om.* B.

[3] °santappa.°, S₁. S₂; santattahadayo rodamāno um.°, B.

[4] pucchi, S₁. S₂. [5] °pattimaggassa, *all.*

[6] siṅghaṃ l. sayaṃ, B. [7] bahu kira, S₁. S₂.

[8] majjhattikaṃ, S₁. S₂. [9] so paridevasamāpanno, B.

[10] khaṇena va, S₂; B. *omits* va.

*) cp. Jāt. vol. III, pp. 155, sqq.

Satthā tattha gantvā paññattapavarabuddhāsane[1] nisīmo 'kāya nu'ttha bhikkhave etarahi kathāya sannisinnā' ti pucchi[2]. Bhikkhū tam attham Bhagavato ārocesuṃ. Satthā 'na bhikkhave idān' eva mayā imassa soko apanīto, pubbe pi apanīto yevā' ti vatvā tehi yācito atītam āhari.

Atīte Bārāṇasiyam aññatarassa gahapatikassa pitā kālam akāsi. So pitu maraṇena sokaparidevasamāpanno assumukho urattāḷiṃ[3] karonto[4] tato[5] citakaṃ padakkhiṇaṃ karoti. Tassa putto Sujāto nāma kumāro paṇḍito vyatto buddhisampanno pitu sokavinayanupāyaṃ cintento ekadivasaṃ bahinagare ekaṃ goṇaṃ mataṃ[6] disvā, tiṇañ ca pānīyañ ca āharitvā tassa purato ṭhapetvā kabalaṃ[7] dento taṃ jīvamānaṃ viya āṇāpento 'khāda khāda piva pivā' ti vadanto aṭṭhāsi. Āgatāgatā taṃ[5] disvā 'samma Sujāta kiṃ tvaṃ[5] ummattako[8] 'si yo tvaṃ matassa goṇassa tiṇodukam upanesī' ti vadanti. So na kiñci paṭivadati. Manussā tassa pitu santikaṃ gantvā 'putto te ummattako jāto matagoṇassa tiṇodakaṃ detī' ti āhaṃsu. Taṃ sutvā ca kuṭimbikassa pitaraṃ ārabbha soko apagato. 'Mayhaṃ kira putto ummattako jāto' ti saṃvegapatto vegena gantvā 'na nu tvaṃ Sujāta paṇḍito vyatto buddhisampanno, kasmā matagoṇassa tiṇodakaṃ desī'ti codento:

Kin nu ummattarūpo va lāyitvā haritaṃ tiṇaṃ
khāda khādā[9] ti lapasi gatasattaṃ[10] jaraggavaṃ. 1
Na hi annena pānena mato goṇo samuṭṭhahe
tvaṃ 'si bālo ca[11] dummedho yathā t'aññ' eva[12]
dummatī ti 2

gāthadvayam āha.

Tattha kin nū ti pucchāvacanaṃ. Ummattarūpo vā ti ummattakasabhāvo[13] viya cittakkhepaṃ patto viya.

---

[1] paññattavara.°, B. [2] *om.* S₁. S₂.
[3] rattakkho l. urattāḷiṃ, B. [4] kandanto, B.
[5] *om.* B. [6] ekaṃ matagoṇaṃ, B.
[7] B. *omits* kabalaṃ *and the following words* ... khāda.
[8] S₁ *adds* jāto. [9] pivā l. khādā, D.; B.
[10] mataṃ santaṃ, S₁. S₂. [11] va, M. C. D.; B.
[12] yathā añño 'va dummati, M. C. D.; B. [13] °kabhāvo, B.

Lāyitvā ti lāvitvā[1]. Haritaṃ tiṇan ti allatiṇaṃ. Lapasī ti vilapasi. Gatasattan ti[2] vigatajīvitaṃ. Jaraggavan ti balivaddaṃ pi jiṇṇagoṇaṃ.

Annena pānenā ti tayā dinnena haritatiṇena vā[1] pānīyena vā. Mato goṇo[3] samuṭṭhahe ti kālagato goṇo laddhajīviko[4] hutvā na hi samuṭṭhaheyya. Tvaṃ[5] 'si[6] bālo ca dummedho ti tvaṃ bālyayogato bālo medhāsaṅkhātāya[7] paññāya abhāvato dummedho āsi. Yathā t' aññ' eva[8] dummatī ti yathā taṃ[9] aññ' eva[10] nippañño vippalapeyya, evaṃ tvaṃ niratthakaṃ vippalapasī ti attho. Yathā tan ti[11] nipātamattaṃ. Aññ' evā' ti[12] tvaṃ paññavā pi samāno añño[13] dummati puggalo[14] viya dummati[15] hutvā vippalapasī ti attho.

Taṃ sutvā Sujāto pitaraṃ saññāpetuṃ attano adhippāyaṃ pakāsento gāthadvayam[9] abhāsi[9]:

Ime pādā imaṃ[16] sīsaṃ ayaṃ kāyo savāladhi
nettā tath' eva tiṭṭhanti ayaṃ goṇo samuṭṭhahe. 3
N'[17] ayyakassa[18] hatthapādā kāyo sīsañ ca[19] dissati
rudaṃ mattikathūpasmiṃ nanu tvañ ñeva[20] dummatī ti. 4

Tass' attho: imassa goṇassa ime cattāro pādā idaṃ dundubhisadisaṃ[9] sīsaṃ saha vāladhinā vattatī ti. Savāladhi ayaṃ kāyo imāni ca nettāni nayanāni yathā amaraṇato[21] pubbe tath' eva abhinavasaṇṭhānāni[22] tiṭṭhanti. Ayaṃ goṇo samuṭṭhahe ti imasmā kāraṇā ayaṃ goṇo samuṭṭhaheyya samutiṭṭheyyā ti[23] mama cittaṃ bhaveyya, maññe goṇo samuṭṭhahe ti keci paṭhanti, tena kāraṇena ayaṃ goṇo sahasā pi kāyaṃ samuṭṭhaheyyā ti ahaṃ maññeyyaṃ, evaṃ me saññā[24] sambhaveyyā ti adhippāyo.

---

[1] *om.* B. [2] gataṃ sattan ti gatasattaṃ vig.°, S₁. S₂. [3] S₁. S₂ *add* ti goṇena hi. [4] laddhaṃ jīvito, S₁. S₂. [5] taṃ, B. [6] tvañ ca, S₁. S₂. [7] paralokasaṅkh.°, S₁. S₂. [8] yathā añño 'va, B. [9] *om.* B. [10] añño pi, B. [11] yathā ti vā, B. [12] añño vā ti, S₂; *om.* B. [13] aññ' evā, S₁. S₂. [14] ummattapuggalo, S₁. S₂. [15] umugo, S₁. S₂. [16] idaṃ, C. D. [17] *om.* S₁. S₂. [18] S₁. S₂. *add* na. [19] na, B. [20] tvam eva, M. C. [21] amato, S₁.; yathāmaraṇato, B. [22] abbhindasaṇṭhānāni, S₁. S₂. [23] B. *omits* samutiṭṭheyyā ti. [24] saññamāna, S₁. S₂.; maññanā, B.

'Ayyakassa pana mayhaṃ pitāmahassa na hatthapādā kāyo sīsaṃ dissati, kevalaṃ pana tassa aṭṭhikāni pakkhipitvā kate mattikāmaye thūpe rudanto sataguṇena sahassaguṇena tāta tvaññeva dummati nippañño, bhijjanadhammā saṅkhārā bhijjanti tattha, vijānataṃ kā paridevanā' ti pitu dhammaṃ kathesi. Taṃ sutvā Bodhisattassa pitā 'mama putto paṇḍito maṃ saññāpetuṃ imaṃ kammaṃ akāsī' ti cintetvā 'tāta Sujāta sabbe pi sattā maraṇadhammā' ti[1] aññātam etam ito paṭṭhāya na socissāmi sokaharaṇasamatthena nāma[2] tādisen' eva bhavitabban' ti puttaṃ[3] pasaṃsanto catasso[4] gāthāyo abhāsi:

Ādittaṃ vata maṃ santaṃ ghatasittaṃ va pāvakaṃ
vārinā viya osiñcaṃ[5] sabbaṃ nibbāpaye daraṃ. 5
Abbūḷha vata me sallaṃ sokaṃ hadayanissitaṃ
yo me sokaparetassa[6] pitu sokaṃ apānudi[7]. 6
Sv' āhaṃ abbūḷhasallo 'smiṃ sītibhūto 'smi nibbuto
na socāmi na rodāmi tava[8] sutvāna māṇava. 7
Evaṃ karonti sappaññā ye konti anukampakā
vinivattanti[9] sokamhā Sujāto pitaraṃ yathā ti. 8

Tattha **ādittan** ti sokagginā pədittaṃ[10] jalitaṃ. **Santan** ti samānaṃ. **Pāvakan** ti aggi. **Vārinā viya osiñcan** ti udakena āsiñcanto viya. **Sabbaṃ nibbāpaye**[11] **daran** ti sabbaṃ[12] cittadarathaṃ nibbāpeti[13].

Abbuḷha vatā ti nīhari vata. **Sallan** ti sokasallaṃ. **Hadayanissitan** ti cittasannissitasallabhūtaṃ. **Sokaparetassā** ti sokābhibhūtassa. **Pitusokan** ti pitaraṃ ārabbha uppannasokaṃ. **Apānudī** ti apanesi.

Tava sutvāna māṇavā ti kumāra tava vacanaṃ sutvā idāni pana[14] na socāmi na rodāmi.

Sujāto pitaraṃ yathā ti yathā ayaṃ Sujāto attano pitaraṃ sokato vinivattesi, evam aññe pi[14] ye anukampakā[15]

---

[1] S_1. *omits* ti. [2] B. *adds* medhāvinā. [3] taṃ, B.
[4] B. *puts these three words after* yathā ti.
[5] osiñci, M., C.; S_1. S_2. [6] sokahadayaparetassa, S_1.
[7] anupādi, B. [8] tañ ca, M.; S_1.
[9] vinivattayanti, D.; B.; vinivaṭṭayi, M.
[10] ādittaṃ, B. (*corrected from* padittaṃ). [11] nibbāpayi, B.
[12] B. *adds* me. [13] °pesi, B. [14] *om*. B. [15] *om*. S_1. S_2.

anuggaṇhasīlā honti te sappaññā evaṃ karonti pitunnaṃ aññesañ ca upakāraṃ karontī ti attho[1].

Mānavassa vacanaṃ sutvā pitā apagatasoko hutvā sīsaṃ nahāyitvā bhuñjitvā kammante pavattetvā kālaṃ katvā saggaparāyano ahosi.

Satthā imaṃ dhammadesanaṃ āharitvā tesaṃ[2] bhikkhūnaṃ[2] saccāni pakāsesi. Saccapariyosāne bahū sotāpattiphalādīsu patiṭṭhahiṃsu. Tadā Sujāto lokanātho ahosi[3].

Goṇapetavatthuvaṇṇanā.

I, 9.

Gūthañ ca muttaṃ ruhirañ ca pubban ti. Idaṃ Satthari Sāvatthiyaṃ viharante aññataraṃ pesakārapetiṃ ārabbha vuttaṃ. Dvādasamattā kira bhikkhū Satthu santike kammaṭṭhānaṃ gahetvā vasanaṭṭhānaṃ[4] vīmaṃsantā upakaṭṭhāya vassūpanāyikāya aññataraṃ chāyūdakasampannaṃ ramaṇīyaṃ araññāyatanaṃ tass' eva[5] nātidūre nāccāsanne gocaragāmaṃ disvā tattha ekarattiṃ vasitvā dutiyadivase gāmaṃ piṇḍāya pāvisiṃsu. Tattha ca ekādasapesakārā[6] paṭivasanti. Te te[7] bhikkhū disvā sañjātasomanassā hutvā attano gehaṃ netvā paṇītena āhārena parivisitvā āhaṃsu: 'kuhiṃ bhante gacchathā' ti. 'Yattha amhākaṃ phāsukaṃ tattha gamissāmā' ti. 'Yadi evaṃ bhante idh' eva vasitabban' ti vassūpagamanaṃ yāciṃsu. Bhikkhū sampaṭicchiṃsu. Upāsakā tesaṃ tattha araññe kuṭikāyo kāretvā adaṃsu. Bhikkhū tattha vassaṃ upagacchiṃsu[8]. Tattha jeṭṭhapesakāro dve bhikkhū catuhi paccayehi sakkaccaṃ upaṭṭhahi, itaresaṃ[9] ekeko[10] ekekaṃ bhikkhuṃ upaṭṭhahi[11]. Jeṭṭhapesakārassa[12] bhariyā assaddhā appasannā micchādiṭṭhimaccharinī bhikkhū na sakkaccaṃ upaṭṭhāsi[13]. So taṃ disvā tassā yeva kaniṭṭhabhaginiṃ ānetvā attano[14] gehe issariyaṃ niyyādesi. Sā

---

[1] *after* attho B. *continues*: imaṃ dhammadesanaṃ *and so on.*
[2] *om.* B. [3] āsi, B. [4] vasanayogyaṭhānaṃ, B.
[5] tassa ca, B. [6] °pesakārakā, S1. S2. [7] *om.* B.
[8] °gañchiṃsu, S1. S2. [9] itaresu, B. [10] *om.* S1. S2.
[11] upaṭṭhahiṃsu, S1. S2. [12] °pesakārakassa, S1. S2.
[13] upaṭhāti, B. [14] *om.* B.

saddhāpasannā hutvā sakaccaṃ bhikkhū paṭijaggi. Te sabbe pesakārā vassaṃ vutthānaṃ bhikkhūnaṃ ekekassa ekekaṃ sāṭakaṃ adaṃsu. Tattha maccharinī jeṭṭhapesakārassa bhariyā paduṭṭhacittā attano sāmikaṃ paribhāsi: 'yaṃ tayā samaṇānaṃ Sakyaputtiyānaṃ dānaṃ dinnaṃ annapānaṃ, tan te paraloke gūthamuttaṃ pubbalohitañ ca hutvā nibbattatu, sāṭakā pajjalitā ayomayapaṭṭā hontū' ti. Tattha jeṭṭhapesakāro aparena samayena kālaṃ katvā Viñjhāṭaviyaṃ[1] ānubhāvasampannā rukkhadevatā hutvā nibbatti. Tassa pana kadariyā bhariyā kālaṃ katvā tass' eva[2] vasanaṭṭhānassa avidūre petī hutvā nibbatti. Sa naggā dubbaṇṇarūpā jighacchāpipāsābhibhūtā tassa bhummadevassa[3] santikaṃ gantvā āha: 'ahaṃ sāmi niccolā ativiya jighacchāpipāsābhibhūtā vicarāmi[4], dehi me vatthaṃ annapānañ cā' ti. So tassa dibbaṃ uḷāraṃ annapānaṃ upanesi. Taṃ tāya gaṇhitamattaṃ[5] eva gūthamuttaṃ pubbalohitañ ca sampajjati[6] sāṭakañ ca tāya paridahitaṃ pajjalitaṃ[7] ayopaṭṭaṃ[8] hoti. Sā mahādukkhaṃ anubhavantī[9] taṃ chaḍḍetvā kandantī vicarati.

Tena samayena aññataro bhikkhu vutthavasso Satthāraṃ vandituṃ gacchanto mahatā satthena saddhiṃ Viñjhāṭaviyaṃ paṭipajji. Satthikā[10] rattiṃ maggaṃ gantvā divā[11] sandachāyūdakasampannaṃ padesaṃ disvā yoggāni muñcitvā[12] muhuttaṃ vissamiṃsu. Bhikkhu pana vivekakāmatāya thokaṃ apakkamitvā[13] aññatarassa sandachāyassa sandagahanapaṭicchannassa[14] rukkhassa mūle[15] saṅghāṭiṃ paññāpetvā nipanno rattiyaṃ maggagamanaparissamena kilantakāyo niddaṃ upagacchi[16]. Satthikā vissamitvā maggaṃ paṭipajjiṃsu. So bhikkhu na paṭibujjhi. Atha sāyaṇhasamaye[17] uṭṭhahitvā[18] satthike[19] appassanto aññataraṃ

---

[1] Vijjhāṭaviyam, S_1; Vijhāṭ°, B. [2] tassa, B. [3] °devatassa, S_1. [4] S_1 *adds* va. [5] gahitamattham, B. [6] sampajjalitaṃ, B. [7] sampajjalitaṃ, B. [8] ayomanaṃ, S_1. S_2. [9] anuvatti, S_1. [10] satthakā, B. [11] B. *adds* udakaṭhānaṃ disvā *and then continues*: yoggāni *and so on*. [12] muñcetvā, S_1. S_2. [13] apakkametvā, B. [14] vanagahaṇa°, B. [15] rukkhamūle, S_1. S_2. [16] upagañchi, *all MSS*. [17] sāyanhe, B. [18] upaṭṭhahitvā, S_1. S_2.; uṭhahetvā, B. [19] te l. satthike, B. (S_1. S_2. santike *or* sattike).

ummaggaṃ[1] paṭipajjitvā[2] anukkamena tassā devatāya nivāsanaṭṭhānaṃ sampāpuṇi. Atha naṃ so devaputto disvā manussarūpena upagantvā paṭisanthāraṃ katvā attano vimānaṃ pavesetvā pādabbhañjanādīni datvā payirupāsanto nisīdi. Tasmiñ ca samaye sā petī āgantvā 'dehi me sāmi annapānaṃ sāṭakañ cā' ti[3] āha. So[4] tassā tāni adāsi. Tāya ca[5] gahitamattāni gūthamuttaṃ pubbalohitaṃ jalita[6]-ayopaṭṭā yeva ahosum. So bhikkhu taṃ disvā sañjātasaṃvego taṃ devaputtaṃ[7]:

Gūthañ ca muttaṃ ruhirañ ca pubbaṃ paribhuñjati,
kissa[8] ayaṃ vipāko
ayaṃ nu kiṃ[9] kammam akāsi nārī yā[10] ca[11] sabbadā
lohitapubbabhakkhā. 1
Navāni vatthāni subhāni c'eva[12] mudūni suddhāni ca[13]
lomasāni
dinnāni missā kiṭakā va[14] bhavanti, ayaṃ nu kiṃ kammam akāsi nārī ti 2

dvīhi gāthāhi paṭipucchi.

Tattha kissa ayaṃ vipāko ti kīdisassa kammassa ayaṃ vipāko yam esā idāni paccanubhavati[15]. Ayaṃ nu kiṃ kammam akāsi nārī' ti ayam itthi kiṃ nu kho kammaṃ pubbe akāsi. Yā ca sabbadā[16] lohitapubbabhakkhā ti yā ca[17] sabbakālaṃ ruhirapubbam eva bhakkhā ti paribhuñjati.

Navānī ti paccagghāni tāva devapātubhūtāni. Subhānī ti sundarāni dassanīyāni. Mudūnī ti sukhasamphassāni. Suddhānī ti parisuddhavaṇṇāni. Lomasānī ti salomakāni sukhasamphassāni sundarānī ti attho. Dinnāni missā kiṭakā va bhavantī ti kiṭakasadisāni lohapaṭṭasadisāni bhavanti, kiṭakā bhavantī ti vā pāṭho, khādakapāṇakavaṇṇāni bhavantī ti attho.

---

[1] kummaggaṃ, S_1. S_2. [2] B. *has* gahetvā gacchanto.
[3] sātikan ti, S_1 (sātakan ti, S_2). [4] B. *adds* ca. [5] tāni ca tāya, S_1. S_2. [6] jalitvā, B. [7] S_1. *adds* pucchi. [8] kassa, M. D.
[9] C. *adds* kho. [10] sā, M. C. D.; B. [11] *om.* M. C. D.; B.
[12] subhā 'va c'eva, S_1. S_2. [13] *om.* C.
[14] M. C. D., B. S_2 *omit* va. [15] B. *adds* ti.
[16] sā sabbadā, B. [17] sā l. yā ca, B.

Evaṃ so devaputto tena bhikkhunā puṭṭho tāya purimajātiyā katakammaṃ pakāsento dve[1] gāthā abhāsi:

Bhariyā mam' esā ahu[2] bhaddante adāyikā maccharinī
kadariyā
sā maṃ dadantaṃ samaṇabrāhmaṇānaṃ akkosati[3] paribhāsati ca. 3
Gūthañ ca muttaṃ ruhirañ ca pubbaṃ paribhuñja tvaṃ
asuciṃ sabbakālaṃ
etan te paralokasmiṃ hotu vatthāni[4] ca te kiṭakasamā
bhavantu[5]
etādisaṃ duccaritaṃ caritvā idhāgatā cirarattāya khādatī ti. 4

Tattha adāyikā ti kassaci kiñci pi na adāsi[6], adānasīlā. Maccharinī kadariyā ti paṭhamaṃ maccheramalassa[7] sabhāvena maccharinī[8] tāya ca[9] punappunaṃ āsevanāya thaddamaccharinī[10] tāya kadariyā ahū ti yojanā. Idāni tassā tam eva kadariyataṃ dassento Sā maṃ dadantan ti ādim āha.

Tattha etādisan[11] ti evarūpaṃ[12] yathāvuttaṃ vacīduccaritādi[13] caritvā. Idhāgatā ti imaṃ petalokaṃ āgatā[14] petabhāvaṃ[15] upagatā. Cirarattāya khādatī ti cirakālaṃ gūthādim eva khādati. Tassā hi yenā pi[16] kāraṇa akaṭṭha tena vā kāraṇa pavattamānam pi phalaṃ yaṃ uddissa akaṭṭha tato aññattha paṭhaviyaṃ matakasaṅkhāte[17] matthake[18] asanipāto viya attano upari patati.

Evaṃ so devaputto tāya pubbe katakammaṃ kathetvā puna taṃ bhikkhuṃ ārabbha[19] 'atthi pana bhante koci upāyo imaṃ petalokato mocetun' ti āha. 'Atthī' ti vutte 'kathetha bhante' ti.

---

[1] *after* khādatī ti, B. [2] ahu mam' esā, M.; C. *omits* mam' esā. [3] M. C. D., B. *add* ca. [4] vatthā, B.
[5] bhavanti, S_1. S_2. [6] S_1. S_2 *omit* na adāsi.
[7] maccharimattassa, B. [8] macchari, B. [9] taṃ yeva, B.
[10] °macchari, B. [11] tādisan, B. [12] °rūpāni, B.
[13] °duccaritāni, B. [14] gatā, S_1. [15] petatta.°, B.
[16] *om.* B.
[17] kamantakasaṅkhāte, B; matakasāghātena, S_1. S_2.
[18] matake, S_1. [19] *om.* S_2. B.; *but they have* āha.

'Yadi Bhagavato ariyasaṅghassa ca ekass' eva vā[1] bhikkhuno dānaṃ datvā imissā uddissiyati[2] ayañ ca taṃ anumodati, evam etissā ito dukkhato mutti bhavissatī' ti. Taṃ sutvā devaputto tassa bhikkhuno paṇītaṃ annapānaṃ datvā taṃ dakkhiṇaṃ tassā petiyā ādisi tāva-d-eva sā petī sukhitā pīṇitindriyā dibbāhārassa tittā ahosi. Puna tass' eva[3] bhikkhuno hatthe dibbasāṭakayugaṃ Bhagavantaṃ uddissa datvā dakkhiṇaṃ petiyā ādisi tāva-d-eva[4] sā dibbavatthāni vatthā dibbālaṅkāravibhūsitā sabbakāmasamiddhā devaccharūpaṭibhāgā ahosi. So ca bhikkhu tassa devaputtassa iddhiyā tadahe 'va Sāvatthiṃ[5] patvā[6] Jetavanaṃ pavisitvā Bhagavato santikaṃ upagantvā vanditvā taṃ sāṭakayugaṃ datvā taṃ pavuttiṃ ārocesi. Bhagavā pi tam attham atthuppattiṃ katvā sampattaparisāya dhammaṃ desesi. Sā dhammadesanā mahājanassa sātthikā ahosi[7].

Mahāpesakārapetavatthuvaṇṇanā.

I, 10.

Kā nu anto vimānasmin ti. Idaṃ Satthari Sāvatthiyaṃ viharante aññataraṃ khalātiyapetiṃ ārabbha vuttaṃ. Atīte kira Bārāṇasiyaṃ aññatarā rūpupajīvinī itthi abhirūpā dassanīyā pāsādikā paramāya vaṇṇapokkharatāya samannāgatā atimanoharakesakalāpā ahosi. Tassā hi kesā nīlā dīghā tanumudusiniddhā vellitaggā dvehatthā[8] gayhā visaṭṭhā yāva mekhalā kalāpā olambanti. Taṃ tassā kesasobhaṃ disvā taruṇajanā[9] yebhuyyena tattha paṭibaddhacittā[10] ahesuṃ[11]. Ath' assā taṃ kesasobhaṃ asahamānā issāpakatā katipayā itthī[12] samantetvā[13] tassā eva paricārikaṃ dāsiṃ āmisena upalāpetvā tāya tassā kesuppātanaṃ bhesajjaṃ dāpesuṃ. Sā kira dāsī taṃ bhesajjaṃ nahāniyacuṇṇena saddhiṃ payojetvā Gaṅgāya nadiyā nahānakāle tassā adāsi. Sā tena kese samūle sutemitvā udake

---

[1] *om.* S₁. S₂. [2] uddissayati, B. [3] puttass' eva, S₁. S₂. [4] B. *adds* ca. [5] Sāvatthiyaṃ, S₂. [6] gantvā, B. [7] *all MSS. add* ti. [8] velitaggādi hatthā, S₁. S₂. [9] °jano, B. [10] °citto, B. [11] ahosi, B. [12] itthiyo, B. [13] mantetvā, B.

nimujji. Nimujjanamatte yeva kesā samūlā paripatiṃsu. Sīsaṃ tassā[1] tintakalābusadisaṃ ahosi. Atha sā[2] sabbaso vilūnakesā[3] luñcitapamattā[4] kapotī viya virūpā hutvā lajjāya anto nagaraṃ pavisituṃ asakkontī vatthena sīsaṃ veṭhetvā bahinagare aññatarasmiṃ padese vāsaṃ kappentī katipāhaccayena apagatalajjā[5] tilāni pīḷetvā telavaṇijjaṃ surāvaṇijjañ ca karontī jīvitaṃ kappesi. Sā ekadivasaṃ dvīsu tīsu manussesu surāmattesu[6] mahāniddaṃ okkamantesu sithilabhūtāni tesaṃ nivatthavatthāni avahari. Ath' ekadivasaṃ sā ekaṃ khīṇāsavattheraṃ piṇḍāya carantaṃ disvā pasannacittā attano gharaṃ netvā paññatte āsane nisīdāpetvā telasaṃsaṭṭhaṃ doṇinimmijjanaṃ miñjakam adāsi. So tassā anukampāya taṃ paṭiggahetvā paribhuñji. Sā pasannahadayā[7] upari chattaṃ dhāriyamānā aṭṭhāsi. So ca thero tassā cittaṃ sampahaṃsanto[8] anumodanaṃ katvā pakkāmi. Sā ca itthi anumodanakāle yeva 'mayhaṃ kesā dīghā tanusiniddhamuduvellitaggā hontū' ti patthanam akāsi. Sā aparena samayena kālaṃ katvā puññāpuññakammassa[9] nissandena[10] samuddamajjhe kanakavimāne ekikā hutvā nibbatti. Tassā kesā patthitā kārā yeva sampajjiṃsu, manussānaṃ sāṭakāvaharaṇena naggā ahosi. Sā tasmiṃ kanakavimāne punappunaṃ uppajjitvā ekaṃ buddhantaraṃ naggā hutvā vītināmesi. Atha amhākaṃ Bhagavati loke uppajjitvā pavattatapavaradhammacakkhe anupubbena Sāvatthiyaṃ viharante[11] Sāvatthivāsino satamattā[12] vāṇijā Suvaṇṇabhūmiṃ uddissa nāvāya mahāsamuddaṃ otariṃsu. Tehi ārūḷhanāvā visamavātavegukkhittā ito c' ito ca paribbhamantī taṃ padesaṃ āgamāsi. Atha sā vimānapetī saha vimānena tesaṃ attānaṃ dassesi. Taṃ disvā jeṭṭhavāṇijo pucchanto

---

1 c' assā, B. 2 ath' assā, B.
3 virūhanakesā, B.
4 °patthaka, B.; °pamattaṃ, S_1; °matthaṃ; S_2.
5 B. *adds* tato nivattetvā. 6 madamentisu, S^1.
7 °mānasā, B. 8 B. *omits* sam *before* pah.°.
9 missakakammassa phalena, B. 10 *om.* B.
11 vasante, B. 12 sattasatā, B.

Kā nu anto vimānasmiṃ tiṭṭhantī na[1] upanikkhami
upanikkhamassu bhadde tvaṃ[2] passāma taṃ
mahiddhikan[3] ti 1

gātham āha.

Tattha kā nu anto vimānasmiṃ tiṭṭhantī ti vimānassa anto abbhantare tiṭṭhanti kā nu tvaṃ kiṃ manussitthi udāhu amanussitthī ti pucchati. Na upanikkhamī ti vimānato na nikkhami. Upanikkhamassu bhadde tvaṃ[4] passāma taṃ mahiddhikan[5] ti bhadde taṃ[6] mahiddhikaṃ[7] passāma daṭṭhukāmamhā, tasmā[8] vimānato nikkamassu, upanikkhamassu bhaddan te ti vā pāṭho, bhaddaṃ tava atthū ti attho.

Ath' assā attano bahinikkhamituṃ asakkuṇeyyattaṃ pakāsentī gātham[9] āha[9]:

Aṭṭiyāmi harāyami naggā nikkhamituṃ bahi
keseh' amhi paṭicchannā puññaṃ me appakaṃ
katan ti. 2

Tattha aṭṭiyāmī ti naggā hutvā bahi nikkhamituṃ dātukkhittā[10] amhi. Harāyāmī ti lajjāmi. Keseh' amhi paṭicchannā ti kesehi amhi ahaṃ paṭicchāditā pārutasarīrā. Puññaṃ me appakaṃ katan ti appakaṃ parittaṃ mayā kusalakammaṃ kataṃ piññākadānamattan ti adhippayo.

Atha vāṇijo attano uttarisākaṭaṃ dātukāmo

Hand' uttarīyaṃ dāmi te imaṃ[11] dussaṃ nivāsaya[12]
imaṃ[11] dussaṃ nivāsetvā bahi[13] nikkhama sobhane
upanikkhamassu[14] bhadde passāma taṃ mahiddhikan[15] ti 3

gātham āha.

---

[1] n', M. C. D.; B. [2] *om.* C. D.; B.
[3] bahiṭṭhitaṃ, M. D.; B. [4] *om.* B. [5] bahiṭhitan, B.
[6] B. *adds* mayaṃ. [7] *om.* S$_1$. S$_2$; B. *has* bahiṭhitaṃ.
[8] tamhā, S$_1$. S$_2$. [9] *after* katan ti, B.
[10] dadukkhita, S$_1$. S$_2$; aṭṭā dukkhitā, B.
[11] idaṃ, M. C. D.; B. [12] °vāsayaṃ, S$_1$. S$_2$; °vāsiya, C.
[13] ehi, M. C. D.; B. [14] °kkhamassa, S$_1$; °kkhassa, S$_2$.
[15] bahiṭṭhitaṃ, M. C. D.; B.

Tattha handā ti gaṇha. Uttarīyan ti uparivasanaṃ[1] upariharaṃ[2] uttarisākaṭan ti attho. Imaṃ[3] dussaṃ nivāsayā ti imaṃ[3] mamaṃ[4] uttarīyaṃ[5] sāṭakaṃ tvaṃ nivāsehi. Sobhane ti sundararūpe.

Evañ ca pana vatvā attano uttarisāṭakaṃ tassā upanesi. Sā tathā pi dīyamānassa attano anupakappanaṃ[6] yathā ca dīyamānaṃ[7] upakappatī ti[8] dassentī gāthadvayaṃ āha:

Hatthena hatthe te dinnaṃ na mayhaṃ upakappati
es' etth' upāsako saddho sammāsambuddhasāvako. 4
Etaṃ acchādayitvāna mama dakkhiṇam ādisa[9]
tadāhaṃ[10] sukhitā hessaṃ sabbakāmasamiddhinī ti. 5

Tattha hatthena hatthe te dinnaṃ na mayhaṃ upakappatī ti mārisa tava[11] hatthena mama hatthe[12] tayā[12] dinnaṃ mayhaṃ na upakappati[13], na niyujjati[14] upabhogayoyaṃ[15] na arahatī[16] ti attho. Es' etth' upāsako saddho ti[17] eso ratanattayaṃ uddissasaraṇagamanena[18] upāsako kammaphalaṃ saddhāya ca samannāgatattā saddho ettha etasmiṃ janasamūhe atthi.

Etaṃ acchādayitvāna mama dakkhiṇam ādisā ti etaṃ upāsakaṃ mama dīyamānaṃ sāṭakaṃ paridahāpetvā taṃ dakkhiṇaṃ mayhaṃ ādisa[19] pattidānaṃ dehi. Tadāhaṃ[20] sukhitā hessan ti tadā[21] kate ahaṃ[22] dibbavatthanivatthā sukhappattā bhavissāmi.

Taṃ sutvā vāṇijā taṃ upāsakaṃ nahāpetvā vilimpetvā vatthayugena acchādesuṃ. Tam atthaṃ pakāsento saṅgītikārā tisso[23] gāthāyo[23] avocuṃ[23]:

Tañ ca te nahāpayitvāna vilimpitvāna[24] vāṇijā
vattheh' acchādayitvāna tassā dakkhiṇam ādisuṃ[25]. 6

---

[1] upasabyānaṃ, B. [2] sariraṃ, B. [3] idaṃ, B.
[4] maṃ, S_1. [5] uttara, B. [6] B. *adds* ñatvā.
[7] S_1. B. *add* na. [8] tam, B. l. ti; tañ ca, S_1. S_2.
[9] ādisaṃ, M. C. D. [10] tathāhaṃ, M. C. D.
[11] mama, S_1; vata, B. [12] *om.* S_1. [13] S_1 *adds* ti.
[14] viniy.°, B. [15] °yoggaṃ, B. [16] hotī, B.
[17] *om.* S_1. [18] °gamane, S_1. [19] ādi, S_1.
[20] tathāhaṃ, B. [21] tathā, B. [22] B. *adds* sukhitā.
[23] *after* phalan ti, B. [24] °petvāna, M. C. D.; B.
[25] ādisaṃ, S_1. S_2.; ādiṃsu, D.; B.

Samanantarānudiṭṭhe[1] vipāko upapajjatha[2]
bhojanacchādanapānīyaṃ dakkhiṇāya idaṃ phalaṃ. 7
Tato suddhā sucivasanā kāsikuttamadhārinī
hasantī vimānā nikkhami dakkhiṇāya idaṃ phalan ti. 8

Tattha tan ti upāsakaṃ, ca-saddo nipātamattaṃ. Te ti[3] vāṇijā ti yojanā. Vilimpitvānā ti uttamena gandhena vilimpetvā[4]. Vattheh' acchādayitvānā ti vaṇṇagandharasasampannaṃ sabyañjanaṃ bhojanaṃ bhojetvā nivāsanaṃ uttarīyaṃ dvīhi vatthehi acchādesuṃ dve vatthāni adaṃsū ti attho. Tassā dakkhiṇam ādisun[5] ti tassā petiyā taṃ dakkhiṇam adaṃsu.

Samanantarānudiṭṭhe[6] ti anū ti nipātamattaṃ, tassā dakkhiṇāya uddiṭṭhasamanantaram eva. Vipāko upapajjathā ti tassā petiyā vipāko dakkhiṇāya idaṃ phalaṃ uppajji. Kīdiso ti petī[7] āha. Bhojanacchādanaṃ pānīyan ti nānāppakāraṃ dibbbhojanasadisaṃ bhojanañ ca nānāvirāgavaṇṇasamujjalaṃ dibbavatthasadisaṃ vatthañ ca anekavidhaṃ pānañ ca dakkhiṇāya idaṃ īdisaṃ phalaṃ, upapajjathā[8] ti yojanā.

Tato ti yathāvuttābhojanādi paṭilābhato pacchā. Suddhā ti nahānena[9] suddhasarīrā. Sucivasanā ti sucisuddhavatthanivatthā. Kāsikuttamadhārinī ti Kāsikavatthato pi uttamavatthadhārinī. Hasantī ti passatha tāta tumhākaṃ dakkhiṇāya idaṃ phalavisesan ti pakāsanavasena hasamānā vimānato nikkhami.

Tato[10] vāṇijā evaṃ paccakkhato puññaphalaṃ disvā acchariyabbhutacittajātā tasmiṃ upāsake sañjātagāravabahumānā katañjalī taṃ payirupāsiṃsu. So pi[11] te[12] dhammakathāya bhīyosomattāya pasādetvā saraṇesu ca sīlesu ca patiṭṭhāpesi. Te tāya vimānapetiyā katakammaṃ imāya[13] gāthāya[13] pucchiṃsu[13]:

---

[1] °tarā an.°, M. C. D.; B. [2] udap.°, M. C. D.; B.
[3] *om.* B. [4] °pitvā, S_1. [5] ādiṃsun, B.
[6] °tarā anu.°, B. [7] ce l. petī, B. [8] udap.°, B.
[9] nahāpanavasena, B. [10] atha te, B. [11] ca, B.
[12] tesaṃ, B.; *om.* S_1. S_2. [13] imā, S_1. S_2; *after* phalan ti, B.

Sucittarūpaṃ ruciraṃ vimānan te ca bhāsati[1]
devate pucchitācikkha kissa kammass' idaṃ phalan ti. 9

Tattha sucittarūpan ti atthi[2] assa itthipurisādivasena c' eva mālākammalatākammādivasena ca suṭṭhu vihitacittarūpaṃ. Ruciran ti ramaṇīyaṃ dassanīyaṃ. Kissa kammass' idaṃ phalan ti kīdisassa kammassa kiṃ dānamayassa udāhu sīlamayassa phalan ti attho.

Sā tehi evaṃ puṭṭhā 'mayā katassa parittakassa[3] kusalakammassa tāva idaṃ phalaṃ akusalakammassa[4] pana āyatiṃ niraye īdisaṃ bhavissatī ti tad ubhayaṃ ācikkhantī tā[5] gāthāyo abhāsi:

Bhikkhuno caramānassa doṇinimmiñjanaṃ[6] ahaṃ
adāsiṃ ujubhūtassa vippasannena cetasā. 10
Tassa kammassa kusalassa vipākaṃ dīghaṃ antaraṃ
anubhomi vimānasmiṃ tañ ca dāni parittakaṃ. 11
Uddhañ catūhi māsehi kālakiriyā bhavissati
ekantaṃ kaṭukaṃ ghoraṃ nirayaṃ papatiss' ahaṃ[7]. 12
Catukkaṇṇaṃ[8] catudvāraṃ vibhattaṃ bhāgaso mitaṃ
ayopākārapariyantaṃ ayasā paṭikujjitaṃ. 13
Tassa ayomayā bhūmi jalitā tejasāyutā
samantā yojanasataṃ pharitvā tiṭṭhati sabbadā. 14
Tatthāhaṃ dīghaṃ addhānaṃ dukkhaṃ[9] vedissaṃ[10]
vedanaṃ
phalañ ca pāpakammassa tasmā socāmidaṃ[11] bhūtan ti 15.

Tattha bhikkhuno caramānassā ti aññatarassa bhinnakilesassa bhikkhuno bhikkhāya carantassa. Doṇinimmiñjanan ti vissandamānatelamiñjakaṃ. Ujubhūtassā ti cittajimhavaṅkakuṭilabhāvakarānaṃ kilesānaṃ

---

[1] pabhāsati l. ca bh.°, M. C. D.; B. [2] hatthi, S₂. B.
[3] *om.* B.; parittatassa, S₁; parittassa kassa, S₂.
[4] S₁. S₂ *add* ca. [5] B. *omits* tā *and so on, but puts* gāthāyo abhāsi *after* bhūtan ti.
[6] °nimmajjaniṃ, M. C. D.; B.
[7] niray' ūpapatiss' ahaṃ, S₁. S₂. [8] catukaṇṇaṃ, B.
[9] dīghaṃ, C. D.; B. [10] vedissa, M. C. D.; B.
[11] socām' ahaṃ bhūsan, M.; B.; °bhūtan, C. D.

abhāvena ujubhāvappattassa. Vippasannena cetasā ti kammaphalasandhāya suṭṭhu pasannena cittena.

Dīgham antaran ti ma-kāro padasandhikaro dīghaṃ antaraṃ, dīghaṃ kalan ti attho. Tañ ca dāni parittakan ti tañ ca puññaphalaṃ vipākattā[1] kammassa idāni parittakaṃ appāvasesaṃ na ciren' eva[2] ito cavissāmi[3] ti attho. Tenāha:

Uddhañ catūhi māsehi kālakiriyā bhavissatī ti catūhi māsehi uddhaṃ catunnaṃ māsānaṃ upari pañcame māse mama kālakiriyā bhavissatī ti dasseti. Ekantaṃ kaṭukan ti ekanten' eva aniṭṭhaṃ chaphassāyatanikabhāvato ekantadukkhan ti attho. Ghoran ti dāruṇaṃ. Nirayan ti natthi ettha ayo sukhan ti katvā nir-ayan ti laddhanāmaṃ narakaṃ. Papatiss'[4] āhan[4] ti[4] papatissāmi[5] ahaṃ nirayan ti, c'ettha Avīcimahānirayassa adhippetattā taṃ sarūpato dassentī Catukkaṇṇan ti ādim āha.

Tattha catukkaṇṇan ti catukoṇaṃ. Catudvāran ti catūsu disāsu catūhi dvārehi yuttaṃ. Vibhattan ti suṭṭhu vibhattaṃ. Bhāgaso ti bhāgato. Mitan ti tulitaṃ. Ayopākārapariyantan ti ayomayena pākārena parikkhittaṃ. Ayasā paṭikujjitan ti ayopaṭalen' eva upari pidahitaṃ[6].

Tejasāyuttā[7] ti samantato samuṭṭhitajālena mahatā agginā nirantaraṃ samāyuttā jālā. Samantā[8] yojanasatan[8] ti[8] evaṃ puna[9] samantā bahisabbadisāsu, yojanasataṃ[10] yojanānaṃ sataṃ. Sabbada[11] ti[11] sabbakālaṃ. Pharitvā ti vyāpetvā tiṭṭhati.

Tatthā ti tasmiṃ mahāniraye. Vedissan ti vedissāmi anubhavissāmi. Phalañ ca pāpakammassā ti idaṃ īdisaṃ dukkhānubhavanaṃ mayā evaṃ[12] katassa pāpakammassa phalan ti attho.

Evaṃ tāya attano kammaphale āyatiṃ nerayikabhāve ca

---

[1] vipakkavipākattā, S_2. B. [2] na paran' eva, S_1. S_2.
[3] cavissāma, S_1. S_2. [4] *om.* S_1. S_2. [5] patissāmi, S_1.
[6] pihitaṃ, B. [7] paṭalāyuttā, S_1. S_2. [8] *om.* S_1. S_2.
[9] pana, B. [10] *om.* S_1. [11] *om. all MSS.* [12] eva, B.

pakāsite so upāsako karuṇāya sañcoditamānaso 'hand' ass' āhaṃ[1] patiṭṭhā bhaveyyan' ti cintetvā āha: 'devate tvaṃ mayhaṃ ekassā[2] dānavasena[3] sabbakāmasamiddhā uḷārasampattiṃ yuttā jātā. Idāni pana imesaṃ upāsakānaṃ dānaṃ[4] datvā Satthu ca[5] guṇe anussaritvā nirayūpapattito muccissasī' ti. Sā petī haṭṭhatuṭṭhā sādhū[5] ti[5] vatvā[5] tesaṃ[5] dibbena annapānena santappetvā dibbāni vatthāni nānāvidhāni ratanāni ca adāsi Bhagavantañ ca uddissa dibbadussayugaṃ tesaṃ hatthe datvā 'aññatarā bhante vimānapetī Bhagavato pāde sirasā vandatī ti Sāvatthiyaṃ[6] gantvā Satthāraṃ mama vacanena vandathā' ti vandanañ ca pesesi tañ ca nāvaṃ attano iddhānubhāvena tehi icchitapaṭṭanaṃ taṃ divasam eva upanesi. Atha te vāṇijā tato paṭṭanato anukkamena Sāvatthiṃ patvā Jetavanaṃ pavisitvā[7] Satthu[8] taṃ dussayugaṃ datvā vandanañ ca nivedetvā ādito paṭṭhāya taṃ sabbaṃ[9] pavuttiṃ ārocesuṃ. Satthā tam atthaṃ atthuppattiṃ katvā sampattaparisāya vitthārena dhammaṃ desesi. Sā desanā mahājanassa sātthikā jātā. Te[9] pana[9] upāsakā dutiyadivase buddhapamukhassa bhikkhusaṅghassa mahādānaṃ datvā tassā dakkhiṇam ādisiṃsu. Sā[10] tato petalokato cavitvā vividharatanajotite tāvatiṃsabhavane kanakavimāne accharāsahassaparivārā nibbatti[11].

Khalātiyapetavatthuvaṇṇanā[12].

I, 11.

Purato 'va setena paleti hatthinā ti. Idaṃ Satthari Jetavane viharante dve brāhmaṇapete[13] ārabbha vuttaṃ. Āyasmā kira Saṃkicco sattavassiko khuragge yeva arahattaṃ patvā sāmaṇerabhūmiyaṃ ṭhito[14] tiṃsamattehi

---

[1] tass' āhaṃ l. hand' ass' āhaṃ, B. [2] etassa, S_1.
[3] dānena, idān' eva, B. [4] *om.* S_1. [5] *om.* S_1. S_2.
[6] Sāvatthi, B. [7] pavisetvā, B.
[8] S^1 *omits* Satthu *and so on as far as* nivedetvā.
[9] *om.* B. [10] B. *adds* ca. [11] B. *adds* ti.
[12] khallātiya.°, B. [13] brāhmaṇaputte pete, B.
[14] B. *adds* pi.

bhikkhūhi saddhiṃ araññāyatane vasanto tesaṃ bhikkhūnaṃ pañcannaṃ corasatānaṃ hatthato āgataṃ maraṇaṃ paṭibāhitvā te ca core dametvā pabbājetvā Satthu santikaṃ agamāsi. Satthā tesaṃ bhikkhūnaṃ dhammaṃ desesi. Desanāvasāne arahattaṃ pāpuṇiṃsu. Ath' āyasmā Saṃkicco paripuṇṇavasso laddhupasampado tehi pañcahi bhikkhusatehi saddhiṃ Bārāṇasiṃ gantvā Isipatane vihāsi. Manussā therassa santikaṃ gantvā dhammaṃ sutvā pasannamānasā vīthipaṭipāṭiyā vaggavaggā hutvā āgantukadānaṃ adaṃsu. Tatra[1] aññataro upāsako manusse niccabhatte samādapesi. Te yathā balaṃ niccabhattaṃ paṭṭhapesuṃ.

Tena ca samayena Bārāṇasiyaṃ aññatarassa micchādiṭṭhikassa brāhmaṇassa dve puttā ekā ca dhītā[2] ahesuṃ. Tesu jeṭṭhaputto tassa upāsakassa mitto ahosi. So taṃ gahetvā āyasmato Saṃkiccassa santikaṃ agamāsi. Āyasmā Saṃkicco tassa dhammaṃ desesi. So muducitto ahosi. Atha naṃ so upāsako āha: 'tvaṃ ekassa bhikkhuno niccabhattaṃ dehī' ti. 'Anāciṇṇaṃ amhākaṃ brāhmaṇānaṃ samaṇānaṃ Sakyaputtiyānaṃ niccabhattadānaṃ, tasmā nāhaṃ dassāmī' ti. 'Kiṃ[3] mayhaṃ pi bhattaṃ dassasi na dassasī' ti āha. 'Kathaṃ na dassamī' ti āha. 'Yadi[4] evaṃ[5] yaṃ mayhaṃ desitaṃ ekassa bhikkhuno[6] dehī' ti. So sādhū ti paṭisuṇitvā dutiyadivase pāto 'va vihāraṃ gantvā ekaṃ bhikkhuṃ ānetvā bhojesi. Evaṃ gacchante kāle bhikkhūnaṃ paṭipattiṃ disvā dhammañ ca suṇitvā tassa kaniṭṭhabhātā ca bhaginī ca sāsane abhippasannā puññakammābhiratā ca ahesuṃ. Evaṃ[7] te tayo janā yathā vibhavaṃ dānāni[8] dentā samaṇabrāhmaṇe sakkariṃsu garukariṃsu mānesuṃ[9] pūjesuṃ. Mātāpitaro pana nesaṃ assaddhā appasannā samaṇabrāhmaṇesu agāravāpuññakiriyāya anādarā[10] ahesuṃ. Tesaṃ[11] dhītaraṃ dārikaṃ

---

[1] tattha, B. [2] dve puttā ca dhītā ca, S_1. S_2.
[3] *om.* S_1. S_2. [4] yadā, S_1. S_2. [5] eva, S_1. S_2.
[6] bhikkhussa, B. [7] B. *adds* pi. [8] dānādini, B.
[9] mānemsu, S_1. [10] B. *adds* acchandikā.
[11] tesu tesaṃ, S_1; *all MSS. omit* dhītaraṃ *after* tesaṃ, *but* S_1. S_2 *have* mātuladhītaraṃ puttassatthāya, *whereas* B. *has* mātulaputtassatthāya.

mātulaputtassatthāya ñātakā vāresuṃ. So ca āyasmato Saṃkiccassa santike dhammaṃ sutvā saṃvegajāto pabbajito niccaṃ attano mātu gehaṃ bhuñjituṃ gacchati. Taṃ mātā attano mātuladhītāya dārikāya palobheti. Tena so ukkaṇṭhito hutvā upajjhāyaṃ upasaṅkamitvā āha: 'uppabbajissām' ahaṃ bhante anujānātha maman' ti. Upajjhāyo tassa upanissayasampattiṃ disvā āha: 'sāmaṇera māsamattaṃ āgamehī[1]' ti. So sādhū ti paṭisuṇitvā māse atikkante tath' eva ārocesi. Upajjhāyo puna 'aḍḍhamāsaṃ āgamehī[1]' ti āha. Aḍḍhamāse atikkante tena tath' eva vutte puna 'sattāhaṃ āgamehī[1]' ti āha. So sādhū ti paṭisuṇi[2]. Atha tasmiṃ[3] anto sattāhe sāmaṇerassa mātulāniyā gehaṃ vinaṭṭhacchadanaṃ jiṇṇaṃ dubbalaṃ kūṭaṃ vātavassāhi hataṃ paripati. Tattha brāhmaṇo brāhmaṇī ca dve puttā dhītā ca gehena[4] ajjhotthatā kālam akaṃsu. Tesu brāhmaṇo brāhmaṇī ca petayoniyaṃ nibbattiṃsu, dve puttā dhītā ca bhummadevesu. Tesu jeṭṭhaputtassa hatthiyānaṃ nibbatti kaniṭṭhassa assatarīratho dhītāya suvaṇṇasivikā. Brāhmaṇo brāhmaṇī ca mahante mahante ayomuggare gahetvā aññamaññaṃ ākoṭenti. Abhihataṭṭhānesu mahantā mahantā ghaṭappamāṇā gaṇḍā uṭṭhahitvā muhutten' eva papaccitvā paribhedappattā honti. Te aññamaññassa gaṇḍe[5] phāletvā kodhābhibhūtā nikkaruṇapharusavacanehi tajjentā[6] pubbalohitaṃ pivanti na ca tittiṃ paṭilabhanti. Atha sāmaṇero ukkhaṇṭhābhibhūto upajjhāyaṃ upasaṅkamitvā āha: 'bhante mayā paṭiññātadivasā[7] vītivattā gehaṃ gamissāmi anujānātha man' ti. Atha naṃ upajjhāyo 'atthaṅgate suriye kāḷapakkhacātuddasiyā vattamānāya ehī' ti vatvā Isipatanavihārassa piṭṭhipasse thokaṃ gantvā aṭṭhāsi.

Tena ca[8] samayena te[9] dve devaputtā[10] saddhiṃ bhaginiyā ten' eva maggena yakkhasamāgamaṃ sambhāvetuṃ gacchanti. Tesaṃ pana mātāpitaro[11] muggarahatthā pharusa-

---

[1] āgamesi, S_1. S_2. [2] paṭisuṇitvā, S_1. S_2.
[3] ath' asmiṃ, S_1. [4] gehe, S_1. [5] gaṇḍaṃ, B.
[6] tajjantā, B. [7] mañātiññāta.°, S_1. S_2. [8] *om.* B.
[9] *om.* S_1. S_2. [10] devatāputtā, S_1. S_2.
[11] mātaro, S_2.

vācā kāḷarūpā ākulākulāsukhapatitakesabhārā indaggidaḍḍhatālakkhandasadisā vigalitapubbalohitā valitagattā ativiya jigucchabībhacchadassanā te anubajjhanti. Ath' āyasmā Saṃkicco yathā so sāmaṇero te sabbe gacchante passati tathārūpaṃ iddhābhisaṅkhāraṃ abhisaṅkharitvā sāmaṇeraṃ āha 'passasi tvaṃ sāmaṇera ime gacchante' ti? 'Āma bhante passāmī' ti. 'Tena hi ime[1] katakammaṃ paṭipucchā' ti. So hatthiyānādīhi gacchante anukkamena paṭipucchi. Te āhaṃsu 'ye pacchato petā āgacchanti te paṭipucchā' ti. Sāmaṇero te[2] pete[3] gāthāhi[4] ajjhabhāsi:

Purato 'va setena paleti hatthinā, majjhe pana assatarīrathena
pacchā 'va[5] kaññā sivikāyaṃ[6] nīyati obhāsayantī dasa sabbato disā. 1
Tumhe pana muggarahatthapāṇino rudamukhā bhinnapabhinnagattā[7]
manussabhūtā kim akattha pāpaṃ yena aññamaññassa[8] pivātha[9] lohitan ti. 2

Tattha purato ti sabbapaṭhamaṃ. Setenā ti paṇḍarena. Paletī ti gacchati. Majjhe panā ti hatthi-āruḷhassa sivikaṃ āruḷhāya ca antare. Assatarīrathenā ti assatariyuttena rathena paletī ti yojanā. Nīyatī ti vahīyati. Obhāsayantī dasa sabbato disā ti sabbato samantato sabbā[10] dasa[11] disā attano sarīrappabhāhi vatthābharaṇādippabhāhi ca vijjotamānā.

Muggarahatthapāṇino ti muggarā hatthasaṅkhātesu pāṇīsu yesaṃ te muggarahatthapāṇino bhūmisaṇhākaraṇīyādīsu pāṇino vohārassa labbhamānattā hatthasaddena pāṇi visesito[12]. Bhinnapabhinnaggattā[13] ti muggarappahārena tattha tattha bhinnapabhinnasarīrā[14]. Pivāthā ti pivatha.

---

[1] imehi, S₁. S₂ (h' imehi, S₃). [2] *om.* S₁.
[3] petehi, S₁. S₂. [4] gāthāya, B. [5] ca, C. D.; B.
[6] sivikāya, C. D.; B. [7] bhinnaggattā, S₁. S₂.; chinnapabhinnagattā, B. [8] yen' aññamaññassa, C. D.; B.
[9] pipātha, S₁. S₂. [10] S₁. S₂ *add* vā. [11] S₁. S₂ *add* pi.
[12] visesato, S₁. S₂. [13] chinna.°, B.
[14] chinna.°, B.; S₁. S₂ *have* bhinnapaggalitasarīrā.

Evaṃ sāmaṇerena puṭṭhā te petā sabban taṃ pavuttiṃ catūhi gāthāhi pacchābhāsiṃsu[1]:

Purato 'va[2] yo gacchati kuñjarena setena nāgena catukkamena
amhākaṃ putto[3] ahu so[4] jeṭṭhako[5], dānāni datvāna[6] sukhiṃ pamodati. 3
Yo so majjho assatarīrathena catubbhi yuttena suvaggtena
amhākaṃ putto ahu majjhimo so, amaccharī dānapati virocati. 4
Yā sā[7] pacchā sivikāya nīyati dārī sapaññā migamandalocanā
amhākaṃ dhītā ahu sā kaniṭṭhā[8], bhāgaḍḍhabhāgena sukhī pamodati. 5
Ete ca dānāni adaṃsu pubbe pasannacittā samaṇabrāhmaṇānaṃ
mayaṃ pana maccharino ahumhā paribhāsakā samaṇabrāhmaṇānaṃ
ete padatvā[9] paricārayanti mayañ ca sussāma naḷo va chinno[10] ti. 6

Tattha **purato 'va**[11] **yo gacchatī** ti imesaṃ gacchantānaṃ purato gacchati, yo so purato gacchatī ti pi[12] pāṭho, tassa yo eso purato gacchatī ti attho. **Kuñjarenā** ti kuṃ paṭhaviṃ jīrayati kuñjo suvāram aticarati kuñjaro ti laddhanāmena hatthinā. **Nāgenā** ti n'[13] assa agati[14] abhibhavanīyam[15] atthī ti nāgo. **Tena nāgena catukkamena** ti catuppādena. **Jeṭṭhako**[16] ti pubbajo.

Catubbhī ti catūhi assatarīhi. **Suviggatenā** ti sundaragamanena vā turagamanena[17].

Migamandalocanā ti migī viya mandakkhipātā. **Bhā**-

---

[1] °bhāsuṃ, B. [2] *om.* C. D.; B. [3] *om.* S_1. S_2.
[4] M. C. D.; B. *add* va. [5] jeṭṭho, M. C. D.; B.
[6] datvā, C. [7] ya sā ca, M.; yā ca sā, D. [8] kaniṭṭhakā, D.; B.; kaniṭṭhikā, M.; kaniṭṭhatā, C. [9] ca datvā, M. C. D.; B.
[10] khitto, S_1. S_2; bhinno, C. [11] *om.* B. S_1. [12] vā, B.
[13] S_1. S_2 *omit* n'. [14] agamaniyaṃ, B. [15] anabhi.°, *all MSS.* [16] jeṭṭho, *here also* S_1. S_2. [17] cārug.°, B., *and omits* vā.

gaḍḍhabhāgenā ti bhāgassa aḍḍhabhāgena attanā laddhakoṭṭhāsato aḍḍhabhāgadānena hetubhūtena. Sukhī ti sukhinī liṅgavippalāsena h'etaṃ vuttaṃ.

Paribhāsakā ti akkosakā. Paricārayantī[1] ti dibbesu kāmaguṇesu attano indriyāni ito c'ito ca yathā sukhaṃ cārenti parijanehi vā attano puññānubhāvanissandena pāricariyaṃ kārenti. Mayañ ca[2] sussāma naḷo va chinno ti mayaṃ pana chinno[3] ātape pakkhitto[4] naḷo viya sussāma khuppipāsāhi aññamaññaṃ daṇḍābhighātena ca sukkhā visukkhā[5] bhavāmā ti.

Evaṃ attano pāpaṃ[6] pavedetvā 'mayaṃ tumhaṃ mātulamātulāniyo' ti ācikkhiṃsu. Taṃ sutvā sāmaṇero sañjātasaṃvego evarūpānaṃ kibbisakārīnaṃ 'kathaṃ nu kho bhojjanāni[7] sijjhantī' ti pucchanto:

Kiṃ tumhākaṃ bhojanaṃ kissayanaṃ[8] kathaṃ su[9] yāpetha[10] supāpadhammino
pahūtabhogesu[11] anappakesu sukhaṃ virāgāyā dukkh' ajja pattā ti 7

imaṃ gāthaṃ āha.

Tattha kiṃ tumhākaṃ bhojanan ti kin ti[12] kīdisaṃ[13] tumhākaṃ bhojanaṃ. Kissayanan[14] ti kīdisaṃ sayanaṃ, kissayanā[15] ti keci paṭhanti, kīdisasayanā[16] kīdise sayane sayathā ti attho. Kathaṃ su[17] yāpethā ti kena pakārena yāpetha, kathaṃ ha[18] yapethā ti vā pāṭho, kathaṃ tumhe yāpethā ti attho. Supāpadhammino ti suṭṭhu ativiya pāpadhammā. Pahūtabhagesū ti apariyantesu uḷāresu bhogesu santesu. Anappakesū ti na appakesu[19] bahūsu[20]. Sukhaṃ virāgāyā ti sukhahetuno puññassa

---

[1] paricārinī, S₁. S₂. [2] mayaṃ l. mayañ ca, S₁. S₂.
[3] dinnaṃ, S₁; dhinno, S₂. [4] khitto, B.
[5] sukkhavis.°, S₁. S₂. [6] pāpassa yaṃ, S₁. S₂.
[7] bhojanādi, B. [8] kissayānaṃ, S₁. S₂; kisayānaṃ, B.; kiṃ sayānaṃ, M. C. D. [9] kathañ ca, M. C. D.; B.
[10] yāpeta, S₁. S₂. [11] bahuta.°, M. C. D. [12] *om.* B.
[13] kiṃdisaṃ, B. [14] kissayānan, S₁. S₂.; kiṃ sayānan, B.
[15] kissayānā, S₁. S₂; kiṃsayānā, B. [16] kiṃdisāsayānā, B.
[17] ca, B. [18] vo, B. [19] anappakesu, S₁. [20] *om.* B.

akaraṇena sukhaṃ virajjhitvā virādhetvā, sukhassa virāgenā ti keci paṭhanti. Dukkh' ajja pattā ti ajja idāni idaṃ petayonipariyāpannaṃ dukkhaṃ anuppattā ti.

Evaṃ sāmaṇerena puṭṭhā petā tena pucchitamattaṃ vissajjentā gāthāyo abhāsiṃsu:

Aññamaññaṃ vadhitvāna pivāma pubbalohitaṃ
bahuṃ pitvā[1] na dhātā[2] homa na ruccādimhase[3]
mayaṃ. 8
Icc' eva maccā paridevayanti adāyakā[4] pecca[5] Yamassa
ṭhāyino
ye te vivicca[6] adhigamma bhoge na bhuñjare nā pi
karonti puññaṃ. 9
Te khuppipāsūpagatā parattha petā ciraṃ ghāyire[7]
ḍayhamānā
kammāni katvāna dukkhandriyāni[8] anubhonti dukkhaṃ
kaṭukapphalāni. 10
Ittaraṃ[9] hi dhanadhaññaṃ ittaraṃ[9] idha jīvitaṃ
ittaraṃ[9] ittarato[9] ñatvā dīpaṃ kayirātha[10] paṇḍito. 11
Ye te evaṃ pajānanti narā dhammassa kovidā
te dāne na ppamajjanti sutvā arahataṃ vaco ti[11]. 12

Tattha na dhātā[2] homā ti dhātā suhitā tittā[12] na homa. Na ruccādimhase[13] ti na ruccāma na ruciṃ uppādema na taṃ mayaṃ attano ruciyā pivissāmā ti attho.

Icc' eva ti evam eva. Maccā paridevayantī ti mayaṃ viya aññe pi manussā katakibbisā[14] paridevanti kandanti[15]. Adāyakā ti adānasīlā maccharino. Yamassa ṭhāyino ti Yamalokasaññite Yamassa ṭhāne pettivisaye

---

[1] pivitva, C. [2] dātā, S_2.; S_1 *has here* dhātā, *but in the gloss* dātā. [3] na cchādimbamhase, S_1. S_2. [4] adāyikā, S_1. S_2.
[5] maccā, M. D.; maccharino, C.; B. [6] vidicca, M.; B.; viricca, C.; viviccādhi adhig.°, S_1. [7] jhāyire, C.; jhāyare, M. D.; jhāraye, B. [8] dukkhindriyāni, C.; dukkhundrayāni, D.; dukhudrayāni, M.; dukhi.°, S_1; dukha.°, S_2.
[9] itaraṃ, S_1. S_2. [10] kariyātha, C. [11] B. *adds* pañca gāthā abhāsiṃsu (*for* gā.° abh.° *which are left out before*).
[12] su hi gā titā, S_1. S_2. [13] dhādimhamhase, S_2; dhādimhase, S_1. [14] °kibbissā, S_2. [15] kundanti, S_2.

Ye te vivicca adhigamma bhoge ti ye te āyatiñ ca sukhavisesavidhāyake bhoge vinditvā vā[2]. Na bhuñjare nā pi karonti puññan ti a sayam pi na bhuñjanti paresam dentā dāna-ññam pi na karonti.

uppipāsūpagatā[3] paratthā ti te sattā pa-aloke pettivisaye[4] jighacchāpipāsābhibhūtā hutvā[5]. hāyire[6] ḍayhamānā ti khudādihetukena duk-akataṃ vata amhehi kusalaṃ kataṃ pāpan ti vattamānena vippaṭisāragginā[7] pariḍayhamānā[8] anutthunantī ti attho. Dukkhandriyānī ti ākāni. Anubhonti dukkhaṃ kaṭukapphaiṭṭhaphalāni pāpakammāni katvā cirakālaṃ duk-yikam[9] dukkham[9] anubhavanti.

n[10] ti na cirakālaṭṭhāyī aniccaṃ vipariṇāmadham-taraṃ[10] idha jīvitaṃ ti idha manussaloke jīvitaṃ pi ittaraṃ[10] parittaṃ appakaṃ. Tenāha yo ciraṃ jīvati so vassasataṃ appaṃ vā bhiyo[11] aṃ[10] ittarato[10] ñatvā ti dhanadhaññādi upa-manussānam jīvitañ ca ittaraṃ[10] parittaṃ khaṇi-irassan ti paññāya upaparikkhitvā. Dīpaṃ ka-paṇḍito ti sapañño puriso dīpaṃ attano pa-ṛaloke hitasukham iṭṭhānam kareyya.

evaṃ pajānantī ti ye te[12] manussānaṃ bho-ānassa ca ittarabhāvaṃ[13] yathā vato jānanti te am kālaṃ na ppamajjanti. Sutvā arahataṃ rahataṃ buddhānam ariyānam vacanaṃ sutvā Sesaṃ pākaṭam eva.

[14] petā sāmaṇerena puṭṭhā taṃ atthaṃ ācikkhitvā yhaṃ mātulamātulāniyo' ti vadiṃsu[15]. Taṃ sutvā sañjātasaṃvego ukkaṇṭhaṃ paṭivinodetvā upajjhā-ssu sirasā nipatitvā evam āha: 'yaṃ bhante anu-

---

ttaṃ, S₁. S₂. [2] om. B. [3] °pāsugatā, S₁. B. S₂. [4] pittiv.°, B. [5] S₁. S₂ add pi. ; S₁. S₂; jhāyare, B. [7] °sarantinā, S₁. S₂. S₁. S₂. dayh.°, B. [8] jhāyantā, B. [illegible] [illegible] °parapalesaṃ, B.

kampakaraṇīyaṃ anukampaṃ upādāya taṃ me tumhehi kataṃ, mahato vata 'mhi anatthato pātato[1] rakkhito[2], na dāni me gharāvāsena attho, abhiramissāmi brahmacariyavāse' ti. Ath' āyasmā Saṃkicco tassa ajjhāsayānurūpakammaṭṭhānaṃ ācikkhi[3]. So kammaṭṭhānaṃ anuyuñjanto na cirass' eva arahattaṃ pāpuṇi. Āyasmā Saṃkicco taṃ pavuttiṃ Bhagavato ārocesi. Satthā taṃ atthaṃ atthuppattiṃ katvā sampattaparisāya vitthārena dhammaṃ desesi. Sā desanā mahājanassa sātthikā ahosī[4].

Nāgapetavatthuvaṇṇanā.

I, 12.*)

Urago va tacaṃ jiṇṇan ti. Idaṃ Satthā Jetavane viharanto aññataraṃ upāsakaṃ ārabbha kathesi. Sāvatthiyaṃ kira aññatarassa upāsakassa putto kālam akāsi. So puttamaraṇahetuparidevasokasamāpanno bahi anikkhanto[5] kiñci kammaṃ kātuṃ asakkonto gehe yeva[6] aṭṭhāsi. Atha Satthā paccūsavelāyaṃ mahākaruṇāsamāpattito vuṭṭhāya buddhacakkhunā lokaṃ olokento taṃ upāsakaṃ disvā pubbaṇhasamaye nivāsetvā pattacīvaraṃ ādāya tassa gehadvāre aṭṭhāsi. Upāsako Satthu āgatabhāvaṃ sutvā sīghaṃ uṭṭhāya gantvā paccuggamanaṃ katvā hatthato pattaṃ gahetvā gehaṃ pavesetvā āsanaṃ paññāpetvā adāsi. Nisīdi Bhagavā paññatte āsane, upāsako pi Bhagavantaṃ vanditvā ekamantaṃ nisīdi. Taṃ Bhagavā[7] 'kiṃ upāsaka sokapareto[8] viya dissasī' ti āha. 'Āma Bhagavā piyo me putto kālakato, tenāhaṃ sokapareto'[9] ti. Ath' assa Bhagavā sokavinodanaṃ karonto Uragajātakaṃ kathesi.

Atīte Kāsikaraṭṭhe Bārāṇasiyaṃ Dhammapālaṃ nāma brāhmaṇakulaṃ ahosi. Tattha brāhmaṇo brāhmaṇī putto dhītā suṇisā dāsī ti ime sabbe pi maraṇassatibhāvanābhi-

---

[1] pāgato, S_1. S_2. [2] dukkhato l rakkhito, S_1. S_2.
[3] B. *omits* ācikkhi *and the two next words.*
[4] *all MSS. add* ti. [5] nikkhamitvā, S_1. S_2.
[6] gehe 'va, S_1. S_2. [7] B. *adds* sokavinodanatthaṃ karonto. [8] sokuppadduto, B. [9] socāmi, B.

*) cp. Jāt. vol. III, pp. 162 sqq.

ratā[1] ahesuṃ. Tesu yo gehato nikkhamati so sesajane ovaditvā nirapekkho 'va nikkhamati. Ath' ekadivasaṃ brāhmaṇo puttena saddhiṃ gharato nikkhamitvā khettaṃ gantvā kasati. Putto sukkhatiṇakaṭṭhāni[2] ālimpesi. Tatth' eko kaṇhasappo ḍāhabhayena rukkhasusirato nikkhamitvā imaṃ brāhmaṇassa puttaṃ ḍaṃsi. So visavegena mucchito tatth' eva paripatitvā kālakato Sakko devarājā hutvā nibbatti. Brāhmaṇo puttaṃ mataṃ disvā kammantasamīpena[3] gacchantaṃ ekaṃ[4] purisaṃ disvā[5] evam āha: 'samma mama gharaṃ gantvā brāhmaṇiṃ evaṃ vadehi[6] nahātvā[7] suddhavatthāni vatthā ekassa bhattaṃ mālāgandhādīni[8] gahetvā[9] āgacchatū' ti. So tattha gantvā tathā ārocesi. Gehajano pi tathā akāsi. Brāhmaṇo nahātvā bhuñjitvā vilimpitvā[10] parijanaparivuto puttassa sarīraṃ citakaṃ āropetvā aggiṃ datvā dārukkhandhaṃ ḍahanto viya nissoko nissantāpo aniccasaññaṃ manasikaronto aṭṭhāsi. Atha brāhmaṇaputto Sakko hutvā nibbatto so[11] ca[11] amhākaṃ Bodhisatto ahosi. So attano purimajātiyaṃ katapuññaṃ[12] paccavekkhitvā pitarañ ca[5] ñātake ca anukampamāno brāhmaṇavesena tattha gantvā ñātake asocante disvā 'ambho[13] migaṃ jhāpetha[14] amhākaṃ maṃsaṃ detha chāto 'smī' ti āha. 'Na migo manusso brāhmaṇā' ti āha. 'Kiṃ tumhākaṃ paccatthiko eso' ti? 'Na paccatthiko urejāto oraso mahāguṇavanto taruṇaputto' ti. 'Kim atthaṃ tumhe tathārūpe guṇavati taruṇaputte mate na[5] socathā'[15] ti? Taṃ sutvā brāhmaṇo asocanakāraṇaṃ kathento

Urago va tacaṃ jiṇṇaṃ hitvā gacchati san tanuṃ
evaṃ sarīre nibbhoge pete kālakate sati. 1
Ḍayhamāno na jānāti ñātīnaṃ paridevitaṃ
tasmā etaṃ[16] na socāmi[17] gato[18] so[19] tassa yā gati ti 2

dve gāthā abhāsi.

---

[1] maraṇussati.°, S_2; maraṇassati.°, B.; maraṇanussati.°, S_1. [2] sukkhatikapaṇṇakaṭhāni, B. [3] °samīpe, B.; S_2. [4] S_1 adds taṃ. [5] om. B. [6] vadetta, B. [7] nahāhetvāna, B. [8] B. adds ca. [9] B. adds turitaṃ. [10] vilimpetvā, B. [11] om. S_1. [12] °puññañ ca, all MSS. [13] [illegible] S_1 S_2. [14] [illegible]petha, S_1. [15] asocatha, [illegible] [16] [illegible] M.; S_1 S_2. [17] rodāmi, D.; B. [18] tato, S_1 S_2. [19] eso, B.

Tattha urago ti urena gacchatī ti urago sappass' etaṃ adhivacanaṃ. Tacaṃ jiṇṇan ti jajjarabhāvena jiṇṇaṃ porāṇaṃ[1] attano tacaṃ nimmokaṃ. Hitvā gacchati san tanun ti yathā urago attano jiṇṇaṃ tacaṃ dukkhaṃ[2] janentaṃ[2] rukkhantare vā kaṭṭhantare vā mūlantare vā pāsantare vā kañcukaṃ omuñcanto viya sarīrato omuñcitvā[3] pahāya chaḍḍetvā yathā kāmaṃ gacchati, evam eva saṃsāre paribbhamanto santo porāṇassa kammassa parikkhīṇattā jajjaribhūtaṃ san tanuṃ attano sarīraṃ hitvā gacchati yathā kammaṃ gacchati, punabbhavavasena uppajjatī ti attho. Evan ti ḍayhamānaṃ puttassa sarīraṃ dassento āha. Sarīre nibbhoge ti assa viya aññesam pi kāye evaṃ bhogarahite niratthake[4] jāte. Pete ti āyusmāviññāṇato apagate. Kālakate satī ti mate jāte.

Tasmā ti yasmā ḍayhamāno kāyo apetaviññāṇattā ḍāhadukkhaṃ piyañātīnaṃ ruditaṃ paridevitam pi na jānāti, tasmā etaṃ mama puttaṃ nimittaṃ katvā na rodāmi[5]. Gato[6] so tassa yā gatī ti yadi pi matasattā na ucchijjanti[7], matassa pana katokāsassa kammassa vasena yā gati pāṭikaṅkhā ti[8] vuccati tadanantaram eva gato[9] so na purimañātīnaṃ ruditaṃ paridevitaṃ[10] paccāsiṃsati nā pi yebhuyyena purimañātīnaṃ ruditena kāci atthasiddhī ti adhippāyo.

Evaṃ brāhmaṇena attano[11] yonisomanasikārakosalle[12] pakāsite brāhmaṇarūpo Sakko brāhmaṇim āha: 'amma tuyhaṃ so mato kiṃ hotī' ti. 'Dasamāse kucchinā pariharitvā thaññaṃ pāyetvā hatthapāde saṇṭhāpetvā saṃvaḍḍhito putto me sāmī' ti. 'Yadi evaṃ pitā tāva purisabhāve na rodati, mātā nāma[13] hadayaṃ mudukaṃ, tvaṃ[14] kasmā na rodasī' ti? Taṃ sutvā sā arodanakāraṇaṃ kathentī

---

[1] pūrāṇaṃ, B. [2] om. B. [3] B. adds mocetvā.
[4] B. adds vā. [5] S₁. S₂ add ti. [6] tato, S₁. S₂.
[7] ujjanti, S₁; uppajjanti S₂. [8] S₁. S₂. *read* taṃ, *and continue* pūti anantaraṃ. [9] S₁. S₂ *add* na.
[10] S₁. S₂ *add* vā. [11] B. *adds* asocanakāraṇe kathite pariyāya. [12] B. *omits* yoniso *before* manasi.°.
[13] mātunā, S₁. S₂. [14] *om.* B.

Anabbhito[1] tato āgā nānuññāto ito gato
yathāgato tathāgato tattha kā paridevanā. 3
Dayhamāno na jānāti ñātīnaṃ paridevitaṃ
tasmā etaṃ[2] na rodāmi gato so[3] tassa yā gatī ti 4

gāthadvayam āha.

Tattha anabbhito ti anavhāto[4] ehi mayhaṃ puttabhāvaṃ upagacchā ti evaṃ apakkosito[5]. Tato ti yattha pubbe ṭhito[6] paralokato. Āgā ti āgacchi. Nānuññāto ti ananumato gaccha tāta paralokan' ti evaṃ amhehi avissaṭṭho. Ito ti idhalokato. Gato ti apagato. Yathāgato ti yenākārena āgato amhehi na abbhito[7] evaṃ āgato ti attho. Tathāgato ti ten' evākārena[8] gato. Yathā saken' eva kammunā āgato tathā saken' eva kammunā gato ti etena kammassa kaṭaṃ dasseti. Tattha kā paridevanā ti evaṃ avasavattake saṃsārappavatte maraṇaṃ paṭicca kā nāma paridevanā[9], ayuttā sā [illegible] ti dasseti.

Evaṃ brāhmaṇiyā vacanaṃ sutvā tassā bhaginiṃ pucchi: 'amma tuyhaṃ[10] eso kiṃ hotī' ti. 'Bhātā me sāmī' ti. 'Amma bhaginiyo[11] nāma bhātūsu sinehā, tvaṃ kasmā na rodasī' ti? Sā arodanakāraṇaṃ kathentī[12]

Sace rode kisā assaṃ tattha me kiṃ phalaṃ siyā
ñātimittāsuhajjānaṃ bhīyo no arati siyā. 5
Dayhamāno na jānāti ñātīnaṃ paridevitaṃ[13]
tasmā etaṃ[14] na rodāmi gato[15] so tassa yā gatī ti 6

gāthādvayam āha.

Tattha sace rode kisā assan ti yadi ahaṃ rodeyyaṃ kisā parisukkhasarīrā bhaveyyaṃ. Tattha me kiṃ phalaṃ siyā ti tasmiṃ mayhaṃ bhātu maraṇanimitte rodane kiṃ nāma[16] phalaṃ ko ānisaṃso bhaveyya? Na tena mayhaṃ

---

[1] anijjhiṭṭho, C. [2] evaṃ, C.; S_1. S_2. [3] *om.* B. [4] S_1. S_2 *have* anabbhito. [5] apakkosī ti, S_1. S_2. [6] B. *adds* tato. [7] anabbhito, S_1. B. [8] tena kāraṇena, S_1. S_2. [9] S_1. S_2 *have after* paridev°: [illegible] (° paridevanyā) ayuttā (S_1 āyuttā) sā ti dasseti. [10] [illegible] tuyhaṃ, S_1. [11] bhaginī, B. [illegible]
[16] *om.* [illegible]

bhātiko āgaccheyya nāpi[1] so tena sugatim gaccheyyā[2] ti adhippāyo. Ñātimittāsuhajjānam bhīyo no arati siyā ti. amhākam ñātīnam mittānam[3] suhajjānañ[4] ca mama socanena bhātu maraṇadukkhato bhīyo pi atidukkham eva siyā[5].

Evam bhaginiyā vacanam sutvā tassa bhariyam pucchi: 'tuyham so kim hoti' ti. 'Bhattā me sāmī' ti. 'Bhadde itthiyo nāma bhattari sinehā[6] honti tasmiñ ca mate vidhavā anāthā honti, kasmā tvam na rodasī' ti? Sā pi attano arodanakāraṇam kathentī gāthadvayam[7] āha[7]:

Yathā pi dārako candam gacchantam anurodati
evam[8] sampadam ev'etam[9] yo petam anusocati. 7
Ḍayhamāno na jānāti ñātīnam paridevitam
tasmā etam[10] na rodāmi gato so tassa yā gatī ti[11]. 8

Tattha dārako ti bāladārako. Candan ti candamaṇḍalam. Gacchantan ti nabham abbhuggamānam. Anurodatī ti mayham rathacakkam gahetvā dehī ti anurodati. Evam sampadam ev' etan ti yo petam matam anusocati[12] tassa tam[13] anusocanam evam sampadam evarūpam ākāse[14] gacchantassa candassa gahetum kāmatāsadisam alabbhaneyyavatthusmim icchābhāvato ti adhippāyo.

Evam tassā bhariyāya vacanam sutvā dāsim pucchi: 'amma tvam tassa[15] kim hosī' ti. 'Ayyo[16] me[16] sāmī' ti. 'Yadi[17] evam tena tvam pothetvā veyyāvaccakāritā bhavissasi, tasmā maññe sumuttā 'ham tena matenā ti[18] na rodasī' ti. 'Sāmi[19] mā mam[20] evam avaca, na[21] c'etam[22]

---

[1] nāpi . . gaccheyyā ti, om. S_1. [2] gaccheyyan, B.
[3] om. S_1. S_2. [4] suhadayānañ, B. [5] B. adds ti.
[6] sinehā, B; sanehā, S_1. [7] om. B.
[8] etam, D. [9] ev' etam, S_1. [10] tvam, C.; S_1. S_2.
[11] B. adds gāthadvayam āha. [12] socati B.
[13] tass' etam, B. [14] ākāsena, B. [15] S_1. S_2 add so.
[16] om. B., but has sāmi yeva me sāmī ti.
[17] S_1. S_2 add tvam. [18] S_1. S_2 have suttā bhante 'ham na rodasī ti. [19] om. S_1. S_2. [20] om. B.
[21] om. S_1. S_2.

anucchavikaṃ[1], ativiya khantimettānuddayasampanno[2] yuttakāro[3] mayhaṃ ayyaputto[4] ure saṃvaḍḍhaputto viya ahosī' ti. 'Atha kasmā na rodasī' ti? Sā pi attano arodanakāraṇaṃ kathentī gāthadvayaṃ[5] āha[5]:

Yathā pi brahme udakumbho bhinno appaṭisandhiyo
evaṃ sampadam ev' etaṃ yo petaṃ anusocati. 9
Ḍayhamāno na jānāti ñātīnaṃ paridevitaṃ
tasmā etaṃ[6] na rodāmi gato[7] so tassa yā gatī ti. 10

Tattha yatthā pi brahme udakumbho bhinno appaṭisandhiyo ti brāhmaṇa seyyathāpi[8] udakaghaṭo nāma[9] muggarappahārādinā bhinno appaṭisandhiyo puna pākatiko na hoti.

Sesaṃ ettha vuttanayattā uttānattham eva.

Sakko tesaṃ[10] dhammakathaṃ sutvā pasannamānaso 'samma-d-eva[11] tumhehi maraṇasati[12] bhāvitā, ito paṭṭhāya tumhehi kasiyādikaraṇaṃ[13] kiccaṃ n'[14] atthī' ti. Tesaṃ gehaṃ sattaratanabharitaṃ katvā 'appamattā dānaṃ detha sīlaṃ rakkhatha uposathaṃ[15] karothā' ti ovaditvā attānañ ca tesaṃ nivedetvā sakaṭṭhānam eva gato. Te pi brāhmaṇādayo dānādīni puññāni katvā yāvatāyukaṃ ṭhatvā devaloke uppajjiṃsu.

Satthā imaṃ Jātakaṃ āharitvā tassa upāsakassa [illegible] samuṭṭharitvā upari saccāni pakāsesi. Saccapariyosāne upāsako sotāpattiphale patiṭṭhahi.

Uragapetavatthuvaṇṇanā[16] niṭṭhitā.

Dvādasavatthupaṭimaṇḍitassa Uragavaggassa[17] atthavaṇṇanā niṭṭhitā.*)

---

[1] om. S₁. S₂.; B. adds tassa after anu°.
[2] atikhanti.°, S₁. [3] yuttavādi, B. [4] S₁. S₂. add ti, [illegible] omit ure and so on as far as atha. [5] om. B., puts it [illegible] gatī ti. [6] evaṃ S₁. S₂. [7] tato, S₁. S₂.
[8] seyyathā, B. [9] om. S₂. [10] pi dāsiyā l. tesaṃ, S₁. S₂.
[11] [illegible] l. samma-d-eva, S₁. S₂. [12] maraṇassati, all [illegible] [13] [illegible]ādi, B. [14] om. B. [15] uposatha[illegible], B.

*) [illegible]
pathamo [illegible]

Naggā dubbaṇṇarūpāsī ti. Idaṃ Satthari Veḷuvane viharante Magadharaṭṭhe Iṭṭhakāvatināmake gāme aññataraṃ petiṃ ārabbha vuttaṃ. Magadharaṭṭhe kira Iṭṭhakāvatī ca Dīgharājī cā ti dve gāmakā ahesuṃ. Tattha bahū saṃsāramocakā micchādiṭṭhikā paṭivasanti. Atīte ca kāle pañcannaṃ vassasatānaṃ matthake aññatarā itthi tatth' eva Iṭṭhakāvatiyaṃ aññatarasmiṃ saṃsāramocakakule nibbattitvā micchādiṭṭhivasena bahū kīṭapaṭaṅge jīvitā voropetvā petesu nibbatti. Sā pañcavassasatāni khuppipāsādidukkhaṃ anubhavitvā amhākaṃ Bhagavati loke uppajjitvā pavattitapavaradhammacakkhe anukkamena Rājagahaṃ[1] upanissāya Veḷuvane viharante puna pi Iṭṭhakāvatiṃ yeva aññatarasmiṃ saṃsāramocakakule yeva nibbattitvā, yadā satta-aṭṭhavassuddesikakāle aññāhi dārikāhi saddhiṃ rathikāya kīḷanasaṃsattā[2] ahosi, tadā āyasmā Sāriputtatthero taṃ yeva gāmaṃ upanissāya Aruṇavativihāre viharanto ekadivasaṃ dvādasahi bhikkhūhi saddhiṃ tassa gāmassa dvārasamīpena maggena atikkamati. Tasmiṃ khaṇe bahū gāmadārikā gāmato nikkhamitvā dvārasamīpe kīḷantiyo[3] pasannamānasā mātāpitunnaṃ paṭipattidassanena vegena gantvā theraṃ aññañ ca bhikkhuṃ pañcapatiṭṭhitena vandiṃsu. Sā pana[4] assaddhā kulassa dhītā ciraṃ kālaṃ aparicitakusalatāya[5] sādhujanācārarahitā[6] anādarā saṅkhitā viya aṭṭhāsi. Thero tassā pubbacaritaṃ idāni ca[7] saṃsāramocakakule nibbattanaṃ āyatiñ ca niraye nibbattanārahataṃ disvā 'sac' ayaṃ maṃ vandissati, niraye na uppajjissati, petesu nibbattitvā pi naṃ maṃ[8] . yaṃ[9] nissāya sampattiṃ paṭilabhissatī' ti ñatvā [illegible]

---

[1] Rājagahe S₁. [2] °saṃsattā, S₁; °saṃsattikā S₂; °[illegible] B.
[3] S₁. S₂ *add* ye. [4] pan' esā B.
[5] anupita°, S₁ S₂. [6] °janavirahitā S₁ S₂.
[7] *om.* S₁ B. [8] maṃ B. [9] ava B.

edition of the Petavatthu. It runs as follows:

[illegible]

Khettaṃ ca Sūkaraṃ Pūti Piṭṭhi cāpi Tirokuḍḍaṃ
Pañcāpi Sattaputtaṃ ca Goṇaṃ Pesakārañ ca
tathā Khallātiyaṃ Nāgaṃ dvādasaṃ Uragañ c' evā ti.

sañcoditamānaso tā dārikāyo āha: 'tumhe bhikkhuṃ vandatha, ayaṃ pana dārikā asikkhitā viya ṭhitā' ti. Atha naṃ tā[1] dārikā hatthesu pariggahetvā ākaḍḍhitvā balakkārena therassa pāde vandāpesuṃ. Sā aparena samayena vayappattā dīgharājiyaṃ saṃsāramocakakule aññatarassa[2] kumārassa dinnā paripuṇṇagabbhā hutvā kālakatā petesu uppajjitvā naggā dubbaṇṇarūpā khuppipāsābhibhūtā ativiya bībhacchadassanā vicarantī rattiyaṃ āyasmato Sāriputtattherassa attānaṃ dassetvā ekamantaṃ aṭṭhāsi. Taṃ disvā thero gāthāya[3] pucchi:[4]

Naggā dubbaṇṇarūpāsi kisā dhamanisaṇṭhitā[5]
upphāsulike[6] kisike kā nu tvam idha tiṭṭhasī ti.[7] 1

Tattha dhamanisaṇṭhitā[8] ti nimmaṃsalohitatāya sirājālehi vitthatagattā.[9] Upphāsulike[10] ti uggataphāsuke.[11] Kisike ti kisasarīre pubbe pi kise ti vatvā puna kisikā ti vacanaṃ aṭṭhicammanahārumattasarīratāya[12] ativiyakisabhāva dassanatthaṃ vuttaṃ.

Taṃ sutvā petī attānaṃ pavedentī

Ahaṃ bhaddante[13] petī 'mhi duggatā Yamalokikā
pāpakammaṃ karitvāna petalokam ito gatā ti 2

gāthaṃ vatvā, puna therena

Kiṃ nu kāyena vācāya manasā dukkaṭaṃ kataṃ
kissa kammavipākena petalokam ito gatā ti 3

katakammaṃ puṭṭhā adānasīlā maccharinī[14] hutvā petayoniyaṃ nibbattetvā evaṃ mahādukkhaṃ anubhavāmī ti dassentī[15]

---

[1] dātā, S_1. [2] S_1. S_2 *add* ca. [3] gāthāsu S_1. S_2; *om.* B.
[4] *om.* B. [5] °santhatā, M. C.; °sandhatā, D.; B.
[6] *all MSS. have* uppās.°; (°ḷike, M. C. D.; °ḷhike, C.).
[7] B. *adds* gāthāya pucchi. [8] °sandhatā, B.
[9] sirājālavijaṭanattā, S_1. S_2. [10] uppāsuḷike, B.
[11] °phāsuke, B.; °pāsulike, S_1.
[12] [illegible]nahārumattānaṃ sesatāya virūpasabhāvadassana, B.
[13] [illegible], S_1. [14] macchari, B.
[15] B. *adds* [illegible] gāthā abhāsi.

Anukampakā mayhaṃ nāhesuṃ bhante
pitā[1] mātā ca[2] atha vāpi ñātikā
ye maṃ niyojeyyuṃ[3] dadāhi dānaṃ
pasannacittā samaṇabrāhmaṇānaṃ. 4
Ito ahaṃ vassasatāni pañca[4]
yaṃ evarūpā vicarāmi naggā
khudāya[5] taṇhāya ca[6] khajjamānā
pāpassa kammassa[7] phalaṃ mama yidaṃ.[8] 5
Vandāmi taṃ ayya pasannacittā
anukampa maṃ dhīra[9] mahānubhāva[10]
datvā ca me ādissa yāhi kiñci
mocehi maṃ duggatiyā bhaddante ti 6

tisso[11] gāthā[11] abhāsi.[11]

Tattha anukampakā ti samparāyikena atthena anuggaṇhatakā.[12] Bhante ti theraṃ ālapati. Ye maṃ niyojeyyun ti mātā vā[11] pitā vā atha vā ñātakā[13] 'edisā pasannacittā hutvā samaṇabrāhmaṇānaṃ dadāhi dānan' ti ye maṃ yojeyyuṃ tādisā anukampakā mayhaṃ nāhesun ti yojanā.

Ito ahaṃ vassasatāni pañca[14] yaṃ evarūpā[15] vicarāmi naggā ti idaṃ sā petī ito tatiyāya jātiyā attano petattabhāvaṃ anussaritvā idāni pi tathā pañca vassasatāni vicarāmī ti adhippāyenāha.

Tattha yan ti yasmā dānādīnaṃ puññānaṃ akatattā evarūpā naggā petī hutvā ito paṭṭhāya vassasatāni pañca vicarāmī ti yojanā. Taṇhāya ti pipāsāya. Khajjamānā ti khādiyamānā bādhiyamānā ti attho.

Vandāmi taṃ ayya pasannacittā ti ayya taṃ [illegible] pasannacittā hutvā vandāmi. Ettakam eva [illegible] mayā kataṃ sakkā ti dasseti.[16] Anukampa maṃ ti

---

[1] C. D., B. S_1 S_2 add va. [2] om. D., B.
[3] niyyo.°, M. C. [4] pañca, D., B. [5] khudāya, M. D.; B.
[6] om. C. D.; B.; va, S. [7] pāpakammassa, B.
[8] mamedaṃ, M. C. D.; B. [9] vira, M.; vira, C. D.; B.
[10] °bhāvaṃ, C. D. [11] om. B. [12] °haka, B.
[13] ñātikā, S_1. S_2. [14] pañca, B.
[15] °rūpaṃ, S_1; evaṃ rūpā, B. [16] dasseti, B. S_2.

anuggaṇhā maṃ[1] uddissa[2] anuddayaṃ karohī ti. Datvā ca me ādissa yāhi kiñci ti kiñci-d-eva deyyadhammaṃ samaṇabrāhmaṇānaṃ datvā taṃ dakkhiṇaṃ mayhaṃ ādisa, tena me ito petayonito mokkho bhavissatī ti adhippāyena vadati. Ten'evāha: mocehi maṃ duggatiyā bhaddante ti.

Evaṃ petiyā vutte yathā so thero paṭipajjitaṃ dassetuṃ saṅgītikārehi[4]

Sādhū ti (so tassā) paṭisuṇitvā Sāriputto 'nukampako[5]
bhikkhūnaṃ ālopaṃ datvā pāṇimattañ ca coḷakaṃ
thālakassa ca pānīyaṃ tassā dakkhiṇaṃ ādisi. 7
Samanantarānudiṭṭhe[6] vipāko upapajjatha[7]
bhojanacchādanapānīyaṃ dakkhiṇāya idaṃ phalaṃ. 8
Tato suddhā sucivasanā[8] kāsikuttamadhāriṇī
vicittavatthābharaṇā Sāriputtaṃ upasaṅkamī ti 9

tisso[9] gāthā[9] vuttā[9].

Tattha bhikkhūnan ti bhikkhuno, vacanavipallāsena h'etaṃ vuttaṃ. Ālopaṃ bhikkhuno datvā ti keci paṭhanti. Ālopan ti kabalaṃ ekālopamattaṃ bhojanan ti attho. Pāṇimattañ ca coḷakan ti ekahatthappamāṇaṃ coḷakhaṇḍan ti attho. Thālakassa ca[10] pānīyan ti [illegible]mattaṃ udakaṃ.

[illegible]vatthusmiṃ[11] vuttanayam eva.

Atha āyasmā Sāriputto taṃ petiṃ pīṇitindriyaṃ parisuddhachavivaṇṇaṃ dibbavatthābharaṇālaṅkāraṃ samantato attano pabhāya obhāsentiṃ attano santikaṃ upagantvā ṭhitaṃ disvā paccakkhato kammaphalaṃ tāya vibhāvetukāmo hutvā[12]

Abhikkantena vaṇṇena yā tvaṃ tiṭṭhasi devate
obhāsentī disā sabbā osadhī viya tārakā. 10
Kena te tādiso vaṇṇo kena te idha-m-ijjhati

---

[1] [illegible] B. [2] S_1. S_2 *add* yaṃ. [3] va, S_1. S_2. [4] [illegible] tisso gāthā vuttā. [5] anukamp°, *all MSS.* [6] [illegible] anu°, M. C. D. [7] udap° M. C. D., B. [8] [illegible] [9] [illegible] B. [10] [illegible] S_1. [11] [illegible] [12] B. adds imā gāthā [illegible]

uppajjanti ca te bhogā ye keci manaso piyā. 11
Pucchāmi taṃ devi mahānubhāve manussabhūtā kim akāsi puññaṃ
kenāsi evañjalitānubhāvā vaṇṇo ca te sabbadisā pabhāsatī ti 12

tisso[1] gāthā[1] abhāsi[1].

Tattha abhikkantenā ti atimanāpena abhirūpenā ti attho. Vaṇṇenā[2] ti chavivaṇṇena. Obhāsentī disā sabbā ti sabbā dasa disā jotantī ekālokaṃ karontī, yathā kin ti āha: Osadhī viya tārakā ti ussannapabhā etāya dhīyati osadhīnaṃ[3] vā anubalappadānā[4] hutvā[5] osadhī ti laddhanāmā tārakā yathā samantato ālokaṃ kurumānā tiṭṭhati, evam eva tvaṃ sabbā disā obhāsentī ti attho.

Kenā ti kiṃsaddo pucchāya hetu atthe p'etaṃ[6] karaṇavacanaṃ, kenā hetunā ti attho. Te ti tava etādiso etarahi yathā dissamāno ti vuttaṃ hoti. Kena te idha-m-ijjhatī ti kena puññavisesena idha imasmiṃ ṭhāne idāni tayā labbhamānaṃ sucaritaphalaṃ ijjhati nippajjati. Uppajjantī ti nibbattanti. Bhogā ti paribhuñjitabbattena bhogā ti laddhanāmā vatthābharaṇādi vittūpakaraṇavisesā. Ye kecī[7] ti bhoge anavasesato vyāpetvā saṅgaṇhāti, anavasesavyāpako[8] hi ayaṃ niddeso, yathā ye keci saṅkhārā ti attho.[9] Manaso piyā ti manasā[10] piyāyitabbā[11] manasā piyā[12] ti attho.

Pucchāmī ti pucchaṃ karomi ñātuṃ icchāmī ti attho. Tan ti tvaṃ. Devī ti dibbānubhāvasamaṅgitāya devī. Tenāha: mahānubhāve ti. Manussabhūtā ti manussesu jātā manussabhāvañ ca pattā. Idaṃ yebhuyyena sattā manussattabhāve ṭhitā puññāni karontī ti katvā vuttaṃ. Ayam ev' etāsaṃ[13] gāthānaṃ saṅkhepato attho, vitthārato pana Paramatthadīpaniyaṃ Vimānavatthu-[illegible]yaṃ vuttanayen' eva veditabbo.

---

[1] om. B. [2] S. S_2 [illegible] kena before vaṇṇenā. [3] osadhānaṃ, S_2. [4] [illegible]ikānaṃ, S_1. S_2. [5] katvā. [6] c'etaṃ, B. [7] ke pi, S_1. S_2. [8] °vyāpito, S_1. S_2. [9] om. all MSS.; S_1. S_2 put ye keci before manaso. [10] manaso, S_2.; om. S_1. [11] piyāyitatvā, S_1; °yikatvā, S_2. [12] manāpiyā, S_1. S_2. [13] etāsam, B.

Evaṃ pana therena puṭṭhā sā petī tassā sampattiyā laddhakāraṇaṃ pakāsentī sesā gāthā abhāsi:

Upakaṇḍakiṃ[1] kisaṃ chātaṃ naggaṃ appaṭicchaviṃ[2]
muni kāruṇiko loke taṃ maṃ dakkhasi[3] duggataṃ[4]. 13
Bhikkhūnaṃ ālopaṃ datvā pāṇimattañ ca coḷakaṃ
thālakassa ca pānīyaṃ mama dakkhiṇam ādisi. 14
Ālopassa phalaṃ passa bhattaṃ vassasataṃ dasa
bhuñjāmi kāmakāminī anekarasavyañjanaṃ. 15
Pāṇimattassa coḷassa vipākaṃ passa yādisaṃ[5]
yāvatā Nandarājassa vijitasmiṃ paṭicchadā. 16
Tato bahutarā bhante vatthāni[6] 'cchādanāni me
koseyyakambalīyāni[7] khomakappāsikāni ca. 17
Vipulā ca mahagghā ca te p'ākāse[8] 'valambare
sāhaṃ taṃ paridahāmi[9] yaṃ yaṃ hi manaso piyaṃ. 18
Thālakassa ca pānīyaṃ vipākaṃ passa yādisaṃ
gambhīrā caturassā ca pokkharañño[10] sunimmitā. 19
Setodakā supatitthā ca sītā appaṭigandhiyā[11]
padumuppalasañchannā vārikiñjakkhapūritā. 20
Sāhaṃ ramāmi kīḷāmi modāmi akutobhayā
muniṃ kāruṇikaṃ lokaṃ[12] bhante vandituṃ āgatā ti. 21

Tattha upakaṇḍakin[13] ti upakaṇḍakajātaṃ.[14] Chātan ti bubhukkhitaṃ[15] khudāya[16] abhibhūtaṃ. Appaṭicchavin ti chinnabhinnasarīrachaviṃ. Loke ti idaṃ. Kāruṇiko ti [illegible] karuṇāya visayadassanaṃ. Tam man ti tādisaṃ [illegible] eva karuṇaṭhānīyaṃ maṃ. Duggatan ti duggatigataṃ.

Bhikkhūnaṃ ālopaṃ datvā ti ādi therena attano karuṇāya katākāradassanaṃ.

---

[1] uppaṇḍukiṃ, M. D.; B.; upakaṇḍukiṃ, C.
[2] sampatitacchaviṃ, M. C. D.; B.
[3] adakkhi, M. C. D.; B. [4] S.₁ S.₂ B. *have* tvaṃ *before* du°.
[5] tādisaṃ, S.₁. [6] vatthāna, M. D.; B; vattāna, C.
[7] koseyyāni kamb.°, C. D.; koseyyā, M.; B. (koseyyā).
[8] [illegible], M. C. D.; B. [9] M. C. D., B. *add* ca.
[10] [illegible], M. D.; B. [11] °gandhikā, M. C. D.; B.
[12] [illegible] D.; B. loka, C.). [13] [illegible]
[14] [illegible]
[15] bubh[illegible]

Tattha bhattan ti odanaṃ[1] dibbabhojanan ti attho. Vassasataṃ dasā ti dasavassasatāni vassasahassan nivuttaṃ hoti, accantasaṃyoge c'etaṃ upayogavacanaṃ. Kāmakāminī anekarasavyañjanan ti aññehi pi kāmitabbakāmehi samannāgatā[2] anekarasavyañjanabhattaṃ bhuñjāmī ti yojanā.

Coḷassā ti deyyadhammasīsena tabbisayaṃ dānapuññaṃ eva dasseti. Vipākaṃ passa yādisan ti tassa coḷadānassa vipākasaṅkhātaṃ phalaṃ passa bhante, taṃ pana yādisaṃ yathārūpan ti peti[3] āha: yāvatā Nandarājassā ti ādi.

Tattho ko 'yaṃ Nandarājā nāma?

Atīte kira dasavassasahassāyukesu manussesu Bārāṇasivāsī eko kuṭimbiko[4] araññe jaṅghāvihāraṃ caranto araññaṭṭhāne aññataraṃ paccekabuddhaṃ addasa. So pana[5] paccekabuddho tattha cīvarakammaṃ karonto anuvāte appabhonte saṃharitvā ṭhapetuṃ āraddho. So kuṭimbiko taṃ[6] disvā 'bhante kiṃ karothā' ti vatvā tena apicchatāya kiñci avutte pi cīvaradussaṃ tassa hotī ti ñatvā attano uttarāsaṅgaṃ paccekabuddhassa pādamūle ṭhapetvā āgamāsi. Paccekabuddho taṃ gahetvā anuvātaṃ āropento cīvaraṃ katvā pārupi. So kuṭimbiko jīvitapariyosāne kālaṃ katvā Tāvatiṃsabhavane nibbattitvā tattha yāvatāyukaṃ dibbasampattiṃ anubhavitvā tato cavitvā Bārāṇasito yojanamatte ṭhāne aññatarasmiṃ gāme amaccakule nibbatti. Tassa vayappattakāle tasmiṃ gāme nakkhattaṃ saṅghuṭṭhaṃ ahosi.[7] So mātaraṃ āha: 'amma sāṭakaṃ me dehi, nakkhattaṃ kīḷissāmī' ti. Sā dhotavatthaṃ nīharitvā adāsi. 'Amma thūlaṃ idan' ti.[8] Aññaṃ nīharitvā adāsi. Taṃ pi paṭikkhipi. Atha naṃ mātā āha: 'tāta, [illegible] gehe mayaṃ jātā natthi no[9] ito sukhumataraṃ [illegible][10] paṭilābhāya puññan' ti. 'Labhanaṭṭhānaṃ gacchāmi ammā' ti. 'Gaccha[11] putta, ahaṃ ajj' eva tuyhaṃ Bārāṇasinagare rajjaṃ

---

[1] odānaṃ, S₁. [2] samannāgataṃ, B.
[3] ce ti or ve ti, all MSS. [4] kuṭumbiko, B. throughout.
[5] om. B. [6] om. S₁. [7] hoti, B.
[8] B. adds: aññaṃ niharāhī ti. Sā aññaṃ niharitvā and so on. [9] om. B. [10] B. adds me. [11] om. S₁. S₂.

a icchāmī' ti. So 'sādhu ammā' ti mātaraṃ padakkhiṇaṃ katvā 'ahaṃ[1] gacchāmi ammā' ti. tātā' ti. Evaṃ kir'assā pi taṃ[2] ahosi: 'kahaṃ idha vā ettha vā gehe nisīdissatī' ti. So pana mena codiyamāno gāmato nikkhamitvā Bārāṇasiṃ[3] ṅgalasilāpaṭṭe sasīsaṃ[4] pārupitvā nipajji. So ca aññō kālakatassa sattamo divaso hoti. Amaccā o ca rañño sarīrakiccaṃ katvā rājaṅgaṇe nisīditvā[5] u. 'Rañño ekā dhītā atthi putto natthi, arāji-na tiṭṭhati, phussarathaṃ vissajjemā' ti te ṇe cattāro sindhave yojetvā setacchattapamukhaṃ aṃ rājakakudhabhaṇḍaṃ rathasmiṃ yeva ṭhapetvā issajjetvā pacchato turiyāni paggaṇhāpesuṃ. madvārena nikkhamitvā uyyānābhimukho ahosi. ā uyyānābhimukho gacchati,[6] nivattethā'' ti keci Purohito 'mā nivattayitthā' ti āha. Ratho padakkhiṇaṃ katvā ārohanasajjo hutvā aṭṭhāsi. pārupanakaṇṇaṃ apanetvā pādatalāni olokento ayaṃ dīpo dvisahassadīpaparivāresu[8] catūsu u ekarajjaṃ kāretuṃ yutto' ti vatvā turiyāni hā ti puna pi paggaṇhathā ti tikkhattuṃ turiyāni pesi. Atha kumāro mukhaṃ vivaritvā oloketvā mena āgat' attha tātā' ti āha. 'Deva tumhākaṃ āmā' ti. 'Tumhākaṃ[9] rājā kahan' ti? 'Divaṃ ti. 'Kati divasā atikkantā' ti? 'Ajja sattamo 'Putto vā dhītā vā natthī' ti? 'Dhītā atthi natthī' ti. 'Tena hi kāriyāmi rajjan' ti. Te abhisekamaṇḍapaṃ katvā rājadhītaraṃ ārehi alaṅkaritvā uyyānaṃ ānetvā kumārassa akaṃsu. Ath' assa katābhisekassa satasahassag-vatthaṃ[10] upanesuṃ. So 'kiṃ idaṃ tātā' ti 'āsanatthaṃ devā' ti. 'Nanu tātā[11] thūlan' ti?

... S., but have āha. [2] cittaṃ L. pi taṃ, B. ... siyaṃ, S.. [4] sīsaṃ, B. S.. [5] sannipatitvā, B. ... gacchati(n) S. has a considerable lacuna ... [illegible]

'Manussānam paribhogavatthesu ito sukkhumataram natthi devā' ti. 'Tumhākam rājā evarūpam nivāsesī' ti? 'Āma devā' ti. 'Na maññe puññavā tumhākam rājā' ti. 'Suvaṇṇabhiṅkāram[1] āharatha labhissāmi vatthan' ti. Suvaṇṇabhiṅkāram[2] āharimsu. So uṭṭhāya hatthe dhovitvā mukham vikkhāletvā hatthena udakam ādāya puratthimadisāyam abbhukkiri. Tadā[3] ghanapathavī bhinditvā aṭṭha kapparukkhā uṭṭhahimsu. Puna udakam gahetvā dakkhiṇam pacchimam uttaran ti evam catasso disāsu[4] abbhukkiri. Sabbadisāsu[5] aṭṭha aṭṭha katvā dvattimsa kapparukkhā uṭṭhahimsu. Ekekissā disāya soḷasa soḷasa katvā catusaṭṭhi kapparukkhā ti keci vadanti. So ekam dibbadussam nivāsetvā ekam pārupitvā Nandaraññō vijite suttakantikā itthiyo mā suttam kantimsū ti bherim carāpetha ti vatvā chattam ussāpetvā alaṅkatapaṭiyatto hatthikkhandhavaragato nagaram pavisitvā pāsādam abhiruyha[6] mahāsampattim anubhavi.

Evam gacchante kāle ekadivasam devī rañño sampattim disvā aho vata sirī ti kāruññākāram dassesi. 'Kim idam devī' ti ca puṭṭhā 'atimahatim[7] deva sampattim atītam addhānam[8] kusalam[9] akattha, idāni anāgatassa atthāya[10] kusalam na karotha' ti āha. 'Kassa dema, sīlavanto natthi' ti. 'Asuñño deva Jambudīpo arahantehi, tumhe dānam eva vajjetha, aham āharantī lacchāmī' ti āha. Punadivase rājā mahādānam[11] sajjāpesi. Devī 'sace imissāya disāya arahanto[12] atthi, idha gantvā amhākam bhikkham gaṇhantū'[13] adhiṭṭhahitvā[14] uttaradisābhimukham urena nipajji. Nipannamattāya[15] eva deviyā Himavante vasantānam pañcasatānam Padumavatiyā puttānam paccekabuddhānam jeṭṭhako Padumapaccekabuddho bhātike [illegible] Nandarājā tumhe nimanteti, adhivāsetha bhante ti. Te adhivāsetvā tāva-d-eva ākāsenāgantvā uttaradvāre otarimsu.

---

[1] suvaṇṇa° B. [2] [illegible] S_2. [3] om S_2.
[4] disā, B. [5] [illegible] [6] āruyha, B.
[7] B. *adds* te. [8] addhāne, B. [9] kalyāṇam, B.
[10] °tass' atthāya, S_2. [11] mahāraham dānam, S_2.
[12] [araha]ntā, S_1; *the lacuna of* S_1 *ends here.*
[13] gaṇhatu, S_2. [14] *om.* S_1. S_2. [15] °matte, S_1. S_2.

Manussā 'pañcasatā deva paccekabuddhā āgatā' ti rañño ārocesuṃ. Rājā saddhiṃ deviyā gantvā[1] vanditvā pattaṃ gahetvā paccekabuddhe pāsādaṃ āropetvā tattha tesaṃ dānaṃ datvā bhattakiccāvasāne rājā saṅghattherassa devī saṅghanavakassa pādamūle nippajjitvā 'ayyā paccayehi na kilamissanti, mayaṃ puññena na hāyissāma[2], amhākaṃ idha nivāsāya paṭiññaṃ dethā' ti paṭiññaṃ kāretvā uyyāne nivāsanaṭṭhānāni kāretvā yāvajīvaṃ paccekabuddhe upaṭṭhahitvā tesu parinibbutesu sādhukīḷitaṃ kāretvā candanadāru-ādīhi sarīrakiccaṃ kāretvā dhātuyo gahetvā cetiyaṃ patiṭṭhāpetvā 'evarūpānam pi nāma mahānubhāvānaṃ mahesīnaṃ maraṇaṃ bhavissati, kim aṅga pana mādisānan' ti saṃvegajāto jeṭṭhaputtaṃ rajje patiṭṭhāpetvā sayaṃ samaṇapabbajjaṃ[3] pabbaji. Devī pi raññe pabbajjite[4] ahaṃ kiṃ karissāmī ti pabbaji. Dve pi uyyāne vasantā jhānāni nibbattetvā jhānasukhena vītināmetvā āyupariyosāne brahmaloke nibbattiṃsu. So kira Nandarājā amhākaṃ Satthu mahāsāvako Mahākassapatthero ahosi. Tassa aggamahesī Bhaddakapilā ti nāma. Ayaṃ pana Nandarājā dasavassasahassāni sayaṃ dibbavatthāni paridahanto[5] sabbam eva attano vijitaṃ Uttarakurusadisaṃ karonto āgatāgatānaṃ[6] dibbadussāni adāsi. Tayidaṃ dibbavatthasamiddhaṃ sandhāya[7] ayaṃ petī āha: Yāvatā Nandarājassa vijitasmiṃ paṭicchādā ti.

Tattha vijitasmin ti raṭṭhe. Paṭicchādā ti vatthāni, tāni hi paṭicchādenti etehī ti paṭicchādā ti vuccanti. Idāni sā petī 'Nandarājā samiddhito pi etarahi mayhaṃ samiddhi vipulatarā' ti dassentī Tato bahutarā bhante vatthāni 'cchādanāni me ti ādiṃ āha.

Tattha tato[8] ti Nandarājassa pariggahabhūtavatthato[9] bahutarāni mayhaṃ vatthāni dussāni ti attho. Vatthāni 'cchādanānī ti nivāsanavatthāni c'eva pārupanavatthāni

---

[1] [illegible]gantvā, B. [2] parihāyissāma, B.

[3] [illegible] patiṭṭhā begins a lacuna in S. [illegible]

āyu[illegible] B. [5] [illegible]

[6] [illegible]

[7] nissāya, B. [illegible]

ca. Koseyyakambalīyānī[1] ti koseyyāni[2] c'eva[3] kambalāni[4] ca[4]. Khomakappāsikāni cā ti khomavatthāni c'eva kappāsamayavatthāni ca.

Vipulā ti āyāmato ca[5] vitthārato[5] ca[5] vipulā mahantā ca. Mahagghā ti mahagghavasena mahantā mahārahā. Ākāse 'valambare ti[6] ākāse yeva olambamānā tiṭṭhanti. Yaṃ yaṃ hi manaso piyan ti yaṃ yaṃ mayhaṃ manaso piyaṃ taṃ taṃ gahetvā paridahāmi pārupāmi cā ti yojanā.

Thālakassa ca pānīyaṃ vipākaṃ passa yādisan ti thālakapūraṇamattaṃ pānīyaṃ dinnaṃ anumoditaṃ, tassa pana vipākaṃ yādisaṃ yāva mahantaṃ passā ti dassenti: Gambhīrā caturassā cā ti ādim āha.

Tattha gambhīrā ti agādhā. Caturassā ti caturassasaṇṭhānā. Pokkharaññā ti pokkharaṇiyo. Sunimmitā ti kammānubhāvena suṭṭhu nimmitā.

Setodakā ti setodakā setavāḷukāhi[7] samparikiṇṇā. Supatitthā ti sundaratitthā. Sītā ti sītalodakā. Appaṭigandhiyā ti paṭikkūlagandharahitā surabhigandhā. Vārikiñjakkhapūritā ti kamalakuvalayādīnaṃ kesarasañchannena vārinā paripuṇṇā.

Sāhan ti sā ahaṃ. Ramāmī ti ratiṃ vindāmi. Kīḷāmī ti indriyāni paricarāmi.[8] Modāmī ti bhogasampattiyā pamuditā homi. Akutobhayā ti kutoci pi asañjātabhayā serimukhavihārinī[9] homi. Bhante vanditum āgatā ti imissā dibbasampattiyā paṭilābhassa kāraṇabhūtaṃ bhante taṃ vandituṃ āgatā upagatā ti attho.

Yaṃ pan' ettha atthato avibhattaṃ tattha tattha vuttam eva.

Evaṃ tāya petiyā vutte āyasmā Sāriputto [illegible] Dīgharājiyan ti gāmadvayavāsikesu[10] attano santikaṃ upagatesu[11] manussesu[12] imaṃ vatthuṃ[13] vitthārato kathento saṃvejetvā sampattamanussānaṃ ... mocetvā upāsaka-

---

[1] koseyyānī ti, B. [2] koseyyavatthāni, B.
[3] *om.* B. [4] kambaliyānī ti kambalāni, B. [5] *om.* S_1.
[6] S_2 *omits the whole phrase.* [7] °luka, B.
[8] °cāremi, B. [9] °vihāri, B. [10] °vāsike, S_1. S_2.
[11] upagate S_1. S_2. [12] manusse, S_1. S_2. [13] atthaṃ, B.

bhāve patiṭṭhāpesi. Sā pavutti bhikkhūnaṃ[1] supākaṭā jātā. Taṃ bhikkhū Bhagavato ārocesuṃ. Bhagavā taṃ atthaṃ atthuppattiṃ katvā sampattaparisāya dhammaṃ desesi. Sā desanā mahājanassa sātthikā ahosi.[2]

Saṃsāramocakapetavatthuvaṇṇanā.

II, 2.

Naggā dubbaṇṇarūpāsī ti. Idaṃ Satthari Veḷuvane viharante āyasmato Sāriputtattherassa ito pañcamāya jātiyā mātubhūtaṃ petiṃ ārabbha vuttaṃ. Ekadivasaṃ āyasmā ca Sāriputto āyasmā ca Mahāmoggallāno āyasmā ca Anuruddho āyasmā ca Kappino Rājagahassa avidūre aññatarasmiṃ araññāyatane viharanti. Tena ca samayena Bārāṇasiyaṃ aññataro brāhmaṇo saddho mahaddhano mahābhogo samaṇabrāhmaṇānaṃ kapaṇaddhikavanibbakayācakānaṃ udapānabhūto[3] annapānavatthasayanādīni[4] deti dento ca āgatāgatānaṃ yathākālaṃ[5] yathārahañ[6] ca[6] pādodakapādabbhañjanādidānaṃ anupubbakaṃ[7] sabbābhideyyaṃ[8] paṭipanno hoti purebhattañ ca bhikkhū annapānādinā sakkaccaṃ parivisati. So desantaraṃ gacchanto bhariyaṃ āha 'bhoti yathā paññattaṃ imaṃ[9] dānavidhiṃ aparihāpenti sakkaccaṃ anutiṭṭhāhī' ti. Sā[10] sādhū ti paṭissuṇitvā[11] tasmiṃ pakkante ca[12] bhikkhūnaṃ paññattaṃ dānavidhiṃ pacchindi, sādhikānaṃ pana nivāsatthāya upagatānaṃ gehapiṭṭhito chaḍḍitaṃ jarasālaṃ dassesi: 'ettha vasathā' ti; annapānatthāya tesu tesu sādhikesu āgatesu 'gūthaṃ khādatha muttaṃ pivatha lohitaṃ pivatha tumhaṃ mātu matthaluṅgaṃ khādathā' ti yaṃ yaṃ asucijegucchaṃ[13] tassa tassa nāmaṃ gahetvā niṭṭhunaṃ vadati. Sā aparena samayena kālaṃ katvā kammānubhāvukkhittā petayoniyaṃ nibbattitvā attano vacīduccaritānurūpaṃ dukkhaṃ

---

[1] bhikkhu, S_1. S_2. [2] B. *adds* ti. [3] opāna°, B.
[4] °vatthayanādīni, B. [5] balaṃ, B. [6] *om.* B.
[7] °pubbakaṃ, B. [8] sabbapāteyyaṃ, B. [9] idaṃ, B.
[10] *om.* S_1. S_2. [11] paṭisuṇi, S_1.
[12] S_1 *adds* eva tava; B. paṭhamaṃ tava.
[13] °jegucchitassa nāmaṃ, S_1. S_2.

anubhavantī purimajātisambandhaṃ anussaritvā āyasmato Sāriputtassa santikaṃ upasaṅkamitukāmā tassa vihāraṃ sampāpuṇi. Tassa vihāradevatāyo[1] vihārappavesanaṃ nivāresuṃ. Sā kira ito pañcamāya jātiyā therassa mātabhūtapubbā.[2] Tasmā evam āha: 'aham ayyassa Sāriputtatherassa ito[3] pañcamāya[3] jātiyā[3] mātā, detha me dvārappavesaṃ[4] theraṃ daṭṭhun' ti. Taṃ sutvā devatā tassā pavesanaṃ anujāniṃsu. Sā pavisitvā caṅkamanakoṭiyaṃ ṭhatvā therassa attānaṃ dassesi. Thero taṃ disvā[5] karuṇāya sañcoditamānaso hutvā

Naggā — II, 1, 1 1

gāthāya pucchi.

Sā therena puṭṭhā paṭivacanaṃ dentī

Ahan te sakiyā mātā pubbe aññāsu[6] jātisu
uppannā pettivisayaṃ[7] khuppipāsāsamappitā. 2
Chaḍḍitaṃ khipitaṃ kheḷaṃ siṅghāṇikaṃ silesumaṃ
vasañ ca ḍayhamānānaṃ vijātānañ ca lohitaṃ 3
Vaṇitānañ ca yaṃ ghānasīsacchinnañ ca[8] lohitaṃ
khudāparetā[9] bhuñjāmi[10] itthipurisanissitaṃ. 4
Pubbalohitaṃ bhakkhāmi pasūnaṃ mānusānañ ca
alenā[11] anagārā ca[12] nīlamañcaparāyanā.[13] 5
Dehi puttaka me dānaṃ datvā anvādisāhi[14] me
app' eva nāma muñceyyaṃ pubbalohitabhojanā ti 6

pañca gāthā abhāsi.

Tattha ahan te sakiyā mātā ti ahaṃ tuyhaṃ jananibhāvato[15] sakiyā mātā. Pubbe aññāsu jātisū ti mātā hontī[16] pi na imissā jātiyaṃ, atha kho [illegible] aññāsu jātisu ito pañcamiyaṃ ti daṭṭhabbaṃ [illegible]. pettivisayan[17] ti paṭisandhivasena [illegible] upagatā.

---

[1] B. adds pi. [2] [illegible] B. [3] om. B.
[4] °vesanaṃ, B. [5] [illegible] [6] aññesu, S₁. S₂. B.
[7] pittiv.° M. C. D. [illegible] [8] [illegible]na, M. C. D.; B.
[9] khuddā.°, M. C. D.; B. [10] bhuñjissam, M. C.
[11] S₁. S₂ add ca. [12] na ca, D.
[13] nīlā.°, M. D.; B.; nīllā.°, M. C. [14] uddisāhi.
[15] °bhavato, B. [16] hontā, B. [17] pittiv.°, here all MSS.

Khuppipāsāsamappitā ti khudāya[1] ca pipāsāya ca samaṅgibhūtā nirantaraṃ jigacchāpipāsāya abhibhūyamānā ti attho.

Chaḍḍitan ti ucchiṭṭhaṃ[2] vantan[3] ii attho. Khipitan ti khipitena saddhiṃ mukhato nikkhantamalaṃ. Kheḷan ti niṭṭhubhanaṃ.[4] Siṅghāṇikan ti matthaluṅgato vissanditvā nāsikāya nikkhamamalaṃ. Silesuman ti semhaṃ. Vasañ ca ḍayhamānānan ti citakāya ḍayhamānānaṃ kalebarānaṃ[5] vasā telañ ca. Vijātānañ ca lohitan ti pasūtānam itthīnaṃ lohitaṃ gabbhamalañ ca saddena saṅgaṇhāti.

Vaṇitānan ti sañjātavaṇānaṃ. Yan ti yaṃ lohitan ti sambandho. Ghānasīsacchinnan ti ghānacchinnānaṃ sīsacchinnānaṃ pi yaṃ lohitaṃ taṃ bhuñjāmī ti yojanā. Desanāsīsaṃ p'etaṃ[6] ghānasīsacchinnānan ti yasmā hatthapādādi chinnānaṃ pi lohitaṃ bhuñjām' eva.[7] Tathā vaṇitānan ti iminā tesaṃ pi lohitaṃ saṅgahītan ti daṭṭhabbaṃ. Khudāparetā[8] ti jigacchābhibhūtā.[9] Itthipurisanissitan ti itthipurisasarīranissitaṃ yathā vuttaṃ aññañ cammamaṃsanahārupubbādikaṃ[10] paribhuñjāmī ti dasseti.

Pasunan ti ajagomahisādīnaṃ. Alenā ti asaraṇā. Anagārā ti anāvāsā. Nīlamañcaparāyanā ti susāne chaḍḍitamalā[11] mañcasayanā.[12] Atha vā nīlā ti chārikaṅgārabahulā susānabhūmi adhippetā, taṃ yeva mañcaṃ viya adhisayānā ti attho.

Anvādisāhi[13] me ti yathā dinnaṃ dakkhiṇaṃ mayhaṃ uddissa patidānaṃ dehi. App' eva nāma muñceyyam pubbalohitabhojanā ti tava uddisanena stasmā pubbalohitabhojanā petijīvitā[14] api nāma muñceyyaṃ.

Tam sutvā āyasmā Sāriputtatthero dutiyadivase Mahāmoggallānattherādike tayo there āmantetvā tehi saddhiṃ

---

[1] khuddāya, B.
[2] [illegible]chaḍḍita, S_2; upacchaḍḍitam, S_1; ucchiṭṭhakam, [illegible]
[3] [illegible] S_1. [4] °vanam, S_1; niṭhūnam, B.
[5] [illegible]nam, B. [6] c'etam, B. [7] bhuñjāmi [illegible]
[8] [illegible], B. [9] B. adds hutvā. [10] [illegible]
[11] [illegible]
[14] pet[illegible]

Rājagahe piṇḍāya caranto rañño Bimbisārassa nivesanaṃ āgamāsi. Rājā theraṃ disvā vanditvā 'kim bhante āgatatthā' ti āgamanakāraṇaṃ pucchi. Āyasmā Mahāmoggallāno taṃ pavuttiṃ rañño ārocesi. Rājā 'anuññātaṃ bhante' ti vatvā there vissajjetvā sabbakammikaṃ amaccaṃ pakkositvā[1] āṇāpesi 'nagarassa avidūre vipine[2] chāyūdakasampanne catasso kuṭiyo kārehī' ti antepure ca pahonakavisesavasena tidhā vibhajjitvā[3] catasso kuṭiyo paṭicchāpesi[4] sayañ ca [illegible] kātabbaṃ yuttakaṃ akāsi.[5] Niṭṭhitāsu kuṭikāsu sabbaṃ[6] [illegible]karaṇaṃ sajjāpetvā [illegible] buddhapamukhassa bhikkhusaṅghassa [illegible] sabbaparikkhāre ca upaṭṭhāpetvā āyasmato Sāriputtattherassa taṃ sabbaṃ niyyādesi. Atha thero taṃ[8] petiṃ[9] uddissa taṃ sabbaṃ buddhapamukhassa cātudisassa bhikkhusaṅghassa adāsi. Sā petī taṃ anumoditvā devaloke nibbattitvā sabbakāmasamiddhā ca[10] hutvā aparadivase āyasmato Mahāmoggallānattherassa santikaṃ upagantvā vanditvā aṭṭhāsi. Taṃ[11] thero paṭipucchi. Sā attano petūpapattiṃ devūpapattiñ ca vitthārato kathesi. Tena vuttaṃ:

Mātuyā vacanaṃ sutvā Upatisso[12] [illegible]
āmantayi[13] Moggallānaṃ [illegible] ca K[illegible]. [illegible]
Catasso kuṭiyo katvā saṅghe cātuddise[14] adā
[illegible] ca [illegible] dakkhiṇaṃ ādisi. 8
[illegible] vipāko[15] upapajjatha[16]
bhojanaṃ pānīyaṃ vatthaṃ dakkhiṇāya idaṃ phalaṃ. 9
Tato suddhā sucivasanā kāsikuttamadhāriṇī
vicittavatthābharaṇā Kolitaṃ[17] upasaṅkami ti. 10

[illegible] saṅghe cātuddise adā[18] ti [illegible] saṅghassa adāsi niyyādesi ti [illegible]

---

[1] pakkosāpetvā, B. [2] [illegible] [3] [illegible], B.; S. omits all from [illegible] to [illegible]
[4] °cchādesi, B. [illegible]
[7] cātuddisassa [illegible], B., S.
[9] om. S., S. [illegible] [12] [illegible] S.
[12] Upatissānakampako, [illegible], B.
[13] āmantesi, B. [14] catu°, M.; B.
[15] upāko, S.; upāsako S. [16] udap.°, M. C. D.; B. [illegible]
[17] °kaṃ, all MSS. exc. B. [18] adā, all MSS. [19] catu[illegible]

Sesaṃ vuttattham eva. Ath'āyasmā Mahāmoggallāno taṃ petiṃ

Abhikkantena — II, 1, 10. 11
Kena te tādiso — II, 1, 11 12
Pucchāmi taṃ devi — II, 1, 12 13

pucchi. Atha sā Sāriputtass' ahaṃ mātā ti ādinā vissajjesi. Sesaṃ vutthatthaṃ eva. Ath' āyasmā Mahāmoggallāno taṃ pavuttiṃ Bhagavato ārocesi. Bhagavā tam attham atthuppatiṃ katvā sampattaparisāya dhammaṃ desesi. Sā desanā mahājanassa sātthikā ahosi.[1]

Sāriputtattherassa[2] mātupetivatthuvaṇṇanā.[3]

II, 3.

Naggā dubbaṇṇarūpāsī ti. Idaṃ Satthari Jetavane viharante Mattaṃ nāma petiṃ ārabbha vuttaṃ. Sāvatthiyaṃ kira aññataro kuṭimbiko[4] saddho pasanno ahosi. Tassa bhariyā assaddhā appasannā kodhanā vañjhā ca ahosi nāmena Mattā nāma. Atha so kuṭimbiko kulavaṃsupacchedabhayena[5] sadisakulato Tissā[6] nāma kaññaṃ ānesi. Sā ahosi saddhā pasannā sāmino ca piyā manāpā. Na ciren' eva gabbhinī hutvā dasamāsaccayena puttaṃ vijāyi. [illegible] ahosi. Sā gehassa sāminī[7] hutvā cattāro [illegible]. Vañjhā[8] pana[9] taṃ dussayati.[10] Tā ubho pi ekasmiṃ divase sīsaṃ nahāyitvā allakesā[11] aṭṭhaṃsu. Kuṭimbiko guṇavasena Tissāya ābaddhasineho bhārikena hadayena tāya saddhiṃ bahu[12] sallapanto[13] aṭṭhāsi. Taṃ asahamānā Mattā issāpakatā gehaṃ sammajjitvā ṭhapitasaṅkāraṃ Tissāya matthake okiri. Sā aparena samayena kālaṃ katvā petayoniyaṃ nibbattitvā attano kammabalena[14] pañcaviddhaṃ dukkhaṃ anubhavati. Taṃ

---

[1] [illegible] MSS. *add* ti. [2] °thera, B. [3] [illegible]
[4] [illegible]biko, B. *throughout.* [5] °cchedana[illegible], B. [illegible]
[illegible], B. [7] gehasāminī, B. [8] [illegible]
[illegible] [10] [illegible], B. [illegible]
[11] bahu[illegible] [illegible], B. [illegible], B.

pana dukkhaṃ pālito eva paññāyati. Ath' ekadivasaṃ sā petī saññāya vītivattāya gehassa piṭṭhipasse nahāyantiyā Tissāya attānaṃ dassesi. Taṃ disvā Tissā

Naggā — II, 1, 1 1

gāthāya paṭipucchi. Itarā

Ahaṃ Mattā tuvaṃ[1] Tissā sapatī[2] te pure ahuṃ[3]
pāpakammaṃ karitvāna petalokam ito gatā ti 2

gāthāya paṭivacanaṃ abhāsi.

Tattha ahaṃ Mattā tuvaṃ Tissā ti tvaṃ Tissā nāma, ahaṃ pana[4] Mattā[5] pure purimattabhāve te tuyhaṃ sapatī[6] ahuṃ[7] ahosiṃ ti attho.

Puna Tissā

Kin nu kāyena — II, 1, 3 3

gāthāya katakammaṃ pucchi. Puna itarā

Caṇḍī ca pharusā cāsim issukī[8] maccharī saṭhī[9]
tāhaṃ duruttaṃ vatvāna petalokam ito gatā ti 4

gāthāya attano[10] katakammaṃ ācikkhi.

Tattha caṇḍī ti kodhanā. Pharusā ti [illegible]. Āsin ti ahosiṃ. Tāhan ti taṃ ahaṃ. Duruttan ti dubbhāsitaṃ niratthavacanaṃ.[11]

Ito paraṃ pi tāsaṃ vacanapaṭivacanavasen' eva gāthāyo pavattā:

Sabbaṃ[12] ahaṃ pi jānāmi yathā tvaṃ caṇḍikā ahu
aññañ ca kho taṃ pucchāmi kenāsi paṃsukuṭṭhitā.[13] 5
Sīsaṃ nahātā tuvaṃ āsi sucivatthā alaṅkatā
ahañ ca kho taṃ adhimattaṃ samalaṅkatarā[14] [illegible] 6
Tassā me pekkhamānāya sāmikena [illegible]
tato me issā vipulā kodho me [illegible] 7

[1] tuvaṃ, M. [2] sapatī, M.; B. [3] ahu, M. D.; B.
[4] om. B. [5] [illegible] [6] [illegible] sapatti, B.
[7] hutvā, B. [8] [illegible] B.
[9] saṭhā, M., C. [illegible] [10] om. B.
[11] niṭṭhuna.°, B. [12] saccaṃ, M. C. D.; B.
[13] °kuṇṭhitā, C. D.; B.; kuṇṭhitā, M. [14] °laṅkatatarā, B.
[15] samantayi, S_1. S_2. [16] sapajāy.°, M.; sampa.°, B.

Tato paṃsu gahetvāna paṃsunā[1] taṃ pi okiri[2]
tassa kammavipākena ten' amhi paṃsukuṭṭhitā.[3] 8
Sabbaṃ[4] aham pi jānāmi paṃsunā maṃ tvaṃ okiri
aññañ ca kho taṃ pucchāmi kena khajjāsi kacchuyā. 9
Bhesajjahārī ubhayo vanantaṃ agamimhase
tvañ ca bhesajjam āhari[5] ahañ ca kapikacchuno.[6] 10
Tassā ty ajānamānāya[7] seyyaṃ ty āhaṃ samokiri[8]
tassa kammavipākena tena khajjāmi kacchuyā. 11
Sabbam[4] aham pi jānāmi seyyaṃ[9] me tvaṃ samokiri
aññañ ca kho taṃ pucchāmi kenāsi[10] naggiyā tuvaṃ. 12
Sahāyānaṃ[11] samayo āsi[12] ñātīnaṃ samitiṃ ahu
tvañ ca āmantitā āsi sasāminī[13] no ca kho 'haṃ.[14] 13
Tassā ty ajānamānāya[7] dussaṃ ty āham apānudiṃ[15]
tassa kammavipākena ten' amhi naggiyā ahaṃ. 14
Sabbaṃ[4] aham pi jānāmi dussaṃ me tvaṃ apānudi
aññañ ca kho taṃ[16] pucchāmi kenāsi gūthagandhinī. 15
Tava gandhañ ca mālañ ca paccagghañ ca vilepanaṃ
gūthakūpe atāresiṃ[17] taṃ pāpaṃ pakataṃ mayā
tassa kammavipākena ten' amhi gūthagandhinī. 16
Sabbam[4] aham pi jānāmi taṃ pāpaṃ pakataṃ tayā
aññañ ca kho taṃ pucchāmi kenāsi duggatā tuvaṃ. 17
Ubhinnaṃ samakaṃ āsi yaṃ gehe vijjite dhanaṃ
santesu deyyadhammesu dīpaṃ nākāsiṃ attano
tassa kammavipākena ten' amhi duggatā ahaṃ. 18
[illegible][19] tvaṃ sacca pāpakammaṃ nisevasi
na hi pāpāni kammāni [illegible] honti[20] suggatiṃ. 19
Vāmato maṃ tvaṃ paccesi atho pi maṃ [illegible][21]
passa pāpānaṃ kammānaṃ vipāko hoti yādiso. 20

---

[1] S₁ *adds* ca. [2] vikiri taṃ l. pi okiri, M. D.; vikiri [illegible], C.; B. [3] °kunthitā, C. D.; B.; kunthitā, M. [4] [illegible], M. C. D.; B. [5] āhāsi, S₁. S₂. [6] kavi°, S₁. S₂. B. [7] te ajān°, C.; S₁. S₂. [8] [illegible], M. C. [9] sayaṃ, S₁. S₂. [10] tenāsi, S₂. [11] [illegible], S₁. S₂. [12] āsiṃ, S₁. S₂. [13] [illegible] [14] [illegible] S₂; taṃ, C. D. [15] °nudi, M. C. [16] [illegible] [17] [illegible] adhā°, M. C. D. B. [18] [illegible] [19] [illegible] S₂ [illegible] M. [20] [illegible] [21] [illegible]

Te gharadāsiyo[1] āsuṃ[2] tān' evābharaṇān' im
te aññe[4] parivārenti[5] na bhogā honti sassatā
Idāni Bhūtassa pitā āpaṇā geham ehiti[6]
app' eva te dade kiñci mā su tāva ito agā.
Naggā dubbaṇṇarūpāmhi kisā dhamanisaṇṭhi
kopīnam etam itthīnaṃ mā maṃ Bhūtapitād
Handa kin t'āhaṃ[8] dammi kiṃ vā ca te[9] kar
yena tvaṃ sukhitā assa sabbakāmasamiddhin
Cattāro bhikkhū saṅghato[12] cattāro pana pu
aṭṭha bhikkhū bhojayitvā mama dakkhiṇam
tadāhaṃ sukhitā hessaṃ[15] sabbakāmasamidd
Sādhū ti sā paṭissutvā[16] bhojayitvā 'ṭṭha[17] b
vatthehi cchādayitvāna tassā dakkhiṇam ādis
Samanantarānudiṭṭhe — II, 1, 8 b
bhojanacchādanapānīyaṃ — II, 1, 9 a
Tato suddhā sucivasanā kāsikuttamadhāriṇī
vicittavatthābharaṇā sapatiṃ[18] upasaṅkami.
Abhikkantena — II, 1, 10
Kena te tādiso vaṇṇo — II, 1, 11
Pucchāmi taṃ devi — II, 1, 12
Ahaṃ Mattā — v. 2
tava dānena dinnena modāmi akutobhayā.
Ciraṃ jīvāhi bhagini saha sabbehi ñātihi
asokaṃ virajaṃ ṭhānaṃ āvāsaṃ Vasavattina
Idha dhammaṃ caritvāna dānaṃ datvāna se
vineyya maccheramalaṃ samūlaṃ
aninditā saggam upehi[19] ṭhānaṃ ti.

---

[1] ghare d°, M. D.; B. [2] °ravaṃ, M. C. ...
[3] °raṇāni ca, C. [4] C. adds ca ...
[6] ehite S. S. [7] °saṇṭhitaṃ, C. D. B.; ...
[8] ki va tāhaṃ, M. D. B. ...
[9] dhate l. ... M. C. D. B.
[10] karomi 'haṃ, ... S. ... sabba ...
[12] bhikkhūni saṅgha C. ... puggale M. C. ...
[14] ādisa, M. C. [15] hessaṃ, M. D.; B.
[16] °sunitvā, S[1]. [17] aṭṭha, S[1]. S[2].
[18] sapattiṃ, M. C. D.; B. [19] upesi, C. D.;

Tattha sabbaṃ[1] ahaṃ pi jānāmi yathā tvaṃ caṇḍikā ahū ti caṇḍī ca pharusā cāsin ti yaṃ tayā vuttaṃ taṃ sabbaṃ[1] ahaṃ pi jānāmi yathā tvaṃ caṇḍikā kodhanā pharusavacanā issukī maccharī saṭhā ca ahosi. Aññañ ca kho taṃ pucchāmī ti aññaṃ pana[2] taṃ idāni pucchāmi. Kenāsi paṃsukuṭṭhitā[3] ti kena kammunā[4] saṅkārapaṃsūhi ugguṇṭhitā[5] sabbaso okiṇṇasarīrā ahū ti attho.

Sīsaṃ nahātā ti sasīsaṃ[6] nahātā. Adhimattan ti adhikataraṃ. Samalaṅkatarā ti sammā atisayena[7] alaṅkatā, adhimattā ti vā pāṭho. Ativiya mattā mānamadamattā mānanissitā ti attho. Tayā[8] ti bhotiyā.

Sāmikena[9] āmantayī ti sāmikena saddhiṃ allāpasallāpavasena kathesi.

Khajjāsi kacchuyā ti kacchurogena khādiyasi bādhiyasi ti attho.

Bhesajjahārī[10] ti[11] bhesajjahāriniyo osadhihārikāyo. Ubhayo ti duve, tvañ ca ahañ cā ti attho. Vanantan ti vanaṃ. Tvañ ca bhesajjaṃ āharī ti tvaṃ vejjehi[12] vuttaṃ attano upakārāvahaṃ bhesajjaṃ āhari. Ahañ ca kapikacchuno ti ahaṃ pana kapikacchuphalāni dupphassaphalāni āhariṃ. Kapikacchū[12] ti vā sayaṃ guttā[13] vuccati, tasmā sayaṃ guttāya[14] pattaphalāni āharin ti attho.

[illegible] ahaṃ samokiriṃ ti tava seyyaṃ ahaṃ [illegible][15] samantato avakiri.

Sahāyānaṃ ti mittānaṃ [illegible]. Ñātīnan ti bandhūnaṃ. Samitiṃ ti [illegible]. Āmantitā ti maṅgalakiriyāvasena nimantitā.

Sasāminī ti sapatikā sahabhattukā ti attho. No ca kho 'han ti no ca kho ahaṃ āmantitā āsin ti yojanā.

Dussaṃ ty āhan ti dussan te ahaṃ. Apāṇuḍin ti [illegible] avahariṃ aggahesiṃ.

---

[1] [illegible], B. [2] puna, B. [3] °kuṇṭhitā, B. [4] [illegible]mena, B. [5] okuṇṭhitā, B. [6] sar[illegible] [7] [illegible] [8] [illegible], B. [9] S. S. *add* saddhiṃ [illegible] [12] [illegible] [14] bh[illegible] [16] kavi[illegible]

Paccagghan ti abhinavam mahaggham vā. Athāresin[1] ti khipim. Gūthagandhinī ti gūthagandhagandhinī[2] karīsavāyinī.

Yam gehe vijjite dhanan ti yam gehe dhanam upalabhati tam tuyham mayham ñāti-amhākam ubhinnam samakam tulyam eva āsi. Santesū ti vijjamānesu. Dīpan ti patiṭṭham puññakammam sandhāya vadati.

Evam sā petī Tissāya pucchitam attham kathetvā puna pubbe tassā vacanam akatvā, attanā katam aparādham pakāsentī Tad eva mam tvan ti ādim āha.

Tatha tad evā ti tadā evam mayham[3] manussattabhāve ṭhitakāle yeva. Tath' evā ti vā pāṭho. Yathā etarahi jātam tam tathā evā ti attho. Man ti attānam niddissati. Tvan ti Tissā. Avacā ti abhaṇi. Yathā pana avaca tam dassetum Pāpakamman ti ādi vuttam. Pāpakammānī ti pāli. Tvam pāpakammāni yeva karosi. Pāpehi pana kammehi sugati sulabhā na hoti, atha kho duggati eva sulabhā ti. Yathā[4] mam pubbe avaca ovadi, tam tath' evā ti vadati.

Tam sutvā Tissā Vāmato mam tvam paccesī ti ādinā tisso gāthā āha.

Tattha vāmato mam[5] tvam paccesī ti vilomato mam tvam [illegible] [illegible] hitesim pi vipaccanikakārinim[6] [illegible] [illegible] gaṇhāsi. Mam usuyyasī ti mayham usuyyasi mayham[3] issam karosi. Passa pāpānam kammānam vipāko hoti yādiso ti pāpakānam nāma kammānam[7] vipāko yādiso yathā ghorataro tam paccakkhato passā ti vadati.

Te aññe parivārentī[8] ti te ghare [illegible] ca imāni tayā[9] pubbe pariggahitāni [illegible] [illegible] paribhuñjanti. Ime ti [illegible] [illegible] vacanam. Na bhogā honti [illegible] ti bhogā nāma te na sassatā anavaṭṭhitā, tava [illegible] [illegible] [illegible], tasmā tad-attham issāmacchariyam na [illegible] ti adhippāyo.

---

[1] adhāresin, B. [2] *om.* B. [3] mayi, B.
[4] B. *adds* tvam. [5] *om.* B. [6] na pacca.°, S_1. S_2.
[7] *om.* S_1. S_2. [8] °cārenti, B. [9] tassā, B.

Idāni bhūtassa pitā ti idāni[1] Bhūtassa mayhaṃ puttassa pitā kuṭimbiko. Āpaṇā ti āpaṇato imaṃ gehaṃ ehiti gamissati. App' eva te dade kiñci ti gehaṃ āgato kuṭimbiko tuyhaṃ dātabbayuttakaṃ kiñci deyyadhammaṃ api nāma dadeyya. Mā su tāva ito agā ti ito gehassa pacchā vatthuto mā tāva agamāsī ti anukampanā āha.

Taṃ sutvā petī attano ajjhāsayaṃ pakāsentī Naggā dubbaṇṇarūpāmhī ti gātham āha.

Tattha kopīnam etaṃ itthīnan ti etaṃ naggādubbaṇṇatādikaṃ paṭicchādetabbatāya itthīnaṃ kopīnaṃ rundhamānaṃ. Mā maṃ Bhūtapitāddassā ti tasmā Bhūtassa pitā kuṭimbiko maṃ mā addakkhin ti lajjamānā[2] vadati.

Taṃ sutvā Tissā sañjātānnddayā Handa kin t'āhaṃ dammi ti gāthaṃ āha.

Tattha handa ti upasaggatthe[3] nipāto. Kin t'āhaṃ[4] dammi ti kin te ahaṃ dammi ti vatthaṃ dassāmi udāhu bhattaṃ ti. Kiṃ vā ca te[5] karom' ahan ti kiṃ vā aññaṃ te idha imasmiṃ kāle upakāraṃ karissāmi.

Taṃ sutvā peti Cattāro bhikkhū saṅghato ti gāthaṃ āha.

Tattha[6] cattāro bhikkhū saṅghato cattāro pana puggalā[7] ti bhikkhū saṅghato saṅghavasena cattāro bhikkhū, puggalavasena cattāro bhikkhū ti evaṃ aṭṭha bhikkhū [illegible] bhojetvā taṃ dakkhiṇaṃ mama ādisi[8] [illegible] dehi. Tadāhaṃ sukhitā[9] hessan [illegible] tadāhaṃ sukhitā[9] sukhappattā sabbakāmasamiddhinī bhavissāmī ti attho.

Taṃ sutvā Tissā taṃ atthaṃ attano sāmikassa ārocetvā dutiyadivase aṭṭha bhikkhū bhojetvā tassā dakkhiṇaṃ ādisi. Sā tāva-d-eva paṭiladdhadibbasampattikā puna Tissāya santikaṃ upasaṅkami. Taṃ atthaṃ dassetuṃ saṅgītikārehi Sādhū ti sā paṭissutvā ti ādinā tisso gāthā ṭhapitā. Upasaṅkamitvā ṭhitaṃ pattaṃ[10] Tissā Abhikkantena

---

[1] [illegible] eva, B. [2] S_1 S_2 add va. [3] codanatthe [illegible] [4] [illegible], B. [5] vādhate, all MSS. [6] [illegible], B. [8] [illegible], B. [9] [illegible] [10] [illegible]

ādinā tīhi gāthāhi paṭipucchi. Itarā Ahaṃ
āthāya attānaṃ acikkhitvā Ciraṃ jīvāhī ti
ısā anumodanaṃ[1] datvā Idha dhammaṃ
gāthāya ovādaṃ adāsi.
va dinnenā ti tayā dinnena.
virajaṃ ṭhānan ti sokābhāvena asokaṃ,
ṃ pana abhāvena virajaṃ dibbaṃ ṭhānaṃ,
ṃ devalokaṃ sandhāya vadati. Āvāsan ti
Vasavattinan ti dibbena adhipateyyena
ı vattentānaṃ.
ti saṃbhadosaṃ lobhadosā[2] hi[3] macchariyassa
. Aninditā ti agarahitā pasaṃsā. Saggam
nan ti rūpādīhi visayehi suṭṭhu aggattā sagan
ıaṃ dibbaṭṭhānaṃ upehi sugatiparāyanā hohī

tānam[5] eva.
ā taṃ pavuttiṃ kuṭimbikassa ārocesi. Kuṭim-
īnaṃ ārocesi. Bhikkhū Bhagavato ārocesuṃ.
ı atthaṃ atthuppattiṃ katvā sampattaparisāya
ısesi. Taṃ sutvā mahājano paṭiladdhasaṃvego
herādimalaṃ [illegible]

[illegible]

II, 4.

hbannarūpāsī ti. Idaṃ Satthari Jetavane
ındā nāma petiṃ ārabbha vuttaṃ. Sāvatthiyā
ı aññatarasmiṃ gāmake Nandasena[8] nāma
[illegible]
[illegible]
[illegible]
Sa [illegible] petayoni-
[illegible] viharantī

[illegible] [3] ova. S., tehi, B.
S. [illegible] S. B. [6] all MSS. add ti.
[8] Nandisenā, B. throughout.
nā, S.,   [10] corr.°, S.,   [11] peti.°, S.,
, B.

ekadivasam Nandasenassa upāsakassa gāmato[1] nikkhamantassa[2] avidūre attānam dassesi. So tam disvā:

Kāḷī dubbaṇṇarūpāsi pharusā bhīrudassanā
piṅgalāsi kaḷārāsi na tam maññāmi mānusin ti 1

gāthāya ajjhabhāsi.

Tattha kāḷī ti kāḷavaṇṇā jhāmaṅgārasadisavaṇṇā ahosi. Pharusā ti kharattā.[3] Bhīrudassanā ti bhayānakadassanā sappaṭibhayākārā, bhīru-dassanā ti vā pāṭho bhāriyadassanā,[4] dubbaṇṇatādinā duddassikā[5] ti attho. Piṅgalā ti piṅgalalocanā. Kaḷārā ti kaḷāradantā.[6] Na tam maññāmi mānusin ti ahan tam mānusin ti na maññāmi, petivacanam[7] maññāmi[8] ti adhippāyo.

Tam sutvā petī attānam pakāsentī:

Aham Nandā Nandasenā[9] bhariyā te pure ahum[10]
pāpakammam karitvāna petalokam ito gatā ti 2

gātham āha.

Tattha aham Nandā Nandasenā ti sāmi[11] Nandasena aham Nandā nāma. Bhariyā te pure ahun ti purimajātiyam[12] tuyham bhariyā ahosi. Ito param:

Kin nu kāyena vācāya manasā dukkaṭam katam
kissa kammavipākena petalokam ito gatā ti 3

tassa upāsakassa pucchā.[13] Ath' assa sā:

[illegible] [illegible] [illegible] [14] tayi cāpi[15] agāravā
[illegible] [illegible] [illegible] petalokam ito gatā ti 4

vissajjesi. Puna so:

Hand' uttariyam dadāmi te imam[16] dussam nivāsaya[17]
imam dussam nivāsetvā ehi nessāmi tam gharam. 5

---

[1] gehato, B. S_2. [2] nikkhantassa, S_1. [3] pharusagattā, B. [4] bhāriya.°, S_1. S_2. [5] °duddasikā, S_1. [6] kaḷādaranto, S_1. S_2. [7] peti petiv.°, S_2; pet'icc'eva pana, B. [8] [illegible], B. [9] Nandisena, *all Burmese MSS.* [10] ahu, M. C. D.; B. [11] *om.* B. [12] [illegible] *add before* purima.°: pubbe homi [illegible]

[illegible]

[13] [illegible]

[17] nivā[illegible]

Vatthañ[1] ca annapānañ ca lacchasi tvaṃ gharaṃ gatā
putte ca te passissasi sūtisāye[2] ca dakkhasī ti. 6

Ath' assa sā:

Hatthena hatthe[3] te dinnaṃ na mayhaṃ upakappati
bhikkhū ca sīlasampanne vītarāge bahussute 7
Tappehi annapānena mama dakkhiṇaṃ ādisa
tadāhaṃ sukhitā hessaṃ sabbakāmasamiddhinī ti 8

dve gāthā abhāsi.

Tato[4] sādhū ti paṭissutvā[5] dānaṃ vipulam ākiri[6]
annaṃ pānaṃ khādanīyaṃ vutthaṃ senāsanāni ca
chattaṃ gandhaṃ ca mālañ ca vividhā[7] ca upāhanā
bhikkhū ca sīlasampanne vītarāge bahussute
tappetvā annapānena tassā dakkhiṇam ādisi.[8] 9
Samanantarānudiṭṭhe[9] vipāko upapajjatha[10]
bhojanacchādanapānīyaṃ[11] dakkhiṇāya idaṃ phalaṃ. 10
Tato suddhā sucivasanā kāsikuttamadhāriṇī
vicittavatthābharaṇā sāmikaṃ upasaṅkamī ti 11

tisso gāthā saṅgītikārehi vuttā. Tato paraṃ:

Abhikkantena vaṇṇena yā tvaṃ tiṭṭhasi devate
obhāsentī disā sabbā osadhī viya tārakā. 12
Kena te tādiso vaṇṇo kena te idha-m-ijjhati
uppajjanti ca te bhogā ye keci manaso piyā. 13
Pucchāmi taṃ devi mahānubhāve manussabhūtā kim
akāsi puññaṃ
kenāsi[12] evañjalitānubhavā vaṇṇo ca te sabbadisā pa-
bhāsatī ti. 14
Ahaṃ Nandā Nandasena bhariyā te pure ahuṃ [illegible]
pāpakammaṃ karitvāna petalokaṃ ito gatā [illegible]
tava dinnena dānena modāmi akutobhayā. 15
Ciraṃ jīva gahapati saha sabbehi ñātibhi

---

[1] S_1. S_2 *have only* vatthañ [illegible] ca pānañ ca putte sūtisaye dakkasī ti. [2] [illegible], M. D.; B.; [illegible], C. [3] hatthe hatthena, M. [4] *om.* C. D. [5] °suṇitvā, S_1. S_2. [6] akari, C.
[7] vividhāni, S_1. S_2. [8] S_1. S_2 *add.* ti.
[9] °tarā anu.°, M. C. D.; B. [10] udap.°, M. C. D.; B.
[11] °dānaṃ pānaṃ, S_1. S_2. [12] kenāpi, S_1. S_2.

asokaṃ virajaṃ ṭhānaṃ[1] āvāsaṃ Vasavattinaṃ. 16
Idha dhammaṃ caritvāna dānaṃ datvā gahapati
vineyya maccheramalaṃ samūlaṃ
anindito saggam upehi ṭhānan ti 17

upāsakassa petiyā vacanapaṭivacanagāthā.

Tattha dānaṃ vipulam ākirī ti dakkhiṇeyyakhette deyyadhammabījaṃ vippakiranto viya mahādānaṃ pavattesi. Sesaṃ anantaravatthusadisam eva. Evaṃ attano dibbasampattiṃ tassā ca kāraṇaṃ Nandasenassa vibhāvetvā attano vasanaṭṭhānam eva gatā. Upāsako taṃ pavattiṃ bhikkhūnaṃ ārocesi. Bhikkhū Bhagavato ārocesuṃ. Bhagavā tam atthaṃ atthuppattiṃ katvā sampattaparisāya dhammaṃ desesi. Sā desanā mahājanassa sātthikā ahosi.[2]

Nandāpetavatthuvaṇṇanā.

II, 5.

Alaṅkato Maṭṭakuṇḍalī ti. [illegible] Jetavane viharante Maṭṭakuṇḍaliṃ devaputtaṃ[4] ārabbha vuttaṃ. Tattha yaṃ vattabbaṃ Paramatthadīpaniyaṃ Vimānavatthuvaṇṇanāyaṃ Maṭṭakuṇḍalivimānavatthuvaṇṇanāyaṃ vuttam eva. Tasmā tattha vuttanayen' eva veditabbaṃ. Ettha ca Maṭṭakuṇḍalidevaputtassa vimānadevatābhāvato tassa [illegible]. Yadi pi Vimānavatthupāḷiyaṃ*) saṅgahaṃ [illegible] [illegible][5] puna so devaputto adinnapubbaka[illegible] [illegible] susānaṃ gantvā āḷāhanaṃ[6] [illegible][7] [illegible] [illegible] attano devarūpaṃ paṭisaṃharitvā [illegible] bāhā paggayha kandanto dukkhābhibhūtakāreṇa peto viya attānaṃ dassesi manussattabhāvato apetattā petapariyāyo pi labbhati evā ti, tassāpi[8] vatthuṃ Petavatthupāḷiyaṃ[9] pi saṅgahaṃ āropitan ti daṭṭhabbaṃ.

Maṭṭakuṇḍalipetavatthuvaṇṇanā.

---

[1] Khemaṃ, C. D.; B. [2] S₁. B. add ti. [3] Maṭṭha°, S₁. B. throughout. [4] om. B. [5] [illegible] B. [6] [illegible] S₁ S₂. [7] anusayāyitvā, S₁ S₂. [8] [illegible] [9] [illegible] S₁ S₂.

*) pp. [illegible] pp. 93 sqq.

II, 6.*)

Uṭṭhehi Kaṇha kiṃ sesī[1] ti. Idaṃ Satthā Jetavane viharanto aññataraṃ mataputtaṃ upāsakaṃ ārabbha kathesi. Sāvatthiyaṃ kira aññatarassa upāsakassa putto kālam akāsi. So tena sokasallasamappito na nahāyati na bhuñjati na kammante vicāreti[2] na buddhupaṭṭhānaṃ gacchati. Kevalaṃ 'kahaṃ[3] piyaputtaka maṃ ohāya kahaṃ paṭhamataraṃ gato' sī' ti ādīni vadanto vippalapati. Satthā paccūsasamaye lokaṃ olokento tassa sotāpattiphalūpanissayaṃ disvā punadivase bhikkhusaṅghaparivuto Sāvatthiyaṃ piṇḍāya caritvā katabhattakicco bhikkhū uyyojetvā Ānandattherena pacchāsamaṇena tassa gharadvāraṃ agamāsi. Satthu āgatabhāvaṃ upāsakassa ārocesuṃ. Ath' assa gehajano āsanaṃ paññāpetvā Satthāraṃ nisīdāpetvā upāsakaṃ pariggahetvā Satthu santikaṃ upanesi. Ekamantaṃ nisinnaṃ[4] taṃ disvā 'kim upāsaka socasī' ti vatvā 'āma bhante' vutte 'upāsaka porāṇakapaṇḍitā paṇḍitānaṃ kathaṃ sutvā mataputtaṃ nānusocantī'[5] ti vatvā tena yācito atītaṃ āhari.

Atīte Dvāravatīnagare dasa bhātikarājāno ahesuṃ Vāsudevo Baladevo Candadevo Suriyadevo Aggideva Varuṇadevo Ajjuno Pajjuno Ghaṭapaṇḍito[6] Aṅkuro ca ti. Tesu [illegible] piyaputto kālam akāsi. Tena [illegible] sabbakiccāni pahāya mañcassa añjaliṃ [illegible] vippalapanto nipajji. Tasmiṃ kāle Ghaṭapaṇḍito [illegible] 'ṭhapetvā maṃ añño koci mama bhātu sokaṃ haritum[8] samattho[9] natthi, upāyen' assa sokaṃ harissāmī'[10] ti. So ummattakavesaṃ gahetvā[11] 'sasaṃ me dehi sasaṃ me dehi'[12] ti ākāsaṃ olokento[12] [illegible] Ghaṭapaṇḍito ummattako jāto ti [illegible] Tasmiṃ kāle Rohiṇeyyo[13] nāma amacco Vāsudevarañño [illegible]

---

[1] kesesi, S.; [illegible] B. [illegible] B.
[3] tāta, B. [illegible] after taṃ disvā.
[5] °socimsu, B. [6] [illegible] S. [7] pariggahetvā, B.
[8] pariharitum, B. [9] B. adds nāma. [10] nih.°, B.
[11] B. adds samma-d-eva. [12] ullok.°, B. [13] Rohaṇeyyo, S₁. S₂.
*) cp. Jāt. vol. IV, pp. 79 sqq.

santikaṃ gantvā tena saddhiṃ raññaṃ[1] kathaṃ samuṭṭhāpento

Uṭṭhehi Kaṇha kiṃ[2] sesi ko attho supinena[3] te
yo ca tuyhaṃ sako bhātā hadayaṃ cakkhuñ ca dakkhiṇaṃ
tassa vātā balīyanti[4] Ghaṭo jappati Kesavā ti 1

imaṃ gāthaṃ āha.

Tattha Kaṇhā ti Vāsudevaṃ gottenālapati. Ko attho supinena[3] te[3] ti[5] supinena[5] tuyhaṃ kā nāma vuḍḍhi.[6] Sako bhātā ti[1] sodariyo bhātā. Hadayaṃ cakkhuñ ca dakkhiṇan ti hadayena c'eva dakkhiṇacakkhunā ca sadiso ti attho. Tassa vātā balīyantī ti tassa aparāparaṃ uppajjamānā ummādavātā balavanto honti vaḍḍhanti[7] abhibhavanti. Jappatī ti sasaṃ me dethā ti vippalapati. Kesavā ti so kira kesānaṃ sobhanatāya Kesavo ti voharīyati. Tena naṃ nāmena ālapati.

Tassa vacanaṃ sutvā sayanato uṭṭhitabhāvaṃ dīpento Satthā abhisambuddho hutvā

Tassa taṃ vacanaṃ sutvā Rohiṇeyyassa Kesavo
taramānarūpo vuṭṭhāyi[8] bhātu sokena addhito[9] ti 2

imaṃ gāthaṃ āha.

Rājā uṭṭhāya sīghaṃ pāsādā otaritvā Ghaṭapaṇḍitassa[10] santikaṃ gantvā ubhosu hatthesu naṃ daḷhaṃ gahetvā tena saddhiṃ sallapento

Kin nu ummattarūpo va kevalaṃ Dvārakaṃ imaṃ
saso saso ti lapasi kīdisaṃ[11] sasam icchasi. 3
Sovaṇṇamayaṃ maṇimayaṃ lohamayaṃ atha rūpiya-
mayaṃ
saṅkhasilāpavāḷamayaṃ kārayissāmi te sasaṃ. 4
Santi aññe pi sasakā araññavanagocarā
te pi te ānayissāmi kīdisaṃ[11] sasam icchasī ti 5

tisso gāthā abhāsi.

---

[1] [illegible] B. [2] ki, C.; ki, D.; S₂; kesesi, S₁. [3] supanena, B. [4] [illegible] balīyanti, C. [5] *om.* S₁. [6] vaḍḍhi, B. [illegible] S. S. [illegible]
[10] [illegible]

Tattha ummattarūpo ti ummattako viya. Kevalan ti sakalaṃ. Dvārakan ti Dvāravatīnagaraṃ vicaranto. Saso saso ti lapasī ti[1] saso[2] saso ti vilapasi.[3]

Sovaṇṇamayan ti suvaṇṇamayaṃ. Lohamayan ti tambalohamayaṃ. Rūpiyamayan ti rajatamayaṃ.[2] 'Yaṃ[3] icchasi taṃ vadāhi[4], kena socasi,[5] aññe pi araññe vanagocarā sasakā santi[6], te te[7] ānayissāmi, vada bhaddamukha[8] kīdisaṃ[9] sasaṃ icchasī'[8] ti Ghaṭapaṇḍitaṃ sasena atthiko ti adhippāyena sasena nimantesi.

Taṃ sutvā Ghaṭapaṇḍito[10]

> Nāhaṃ me te sase icche ye sasā paṭhavinissitā[11]
> candato sasaṃ icchāmi taṃ me ohara Kesavā ti 6

gāthaṃ āha.

Tattha oharā ti ohārehi.[12]

Taṃ sutvā rājā 'nissaṃsayaṃ me[13] bhātā ummattako jāto' ti domanassappatto

> So nanda[14] madhuraṃ ñāti jīvitaṃ vijahissasi[15]
> apatthayaṃ patthayasi candato sasaṃ icchasī[16] ti 7

gāthaṃ āha.

Tattha ñāti ti kaniṭṭhaṃ ālapati. Ayañ c'ettha[17] attho: 'mayhaṃ piyañāti yaṃ atimadhuraṃ attano jīvitaṃ taṃ vijahissasi, maññe yo apatthayitabbaṃ[18] patthesī' ti. Ghaṭapaṇḍito rañño vacanaṃ sutvā niccalo[19] ṭhatvā 'bhātika tvaṃ candato sasaṃ patthentassa taṃ alabhitvā jīvitakkhayaṃ patto[20] ti jānanto kasmā tava puttaṃ mataṃ alabhitvā anusocasī' ti imaṃ atthaṃ dīpento

---

[1] lapati, S₁. S₂. [2] om. S₁. [3] lapati, S₁.
[4] vadatha, S₁. S₂.; B. adds atha. [5] [illegible] ti, B.
[6] atthi, B. [7] om. B. [8] bhadra, S. B.
[9] kiṃdisaṃ, B. [10] [illegible] [11] °vissita, C. D.; B. [12] S₁ adds ti. [13] om. S₁. [14] nuna, M. C. D.
[15] vijahissati, M. C.; [illegible], S₁. [16] icchāmi, C.
[17] ettha, B. [18] appatthetabbaṃ, B.; atthetabbaṃ, S₁.
[19] B. adds va. [20] S₁. S₂ *have after* °kkhayaṃ bhavissatī ti: katvā mataputtaṃ anusocasī ti imaṃ *and so on.*

Evañ ce Kaṇha jānāsi yath' aññam anusāsasi
kasmā pure matam puttaṃ ajāpi[1] m'anusocasī ti 8

gātham āha.

Tattha evañ ce Kaṇha jānāsī ti bhātika Kaṇhanāmaka mahārāja alabbhaneyyavatthu nāma na[2] patthetabban ti yadi evaṃ jānāsi. Yath' aññan ti evaṃ jānanto ca yathā aññaṃ anusāsasi tathā akatvā. Kasmā pure matam puttan ti atha kasmā[3] catumāsamatthake mataṃ puttaṃ ajāpi[4] anusocasī ti attho. Evaṃ so antaravīthiyaṃ ṭhitako 'va 'ahaṃ tāva evaṃ paññāyamānaṃ patthemi, tvaṃ pana apaññāyamānass' atthāya socasī' ti vatvā tassa dhammaṃ desento

Na yaṃ[5] labbhā manussena[6] amanussena[7] vā pana
jāto me mā[8] marī putto kuto labbhā alabbhiyaṃ. 9
Na mantā mūlabhesajjā osadhehi dhanena vā
sakkā ānayituṃ Kaṇha yaṃ petam anusocasī ti 10

gāthadvayam āha.

Tattha yan ti bhātika yaṃ evaṃ jāto me putto mā marī ti manussena vā devena vā pana na labbhā na sakkā laddhuṃ taṃ tvaṃ patthesi, taṃ pan' etaṃ kuto labbhā kena kāraṇena laddhuṃ sakkā, yasmā alabbhiyaṃ [illegible] nām' etan ti attho. [illegible] Mūlabhesajjā ti mūlabhesajjena. Osadhehī ti [illegible] osadhehi. Dhanena vā ti koṭisatasaṅkhena dhanena vā pi.[9] Idaṃ vuttaṃ hoti: yaṃ petam anusocasi taṃ etehi mantappayogādīhi ānetuṃ na sakkā ti.

Puna Ghaṭapaṇḍito[10] 'bhātika idaṃ maraṇaṃ nāma dhanena vā jātiyā vā vijjāya vā sīlena vā bhāvanāya vā na sakkā paṭibāhitun' ti dassento

---

[1] ajjāpi, M. C. D.; [illegible] B.
[2] S. omits the following lines as far as [illegible]
[3] [illegible] [4] ajjāpi, B.; om. S.
[5] [illegible] S.; na [illegible], C. [6] S. [illegible]
[7] [illegible] [8] om. S. [9] [illegible] B. [10] [illegible]paṇḍito, B.

Mahaddhanā mahābhogā raṭṭhavanto pi khattiyā
pahūtadhanadhaññāse[1] te pi no ajarāmarā. 11
Khattiyā brāhmaṇā vessā suddā caṇḍālapukkusā
ete c'aññe ca jātiyā[2] te pi no ajarāmarā. 12
Ye mantaṃ[3] parivattenti[4] chaḷaṅgaṃ brahmacintitaṃ
ete c'aññe[5] ca[6] vijjāya te pi no ajarāmarā. 13
Isayo vā pi ye santā saññatattā tapassino
sarīran te pi kālena vijahanti tapassino. 14
Bhāvitattā viharantā[7] katakiccā anāsavā
nikkhipanti imaṃ dehaṃ puññapāpaparikkhayā ti 15

pañcahi gāthāhi rañño dhammaṃ desesi.

Tattha mahaddhanā ti nidhānagatassa[8] eva mahato dhanassa atthitāya bahudhanā. Mahābhogā ti devabhogasadisāya mahatiyā bhogasampattiyā samannāgatā. Raṭṭhavanto ti sakalaraṭṭhavanto. Pahūtadhanadhaññāse[9] ti tiṇṇaṃ catunnaṃ vā saṃvaccharānaṃ atthāya nidahitvā ṭhapetabbassa niccaparibbayabhūtassa[10] dhanadhaññassa vasena apariyantadhanadhaññā. Te pi no ajarāmarā ti te pi eva mahāvibhavā Mahāmandhātu-Mahāsudassanādayo khattiyā ajarāmarā nāhesuṃ, aññadatthu[11] maraṇamukham eva anupaviṭṭhā ti attho.

Ete ti yathāvuttakhattiyādayo. Aññe ti anantarā eva[12] vaṇṇabhāsā ambaṭṭhādayo. Jātiyā ti attano jātinimittaṃ ajarāmaraṇā nāhesun ti attho.

Mantan ti vedaṃ. Parivattentī ti sajjhāyanti vācenti ca atha vā parivattentī[13] ti[14] anuparivattentā homaṃ karontā[15] japanti. Chaḷaṅgan ti sikkhākappaniruttivyākaraṇajotisatthachandādīhi[16] ti saṅkhā tehi chahi[17] aṅgehi yuttaṃ. Brahmacintitan ti brāhmaṇānaṃ [illegible]

---

[1] bahuta.°, M. D., B.; °dhaññāso, S_1. S_2.
[2] jātiññā, S_1. S_2. [3] M. S_1. S_2./B. add tam. [4] parivattanti, S_1. S_2.
[5] maññe, M.; S_1. [6] [illegible] S_1. S_2.; [illegible] B.
[7] arahanto, M. C. D.; B. [8] dhan.°, B.
[9] bahuta.°, B. [10] °pariccaya.°, S_1. S_2. [11] °datthuṃ, S_1. S_2; °dattha, B. [12] evaṃ, B. [13] °vattantī, S_1.
[14] B. *adds* vedaṃ. [15] °to, B. [16] °kabyanir.°, S_1 (°kabyān.°, S_2); °chandovici ti, B. [17] cha, B.

brahmanā cintitaṃ kathitaṃ.[1] Vijjāyā ti brahmasadisavijjāya samannāgatā pi no[2] ajarāmarā ti attho.

Isayo ti yamaniyamādīnaṃ[3] esanatthena[4] isayo. Santā ti kāyavācāhi santasabhāvā. Saññatattā ti rāgādīnaṃ saṃyamena[5] saññatacittā. Kāyatapanasaṅkhāto[6] tapo[7] etesaṃ atthī ti tapassino. Puna tapassino ti saṃvarākā.[8] Tena evaṃ tapanissitakā hutvā sarīrena ca vimokkhaṃ pattukāmā[9] pi[10] saṃvarākādi[11] sarīraṃ vijahanti evā ti dasseti. Atha vā isayo ti adhisīlasikkhādīnaṃ esanatthena isayo, tadatthaṃ tappaṭipakkhānaṃ pāpadhammānaṃ[12] vūpasamanena santā[13] ekārammaṇā cittassa[14] saṃyamen'eva[15] saññatattā samappadhānayogato[16] viriyātāpena[17] tapassino ti yojetabbaṃ.

Bhāvitattā ti catusaccakammaṭṭhānabhāvanāya[18] bhāvitacittā.

Evaṃ Ghaṭapaṇḍitena dhamme kathite. Taṃ sutvā rājā[19] apagatasokasallo pasannamānaso[20] Ghaṭapaṇḍitaṃ pasaṃsanto

Ādittaṃ vata maṃ santaṃ ghatasittaṃ va pāvakaṃ
vārinā viya osiñci sabbaṃ nibbāpaye daraṃ. 16
Abbūḷhaṃ vata me sallaṃ sokaṃ hadayanissitaṃ
yo me sokaparetassa puttasokaṃ apānudī. 17
So 'haṃ[21] abbūḷhasallo 'smi sītibhūto 'smi nibbuto
na socāmi na rodāmi tava sutvāna bhāsitaṃ.[22] 18
Evaṃ karonti sappaññā ye honti anukampakā
vinivattayi[23] sokamhā Ghaṭo jeṭṭhaṃ va bhātaraṃ. 19

---

[1] B. *adds* dinnaṃ. [2] *om.* S_1; na, S_2.
[3] paṭikulasaṅkhādīnaṃ, B. [4] esaṭhena, B.
[5] °yamanena, S_1. S_2. [6] kāyassa tapana°, S_1. S_2.
[7] tato, S_1. S_2: [8] varā, S_1. S_2 (*om.* puna tap.° ti).
[9] attakāmā, S_1. S_2. [10] ti, S_1. S_2. [11] cīvarāka, S_2; (cīvarakā, S_1). [12] pāpānaṃ kammānaṃ, B.
[13] vūpasamento, B. [14] pittassa, S_1. [15] saṃyam[illegible] S_1. S_2; B. *om.* eva. [16] sampayogārāgādīnaṃ, S_1. S_2.
[17] [illegible]pena, S_2. [18] bahusabba°, S_1. S_2. [19] [illegible] S_1. S_2.
[20] S_1. S_2. *add* [illegible]. [21] svāhaṃ, M. C. D. [22] [illegible], M., B.
[23] vinivattayati, S_1. S_2; nivattayasi, M. C. D.; B.

Yassa etādisā honti amaccaparicārikā[1]
subhāsitena anvesi[2] Ghaṭo jeṭṭhaṃ va bhātaran ti 20

sesagāthā abhāsi.

Tattha **Ghaṭo jeṭṭhaṃ va**[3] **bhātaran** ti yathā Ghaṭapaṇḍito attano jeṭṭhabhātaraṃ mataputtasokābhibhūtaṃ[4] attano upāyakosallena dhammakathāya ca[5] tato puttasokato vinivattayi. Evam aññe pi sappaññā ye honti anukampakā te ñātīnaṃ upakāraṃ karontī ti attho.

Yassa etādisā hontī ti ayaṃ abhisambuddhagāthā. Tass' attho: yathā yenākārena[6] puttasokaparetaṃ rājānaṃ Vāsudevaṃ Ghaṭapaṇḍito sokaharaṇatthāya subhāsitena anvesi anudesi,[7] yassa aññassa[8] etādisā paṇḍitā amaccā[9] santi saṃvijjamānassa tassa kuto soko ti sesagāthā heṭṭhā vuttattā[10] evā ti.

Satthā imaṃ dhammadesanaṃ āharitvā 'evaṃ upāsaka porāṇakapaṇḍitā paṇḍitānaṃ kathaṃ sutvā puttasokaṃ hariṃsū' ti vatvā saccāni pakāsetvā Jātakaṃ samodhānesi. Saccapariyosāne upāsako sotāpattiphale patiṭṭhahi.[11]

Kaṇhapetavatthuvaṇṇanā.[12]

II, 7.

Naggo dubbaṇṇarūpo sī ti. Idaṃ Satthari Jetavane viharante Dhanapālapetaṃ[13] ārabbha vuttaṃ. Anuppanne kira buddhe Dasaṇṇaraṭṭhe Erakacchanagare Dhanapālako nāma seṭṭhi ahosi assaddho appasanno kadariyo natthikadiṭṭhī. Tassa kiriyā[14] pālito eva paññāyati.[15] So kālaṃ katvā marukantāre peto hutvā nibbatti. Tassa tālakkhandhappamāṇakāyo ahosi. Samuṭṭhitacchavipharuso[16] bhayānako[5] dubbaṇṇo ativiya virūpo bībhacchadassano pañcapaññāsa vassāni bhattasitthaṃ vā udakabinduṃ vā alabhanto visukkhakaṇṭhaṭṭhajivho jighacchāpipāsābhibhūto ito c'ito

---

[1] amatta°, S₁. S₂.
[2] anventi, M. C. D.; B. [3] na, S₂. [4] °putte sokā°, B.
[5] *om.* S₁. S₂. [6] yena kāraṇena, B. [7] anujasi, B.
[8] B. *adds* pi. [9] S₁. S₂ *continue* paṭividdhā assa tassa kuto. [10] vuttatthā, B. [11] S₁. S₂ *add* ti.
[12] Ghaṭapaṇḍita.°, B. [13] °peti, B. [14] kadariyo, S₁. S₂.
[15] viññāyati, B. [16] samutigacchavirūpakeso, S₁. S₂.

cá paribbhamati. Atha amhākaṃ Bhagavati loke uppajjitvā pavattitapavaradhammacakke anukkamena Sāvatthiyaṃ viharante Sāvatthivāsino vāṇijā pañcamattāni sakaṭasatāni bhaṇḍassa pūretvā Uttarāpathaṃ gantvā taṃ bhaṇḍaṃ vikkiṇitvā paṭiladdhabhaṇḍaṃ sakaṭesu āropetvā paṭinivattamānā sāyaṇhasamaye aññataraṃ rukkhamūlaṃ[1] sampāpuṇitvā[2] tattha yoggāni muñcitvā rattiyaṃ vāsaṃ kappesuṃ. Atha so peto pipāsābhibhūto pānīyass' atthāya āgantvā tattha bindumattaṃ pi alabhitvā ravi. Tato so chinnamūlo viya tālo chinno[3] pati. Taṃ disvā vāṇijā

Naggo dubbaṇṇarūpo 'si kiso dhamanisaṇṭhito[4]
upphāsuliko kisiko ko nu tvaṃ asi mārisā ti 1

imāya gāthāya pucchiṃsu. Tato peto

Ahaṃ bhaddante — II, 1, 2 2

attānaṃ ācikkhitvā, puna tehi

Kiṃ nu — II, 1, 3 3

katakammaṃ pucchito pubbe nibbattaṭhānato[5] paṭṭhāya atītaṃ paccuppannaṃ anāgatañ ca attano pavuttiṃ dassento tesañ ca ovādaṃ dento

Nagaraṃ atthi Dasaṇṇānaṃ[6] Erakacchan ti vissutaṃ
tattha seṭṭhi pure āsiṃ Dhanapālo ti maṃ vidu. 4
Asīti sakaṭavāhānaṃ hiraññassa ahosi me
pahūtaṃ[7] me jātarūpaṃ muttāveḷuriyā bahū. 5
Tāva mahādhanassāmi[8] na me dātuṃ piyaṃ[9] ahu
pidahitvā dvāraṃ bhuñji[10] mā maṃ[11] yācanakāddasuṃ[12] 6
Assaddho macchari cāsiṃ[13] kadariyo paribhāsako
dadantānaṃ karontānaṃ vārayissaṃ[14] bahujanaṃ.[15] 7

---

[1] sukkhanadiṃ, S_1. S_2. [2] pāpuṇitvā, B.
[3] chinnapādo, B. [4] °santhato, M.; °sandhato, C. D. [illegible]
[5] nivutta.°, S_1. [6] Paṇṇānaṃ, M.; Dhaṃ[illegible]
[7] bahutaṃ, D.; B. [8] °dhanassāpi, M. C. D.; [illegible]
[9] [illegible], S_1. [10] bhuñjāmi, C.; S_1. S. [illegible]
[11] [illegible] O.
[13] [illegible]
[15] bahu[illegible]

Vipāko n'atthi dānassa saṃyamassa kuto phalaṃ
pokkharaññodapānāni ārāmāni ca ropite
papāyo ca vināsesiṃ[1] dugge saṅkamanāni ca.[2] 8
Sv āhaṃ akatakalyāṇo katapāpo tato cuto
uppanno pettivisayaṃ[3] khuppipāsasamappito
pañcapaṇṇāsa vassāni yato[4] kālaṅkato ahaṃ. 9
Nābhijānāmi bhuttaṃ vā pītaṃ vā pana[5] pānīyaṃ
yo saṃyamo so vināso[6] yo vināso so saṃyamo
petā hi kira jānanti: yo saṃyamo so vināso. 10
Ahaṃ pure saṃyamissaṃ[7] nādāsiṃ bahuke[8] dhane
santesu deyyadhammesu dīpaṃ nākāsim attano. 11
Sv āhaṃ pacchānutappāmi[9] attakammaphalupeto[10]
uddhaṃ catūhi — I, 10, 12 ab. 12
Ekantaṃ katukaṃ — I, 10, 12 c d. 13. 13
Tassa ayomayā — I, 10, 14. 14
Tatthāhaṃ — I, 10, 15. 15
Taṃ vo vadāmi bhaddaṃ vo[11] yāvant' ettha[12] samāgatā
mā kattha pāpakaṃ kammam āvi[13] vā yadi vā raho. 16
Sace taṃ pāpakaṃ kammaṃ karissatha karotha vā
na vo[14] dukkhā pamutt' atthi upacchāpi[15] palāyitaṃ.[16] 17
Matteyyā[17] hotha petteyyā[18] kule[19] jeṭṭhāpacāyikā[20]
sāmaññā hotha brahmaññā evaṃ saggaṃ gamissathā ti

imā gāthā abhāsi.

Tattha Dasaṇṇānan ti Dasaṇṇaraṭṭhassa evaṃ[21] nāmakānaṃ vararājūnaṃ.[22] Erakacchan ti tassa nagarassa nāmaṃ. Tatthā ti tasmiṃ nagare. Pure ti pubbe

---

[1] °sesi, C. D. [2] *om.* D. [3] pittiv.°, M. C. D.; B. [4] *all MSS.* [5] *all MSS. except* M. [6] saṃyamo so vināso yo vināso so saṃyamo, S_1. S_2. [7] saṃyamassa, S_1. S_2. [8] bahu, S_1. [9] gacchānu.°, S_2. [10] °phalupago, M. C. D.; B.; °pato, S_1. S_2. [11] bhaddan te, C.; bhadda vo, D. [12] etta, C. [13] āviṃ, S_1. S_2. [14] te, C. D.; B. [15] upaccāpi, C. D.; B.; upeccāpi, M.; ucchāpi, S_2. [16] °yataṃ, M. C. D.; B. [17] matteyyā, M.; matteyyo, S_1; metteyya, C. D.; metteyyā, B.; metteyyo, S_1. [18] petteyyo, S_1. S_2; petteyya, C. D. [19] C. *adds* ca. [20] °pacārikā, C. [21] eva, S_1. S_2. [22] B. *omits* vara *before* rāj.°.

atītabhāve.[1] Dhanapālo ti mam vidū ti Dhanapālaseṭṭhī ti mam jānanti.[2] Tayidam nāmam[3] tadā mayham attānugatam evā ti dassento Asīti ti gātham āha.

Tattha sakaṭavāhānan ti visatikhāriko vāho so sakaṭan ti pavuccati. Tesam sakaṭavāhānam asīthi raññassa kahāpaṇassa me ahosī ti yojanā. Pahūtam[4] me jātarūpan ti suvaṇṇam[5] pahūtam anekabhāraparimāṇam ahosī ti sambandho.[6]

Na me dātum piyam ahū ti dānam dātum mayham piyam nāhosi. Mā mam yācanakāddasun ti yācakā mā mam passimsū ti pidahitvā gehadvāram bhuñjāmi.

Kadariyo[7] ti thaddhamaccharī. Paribhāsako ti dānam dadante[8] disvā bhayena santajjito dadantānam karontānan ti upayogatthe sāmivacanam danāni dadante puññāni karonte bahujanan ti bahusatte, dadantānam karontānam vā samudāyabhūtam bahujanam puññakammato vārayissam nivāresim.

Vipāko n'atthi dānassā ti ādi dānādīnam nivāraṇe kāraṇadassanam.

Tattha vipāko natthi dānassā ti dānakammassa phalam nāma n'atthi. Kevalam puññam puññan ti dhanavināso evā ti dīpeti. Samyamassā ti sīlasamyamassa. Kuto phalan ti kuto nāma phalam labbhati, niratthakam eva sīlarakkhanan ti adhippāyo. Ārāmānī ti [illegible]vanāni.[9] Papāyo ti pānīyasālā. Dugge ti udakacikkhallānam[10] vasena duggamanaṭṭhāne. Saṅkamanānī ti setuyo.

Tato cuto ti tato manussalokato cuto. Pañcapaṇṇāsa ti pañcapaññāsa. Yato kālaṅkato ahan ti yadā kālaṅkato aham tato paṭṭhāya.[11]

Nābhijānāmī ti ettakam kālam bhuttam vā pītam vā kiñci na jānāmi. Yo samyamo so vināso ti lobhādivasena yam samyamanam kassaci pi[12] adānam so imesam

---

[1] °bhave, S.[1] S.[2] [2] sañjānanti, S.[1] [3] S.[1] S.[2] *add* mayham. [4] bahutam, B. [5] S.[2] *adds* pi; suvaṇṇaasīsena, B.; [6] sampanno, B. [7] kadariyā, S.[1] S.[2] [8] denta, [illegible] [9] [illegible] upav.°, B.; B. *adds* ti attho. [10] [illegible], S.[2] [11] paññāya, S.[1] [12] *om.* B.

sattānaṃ vināso nāma petayoniyaṃ nibbattapotānaṃ mahāvyasanassa hetubhāvato. Yo vināso so saṃyamo ti iminā yathāvuttassa atthassa[1] ekantikabhāvaṃ vadati. Petā hi kira jānantī ti ettha hi-saddo avadhāraṇe, kira-saddo anussavane, saṃyamo deyyadhammassa apariccāgo vināsahetū ti. Imam atthaṃ petā eva kira jānanti paccakkhato anubhūyamānattā, na manussā ti na yidaṃ[2] yuttaṃ. Manussānaṃ pi petānaṃ viya khuppipāsādihi abhibhūyamānānaṃ dissamānattā, petā pana purimattabhāve katakammassa pākaṭabhāvato tam atthaṃ suṭṭhutaraṃ jānanti. Tenāha: ahaṃ pure saṃyamissan ti ādi.

Tattha saṃyamissan ti sayaṃ pi dānādipuññakiriyato saṃyamanaṃ saṅkocaṃ[3] akāsiṃ. Bahuke dhane[4] ti mahante dhane[5] vijjamāne.

Tan ti tasmā. Vo ti tumhe. Bhaddaṃ vo ti bhaddaṃ kalyāṇam sundaraṃ tumhākaṃ hotū ti vacanaseso. Yāvant' ettha samāgatā ti yāvanto yāvatakā[6] ettha sahagatā[7] sabbe[8] mama vacanaṃ suṇāthā ti adhippāyo. Āvī[9] ti pakāsanaṃ paresaṃ pākaṭavasena. Raho ti paṭicchannaṃ apākaṭavasena. Āvi[10] vā pāṇātipātādi-musāvādādi[11]-kāyavacīpayogavasena yadi vā raho abhijjhādivasena pāpakaṃ lāmakaṃ[12] akusalakammaṃ mā kattha mā karittha.

Sace taṃ pāpakaṃ kamman ti atha pana taṃ pāpakaṃ kammaṃ āyatiṃ karissatha etarahi vā karotha nirayādīsu catūsu apāyesu[13] manussesu ca[14] appāyukādivasena[15] tassa phalabhūtā dukkhato pamutti pamokkho nāma n'atthi. Upacchāpi palāyitan[16] ti uppatitvā ākāsena gacchantānaṃ pi mokkho n'atthi yevā ti attho. Upeccā ti pi pāli. Ito vā etto vā palāyante tumhe anubandhissatī ti adhippāyena upecca sañcicca palāyantānaṃ

---

[1] sattassa, S_1. S_2. [2] yidhaṃ, S_2. [3] saṃkopaṃ, S_1. S_2.
[4] dāne, S_1. [5] mahādhane, S_1. S_2.
[6] yāvakatā, S_1; yāvattakā, B. [7] samāgatā, B., *and adds* te.
[8] B. *adds* va. [9] āvin, B. [10] āviṃ, S_2.
[11] musādi, S_1. S_2. [12] *om.* B. [13] S_1 *adds* ca.
[14] *om.* S_1. S_2. [15] °katādi.°, S_1. S_2. [16] °yatan, B.

pi tumhākaṃ tato mokkho n'atthi. Gatikālādipaccayantarasamavāye[1] pana sati vipaccati[2] yevā ti attho. Ayañ ca attho[3]

Na[4] antalikkhe na samuddamajjhe
na pabbatānaṃ vivaraṃ pavissa
na vijjati[5] so jagatippadeso
yattha ṭhito muñceyya pāpakammā ti*)

imāya[6] gāthāya dīpetabbo.

Metteyyā ti mātu hitā.[7] Hothā[7] ti[7] tesaṃ[7] upaṭṭhānādīni[8] karotha.[9] Tathā petteyyā ti veditabbā. Kule jeṭṭhāpacāyikā ti kule jeṭṭhakānaṃ[10] apacāyanakarā.[11] Sāmaññā ti samaṇapūjakā.[12] Tathā brahmaññā ti bāhitapāpapūjakā ti attho. Evaṃ saggaṃ gamissathā ti iminā mayā vuttanayena puññāni katvā devalokaṃ uppajjissathā ti attho.

Yaṃ pan' ettha atthato na vibhattaṃ taṃ[13] heṭṭhā Khalātiyapetavatthu[14]-ādīsu vuttanayen' eva veditabbaṃ.

Te vāṇijā tassa vacanaṃ sutvā saṃvegajātā taṃ anukampamānā bhājanehi pānīyaṃ gahetvā taṃ sayāpetvā mukhe āsiñciṃsu. Tato mahājanena bahuṃ velaṃ āsiṭṭhaṃ udakaṃ tassa petassa pāpaphalena udhogalaṃ[15] na otiṇṇaṃ[16] kuto pipāsaṃ paṭivinessati? Te taṃ[17] pucchiṃsu 'api te kā pi[18] assāsamattā[19] laddhā[20] 'ti? So āha 'yadi[21] maṃ [illegible] janehi ettakaṃ velaṃ āsiñcamānaṃ udakaṃ ekabindumattam pi galaṃ[22] paviṭṭhaṃ[23] ito petayonito mokkho mā hotū' ti. Atha te vāṇijā taṃ sutvā ativiya saṃvegajātā 'atthi pana koci[24] upāyo pipāsassa vūpasamāyā'[25]

---

[1] °vāya, S_1. S_2. [2] viya paccati, S_2. [3] B. *adds* pana. [4] *This verse is, of course, omitted by* M. C. D. [5] vijjate, B. [6] ime, S_1. [7] *om.* S_1. S_2; (metteyyā, *so here* S_1. S_2. B.). [8] °ṭṭhānaṃ, S_1. S_2. [9] karā, S_1. S_2. [10] jeṭṭhakā, S_1. S_2. [11] apaccāya.°, S_1 S_2. [12] samaṇapūjako, B.; samaṇapūjakā, S_1. S_2. [13] *om.* S_1. [14] khallatiya.°, B. [15] [illegible]ale, B. [16] votiṇṇaṃ, S_2. [17] ti, B. [18] koci, B. [19] [illegible]sassa°, B. [20] B. *adds* ahaṃsu. [21] [illegible] S_1. [22] pāṇi, S_2. [23] paragalaṃ, S_1. S_2.
[illegible]

*) [illegible]

ti āhaṃsu. So[1] āha: [1] 'imasmiṃ pāpakamme khīṇe Tathāgatassa vā[1] Tathāgatasāvakānaṃ vā dānadinne[2] mama dānam uddissati, ahaṃ ito petato muccissāmi' ti. Taṃ sutvā te[1] vāṇijā Sāvatthiṃ gantvā Bhagavantaṃ upasaṅkamitvā taṃ pavuttiṃ ārocetvā saraṇāni ca sīlāni ca gahetvā buddhapamukhassa bhikkhusaṅghassa sattāhaṃ mahādānaṃ datvā tassa petassa[1] ādisiṃsu. Bhagavā taṃ atthaṃ atthuppattiṃ katvā catunnaṃ parisānaṃ dhammaṃ desesi. Mahājano ca lobhādimaccheramalaṃ[3] pahāya dānādipuññābhirato ahosi.[4]

Dhanapālapetavatthuvaṇṇanā.

II, 8.

Naggo kiso pabbajito 'si bhante ti. Idaṃ Satthari Veḷuvane[5] viharante Cūḷaseṭṭhipetaṃ ārabbha vuttaṃ. Bārāṇasiyaṃ[6] kira[1] eko[1] gahapati assaddho appasanno maccharī kadariyo puññakiriyāya anādaro Cūḷaseṭṭhi nāma ahosi. So kālaṃ katvā petesu nibbatti. Tassa[7] kāyo apagatamaṃsalohito aṭṭhinahārucammamatto muṇḍo apetavattho ahosi. Dhītā pan' assa Anulā [8]Andhakavinde sāmikassa gehe vasantī pitaraṃ uddissa brāhmaṇe bhojetukāmā taṇḍulādīni dānūpakaraṇā nisajjesi.[9] Taṃ ñatvā peto āsāya ākāsena tattha gacchanto Rājagahaṃ sampāpuṇi. Tena ca[1] samayena rājā Ajātasattu Devadattena uyyojito pitaraṃ jīvitā voropetvā tena vippaṭisārena dussupinena ca[10] niddaṃ anupagacchanto uparipāsādavaragato caṅkamanto taṃ petaṃ ākāsena gacchantaṃ disvā[11]

---

[1] *om.* B. [2] annapānena dinne ti, B., *and omits all till* taṃ sutvā. [3] lobhamaccherādi°, S₁. S₂.
[4] *all MSS. add* ti. [5] Veḷuvanena, S₁.
[6] Bārāṇasivāsiko, B. [7] ath'assa, B. [8] *om.* S₁. S₂.
[9] *so all MSS.* [10] *om.* B. S₂.
[11] *om.* S₂; B. *adds* imāya gāthāya pucchi.

Naggo kiso pabbajito 'si bhante rattiṃ kuhiṃ gacchasi kissa hetu
ācikkha me taṃ[1] api sakkuṇemu[2] sabbena vittaṃ[3] paṭipādaye tuvan ti 1

imāya[4] gāthāya[4] pucchi.[4]

Tattha pabbajito ti samaṇo. Rājā kira taṃ naggattā[5] muṇḍattā ca[6] naggo samaṇo ayan ti saññāya Naggo kiso pabbajito 'si ti ādim āha.

Tattha kissa hetū ti kiṃ nimittaṃ. Sabbena vittaṃ[7] paṭipādaye tuvan ti vittiyā[8] upakaraṇabhūtaṃ[9] vittaṃ[10] sabbena bhogena tuyhaṃ ajjhāsayānurūpaṃ[11] sabbena vā ussāhena paṭipādaye sammā deyyaṃ[12], tathā[13] kātuṃ mayaṃ app'eva sakkuṇeyyāma. Tasmā ācikkha[14] me taṃ[15], etaṃ tava āgamanakāraṇaṃ mayhaṃ kathehi ti attho.

Evaṃ raññā puṭṭho peto attano pavuttiṃ kathento[16]

Bārāṇasinagaraṃ dūraghuṭṭhaṃ tatthāhaṃ gahapati aḍḍhako[17] dīno[18]
adātā gedhitamano[19] āmisasmiṃ[20] dussīlena[21] Yamavisayamhi[22] patto. 2

So sūcikāya kilamito[23] tehi ten'eva[24] ñātisu yāmi āmisakiñcihetu[25]
adānasīlā na ca saddahanti: dānaphalaṃ hoti paramhi loke. 3

Dhītā ca[26] mayhaṃ lapate abhikkhaṇaṃ[27]: dassāmi dānaṃ[28] pitunnaṃ pitāmahānaṃ

---

[1] tvaṃ, M. C. D.; B. [2] sakkaloma, S_1. S_2.
[3] cittaṃ, B. [4] *om.* B. [5] S_1. S_2 *add* ca.
[6] pi, S_1. S_2. [7] cittaṃ, B.; sabbe nimitta S_1; (sabbe nitta, S_2). [8] patiyā, S_1. S_2. [9] upakāra.°, B.
[10] cittaṃ, *all MSS.* [11] assayānarūpaṃ, B. [12] *om.* S_1. S_2.
[13] tadā, S_1. S_2. [14] ācikkhi, S_1. S_2. [15] tvaṃ, B.
[16] B. *adds* tisso gāthā abhāsi. [17] M. C. D.; B. *adds* ahu.
[18] dinno, M. C. [19] adātā (°tā, S_1) naṃ (*or* taṃ) dhītamano, S_1. S_2. [20] āmismiṃ, B.
[21] [illegible], C. D.; B. [22] Yamaviyamhi, S_1.
[23] [illegible]mito, S_2. [24] evaṃ, S_1.
[25] °[illegible]hetu, C. D.; B.; °kiñcikkha°, M.
[26] *om.* M. [27] [illegible], S_1. S_2. [28] taṃ, S_1.

upakkhaṭaṃ[1] parivisayanti brāhmaṇā 'yāmi 'haṃ[2] Andhakavindaṃ bhottun' ti ti 4

tisso[3] gāthā[3] abhāsi.[3]

Tattha dūraghuṭṭhan ti dūrato eva[4] guṇakittanavasena[5] ghositaṃ sabbattha vissutaṃ pākaṭan ti attho. Aḍḍhako ti aḍḍho mahāvibhavo. Dīno ti nihīnacitto adānajjhāsayo. Tenāha: adātā ti. Gedhitamano āmisasmin ti kāmāmiselaggacitto gedhaṃ āpanno. Dussīlena[6] Yamavisayamhi patto ti attanā katena dussīlakammunā[7] Yamavisayaṃ petalokaṃ patto 'mhi.

So sucikāya kilamito ti so ahaṃ vijjhanatthena sucisadisatāya[8] sucikāyā[9] ti laddhanāmāya jighacchāya kilamito nirantaraṃ vijjhamāno, kilamatho ti icc'eva vā[10] pāṭho. Tehī ti dīno ti ādinā vuttehi pāpakammehi kāraṇabhūtehi. Tassa hi petassa tāni pāpakammāni anussarantassa ativiya domanassaṃ uppajjati. Tasmā evam āha: ten' evā ti ten' eva jighacchādukkhena. Ñātīsu yāmī ti ñātīnaṃ samīpaṃ yāmi gacchāmi. Āmisakiñcihetū[11] ti āmisakiñcikkhanimittaṃ[12] kiñci āmisaṃ patthento ti attho. Adānasīlā na ca saddahanti: dānaphalaṃ hoti paramhi loke ti yathā ahaṃ tathā evaṃ aññe pi manussā adānasīlā 'dānassa phalaṃ ekaṃsena paraloke hotī' ti na ca saddahanti, yato ahaṃ viya te pi petā hutvā mahādukkhaṃ paccanubhavantī ti adhippāyo.

Lapate ti katheti. Abhikkhaṇan ti abhiṇhaṃ bahuso. Kin ti lapatī ti āha: dassāmi dānaṃ pitunnaṃ pitāmahānan ti.

Tattha pitunnan ti mātāpitunnaṃ cūḷapitu mahāpitūnaṃ vā. Pitāmahānan ti ayyakapayyakānaṃ. Upakkhaṭan ti sajjitaṃ. Parivisayantī ti bhojayanti. Andhakavindan ti evaṃ nāmakaṃ nagaraṃ. Bhottun ti bhuñjituṃ.

---

[1] tam upa.°, M. C. D.; B. [2] ahaṃ, M. C. D.; B.
[3] *om.* B. [4] evaṃ, S_1. S_2.
[5] gulāsaṃkitana.°, S_1; tulāsaṃkitana.°, S_2.
[6] dussilyena, B.; S_1. S_2 *add* kammunā.
[7] dussīlena k.°, S_1. S_2. [8] °sadisatā, S_1.
[9] sucikā, S_1. S_2. [10] va, S_1. [11] °kiñcakkhahetū, B.
[12] °kiñcakkha.°, B.

Tato parā[1]

Tam avoca rājā[2]: 'anubhaviyāna tam pi eyyāsi khippaṃ
ahaṃ pi[3] karissaṃ[4] pūjaṃ
ācikkha me taṃ yadi atthi hetu saddhāyitaṃ hetuvaho[5]
suṇoma'. 5

Tathā ti vatvā agamāsi, tattha bhuñjiṃsu bhattaṃ na
ca[6] pana[7] dakkhiṇārahā
pacchā gamī Rājagahaṃ punāparaṃ, pāturahosi purato
janādhipassa. 6

Disvāna[8] potaṃ punar eva[9] āgataṃ rājā avoca: 'aham
pi[10] kiṃ dadāmi?
ācikkha[11] me taṃ[12] yadi atthi hetu yena tuvaṃ[13] cira-
taraṃ pīṇito siyā'. 7

'Buddhañ ca saṅghaṃ[14] parivisayāna rāja annena pānena
pi[15] cīvarena
taṃ dakkhiṇam ādisa me hitāya evaṃ ahaṃ cirataraṃ
pīṇito siyā'. 8

Tato ca rājā nipatitvā[16] tāva-d-eva dānaṃ sahatthā
atulañ ca daditvā[17]
saṅghe ārocayi pakatiṃ[18] Tathāgatassa tassa[19] ca[19] petassa
dakkhiṇam[20] ādisittha. 9

So pūjito ativiya sobhamāno[21] pāturahosi purato janā-
dhipassa
'yakkho 'ham asmi paramiddhipatto na mayham iddhi-
samasadisā[21] manussā, 10

Passānubhāvaṃ[22] aparimitaṃ mamayidaṃ[23] tayānusiṭṭhaṃ
atulaṃ daditvā[24] saṅghe

---

[1] B. *adds* saṅgītikārehi vuttā. [2] S_1. S_2 *add* tavaṃ.
[3] api, B. [4] karessaṃ, C.; kassaṃ M. D.; B.
[5] °vaco, M. C. D.; B. [6] *om.* S_1. S_2. [7] om. M. C. D.; B.
[8] disvā, S_1. [9] puna-d-eva, M. C. D.; B.
[10] api, M. C. D.; B. [11] ācikkhi, C. [12] tvaṃ, C.
[13] tvaṃ, S_1. S_2. [14] saṅghañ ca, D.; B. [15] ca l. pi, M.
[16] parivisayitvā, M. C.; B. *corr. to* nipahitvā.
[17] datvā, M. C. D.; B. [18] pakataṃ, M. D.; B.; *om.* C.
[19] *only* M. C. D. [20] ca dakkh.°, B.; dakkhiṇaṃ, M. C. D.;
pad.° S_1. S_2. [20] atiriva°, M. [21] attasamāna°, C. D.;
B.; [illegible]samāna°, M. [22] mahānubhāvaṃ, C.
[23] mamayidaṃ, M.; B.; S_1. [24] datvā, M. C. D.; B.

santappito satataṃ sadā bahūhi yāmi ahaṃ sukhito
manussadevā' ti 11

saṅgītikārehi[1] vuttā.[1]

Tattha taṃ avoca rājā ti taṃ petaṃ tathā vatvā ṭhitaṃ rājā[2] Ajātasattu[3] avoca. Anubhaviyāna taṃ pī ti taṃ pi[1] tava dhītuyā upakkhaṭaṃ dānaṃ anubhavitvā. Eyyāsī ti āgaccheyyāsi. Karissan[4] ti karissāmi. Ācikkha me taṃ yadi atthi hetū ti sace[5] kiñci kāraṇam atthi taṃ[6] mayhaṃ ācikkha kathehi. Saddhāyitan ti saddhāyitabbaṃ. Hetuvahe[7] ti hetuyuttavacanaṃ[8], asukasmiṃ ṭhāne asukena pakārena dāne kate mayhaṃ upakappatī ti sakāraṇaṃ vacanaṃ vadā[9] ti attho.

Tathā ti vatvā ti sādhū ti vatvā. Tattha bhuñjiṃsū ti tasmiṃ Andhakavinde parivesanaṭṭhāne bhuñjiṃsu. Bhattaṃ na ca pana[10] dakkhiṇārahā ti bhattaṃ bhuñjiṃsu dussīlā brāhmaṇā, na ca pana dakkhiṇārahā sīlavanto bhuñjiṃsū ti attho. Punāparan ti puna aparaṃ vāraṃ[1] Rājagahaṃ paccāgami.

Kiṃ dadāmī ti kīdisan[11] te dānaṃ dassāmī ti rājā petaṃ pucchi. Yena tuvan ti yena kāraṇena tvaṃ[10]. Ciratarān ti cirakālaṃ. Pīṇito ti titto[12] siyā, taṃ kathehī ti attho.

Parivisayānā ti bhojetvā[13]. Rājā ti Ajātasattuṃ ālapati. Me hitāyā ti mayhaṃ hitatthāya petattabhāvato parimuttiyā.

Tato ti tasmā tena vacanena tato vā pāsādato. Nipatitvā ti nikkhamitvā. Tāva-d-evā ti tadā eva aruṇuggamanavelāya. Yamhi[14] peto paccāgantvā attānaṃ dassesi[15], tasmiṃ purebhatte evaā ca[16] [illegible]

---

[1] *om.* B. [2] *om.* S₁. [3] °sattuṃ, S₁.
[4] S₁. S₂ *put* kiṃ *before* karissan; B., *which omits* karissanti, *puts* kassa *before* karissāmi.
[5] S₁. S₂ *repeat* yadi atthi hetu *before* sace.
[6] S₁. S₂ *add* kāraṇaṃ. [7] °vaco, B. [8] hetuvutta.°, S₂.
[9] vadāhi ti, B. [10] S₁. S₂ *add* pi. [11] kiṃdisan, B.
[12] tittho, B.; tito, S₂; tato, S₁. [13] bhojitvā, B.
[14] °velāya 'mhi, S₁. S₂. [15] dasseti, B.
[16] eva tañ ca, B.

adāsi. **Sahatthā** ti sahatthena. **Atulan** ti appamāṇaṃ oḷāraṃ[1] paṇītaṃ. **Daditvā**[2] **saṅghe** ti saṅghassa[3] datvā. **Ārocayi**[4] **pakatiṃ**[5] **Tathāgatassā** ti idaṃ dānaṃ[6] bhante aññataraṃ petaṃ sandhāya katan[7] ti taṃ[8] pakatipavuttiṃ[9] Bhagavato ārocesi āropetvā[10] ca yathā uḷāraṃ[8] paṇītaṃ[8] dānaṃ[8] datvā[8] taṃ[11] dānaṃ petassa[12] upakappati, evaṃ tassa[13] dakkhiṇaṃ[14] ādisittha ādisi.[11]

So ti so peto. **Pūjito** ti dakkhiṇāya dīyamānena pūjito. **Ativiya sobhamāno** ti dibbabhāvena[15] ativiya virocamāno[16]. **Pāturahosī** ti pātubhavi rañño, purato attānaṃ dassesi. **Yakkho 'ham asmī** ti petattabhāvato mato[17] yakkho ahaṃ jāto devatābhāvaṃ[18] patto 'smi. **Na mayhaṃ iddhisamasadisā**[19] **manussā** ti mayhaṃ anubhāvasampattiyā samā vā bhogasampattiyā[20] sadisā vā[21] manussā na santi.

Passānubhāvaṃ aparimitaṃ mamayidan ti mama idaṃ aparimāṇadibbānubhāvaṃ passā ti attano sampattiṃ paccakkhato rañño dassento vadati. **Tayānusiṭṭhaṃ atulaṃ daditvā**[2] **saṅghe** ti ariyasaṅghassa atulaṃ uḷāraṃ dānaṃ datvā mayhaṃ anukampāya tayā anusiṭṭhaṃ.[22] **Santappito satataṃ**[23] **sadā bahūhī** ti annapānavatthādīhi bahūhi deyyadhammehi ariyasaṅghasantappentena[24] sadā sabbakālaṃ yāvajīvaṃ tatthā[25] pi satataṃ nirantaraṃ ahaṃ santappito pīṇito. **Yāmi ahaṃ sukhito manussadevā** ti tasmā ahaṃ[26] idāni[27] sukhito manussadeva mahārāja yathicchitaṃ ṭhānaṃ yāmī ti rājānaṃ āpucchi.

---

[1] uḷāraṃ, B. [2] datvā, B. [3] saṅghe, B.
[4] ārocesi, B. [5] pakataṃ, B.
[6] B. *adds* dānaṃ *after* bhante. [7] pakatan, B.
[8] *om.* S_1. S_2. [9] B. *omits* pakati *before* pav.°.
[10] ārocetvā, B. [11] *om.* B. [12] tassa, S_1. S_2.
[13] petassa, B. [14] padakkhiṇaṃ, S_1. S_2.
[15] dibbānubh.°, B. [16] ativiya pi roc.°, B.
[17] patto, B. [18] devabh.°, B.
[19] iddhisamās.°, B.; S_1. S_2 *are wholly corrupt.*
[20] B. *adds* ca. [21] *om.* S_1. [22] S_1 *adds* anusi (dapusi, S_2).
[23] [illegible], S_1. S_2.
[24] ariyasaṅghaṃ [illegible], S_1.; saṅghe [illegible], B.
[25] tathā, B. [26] [illegible], B. [27] [illegible], B.

Evaṃ pete āpucchitvā gate rājā Ajātasattu taṃ atthaṃ bhikkhūnaṃ ārocesi. Bhikkhū Bhagavato santikaṃ upasaṅkamitvā ārocesuṃ. Bhagavā tam atthaṃ atthuppattiṃ katvā sampattaparisāya dhammaṃ desesi. Taṃ sutvā mahājano maccheramalaṃ pahāya dānādipuññābhirato ahosi.[1]

Cūḷaseṭṭhipetavatthuvaṇṇanā.

II, 9.*)

Yassa atthāya gacchāmā ti. Idaṃ Satthā Sāvatthiyaṃ viharanto Aṅkurapetaṃ ārabbha kathesi. Kāmaṃ c'ettha Aṅkuro peto na hoti. Tassa pana caritaṃ yasmā petasambandhaṃ tasmā[2] Aṅkurapetavatthun ti vuttaṃ. Tatrāyaṃ saṅkhepakathā.

Ye te Uttaramadhurādhipatino rañño Mahāsāgarassa puttā Upasāgaraṃ paṭicca Uttarāpathe Kaṃsabhoge Asitañjananigame[3] Mahākaṃsakassa[4] dhītāya[5] Devagabbhāya kucchiyaṃ uppannā Añjanadevī Vāsudevo Baladevo Candadevo Suriyadevo Aggidevo Varuṇadevo Ajjuno Pajjuno Ghaṭapaṇḍito Aṅkuro cā ti. Vāsudevādayo dasa bhātikā ti ekādasa khattiyā. Tesu Vāsudevādayo bhātaro Asitañjananagaraṃ ādiṃ katvā Dvāravatipariyosānesu sakala-Jambudīpe tesaṭṭhiyā nagarasahassesu sabbe rājāno cakkena jīvitakkhayaṃ pāpetvā[6] Dvāravatiyaṃ vasamānā rajjaṃ dasa koṭṭhāse katvā vibhajiṃsu. Bhaginiṃ pana Añjanadeviṃ na sariṃsu. Puna saritvā 'ekādasa koṭṭhāse karomā' ti vutte tesaṃ sabbakaniṭṭho Aṅkuro 'mama koṭṭhāsaṃ tassā detha, ahaṃ vohāraṃ katvā jīvissāmi, tumhe attano attano[7] janapade suṅkaṃ mayhaṃ vissajjethā' ti āha. Te sādhū ti sampaṭicchitvā tassa koṭṭhāsaṃ bhaginiyā datvā nava rājāno Dvāravatiyaṃ vasiṃsu. Aṅkuro pana vāṇijjaṃ karonto niccakālaṃ mahādānaṃ deti. Tassa pan' eko

---

[1] *all MSS. add* ti. [2] B. *adds* taṃ. [3] °nagare, B. [4] Mahākaṃkassā, S.; Mahāsāgara, B. [5] dhitu, B. [6] pājetvā, S.. [7] *om.* S., B.

*) cp. Jāt. vol. IV, pp. 79 sqq.

dāso bhaṇḍagāriko atthakāmo ahosi. Aṅkuro pasannamānaso tassa ekaṃ kuladhītaraṃ gahetvā adāsi. So putte gabbhagate yeva kālam akāsi. Aṅkuro tasmiṃ jāte tassa pituno dinnaṃ bhattavetanaṃ[1] adāsi. Atha tasmiṃ dārake vayappatte dāso na dāso ti rājakule vinicchayo uppajji. Taṃ sutvā Añjanadevī dhenūpamaṃ katvā[2] 'mātu bhujissāya putto bhujisso evā' ti dāsavyato mocesi. Dārako pana lajjāya tattha vasituṃ avisahanto Bheruvanagaraṃ[3] gantvā tattha aññatarassa tunnavāyassa[4] dhītaraṃ gahetvā tunnavāyasippena[4] jīvitaṃ kappesi. Tena samayena Bheruvanagare[3] Asayhamahāseṭṭhi nāma ahosi.[5] So[5] samaṇabrāhmaṇakapaṇiddhikavanibbakayācakānaṃ mahādānaṃ deti. So tunnavāyo[4] seṭṭhino[6] gharaṃ ajānantānaṃ pītisomanassajāto hutvā Asayhaseṭṭhino nivesanaṃ dakkhiṇabāhuṃ pasāretvā dassesi 'ettha gantvā laddhabbaṃ labhantū' ti. Tassa kammaṃ pāḷiyaṃ yeva āgataṃ. So aparena samayena kālaṃ katvā marubhūmiyaṃ aññatarasmiṃ nigrodharukkhe bhummadevatā hutvā nibbatti. Tassa dakkhiṇahattho kāmadado[7] ahosi. Tasmiṃ yeva ca Bheruve[8] aññataro puriso Asayhaseṭṭhino dāne vyāvaṭo assaddho appasanno micchādiṭṭhiko puññakiriyāya anādaro kālaṃ katvā tassa devaputtassa vasanaṭṭhānassa avidūre peto hutvā nibbatti. Tena ca katakammaṃ pāliyaṃ yeva āgataṃ. Asayhamahāseṭṭhi pana kālaṃ katvā Tāvatiṃsabhavane Sakkassa devaraññño sahavyataṃ upagato. Ath' aparena samayena Aṅkuro pañcahi sakaṭasatehi bhaṇḍam ādāya aññataro pi brāhmaṇo pañcahi sakaṭasatehī ti dve[9] janā sakaṭasahassehi marukantāramaggaṃ paṭippannā maggamūḷhā hutvā bahū divase tatth' eva vicarantā[10] parikkhīṇatiṇodakāhārā[11] ahesuṃ. Aṅkuro assa dūtehi catūsu disāsu pānīyaṃ maggāpesi.[12] Atha so kāmadadahattho yakkho taṃ[6] tesaṃ vyasanappattiṃ disvā Aṅkurena

---

[1] °vettanaṃ, B.; bhattañ cetanaṃ, S_1. [2] vatvā, B. [3] Roruva.°, B. [4] tanta.°, S_1. S_2. [5] *om.* S_1, S_2. [6] *om.* B. [7] sabbakāma.°, B. [8] Roruve, B. [9] B. *adds* pi. [10] visavarantā, S_1. [11] parikkhiṇṇodakā.°, S_1. [12] maggahāpesi, S_1; maggaṃ hāpesi, S_2.

pubbe attano kataṃ upakāraṃ cintetvā 'handa dāni imassa mayā avassayena bhavitabban 'ti attano vasanavaṭarukkhaṃ[1] dassesi. So kira vaṭarukkho sākhāviṭapasampanno ghanapalāso sandacchāyo anekasahassapāroho[2] āyāmena vitthārena ubbedhena ca yojanaparimāṇo[3] ahosi. Taṃ disvā Aṅkuro haṭṭhatuṭṭho tassa heṭṭhā khandhāvāraṃ bandhāpesi. Yakkho attano dakkhiṇahatthaṃ pasāretvā paṭhamaṃ tāva pānīyena sabbaṃ janaṃ santappesi, tato yo yo yaṃ yaṃ icchati tassa tassa taṃ taṃ adāsi. Evaṃ tasmiṃ mahājane[4] nānāvidhena annapānādinā[5] yathā kāmaṃ santappite[6] vūpasante maggaparissame so brāhmaṇavāṇijo ayoniso ummujjanto evaṃ cintesi: 'dhanalābhāya[7] ito Kambojaṃ[8] gantvā mayaṃ kiṃ karissāma, imam eva pana yakkhaṃ yena kenaci upāyena gahetvā yānaṃ āropetvā amhākaṃ nagaram eva gamissāmā' ti. Evaṃ[9] cintetvā tam atthaṃ Aṅkurassa kathento

Yassa atthāya gacchāma Kambojaṃ dhanahārakā
ayaṃ kāmadado yakkho imaṃ yakkhaṃ nīyāmase.[10] 1
Imaṃ yakkhaṃ gahetvāna sādhukena pasayha vā
yānaṃ āropayitvāna khippaṃ gacchāma Dvārakan ti 2

gāthadvayam āha.

Tattha yassa atthāyā ti yassa kāraṇā. Kambojan ti Kambojaraṭṭhaṃ. Dhanahārakā ti bhaṇḍavikkayena laddhadhanahārino. Kāmadado ti icchiticchitadāyako.[11] Yakkho ti devaputto. Nīyāmase[12] ti nayissāma.

Sādhukenā ti yācanena. Pasayhā ti abhibhavitvā balakkārena. Yānan ti sukhaṃ yānaṃ. Dvārakan ti Dvāravatinagaraṃ. Ayaṃ h'ettha adhippāyo: yad atthaṃ mayaṃ ito Kambojaṃ gantukāmā tena dhanena sādhetabbā[13] ti attho idh' eva sijjhati, ayaṃ hi yakkho kāmadado,

---

[1] °vaṭṭa.°, B. [2] B. *adds* ahosi. [3] catuyojana.°, B.
[4] °janena, B. [5] °pānena, B. [6] B. *adds* pacchā.
[7] °hārakā, B. [8] Kāmb.°, S_1 *throughout* (*exc. the* gāthās).
[9] S_1. S_2 *add* pana. [10] nayāmase, C. D.; B.; niyāmase, M.; S_1. S_2. [11] icchita icchita.°, B.
[12] nīyyā.°, S_1; niyā.°, S_2; nayā.°, B. [13] haretabbo, B.

tasmā imaṃ yakkhaṃ yācitvā tassa anumatiyā vā sace saññattiṃ[1] na gacchati balakkārena vā yānaṃ āropetvā yāne pacchābhāgaṃ bandhitvā[2] gahetvā ito yeva khippaṃ Dvāravatinagaraṃ gacchāmā ti.

Evaṃ pana brāhmaṇena vutte[3] Aṅkuro sappurisadhamme ṭhapetvā tassa vacanaṃ paṭikkhipanto

Yassa rukkhassa chāyāya nisīdeyya sayeyya vā
na tassa sākhaṃ bhañjeyya[4] mittadubbho hi pāpako ti 3

gāthaṃ āha.

Tattha na bhañjeyyā[5] ti na cchindeyya.[6] Mittadubbho ti mittesu dubbhanaṃ tesaṃ anatthuppādanaṃ. Pāpako ti abhaddako mittadubbho. Yo hi sītacchāyo rukkho ghammābhitattassa purisassa parissamavinodako, tassāpi nāma pāpakaṃ[7] na cintetabbaṃ, kiṃ aṅga pana sattabhūtesu[8] ayañ ca devaputto sappuriso pubbakārī amhākaṃ dukkhapanudano bahupakāro na tassa kiñci anatthaṃ cintetabbaṃ, aññadatthuṃ so pūjetabbo evā ti dasseti.

Taṃ sutvā brāhmaṇo atthassa mūlaṃ nikativinayo ti nītimaṅgalaṃ nissāya Aṅkurassa paṭilomapakkhe ṭhatvā

Yassa rukkhassa chāyāya nisīdeyya sayeyya vā
khandham pi tassa chindeyya[9] attho ce tādiso siyā ti 4

gāthaṃ āha.

Tattha attho ce tādiso siyā ti tādisena dabbasambhārena sace attho bhaveyya tassa rukkhassa khandhaṃ pi chindeyya, kiṃ aṅga pana sākhādayo ti adhippāyo.

Evaṃ brāhmaṇena vutte Aṅkuro sappurisadhammaṃ yeva paggaṇhanto

Yassa rukkhassa chāyāya nisīdeyya sayeyya vā
na tassa pattaṃ hiṃseyya[9] mittadubbho hi pāpako ti 5

gāthaṃ[10] āha.

---

[1] aññatthe, B. [2] B. *adds* taṃ. [3] vutto, S_1. B.
[4] bhiñjeyya, C. D.; B. [5] bhiñjeyyā, B.; bhindeyyā, S_1. S_2.
[6] bhindeyya, B. [7] pāpakammaṃ, B. [8] sabbasattesu, B.
[9] bhindeyya, S_1. S_2. [10] B. *puts* imaṃ *before* gāthaṃ.

Tattha na tassa pattaṃ hiṃseyya[1] ti tassa rukkhassa ekapaṇṇamattaṃ pi na pāteyya, pageva sākhādike ti adhippāyo.

Puna pi brāhmaṇo attano vādaṃ paggaṇhanto

Yassa rukkhassa chāyāya nisīdeyya sayeyya vā
samūlaṃ[2] pi taṃ[3] abbuyha[4] attho ce tādiso[5] siyā ti 6

gāthaṃ āha.

Tattha samūlaṃ[6] pi taṃ abbuyhā[7] ti taṃ tattha saha mūlena samūlaṃ[8] pi abbūheyya[9] uddhareyyā ti attho.

Evaṃ brāhmaṇena vutte puna[10] Aṅkuro taṃ niratthakaṃ kātukāmo

Yass' ekarattiṃ pi ghare vaseyya yatth' annapānaṃ puriso labhetha
na tassa pāpaṃ manasāpi cetaye[11] kataññutā sappurisehi vaṇṇitā. 7
Yass' ekarattiṃ pi ghare vaseyya annena[12] pānena upaṭṭhito siyā
na tassa pāpaṃ manasāpi cetaye[11] adubbhapāṇī[13] dahate mittadubbhiṃ.[14] 8
Yo pubbe katakalyāṇo pacchā pāpena hiṃsati
allapāṇihato[15] poso na so bhadrāni passati ti 9

imā tisso gāthā abhāsi.

Tattha yassā ti yassa puggalassa. Ekarattiṃ[16] pi[16] ti[16] ekarattimattaṃ na[17] kevalaṃ gehe vaseyya. Yatth' annapānaṃ[18] puriso labhethā ti yassa santike koci puriso annapānaṃ[19] vā kiñci[20] bhojanaṃ labheyya. Na

---

[1] bhindeyya, S_1. S_2. [2] samūlakaṃ, C. [3] *om.* C.
[4] abbhūyha, C.; B.; abbuhe, M.; abbuyhaṃ, S_1.
[5] p' etādiso, S_1. S_2. [6] mūlaṃ, S_1.
[7] abbhūyhā, B. [8] samūlena sammūlaṃ, S_1.
[9] abbhūheyya, B. [10] pana, B.
[11] cintaye, M. C. D.; B. [12] tatthanna, C.
[13] adubbhi.°, M. C. D.; B. [14] °dubbhi, S_1. S_2.
[15] adubbhapāṇihato, C. D.; B.; alampāni.°, S_1.
[16] *om.* B. [17] pi, B. [18] tattha na pānaṃ, S_1; tatth' annapānaṃ, S_2. [19] annaṃ vā pānaṃ, B.
[20] B. *adds* pana; S_1 *has* yaṃ *before* kiñci.

tassa pāpaṃ manasāpi cetaye[1] ti tassa puggalassa abhaddakaṃ anatthaṃ manasāpi na cinteyya na piheyya,[2] pageva kāyavācāhi. Kasmā ti[3] ce: Kataññutā sappurisehi vaṇṇitā ti kataññutā nāma buddhādihi uttamasappurisehi pasaṃsitā.

Upaṭṭhito ti payirupāsito 'idaṃ gaṇha idaṃ bhuñjā' ti annapānādinā upaṭṭhito. Adubbhapāṇī[4] ti ahiṃsakahattho hatthasaṃyato.[5] Dahate mittadubbhin[6] ti[6] taṃ[7] mittadubbhiṃ[8] puggalaṃ dahati vināseti. Appaduṭṭhe hi ajjhāsayasampanne puggale parena[9] kato aparādho avisesena[10] tass' eva anatthāvaho. Appaduṭṭho puggalo atthato taṃ dahati nāma. Tenāha Bhagavā:

Yo appadutthassa narassa dussati suddhassa posassa anaṅganassa
tam eva bālaṃ pacceti pāpaṃ sukhumo rajo paṭivātaṃ va khitto ti.*)

Yo pubbe katakalyāṇo ti yo puggalo kenaci sādhunā katabhaddako katūpakāro pacchā pāpena hiṃsatī ti taṃ pubbakārinaṃ aparabhāge pāpena abhaddakena aniṭṭhena[11] bādhati. Allapāṇihato[12] poso ti allapāṇinā[12] upakārakiriyāya[13] allapāṇinā dhotahatthena pubbakārinā heṭṭhā vuttanayena hato bādhito tassa vā pubbakārino bādhanena hato allapāṇinā[14] akataññū[15] puggalo na so bhadrāni passatī ti so yathāvutto[16] puggalo idhaloke[17] ca paraloke ca iṭṭhāni[18] na passati[19] na vindati na labhatī ti attho.

---

[1] cintaye, B. [2] pasaheyya, B. [3] iti, B.; pi, S_1. S_2.
[4] adubbhi.°, B. [5] B. *adds* 'va. [6] *om.* S_1.
[7] *om.* B. [8] S_2 *adds* taṃ pi. [9] aparena, B.
[10] api sesena, B.; avisesaṃ, S_1. S_2. [11] anatthakena, B.
[12] adubbha.°, B. [13] S_1. S_2 *have* m'upa. [14] adubbhapāṇi, B.
[15] kataññū, B. [16] yathā, S_2. [17] *om.* S_1 (*exc.* ke).
[18] iṭhaṃ, B. [19] passatī ti, S_1. S_2, *and omit the rest.*

*) *This verse* (— Dhammap. v. 125) *has been erroneously inserted into the text of the Petavatthu published for the P. T. S. by Prof. Minayeff.*

Evaṃ sappurisadhammaṃ paggaṇhantena Aṅkurena abhibhavitvā vutto so brāhmaṇo niruttaro tuṇhī ahosi. Yakkho pana tesaṃ dvinnaṃ vacanapaṭivacanāni sutvā[1] brāhmaṇassa kujjhitvā pi 'hotu imassa duṭṭhabrāhmaṇassa[2] kattabbaṃ pacchā jānissāmī' ti attano kenaci anabhibhavanīyataṃ eva tāva dassento

Nahaṃ devena vā[3] manussena vā issariyena vā 'haṃ suppasayho[4]
yakkho 'ham asmi[5] paramiddhipatto dūraṅgamo vaṇṇabalupapanno ti

gātham āha.

Tattha devenā[6] ti yena kenaci devena.[7] Manussena vā ti etthāpi es' eva nayo. Issariyena vā ti devissariyena vā manussissariyena vā. Tattha devissariyaṃ[8] nāma catummahārājikasakkasuyāmādīnaṃ[9] deviddhi, manussissariyaṃ nāma cakkavatti-ādīnaṃ puññiddhi. Tasmā issariyagahaṇena mahānubhāve devamanusse saṅgaṇhāti. Mahānubhāvā pi hi devā attano puññaphalūpatthambhite[10] manusse pi asati payogavippattiyaṃ abhibhavituṃ na sakkonti, pageva itare. 'Han ti a-sahane nipāto. Na suppasayho[11] ti appadhaṃsiyo. Yakkho 'ham asmi[12] paramiddhipatto ti attano puññavasena[13] ahaṃ yakkhattaṃ upāgato asmi[14] yakkho vasamāno nayo vāso vā, atha kho paramiddhipatto paramāya uttamāya yakkhiddhiyā samannāgato. Dūraṅgamo ti khaṇen' eva dūraṃ pi ṭhānaṃ gantuṃ samattho. Vaṇṇabalupapanno ti rūpasampattiyā sarīrabalena uppanno[15] samannāgato. Tīhi[16] padehi mantayogādīhi[17] attano anabhibhavanīyataṃ yeva dasseti, rūpasampanno hi paresaṃ bahumato hoti, rūpasampadaṃ

---

[1] *om.* S_1. [2] brahmaṇassa, B. [3] *om.* C.
[4] appa.°, M. C. D.; B. [5] *all MSS. except* M. *have* asmiṃ.
[6] devena vā, B. [7] B. *adds* vā. [8] B. *adds* yaṃ.
[9] °hārā pi kas.°, S_1. S_2; °hārā ca sattasuya.°, B.; B. *adds* vā.
[10] S_1 *omits* puñña *before* phalu°. [11] appa.°, B.
[12] asmiṃ, *all MSS.* [13] °phalena, B. [14] asmiṃ, *all MSS.*
[15] upapanno, B. [16] B. *adds* pi.
[17] mantappayog.°, S_1. S_2; B. *adds* pi.

nissāya visabhāgavatthunā pi anākulanīyo hoti,[1] vaṇṇasampadā pi anabhibhavanīyakāraṇaṃ. Vuttā ito paraṃ Aṅkurassa ca devaputtassa ca

'Pāṇi te sabbasovaṇṇo pañcadhāro madhussavo
nānārasā paggharanti maññe 'haṃ taṃ Purindadaṃ.' 11
'N'amhi devo na gandhabbo na pi[2] Sakko Purindado
petaṃ[3] Ankura jānāhi Bheruvambhā[4] idhāgataṃ'.[5] 12
'Kiṃ sīlo kiṃ samācāro[6] Bheruvasmiṃ[4] pure tuvaṃ
kena te brahmacariyena puññaṃ pāṇimhi ijjhati'? 13
'Tunnavāyo[7] pure āsiṃ Bheruvasmiṃ[4] tadā ahaṃ
sukicchavutti[8] kapaṇo na me vijjati dātave. 14
Āvesanañ[9] ca me āsi Asayhassa upantike
saddhassa dānapatino katapuññassa lajjino. 15
Tattha yācanakā yanti nānāgottā vanibbakā
te ca maṃ tattha pucchanti Asayhassa nivesanaṃ:
kattha[10] gacchāma bhaddhaṃ vo kattha dānaṃ padīyati? 16
Tesāhaṃ[11] puṭṭho akkhāmi Asayhassa nivesanaṃ
paggayha dakkhiṇaṃ bāhuṃ ettha gacchatha bhaddaṃ[12] vo
ettha dānaṃ padīyati Asayhassa nivesane.[13] 17
Tena pāṇi kāmadado tena pāṇi madhussavo
tena me brahmacariyena puññaṃ pāṇimhi ijjhati'. 18
'Na kira tvaṃ adā dānaṃ[14] sakapāṇīhi kassaci
parassa dānaṃ anumodamāno pāṇiṃ paggayha pāvadi. 19
Tena pāṇi[15] kāmadado tena pāṇi madhussavo
tena te[16] brahmacariyena puññaṃ pāṇimhi ijjhati'. 20
'Yo so dānaṃ adā bhante pasanno sakapāṇīhi
so hitvā mānusaṃ dehaṃ kin nu so disataṃ gato?' 21
'Nāhaṃ jānāmi asayhasāhino[17] Aṅgīrasassa gatiṃ āgatiṃ vā

---

[1] vā ti, *all MSS.* [2] n'amhi, M.; B. [3] M., B. S, *add* maṃ.
[4] Roru.°, M. C. D.; B. [5] ito g.°, C. [6] °hāro, S_1. S_2.
[7] tantavāyo, S_1. S_2. [8] succhakiṃvutti, S_1.
[9] aves.°, S_1; nives.°, M. C. D.; B.
[10] tattha, C. D.; S_1. S_2. [11] tenāhaṃ, S_1. S_2.
[12] bhadda, *all MSS. except* D.
[13] S_1. S_2 *omit* Asayh.° niv.°; Asayh.° nivesanaṃ, C.
[14] adā naṃ (taṃ?), S_1. S_2. [15] B. *has* tena paṇi-la-ijjhati.
[16] vo, S_1. S_2; me, M. C. D.; B. [17] °vāhino, S_1. S_2; Asayhassa seṭṭhino, C.

sutañ ca me Vessavaṇassa santike[1] Sakkassa sahavyataṃ
gato Asayho'. 22
'Alam eva kātuṃ kalyāṇaṃ dānaṃ dātuṃ yathā rahaṃ
pāṇikāmadadaṃ disvā ko puññaṃ na karissati? 23
So hi nuna ito gantvā anuppatvāna Dvārakaṃ
dānaṃ[2] paṭṭhapayissāmi[3] yaṃ mam' assa sukhāvahaṃ. 24
Dassāmi annapānañ[4] ca vatthasenāsanāni ca
papañ ca udapānañ ca dugge saṅkamanāni cā' ti 25

pannarasa vacanāpaṭivacanagāthā honti.

Tattha **pāṇi te** ti tava dakkhiṇahattho. **Sabbasovaṇṇo** ti sabbaso suvaṇṇavaṇṇo. **Pañcadhāro** ti pañcahi aṅgulīhi parehi kāmitavatthūnaṃ dhārā etassa santi ti pañcadhāro. **Madhussavo** ti madhurarasavisandako. Tenāha: **nānārasā paggharanti** ti madhurakaṭukasavādibhedā nānāvidhā rasā visandanti ti attho. Yakkhassa hi kāmadade[5] madhurādirasasampannāni vicittāni[6] khādaniyabhojaniyāni hatthe vissajjente madhurādirasā paggharanti ti vuttaṃ. **Maññe 'haṃ taṃ Purindadan** ti maññe ahaṃ taṃ Purindadaṃ Sakkaṃ. Evaṃ mahānubhāvo Sakko devarājā ti taṃ ahaṃ maññāmī ti attho.

N'amhi devo ti Vessavaṇādiko pākaṭo devo na homi. **Na gandhabbo** ti gandhabbakāyikadevo pi na[7] homi.[7] **Na pi[8] Sakko Purindado** ti purimattabhāve pure dānassa[9] paṭṭhapitattā Purindado ti laddhanāmo Sakko devarājā pi na homi. Kataro pana ahosin ti āha. **Petam[10] Aṅkura jānāhī** ti mārisa[11] Aṅkura petupapattikaṃ maṃ[12] jānāhi, aññataro petamahiddhiko ti maṃ upadhārehi. **Bheruvamhā[13] idhāgatan** ti Bheruvanagarato[13] cavitvā marukantāre idha imasmiṃ nigrodharukkhe uppajjanavasena āgataṃ ettha nibbattan ti attho.

Kiṃ sīlo kiṃ samācāro Bheruvasmiṃ[13] pure tuvan ti pubbe purimattabhāve Bheruvanagare[13] vasanto tvaṃ

---

[1] Vessa santike, S_1. S_2. [2] S_1. S_2 *add* taṃ.
[3] paṭṭhayissāmi, S_1. S_2. B. [4] dassām' anna.°, M. C. D.; B.
[5] kāmaduhe, S_1. S_2. [6] vividhāni, B. [7] *om.* B.
[8] n'amhi, B. [9] dānaṃ, B. [10] S_1. S_2 *add* maṃ.
[11] ādi, B. [12] kammaṃ, S_1. S_2. [13] Rovuv.°, B.

kiṃ sīlo kiṃ[1] samācāro[1] ahosi, pāpato nivattanalakkhaṇaṃ kīdisaṃ sīlaṃ[2] samādāyo paṭipuññakiriyālakkhaṇena[3] samācārena kīdiso samācāro dānādīsu kusalasamācāresu kīdiso samācāro ahosī ti attho. Kena te brahmacariyena puññaṃ pāṇimhi ijjhatī ti kīdisena seṭṭhabrahmacariyena idaṃ evarūpaṃ tava hatthesu puññaphalaṃ idāni samijjhati nippajjati, taṃ kathehī ti attho. Puññaphalaṃ hi[4] idha uttarapadalopena puññan ti adhippetaṃ. Tathā hi[5] taṃ[1] Kusalānaṃ bhikkhave dhammānaṃ samādānahetu evam idaṃ puññaṃ pavaḍḍhatī ti ādīsu puññan ti vuttaṃ.

Tunnavāyo[6] ti tunnakāro. Sukicchavuttī ti suṭṭhu kicchavuttiko ativiyadukkhajīvito.[7] Kapaṇo ti varāko dīno ti attho. Na me vijjati dātave ti addhikānaṃ samaṇabrāhmaṇānaṃ dātuṃ kiñci dātabbayuttakaṃ mayhaṃ natthi, cittaṃ pana me dānaṃ dinnan ti adhippāyo.

Āvesanan ti gharaṃ kammakaraṇasālā vā. Asayhassa upantike ti Asayhassa mahāseṭṭhino gehassa samīpe. Saddhassā ti kammaphalasaddhāya samannāgatassa. Dānapatino ti dānena nirantarappavattāya pariccāgasampattiyā lobhassa[9] cāga-abhibhavena patibhūtassa.[10] Katapuññassā ti pubbe katasucaritakammassa. Lajjino ti pāpajigucchanabhāvassa.[11]

Tattha[12] ti tasmiṃ mama āvesane.[13] Yācanakā yantī ti yācanakā janā Asayhaseṭṭhiṃ kiñci yācitukāmā āgacchanti.[14] Nānāgottā ti nānāvidhagottapadesā. Vanibbakā ti vaṇidīpakā ye dāyakassa puññaphalādīnañ ca guṇakittanādimukhena attano atthikabhāvaṃ pavedento vicaranti. Te ca maṃ tattha pucchantī ti tatthā ti nipātamattaṃ, te yācanakādayo maṃ Asayhassa seṭṭhino nivesanaṃ pucchanti, akkharacintakā hi īdisesu ṭhānesu

---

[1] *om.* B. [2] sīlānaṃ, S₁.
[3] paṭipuññapuññakiriyā°, S₁. S₂; saṃvattitapuññakiriyā°, B. [4] pi, B. [5] tatthā ti, B. [6] tuṇṇa°, S₁. [7] °jīviko, B.
[8] āvesayan, S₁; nivesanan, B. [9] lokassa, S₁. S₂.
[10] tarā abhibhavana°, S₁. S₂; paṭibhūtassa, S₁. S₂.
[11] °bhavassa, *all MSS.*; °jigucchanassa bh.°, B.
[12] gatā, S₁. S₂. [13] āsane, B. [14] gacchanti, B.

kammadvayaṃ icchanti. Kattha gacchāma bhaddaṃ vo kattha dānaṃ padīyatī ti tesaṃ[1] pucchanākāranidassanaṃ. Ayaṃ h'ettha attho: bhaddaṃ tumhākaṃ hotu, mayaṃ Asayhaseṭṭhinā dānaṃ padīyatī[2] ti sutvā āgatā, kattha dānaṃ padīyatī ti kattha vā mayaṃ gacchāma, kattha gatena[3] sakkā taṃ[1] laddhun ti.

Tesāhaṃ puṭṭho akkhāmī ti evaṃ tehi addhikajanehi[4] labhanaṭṭhānaṃ puṭṭho ahaṃ pubbe akatapuññatāya idāni ādisānaṃ kiñci dātuṃ asamattho jāto, dānaggaṃ pana imesaṃ dassento lābhassa upāyaṃ ācikkhanena pi[5] uppādento ettakena pi bahuṃ puññaṃ pasavāmī ti ādarabhāvaṃ[6] uppādetvā dakkhiṇabāhuṃ pasāretvā[7] tesaṃ Asayhaseṭṭhissa nivesanaṃ ācikkhāmi.[8] Tenāha: paggayha dakkhiṇaṃ bāhun ti ādi.

Tena pāṇi kāmadado ti tena[9] paradānapakāsanena[1] parena katassa dānassa[2] sakkaccaṃ anumodanamattena hetunā idāni mayhaṃ hattho kapparukkho viya santānalatā[10] viya ca kāmadado icchiticchitadāyī kāmadado hoti.[11] Tena[12] pāṇi[12] madhussavo[13] ti[14] iṭṭhavatthuvissajjanako jāto.

Na kira tvaṃ adā dānan ti kirā[15] ti anussavatthe nipāto. Tvaṃ kira attano santakaṃ na pariccaji[16], sakapāṇīhi sahatthehi[17] kassaci[18] samaṇassa vā brāhmaṇassa vā kiñci dānaṃ na adāsi.[19] Parassa dānaṃ anumodamāno ti kevalaṃ pana parena[20] kataṃ parassa dānaṃ aho mahādānaṃ[21] pavattesī ti anumodamāno yeva vihāsi.

Tena pāṇi kāmadado ti tena tuyhaṃ pāṇi evaṃ kāmadado aho acchariyā vata puññānaṃ gatī ti adhippāyo.

Yo so dānaṃ adā[22] bhante pasanno sakapāṇīhī ti bhante[23] ti[24] devaputtaṃ gāravena ālapati. Bhante

---

[1] *om.* B. [2] dīyatī, B. [3] gato dāni, B.
[4] atthika.°, B. [5] pī ti, S_1. S_2. [6] gāravaṃ, B.
[7] pasājetvā, S_1. S_2. [8] akkhāmi, B. [9] B. *adds* tadā.
[10] °kalatā, S_1. S_2.
[11] B. *adds* kāmadado ca honto. [12] *om.* S_1. S_2.
[13] madhurasavo, S_1. S_2. [14] *om. all MSS.* [15] kiṃ vā, S_1. S_2.
[16] °ccajjati, B. [17] sahavatthehi, S_1. S_2; sahatte ti, B.
[18] yassa kassaci, B. [19] B. *adds* ti. [20] pane, S_1. S_2.
[21] dānaṃ, B. [22] dānapati, S_1. S_2.

parena katassa dānānumodakassa tava[1] tuyhaṃ īdisaṃ phalaṃ evarūpo ānubhāvo. Yo pana so Asayhamahāseṭṭhinā mahādānaṃ adāsi pasannacitto hutvā sahatthehi tadā mahādānaṃ pavattesi. So hitvā mānusaṃ dehan ti so idha manussattabhāvaṃ pahāya. Kin ti kataraṃ. Nu so ti nū ti nipātamattaṃ. Disataṃ gato ti ḍisaṃ ṭhānaṃ gato[2] kīdisī[3] tassa gati nipphatti ti Asayhaseṭṭhino abhisamparāyaṃ pucchi.

Asayhasāhino ti aññehi maccharīhi lobhābhibhūtehi sahituṃ vahituṃ[4] asakkuṇeyyassa pariccāgādi[5]-vibhāgassa sappurisassa[6] madhurassa[7] sahanato[8] asayhasāhino. Aṅgīrassā ti aṅgato nikkhamanajutikassa,[9] rasso[10] ti jutiyā adhivacanaṃ. Tassa kira yācake āgacchante disvā uḷāraṃ pītisomanassaṃ uppajjati mukhavaṇṇo vippasīdati. Taṃ attano paccakkhaṃ katvā[11] evam āha: gatim āgatiṃ vā ti tassa asukaṃ nāma gatiṃ ito[12] gato ti[13] vā tato[14] vā pana asukasmiṃ kāle idha āgamissatī ti āgatiṃ vā nāhaṃ jānāmi, avisayo esa mayhaṃ. Sutañ ca me Vessavaṇassa santike[15] ti api ca kho upaṭṭhānaṃ gatena Vessavaṇassa mahārājassa santike sutaṃ etaṃ mayā. Sakkassa sahavyataṃ gato Asayho ti Asayhaseṭṭhi Sakkassa devānaṃ indassa sahavyataṃ upagato[16] ahosi, Tāvatiṃsabhavane nibbattī[17] ti attho.

Alam eva kātuṃ kalyāṇan ti yaṃ kiñci kalyāṇaṃ kusalaṃ puññaṃ kātuṃ yuttam eva patirūpam eva. Tattha pana yaṃ sabbasādhāraṇaṃ sukaraṃ taṃ dassetuṃ Dānaṃ dātuṃ yathā rahan ti vuttaṃ. Attano vibhavabalānurūpaṃ dānaṃ dātuṃ alam eva. Tattha kāraṇam āha: pāṇikāmadadaṃ disvā ti yatra hi nāma parakatapuññānumodanapubbakena dānapati nivesanamaggācikkhanamattena ayaṃ hattho kāmadado diṭṭho,[18] imaṃ disvā

---

[1] tāva, S_1. S_2. [2] tato, S_1. S_2. [3] kiṃdisi, B.
[4] *om.* S_1. S_2. [5] asakkuṇeyya pariccādi, S_1. S_2.
[6] asappur.°, B. [7] *om.* B. [8] asah.°, B.
[9] jutissa, S_2; jutissā, S_1. [10] raso, *all MSS.*
[11] gahetvā, S_1. S_2. [12] S_1. S_2 *add* vā.
[13] S_1. S_2 *add* gatiṃ. [14] gato, S_1. S_2. [15] santikan, S_1. S_2. [16] gato, B. [17] nibbatto, B. [18] dibbo, S_1. S_2.

Ko puññaṃ na karissatī ti mādiso ko nāma attano patiṭṭhānabhūtaṃ puññaṃ na karissati.[1] Evaṃ aniyamavasena puññakiriyāyaṃ ādaraṃ dassetvā idāni attani taṃ niyametvā[2] dassento So hi nūnā ti ādinā gāthadvayam āha.

Tattha so ti so ahaṃ. Hī ti avadhāraṇe nipāto. Nūnā ti parivitakkite. Ito gantvā ti ito marubhūmito apagantvā. Anuppatvāna Dvārakan ti Dvāravatīnagaraṃ anupāpuṇitvā. Paṭṭhapayissāmī[3] ti pavattessāmi.[4] Evaṃ Aṅkurena dānaṃ dassāmī ti paṭiññāya katāya yakkho tuṭṭhahaṭṭho[5] 'mārisa tvaṃ vissaṭṭho[6] dānaṃ dehi, ahaṃ pana te sahāyakiccaṃ karissāmi, yena te deyyadhammo parikkhayaṃ na gamissati[7] tena pakārena karissāmī' ti taṃ dānakiriyāya samuttejetvā 'brāhmaṇavāṇija tvaṃ kira mādise balakkārena netukāmo attano pamāṇaṃ na jānāsī' ti tassa bhaṇḍaṃ antaradhāpetvā taṃ yakkhaṃ vihiṃsakāya hiṃsāpento santajjesi. Atha naṃ Aṅkuro nānappakāraṃ yācitvā brāhmaṇena khamāpento pasādetvā sabbaṃ bhaṇḍaṃ paṭipākatikaṃ kārāpetvā rattiyā upagatāya[8] yakkhaṃ vissajjetvā[9] gacchanto tassa avidūre aññataraṃ ativiyabībhacchadassanaṃ petaṃ disvā tena katakammaṃ pucchanto

Kena te aṅgulī kuṇā[10] mukhañ ca kuṇalīkataṃ[11]
akkhīni ca paggharanti kiṃ pāpaṃ pakataṃ tayā ti 28

gātham āha.

Tattha kuṇā[12] ti kuṇikā[13] paṭikuṇikā[14] anujubhūtā. Kuṇalīkatan[15] ti mukhavikārena vikuṇitaṃ[16] sakuṇitaṃ.[17] Paggharantī ti asuci vissandenti.[18] Ath' assa peto

---

[1] B. *adds* ti. [2] attaniyametvā, S_1. S_2.
[3] paṭṭhāpayissāmī, S_1. [4] pavattayissāmi, B.
[5] tuṭhamānaso, B. [6] visaṭṭho, S_1. S_2.
[7] S_1. S_2 *add* ti *and continue* taṃ dāna°
[8] °katāya, S_1. S_2. [9] visajjo, B.
[10] kuṇḍā, *all MSS. except* M.; B.
[11] kuṇḍa.°, M. C.; S_2; kuṇḍasīkataṃ, S_1.
[12] kuṇḍā, S_1. S_2. [13] kuṇitā, S_1; kuṇḍito, S_2.
[14] °kuṇitā, S_2; °kuṇḍitā, S_1. [15] kuṇḍa.°, S_1. S_2.
[16] vikucitaṃ, S_1. S_2. [17] saṃkuṇḍitaṃ, S_1. S_2.
[18] vissandanti, B.; visandanti, S_1. S_2.

Aṅgīrasassa gahapatino saddhassa gharam esino
tassāhaṃ dānavissagge dāne adhikato ahuṃ.[1] 27
Tattha yācanake disvā āgate bhojanatthike[2]
ekamantaṃ apakkamma[3] akāsiṃ kuṇalīmukhaṃ.[4] 28
Tena me aṅgulī kuṇā[5] mukhañ ca kuṇalīkataṃ
akkhīni ca[7] paggharanti taṃ pāpaṃ pakataṃ mayā ti 29

tisso gāthā abhāsi.

Tattha **Aṅgīrasassā** ti ādinā Asayhaseṭṭhiṃ kitteti. **Gharam esino** ti gharam āvasantassa gahaṭṭhassa. **Dānavissagge** ti dānagge pariccāgaṭṭhāne. **Dane adhikato**[8] **ahun** ti deyyadhammassa pariccajane dānādhikāre adhikato[9] ṭhapito ahosi.

Ekamantaṃ apakkammā[10] ti yācanake bhojanatthike āgate[11] disvā dānavyāvaṭena nāma[12] dānaggato anapakkamma[13] yathā ṭhāne yeva ṭhatvā[14] sañjātapītisomanassena pasannamukhavaṇṇena[15] sahatthena dānaṃ[16] dātabbaṃ parehi vā paṭirūpehi dāpetabbaṃ, ahaṃ pana tathā akatvā yācanake[17] āgacchante dūrato disvā[18] attānaṃ adassento[19] ekamantaṃ apakkamma[20] apakkamitvā **akāsiṃ kuṇalīmukhan**[21] ti vikuṇitaṃ[22] saṅkucitaṃ mukhaṃ akāsiṃ.

Tenā ti yasmā[23] tadāhaṃ sāminā dānādhikāre niyutto samāno dānakāle upaṭṭhite macchariyā pakato dānaggato apakkamanto pādehi saṅkocaṃ āpajji[24], sahatthehi dātabbe tathā akatvā hatthasaṅkocaṃ āpajji[24], pasannamukhena bhavitabbaṃ[25] mukhasaṅkocaṃ āpajji[24], piyacakkhūhi oloketabbe cakkhukālusiyaṃ uppādesi, tasmā hatthaṅguliyo

---

[1] ahu, *all MSS. exc.* M. [2] bhojanantike, S_1. S_2.
[3] apakkama, B. [4] kuṇḍa.°, M. C. D.; kaṇḍa.° S_2.; kaṇḍasī.°, S_1. [5] kuṇḍā, C. D.; S_2.
[6] kuṇḍa.°, M. C.; S_1. S_2. [7] me, M.; pi, S_2.
[8] °gato, B. [9] °kāro, S_1. S_2; °gato, B.
[10] °khamā, *all MSS.* [11] gate, S_1. S_2. [12] *om.* B.
[13] °kkama, S_2. B. [14] upetvā, B. [15] vippasanna.°, B.
[16] *om.* S_1. S_2. [17] yācake, S_1. S_2.
[18] vaditvā, B.; S_1. S_2 *add* ca. [19] dassento, B.
[20] °kkama, B. [21] kuṇḍa.°, S_1. S_2.
[22] vikuṇḍitaṃ, S_2. [23] tasmā yasmā, S_2; tasmā, S_1.
[24] āpajjaṃ, B. [25] °tabbe pi, B.

ca pādaṅguliyo ca kuṇitā[1] vikuṇitā[2] jātā mukhañ ca kuṇalīkataṃ[3] virūparūpena[4] saṅkucitaṃ akkhīni[5] ca asuci duggandhajegucchāni assūni paggharantī ti attho.

Tena vuttaṃ

Tena me aṅgulī kuṇā mukhañ ca kuṇalīkataṃ
akkhīni ca paggharanti taṃ pāpaṃ pakataṃ mayā ti. 80

Taṃ sutvā Aṅkuro petaṃ garahanto

Dhammena te kāpurisa mukhañ ca kuṇalīkataṃ[6]
[akkhīni ca[7] paggharanti]*) yaṃ tvaṃ[8] parassa dānassa
akāsi kuṇalīmukhan[9] ti 81

gātham āha.

Tattha **dhammenā** ti yutten' eva kāraṇena. **Te** ti tava. **Kāpurisā** ti lāmakapurisa. **Yan** ti yasmā. **Parassa dānassā** ti parassa dānasmiṃ, ayam eva vā pāṭho.

Puna Aṅkuro[10] dānapati taṃ seṭṭhiṃ[11] garahanto

Kathaṃ hi dānaṃ dadamāno kareyya parapattiyaṃ
annapānaṃ khādaniyaṃ vatthasenāsanāni cā ti 82

gātham āha.

Tass' attho: dānaṃ dadanto[12] puriso kathaṃ hi[13] nāma taṃ parapattiyaṃ, parena pāpetabbaṃ[14] sādhetabbaṃ[15] kareyya, attanā paccakkham[16] eva pana[15] katvā sahatthen' eva dadeyya sayaṃ vā tattha[17] vyāvaṭo bhaveyya, aññathā attano deyyadhammo aṭṭhāne viddhaṃseyya, dakkhiṇeyyā pana[18] sātena[19] parihāyeyyun[20] ti.

---

[1] kuṇḍā, S_2; kuṇḍāṭhā, S_1. [2] vikuṇḍitā, S_1. S_2; *om.* B.
[3] kuṇḍa.°, S_2; kaṇṭha.°, S_1. [4] °rūpaṃ, S_1. S_2.
[5] akkīnañ, S_1. S_2. [6] kuṇḍa.°, M. C.; S_1. S_2.
[7] te, B. [8] taṃ, M. C. D.; B. [9] kuṇḍa.°, C.; S_1. S_2.
[10] B. *adds* taṃ. [11] dānapatiseṭṭhi, B. [12] dento, B.
[13] ti, B. [14] dātabbaṃ, B. [15] *om.* B.
[16] attapa.°, B. [17] katta, S_1. S_2. [18] ca, B. [19] dānena, B.
[20] °hāyeyyan, S_2. B.

*) *all MSS. have this phrase, it seems however to be an interpolation, and the metre itself suggests this.*

Evaṃ[1] taṃ garahitvā idāni attano[2] paṭipajjitabbavidhiṃ dento[3]

So hi nuna ito gantvā anuppatvāna Dvārakaṃ
dānaṃ paṭṭhapayissāmi[4] yaṃ mam' assa[5] sukhāvahaṃ. 33
Dassām' annañ ca pānañ ca vatthaṃ senāsenāni ca
papañ ca udapānañ ca dugge ca[6] saṅkamanāni cā ti 34

gāthadvāyaṃ[7] āha.[7] Taṃ[8] vuttattham eva

Tato hi so nivattitvā anuppatvāna Dvārakaṃ
dānaṃ paṭṭhayi[9] Aṅkuro yaṃ tam assa sukhāvahaṃ. 35
Adā annañ ca pānañ ca vatthasenāsanāni ca
papañ ca udapānañ ca vippasannena cetasā. 36
Ko chāto ko ca[7] tasito ko vatthaṃ parivassati[10]
kassa santāni yoggāni ito yojentu[11] vāhanaṃ
ko chatt' icchati gandhañ ca ko mālaṃ ko upāhanaṃ: 37
Iti su[12] tattha ghosenti kappakā sūdā[13] māgadhā[14]
sadā sāyañ ca pāto ca Aṅkurassa nivesane ti 38

catasso gāthā Aṅkurassa paṭipattiṃ dassetuṃ saṅgītikārakehi ṭhapitā.

Tattha tato[15] ti marukantārato. Nivattitvā ti paṭinivattitvā.[16] Anuppatvāna Dvārakan ti Dvāravatinagaraṃ anupāpuṇitvā. Dānaṃ paṭṭhayi Aṅkuro ti yakkhena paripūritasakalakoṭṭhāgāro sabbapātheyyakaṃ mahādānaṃ[17] Aṅkuro paṭṭhapesi. Yaṃ tam assa[18] sukhāvahan ti yaṃ attano sampatti āyatiñ ca sukhanibbattakaṃ.

Ko chāto ti ko jighacchito so āgantvā yathā ruciṃ bhuñjatū ti adhippāyo. Es' eva nayo sesesu pi. Tasito

---

[1] eva, S_2. [2] attanā, B.
[3] dassento, B.; deyyanto, S_1; S_1. S_2 *add* gāthadvayam āha.
[4] paṭhayissāmi, B. [5] m'assa, B.
[6] *om.* M.; B.; caṃkam.°, S_1. S_2. [7] *om.* S_1. S_2.
[8] tā, S_1. S_2. [9] paṭhapay', M; B. paṭhapayi 'ṅkuro, C. D.
[10] paridassati, M; °dhassati, D.; B.; °dahissati, C.
[11] yojantu, M. C. D.; B. [12] iti ssa, S_1. S_2.
[13] suda, *all Burmese MSS.* [14] pāṭavā, M. C.
[15] gato, S_1. S_2. [16] °vattetvā, B. [17] S_1. S_2 *add* so.
[18] mam assa, B.; tumh'assa, S_1. S_2.

ti pipāsito. Parivassati[1] ti paridahissati nivāsessati[2] pārupissati vā ti attho. Santāni ti parissamappattāni. Yoggāni ti ratthayugavāhanāni.[3] Ito yojentu[4] vāhanan ti ito yoggasamūlato yathā rucim taṃ gahetvā vāhanaṃ yojentu.[4]

Ko chatt' icchati ti ko kilañjachattādibhedaṃ chattaṃ icchati so gaṇhatū ti adhippāyo. Sesesu pi es'eva nayo. Gandhan ti catujātiyagandhādikaṃ gandhaṃ. Mālan ti gaṇṭhikādibhedaṃ[5] pupphaṃ. Upāhanan ti khallabaddhādibhedaṃ[6] upāhanaṃ. Iti sā ti[7] nipātamattaṃ, iti eva[8] ko chāto ko tasito ti ādinā ti attho. Kappakā ti nahāpakā.[9] Sūdā ti bhattakārakā.[10] Māgadhā ti gandhino. Sadā ti sabbakālaṃ divase divase sāyañ ca pāto ca. Tattha Aṅkurassa nivesane ghosenti[11] ugghosenti ti yojanā.

Evaṃ mahādānaṃ pavattentassa gacchante[12] kāle tittibhāvato addhikajanehi[13] pavivittaṃ dānaggaṃ ahosi. Taṃ disvā Aṅkuro dāne[14] uḷārajjhāsayatāya atuṭṭhamānaso hutvā attano dāne niyuttaṃ Sindhakaṃ[15] nāma māṇavaṃ[16] āmantetvā

Sukhaṃ supati Aṅkuro iti jānāti maṃ jano
dukkhaṃ supāmi Sindhaka[17] yam na passāmi yācake. 39
Sukhaṃ supati Aṅkuro iti jānāti maṃ jano
dukkhaṃ Sindhaka[17] supāmi[18] appake su vanibbake ti 40

gāthadvayam āha.

Tattha sukhaṃ supati Aṅkuro iti jānāti maṃ jano ti Aṅkuro rājā yasabhogasamappito dānapati attano bhogasampattiyā dānasampattiyā ca sukhaṃ supati sukhen'

---

[1] °dhassatī, B. [2] *om.* S_1. S_2.
[3] °vahanakā, S_1; °vāhakā, S_2. [4] yojantu, B.
[5] gandhi.°, B.; gatthikāgatthikabhedaṃ, S_1. S_2.
[6] usubhaṇḍādike, S_1. S_2. [7] B. *adds* ettha eū ti.
[8] evaṃ, B. [9] nahāpikā, S_1. S_2. [10] °kārā, S_1. S_2.
[11] ghosantī ti, B.; ghose ugghosentī, S_2.
[12] S_1. S_2 *repeat* gacchante. [13] atthi.°, B.
[14] dānaṃ, S_1. S_2. [15] Sindhukaṃ, B.
[16] mānavaṃ, S_1. S_2.
[17] Sindhuka, B.; Sinduka, C. D.; Siddaka, M.
[18] B. *puts* supāmi *before* Sindh.°.

eva niddaṃ upagacchati sukhaṃ[1] paṭibujjhatī ti evaṃ maṃ jano sambhāveti. Dukkhaṃ supāmi Sindhakā ti ahaṃ pana Sindhaka dukkham eva supāmi. Kasmā yaṃ na passāmi yācake ti[2] yasmā mama ajjhāsayānurūpaṃ deyyadhammaṃ paṭiggāhake bahū yācake na passāmi tasmā ti attho.

Appake su vanibbake ti vanibbakajane appake 'va katipaye[3] dukkhaṃ supāmī ti yojanā. Sū ti pi[4] nipātamattaṃ, appake vanibbakajane satī ti attho.

Taṃ sutvā Sindhako tassa uḷāraṃ dānādhimuttiṃ[5] pākaṭataraṃ kātukāmo

Sakko ce[6] te varaṃ dajjā Tāvatiṃsānam issaro
kissa[7] sabbassa lokassa varamāno varaṃ vare ti 41

gātham āha.

Tass' attho: Tāvatiṃsānaṃ[8] sabbassa pi[9] lokassa issaro Sakko 'varaṃ varassu[10] Aṅkura yaṃ kiñci manas' icchitan' ti tuyhaṃ varaṃ dajjā dadeyya ce varamāno patthayamāno[11] kissa kīdisaṃ[12] varaṃ vareyyāsī[13] ti.[14] Atha[2] Aṅkuro attano ajjhāsayaṃ yathāvato[15] pavedento

Sakko ce[6] me varaṃ dajjā Tāvatiṃsānaṃ issaro
kāluṭṭhitassa me sato suriyuggamanaṃ[16] pati
dibbā bhakkhā pātubhaveyyuṃ[17] sīlavanto ca yācakā 42
Dadato[18] me na khīyetha datvā nānutappeyyāhaṃ
dadaṃ cittaṃ pasādeyyam evaṃ[19] Sakkavaraṃ vare ti 43

dve gāthā abhāsi.

Tattha kāluṭṭhitassa me sato ti kāle pāto vuṭṭhitassa atthikānaṃ dakkhiṇeyyānaṃ apacāyanapāricariyādivasena[20]

---

[1] sukhen' eva ca, B. [2] *om.* B.
[3] appakesu katippayesu, S_1. S_2. [4] ca, B.
[5] °maggaṃ. S_1. S_2. [6] ca, M. C. [7] kassa, M.
[8] B. *adds* devānaṃ. [9] ca, B. [10] varassa, S_1. S_2
[11] paṭhapaya.°, B. [12] kiṃdisaṃ, B. [13] vareyyā, B.
[14] B. *adds* attho. [15] yā.°, *all MSS.* [16] suriyass' uggam.°, S_1. S_2. [17] °bhaveyyaṃ, S_1. S_2. [18] C., B. *add* ca.
[19] etaṃ, M. C. D.; B. [20] acayana.°, S_1; payana.°, S_2.

uṭṭhānavasena viriyasampannassa me samānassa. Suriyuggamanaṃ[1] pati ti suriyassa gamanavelāya.[2] Dibbā bhakkhā pātubhaveyyun ti devalokapariyāpannā āhārā uppajjeyyuṃ. Sīlavanto ca yācakā ti yācakā ca sīlavanto[3] kalyāṇadhammā bhaveyyuṃ.[4]

Dadato[5] me na khīyethā ti āgatāgatānaṃ dānaṃ dadato ca me deyyadhammo na khīyeyya[6] na parikkhayaṃ gaccheyya.[7] Datvā nānutappeyyāhan ti dātabbadānaṃ[8] datvā kiñci-d-eva appasādakaṃ disvā tena ahaṃ pacchā nānutappeyyaṃ. Dadaṃ cittaṃ pasādeyyan ti dadamāno cittaṃ pasādeyyaṃ pasannacitto yeva hutvā dadeyyaṃ.[9] Evaṃ[10] Sakkavaraṃ vare ti Sakkaṃ devānaṃ indaṃ ārogyasampadā[11] deyyadhammasampadā dakkhiṇeyyasampadā deyyadhammassa [11] aparimitasampadā [12] dāyakasampadā ti[11] evaṃ[13] pañcavidhavaraṃ[14] vareyyaṃ. Ettha ca kāluṭṭhitassa me sato ti etena ārogyasampadā, dibbā bhakkhā pātubhaveyyan ti etena deyyadhammasampadā, sīlavanto ca[11] yācakā ti etena dakkhiṇeyyasampadā, dadato[5] me na khīyethā ti etena deyyadhammassa aparimitasampadā[15], datvā nānutappeyyāhaṃ dadaṃ cittaṃ pasādeyyan ti etehi dāyakasampadā ti. Ime pañca attāvarabhāvena[16] icchitā, te ca kho dānamayapuññassa yāva-d-eva uḷārabhāvāyā[17] ti veditabbaṃ.

Evaṃ Aṅkurena attano ajjhāsaye[18] pavedite tattha nisinno nītisatthe kataparicayo Sonako nāma eko puriso taṃ atidānato vicchinditukāmo

Na sabbavittāni pare pavecche[19] dadeyya dānañ ca
dhanañ ca rakkhe.

---

[1] suriyass' ugg.°, S_1. S_2. [2] sūriyuggamanavelāyaṃ, B.
[3] S_1. S_2 *add* ca. [4] bhaveyyaṃ, S_1. S_2. [5] B. *adds* ca.
[6] khiyetha, B. [7] S_1 *repeats* na p.° g.°.
[8] taṃ ca dānaṃ, B. [9] dadeyyāma, B. [10] etaṃ, B.
[11] *om.* S_1. S_2. [12] *om.* S_1. [13] etaṃ, B.; *om.* S_2.
[14] tividha.°, S_1. S_2. [15] °bhāvo, S_1. S_2.
[16] atthāvahanabhāvena, S_1. S_2. [17] uḷārāya, S_1. S_2.
[18] ajjhāsayena, S_2. B.
[19] pavacche, M. D.; B.; sampavacche, C.

tasmā hi dānā dhanam eva seyyo atippadānena[1] kulā na honti. 44

Adānam atidānañ ca na ppasaṃsanti paṇḍitā
tasmā hi dānā dhanam eva seyyo samena vatteyya sa dhīradhammo ti 45

dve gāthā abhāsi. Sindhako evaṃ pana vimaṃsitukāmo Na sabbavittānī ti ādim āha ti apare.

Tattha na sabbavittāni ti saviññāṇakāviññāṇakappabhedāni sabbāni vittūpakaraṇāni dhanānī ti attho. Pare ti paramhi[2] parassā ti attho. Na ppavecche ti na dadeyya, dakkhiṇeyyā laddhā ti katvā[3] kiñci asesetvā, sabbasāpateyyapariccāgo na kātabbo ti attho. Dadeyya dānañ cā ti sabbena sabbaṃ dānadhammo na[4] kātabbo, atha kho attano āyañ ca vayañ[5] ca[5] jānitvā vibhavānurūpaṃ dānañ ca dadeyya. Dhanañ ca rakkhe ti[6] aladdhalābhaladdhaparirakkhaṇarakkhitasambandhavasena[7] dhanaṃ paripāleyya[8]

Ekena bhoge bhuñjeyya dvīhi[9] kammaṃ payojaye
catutthañ ca nidhāpeyya āpadāsu bhavissatī ti

vuttavidhinā vā dhanaṃ rakkheyya, taṃ mūlakattā dānassa. Tayo[10] pi maggā aññamaññavisodhanena paṭisevitabbā ti hi nīticintakā. Tasmā hī ti yasmā dhanañ[5] ca[5] rakkhanto dānañ ca karonto ubhayattha[11] lokahitāya paṭipanno hoti dhanamūlakañ ca dānaṃ, tasmā dānato dhanam eva seyyo sundarataro ti atidānaṃ na dātabban ti adhippāyo. Tenāha: atippadānena kulā[12] na hontī ti dhanassa pamāṇaṃ ajānitvā[13] dānassa taṃ nissāya atippadānappasaṅgena kulāni[14] na honti na ppavattanti ucchijjantī ti attho. Idāni viññūnaṃ[15] pasaṃsitāya[16] pi[17] taṃ[17]

[1] abhipp.°, M. C. D. [2] parasmiṃ, S_1. [3] B. *adds* sabbaṃ. [4] S_1. S_2 *put* na *before* dāna.°. [5] *om.* S_1. S_2; *both have* ayañ; B. *omits* attano. [6] B. *adds* dhanaṃ rakkheyya. [7] aladdhamānabhaṇḍaparirakkhitapabandha.°, B.; aladdhalābhaladdhanaparikkharaṇarakkhitasambandha.°, S_1; °lābhanaladdhanaparakkhaṇa.°, S_2. [8] paricāseyya, S_1. S_2. [9] dīhi, S_1. S_2. [10] S_1. S_2 *add* ti. [11] ubhaya, S_1. S_2. [12] kusalā, *all MSS.* [13] ajānitvāna, B. [14] kusalāni, B. [15] viññānaṃ, S_1. S_2. [16] pasaṃsitam, S_1. S_2. [17] *om.* S_1. S_2.

evatthaṃ[1] patiṭṭhapento Adānam atidānañ cā ti gātham āha.

Tattha adānam atidānañ cā ti sabbena sabbaṃ kaṭacchubhikkhāya pi taṇḍulamuṭṭhiyā pi adānaṃ[2] pamāṇaṃ atikkamitvā pariccāgasaṅkhātaṃ atidānañ ca paṇḍitā buddhimanto sappaññajātikā[3] na ppasaṃsanti vaṇṇenti.[4] Sabbena sabbaṃ adānena hi samparāyikato atthato paribāhiro hoti. Atidānena diṭṭhadhammikapaveṇī[5] na ppavattanti. Samena vatteyyā ti avisamena[6] lokiyaparikkhakena[7] agarahitena[8] majjhimena ñāyena pavatteyya. Sa dhīradhammo ti yā yathāvuttaṃ dānādānappavatti[9] sā dhīrānaṃ dhitisampannānaṃ nītinayakusalānaṃ dhammo. Tehi gatamaggo ti[10] dīpeti.

Taṃ sutvā Aṅkuro tassa adhippāyaṃ parivattento

Aho vata[11] re aham eva dajjaṃ santo[12] ca[13] maṃ sappurisā bhajeyyuṃ[14]
megho va[15] ninnaṃ[16] paripūrayanto[17] santappaye sabbavanibbakānaṃ. 46
Yassa yācanake disvā mukhavaṇṇo pasīdati
datvā attamano hoti taṃ gharaṃ vasato sukhaṃ. 47
Yassa yācanake disvā mukhavaṇṇo pasīdati
datvā attamano hoti esā puññassa[18] sampadā. 48
Pubbe 'va dānā sumano dadaṃ cittaṃ pasādaye[19]
datvā attamano hoti esā puññassa[18] sampadā ti 49

imāhi[20] catūhi gāthāhi attano paṭipajjitabbaṃ[21] vidhiṃ pakāsesi.[22]

Tattha aho vatā ti sādhu vata. Re[23] ti ālapanaṃ. Aham eva dajjan ti ahaṃ dajjam eva. Ayaṃ h'ettha

---

[1] eva vattaṃ, B. [2] dānaṃ, S_2. [3] sappurisa.°, B.
[4] vaṇṇiyanti, B. [5] °dhammikato.°, B. S_1; °dhammikato, B., *and omits the next three words.* [6] atisamena, S_1. S_2.
[7] °sarikkhakena, B.; °sarikkakehi, S_2. [8] samāhitena, B.
[9] dānasamāpatti, B. [10] *om.* S_2. [11] vatā, S_1. [12] sante, S_1. S_2; dadanto, C. [13] hi, S_1. S_2. [14] bhajeyyā S_1; °yyā, S_2.
[15] ca, B. [16] ninnāni, S_1. S_2, *and add* hi.
[17] pūrayanto, S_1. S_2. [18] yaññassa, M. C. D.
[19] *all MSS.* [20] *om.* B. [21] °pajjana.°, B.
[22] pakāseti, B. [23] are, S_1. S_2.

saṅkhepattho. Māṇava[1] dānā dhanam eva seyyā ti yadi ayaṃ nītikusalānaṃ vādo, vadanti te kāmam[2], ahaṃ dajjam eva. Santo ca[3] maṃ sappurisā bhajeyyun[4] ti tasmiā ca dāne santo upasanto kāyavacīmanosamācārasappurisā sādhavo[5] maṃ bhajeyyuṃ[3] upagaccheyyuṃ.[6] Mego va[7] ninnaṃ[8] paripūrayanto[9] ti ahan ca[10] abhippavassanto[11] mahāmegho viya ninnāni ninnaṭṭhānāni sabbesaṃ vanibbakānaṃ adhippāye paripūrento aho vata te[12] santappeyyan ti.

Yassa yācanake disvā ti yassa puggalassa gharam esino yācanake disvā 'paṭhamaṃ[13] tāva upaṭṭhitaṃ vata me puññakkhettan' ti saddhājātassa mukhavaṇṇo pasīdati, yathā vibhavaṃ pana tesaṃ dānaṃ datvā attamano[14] pītisomanassehi gahitacitto hoti, taṃhi yad ettha yācakānaṃ dassanaṃ te ca disvā cittassa pasādanaṃ yathā rahaṃ[15] dānaṃ datvā ca[16] attamanatā.

Esā puññassa[17] sampadā ti esā puññassa[17] sampatti pāripūrī nibbattī[18] ti attho.

Pubbe 'va dānā sumano[16] ti sampattinidāna-anugāmikaṃ nidhānaṃ nidhessāmī ti muñcanaṃ[19] cetanāya pubbe 'va dānupakaraṇassa sampādanato[20] paṭṭhāya sumano somanassajāto bhaveyya. Dadaṃ cittaṃ pasādaye[21] ti dadanto deyyadhammaṃ dakkhiṇe hatthe patiṭṭhapento asārato dhanato sāradānaṃ karomī ti attano cittaṃ pasādeyya. Datvā attamano hotī ti dakkhiṇeyyānaṃ deyyadhammaṃ pariccajitvā paṇḍitapaññattaṃ[22] nāma mayā anuṭṭhitaṃ aho sādhu suṭṭhū ti attamano[23] pamudito[24] pītisomanassajāto hoti. Esā puññassa[17] sampadā ti,

[1] māṇava, S₁. S₂. [2] B. *has instead of this phrase* cāvati hotu (? hetu) kāmaṃ. [3] hi, S₁. S₂.
[4] bhajeyyan, S₁. S₂. [5] te pi, B.
[6] *om.* B.; °gaccheyyaṃ, S₁. S₂. [7] ca, B.
[8] ninnāni, S₁. S₂. [9] abhipūr.°, S₁. S₂.
[10] ahaṃ, B. [11] atippavassanto. B. [12] te vata aho, B.
[13] imaṃ, B. [14] attano, S₁. [15] yathā codanaṃ, S₁. S₂.
[16] *om.* B. [17] yaññassa, B. [18] S₁. S₂ *add* ca.
[19] dāna, B. [20] sambharaṇato, B.
[21] pasādeyyā, S₁. S₂. [22] °puññattaṃ, S₁. S₂.
[23] attano, B. [24] pamukhito, B.

yā ayaṃ pubbabhāgacetanā [1] muñcanacetanā aparabhāgacetanā [2] ti imāsaṃ kammaphalaladdhānugatānaṃ somanassapariggahitānaṃ tissannaṃ cetanānaṃ pāripūrī esā puññassa [3] sampadā sampatti. Na ito aññathā [4] adhippāyo.

Evaṃ Aṅkuro attano paṭipajjanavidhiṃ pakāsetvā bhīyosomattāya abhivaḍḍhamānadānajjhāsayo divase divase mahādānaṃ pavattesi. Tena tadā sabbarajjāni [5] dunnaṅgalāni [6] katvā mahādāne dīyamāne paṭiladdhasabbupakaraṇamanussā attano attano [7] kammante pahāya yathā sukhaṃ vicariṃsu. Tena [8] rājūnaṃ koṭṭhāgārāni [9] parikkhayaṃ āgamaṃsu. [10] Tato rājāno Aṅkurassa dūtaṃ pāhesuṃ 'bhoto dānaṃ nissāya amhākaṃ āyassa vināso ahosi, koṭṭhāgārāni parikkhayaṃ gatāni, tattha yuttaṃ ñātabban' ti. [11] Taṃ sutvā Aṅkuro Dakkhiṇāpathaṃ gantvā Damiḷavisaye [12] samuddassa avidūraṭṭhāne mahatiyo dānasālāyo [13] kārāpetvā mahādānāni pavattento yāvatāyukaṃ ṭhatvā kāyassa bhedā parammaraṇā [7] Tāvatiṃsabhavane nibbatti. Tassa dānavibhūtiṃ [14] saggūpapattiṃ [15] ca dassento saṅgītikārā

Saṭṭhivāhasahassāni Aṅkurassa nivesane
bhojanaṃ dīyate niccaṃ puññāpekkhassa jantuno. 50
Janā [16] tisahassā [17] sūdā [18] āmuttamaṇikuṇḍalā
Aṅkuraṃ upajīvanti dāne yaññassa vyāvaṭā. [19] 51
Saṭṭhipurisasahassāni [20] āmuttamaṇikuṇḍalā
Aṅkurassa mahādāne kaṭṭhaṃ phālenti māṇavā. [21] 52

---

[1] pubbacetanā, S_1; pubbe cet.°, S_2.
[2] aparā cetanā, S_1. S_2. [3] yaññassa, B., *and adds* dānassa. [4] B. *adds* ti. [5] satta.°, B.
[6] uttamg.°, S_1. S_2. [7] *om.* B. [8] tesaṃ, B.
[9] °gārādi, B. [10] agam.°, B. S_2.
[11] tatthāyuttamatte divase dātabban ti, B.
[12] Damiṭṭha.°, B. [13] anekadāna.°, B.
[14] °vibhūtiṃ ca, B. [15] saggavibhūtiṃ pavattiṃ ca, B.
[16] *om.* M. C. D.; B. [17] °sahassāni, M. C. D.; B.
[18] sudāni, M. C. D.; B. [19] pāvaṭā, M. C.; S_2; pavaṭā, S_1; byāvaṭā, D. [20] parisa.°, B. S_2.
[21] mānava, C. D.; mānavā, M.; S_1. S_2.

Soḷasitthisahassāni sabbālaṅkārabhūsitā
Aṅkurassa mahādāne vidhā piṇḍenti[1] nāriyo. 53
Soḷasitthisahassāni sabbālaṅkārabhūsitā
Aṅkurassa mahādāne dabbigāhā upaṭṭhitā. 54
Bahuṃ bahūnaṃ[2] pādāsi ciraṃ pādāsi khattiyo[3]
sakkaccañ ca sahatthā ca[4] cittiṃ[5] katvā punappunaṃ. 55
Bahumāse ca pakkhe ca utusaṃvaccharāni[6] ca
mahādānaṃ pavattesi Aṅkuro dīghaṃ antaraṃ.[7] 56
Evaṃ datvā yajitvā ca[8] Aṅkuro dīghaṃ antaraṃ[9]
so hitvā mānusaṃ dehaṃ Tāvatiṃsūpago ahū ti 57

gāthā āhaṃsu.

Tattha **saṭṭhivāhasahassāni** ti vāhānaṃ saṭṭhisahassāni gandhasālitaṇḍulādipūritānaṃ[10] vāhānaṃ saṭṭhisahassānaṃ[11] puññāpekkhassa[12] dānajjhāsayassa dānādhimuttassa Aṅkurassa nivesane niccaṃ divase divase[4] jantuno sattanikāyassa[13] bhojanaṃ dīyate ti yojanā.

Tisahassā[14] sūdā[15] ti tisahassamattā sūdā bhattakārakā. Te ca kho[16] padhānabhūtā adhippetā. Tesu ekam ekassa pana[17] vacanakarā[18] anekā veditabbā. Tisahassāni sūdānan ti ca paṭhanti. **Āmuttamaṇikuṇḍalā[19]** ti nānāmaṇivicittakuṇḍaladharā[20] nidassanamattañ[21] c'etaṃ āmuttakaṭakakaṭisuttādi[22] ābharaṇā[23] pi te[24] agahesuṃ.[25] **Aṅkuraṃ upajīvantī** ti taṃ nissāya[26] jīvanti, tappaṭibaddhajīvikā hontī ti attho. **Dāne yaññassa vyāvaṭā[27]**

---

[1] piṇḍanti, S_1. [2] bahuṃ, S_2. [3] *all MSS. except* S_1.
[4] *om.* S_1. S_2. [5] vitti, C.; pīti, S_1. S_2.
[6] itu.°, S_1. S_2. [7] antare, M.
[8] yajetvā vā, B. [9] antare, M. D.; B.
[10] °purita, B. [11] °sahassāni, B. [12] °pekkhantassa, S_1.
[13] sattakāyassa, B. [14] tisahassāni, B. [15] sudāni, B.
[16] B. *adds* pana. [17] *om.* S_2.
[18] pavacana.°, S_2; pesanāvacana.°, B.
[19] °kuṇḍalānī, S_1. S_2. [20] °dharādi, S_1. S_2.
[21] dassanamaggaṃ, S_1. S_2. [22] °kaṭasuttādi, S_2; °kaṭasuttā, S_1. [23] ābharaṇāni, B. [24] B. *omits* pi te.
[25] ahesuṃ, B. S_2. [26] upanissaya, B.
[27] byāvaṭā, B.; pāvakā, S_1. S_2.

ti mahāyāgasaññitassa[1] yaññassa[2] dāne yajane vyāvaṭā[3] ussukkaṃ āpannā.

Kaṭṭhaṃ phālenti māṇavā[4] ti nānappakārānaṃ khajjabhojjanādi-āhāravisesānaṃ pacanāya alaṅkatapaṭiyattā taruṇamanussā kaṭṭhāni phālenti vidālenti.[5]

Vidhā ti vidhātabbāni[6] bhojanayoggāni kaṭukabhaṇḍāni. Piṇḍenti ti pisanavasena[7] yojenti.[8]

Dabbigāhā ti kaṭacchugāhikā. Upaṭṭhitā ti parivesanaṭṭhānaṃ upagantvā ṭhitā honti.

Bahun ti mahantaṃ pahūtikaṃ.[9] Bahūnan[10] ti anekesaṃ. Pādāsī ti pakārehi adāsi. Ciran ti cirakālaṃ, vīsativassasahassāyukesu hi manussesu so uppanno bahuṃ bahūnaṃ cirakālaṃ 'va[11] dento yathā adāsi. Taṃ dassetuṃ Sakkaccañ cā ti ādi vuttaṃ.

Tattha sakkaccan ti ādaraṃ[12] anāviddhaṃ[13] anavaññātaṃ katvā. Sahatthā ti sahatthena na[14] āṇāpanamattena. Cittiṃ katvā ti gāravabahumānayogena cittena karitvā pūjetvā.[15] Punappunan ti bahuso na ekavāraṃ katipayavāre vā[5] akatvā anekavāraṃ pādāsī ti yojanā. Idāni taṃ[16] eva punappunaṃ kāraṇaṃ[17] vibhāvetuṃ Bahumāse cā ti gāthaṃ āhaṃsu.

Tattha bahumāse ti cittamāse[5] ti[5] cittamāsādike bahū anekamāse, tatthāpi kaṇhasukkabhede[18] bahū pakkhe. Utusaṃvaccharāni cā ti vasantagimhādike bahū utū cittasaṃvaccharādi[19] bahūni[5] saṃvaccharāni[5] ca sabbattha accantasaṃyoge[20] upayogavacanaṃ. Dīgham antaran ti dīghakālam antaraṃ. Ettha ca[21] ciraṃ pādāsī ti ciraṃ kālaṃ dānassa pavattitabhāvaṃ vatvā puna tassa nirantaraṃ

---

[1] mahāyoga.°, S_1. S_2. [2] B. *adds* yiṭhassa.
[3] pāvatā, S_1. S_2; byāvaṭā, B. [4] mānavā, S_1. S_2.
[5] *om.* B. [6] vindhā.°, S_1. S_2.
[7] pisavanav.°, S_2; pisvasanav.°, S_1. [8] payoj.°, B.
[9] bahutaṃ, B. [10] bahunnan, B. [11] ca, B.
[12] sādaraṃ, S_1. S_2. [13] anupaviddhaṃ, S_1. S_2.
[14] *om.* S_1. [15] pūjitvā, B. [16] kataṃ, S_1.
[17] karaṇaṃ, B. [18] sukka.°, S_2. [19] ca saṃvaccharāni, B.
[20] accintasayo, S_2; acintāsayo, S_1. [21] va, S_2.

eva pavattitabhāvaṃ dassetuṃ Bahumāse ti ādi vuttan ti daṭṭhabbaṃ.

Evan ti vuttappakārena. Datvā yajitvā cā ti attato[1] kesañci dakkhiṇeyyānaṃ ekaccassa deyyadhammassa pariccajanavasena datvā puna Bahuṃ bahūnaṃ pādāsī ti vuttanayena atthikānaṃ sabbesaṃ yathā kāmaṃ dento mahāyāgavasena[2] yajitvā ca.[3] So hitvā mānusaṃ dehaṃ Tāvatiṃsūpago ahū ti so Aṅkuro āyūhapariyosāne manussabhāvaṃ pahāya paṭisandhigahaṇavasena Tāvatiṃsadevanikāyūpago ahosi. Evaṃ tasmiṃ Tāvatiṃsesu nibbattitvā dibbasampattiṃ anubhavante amhākaṃ Bhagavato kāle Indako nāma māṇavo āyasmato Anuruddhattherassa piṇḍāya carantassa pasannamānaso kaṭacchubhikkhaṃ dāpesi. So aparena samayena kālaṃ katvā khettagatassa puññassa ānubhāvena Tāvatiṃsesu mahiddhiko mahānubhāvo devaputto hutvā nibbatto dibbehi rūpādīhi dasahi ṭhānehi Aṅkuraṃ devaputtaṃ abhibhavitvā virocati. Tena vuttaṃ:

Kaṭacchubhikkhaṃ datvāna Anuruddhassa Indako
so hitvā mānusaṃ dehaṃ Tāvatiṃsūpago ahu. 58
Dasahi ṭhānehi Aṅkuraṃ Indako atirocati
rūpe sadde rase gandhe phoṭṭhabbe ca manorame. 59
Āyunā yasasā c'eva vaṇṇena ca sukhena ca
ādhipaccena[4] Aṅkuraṃ Indako atirocatī ti. 60

Tattha rūpe ti rūpahetu attano rūpasampattinimittan ti attho. Sadde ti ādīsu pi es'eva nayo.

Āyunā ti jīvitena. Nanūpadevānaṃ jīvitaṃ paricchinnappamāṇaṃ vuttaṃ? Saccaṃ vuttaṃ. Taṃ pana yebhuyyavasena. Tathā hi ekaccānaṃ devānaṃ payogavipatti[5]-ādinā antarā maraṇaṃ hoti yeva. Indako pana tisso vassakoṭiyo saṭṭhi ca vassasahassāni paripūreti yeva. Tena vuttaṃ: āyunā atirocatī ti. Yasasā ti mahati[6]

---

[1] attato (*or* attano) S_1. S_2; B. *adds* ekam eva.
[2] mahāyoga.°, S_1. S_2. [3] *om.* B.
[4] adhip.°, *all MSS. except* M.; S_2. [5] payovānaṃ paṭṭi, S_1. S_2.
[6] *om.* S_1. S_2.

parivārasampattiyā. Vaṇṇenā ti saṇṭhānasampattiyā, vaṇṇadhātusampadā pana Rūpe[1] ti iminā vuttā yeva. Ādhipaccenā[2] ti issariyena.

EvaṃAṅkureIndake ca Tāvatiṃsesu nibbattitvā dibbasampattiṃ anubhavantesu[3] amhākaṃ Bhagavā abhisambodhito sattame saṃvacchare Āsāḷhipuṇṇamāyaṃ Sāvatthinagaradvāre gaṇḍambarukkhamūle yamakapāṭihāriyaṃ katvā vītikkamena[4] Tāvatiṃsabhavanaṃ gantvā pāricchattakamūle paṇḍukambalasilāyaṃ Yugandharapabbate bālasuriyo viya virocamāno dasahi lokadhātūhi sannipatitāya devabrahmaparisāya[5] jutiṃ attano sarīrappabhāya[6] abhibhavanto Abhidhammaṃ desetuṃ nisinno avidūre nisinnaṃ Indakaṃ dvādasayojanantare nisinnaṃ Aṅkurañ ca disvā dakkhiṇeyyasampattivibhāvanatthaṃ

Mahādānaṃ tayā dinnaṃ Aṅkura dīghaṃ antaraṃ
avidūre nisinno 'si āgaccha mama santike[7] ti

gāthaṃ āha.

Taṃ sutvā Aṅkuro 'Bhagavā cirakālaṃ bahuṃ deyyadhammaṃ pariccajitvā pavattitam pi mahādānaṃ mayā[8] dakkhiṇeyyasampattivirahena akhette vuttaṃ bījaṃ viya na uḷāraphalaṃ ahosi, Indakassa pana kaṭacchubhikkhaṃ dānam pi dakkhiṇeyyasampattiyā sukhette vuttaṃ bījaṃ viya ativiya uḷāraphalaṃ jātan' ti āha. Tam atthaṃ dassento saṅgītikārā

Tāvatiṃse yadā buddho silāyaṃ paṇḍukambale
pāricchattakamūlamhi vihāsi purisattamo 61
Dasasu lokadhātūsu sannipatitvāna devatā
payirupāsanti[9] sambuddhaṃ vasantaṃ nagamuddhani. 62
Na koci devo vaṇṇena sambuddhaṃ atirocati
sabbe deve adhigayha[10] sambuddho 'va[11] virocati. 63

---

[1] S_2 *has* rūpena, S_1 rūpe rūpena. [2] adhip.°, B.
[3] °bhavante, S_1. S_2. [4] anukkamena, B.
[5] °purisāya, B. S_2. [6] sarīrassa ppa.°, S_1.
[7] M. C. D. *omit these verses.* [8] *om.* B.
[9] parirūp.°, M. C.; parirūpāsenti, D.; payur.°, S_1. S_2.
[10] atikkama, C.; atiggayha, M. D. [11] ca. S_2.

Yojanāni dasa dve ca Aṅkuro 'yaṃ tadā ahu
avidūre sambuddhassa[1] Indako atirocati. 64
Oloketvāna sambuddho Aṅkurañ cāpi[2] Indakaṃ
dakkhiṇeyyaṃ pabhāvento[3] idaṃ vacanam abravi:[4] 65
'Mahādānaṃ tayā dinnaṃ Aṅkura dīgham antaraṃ[5]
atidūre[6] nisinno 'si āgaccha mama santike'. 66
Codito bhāvitattena[7] Aṅkuro idam abravi:[4]
'kiṃ mayhaṃ tena dānena dakkhiṇeyyena suññataṃ?[8] 67
Ayaṃ so Indako yakkho dajjā dānaṃ parittakaṃ
atirocati amhe hi cando tāragaṇe yathā'. 68
'Ujjhaṅgale yathā khette bījaṃ bahuṃ[9] pi ropitaṃ
na vipulaphalaṃ[10] hoti na pi[11] toseti kassakaṃ 69
Tath' eva dānaṃ bahukaṃ dussīlesu patiṭṭhitaṃ
na vipulaphalaṃ[10] hoti na pi[12] toseti dāyakaṃ.[13] 70
Yathā pi bhaddake khette bījaṃ appaṃ[14] viropitaṃ[15]
sammādhāraṃ pavecchante[16] phalaṃ toseti kassakaṃ[17] 71
Tath' eva sīlavantesu guṇavantesu tādisu
appakaṃ pi kataṃ kāraṃ puññaṃ hoti mahapphalan[18]'ti 72
gāthāyo avocuṃ.

Tattha **Tāvatiṃse** ti Tāvatiṃsabhavane. **Silāyaṃ paṇḍukambale** ti paṇḍukambalanāmake silāsane purisuttamo buddho yadā vihāsī ti yojanā.

Dasasu lokadhātūsu sannipatitvāna devatā ti jātikhettasaññitesu dasasu Cakkavāḷasahassesu kāmāvacaradevatā brahmādevatā ca buddhassa Bhagavato[19] payirupāsanāya dhammasavanatthañ ca ekato sannipatitvā. Tenāha: **payirupāsanti sambuddhaṃ vasantaṃ nagamuddhanī** ti Sinerumuddhanī ti attho.[20]

---

[1] ca buddhassa, S_1. S_2; va b.°, B.
[2] cāti, S_1. [3] sambhāvento, M. C. D.; vibhāvento, B.
[4] abruvi, S_1. [5] antare, M. D.; B.
[6] suvidūre, M. C. D.; B.; avidūre, S_1.
[7] °tatthena, C. D.; S_1. [8] saññataṃ, S_2.
[9] bahukaṃ, C.; S_1. S_2. [10] vipulaṃ na phalaṃ, S_1. S_2.
[11] nāpi, C. [12] nāpi, M. C. D.; na hi, S_1. S_2.
[13] dāyake, S_1. S_2. [14] appaṃ bījaṃ, M. C. D.
[15] pi ropitaṃ, M.; S_1. [16] pavacchante, M. C. D.; B.
[17] kassake, S_1. S_2. [18] mahabbalaṃ, D. [19] S_1 *adds* ca.
[20] S_1 *omits the next passage from* Yojanāni *to* Codito.

Yojanāni dasa dve ca Aṅkuro 'yaṃ tadā ahū ti ayaṃ yathāvuttacarito Aṅkuro tadā Satthu sammukhakāle dasadve yojanāni antaraṃ katvā ahu. Satthu nisinnaṭṭhānato dvādasa yojanantare ṭhāne nisinno ahosī ti attho.

Codito bhāvitattenā ti pāramīparibhāvitāya ariyamaggabhāvanāya bhāvitacittena sammāsambuddhena codito. Kiṃ mayhaṃ tenā ti ādikā Satthu paṭivacanavasena Aṅkurena vuttā gāthā. Tattha dakkhiṇeyyena suññatan[1] ti yaṃ[2] dakkhiṇeyyena[3] suññattaṃ[4] rittakaṃ[5] virahitaṃ tadā mama[6] dānaṃ, tasmā kiṃ mayhaṃ tena dānenā ti attano dānapuññaṃ hīḷento vadati.

Yakkho ti devaputto. Dajjā ti datvā. Atirocati amhe hī ti attano mādise hi[7] ativiya virocati. Hī ti nipātamattaṃ. Amhe atikkamitvā abhibhavitvā virocatī ti attho. Yathā kin ti āha. Cando tāragaṇe yathā ti.

Ujjhaṅgale ti ativiyathaddabhūmibhāge. Ūsare[8] ti keci vadanti. Ropitan[9] ti vuttaṃ vapitvā[10] uddharitvā vā[11] pi[11] puna ropitaṃ. Na pi tosetī ti na nandayati appaphalatāya vā tuṭṭhiṃ na janeti.

Tath' evā ti yathā ujjhaṅgale khette bahuṃ pi bījaṃ ropitaṃ vipulaphalaṃ uḷāraphalaṃ[12] na hoti, tato eva kassakaṃ na toseti, tathā dussīlesu sīlavirahesu bahukaṃ pi dānaṃ patiṭṭhapitaṃ vipulaphalaṃ mahāphalaṃ na[13] hoti, tato eva[14] dāyakaṃ na tosetī ti attho.

Yathā pi bhaddake ti gāthādvayassa vuttavipariyāyena atthayojanā veditabbā. Tattha sammādhāraṃ pavecchante[15] ti vuṭṭhidhāraṃ[16] sammā[17]-d-eva pavattente anvaḍḍhamāsaṃ[18] anudasāhaṃ anupañcāhaṃ deve vassante ti attho.

Guṇavantesū ti jhānādiguṇayuttesu. Tādisā ti

---

[1] puññan, S_1. [2] *om.* S_1. [3] dakkhiṇeyye, S_1.
[4] suññataraṃ, B. [5] rittaṃ, B. [6] mahā°, S_1. S_2.
[7] mānisehi, S_1. S_2. [8] upare, S_1; usade, B.
[9] rocitan, S_2; rocan, S_1. [10] vacitvā, S_1. S_2; B. *adds* vā.
[11] *om.* B. [12] uḷāraṃ, S_1. S_2. [13] *om.* S_1. S_2.
[14] evaṃ, S_1. S_2 *(also before)*. [15] pavacchante, B.
[16] °dhāri, B. [17] *so all MSS.* [18] addhamāsaṃ, S_1. S_2.

iṭṭhādisu tādilakkhaṇapattesu. Kāran ti liṅgavipallāsena vuttaṃ, upakāro ti attho. Kīdiso upakāro ti āha. Puññan ti.

Viceyya dānaṃ dātabbaṃ yattha dinnaṃ mahapphalaṃ
viceyya dānaṃ datvāna saggaṃ gacchanti dāyakā. 73
Viceyya dānaṃ sugatappasetthaṃ[1] ye dakkhiṇeyyā idha jīvaloke
etesu dinnāni mahapphalāni[2] bījāni vuttāni yathā sukhetto ti 74

saṅgītikārakehi[3] ṭhapitā gāthā.

Tattha viceyyā ti vicinitvā puññakkhettaṃ paññāya upaparikkhitvā. Sesaṃ sabbattha uttānam evā ti. Tayidaṃ Aṅkurapetavatthuṃ.

Satthā Tāvatiṃsabhavane dasasahassacakkavāḷadevatānaṃ purato dakkhiṇeyyasampattivibhāvanatthaṃ Mahādānaṃ tayā dinnan ti ādinā samuṭṭhāpeti. Tattha tayo māse Abhidhammaṃ desetvā mahāpavāraṇāya[4] devagaṇaparivuto devadevo devalokato Saṅkasanagaraṃ[5] otaritvā anukkamena Sāvatthiṃ patvā Jetavane viharanto catuparisamajjhe dakkhiṇeyyasampattivibhāvanattham eva Yassa atthāya gacchāmā ti ādinā vitthārato desetvā catusaccakathāya desanāya kathaṃ gaṇhi. Desanāvasāne anekakoṭipāṇasahassānaṃ[6] dhammābhisamayo ahosi.[7]

Aṅkurapetavatthuvaṇṇanā.[8]

II, 10.

Divā vihāragataṃ bhikkhun ti. Idaṃ Uttaramātupetavatthu. Tatrāyaṃ atthavibhavanā. Satthari parinibbute paṭhamamahāsaṅgītiyā pavattitāya āyasmā Mahākaccāyano[9]

---

[1] °saṭhaṃ, C. D.; B. [2] °bbalani, B.
[3] ayaṃ saṅg.°, B. [4] B. *adds* divase.
[5] Saṃkassanagare, B.
[6] tesaṃ pāṇasatasahassānaṃ, B.; °sahassāni, S_1.
[7] S_1, S_2 *add* ti. [8] Aṅgura.°, B. (*as throughout in this story*). [9] °kaccāno, B. S_2.

dvādasahi bhikkhūhi saddhiṃ Kosambiyā avidūre aññatarasmiṃ araññāyatane vihāsi. Tena ca samayena rañño Udenassa aññataro amacco kālam akāsi. Tena ca pubbe nagare kammantā adhiṭṭhitā ahesuṃ. Atha rājā tassa puttaṃ Uttaraṃ nāma[1] māṇavaṃ[2] pakkosāpetvā 'tvañ ca[3] pitarā adhiṭṭhite kammante samanusāsā'[4] ti ten'adhitaṭṭhāne[5] ṭhapesi. So[6] ekadivasaṃ nagarapaṭisaṅkhāriyānaṃ dārūnaṃ atthāya vaḍḍhakiyo gahetvā araññaṃ gato. Tattho āyasmato Mahākaccāyanattherassa vasanaṭṭhānaṃ upagantvā theraṃ tattha paṃsukūlacīvaradharaṃ[7] vivittaṃ nisinnaṃ disvā iriyāpathe yeva pasīditvā katapaṭisanthāro vanditvā ekamantaṃ nisīdi. Thero tassa[8] dhammaṃ kathesi. So dhammaṃ sutvā ratanattaye sañjātappasādo saraṇe supatiṭṭhāya theraṃ nimantesi 'adhivāsetha[9] me bhante svātanāya bhattaṃ saddhiṃ bhikkhūhi anukampaṃ upādāyā' ti. Adhivāsesi thero tuṇhībhāvena. So tato nikkhamitvā nagaraṃ gantvā aññesaṃ upāsakānaṃ ārocesi 'thero mayā svātanāya nimantito tumhehi pi mama dānaggaṃ āgantabban'[10] ti. So dutiyadivase kālass' eva paṇītaṃ khādaniyaṃ bhojaniyaṃ paṭiyādāpetvā kālaṃ ārocāpetvā saddhiṃ bhikkhūhi āgacchantassa therassa paccuggamanaṃ katvā vanditvā purakkhatvā gehaṃ pavesesi. Atha mahārahakappiyapaccattharaṇatthatesu[11] āsanesu there ca khikkhūsu ca nisinnesu gandhapupphadhūpadīpehi pūjaṃ katvā paṇītena annapānena santappetvā sañjātappasādo katañjali anumodanaṃ suṇitvā[12] katabhattānumodanena[13] there gacchante pattaṃ gahetvā anugacchanto nagarato nikkhamitvā paṭinivattento 'bhante tumhehi niccaṃ mama gehaṃ pavisitabban' ti yācitvā therassa adhivāsanaṃ ñatvā nivatti. Evaṃ so theraṃ upaṭṭhahanto tassa ovāde

---

[1] Uttaranāma, S1. [2] mānavaṃ, S1. S2. [3] tava, B.
[4] °anussāsā, S1. S2; °anusāsassu, B.
[5] taṃ senāpatiṭhāne, B. [6] S1 *adds* ca.
[7] B. *adds* pārumpitvā. [8] tassa thero, S1. S2.
[9] °vāsetu, B. [10] gant.°, S1. S2.
[11] °ke, S1 (°te, S2), *and then* katvā bhattānumodanesu there bhikkhusu ca. [12] sutvā, B.
[13] katānumodane, B.

patiṭṭhāya sotāpattiphalaṃ pāpuṇi vihārañ ca kāresi[1] sabbe ca attano ñātake sāsane abhippasanne ākāsi. Mātā pan' assa maccheramalapariyuṭṭhitacittā hutvā evaṃ paribhāsi 'yaṃ tvaṃ mama anicchantiyā evaṃ[2] samaṇānaṃ annapānaṃ desi[3], taṃ te[4] paraloke lohitaṃ sampajjatū' ti. Ekaṃ[5] pana morapiñjakalāpaṃ vihāramahādivase dīyamānaṃ anujāni. Sā kālam katvā petayoniyaṃ uppajji, morapiñjakalāpadānānumodanena tassā kesā nīlā siniddhā vellitaggā[6] sukhumā dīghā ca ahesuṃ. Sā yadā Gaṅgānadīpānīyaṃ pavissāmī ti otarati, tadā nadī lohitapuṇṇā hoti. Sā pañcapaṇṇāsavassāni khuppipāsābhibhūtā vicaritvā ekadivasaṃ Kaṅkhārevatattheraṃ Gaṅgāya tīre divāvihāraṃ nisinnaṃ disvā attānaṃ attano[4] kesehi paṭicchādetvā upasaṅkamitvā pānīyaṃ yācitaṃ sandhāya vuttaṃ:

Divā vihāragataṃ bhikkhuṃ Gaṅgātīre nisinnakaṃ
taṃ petī upasaṅkamma dubbaṇṇā bhīrudassanā. 1
Kesā c'assā atidīghā[7] yāva bhummāvalambare[8]
kesehi sā paṭicchannā samaṇam etad[9] abravī ti. 2

Ime dve gāthā saṅgītikārakehi idha ādito ṭhapitā.

Tattha bhīrudassanā ti bhayānakadassanā rudasssanā, bhīru-dassanā ti[10] vā pāṭho. Bībhacchā bhīrudassanā[11] ti attho.

Yāva bhummāvalambare ti yāva bhūmi tāva[12] olambanti.

Pubbe bhikkhun ti pacchā samaṇan ti ca Kaṅkhārevatattheram eva sandhāya vuttaṃ.

Sā pana petī[13] theraṃ upasaṅkamitvā pānīyaṃ yācantī

Pañcapaṇṇāsavassāni yato kālakatā ahaṃ

---

[1] kārayi, B. [2] eva, B. [3] adāsi, B. [4] om. S_1. S_2.
[5] evaṃ, S_1. S_2. [6] velligatā, S_1. S_2.
[7] ahu dīghā, M. C. D.; B. [8] bhūmā.°, M. C. D.; B.
[9] etam, S_1. [10] rudassanā ti, B.; bhīrudassanā ti, S_2.
[11] vigacchatāya bhārīyadassanā, B.
[12] va, S_2, *and reads* 'valamb.°. [13] B. *adds* taṃ.

nābhijānāmi bhuttaṃ vā pītaṃ vā pana pāniyaṃ
dehi tvaṃ[1] pāniyaṃ bhante tasitā pāniyāya me ti 3

imaṃ gātham āha.

Tattha nābhijānāmi bhuttaṃ vā ti evaṃ dīgham antare kāle bhojanaṃ bhuttaṃ vā[2] pānīyaṃ pītaṃ vā[2] nābhijānāmi. Na bhuttaṃ na pītan ti attho. Tasitā ti pipāsitā. Pāniyāya ti pānīyatthāya āhiṇḍantiyā me pānīyaṃ dehi bhante ti yojanā. Ito paraṃ

'Ayaṃ sītodakā Gaṅgā Himavantato sandati
piva etto gahetvāna kiṃ maṃ yācasi pāniyaṃ'? 4
'Sacāhaṃ bhante Gaṅgāyaṃ sayaṃ gaṇhāmi pāniyaṃ
lohitaṃ me[3] parivattati[4] tasmā yācāmi pāniyaṃ'. 5
'Kin nu kāyena vācāya manasā dukkhaṭaṃ kataṃ
kissa kammavipākena Gaṅgā te hoti lohitaṃ?' 6
'Putto 'me bhante Uttaro[5] saddho āsi upāsako
so ca mayhaṃ[6] akāmāya samaṇānaṃ pavecchati[7]
cīvaraṃ piṇḍapātañ ca paccayaṃ sayanāsanaṃ. 7
Tam ahaṃ paribhāsāmi maccherena upaddutā:[8]
yan tvaṃ[9] mayhaṃ akāmāya samaṇānaṃ pavecchasi[10]
cīvaraṃ piṇḍapātañ ca paccayaṃ sayanāsanaṃ 8
Etan te paralokasmiṃ lohitaṃ hotu Uttara;
tassa kammavipākena[11] Gaṅgā me hoti lohitan' ti. 9

Imā therassa ca petiyā ca vacanapaṭivacanagāthā.

Tattha Himavantato ti mahato himassa atthitāya Himavā ti laddhanāmato[12] pabbatarājato. Sandatī ti pavattati.[13] Etto ti ito Mahā-Gaṅgāto. Kin ti kasmā. Maṃ yācasi pāniyan ti Gaṅgānadiṃ otaritvā yathā ruciṃ pivā[14] ti dasseti.

---

[1] me, M. C. D.; B.
[2] S_1. S_2 *put* vā *before* bhuttaṃ, *also before* pītaṃ, *and omit it after* bhuttaṃ *and* pītaṃ. [3] *om.* S_1.
[4] °vattanti, S_1. [5] S_1. S_2 *add* nāma.
[6] mayaṃ, C. [7] pavacchati, C.; pavecchetī, S_1.
[8] upāsana, S_1. [9] taṃ, S_1. S_2.
[10] pavacchasi, C. [11] kammassa vip.°, M. C.
[12] °nāmako, S_1. S_2. [13] pāniyaṃ savati, B. [14] pivāhi, B.

Lohitaṃ me parivattatī ti udakaṃ sandamānaṃ mayhaṃ pāpakammaphalena[1] lohitaṃ hutvā parivattati pariṇamati.[2] Tāya gahitamattaṃ udakaṃ lohitaṃ jāyati. Mayhaṃ akāmāyā ti mama anicchantiyā. Pavecchatī ti deti. Paccayan ti gilānapaccayaṃ.

Etan ti yaṃ etaṃ cīvarādikaṃ paccayajātaṃ samaṇānaṃ pavecchasi desi, etaṃ te paralokasmiṃ lohitaṃ hotu. Uttarā ti abhisampannavasena[3] kataṃ pāpakammaṃ, tassa vipākenā ti yojanā.

Ath' āyasmā Revato taṃ petiṃ uddissa bhikkhusaṅghassa pānīyaṃ adāsi, piṇḍāya caritvā bhattaṃ gahetvā bhikkhūnam adāsi, saṅkārakūṭādito[4] paṃsukūlaṃ gahetvā dhovitvābhisiñcimillikañ ca katvā bhikkhūnaṃ adāsi. Tena c'assā petiyā dibbasampattiyo ahesuṃ. Sā therassa santikaṃ gantvā attanā[5] laddhadibbasampattiṃ[6] therassa dassesi.[7] Thero taṃ pavuttiṃ attano santikaṃ upagatānaṃ catunnaṃ[8] parisānaṃ pakāsetvā dhammakathaṃ kathesi. Tena mahājano sañjātasaṃvego vigatamalamacchero hutvā dānasīlādikusaladhammābhirato ahosi.[9]

Idaṃ pana petavatthuṃ[10] dutiyasaṅgītiyaṃ[11] saṅgahaṃ ārūḷhan ti daṭṭhabbaṃ.

Uttaramātupetavatthuvaṇṇanā.

II, 11.

Ahaṃ pure pabbajitassa bhikkhuno ti. Idaṃ Suttapetavatthuṃ. Tassa kā uppatti? Sāvatthiyā kira avidūre aññatarasmiṃ gāmake ambākaṃ Satthari anuppanne yeva sattannaṃ vassasatānaṃ upari aññataro dārako ekaṃ paccekabuddhaṃ upaṭṭhahi. Tassa mātā tasmiṃ vayappatte tass' atthāya samānakulato aññataraṃ kuladhītaraṃ[12] ānesi. Vivāhadivase yeva ca so kumāro sahāyehi saddhiṃ nahāyituṃ gato ahinā daṭṭho kālam akāsi. Yakkhagāhenāpī

---

[1] °vasena, S_1. S_2. [2] parināmati, S_1. S_2.
[3] abhisappana.°, S_2; abhisapana.°, B.
[4] °bhūmikūṭā.°, S_1. [5] attano, B. [6] saladdha.°, S_1. S_2.
[7] dasseti, B. [8] bahūnaṃ, B. [9] *all MSS. add* ti.
[10] dutiyapeta.°, S_1. [11] S_1. S_2 *add* pana.
[12] aññakula.°, S_2.

ti vadanti. So paccekabuddhassa upaṭṭhāne na bahuṃ kusalakammaṃ katvā ṭhito pi tassāya[1] dārikāya paṭibaddhacittatāya vimānapeto nibbatti, mahiddhiko pana ahosi mahānubhāvo. Atha so[2] taṃ dārikaṃ attano vimānaṃ netukāmo 'kena nu kho upāyena esā diṭṭhadhammavedanīyakammaṃ katvā mayā saddhiṃ idha abhirameyyā' ti tassā dibbabhogasampattiyā anubhavanahetuṃ vīmaṃsanto[3] paccekabuddhaṃ cīvarakammaṃ karontaṃ disvā manussarūpena gantvā vanditvā 'kiṃ bhante suttakena attho atthī' ti āha. 'Cīvarakammaṃ karoma upāsakā' ti. 'Tena hi bhante asukasmiṃ ṭhāne suttabhikkhaṃ carathā' ti tassā dārikāya gehaṃ dassesi. Paccekabuddho tattha gantvā gharadvāre aṭṭhāsi. Atha sā paccekabuddhaṃ tattha[4] ṭhitaṃ[4] disvā pasannamānasā 'suttakena me ayyo atthiko' ti ñatvā ekaṃ suttaguḷam adāsi. Atha so amanusso[5] manussarūpena tassā dārikāya gharaṃ gantvā tassā mātaraṃ yācitvā tāya saddhiṃ katipāhaṃ vasitvā tassā mātuyā anuggahatthaṃ tasmiṃ gehe sabbabhājanāni hiraññasuvaṇṇassa pūretvā sabbattha upari nāmaṃ likhi 'idaṃ devadattikadhanaṃ na kenaci gahetabban' ti tañ ca dārikaṃ gahetvā attano vimānaṃ agamāsi. Tassā mātā pahūtaṃ[6] dhanaṃ labhitvā attano ñātakānaṃ kapaṇiddhikādīnañ[7] ca datvā attanā[8] paribhuñjitvā kālaṃ karontī 'mama dhītā āgacchati ce, imaṃ dhanaṃ dassethā' ti ñātakānaṃ kathetvā kālam akāsi. Tato sattamaṃ vassasatānaṃ accayena amhākaṃ Bhagavati loke uppajjitvā pavattitapavaradhammacakke[9] anukkamena Sāvatthiyaṃ viharante tassā itthiyā tena amanussena saddhiṃ vasantiyā ukkaṇṭhā uppajji. Sā taṃ āha 'sādhu ayyaputta maṃ sakañ ñeva gehaṃ paṭinehī' ti vadantī

Ahaṃ pure pabbajitassa bhikkhuno
suttaṃ adāsi upagamma.[10] yācitā tassa,

---

[1] tassā, S₁; tassa, B. [2] kho, S₁. S₂. [3] °sento, B.
[4] *om.* B. [5] manusso, B. [6] bahutaṃ, B. [7] kapaṇiddhikānañ, S₁.
[8] S₁. S₂ *add* va. [9] pavattitavara.°, B.
[10] upasaṅkama, M. C. D.; B.

vipāko vipulaphal'[1] ūpalabbhati
bahū[2] ca me uppajjare vatthakoṭiyo. 1
Pupphābhikiṇṇaṃ ramitaṃ[3] vimānaṃ
anekacittaṃ naranārīsevitaṃ[4]
sāhaṃ bhuñjāmi ca pārupāmi ca
pahūtavittā[5] na ca tāva khīyati. 2
Tass' eva kammassa vipākaṃ anvayā[6]
sukhañ ca sātañ ca idh' ūpalabhati
sāhaṃ gantvā puna-m-eva[7] mānusaṃ[8]
kāhāmi puññāni[9] nay' ayyaputta[10] man ti 3

imā gāthā abhāsi.

Tattha **pabbajitassa bhikkhuno** ti idaṃ paccekabuddhaṃ sandhāya vuttaṃ. So hi kāmādimalānaṃ attano santānato anavasesato pabbajitattā[11] paramatthato pabbajito ti bhinnakilesattā[12] bhikkhū ti ca vattabbaṃ[13] arahati. **Suttan** ti kappāsiyā suttaṃ. **Upagammā**[14] ti mayhaṃ
1 gehaṃ upasaṅkamitvā. **Yācitā** ti uddissa ariyā tiṭṭhanti, esā ariyānaṃ yācanā ti evaṃ[15] vuttakāya[16] viññattipayogasaṅkhātāya bhikkhācariyāya yācitā. **Tassā** ti tassa[17] suttadānassa. **Vipāko vipulaphal' ūpalabbhatī**[18] ti vipulaphalo[19] uḷāra-udayo mahā-udayo vipāko etarahi upalabbhati paccanubhavīyati.[20] **Bahū**[21] ti anekā. **Vatthakoṭiyo** ti vatthānaṃ koṭiyo anekasatasahassappabhedāni[22] vatthānī ti attho.

---

[1] °phalam, C.; °pal.°, S_1. S_2. [2] bahukā, C. D.; B.
[3] ramam idaṃ, M.; rammam idaṃ, C. D.; B.
[4] naranārīhi sev.°, C. [5] bahuta.°, D. (bahutta.°, M.); bahu.°, C.; °vittāni, C. D.; bahutavatthā, S_1.
[6] anvaya, M.; anvāya, B. [7] puna-d-eva, M. C. D.; B.
[8] mānussaṃ, C. D.; B. [9] puññāni kāhāmi, M. C. D.; B.
[10] n'ayyap.°, S_1; nay' eyya.°, C. D.; S_2.
[11] pabbajitā, S_1. S_2; pabbajjitatthā, B.
[12] °satthā, B. [13] vattabbataṃ, B.
[14] upasaṅkammā, B. [15] eva, S_2.
[16] vuttāya kāya, S_1. B.; vuttāya, S_2.
[17] B. *inserts* bhikkhuno *and connects* sutta.° *with* vi.°.
[18] °paḷ.°, S_1; °paḷ.°, S_2. [19] °palo, S_1.
[20] °bhaviyyati, B. S_2; °bhavissati, S_1. [21] bahukā, B.
[22] °ppamāṇāni, B.

Anekacittan ti nānāvidhacittakammaṃ anekehi[1] muttāmaṇi-ādīhi ratanehi vicittarūpaṃ. Naranārīsevitan ti parivārakabhūtehi[2] narehi nārīhi ca upasevitaṃ. Sāhaṃ bhuñjāmī ti sā ahaṃ taṃ[3] vimānaṃ paribhuñjāmi. Pārupāmī ti anekāsu vatthakoṭīsu icchiticchitaṃ nivāsemi c'eva paridahāmi ca. Pahūtavittā[4] ti pahūtavittūpakaraṇā mahaddhanā mahābhogā.[5] Na ca tāva khīyatī ti tañ ca vittaṃ na[6] khīyati na parikkhayaṃ pariyādānaṃ gacchati.

Tass' eva kammassa vipākam anvayā ti tass' eva suttadānapuññakammassa anvayā paccayā hetubhāven' eva vipākaṃ bhūtaṃ[7] sukhaṃ iṭṭhamadhurasaṅkhātaṃ sātañ ca idh' imasmiṃ vimāne upalabbhati. Gantvā puna-m-eva[8] mānusan ti puna eva manussalokaṃ upagantvā. Kāhāmi puññānī[9] ti mayhaṃ sukhavisesanipphādakāni[10] puññāni karissāmi, yesaṃ vā mayā ayaṃ sampatti laddhā ti adhippayo. Nay' ayyaputta man ti ayyaputta maṃ manussalokaṃ naya nehī ti attho.

Taṃ sutvā so[11] amanusso tassā paṭibaddhacittatāya anukampāya pi[3] gamanaṃ anicchanto

> Satta tuvaṃ[12] vassasatā idhāgatā
> jiṇṇā ca vuḍḍhā ca tahiṃ bhavissasi[13]
> sabbe ca[14] te kālakatā 'va[15] ñātakā
> kiṃ[16] tattha gantvāna[17] ito karissasī[18] ti 4

gātham āha.

Tattha sattā ti vibhattilopena niddeso nissakke vā etaṃ paccattavacanaṃ. Vassasatā ti vassasatato sattahi vassasatehi uddhaṃ tuvaṃ idhāgatā imaṃ vimānaṃ āgatā idhāgatāya tuyhaṃ sattavassasatāni honti ti attho. Jiṇṇā

---

[1] B. *adds* vā. [2] S1 *adds* nandehi, S2 nandhehi. [3] *om.* B.
[4] bahutavitthā, B. [5] °bhogo, B.; °bhogavā, S1. S2. [6] B. *adds* ca.
[7] vipākaṃ vipākabhūtaṃ, B. [8] puna-d-eva, B.
[9] puññāni kāhāmī, B. [10] °nippādakāni, S1. B.
[11] *om.* S1. [12] tassa, S2. [13] bhavissati, M.
[14] va, M.; B. S1. [15] ca, M. C. D.; B. [16] tvaṃ, S1. S2.
[17] gantvā, D. [18] karissati, C.; B.

ca vuḍḍhā ca tahiṃ bhavissasī ti idha dibbehi utu-āhārehi upatthambhitatthabhāvā kammānubhāvena ettakaṃ kālaṃ daharākāren' eva ṭhitā ito paraṃ[1] gatā[2] kammassa ca parikkhīṇattā manussānañ ca[3] utu-āhāravasena[4] jarājiṇṇā vayovuḍḍhā ca tahiṃ manussaloke bhavissasi.[5] Sabbe ca[6] te kālakatā[7] ñātakā ti dīghassa addhuno gatattā tava ñātayo pi sabbe eva matā, tasmā ito devalokato tattha manussalokaṃ gantvāna[8] kiṃ karissasī ti. Avasesaṃ pi āyuñ ca idh' eva khepehi idha[3] vasāhī[3] ti adhippāyo.

Evaṃ tena vuttā sā tassa vacanaṃ asaddahantī puna-d-eva[9] abravi[9]

Satt' eva[10] vassāni idhāgatāya me
dibbañ ca sukhañ ca samappitāya
sāhaṃ gantvā punar eva[11] mānusaṃ
kāhāmi puññāni[12] nay' ayyaputta[13] man ti

gāthaṃ āha.

Tattha satt' eva vassāni idhāgatāya me ti ayyaputta mayhaṃ idhāgatāya satt' eva vassāni maññe vītivattāni sattavassasatāni dibbasukhasamappitatāya bahum pi kālaṃ gataṃ asallakkhentī evam āha. Evaṃ pana tāya vutto so vimānapeto nānappakāraṃ taṃ anusāsitvā 'tvaṃ[14] idāni sattāhato uddhaṃ[15] na[3] tattha jīvissasi, mātuyā te nikkhittaṃ[16] mayā dinnadhanaṃ atthi, taṃ samaṇabrāhmaṇānaṃ[17] datvā idh' eva uppattiṃ patthehī' ti vatvā taṃ[3] bāhāyaṃ[18] gahetvā gāmaṃ ajjhoṭhapetvā idhāgate[19] aññe pi jane 'yathā balaṃ[20] puññāni karothā' ti ovadeyyāsī[21] ti vatvā gato. Tena vuttaṃ:

---

[1] pana, S_1. S_2. [2] gantvā, B. [3] *om.* B.
[4] āhārānaṃ vasena, S_1. S_2. [5] B. *adds* ti.
[6] va, *all MSS.*; kiñci sabbe va, S_1. S_2. [7] *all MSS. omit here* 'va.
[8] gantvā, *all MSS.*; kiṃ g.°, S_1. [9] *probably an interpolation.*
[10] satte, S_1. [11] puna-d-eva, M. C. D.; B. [12] puññāni kāhāmi, M. C. D. [13] eyyap.°, C. D. [14] *om.* S_1. [15] uttari, B.
[16] nikkitaṃ, S_1. S_2. [17] S_1. S_2 *add* dānaṃ.
[18] bāhāya, B. [19] idhā bhadde, B. [20] phalaṃ, B.
[21] ovād.°, *all MSS.*

So taṃ gahetvāna[1] pasayha bāhāyaṃ[2]
paccānayitvāna[3] theriṃ sudubbalaṃ
vajjesi[4] aññaṃ pi janaṃ idhāgataṃ
karotha puññāni sukh' upalabbhatī ti. 6

Tattha so ti[5] vimānapeto. Tan ti taṃ itthiṃ. **Gahetvāna pasayha bāhāyan** ti pasahanto[6] viya so[7] bāhāyaṃ[8] taṃ[9] gahetvā. **Paccānayitvānā** ti tassā jātasaṃvaḍḍhitaṃ[10] gāmaṃ punar eva[11] ānetvā.[12] **Therin** ti thāvarijiṇṇaṃ vuḍḍhan[13] ti attho. **Sudubbalan** ti jarājīraṇatāya[14] eva sudubbalaṃ.[15] Sā kira tato vimānato[16] apagamanasamanantaram eva jiṇṇā vuḍḍhā mahallikā addhagatā vayo anuppattā ahosi. **Vajjesī** ti vadeyyāsi. Vattabbavacanākārañ ca dassetuṃ **Aññaṃ pi janan ti** ādi vuttaṃ. Tass' attho: bhadde tvaṃ pi puññaṃ kareyyāsi aññaṃ[17] pi janaṃ idha tava dassanatthāya āgataṃ[18] bhadramukha[19]-ādittaṃ sīsaṃ[20] colaṃ[21] vā ajjhupekkhitvā pi dānasīlādīni puññāni karothā ti kato ca[22] puññe ekaṃsen' eva tassa phalabhūtaṃ sukhaṃ upalabhati, na ettha saṃsayo kātabbo ti vadeyyāsi ovadeyyāsī ti.[7]

Evaṃ[23] vatvā tasmiṃ gate sā[24] itthi attano ñātakānaṃ vasanaṭṭhānaṃ gantvā tesaṃ attānaṃ jānāpetvā tehi nīyāditaṃ[25] dhanaṃ[26] gahetvā samaṇabrāhmaṇānaṃ dānaṃ dentī attano santikaṃ āgatāgatānaṃ

Diṭṭhā mayā akatena[27] sādhunā
petā vihaññanti tath' eva mānusā[28]

---

[1] gahetvā, B. [2] bāhāna, S_1. [3] °nayitvā, B.; S_1. S_2. B. *insert* punar eva. [4] vajesi, S_1. [5] B. *adds* so. [6] pasayhanto, B. [7] *om.* S_1. S_2. [8] bāhāya, S_1. S_2. [9] *om.* B.
[10] °vaḍḍha, B. [11] puna-d-eva. B. [12] ānitvā, B.
[13] bhinnan, S_1. S_2. [14] [ja]rojiṇṇatāya, B.
[15] suṭṭhu du.°, S_1. [16] B. *adds* netvā. [17] aññā, S_1. S_2.
[18] āgatā, S_1. S_2; °tañ ca, B. [19] °mukhā, S_1. S_2.
[20] B. *adds* vā. [21] celaṃ, B.; colaṃ, S_2. [22] va, S_1.
[23] B. *adds* ca. [24] S_1. S_2 *add* ca.
[25] nīyānitaṃ, S_1. S_2. [26] vanaṃ, B.
[27] agatena, M. [28] manussā, M. C. D.; B.

kammañ ca katvā sukhavedanīyaṃ
devā manussā ca sukhe ṭhitā pajā ti

gāthāya ovādam adāsi.[1]

Tattha akatenā ti anibbattitena attanā anupacitena. Sādhunā ti kusalakammena. Itthambhūtalakkhaṇe karaṇavacanaṃ. Vihaññanti ti vighātaṃ āpajjanti. Sukhavedanīyan ti sukhavipākaṃ puññakammaṃ. Sukhe ṭhitā ti sukhe patiṭṭhitā, sukhe diṭṭhā[2] ti[3] vā pāṭho. Sukhena abhivuḍḍhā ṭhitā[4] ti attho. Ayaṃ h'ettha adhippāyo: yathā petā tath' eva manussā, akatena kusalena katena ca[4] akusalena vihaññamānā khuppipāsādinā vighātaṃ āpajjantā mahādukkhaṃ anubhavantā diṭṭhā mayā, sukhavedanīyaṃ pana kammaṃ katvā tena katena kusalakammena akatena ca akusalakammena manussāpariyāpannā[5] pajā sukhe ṭhitā diṭṭhā mayā attano[6] paccakkham etaṃ, tasmā pāpā dūrato[7] 'va[8] parivajjentā[9] puññakiriyāya yuttapayuttā hothā[10] ti.[8]

Evaṃ pana ovādam dentī samaṇabrāhmaṇādīnaṃ sattāhaṃ mahādānaṃ pavattetvā sattame divase kālaṃ katvā Tāvatiṃsesu nibbatti.[11] Bhikkhū taṃ pavattiṃ Bhagavato ārocesuṃ. Bhagavā tam atthaṃ atthuppattiṃ katvā sampattaparisāya dhammaṃ dassesi visesato 'va[4] paccekabuddhesu pavattitadānassa mahapphalataṃ[12] mahānisaṃsatañ ca pakāsesi. Taṃ sutvā mahājano vigatamalamacchero dānādipuññābhirato[13] ahosi.[14]

Suttapetavatthuvaṇṇanā.

II, 12.

Sovaṇṇasapānaphalakā ti. Idaṃ Satthari Sāvatthiyaṃ viharante Kaṇṇamuṇḍapetiṃ ārabbha vuttaṃ. Atīte

---

[1] akāsi, B. [2] ṭhitā, S1. S2; dhitā, B.
[3] S1. S2 *add* pi. [4] *om.* B. [5] devamanussapari.°, B.
[6] attha, B. [7] pamādarato, S1; pamad.°, S2.
[8] *om.* S1. S2. [9] °vajjantā, B.
[10] hoti, S1. S2. [11] *Here ends* S1.
[12] °lataraṃ, S2. [13] °puññanirato, B. [14] B. S2 *add* ti.

kira Kassapabuddhakāle Kimbilanagare aññataro upāsako sotāpanno pañcahi upāsakasatehi saddhiṃ samānasaddho[1] hutvā ārāmaropanasetubandhanasaṅkamanakaraṇādisu[2] puññakammesu pasuto[3] hutvā viharanto saṅghassa vihāraṃ kāretvā tehi saddhiṃ kālena kālaṃ vihāraṃ gacchati. Tesaṃ bhariyāyo pi upāsikā hutvā aññamaññaṃ samaggā mālāgandhavilepanādi-hatthā kālena kālaṃ vihāraṃ gacchantiyo antarāmagge ārāmasabhādīsu vissamitvā gacchanti. Ath' ekadivasaṃ katipayā dhuttā[4] ekissā sabhāya sannisinnā tāsu tattha vissamitvā gatāsu tāsaṃ rūpasampattiṃ disvā paṭibaddhacittā hutvā tāsaṃ sīlācāraguṇasampannataṃ ñatvā kathaṃ samuṭṭhāpesuṃ: 'ko etāsu ekissā[5] pi sīlabhedaṃ kātuṃ samattho' ti? Tattha aññataro 'ahaṃ samattho' ti āha. Te 'tena sahassena abbhutaṃ[6] karomā'[7] ti[7] abbhutaṃ[7] akaṃsu:[8] 'kate tava sahassaṃ amhehi deyyaṃ, akate tayā amhākaṃ deyyan' ti. So lobhena[9] bhayena[9] ca[9] anekehi upāyehi gāyamāno tāsu sabhaṃ[10] āgatāsu sumuñcitaṃ sattatantiṃ[11] madhurassaraṃ vīṇaṃ vādento madhurena[12] sarena[13] kāmamatisaṃyuttagītāni[9] gāyanto tāsu[14] gītasaddena aññataraṃ itthiṃ sīlabhedaṃ pāpetvā[15] tayā[16] saddhiṃ[16] vijjatipattiṃ[16] āpajjitvā[16] te dhutte sahassaṃ parājesi. Te tena[9] sahassaparājitā[17] tassā bhattuno[18] ārocesuṃ. So[19] asaddahanto[9] taṃ paṭipucchi[20] 'kiṃ tvaṃ evarūpā yathā te purisā avocun' ti? Sā 'ahaṃ[21] īdisaṃ na[9] jānāmī' ti paṭikkhipitvā tasmiṃ asaddahante samīpe ṭhitaṃ sunakhaṃ dassetvā sapathaṃ akāsi: 'sace mayā[22] tādisaṃ pāpakammaṃ kataṃ, ayaṃ chinnakaṇṇo kāḷasunakho tattha tattha bhave jātaṃ

---

[1] °cchando, B. [2] °hetu.°, S₁. [3] puññapaññato, B.
[4] hutvā vuttā, B. [5] ekassā, S₂.
[6] abbhudaṃ, S₁. S₂. [7] *om.* S₂; abbhudaṃ, S₁.
[8] B. *omits all from* akaṃsu *to* So. [9] *om.* B.
[10] āsannaṃ, B. [11] tantiṃ, S₁. [12] B. *adds* 'va.
[13] *om.* S₁. [14] B. *puts* tāsu *after* gīta.°. [15] pāpento, B.
[16] *om.* B.; *but it reads* aticāriniṃ katvā.
[17] °jitā, B. [18] sāmikassa, B.
[19] B. *has* sāmiko *instead of* so. [20] pucchi, B.
[21] nāhaṃ, B. [22] mayaṃ, B.

maṃ khādatū'[1] ti. Itarā pi pañcasatā itthiyo taṃ[2] itthiṃ aticāriniṃ jānantī 'kiṃ ayaṃ tathārūpaṃ pāpaṃ akāsi udāhu nākasī' ti coditā 'na mayaṃ evarūpaṃ jānāmā' ti musā vatvā 'sace mayaṃ jānāma bhave bhave[3] etissā yeva dāsiyo bhaveyyāmā' ti sapathaṃ akaṃsu. Atha sā aticārinī itthi ten' eva vippaṭisārena ḍayhamānā hadayā sussitvā na ciren' eva kālaṃ katvā Himavati pabbatarāje sattannaṃ Mahāsarānaṃ aññatarassa Kaṇṇamuṇḍadahassa tīre vimānapetī hutvā nibbatti. Vimānasamantā c'assā kammavipākānubhavanayoggā ekā pokkharaṇī nibbatti. Sesā ca[3] pañcasatā itthiyo kālaṃ katvā sapathakammavasena tassā yeva dāsiyo hutvā nibbattiṃsu. Sā tattha pubbe katassa puññakammassa[4] phalena divasabhāgaṃ dibbasampattiṃ[5] anubhavitvā aḍḍharatte pāpakammabalacoditā[6] sayanato uṭṭhahitvā pokkharaṇītīraṃ gacchati. Tattha[7] gataṃ gajapotakappamāṇo[8] eko kāḷasunakho bheravarūpo chinnakaṇṇo tikhiṇāyatakaṭhinadāṭho suvipphalitakhadiraṅgārasadisanayano nirantarapavattivipulasaṅghātasadisajivho kaṭhinatikhiṇanakho[9] kharāyatadubbaṇṇalomo tato āgantvā taṃ bhūmiyaṃ nipātetvā atijighacchābhibhūto viya pasayha khādanto aṭṭhisaṅkhalikamattaṃ katvā dantehi gahetvā pokkharaṇiyaṃ khipitvā antaradhāyati. Sā ca tattha pakkhittā samanantaram eva pakatirūpadhārinī hutvā vimānaṃ abhiruyhitvā[10] sayane nipajjati.[11] Itarā[12] pana tassā dāsavyaṃ eva dukkhaṃ anubhavanti.[13] Evaṃ tāsaṃ tattha vasantīnaṃ paññāsādhikāni pañca vassasatāni vītivattāni. Atha tāsaṃ purisehi vinā dibbasampattiṃ anubhavantīnaṃ ukkaṇṭhā ahesuṃ. Tattha ca Kaṇṇamuṇḍadahato niggatā pabbatavivarena āgantvā Gaṅgānadiṃ anupaviṭṭhā ekā nadī atthi. Tāsañ ca[14]

---

[1] khādetū, B. [2] B. *omits all from* taṃ *to* ayaṃ.
[3] *om.* S_1. S_2. [4] missakapuñña.°, B. [5] sampattiṃ, B.
[6] °phala.°, B. [7] B. *adds* ca.
[8] °potappamāṇo, S_1. S_2; B. *continues*: tikhiṇataradāḍho (*sic*!) khadīraṃgārasadisanayano sapaḷi-(*sic*!) bhayadassano cinda-(*sic*!) kaṇṇo eko kāḷasunakho atijighacchābhibhūto viya, *and so on.* [9] °tikhiṇakho, S_1. S_2. [10] abhirūyha, B.
[11] nipajji, S_1; nippajati, B. [12] itarāsaṃ, B. [13] *om.* B.
[14] tā sabbā, S_1. S_2; B. *adds* pana.

vasanaṭṭhānasamīpe eko dibbaphalehi ambarukkhehi pana salabujādīhi ca upasobhito ārāmasadiso araññapadeso atthi. Tā evaṃ[1] cintesuṃ[2] 'handa mayaṃ imāni ambaphalāni imissā nadiyā pakkhipissāma, app' eva nāma imassa phalaṃ disvā phalalobhena koci-d-eva puriso idhāgaccheyya[3], tehi saddhiṃ ramissāmā' ti. Tā tathā akaṃsu. Tāhi pana pakkhittāni ambaphalāni kānici tāpasā gaṇhiṃsu,[4] kānici vanacarakā[5], kānici tīre laggiṃsu. Ekaṃ pana Gaṅgāya sotaṃ patvā anukkamena Bārāṇasiṃ[6] pāpuṇi. Tena ca samayena Bārāṇasirājā lohajālaparikkhitte[7] Gaṅgājale[8] nahāyati. Atha taṃ phalaṃ nadīsotena[9] vuyhamānaṃ[10] anukkamena[10] agantvā lohajāle laggi. Taṃ vaṇṇagandharasasampannaṃ mahantaṃ dibba-ambaphalaṃ disvā rājapurisā rañño upanesuṃ. Rājā tassa ekadesaṃ gahetvā vīmaṃsanatthāya ekassa bandhanāgāre ṭhapitassa[10] vajjacorassa[11] khādituṃ[12] adāsi.[13] So taṃ khāditvā 'deva mayā evarūpaṃ ambaṃ[12] na khāditapubbaṃ, dibbaṃ idaṃ maññe ambaphalan' ti āha.[12] Rājā puna pi tassa ekakhaṇḍaṃ adāsi. So taṃ khāditvā vigatavalitaphalito ativiyamanohararūpo yobbane ṭhito viya ahosi. Taṃ disvā rājā acchariyabbhutajāto[14] taṃ ambaphalaṃ paribhuñjitvā[15] sarīre visesaṃ labhitvā manusse pucchi 'kattha evarūpāni ambaphalāni[16] saṃvijjantī' ti? Manussā[12] evaṃ[12] āhaṃsu:[12] 'Himavante kira deva pabbatarāje' ti. 'Sakkā pana tāni ānetun' ti puṭṭhā[12] 'vanacarakā deva jānantī' ti āhaṃsu.[12] Rājā vanacarake pakkosāpetvā tesaṃ taṃ atthaṃ ācikkhitvā tehi sammantetvā dīnassa[12] ekassa vanacarakassa kahāpaṇasahassaṃ[17] datvā taṃ[12] vissajjesi

---

[1] eva, S_1. S_2. [2] samacintesuṃ, B.

[3] gaccheyyā ti, B., *and omits the following words till* Tā.

[4] vā gaṇhanti, S_1. S_2. [5] S_1. S_2 *add* vā gaṇhanti, *and besides* kānici kākena vā vilujjanti.

[6] Bārāṇasiyaṃ, S_2; B. *adds* samīpaṃ.

[7] °kkhittena, B. [8] Gaṅgāyaṃ, B.

[9] nadiyā sotena, S_1. S_2. [10] *om.* S_1. S_2.

[11] corassa, B. [12] *om.* B. [13] dāpesi, B.

[14] acchariyā jāto, B.; acchariyabbhūtajāto, S_2.

[15] bhuñjitvā, B. [16] dibba-amba.°, B. [17] sahassaṃ, B.

'gaccha sīghaṃ[1] taṃ me[2] ambaphalaṃ ānehi' ti. So taṃ kahāpaṇasahassaṃ puttadārassa datvā pātheyyaṃ gahetvā paṭi Gaṅgaṃ Kaṇṇamuṇḍadahābhimukho gantvā manussapathañ ca[3] atikkamitvā Kaṇṇamuṇḍadahato oraṃ saṭṭhiyojanappamāṇe padese ekaṃ tāpasaṃ disvā tena ācikkhitamaggena gacchanto puna tiṃsayojanappamāṇe padese ekaṃ tāpasaṃ disvā tena ācikkhitamaggena gacchanto puna pannarasayojanappamāṇe ṭhāne aññaṃ tāpasaṃ disvā tassa attano āgamanakāraṇaṃ[4] kathesi. Tāpaso[5] taṃ[3] anusāsi:[3] 'ito paṭṭhāya imaṃ Mahāgaṅgaṃ pahāya imaṃ khuddakanadīnissāya paṭisotaṃ gacchanto yadā[6] pabbatavivaraṃ passasi tadā[7] rattiyaṃ[8] ukkaṃ[9] gahetvā paviseyyāsi[10] ayañ ca nadī rattiyaṃ[8] na ppavattati, tena te gamanayoggā hoti, katipayayojanātikkamena te ambe passasī' ti.[11] So tathā katvā udayante[3] suriye[3] vividharatanaraṃsijālavijjotitaṃ[12] bhūmibhāgaṃ phalabhāravinatasākhāvitānaṃ taruganeḥ[13] palobhitaṃ nānāvividhavihaṅgagaṇūpakujitaṃ ativiyamanoharaṃ ambavanaṃ sampāpuṇi. Atha naṃ tā amanussitthiyo dūrato 'va[3] āgacchantaṃ disvā 'esa mama purisapariggaho[14] esa mama purisapariggaho'[14] ti upadhāviṃsu. So pana tāhi saddhiṃ tattha dibbasampattiṃ anubhavituṃ yoggassa[15] puññakammassa akatattā disvā 'va bhīto viravanto palāyitvā[16] Bārāṇasiṃ patvā[17] taṃ pavuttiṃ rañño ārocesi. Rājā taṃ sutvā tā itthiyo daṭṭhuṃ ambaphalāni ca paribhuñjituṃ sañjātābhilāso rajjaṃ[18] amaccesu āropetvā migavāpadesena sannaddhadhanukalāpo khaggaṃ bhanditvā katipayamanussaparivāro ten' eva vanacarakena desitamaggena[19] gantvā katipayayojanantare ṭhāne manusse pi ṭhapetvā vanacarakam eva gahetvā anukkamena gantvā taṃ pi tato nivattāpetvā

---

[1] B. *adds* mayhaṃ. [2] tam eva, B. [3] *om.* B.
[4] °kāraṃ, S_1. S_2. [5] so tāpaso, B.
[6] S_1 *adds* ca. [7] tato vuṭhāya, B. [8] rattiṃ, B.
[9] ukkā, S_1. S_2. [10] gaccheyyāsi, B.
[11] B. *adds* āha. [12] °pajjotita, B. [13] tanu.°, S_1. S_2.
[14] S_1. S_2 *omit* purisa *before* pari.°; (puriggaho, S_2).
[15] yogyassa, S_2; yoggyassa, S_1. [16] B. *adds* anukkamena.
[17] gantvā, B. [18] rajjabhāraṃ, B. [19] dassita.°, S_1. S_2.

udayante[1] divākare[1] ambavanaṃ pavisi. Atha naṃ tā[2] itthiyo abhinavaṃ[1] uppannam[1] iva[1] devaputtaṃ[1] disvā[1] paccuggantvā rājā ti ñatvā[3] sañjātasinehabahumānā sakkaccaṃ nahāpetvā dibbehi vatthālaṅkāramālāgandhavilepanehi sumaṇḍitapasādhanaṃ[4] katvā vimānaṃ āropetvā nānaggarasadibbabhojanaṃ bhojetvā tassa icchānurūpaṃ payirupāsiṃsu. Atha[5] diyaḍḍhavassasate atikkamante rājā aḍḍharattisamaye uṭṭhahitvā nisinno taṃ aticāriniṃ petiṃ pokkharaṇītīraṃ gacchantiṃ[6] disvā 'kin nu kho esā imāya velāya gacchatī' ti vīmaṃsitukāmo anubandhi. Atha naṃ tattha gataṃ sunakhena khajjamānaṃ disvā 'kin nu kho idan' ti ajānanto tayo[3] divase vīmaṃsitvā 'eso etissā paccāmitto bhavissatī' ti nisitena[7] asinā vijjhitvā jīvitā voropetvā tañ ca itthiṃ[8] pokkharaṇiṃ ogāhetvā[9] paṭiladdhapurimarūpaṃ disvā[10]

Sovaṇṇasopānaphalakā[11] sovaṇṇavālukasaṇṭhitā[12]
tattha sogandhiyā[13] vaggū sucigandhā manoramā. 1
Nānārukkhehi sañchannā nānāgandhasamīritā[14]
nānāpadumasañchannā puṇḍarīkasamāgatā.[15] 2
Surabhi sampavāyanti manuññā māluteritā
haṃsakoñcābhirudā[16] cakkavākābhikujitā.[17] 3
Nānādijagaṇākiṇṇā nānāsaragaṇāyutā[18]
nānāphaladadā[19] rukkhā nānāpupphadadā[19] vanā. 4

---

[1] *om.* B. [2] B. *adds* surayuvatisadisarūpaso ābharaṇā amanusitthiyo. [3] B. *adds* ca.
[4] °pasādhinaṃ, S_2; pasādhikaṃ, S_1.
[5] B. *has* Evaṃ dvisu vassasatesu atikkamantesu ath' ekadā, *and so on.* [6] gacchantaṃ, S_1. B.
[7] nisitapītena, S_2; nisītapitena, S_1.
[8] *om.* S_2; B. *adds* vodhetvā (*sic!*). [9] otāretvā, S_1. S_2.
[10] S_1. S_2 *add* dasahi gāthāhi taṃ tassā pavuttiṃ paṭipucchi.
[11] °sopāṇa.°, *all MSS. except* S_1; soṇṇa.°, M.
[12] soṇṇa.°, M. C. D.; °santhatā, M.; °sandhatā, C. D.; B.
[13] sogandhiyo, M.; S_1. S_2. [14] °eritā, M. C. D.; B.
[15] °samohatā, M. C. D.; B. [16] M. C. D., B. *add* ca.
[17] °vābhikujitā, S_1. [18] °gaṇarutā, B.
[19] °dharā, *all MSS. except* D.; B.

Na manussesu īdisaṃ nagaraṃ yādisaṃ idaṃ
pāsādā ca[1] bahukā tuyhaṃ sovaṇṇarūpiyamayā. 5
Daddalhamānā[2] ābhenti[3] samantā caturo disā
pañca dāsī satā tuyhaṃ yā temā paricārikā. 6*)
Tā kambukāyuradharā kañcanācelabhūsitā
pallaṅkā bahukā tuyhaṃ sovaṇṇaruciyāmayā.[4] 7*)
Kadalimigasañchannā sajjā[5] goṇakasaṇṭhitā[6]
yattha tuvaṃ[7] vāsūpagatā sabbakāmasamiddhinī. 8
Sampattāya aḍḍharattāya[8] tato uṭṭhāya gacchasi
uyyānabhūmiṃ gantvāna pokkharaññā samantato. 9
Tassā tīre tuvaṃ 'ṭhāsi harite saddale subhe
tato te kaṇṇamuṇḍo ca[9] sunakho aṅgamaṅgāni khādati. 10
Yadā ca khāyitā[10] āsi aṭṭhisaṅkhalikā katā
ogāhasi pokkharaṇiṃ hoti kāyo yathā pure. 11
Tato tvaṃ aṅgapaccaṅgā[11] sucārū[12] piyadassanā
vatthena pārupitvāna āyāsi mama santikaṃ. 12
Kin nu kāyena vācāya manasā dukkaṭaṃ kataṃ
kissa kammavipākena kaṇṇamuṇḍo ca[13] sunakho[14]
aṅgamaṅgāni khādatī[15] ti 13

imāhi[16] gāthāhi taṃ tassā pavuttiṃ paṭipucchi.

Tattha sovaṇṇasopānaphalakā[17] ti suvaṇṇamayā sopānaphalakā. Sovaṇṇavālukasaṇṭhitā[18] ti samantato suvaṇṇamayāhi vālukāhi saṇṭhitā. Tatthā ti pokkharaṇiyaṃ. Sogandhiyā ti sogandhikā. Vaggū ti sundarā rucirā. Sucigandhā ti manuññagandhā.

Nānāgandhasamīritā ti nānāvidhasurabhigandhavasena gandhavāyunā samantato eritā. Nānāpaduma-

[1] *om.* M. [2] daddaḷh.°, M. C. D.; B.
[3] ābhanti, M. C. D.; B. [4] °rūpiya.°, M. D.; B.
[5] saṃjāto, S₁. S₂. [6] °santhatā, M.; °sandhatā, C. D.; B.
[7] tvaṃ, M. D.
[8] sampattāy' aḍḍha.°, D.; B.; te sampattā aḍḍha.°, M. C.
[9] *om.* M. C. D. [10] khāditā, C.
[11] °gaṃ, D.; B.; °gi, C.; uggacchantī, S₁. S₂. [12] sacāru, S₁.
[13] *om.* M. C. [14] M. C. *add* va. [15] khādasi, M.
[16] dvādasahi, B.; S₁. S₂ *omit the whole phrase.*
[17] soṇṇasopāna.°, B. [18] soṇṇa.°, B.

*) *om.* S₂.

sañchannā ti nānāvividharattapadumasañchāditasalilatalā.[1] Puṇḍarīkasamāgatā ti setapadumehi ca samokiṇṇā.

Surabhi sampavāyantī ti samma-d-eva sugandhaṃ vāyanti, pokkaranī ti adhippāyo. Haṃsakoñcābhirudā ti haṃsehi ca koñcehi ca abhināditā.

Nānādijagaṇākiṇṇā ti nānādijagaṇāyuttā.[2] Nānāsaragaṇāyutā ti nānāvividhavihaṅgābhirudasamūhayuttā. Nānāphaladadā[3] ti nānāvidhaphaladāyino sabbakālaṃ vividhaphalabhāranamitasākhaggā.[4] Nānāpupphadadā[5] vanā ti nānāvidhasurabhikusumadāyikāni[6] vanāni ti attho. Liṅgavipallāsena hi vanā ti vuttaṃ.[7]

Na manussesu īdisaṃ nagaran ti yādisaṃ tava idaṃ nagaraṃ īdisaṃ manussesu natthi, manussaloke na upalabbhatī ti attho. Rupiyamayā ti rajatamayā.

Daddalhamānā[8] ti ativiya virocamānā. Ābhentī[9] ti sobhayanti.[10] Samantā caturo disā ti samantato catasso pi disā. Yā temā ti yā te imā. Paricārikā ti veyyāvaccakāriniyo.

Tā ti tā paricārikāyo.[11] Kambukāyuradharā ti saṅkhavalayakāyuravibhūsitā. Kañcanācelabhūsitā[12] ti suvaṇṇavatthaṃ katasamalaṅkatakesahatthā.[13]

Kadalimigasañchannā ti kadalimigacammapaccattharaṇatthatā. Sajjā[14] ti sajjitā[15] sayituṃ yuttarūpā. Goṇakasaṇṭhitā[16] ti dīghalomakena kojavena[17] saṇṭhitā.[10] Yatthā ti yasmiṃ pallaṅke. Vāsūpagatā ti vāsaṃ upagatā sayitā ti attho.

Sampattāya aḍḍharattāyā[18] ti aḍḍharattiyā upagatāya. Tato ti pallaṅkato. Pokkharaññā ti pokkharaṇiyā.[19]

---

[1] nānāvidha.°, B. [2] *All MSS. transpose here the words.* [3] °phaladā, S_1. B. [4] °sākhattā, B. [5] °pupphadā, B. [6] nānāvividha.°, S_1; B. *adds* ca. [7] vuttā, S_1. [8] daddaḷh.°, S_1. B. [9] ābhanti, B. [10] sobhanti, B. [11] veyyāvaccakāriniyo, B. [12] °ceḷa.°, B. [13] sakasama.°, B. [14] sañjā, S_1. S_2. [15] saṃṭhitā, S_1. S_2. [16] °sandhatā, B. [17] javena, S_1. S_2. [18] sampattāy' aḍḍharattiyā, B. [19] S_1. S_2 *have* pokkharaṃñā tīre tvaṃ gatā pokkharaṇiyā (°yaṃ, S_1).

Harite ti nīle. **Saddale** ti taruṇatiṇasañchanne.[1] **Subhe** ti suddhe, subhe ti vā tassā ālapanaṃ. Bhadde samantato harite saddale tassā pokkharaṇiyā tīre tvaṃ gantvāna 'ṭhāsi tiṭṭhasī ti yojanā. **Kaṇṇamuṇḍo** ti khaṇḍitakaṇṇo chinnakaṇṇo.

Khāyitā āsī ti khāditā ahosi. **Aṭṭhisaṅkhalikā katā** ti aṭṭhisaṅkhalikamattā katā. **Yathā pure** ti sunakhena khādanato pubbe viya.

Tato ti pokkharaṇī-ogāhanato pacchā. **Aṅgapaccaṅgā**[2] ti paripuṇṇasabbaṅgapaccaṅgavatī. **Sucārū** ti suṭṭhu manoramā. **Piyadassanā** ti piyadassanīyā. **Āyāsī** ti āgacchasi.

Evaṃ tena raññā pucchitā sā petī ādito paṭṭhāya attano pavuttiṃ tassa kathentī

Kimbilāyaṃ[3] gahapati saddho āsi upāsako
tassāhaṃ[4] bhariyā āsi[5] dussīlā aticārinī. 14
Evaṃ[6] aticaramānāya sāmiko etad abravi:[7]
n'etaṃ channaṃ[8] paṭirūpaṃ yaṃ tvaṃ aticarāsi maṃ. 15
Sāhaṃ ghorañ ca sapathaṃ musāvādaṃ abhāsissaṃ:[9]
nāhan taṃ aticarāmi kāyena uda cetasā, 16
Sacāhan taṃ aticarāmi kāyena uda cetasā
ayaṃ[10] kaṇṇamuṇḍo sunakho aṅgamaṅgāni khādatu. 17
Tassa kammassa vipākaṃ musāvādassa c'ūbhayaṃ
sattavassasatāni[11] ca anubhūtaṃ yato pi[12] me
kaṇṇamuṇḍo[13] ca[14] sunakho[15] aṅgamaṅgāni khādatī ti 18

pañca gāthā āha.

---

[1] °sañchane, B.; °sañjaye, S_2; °sañjanaye, S_1.
[2] °paccaṅgan, S_1. S_2. [3] Kimilāyaṃ, M. D.; B.; Kimilāya, C.
[4] tass' ahaṃ, C. [5] āsiṃ, M. D.; S_1. S_2.
[6] so maṃ, C.; B. [7] abruvi, S_2.
[8] M. C. D., B. *add* n'etaṃ.
[9] °vādañ c'abhās.°, M. C. D. [10] M. C. D., B. *add* me.
[11] satt' eva vassa.°, M. C. D.; B., *and omit* ca.
[12] hi, C. [13] M. C. *add* 'yaṃ. [14] *om.* M.
[15] B. *adds* pi.

Tattha **Kimbilāyan**[1] ti evaṃ nāmake nagare. **Aticārinī** ti jāyāpatī[2] atikkamacaraṇato aticārinī ti vuccati. **Aticaramānāyā** ti aticaramānāya mayi so sāmiko maṃ etad abravī[3] ti yojanā. N'etaṃ channan[4] ti ādi vuttā-[5] kāradassanaṃ. Tattha **n'etaṃ channan** ti na etaṃ yuttaṃ. N'etaṃ **paṭirūpan** ti tass' eva vacanaṃ. **Yan** ti kiriyā-parāmasanaṃ. **Aticarāsī** ti aticarasi, ayaṃ eva vā pāṭho. Yaṃ maṃ tvaṃ aticarasi, tattha yaṃ aticaraṇaṃ n'etaṃ channaṃ n'etaṃ paṭirūpan ti attho.

Ghoran ti dāruṇaṃ. **Sapathan** ti sapanaṃ. **Abhāsissan** ti abhāsiṃ.

Sacāhan ti sace ahaṃ. **Tan** ti tvaṃ.

Tassa kammassā ti tassa pāpakammassa dussīlakammassa. **Musāvādassa cā** ti nāhaṃ aticarāmī ti vuttamusāvādassa ca. **Ubhayan** ti ubhayassa vipākaṃ. **Anubhūtan** ti anubhūyamānaṃ[6] mayā ti attho. **Yato** ti yato pāpakammato.

Evañ ca pana vatvā tena attano kataṃ upakāraṃ kittentī

Tvañ ca deva bahukāro[7] atthāya me idhāgato
sumuttāhaṃ kaṇṇamuṇḍassa asokā akutobhayā. 19
Tāhaṃ[8] deva namassāmi yācāmi añjalikatā[9]
bhuñja amānuse[10] kāme rama[11] deva mayā sahā ti 20

dve gāthā āha.

Tattha **devā** ti rājānaṃ ālapati. **Kaṇṇamuṇḍassā** ti kaṇṇamuṇḍato, nissakke[12] hi idaṃ sāmivacanaṃ.

Atha rājā tattha vāsena[13] nibbinnamānaso[14] gamanajjhāsayaṃ[15] pakāsesi. Taṃ sutvā petī rañño paṭibaddhacittā

---

[1] Kimil.°, B. [2] bhariyā sā hi, B. [3] abruvī, S_1.
[4] na cchannan, S_2; n'attha cchannan, S_1.
[5] S_1. S_2 *omit all from* ādi.° *to* etaṃ na yuttaṃ.
[6] °bhuttaṃ, B. [7] bahū pakāro, S_1. S_2.
[8] nāhaṃ, S_1. S_2. [9] p' añj.°, M. C. D.; B.
[10] mānuse, S_1. B., *or* bhuñj' amānuse. [11] ramma, S_2.
[12] nissatte, B.; nissakkage, S_1.
[13] vāse, S_1. S_2. [14] nibbinda.°, B.
[15] tam ajjhā.°, S_1. S_2.

tatth' ev' assa vāsaṃ yācantī Tāhaṃ deva namassāmī ti gāthaṃ āha. Puna[1] rājā ekaṃsena[2] gantukāmo 'va hutvā attano ajjhāsayaṃ pavedento

Bhutvā[3] amānusā kāmā ramito 'mhi tayā saha
tāhaṃ[4] subhage yācāmi khippaṃ paṭinayāhi maṃ ti 21

osānagāthaṃ āha.

Tattha tāhan ti taṃ ahaṃ. Subhage ti subhayutte. Paṭinayāhi man ti mayhaṃ nagaraṃ eva maṃ paṭinehi. Sesaṃ sabbattha pākaṭam eva.

Atha sā vimānapetī rañño vacanaṃ sutvā viyogaṃ asahamānā sokāturattāya vyākulahadayā vedhamānasarīrā nānāvidhehi upāyehi āyācitvā pi taṃ tattha vāsetuṃ asakkontī bahūhi mahārahehi ratanehi saddhiṃ rājānaṃ nagaraṃ netvā pāsādaṃ āropetvā kanditvā paridevitvā attano vasanaṭṭhānaṃ[5] eva gatā. Rājā pana taṃ disvā sañjātasaṃvego dānādīni puññāni[6] katvā saggaparāyano ahosi. Atha amhākaṃ Bhagavati loke uppajjitvā pavattitapavaradhammacakke anukkamena Sāvatthiyaṃ viharante ekadivasaṃ āyasmā Mahamoggallāno pabbatacārikaṃ caramāno taṃ itthiṃ saparivāraṃ disvā tāya katakammaṃ pucchi. Sā ādito paṭṭhāya sabbaṃ therassa kathesi.[7] Taṃ pavuttiṃ thero Bhagavato ārocesi. Bhagavā tam atthaṃ atthuppattiṃ katvā sampattāparisāya dhammaṃ desesi. Mahājano paṭiladdhasaṃvego pāpato otaritvā[8] dānādīni puññāni[9] katvā dhammābhirato[10] saggaparāyano[11] ahosi.[12]

Kaṇṇamuṇḍapetavatthuvaṇṇanā.[13]

II, 13.

Ahu rājā Brahmadatto ti. Idaṃ Ubbarīpetavatthuṃ.[14] Satthā Jetavane viharanto aññataraṃ upāsikaṃ ārabbha

[1] pana, B. [2] ekaṃsen' eva, B., *and adds* nagaraṃ.
[3] bhuttā, M. C. D.; B. [4] nāhaṃ, S_1.
[5] vasanaṃ, B. [6] S_1. S_2 *add* kammāni.
[7] S_1. S_2 *add* Thero tāsaṃ dhammaṃ desesi.
[8] oramitvā, B. S_2. [9] puññakammāni, S_1. S_2.
[10] dhammanirato. S_1. S_2. [11] *om.* S_1. S_2.
[12] B. *adds* ti. [13] B. *adds* niṭṭhitā. [14] Upari.° (*or* Uppari.°), B.; Uddhari.°, S_2, *but further on* Ubbari; Ubbarīya.°, S_1.

kathesi. Sāvatthiyaṃ kira aññatarāya upāsikāya sāmiko kālam akāsi. Sā pativiyogadukkhāturā socanti āḷāhanaṃ gantvā rodati. Bhagavā tassā sotāpattiphalassa upanissayasampattiṃ disvā karuṇāya sañcoditamānaso hutvā tassā gehaṃ gantvā paññatte āsane nisīdi. Upāsikā Satthāraṃ upasaṅkamitvā vanditvā ekamantaṃ nisīdi. Atha naṃ Satthā 'kiṃ upāsike socasī' ti vatvā 'āma Bhagavā piyavippayogena socāmī' ti vutte tassā sokaṃ apanetukāmo atītaṃ āhari.

Atīte Pañcālaraṭṭhe Kapilanagare Cūḷani Brahmadatto nāma rājā ahosi. So agatigamanaṃ[1] pahāya attano vijite pajāya[2] hitakaraṇanirato[3] dasa rājadhamme akopetvā rajjaṃ anusāsamāno kadāci attano[4] rajje[5] kiṃ vadanti ti sotukāmo tunnavāyavesaṃ[6] gahetvā eko adutiyo nagarato nikkhamitvā gāmato gāmaṃ janapadato janapadaṃ vicaritvā sabbaṃ rajjaṃ akaṇḍakaṃ anupaḷaṃ manusse sammodamāne[7] apārutaghare maññe viharante disvā somanassajāto nivattitvā nagarābhimukho āgacchanto aññatarasmiṃ gāme ekissā vidhavāya duggatitthiyā gehaṃ pāvisi. Sā taṃ disvā āha 'ko nu tvaṃ ayyo kuto ṭhānato āgato' ti? 'Ahaṃ tunnavāyo bhadde bhatiyā tunnakammaṃ karonto vicarāmi, yadi tumhākaṃ tunnakammaṃ atthi vatthañ ca veṭhanañ ca detha, tumhākaṃ pi karomī'[8] ti. Sā[9] āha[9] 'natthi amhākaṃ kammaṃ kattabbaṃ[9] vatthaṃ[10] vā[10] veṭhanaṃ vā, aññesaṃ karohi ayyā' ti. So tattha katipāhaṃ vasanto dhaññapuññalakkhaṇasampannaṃ tassā dhītaraṃ disvā mātaraṃ āha: 'ayaṃ dārikā kiṃ kenaci katapariggahā udāhu akatapariggahā[11]? Sace[12] kenaci akatapariggahā imaṃ mayhaṃ detha, ahaṃ[13] tumhākaṃ sukhena jīvanupāyaṃ kātuṃ samattho' ti. Sādhu ayyā ti sā tassa taṃ[9] adāsi. So tāya saddhiṃ katipāhaṃ vasitvā tassā kahāpaṇasahassaṃ datvā 'ahaṃ katipāhen' eva nivattissāmi,

---

[1] agati-agam.°, B. [2] pajāhita.°, S_1.
[3] °karaṇe nir.°, B. [4] B. *repeats* kad.° attano.
[5] vajje, S_1. S_2. [6] tanta.°, S_1.
[7] samod.°, S_1; same vād.°, S_2; mude mod.°, B.
[8] pakaromi l. pi kar.°, B. [9] *om.* B. [10] *om.* S_1. S_2.
[11] B. *adds* ti, *and has* agata.°, *also further on.* [12] B. *adds* na.
[13] ayaṃ, B.

bhadde tvaṃ mā khuṇḍalī'[1] ti vatvā attano nagaraṃ gantvā nagarassa tassa ca gāmassa antare maggaṃ samaṃ[2] kārāpetvā alaṅkārāpetvā[3] mahantarājānubhāvena tattha gantvā dārikaṃ kahāpaṇarāsimhi[4] ṭhapetvā suvaṇṇarajatakalasehi nahāpetvā Ubbarī ti nāmaṃ kāretva[5] aggamahesiṭhāne ṭhapetvā tañ ca gāmaṃ tassā ñātīnaṃ datvā mahantarājānubhāvena taṃ nagaraṃ ānetvā tāya saddhiṃ abhiramamāno yāva jīvaṃ rajjasukhaṃ anubhavitvā āyūhapariyosāne kālam akāsi. Kālakate ca tasmiṃ kate[6] ca sarīrakicce Ubbarī pativiyogena sokasallasamappitahadayā āḷāhanaṃ gantvā bahū divase gandhapupphādīhi pūjetvā rañño guṇe kittetvā ummādappattā viya kandanti paridevantī āḷāhanaṃ padakkhiṇaṃ karoti.

Tena ca samayena amhākaṃ Bhagavā Bodhisattabhūto isipabbajjaṃ pabbajitvā adhigatajhānābhiñño Himavantasāmantā[7] aññatarasmiṃ araññāyatane viharanto sokasallasamappitaṃ Ubbariṃ dibbena cakkhunā disvā ākāsena gantvā dissamānarūpo ākāse ṭhatvā tattha tattha[8] ṭhite manusse pucchi 'kass' idaṃ āḷāhanaṃ kass' athāyaṃ[9] itthi Brahmadatta Brahmadattā ti kandantī paridevantī' ti? Taṃ sutvā manussā 'ayaṃ bhante Ubbarī nāma Brahmadattassa bhariyā, sā tassa kālakatato paṭṭhāya āḷāhanaṃ gantvā Brahmadattā ti tassa nāmaṃ gahetvā kandantī paridevatī' ti āhaṃsu.[10] Taṃ atthaṃ dīpentā saṅgītikārā

Ahu rājā Brahmadatto Pañcālānaṃ rathesabho
ahorattānam accayā rājā kālaṃ kari[11] tadā.[12] 1
Tassa āḷāhanaṃ gantvā bhariyā kandati Ubbarī
Brahmadattaṃ apassantī Brahmadattā ti kandati. 2

---

[1] ukkaṇhi, B. [2] samaṃ maggaṃ, B. [3] *om.* S_1. S_2.
[4] °rahasimhi, S_1. S_2. [5] kārāpetvā, B.
[6] saddhiṃ katena, S_2. [7] Himavante, B.
[8] *om.* B. [9] kassa ayaṃ, B.
[10] B. *has after* manussā: Brahmadatto nāma Pañcālānaṃ rājā, so āyuhapariyosāne kālam akāsi, tass' idaṃ āḷahanaṃ, tassa ayaṃ aggamahesi Upparī nāma Brahmadattā ti tassa nāmaṃ gahetvā kandati paridevatī ti āhaṃsu.
[11] akrubbatha, M. C. D.; B. [12] *om.* M. C. D.; B.

Isi ca tattha āgacchi sampannacaraṇo muni[1]
te[2] ca tattha apucchitthā[3] ye tattha su samāgatā: 3
Kassa[4] c'idaṃ āḷāhanaṃ nānāgandhasameritaṃ
kassāyaṃ kandati bhariyā ito dūragataṃ patiṃ?
Brahmadattaṃ apassanti Brahmadattā ti kandati. 4
Te ca tattha viyākaṃsu ye tattha su samāgatā
Brahmadattassa bhaddan te Brahmadattassa mārisa. 5
Tassa idaṃ āḷāhanaṃ nānāgandhasameritaṃ
tassāyaṃ kandati bhariyā ito dūragataṃ patiṃ
Brahmadattaṃ apassanti Brahmadattā ti kandati[5] ti 6

cha gāthā ṭhapesuṃ.[6]

Tattha ahū ti ahosi. Pañcālānan ti Pañcālaraṭṭhavāsīnaṃ Pañcālaraṭṭhass' eva vā eko pi[7] janapado janapadādhikānaṃ rājakumārānaṃ vasena rūḷhiyā Pañcālā ti bahuvacanena niddissiyati. Rathesabho ti rathesu usabhasadiso mahāratho ti attho.

Tassa āḷāhanan ti tassa rañño[8] sarīrassa daḍḍhaṭṭhānaṃ.

Isī ti jhānādīnaṃ guṇānaṃ esanatthena isi. Tatthā ti tasmiṃ ubbhataṭṭhāne[9] susāne ti attho. Āgacchi[10] ti agamāsi.[11] Sampannacaraṇo ti sīlasampadā[12] indriyesu guttadvāratā bhojane mattaññutā jāgariyānuyogo satta saddhammā cattāri rūpāvacarajjhānāni ti imehi paṇṇarasehi caraṇasaṅkhātehi guṇehi sampanno samannāgato caraṇasampanno ti attho. Munī ti attahitañ ca parahitañ ca munāti jānāti[13] ti muni. Te ca tattha apucchitthā[14] ti te[15] tasmiṃ ṭhāne ṭhite[16] jane paṭipucchi. Ye tattha su samāgatā ti ye manussā tattha tattha[17] susāne[18] samāgatā, sū ti nipātamattaṃ. Ye tatthāsuṃ samāgatā ti vā pāṭho, āsun ti ahesun ti attho.

---

[1] °caraṇamuni, S_1. S_2. [2] so, S_1. S_2.
[3] āpucch.°, S_1. [4] *om.* M. C. D.; B. [5] kandasi, M.
[6] pathesuṃ, B. [7] S_1. S_2 *add* hi. [8] B. *adds* ca.
[9] upariyāṭhitaṭhāne, B. [10] āgañchi, S_2.
[11] āgam.°, S_1. [12] °sampadāya, S_1. [13] *om.* S_1.
[14] āpucch.°, S_1. S_2. [15] *om.* S_1. B. [16] B. *adds* te.
[17] *om.* B. [18] B. *adds* su.

Nānāgandhasameritan ti nānāvidhehi gandhehi samantato eritaṃ upavāsitaṃ.[1] **Ito** ti manussalokato. **Dūragatan** ti paralokagatattā[2] vadati. **Brahmadattā** ti **kandatī** ti[3] Brahmadattā ti evaṃ nāmasaṅkittanaṃ katvā paridevanavasena avhayati.

Brahmadattassa bhaddan te Brahmadattassa mārisā ti mārisa nirāmayakāyacittamahāmuni Brahmadattassa rañño idaṃ āḷāhanaṃ, tass' eva Brahmadattassa rañño ayaṃ bhariyā, bhaddan te tassa ca Brahmadattassa bhaddaṃ hotu,[4] tādisānaṃ mahesīnaṃ hitānucintanena paraloke ṭhitānaṃ[5] pi hitasukhaṃ[6] hoti yevā[3] ti[3] adhippāyo.

Atha so tāpaso tesaṃ vacanaṃ sutvā anukampaṃ upādāya Ubbariyā santikaṃ gantvā tassā sokavinodanatthaṃ

Chaḷāsītisahassāni Brahmadattassa nāmakā
imasmiṃ āḷāhane daḍḍhā tesaṃ kaṃ anusocasī ti 7

gātham āha.

Tattha **chaḷāsītisahassānī** ti[7] chasahassādhika-asītisahassasaṅkhā. **Brahmadattassa nāmakā** ti Brahmadatto ti evaṃ[8] nāmakā. **Tesaṃ kaṃ anusocasī** ti tesaṃ chaḷāsītisahassasaṅkhātānaṃ[9] Brahmadattānaṃ katamaṃ Brahmadattaṃ tvaṃ anusocasī ti. Katamaṃ paṭicca te soko uppanno ti pucchi.

Evaṃ pana tena isinā pucchitā[10] Ubbarī attanā adhippetaṃ Brahmadattaṃ ācikkhantī[11]

Yo rājā Cūḷaniputto Pañcālānaṃ rathesabho
taṃ bhante anusocāmi bhattāraṃ sabbakāmadan[12] ti 8

gātham āha.

Tattha **Cūḷaniputto** ti evaṃnāmassa rañño putto.

---

[1] °vāritaṃ, S_1. [2] °lokatattā, S_2. [3] *om.* S_1. S_2.
[4] hoti, S_1. S_2. [5] 'tthanānā, S_1.
[6] pītasukhaṃ, S_1. S_2.
[7] S_1. S_2 *add* chasahassādhikā asītisahassānī ti.
[8] eva, S_1. S_2. [9] tesaṃkhānaṃ, S_1. S_2. [10] pucchitvā, B
[11] ācikkhinti, *all MSS.* [12] °dadan, C. D.; S_1. S_2.

Sabbakāmadan[1] ti mayhaṃ sabbassa[2] icchiticchitassa dātāraṃ, sabbesaṃ vā sattānaṃ icchitadāyakaṃ.

Evaṃ Ubbariyā vutte puna tāpaso

Sabbe 'va 'hesuṃ rājāno Brahmadattassa nāmakā
sabbe 'va[3] Cūḷaniputtā Pañcālānaṃ rathesabhā. 9
Sabbesaṃ anupubbena mahesittam akārayi
kasmā purimake hitvā pacchimaṃ anusocasī ti 10

gathādvayam āha.

Tattha sabbe 'va 'hesun ti sabbe 'va te chaḷāsītisahassasaṅkhā rājāno Brahmadattassa nāmakā Cūḷaniputtā Pañcālānaṃ rathesabhā 'va ahesuṃ, ime rājabhāvādayo[4] visesā tesu ekassāpi nāhesuṃ.[5]

Mahesittam akārayī ti tvañ ca tesaṃ sabbesam pi anupubbena[6] aggamahesibhāvaṃ anuppattā ti attho. **Kasmā** ti guṇato ca sāmikabhāvato ca avasiṭṭhesu ettakesu janesu purimake rājāno pahāya pacchimaṃ ekaṃ yeva kasmā kena kāraṇena[7] anusocasī ti pucchi.

Taṃ sutvā Ubbarī saṃvegajātā puna tāpasaṃ

Ātume itthibhūtāya dīgharattāya mārisa
yassā me itthibhūtāya saṃsāre bahu bhāsasī[8] ti 11

gātham āha.

Tattha ātume ti attani. **Itthibhūtāyā** ti itthibhāvaṃ[9] upagatāya. **Dīgharattāyā** ti dīgharattaṃ. Ayaṃ h'ettha adhippāyo: itthibhūtāya attani sabbakālaṃ itthi yeva hoti udāhu purisabhāvam pi upagacchatī ti? **Yassā me itthibhūtāyā** ti yassā mayhaṃ itthibhūtāya evaṃ tāva bahuṃ saṃsāre mahesibhāvaṃ mahāmuni tvaṃ bhāsasi kathesī ti attho. Āhu[10] me itthibhūtāya ti vā pāṭho. Tattha ā ti anusaraṇatthe nipāto, 'hu me[11] ti sayaṃ anussaritaṃ aññātam idaṃ mayā itthibhūtāya itthibhāvaṃ upagatāya evaṃ

---

[1] all MSS. [2] sabbasā, B. [3] ca, B.
[4] °bhaddāyo, S₁; °bhadrāyo, S₂.
[5] ekassa micchāhesuṃ, S₁. S₂. [6] °pubbe, S₂. [7] om. S₁. S₂.
[8] bhāsati, D. [9] °bhūtāya, S₁. S₂. [10] ātumo, B. [11] tumo, B.

mayhaṃ ettakaṃ kālaṃ aparā 'va anuppatti[1] ahosi. Kasmā?[2] Yassā me itthibhūtāya sabbesaṃ anupubbena mahesittam akārayi,[3] tvaṃ mahāmuni saṃsāre bahuṃ bhāsasī[4] ti yojanā.

Taṃ vacanaṃ[5] sutvā tāpaso 'ayaṃ niyamo saṃsāren' atthi yaṃ[5] itthi itthi yeva hoti puriso puriso evā' ti dassento

Ahu itthi ahu puriso pasuyonim pi agamā
evam etaṃ atītānaṃ pariyanto na dissatī ti 12

gātham āha.

Tattha ahu itthi ahu puriso ti tvaṃ kadāci itthī pi ahosi kadāci puriso pi ahosi. Na kevalaṃ itthipurisabhāvam eva. Atha kho pasuyonim pi āgamā,[6] kadāci pasubhāvam pi agamāsi tiracchānayonim pi upagatā ahosi. Evam etaṃ atītānam pariyanto na dissatī ti evaṃ yathā[7] vattaṃ etaṃ itthibhāvaṃ purisabhāvaṃ tiracchānādibhāvañ ca upagatānaṃ[8] atītānaṃ attabhāvānaṃ pariyanto ñāṇacakkhunā mahatā ussāhena passantānam pi[5] na dissati. Na kevalaṃ tav' eva atha kho sabbesaṃ pi saṃsāre paribbhamantānaṃ sattānaṃ attabhāvassa pariyanto na dissate[9] na paññāyate 'va. Tenāha Bhagavā: 'anamataggāyaṃ[10] bhikkhave saṃsāro pubbā koṭi na paññāyati avijjānīvaraṇānaṃ sattānaṃ taṇhāsaṃyojanānaṃ sandhāvataṃ[11] saṃsaratan' ti.*)

Evaṃ tena tāpasena saṃsārassa apariyantataṃ kammassa katañ ca vibhāventena desitaṃ dhammaṃ sutvā saṃsāre saṃviggamānahadayā[12] dhamme ca pasannamānasā vigatasokasallā hutvā attano pasādaṃ sokavigamañ ca pakāsentī

Ādittaṃ vata maṃ santaṃ ghatasittaṃ va pāvakaṃ
vārinā viya osiñci sabbaṃ nibbāpaye daraṃ. 13

---

[1] aparā paruppatti, B. [2] B. S_2 *add* yasmā.
[3] akāsi ti, B. [4] tāpasī, S_1. S_2.
[5] *om.* B. [6] agamāsi, B. [7] *om.* S_2.
[8] °gatañ ca, S_1. S_2; B. *adds* tava.
[9] B. *adds* 'va. [10] °taggo 'yaṃ, B. [11] saritaṃ ti, S_1. S_2, *and post* saṃs.°. [12] °viggahadayā, B.

*) cp. Saṃyuttanikāya, part II, p. 178.

Abbūḷhaṃ[1] vata me sallaṃ etaṃ[2] hadayanissitaṃ
yo me sokaparetāya patisokaṃ apānudi. 14
Sāhaṃ abbūḷhasallāsmi sītibhūtāsmi[3] nibbutā
na socāmi na rodāmi tava sutvā mahāmunī ti 15

tisso gāthā[4] abhāsi.

Tassaṃ attho heṭṭhā vutto yeva. Idāni saṃviggahadayāya[5] Ubbariyā pattiṃ[6] dassento Satthā

Tassa taṃ[7] vacanaṃ sutvā samaṇassa subhāsitaṃ
pattacīvaram ādāya pabbaji anagāriyaṃ. 16
Sā ca pabbajitā[8] santā gārasmā anagāriyaṃ
mettacittaṃ abhāvesi brahmalokūpapattiyā. 17
Gāmā gāmaṃ[9] vicarantī nigame rājadhāniyo
Uruvelā[10] nāma so gāmo yattha kālaṃ akubbatha. 18
Mettacittaṃ ābhāvetvā[11] brahmalokūpapattiyā
itthicittaṃ virājetvā brahmalokūpagā ahū ti 19

catasso gāthā abhāsi.

Tattha tassā ti tassa tāpasassa. **Subhāsitan** ti suṭṭhu bhāsitaṃ dhamman ti attho.

Pabbajitā[12] ti[12] pabbajjaṃ upagatā. **Santā** ti samānā,[13] pabbajitā vā hutvā santakāyavācā. **Mettacittan** ti mettāsahagataṃ[14] cittaṃ[15], cittasīsena mettajhānaṃ[16] vadati. **Brahmalokūpapattiyā** ti tañ ca sā mettacittaṃ bhāventī brahmalokūpapattiyā abhāvesi, na vipassanā pādakāpādakādi atthaṃ,[17] anuppanne hi buddhe brahmavihārādike[18] bhāventā tāpasaparibbājakā yāva devabhavasampatti atthaṃ eva bhāvesuṃ.[19]

---

[1] abbuyhaṃ, S_2; abbhuyhaṃ, S_1. [2] sokaṃ, M. C. D.; B.
[3] *om.* S_1. S_2. [4] gāthāyo, S_1. S_2. [5] °hadayā, S_1. S_2.
[6] paṭiputti, B. [7] tava, S_1. [8] pabbajitvā, D.; pabbajja-upagatā, S_1. S_2; pabbajjitā, M. C.; B.
[9] S_2 *leaves out all till* gāmaṃ ti gāmato *on* p. 167 l. 1.
[10] Uruvelaṃ, S_1. [11] abhāvetvā, D.; S_1. S_2. B.
[12] *om.* S_1; B. *has* pabbajjitā ti pabbajjitaṃ upa°.
[13] samaṇa, S_1. [14] °samāgatā, S_1. [15] pattaṃ, S_1.
[16] mettā jhānāni ca, B.
[17] abhāvesi vipassanāya pādakā ti atthaṃ, B.
[18] °vihārake, B. [19] bhāventi, B.

Gāmā gāman ti gāmato aññam gāmaṃ.

Ābhāvetvā[1] ti vaḍḍhetvā brūhetvā. Abhāvetvā[2] ti keci paṭhanti, tesaṃ a-kāro[3] nipātamattaṃ. Itthicittaṃ virājetvā ti itthibhāve cittaṃ ajjhāsayaṃ abhiruciṃ vidhametvā itthibhāve virattacittā[4] hutvā. Brahmalokūpagā ti paṭisandhigahaṇavasena brahmalokaṃ upagamanakā ahosi.[5]

Sesaṃ heṭṭhā vuttanayena[6] uttānam eva.

Satthā imaṃ dhammadesanaṃ āharitvā tassā upāsikāya sokaṃ vinodetvā upari catusaccadesanaṃ[7] akāsi. Saccapariyosāne sā upāsikā sotāpattiphale patiṭṭhahi. Sampattaparisāya[8] desanā sātthikā ahosi.[9]

Ubbaripetavatthuvaṇṇanā.[10]

Ubbaridutiyavatthuvaṇṇanā niṭṭhitā.[11]

III, 1.

Abhijjamāne vārimhi ti. Idaṃ Satthari Veḷuvane viharante aññataraṃ luddapetaṃ ārabbha vuttaṃ. Bārāṇasiyā kira aparadisābhāge para Gaṅgāya[12] Vāsabhagāmaṃ[13] atikkamitvā Cundaṭṭhilanāmake[14] gāme eko luddako ahosi. So araññe mige vadhitvā varamaṃsaṃ aṅgāre pacitvā khāditvā avasesaṃ paṇṇapuṭe bandhitvā kācena gahetvā gāmaṃ[15] āgacchati. Taṃ bāladārakā gāmadvāre disvā 'maṃsaṃ me dehi maṃsaṃ[16] me[16] dehi'[16] ti hatthe pasāretvā upadhāvimsu.[17] So tesaṃ thokaṃ thokaṃ[15] maṃsaṃ deti. Ath' ekadivasaṃ maṃsaṃ

---

[1] bhāvetvā, B; abh.°, S₁. S₂. [2] ābhāvetvā, S₁; om. S₂. [3] ā-kāro, S₁. S₂. [4] viraticittā, S₂. [5] °nakā hosi, S₁. [6] °nayanā, S₁; °nayatā, S₂; °nayatthā, B. [7] catudesanaṃ, S₂. [8] B. adds ca. [9] all MSS. add ti. [10] B. adds niṭhitā. [11] om. B.; M. C. D. put at the end of II, 13:

Udānaṃ.

Paṇḍū mātā ca Mattā [Tisā, C. D.] ca Nandā Kuṇḍalino [°ne, M.] Ghāṭo dve seṭṭhi tunnavāyo ca Vihāra-Sutta sopāṇa Ubbarī ti.

[12] °yaṃ, B. [13] Vāsabbha.°, S₁. S₂. [14] Cundaṭṭhika.°, S₁. S₂. [15] om. B. [16] only once, S₁. B. [17] °dhāvanti, B.

alabhitvā uddālakapuppham pilandhitvā bahuñ ca hatthena gahetvā gāmaṃ gacchati. Taṃ dārakā gāmadvāre disvā 'maṃsaṃ me dehi maṃsaṃ[1] me[1] dehī[1] 'ti hatthe pasāretvā upadhāviṃsu. So tesaṃ ek' ekaṃ[2] pupphamañjariṃ[3] adāsi. Athāparena samayena kālaṃ katvā petesu nibbatto naggo virūparūpo bhayānakadassano supinena[4] pi annapānaṃ ajānanto sīse ābandhaka-uddālakakusumamālākalāpo[5] 'Cundaṭṭhilāyaṃ[6] ñātakānaṃ santike kiñci labhissāmī' ti Gaṅgāyaṃ[7] udake abhijjamāne paṭisotaṃ[8] padasā gacchati. Tena ca samayena Koliyo[9] nāma rañño Bimbisārassa mahāmatto kupitaṃ paccantaṃ vūpasametvā paṭinivattento hatthi-assādiparivārabalaṃ pathena pesetvā sayaṃ Gaṅgāya nadiyā anusotaṃ nāvāya āgacchanto taṃ petaṃ tathā gacchantaṃ disvā pucchanto

Abhijjamāne[10] vārimhi Gaṅgāya idha gacchasi
naggo pubbaddhapeto va mālādhārī[11] alaṅkato
kuhiṃ gamissasi[12] peta[13] kattha vāso bhavissatī ti 1

gātham āha.

Tattha abhijjamāne ti padanikkhepena abhijjassamānasaṅghāte.[14] Vārimhi Gaṅgāyā ti Gaṅgāya nadiyā udake. Idhā ti imasmiṃ ṭhāne. Pubbadhapeto vā ti purimaddhena apeto viya apetayoniko devaputto viya. Kathaṃ? Māladhārī[15] alaṅkato ti mālāhi pilandhitvā alaṅkatasīsattā ti attho. Kattha vāso bhavissatī ti katarasmiṃ gāme dese vā tuyhaṃ nivāso bhavissati, taṃ[16] kathehī ti attho.

Idāni yaṃ tadā tena petena Koliyena ca vuttaṃ taṃ dassetuṃ saṅgītikārā

---

[1] *only once*, S₁. B. [2] ek' ekā, S₁. [3] °mañjarī, S₁.
[4] supine, B. [5] ahattika° (*or* ahantika°), S₁. S₂.
[6] Cundatthika°, S₁. S₂. [7] Gaṅgāya, B.
[8] hi sotaṃ, S₁. S₂. [9] Koḷiyo, B.
[10] °jjassamāne, S₁. [11] °bhārī, M. D.; B.
[12] gamissati, C. [13] peto, C.; petaṃ, S₁. S₂.
[14] avinassamānasaṅkhāte, B. [15] °bhāri, B.
[16] *om.* S₁.

Cundaṭṭhilaṃ[1] gamissāmi peto so iti bhāsasi[2]
antare Vāsabhagāmaṃ Bārāṇasiyā[3] santike. 2
Tañ ca disvā mahāmatto Koliyo iti vissuto
sattubhattañ ca petassa pītakañ ca yugaṃ adā. 3
Nāvāya tiṭṭhamānāya kappakassa adāpayi
kappakassa padinnamhi[4] ṭhāne petassa dissatha. 4
Tato suvatthavasano mālādhārī[5] alaṅkato
ṭhāne ṭhitassa petassa[6] dakkhiṇā upakappatha[7]
tasmā dajjetha petānaṃ anukampāya punappunan ti 5

gāthāyo avocuṃ.

Tattha Cundaṭṭhilan ti evaṃ nāmakaṃ gāmaṃ. Antare Vāsabhagāmaṃ Bārāṇasiyā[8] santike ti Vāsabhagāmassa[8] Bārāṇasiyā ca majjhe. Antarā saddayogena h'etaṃ sāmyatte[9] upayogavacanaṃ, Bārāṇasiyā santike hi so gāmo ti[10] ayaṃ h'ettha attho. Antare Vāsabhagāmassa[11] Bārāṇasiyā ca yo[12] Cundaṭṭhilanāmako[13] gāmo Bārāṇasiyā[8] avidūre, taṃ gāmaṃ gamissāmī ti.

Koliyo iti vissuto ti Koliyo ti evaṃ pakāsananāmo. Sattubhattañ cā ti sattuñ c'eva bhattuñ ca. Pītakañ ca yugaṃ adā ti pītakaṃ suvaṇṇavaṇṇaṃ ekavatthayugañ ca adāsi. Kadā adāsī[10] ti ce āha:

Nāvāya tiṭṭhamānāya kappakassa adāpayī ti gacchantaṃ nāvaṃ ṭhapetvā tattha ekassa nahāpitassa upāsakassa dāpesi, dinnamhi vatthayuge ti yojanā. Ṭhāne ti ṭhānaso taṃ khaṇaṃ yeva. Petassa[14] dissathā ti petassa sarīre paññāyittha. Tassa nivāsanapārupanavatthaṃ[15] sampajji.[16] Tenāha: tato suvatthavasano mālādhārī[17] alaṅkato ti.

---

[1] Cundatthiyaṃ, S_1. S_2. [2] bhāsati, M. C. D.; B. S_1.
[3] M., B. *add* ca. [4] ca dinn.°, M. C. D.; B.
[5] °bhāri, M. C. D.; B. [6] *twice*, S_1.
[7] °kappāya, S_1. [8] B. *adds* ca.
[9] sāmi attho, S_1. S_2. [10] *om.* B.
[11] S_1. S_2 *add* ca. [12] so, S_2; *om.* B. [13] °tthila°, B.
[14] S_1. S_2 *add* cā ti, *and omit* diss.°. [15] pārūpanavatthaṃ, B.
[16] sampajjati, B. [17] °bhāri, B.

Suvatthavasano ti[1] mālābharaṇehi sumaṇḍitapasādhito. Ṭhāne ṭhitassa petassa dakkhiṇā upakappathā ti dakkhiṇeyyaṭhāne ṭhitā pan'[2] esā dakkhiṇā tassa[3] petassa yasmā upakappati viniyogaṃ agamāsi.[4] Tasmā dajjethā[5] petānaṃ anukampāya punappunan ti petānaṃ anukampāya pete uddissa punappunaṃ dakkhiṇaṃ dadeyyā ti attho.

Atha so Koliyamahāmatto taṃ petaṃ anukampamāno dānavidhiṃ sampādetvā anusotaṃ āgantvā suriye uggacchante Bārāṇasiṃ sampāpuṇi. Bhagavā ca tesaṃ anuggahanatthaṃ ākāsena āgantvā Gaṅgātīre aṭṭhāsi. Koliyamahāmatto nāvāto[6] otaritvā haṭṭhapahaṭṭho Bhagavantaṃ nimantesi 'adhivāsetha[7] me bhante Bhagavā ajjatanāya bhattaṃ anukampaṃ upādāyā' ti. Adhivāsesi Bhagavā tuṇhībhāvena. So[8] Bhagavato adhivāsanaṃ viditvā tāva-d-eva ramaṇīye bhūmibhāge mahantaṃ sākhāmaṇḍapaṃ upari catūsu[9] passesu[10] nānāvirāgavaṇṇavicittavividhavasanasamalaṅkataṃ kāretvā tattha Bhagavato āsanaṃ paññāpetvā adāsi. Nisīdi Bhagavā paññatte āsane. Atha kho[8] so mahāmatto Bhagavantaṃ upasaṅkamitvā gandhapupphādīhi pūjetvā vanditvā ekamantaṃ nisinno[11] haṭṭhā attanā vuttavacanaṃ petassa ca paṭivacanaṃ Bhagavato ārocesi. Bhagavā bhikkhusaṅgho āgacchatū ti cintesi. Cintitasamānantaraṃ[12] eva buddhānubhāvasañcodito suvaṇṇahaṃsagaṇo viyo Dhataraṭṭhahaṃsarājānaṃ[13] bhikkhusaṅgho Dhammarājaṃ[13] samparivāresi, tāva-d-eva mahājano sannipati 'uḷārā dhammadesanā bhavissatī' ti. Taṃ disvā pasannamānaso mahāmatto buddhapamukhaṃ bhikkhusaṅghaṃ paṇītena khādaniyena bhojaniyena santappesi. Bhagavā katabhattakicco mahājanassa anukampāya Bārāṇasisamīpavāsino sannipatantū ti adhiṭṭhāsi. Sabbe 'va[14] te iddhibalena mahājanā sannipatiṃsu. Uḷāre c'assa pākaṭe pete akāsi. Tesu keci chinnabhinnapilotikakhaṇḍadharā

---

[1] *om. all MSS.* [2] cāp', B. [3] assa, S_1. S_2.
[4] āgamāsi, S_1. [5] dajje 'va, S_1. S_2. [6] Gaṅgāto, B.
[7] °vāsetu, B. [8] *om.* B. [9] tisu, S_1. S_2.
[10] S_1. S_2 *add* ca. [11] B. *adds* kho. [12] cintāsam.°, S_1. S_2.
[13] °rājā, S_1. S_2. [14] ca, B.

keci attano keseh' eva paṭicchāditakopīnā[1] keci naggā yathā jātarūpā khuppipāsābhibhūtā tacapariyonaddhā aṭṭhimattasarīrā ito c'ito ca paribbhamantā mahājanassa paccakkhato paññāyiṃsu. Atha Bhagavā tathārūpaṃ iddhābhisaṅkhāraṃ abhisaṅkhāresi yathā te[2] ekajjhaṃ sannipatitvā attanā kataṃ pāpakammaṃ mahājanassa pavedesuṃ. Tam[3] atthaṃ dīpentā saṅgītikārā:

Sāhundavāsino[4] eke aññe kesanivāsino
petā bhattāya[5] gacchanti pakkamanti diso disaṃ. 6
Dūre eke[6] padhāvitvā aladdhā ca[7] nivattare
chātā pamucchitā[8] bhantā bhūmiyaṃ paṭisumbhitā.[9] 7
Keci[10] tattha ca patitvā[11] bhūmiyaṃ paṭisumbhitā[9]
pubbe akatakalyāṇā aggidaḍḍhā va ātape: 8
Mayaṃ[12] pubbe pāpadhammā gharaṇī[13] kulamātaro
santesu deyyadhammesu dīpaṃ nākamha attano. 9
Pahūtaṃ[14] annapānaṃ hi[15] api ssu[16] avakirīyati
samaggate[17] pabbajite na ca kiñci adamhase. 10
Akammakāmā alasā[18] sādhukāmā mahagghasā[19]
ālopapiṇḍadātāro[20] paṭiggahe paribhāsimhase.[21] 11
Te gharā tā ca[22] dāsiyo tān' evābharaṇāni no
te aññe[23] parihārenti[24] mayaṃ dukkhassa bhāgino. 12
Veṇiṃ vā avaññā honti rathakārī ca dubbhikā
caṇḍālī kapaṇā honti nahāminī[25] ca punappunaṃ. 13

---

[1] paṭicchāditā, S₁. S₂, *and omit* kopīnā, *but have* keci keci naggā. [2] *om.* B. [3] tañ ca, S₂.
[4] sāhunna.°, S₁. S₂. [5] atthāya, D.; attāya, C.
[6] petā, M. C. D. [7] va, M. C. D.; B.
[8] samucchitā, M.; B. [9] °sambhitā, S₁. S₂.
[10] te ca, M. C. D.; B. [11] papatitā, M. C. D.; B.
[12] S₁. S₂ *add* pi. [13] gharaṇiyo, S₁. S₂.
[14] bahutaṃ, C. D.; B. [15] pi, M.; B.
[16] apissu, M. C. D.; B. [17] samāgate, S₁. S₂.
[18] asāsādhu.°, S₂; asādhu.°, S₁. [19] mahaggasā, S₁. S₂.
[20] ālopapiṇḍiṃ dā.°, S₁; °piṇḍidā.°, C.
[21] °bhāsikā, M. D.; °bhāsakā, B.; °bhāsitā, C.
[22] *om. all MSS. exc.* M.; B. [23] añño, C. D.; S₁. S₂.
[24] °cārenti, M. C. D.; B.
[25] kappakā, M. C. D.; B.

Yāni yāni nihīnāni kulāni kapaṇāni ca
tesu tesv eva jāyanti esā maccharino gati. 14
Pubbe ca[1] katakalyāṇā dāyakā vītamacchara
saggan te paripūrenti obhāsenti ca Nandanaṃ. 15
Vejayante[2] ca pāsāde ramitvā kāmakāmino[3]
uccākulesu jāyanti sabhogesu tato cutā. 16
Kūṭāgāre ca[4] pāsāde pallaṅke goṇasaṇṭhite[5]
vijitaṅga[6] morahatthehi kule jātā yasassino. 17
Aṅkato[7] aṅkaṃ[7] gacchanti mālādhārī[8] alaṅkatā
jātiyo[9] upatiṭṭhanti sāyaṃ pātaṃ sukhesino. 18
Nay idaṃ akatapuññānaṃ katapuññānaṃ ev' idaṃ
asokaṃ Nandanaṃ rammaṃ[10] Tidasānaṃ mahāvanaṃ. 19
Sukhaṃ akatapuññānaṃ idha natthi parattha ca
sukhañ ca katapuññānaṃ idha c'eva[11] parattha ca. 20
Tesaṃ sahavyakāmānaṃ kattabbaṃ kusalaṃ bahuṃ
katapuññā hi modanti sagge bhogasamaṅgino ti

gāthāya avocuṃ.

Tattha sāhundavāsino[12] ti chinnabhinnapilotikakhaṇḍamivāsanā. Eke[10] ti[10] ekacce.[10] Kesanivāsino ti ti keseh' eva paṭicchāditakopīnā. Bhattāya gacchantī ti app' eva nāma ito gatā yattha vā tattha' vā kiñci ucchiṭṭhabhattaṃ vā vamathubhattaṃ vā gabbhamalādikaṃ vā labheyyāmā ti katthaci-d-eva āgantvā[13] ghāsatthāya[14] gacchanti. Pakkamanti diso disan ti disato disaṃ anekayojanantarikaṃ[15] ṭhānaṃ pakkamanti.

Dūre ti[16] dūre[17] ṭhāne.[18] Eke[13] ti[13] ekacce[13] petā.[13] Padhāvitvā ti ghāsatthāya upadhāvitvā. Aladdhā ca

---

[1] pubbesu, M.; 'va, C.; S_2; *om.* D.
[2] vedayanti, S_1. S_2. [3] kāmikāmino, S_1.
[4] °gāresu, S_2. [5] °katthate, M. C. D.; B.
[6] bīji.°, M. D.; B. [7] aṅg.°, M. C. D.; B.
[8] °bhāri, M. C. D.; B. [9] dhātiyo, M. C. D.
[10] *om.* S_1. S_2. [11] idh' eva ca, M. C. D.
[12] sāhunna.°, S_1. [13] *om.* B. [14] aṭhatvāya sattāya, B.
[15] °yojantar.°, S_1. S_2.
[16] dūre pī ti, S_1. S_2; dūre petā ti, B.
[17] S_1. S_2 *add* vā; B. *adds* pi. [18] B. *adds* petā.

nivattare ti kiñci ghāsaṃ vā pānīyaṃ vā alabhitvā eva nivattanti. Pamucchitā ti khuppipāsādidukkhena sañjātamucchā.[1] Bhantā ti paribbhamantā. Bhūmiyaṃ patisumbhitā ti tāya[2] eva mucchāya[3] uppattiyā ṭhatvā avakkhittamattikā piṇḍā viya vissaṭṭhā[4] paṭhaviyaṃ patitā. Tatthā ti gataṭṭhāne. Bhūmiyaṃ paṭisumbhitā ti papāte patitā viya jighacchādidukkhena ṭhātuṃ asamatthabhāvena bhūmiyaṃ patitā, tattha vā gataṭṭhāne ghāsādīnaṃ alābhena chinnāsā hutvā konaci paṭimukhaṃ sumbhitā poṭhitā[5] viya bhūmiyaṃ patitā honti ti attho. Pubbe akatakalyāṇā ti purimabhave akatakusalā. Aggidaḍḍhā va ātape ti nidāghakāle ātapaṭṭhāne agginā daḍḍhā viya khuppipāsagginā dayhamānā mahādukkhaṃ anubhavanti ti attho.

Pubbe ti atītabhāve.[6] Pāpadhammā ti issukimacchariyādibhāvena lāmakasabhāvā. Gharaṇī[7] ti gharasāminiyo. Kulamātaro ti kuladārakānaṃ mātaro kulapurisānaṃ vā mātaro. Dīpan ti patiṭṭhaṃ puññan ti attho. Taṃ hi sattānaṃ sugatisupatiṭṭhābhāvato patiṭṭhā ti vuccati. Nākamhā ti na[8] karimha.

Pahūtan[9] ti bahuṃ. Annapānan hi[10] ti annañ ca pānañ ca. Api su[11] avakirīyatī ti sū ti nipātamattaṃ. Api avakirīyati yadi pi avakirīyati chaḍḍīyati.[12] Samaggate ti samāgate[13] sammāpaṭippanne sammāpaṭippannāya. Pabbajite ti pabbajitāya. Sampadāne hi idaṃ bhummavacanaṃ, samaggate vā pabbajite sati labbhamāne ti attho. Na ca kiñci adamhase ti kiñci mattam pi deyyadhammaṃ na damhā ti vippaṭisārābhibhūtā vadanti.

Akammakāmā ti sādhūhi akattabbaṃ kammaṃ akusalaṃ kāmentī ti akammakāmā, sādhūhi vā kattabbaṃ kusalaṃ kāmentī ti kammakāmā, na kammakāmā ti

---

[1] °puccā, S_1. S_2. [2] tāva, S_2.
[3] pucchāya, S_1. S_2; *om.* B. [4] *om.* B.; visutthā, S_1. S_2.
[5] patitā, S_1. S_2. [6] ātitattā.°, S_1. S_2.
[7] gharaṇiyo, S_1. S_2. [8] *om.* S_1. [9] bahutan, B.
[10] pi, B. [11] sau, B. [12] B. *adds* evaṃ sante pi.
[13] *om.* S_1. S_2.

akammakāmā, kusaladhammesu acchandikā ti attho. Alasā ti kusitā kusaladhammacaraṇe nibbiriyā. Sādhukāmā ti sātamadhuravatthupiyā. Mahagghasā ti bahubhojanā.[1] Ubhayenā[2] pi sundarañ ca madhurañ ca bhojanaṃ labhitvā atthikānaṃ kiñci adatvā sayam eva bhuñjitāro ti dasseti. Ālopapiṇḍadātāro ti ālopamattassa[3] bhojanapiṇḍassa dāyakā. Paṭiggahe ti tassa[4] paṭiggāhake paṭiggaṇhanake. Paribhāsimhase[5] ti paribhāsaṃ[6] karontā, bhāsimhā avamaññimhā uppaṇḍimhā cā ti attho.

Te gharā ti tāni gehāni yattha mayaṃ pubbe amhākan ti mamakattaṃ[7] akarimha[8] tāni gharāni yathā ṭhitāni idāni no na kiñci upakappati ti adhippāyo. Tā ca dāsiyo tān' evābharaṇāni no ti etthāpi es' eva nayo. Tattha no ti amhākaṃ. Te ti te gharādike. Aññe[9] ti[8] apare.[8] Parihārenti[10] ti[11] paricaranti paribhogādivasena viniyogaṃ karonti ti attho. Mayaṃ dukkhassa bhāgino ti mayaṃ pana[12] pubbe kevalaṃ kīḷanakapasutā hutvā sāpateyyaṃ pahāya gamanīyaṃ anugāmikaṃ kātuṃ ajānantā idāni[8] khuppipāsādidukkhassa bhāgino bhavāmā ti attānaṃ garahantā[13] vadanti. Idāni yasmā petayonito cavitvā manussesu uppajjantā[14] pi sattā yebhuyyena tass' eva kammassa vipākā 'va sesena nihīnajātikā kapaṇavuttino 'va[15] honti. Tasmā tam atthaṃ dassetuṃ Veṇiṃ vā ti ādinā dve gāthā vuttā.

Tattha veṇiṃ vā ti veṇajātikā[16]. vilīvakāranaḷakārā honti ti attho. Vā-saddo aniyamattho. Avaññā ti avaññeyyā avajānitabbā ti vuttaṃ hoti, 'vambhanā ti vā pāṭho. Parehi bādhanīyā ti attho. Rathakārī ti cammakārino. Dubbhikā ti mittadubbhikā mittānaṃ bādhakā.

Caṇḍālī ti caṇḍālajātikā. Kapaṇā ti varākā[17] ativiya.

---

[1] mahā.°, B. [2] °yena, S_1. S_2. [3] B. *adds* pi.
[4] gaṇhanake, S_1. S_2; *all the rest is missing.*
[5] °bhāsitā, B. [6] paribhāvaṃ, S_1. S_2.
[7] °ggattaṃ, S_2; *om.* B. [8] *om.* B.
[9] añño, S_1. S_2. [10] paricārenti, B.
[11] B. *adds* aññe. [12] puna, S_1.
[13] gaṃhantā, S_2. [14] upapa.°, B. [15] ca, S_1. S_2.
[16] veṇiveṇijātikā, S_1. S_2. [17] vanibbakā, B.

kāruññappattā. Nahāminī[1] ti kappakajātikā[2] sabbattha honti, punappunan ti yojanā. Aparāparaṃ imesu nihīnakulesu uppajjantī ti vuttaṃ hoti.

Tesu tesveva jāyantī ti yāni yāni[3] aññāni nesādapukkusakulādīni kapaṇāni ativiyavambhaṇīyāni paramaduggatāni ca tesu tesu eva[4] nihīnakulesu macchariyamalena petesu nibbattitvā tato cutā nibbattanti. Tenāha: esā maccharino gatī ti. Evaṃ akatapuññānaṃ gatiṃ dassetvā idāni katapuññānaṃ gatiṃ dassetuṃ Pubbe ca katakalyāṇā ti satta gāthā vuttā.

Tattha saggan te paripūrentī ti yo pubbe purimajātiyaṃ katakalyāṇā dāyakā dānapuññābhiratā vigatamaccharā vigatamalamaccherā[5] te attano[6] rūpasampattiyā c'eva parivārasampattiyā ca saggaṃ devalokaṃ[7] paripūrenti paripuṇṇaṃ karonti. Obhāsenti ca Nandanan ti na kevalaṃ paripūrenti yeva atha kho kapparukkhādīnaṃ pabhāhi sabhāven'[8] eva[8] obhāsamānaṃ pi Nandanavanaṃ attano vatthābharaṇajutīhi sarīrappabhāya ca[3] abhibhavitvā[9] c'eva obhāsetvā ca jotenti.

Kāmakāmino ti yath' icchitesu[10] kāmaguṇesu yathā kāmaṃ paribhogavanto. Uccākulesū ti uccesu khattiyakulādīsu kulesu.[3] Sabhogesū ti mahāvibhavesu. Tato cutā ti tato devalokato cutā.

Kūṭāgāre ca pāsāde ti kūṭāgāre ca pāsāde ca. Vijitaṅgā[3] ti[3] vijjamānadehā.[11] Morahatthehi ti morapiñjapaṭimaṇḍitavījanihatthehi.[12] Yasassino ti parivāravanto ramantī ti adhippāyo.

Aṅkato[13] aṅkaṃ[13] gacchantī ti dārakakāle pi ñātīnaṃ dhātīnañ ca aṅkaṭṭhānato[13] aṅkaṭṭhānam[13] eva gacchanti, na bhūmitalan ti adhippāyo. Upatiṭṭhantī ti upaṭṭhānaṃ karonti. Sukhesino ti sukham icchantā[14]

---

1 kappaṇā, B. 2 kappaṇa.°, B. 3 *om.* B.
4 evaṃ, S_1. S_2. 5 *om.* S_1. 6 attanā, B.
7 satta deva.°, S_1. S_2. 8 *om.* S_1. S_2
9 °bhavantā, B. 10 S_1. S_2 *add* kāmesu.
11 bijjiyamāna.°, B. 12 °bijani.°, B. 13 aṅg.°, B
14 °ṭānaṃ, B.

sītaṃ vā[1] uṇhaṃ vā ti[2] appakaṃ pi dukkhaṃ pariharantā[3] upatiṭṭhantī ti[2] adhippāyo.

Nay idaṃ akatapuññānan ti idaṃ sokavatthu-abhāvato asokaṃ rammaṃ ramaṇīyam ti dasānaṃ Tāvatiṃsānaṃ devānaṃ mahāvanaṃ mahā-upavanaṃ[4] katapuññānaṃ[5] sātataṃ[5] Nandanavanaṃ akatapuññānaṃ na hoti. Tehi[6] laddhuṃ na sakkā ti attho.

Idha ti imasmiṃ manussaloke visesato puññaṃ karissatī ti taṃ sandhāyāha. Idhā ti vā diṭṭhadhamme. Paratthā ti samparāye.

Tesan ti tehi[7] yathāvuttehi devehi. Sahavyakāmānan ti sahabhāvaṃ icchantehi. Bhogasamaṅgino ti bhogehi samannāgatā, dibbehi pañcahi[8] kāmaguṇehi samappitā modantī ti attho.

Sesaṃ uttānam[9] eva.

Evaṃ tehi petehi sādhāraṇato[10] attanā[11] katakammassa ca gatiyā puññakammassa ca gatiyā paveditāya saṃviggamānassa Koliyāmaccapamukhassa tattha sannipatitassa mahājanassa ajjhāsayānurūpaṃ Bhagavā vitthārena dhammaṃ desesi. Desanāpariyosāne caturāsītiyā pāṇasahassānaṃ dhammābhisamayo ahosi.[12]

Abhijjamānapetavatthuvaṇṇanā.[13]

III, 2.

Kuṇḍinagariyo thero ti. Idaṃ Satthari Veḷuvane viharante āyasmato Sānuvāsittherassa[14] ñātipete ārabbha vuttaṃ. Atīte kira Bārāṇasiyaṃ Kitavassa nāma rañño putto uyyānakīḷaṃ kīḷitvā nivattanto Sunettaṃ nāma paccekabuddhaṃ piṇḍāya caritvāna gharato nikkhamantaṃ disvā issariyamadamatto hutvā 'kathaṃ hi nāma mayhaṃ

---

[1] *om.* S_2. [2] *om.* B. [3] °tānaṃ, B.
[4] °vanabhūtaṃ, S_1. S_2. [5] *om.* S_1. S_2, *but instead of it they have* nandānaṃ. [6] hi, S_1. S_2. [7] tesaṃ, S_1. S_2.
[8] pañca, S_1. [9] uttānattaṃ, S_1. S_2.
[10] ādhāraṇato, S_2; ārādhanato, S_1. [11] attano, B.
[12] B. *adds* ti. [13] B. *adds* niṭṭhitā. [14] Sāṇa.°, B.

añjaliṃ akatvā ayaṃ muṇḍako gacchatī' ti paduṭṭhacitto hatthikhandhato otaritvā 'kacci vo piṇḍapāto laddho' ti ālapanto hatthato pattaṃ gahetvā paṭhaviyaṃ pātetvā bhindi. Atha naṃ sabbattha tādibhāvappattiyā[1] nibbikāraṃ karuṇāvipphārasomanassanipātitapasannacittaṃ[2] eva olokentaṃ[3] aṭṭhānāghātena vidūsitacitto[4] 'kiṃ maṃ Kitavassa rañño puttaṃ na jānāsi, tvaṃ 'va olokayanto mayhaṃ kiṃ karissasī' ti vatvā avahasanto[5] pakkāmi. Pakkantamattass'[6] eva c'assa narakaggidāhapaṭibhāgo balavā sarīraḍāho uppajji. So tena mahāsantāpābhibhūtakāyo atibāḷhadukkhavedanābhibhūto kālaṃ katvā Avīcimahāniraye nibbatti. So tattha dakkhiṇapassena vāmapassena uttāno avakujjo ti bahūhi pakārehi parivattitvā ṭhatvā[7] caturāsīti vassasahassāni paccitvā tato cuto petesu[8] aparimitakālaṃ khuppipāsādidukkhaṃ anubhavitvā tato cuto imasmiṃ buddhuppāde Kuṇḍinagarassa samīpe kevaṭṭagāme[7] nibbatti. Tassa jātissaraṃ ñāṇaṃ uppajji. Tena so pubbe attanā anurūpaṃ[9] bhūtaṃ[7] dukkhaṃ anussaranto vayappatto pi pāpabhayena ñātakehi[10] pi saddhiṃ[11] macchabandhanatthaṃ na gacchati. Tesu gacchantesu macche ghātetuṃ anicchanto nilīyati tato[12] ca jālaṃ bhindati jīvante[13] macche gahetvā udake vissajjesi. Tassa taṃ kiriyaṃ ārocentā[14] ñātakā gehato taṃ nihariṃsu. Eko pan' assa bhātā sinehasambandhahadayo ahosi. Tena ca samayena āyasmā Ānando Kuṇḍinagaraṃ upanissāya Sānuvāsipabbate viharati. Atha so kevaṭṭaputto[15] ñātakehi pariccatto[16] hutvā ito c'ito ca paribbhamanto taṃ padesaṃ patto bhojanavelāya therassa santikaṃ upasaṅkami. Thero taṃ pucchitvā bhojanena atthikabhāvaṃ ñatvā tassa bhattaṃ datvā katabhattakicco sabbaṃ

---

[1] tādisābh.°, S_1. S_2. [2] °nipākaṃ pas.°, B.; °somanassayanayananipātita.°, S_1; °somanayananip.°, S_2.
[3] S_1 *adds* pi, *and inserts* taṃ *before* olo.°.
[4] pi dusita.°, B. [5] avhasanto, S_2; avaḍḍhahanto, B.
[6] pakkamantamattass', B. [7] *om.* B. [8] tesu, S_1. S_2.
[9] anubhūtaṃ, B.
[10] kenaci ñātakena, B. [11] B. *adds* kammaṃ katvā.
[12] gato, B. [13] S_1. S_2 *add* vā. [14] ārocantā, S_1. S_2.
[15] kevaddha.°, S_1. S_2. [16] °mutto, S_1.

taṃ pavuttiṃ ñatvā dhammakathāy' eva[1] taṃ[2] pasannamānasaṃ ñatvā 'pabbajissasi āvuso' ti 'āma bhante pabbajissāmī' ti thero taṃ pabbajetvā tena saddhiṃ Bhagavato santikaṃ agamāsi. Atha naṃ Satthā āha: 'Ānanda imaṃ sāmaṇeraṃ anukampeyyāsī' ti. So ca akatakusalattā appalābho ahosi. Atha naṃ Satthā anugaṇhanto bhikkhūnaṃ paribhogatthāya pānīyaghaṭānaṃ paripūraṇaṃ[3] niyojesi. Taṃ disvā upāsakā tassa bahūni[4] niccabhattāni paṭṭhapesuṃ. So aparena samayena laddhūpasampado arahattaṃ patvā thero hutvā dvādasahi[5] bhikkhūhi saddhiṃ[6] Sānuvāsipabbate[7] vasi. Tassa pana ñātakā pañcasatamattā anupacitakusaladhammā upacitamaccherādipāpadhammā[8] kālaṃ katvā petesu nibbattiṃsu. Tassa pana mātāpitaro 'esa amhehi pubbe gehato nikkaḍḍito' ti sārajjamānā[9] taṃ anupasaṅkamitvā tasmiṃ baddhasinehaṃ bhātikaṃ pesesuṃ. So[8] therassa gāmaṃ piṇḍāya paviṭṭhasamaye dakkhiṇajāṇumaṇḍalaṃ paṭhaviyaṃ patiṭṭhapetvā katañjali attānaṃ dassetvā[10] Mātā pitā ca te[11] bhante ti ādi gāthā avoca. Kuṇḍinagariyo thero ti ādayo pana ādito pañca gāthā tāsaṃ sambandhadassanatthaṃ[12] dhammasaṅgāhakehi ṭhapitā:

Kuṇḍinagariyo thero Sānuvāsinivāsino[13]
Poṭṭhapādo ti nāmena samaṇo bhāvitindriyo. 1
Tassa mātā pitā bhātā duggatā Yamalokikā
pāpakammaṃ karitvāna petalokaṃ ito gatā. 2
Te duggatā sūcikaṭṭhā[14] kilantā naggino kisā
uttasantā[15] mahātāsā[16] na dassenti[17] kurūrino.[18] 3

---

[1] °kathāya ca, B. [2] *om.* B. [3] °purane, S_1. S_2.
[4] bahū, S_1. S_2. [5] dvādasa, S_2.
[6] *om.* S_1. S_2. [7] Sāṇa.°, B. [8] apacita.°, B.
[9] lajjāya.°, S_1. S_2. [10] passetvā, S_1. S_2.
[11] vo, S_1. S_2. [12] sambuddha.°, S_1. S_2.
[13] Sāṇa.°, M. C. D.; B.; °vāsiko, C. D.; B.
[14] °kaṭṭā, M. D.; B.; °kaṇḍā, C.
[15] uttappantā, M. D.; ottappantā, C.; B.
[16] mahattāsā, M. C.; mahatthāsā, D. [17] dassanti, M.
[18] kuruddino, M.; B.; kurundino, D.; kuruddhino, C., *but* S d kuruddino.

Tassa bhātā vitaritvā naggo ekapath' ekako
catukuṇḍiko bhavitvāna therassa dassayi 'tumaṃ.[1] 4
Thero c' āmanasikatvā[2] tuṇhī bhūto apakkami[3]
so ca viññāpayi theraṃ[4] 'bhātā petāgato[5] ahaṃ. 5
Mātā pitā[6] ca te bhante duggatā Yamalokikā
pāpakammaṃ karitvāna petalokaṃ ito gatā. 6
Te duggatā = 3 7
Anukampassu kāruṇiko datvā anvādisāhi[7] no
tava dinnena dānena yāpessanti kurūrino'[8] ti. 8

Tattha Kuṇḍinagariyo thero ti evaṃnāmake nagare jātasaṃvaḍḍhathero.[9] Kuṇḍikanāgaro thero ti vā[10] pāṭho. So eva attho. Sānuvāsinivāsino[11] ti Sānuvāsipabbatanivāsī.[12] Poṭṭhapādo ti nāmenā ti nāmena Poṭṭhapādo nāma hoti.[13] Samaṇo ti samitapāpo. Bhāvitindriyo ti ariyamaggabhāvanāya[14] bhāvitasaddhādi-indriyo, arahā ti attho.

Tassā ti tassa Sānuvāsitherassa. Duggatā ti duggatiṃ gatā.

Sūcikaṭṭhā ti pūtinā lūkhavantādinā[15] aṭṭhikā, sūcigatā[13] ti[13] vā[13] pāṭho.[13] Vijjhanatthena[13] sūcikā ti laddhanāmāya khuppipāsāya ajjhāpīḷitā. Sūcikaṇṭhā ti keci paṭhanti. Sūcichiddasadisā mukhadvārā ti attho. Kilantā ti kilantakāyacittā. Naggino ti naggarūpaniccoḷā. Kisā ti aṭṭhitacamattasarīratāya kisadehā. Uttasantā[16] ti ayaṃ samaṇo amhākaṃ putto ti ottappena uttāsaṃ[17]

---

[1] therass' uddissayi 'tumaṃ, M.; 'ttumaṃ, B.; 'ttānaṃ, D.
[2] taṃ manasikatvā, C.; sāmanasikatvā, S_2; sānasi.°, S_1.
[3] °kkati, M.; atikkami, C. D.; B. [4] thera, C. D.; S_1. S_2.
[5] petagato, M. D.; B.; petabhūto, C.
[6] *om.* S_1. S_2; pitaro te, M. C. [7] anudisāhi, C.
[8] kuruddino, M.; B.; kurundino, D.; kuruddhino, C.
[9] °baddha.°, S_2; buddha.°, S_1.
[10] pi, B. [11] Sāṇavāsinivāsiko, B.; Sānuvāsinivāsiko, S_2.
[12] Sāṇapabbata.°, B. [13] *om.* B.
[14] °bhāvitasaddhā.°, S_1, S_2.
[15] °gattādinā, B. [16] ottappantā, B.
[17] ukkāsaṃ, B.

āpajjantā. Mahātāsā ti attanā[1] pubbe katakammaṃ paṭicca sañjātamahābhayā. Na dassenti ti attānaṃ na dassenti sammukhībhāvaṃ na gacchanti. Kururino[2] ti dāruṇakammantā.

Tassa bhātā ti Sānuvāsitherassa bhātā. Vitaritvā ti vitiṇṇo hutvā. Ottappasantāsabhayo ti attho. Vitaritvā ti vā turito hutvā taramānarūpo hutvā ti vuttaṃ hoti. Ekapatho ti ekapadike magge. Ekako ti ekiko adutiyo. Catukuṇḍiko bhavitvānā ti catūhi aṅgehi kuṇḍo ti attabhāvaṃ pavatteti ti catukuṇḍiko, dvīhi jānūhi dvīhi[3] ca hatthehi gacchanto ti[4] ca evaṃbhūto hūtvā ti attho. So hi evaṃ purato kopīnapaṭicchādanā[5] hotī ti tathā akāsi. Therassa dassayi 'tuman[6] ti therassa attānaṃ uddisayi uddisesi.[7]

Amanasikatvā ti ayaṃ nāma eso ti evaṃ amanasikaritvā[8] anāvajjetvā.[9] So cā ti so peto. Bhātā petāgato ahan ti ahaṃ atītattabhāve bhātā idāni petabhūto idhāgato ti vatvā viññāpayi theran ti[10] yojanā. Yathā pana viññāpayi, taṃ dassetuṃ Mātā pitā ca ti ādinā tisso gāthā vuttā.

Tattha mātā pitā[11] ca[11] te ti tava mātā pitā ca.[3]

Anukampassū ti anugaṇha anuddayaṃ karohi. Anvādisāhi[12] no[12] ti ādisa[13] no ti amhākaṃ. Tava dinnenā ti tayā dinnena.

Taṃ sutvā thero gāthā paṭipajji. Taṃ dassetuṃ

Thero caritvā piṇḍāya bhikkhū aññe ca dvādasa
ekajjhaṃ sannipatiṃsu bhattavissattakāraṇā.[14] 9
Thero sabbe pi[15] te āha: 'yathā laddhaṃ dadātha me
saṅghabhattaṃ karissāmi anukampāya ñātinaṃ'. 10

---

[1] attano, S₁. [2] kuruddino, B. S₂. [3] om. B.
[4] tiṭhanto, B. [5] koci na pati.°, S₁. S₂.
[6] therass' uddissayi ttāman ti, B.
[7] dassesi, B. [8] manasi akaritvā, B. [9] °vejjetvā, B.
[10] thero anvādisāhin (? °disāhan) ti, S₁. S₂.
[11] om. S₂. [12] om. S₁. S₂. [13] ādissa, S₁. S₂.
[14] °vissagga.°, M. D.; B.; °vosagga, C.
[15] 'va, M. C. D.; B.

Niyātayiṃsu[1] therassa thero saṅghaṃ nimantayi
datvā anvādisi thero mātu pitu ca[2] bhātuno:
idaṃ me ñātinaṃ hotu sukhitā hontu ñātayo. 11
Samanantarānudiṭṭhe[3] bhojanaṃ upapajjatha[4]
suciṃ paṇītaṃ sampannaṃ anekarasavyañjanaṃ
tato uddissati bhātā vaṇṇavā balavā sukhī: 12
'Pahūtaṃ[5] bhojanaṃ bhante, passa naggāmhase[6] mayaṃ
tathā bhante parakkāma[7] yathā vatthaṃ labhāmhase'. 13
Thero saṅkārakūṭato[8] uccinitvāna nantake
pilotikaṃ paṭaṃ katvā saṅghe cātuddise adā. 14
Datvā anvādisi thero mātu pitu ca[9] bhātuno:
idaṃ me ñātinaṃ hotu sukhitā hontu ñātayo. 15
Samanantarānudiṭṭhe[3] vatthāni upapajjiṃsu[4]
tato suvatthavasano therassa dassayi 'tumaṃ:[10] 16
'Yāvatā[11] Nandarājassa vijitasmiṃ paṭicchadā[12]
tato bahutarā bhante vatthāni 'cchādanāni[13] no. 17
Koseyyakambaliyāni[14] khomakappāsiyāni[15] ca
vipulā ca mahagghā ca te c' ākāse 'valambare.[16] 18
Te mayaṃ paridahāma[17] yaṃ yaṃ hi manaso piyaṃ
tathā bhante parakkāma[18] yathā gehaṃ[19] labhāmhase'. 19

---

[1] °dayiṃsu, M. C. D.; B.
[2] pitu mātu ca, *all MSS.*, *but below where this phrase is quoted by the Commentary*, S_1. S_2 *have* mātu pitu ca.
[3] °tarā anu.°, M. C. D.; B.
[4] uppajj.°, S_1. S_2; udap.°, M. C. D.; B.
[5] bahutaṃ, M. C. D.; B. [6] naggamhase, M. C. D.; B.
[7] °kkama, M. C. D.; S_1. [8] saṃkārā.°, S_1.
[9] *only* S_1. S_2 *have* pitu mātu ca.
[10] therass' uddissayi 'tumaṃ, M.; °yi ttāmaṃ, D.; B.; °yiyathumaṃ, C. [11] S_1. S_2 *insert before* yāv.°: vaṇṇavā balavā sukhī, *but this proves to be an interpolation.*
[12] °cchādā, *all MSS. except* M.; B.
[13] vatthān' acchād.°, M. C. D.; B.
[14] °kabalān' eva, B. [15] °sikāni, M. C. [16] 'pal.°, M.; B.
[17] *om.* S_1. S_2, *and continue:* yaṃ hi manaso piyaṃ, *whereas the other MSS. have* yaṃ yaṃ hi manaso piyaṃ.
[18] parikkama, C. D.; S_1; parikkamma, S_2; parakkama, B.; parakkamma, M.
[19] gehe, M. C. D.; B.

Thero paṇṇakuṭiṃ katvā saṅghe cātuddise adā
datvā anvādisi thero mātu pitu ca bhātuno:
idaṃ me ñātinaṃ hotu sukhitā hontu ñātayo. 20
Samanantarānudiṭṭhe[1] gharāni upapajjiṃsu[2]
kūṭāgārā nivesanā[3] vibhattā bhāgaso mitā. 21
'Na manussesu īdisā yādisā no gharā idha
api dibbesu yādisā tādisā no gharā idha. . 22
Daddaḷhamānā[4] ābhenti[5] samantā caturo disā
tathā bhante parakkāma[6] yathā pānaṃ labhāmhase'. 23
Thero karakaṃ[7] pūretvā saṅghe cātuddise adā
datvā anvādisi — 20 24
Samanantarānudiṭṭhe[1] pānīyaṃ upapajjatha[8]
gambhīrā caturassā ca pokkharañño[9] sanimmitā[10] 25
Setodakā[11] supatitthā ca[12] sitā appaṭigandhiyā[13]
padumuppalasañchannā[14] vārikiñjakkhapūritā. 26
Tattha nahatvā pivitvā therassa paṭidassayuṃ:
'pahūtaṃ pāniyaṃ bhante, pādā[15] dukkhā phalanti[16] no. 27
Āhiṇḍamānā khañjāma[17] sakkhare kusakaṇṭhake[18]
tathā[19] bhante parakkāma[20] yathā[19] yānaṃ labhāmhase'. 28
Thero sipātikaṃ[21] laddhā saṅghe cātuddise adā
datvā anvādisi[22] — 20 29
Samanantarānudiṭṭhe[1] petā rathena m-āgamuṃ:
'anukampitamha[23] bhaddante bhattena chādanena ca. 30

---

[1] °tarā anu°, M. C. D.; B. [2] udap.°, M. C. D.; B.; uppajj.°, S_1. S_2. [3] nivesāno, M. D.; B.; °vesāna ca, C.
[4] daddaḷh.°, *all MSS. exc.* S_2, *which has* daddalh.°.
[5] ābhanti, C. D.; B.
[6] parakkama, C. D.; B.; °kkamma, M.; S_1. S_2.
[7] karapaṃ, M. D. D.; B. [8] uda.°, M. C. D.; B.; upapajji su, S_2; uppajjiṃsu, S_1.
[9] °rañño, M. [10] suni.°, B.; sumāpitā, M. C. D.
[11] setakā, M. D.; B.; setādakā, C.; sitād.°, S_1. S_2.
[12] *om.* M. C. [13] °gandhikā, M.; B.
[14] padumupph.°, S_1. S_2. [15] pāpā, C. D.; S_1. S_2.
[16] °jalanti, S_1. S_2. [17] khaṇḍāma, S_1.
[18] °kaṇṭakā, C. D.; B. S_2; °kaṇḍake, M. [19] tadā-yadā, S_1. S_2.
[20] °kkamma, *all MSS. exc.* S_2 (°kkāma). B. (°kkama).
[21] sidātikaṃ (ti.°, S_1), S_2, *and both MSS. add from the Commentary* ekapaṭalaṃ (°ṭilaṃ, S_1) upāhanaṃ.
[22] °dise, S_1. S_2; sukhino, C.; sukhitā, C. [23] °kampigaṇhā, S_1. S_2.

Gharena[1] pānadānena[2] yānadānena c'ūbhayaṃ
munikāruṇikaṃ loke taṃ[3] bhante vanditum āgatā' ti 31

gāthāyo[4] āhaṃsu.

Tattha thero caritvā piṇḍāyā ti piṇḍapātacārikāya. Bhikkhū aññe[5] ca dvādasā ti therena saha vasantā aññe[5] ca dvādasa[6] bhikkhū ekajjhaṃ ekato sannipatiṃsu. Kasmā ti ce?[7] Bhattavissattakāraṇā[8] ti[9] bhattakiccakāraṇā bhuñjananimittaṃ.

Te ti te bhikkhū. Yathā laddhan ti yaṃ yaṃ laddhaṃ. Dadātha ti detha.

Nīyātayiṃsū[10] ti adaṃsu. Saṅghaṃ nimantayī ti te[11] dvādasa bhikkhū saṅghuddesavasena taṃ bhattaṃ dātuṃ nimantesi. Anvādisī ti tattha[9] yesaṃ anvādisi te dassetuṃ Mātu pitu[12] ca bhātuno idaṃ me ñātīnaṃ hotu, sukhitā hontu ñātayo ti vuttaṃ.

Samanantarānudiṭṭhe[13] ti uddissa samanantaram eva ca.[9] Bhojanaṃ upapajjātha[14] ti tesaṃ petānaṃ bhojanaṃ upapajji.[15] Kīdisan ti āha. Sucin ti ādi.

Tattha anekarasavyañjanan ti nānārasehi vyañjanehi yuttaṃ, atha vā anekarasaṃ anekavyañjanañ ca. Tato ti bhojanalābhato pacchā. Uddissatī bhātā ti bhātikabhūto peto[16] therassa attānaṃ dassesi. Vaṇṇavā balavā sukhī ti tena bhojanalābhena tāva-d-eva rūpasampanno balasampanno[7] sukhito ca[17] hutvā.

Pahūtaṃ[18] bhojanaṃ bhante ti bhante tava dānānubhāvena[19] pahūtaṃ[18] anappakaṃ bhojanaṃ amhehi laddhaṃ. Passa naggāmhase ti olokehi, naggikā pana amha. Tasmā tathā bhante parakkāma[20] payogaṃ karohi.[21] Yathā[22] vatthaṃ labhāmhase ti yena pakārena yādisena

---

[1] ghāre, M. [2] pāniya.°, M. C. D.; B. [3] *om.* M.
[4] gāthaṃ, B. [5] añño, S_2. [6] S_1 *adds* pi.
[7] *om.* S_1. S_2. [8] °vissagga.°, B. [9] *om.* B.
[10] °dāyiṃsu, B. [11] B. *adds* eva. [12] pitu mātu, B.
[13] °tarā anu.°, B. [14] uda.°, B.; uppajj.°, S_1. S_2.
[15] uppajji, S_1. B. [16] S_1. S_2 *add* me.
[17] °va, B. [18] bahutaṃ, B. [19] tavānubh.°, B.
[20] °kkama, S_1; aparaṃ pi, B. [21] S_1. S_2 *add* ti.
[22] yadā, S_1. S_2.

payogena sabbe 'va mayaṃ[1] vatthāni labheyyāma tathā vāyamā[2] ti attho.

Saṅkārakūṭato ti tattha tattha saṅkāraṭṭhānato. Uccinitvānā ti gavesanavasena gahetvāna. Nantake ti chinnapariyanto[3] chaḍḍitadussakhaṇḍe,[4] te pana yasmā khaṇḍabhūtā pilotikā nāma honti. Tāhi ca[5] thero cīvaraṃ katvā saṅghassa adāsi. Tasmā āha: pilotikaṃ paṭaṃ katvā saṅgho cātuddise adā ti. Tattha saṅghe cātuddise adā ti catūhi[6] disāhi āgatabhikkhusaṅghassa adāsi. Sampadānatthe hi idaṃ bhummavacanaṃ.

Suvatthavasano ti sundaravatthavasano. Therassa[7] dassayi[7] 'tuman[7] ti[7] therassa attānaṃ dassayi[8] dassesi pākaṭo ahosi.

Paṭicchadā[9] ti[9] paṭicchādayati etthā ti paṭicchadā.

Kūṭāgārā nivesanā ti kūṭāgārabhūtā tadaññā nivesanasaṅkhātā ca[10] gharā[11], liṅgavipallāsavasena h'etaṃ vuttaṃ. Vibhattā ti samacaturassa āyatavaṭṭasaṇṭhānādivasena vibhattā. Bhāgaso mitā ti bhāgena paricchinnā.

No ti amhākaṃ. Idhā ti imasmiṃ petaloke. Api dibbesū[12] ti apī ti nipātamattaṃ, dibbesū ti etesu devalokesū ti attho.

Karakan[13] ti dhammakarakaṃ.[14] Pūretvā[15] ti udakassa pūretvā.[15]

Vārikiñjakkhapūritā ti tattha tattha vārimatthake padumuppalādīnaṃ kesarabhārehi[16] sañchāditavasena[17] pūritā.

Phalantī ti pupphanti paṇṇikapariyantādīsu vidālentī[18] ti attho.

Āhiṇḍamānā ti vicaramānā. Khañjamā ti khañjana-

---

[1] mayhaṃ, B. [2] vāyamathā, S_1. S_2.
[3] pi na cariyante, S_1. S_2.
[4] chaḍḍhita.°, S_1. S_2; chaṭṭita.°, B. [5] *om.* S_2.
[6] B. *adds* pi. [7] *om.* S_1; therass' uddisayi ttaman ti, B.
[8] uddissayi, B. [9] *om. all MSS.* [10] *om.* S_1. B.
[11] B. *adds* 'va. [12] *om.* S_1. [13] karaṇan, B.
[14] °karaṇaṃ, B. [15] puritvā, B.
[16] °bhāgehi, B. [17] sañchādana.°, B.
[18] vidāsenti, S_1; (?°yenti, S_2).

vasena gacchāma. Sakkhare kusakkaṇṭhake ti sakkharavati[1] kusakaṇṭhakavati[2] ca bhūmibhāge sakkhare kusakaṇṭhake[2] ca akkamantā ti attho. Yānan ti rathavayhādikaṃ yaṃ kiñci yānaṃ.

Sipātikan ti ekapaṭalaṃ upāhanaṃ.

Rathena m-āgamun ti ma-kāro padasandhikaro. Rathena āgacchiṃsu.

Ubhayan ti ubhayena dānena yānadānena c'eva bhattādicatupaccayadānena ca. Pānīyadānena h'ettha bhesajjadānam pi saṅgahitaṃ.

Sesaṃ heṭṭhā vuttanayattā vuttānam eva.[3]

Thero taṃ pavuttiṃ Bhagavato ārocesi. Bhagavā tam atthaṃ atthuppattiṃ katvā 'yathā ime etarahi evaṃ tvaṃ pi ito anantarātīte attabhāve peto hutvā mahādukkhaṃ anubhavī' ti vatvā therena yācito Suttapetavatthuṃ[4] kathetvā sampattaparisāya dhammaṃ desesi. Taṃ sutvā mahājano sañjātasaṃvego dānasīlādipuññakammanirato ahosī.[5]

Sanuvāsipetavatthuvaṇṇanā.[6]

III, 3.

Veḷuriyathambhaṃ ruciraṃ pabhassaran ti. Idaṃ Satthari Sāvatthiyaṃ viharante aññataraṃ petiṃ ārabbha vuttaṃ. Atīte kira Kassapassa bhagavato kāle aññatarā itthi sīlācārasampannā kalyāṇamittasannissayena sāsane abhippasannā suvibhattavicittathambasopāṇabhūmitalaṃ ativiyadassanīyaṃ ekaṃ āvāsaṃ katvā[7] tattha bhikkhū nisīdāpetvā paṇītena āhārena parivisitvā bhikkhusaṅghassa nīyādesi. Sā aparena samayena kālaṃ katvā aññassa pāpakammassa vasena Himavati pabbatarāje Rathakāradahaṃ nissāya vimānapetī hutvā nibbatti. Tassā[8] saṅghassa āvāsadānapuññānubhāvena sabbaratanamayaṃ uḷāraṃ ativiya samantato pāsādikamanohararamaṇīyaṃ

---

[1] om. S₁. S₂. [2] °kaṇḍaka.°, B.; °kaṇḍuke.°, S₁.
[3] vuttanayattānam eva, S₁; B. adds ti. [4] Putta.°, S₁.
[5] all MSS. add ti. [6] Sāṇa.°, B. [7] katvāna, B.
[8] tassa, so all MSS.

pokkharaṇiyaṃ[1] Nandanavanasadisaṃ upasobhitaṃ[2] vimānaṃ nibbatti sayañ ca suvaṇṇavaṇṇā[3] abhirūpā dassanīyā pāsādikā ahosi. Tattha purisehi vinā[4] dibbasampattiṃ anubhavantī vasati.[5] Tassā[6] dīgharattaṃ nippurisāya vasantiyā anabhirati[7] uppannā. Sā ukkaṇṭhitā hutvā 'atth' eso upāyo' ti cintetvā dibbāni ambapakkāni nadiyaṃ pakkhipati. Sabbaṃ Kaṇṇamuṇḍapetavatthusmiṃ āgatanayen' eva veditabbaṃ. Idha pana Bārāṇasivāsī eko māṇavo[8] Gaṅgāyaṃ tesu[9] ekaṃ[10] ambaphalaṃ disvā tassa ca[11] sambhavaṃ gavesanto anukkamena[12] gantvā taṃ na disvā[13] tadanusārena tassā vasanaṭṭhānaṃ gato. Taṃ disvā attano vasanaṭṭhānaṃ netvā paṭisanthāraṃ karontī[14] nisīdi. So tassā vasanaṭṭhānassa sampattiṃ disvā pucchanto

Veḷuriyathambaṃ ruciraṃ pabhassaraṃ
vīmānam āruyha[15] anekacittaṃ
tatth' acchasi devi mahānubhāve
pathaddhani[16] pannasare va cando. 1
Vaṇṇo ca te kanakassa[17] sannibho
uttattarūpo[18] bhūsadassaneyyo[19]
pallaṅkaseṭṭhe atule nisinnā
ekā tuvaṃ natthi ca tuyhaṃ sāmiko. 2
Imā ca[20] te pokkharaṇī samantā[21]
pahūtamālyā[22] bahupuṇḍarīkā
suvaṇṇacuṇṇehi samant' otatā[23]
na tattha paṅko paṇṇako ca vijjati. 3
Haṃsā pi me dassaniyā manoramā

---

[1] °ṇī, B.; °nīyaṃ, S_1. S_2. [2] rūpasobhitaṃ, B. [3] suvaṇṇa, S_1.
[4] B. *adds* 'va. [5] viharati, B. [6] B. *adds* tattha.
[7] arati, B. [8] māṇavo, B.
[9] Gaṅgāyatīresu, B. [10] etaṃ, B. [11] *om.* B.
[12] B. *adds* taṃ ṭhānaṃ. [13] taṃ nadi, S_2; nadī disvā, B.
[14] karonto, B. [15] āruyhaṃ, S_1. S_2. [16] samantato (°tano, C.), M. [17] kanaka, C.; B. [18] uggatta.°, S_1. S_2; uttatta.°, M. C. D.; B. [19] °nīyo, S_1. S_2. [20] pi, B.
[21] pokkharaññā samaṅgato, S_1. S_2; °ññā samantato, C. D.
[22] bahutamalyā, M. C. D.; B.; pahūtamāsā (°māssā, S_1), S_2.
[23] samantam ottatā, M. D.; B.; otatā, C.; samaṅgam otakā, S_1. S_2.

udakasmiṃ anupariyanti[1] sabbadā
samayya[2] vaggūpanadanti[3] sabbe
vindussarā[4] dundubhīnaṃ[5] va ghoso. 4
Daddaḷhamānā[6] yasasā yasassinī
nāvāya ca[7] tvaṃ avalamba tiṭṭhasi
āḷārapamhe[8] hasite piyavade
sabbaṅgakalyāṇi bhusaṃ virocasi. 5
Idaṃ vimānaṃ virajaṃ same ṭhitaṃ
uyyānavantaṃ[9] ratinandivaḍḍhanaṃ[10]
icchām' ahaṃ[11] nāri anomadassane
tayā saha nandane idha moditun ti 6

imā gāthā abhāsi.

Tattha tatthā ti tasmiṃ vimāne. **Acchasī** ti icchiticchitakāle nisīdasi vasasi.[12] **Devī** ti taṃ ālapati. **Mahānubhāve** ti mahatā dibbānubhāvena samannāgate. **Pathaddhanī** ti attano pathabhūte addhani gaganatalamagge[13] ti attho. **Pannarase va cando**[14] ti puṇṇamāsiyaṃ paripuṇṇamaṇḍalo cando viya vijjotamānā ti attho.

Vaṇṇo ca[15] **te kanakassa sannibho**[16] ti tava vaṇṇo uttattasiṅgīsuvaṇṇena[17] sadiso ativiya manoharo. Tenāha: uggatarūpo[17] bhūsadassaneyyo[18] ti. **Atule** ti mahārahe, atule ti[19] vā devatāya ālapanaṃ, asadisarūpe ti attho. **Natthi**[20] **ca**[21] **tuyhaṃ sāmiko** ti sāmiko ca tuyhaṃ[12] natthi.

Pahūtamālyā[22] ti kamalakuvalayādi-bahuvividhakusuma-

---

[1] °cariyanti, S₁. [2] samaya, M. D.; B.; °yā, C.
[3] vaggu (vaggū, M.) upanadanti, M. C. D.; vatthu, S₁. S₂.
[4] viddussarā, S₁; bindu.°, M. C. D.; B.
[5] dudrā.°, B.; dudra.°, M. [6] daddall.°, S₁. S₂.
[7] *om.* S₁. S₂. [8] āḷārasamhe, C.; B.; ālāracamhe, S₁. S₂.
[9] °vanaṃ, M. C. D.; B. [10] °nanda.°, C. D.; B.
[11] icchām' ahaṃ; C. D.; B.; taṃ, M.; te, S₁. S₂.
[12] *om.* B. [13] °matte, S₁. S₂.
[14] candimā, S₁. S₂. [15] pi, S₁. [16] kanakasan.°, B.
[17] uttatta.°, B.; uttagga.°, S₁; uggatta.°, S₂.
[18] °dassaneyyā, S₁. B.; °nīyā, S₂. [19] hi, S₁. S₂. [20] atthi, S₁. S₂.
[21] *om.* S₂. [22] bahutamalyā, B.; pahūtamāssā, S₁. S₂.

vatiyo. Suvaṇṇacuṇṇehi[1] ti suvaṇṇavālikāhi. Samant' otatā[2] ti samantato okiṇṇā. Tatthā ti tāsu pokkharaṇīsu. Paṅko paṇṇako cā ti kaddamo vā udakacchikkhalo[3] vā na vijjati.

Haṃsā pi me dassanīyā manoramā ti ime haṃsā dassanasukhā manoramā ca. Anupariyanti ti anuvicaranti.[4] Sabbadā ti sabbesu utūsu. Samayyā[5] ti saṅgamma. Vaggū ti madhuraṃ. Upanadanti ti vikūjanti.[6] Vindussarā[7] ti avissaṭṭhassarā[8] sampiṇḍitassarā. Dundubhīnaṃ[9] va ghoso ti vagguvindussarabhāvena dundubhīnaṃ[9] viya tava pokkharaṇiyaṃ haṃsānaṃ ghoso ti attho. Daddaḷhamānā[10] ti ativiya abhijalanti. Yasasā ti devīddhiyā. Nāvāya ti doṇiyaṃ, pokkharaṇiyaṃ hi paduminisuvaṇṇanāvāya mahārahe pallaṅke nisīditvā udakakīḷaṃ kīḷantiṃ[11] disvā evam āha. Avalamba ti olambitvā apassena apassāya. Tiṭṭhasī ti[12] idaṃ ṭhānasaddassa[13] gatinivatti-atthattā gatiyā ca[14] paṭikkhepavacanaṃ, nisajjasī[15] ti vā pāṭho, nisīdasī tvev' assa attho daṭṭhabbo. Āḷārapamhe[16] ti vellitadīghanīlapamukhe. Hasite ti hasitavati hasitamukhī.[17] Piyavade ti piyabhāṇini.[18] Sabbaṅgakalyāṇī ti sabbehi aṅgehi sundare sobhanasabbaṅgapaccaṅgī ti[19] attho. Virocasī ti virājasi.[20]

Virajan ti vigatarajaṃ niddosaṃ. Same ṭhitan ti same bhūmibhāge ṭhitaṃ caturaṃsasobhitāya vā[14] samabhāge ṭhitaṃ samantabhaddakan ti attho. Uyyānavantan ti Nandanavanasadisaṃ. Ratinandivaḍḍhanan[21] ti ratiñ

[1] sovaṇṇa.°, S₁. S₂. [2] samantam ottatā, B.; samaṅgam otakā, S₁. S₂. [3] °cchikhalo, S.; °picchillo, B. [4] °caranti, B. [5] samayā, B. S₂. [6] °kujenti, B. [7] vidussarā, S₁. S₂; bindussarā, B. [8] avisatassarā, B.; vissaddhasarā, S₂; bhavissaṭṭhasarā, S₁. [9] dudra.°, B. [10] daddalh.°, S₁. S₂; daddaḷh.°, B. [11] kiḷanti ti, B. [12] B. *adds* ca. [13] dāna.°, S₁. S₂. [14] *om.* B. [15] nisajjāyati, S₁. S₂, *and continue:* nisīdasī tvev' assa attho daṭṭhabbo, B. [16] °samhe, B.; ālāracamhe, S₁. S₂. [17] hasitamahāhasitapakhe, B. [18] °bhāṇini, B. [19] °paccaṅgāhi, B. [20] virojasi, S₁. S₂; °rocesi, B. [21] ratinanda.°, S₁. S₂.

ca nandiñ ca[1] vaḍḍhatī ti ratinandivaḍḍhanaṃ[2] sukhassa ca pītiyā ca saṃvaḍḍhanan ti attho. Nārī ti tassā ālapanaṃ. Anomadassane ti paripuṇṇaṅgatāya[3] nandanadassane.[4] Nandane ti nandakare. Idhā ti Nandanavane vimāne vā. Moditum ti abhiramitum icchāmī ti yojanā.

Evaṃ pana tena māṇavena[5] vutte sā vimānadevatā[6] tassa paṭivacanaṃ dentī

Karohi[7] kammaṃ idha[8] vedaniyaṃ
cittañ ca te idha nataṃ[9] bhavatu
katvāna kammaṃ idha vedaniyaṃ[10]
evaṃ mamaṃ[11] lacchasi kāmakāminin[12] ti 7

gātham āha.

Tattha karohi kammaṃ idha vedaniyan ti idha imasmiṃ dibbaṭṭhāne vipaccanakavipākadāyakaṃ kusalakammaṃ[13] karohi pasaveyyāsi. Idha natan[14] ti idh' upanatam,[15] idha ninnan[16] ti vā pāṭho imasmiṃ ṭhāne ninnapoṇapabbhāraṃ tava cittaṃ bhavatu hotu. Maman ti maṃ. Lacchasī ti labhissasi.

So māṇavo[17] tassā vimānapetiyā vacanaṃ sutvā tato manussapathaṃ gato tattha cittaṃ paṇidhāya tajjaṃ puññakammaṃ katvā na cirass' eva kālaṃ katvā tattha nibbatti. Tassā petiyā sahavyataṃ tam atthaṃ pakāsento saṅgītikārā

Sādhū ti so tassā paṭisuṇitvā
akāsi kammaṃ sahavedaniyaṃ[18]
katvāna kammaṃ tahiṃ vedaniyaṃ
uppajji[19] māṇavo[20] tassā sahavyatan ti 8

osānagātham āhaṃsu.

---

[1] nandañ ca, S_2; nandanañ ca, S_1. [2] ratinanda.°, S_1. S_2.
[3] °aṅgapaccaṅgatāya, B.
[4] ānandana.°, S_2; anuna.°, B. [5] māṇa.°, B.
[6] vimānapeti.°, B. [7] karomi, S_1. [8] tahi, M.
[9] nituṃ, S_1. S_2; natañ ca hotu, M. C.
[10] modaniyaṃ, S_1. S_2. [11] mama, B.
[12] °kāminan, M.; S_1. S_2. [13] kusalaṃ, B.
[14] nitan, S_1. S_2. [15] idh' upanītaṃ, S_1. S_2.
[16] idha nitan, S_1. S_2. [17] māṇavo, B.
[18] tahīved.°, M.D.; B. [19] upapajji, B. [20] māṇavo, M.C.D.; B.

Tattha sādhū ti sampaṭicchane nipāto. Tassā ti[1] vimānapetiyā. Paṭisuṇitvā ti tassā vacanaṃ sampaṭicchitvā. Tahiṃ vedaniyan ti tasmiṃ vimāne tāya[2] saddhiṃ veditabbaṃ sukhavipākaṃ kusalakammaṃ. Sahavyatan ti sahabhāvaṃ. So mānavo[3] tassā sahavyataṃ uppajji[4] ti yojanā.[5]

Evaṃ tesu tattha cirakālaṃ dibbasampattiṃ anubhavantesu puriso kammassa parikkhayena kālam akāsi. Itthi pana attano puññakammassa khettagatabhāvena ekaṃ buddhantaraṃ tattha paripuṇṇaṃ katvā vasi. Atha amhākaṃ Bhagavati loke uppajjitvā pavattitapavaradhammacakke[6] anukkamena Jetavane viharante āyasmā[7] Mahāmoggallāno ekadivasaṃ pabbatacārikaṃ caramāno taṃ vimānañ[8] ca[8] vimānapetiñ ca disvā Veḷuriyathambaṃ ruciraṃ pabhassaran ti ādikāhi gāthāhi pucchi. Sā c'assa ādito paṭṭhāya sabbaṃ attano pavuttiṃ ārocesi. Taṃ sutvā thero Sāvatthiṃ āgantvā[9] Bhagavato ārocesi. Bhagavā taṃ atthaṃ atthuppattiṃ katvā sampattaparisāya dhammaṃ desesi. Taṃ sutvā mahājano dānādīni puññāni katvā dhammanirato ahosi.[10]

Rathakārapetavatthuvaṇṇanā.

III, 4.

Bhūsāni eko sāliṃ punāpare ti. Idaṃ Satthari Sāvatthiyaṃ viharante cattāro pete ārabbha vuttaṃ. Sāvatthiyā kira avidūre aññatarasmiṃ gāmake eko kūṭavāṇijo kūṭamānādīhi jīvitaṃ kappesi. So sālipalāse gahetvā tambamattikāya paribhāvitāya garutare katvā rattasālīhi saddhiṃ missetvā vikkiṇi. Tassa putto 'gharaṃ āgantānaṃ[11] mama mittasuhajjānaṃ sammānaṃ na karotī' ti kupito yoggācammaṃ[12] gahetvā mātu sīse pahāraṃ adāsi. Tassa

---

[1] S_1. S_2 *add* tassā. [2] petāya, B. [3] māṇavo, B.
[4] uppajjati, S_1. S_2; upapajji, B.
[5] B. *adds* sesaṃ uttānam eva. [6] pavattitavara.°, B.
[7] atthāy.°, S_1. S_2. [8] *om.* S_1. [9] gantvā, B.
[10] B. *adds* ti. [11] āgantvā, B. [12] yuga.°, B.

suṇisā sabbesaṃ atthāya ṭhapitamaṃsaṃ corikāya[1] khāditvā puna tehi anuyuñjiyamānā 'sace mayā[2] taṃ maṃsaṃ khāditaṃ, bhave bhave attano piṭṭhimaṃsaṃ kantitvā[3] taṃ khādeyyan' ti sapathaṃ akāsi. Bhariyā pan' assa[1] kiñci-d-eva upakaraṇaṃ yācantānaṃ natthī ti vatvā tehi nippīḷiyamānā 'sace santaṃ natthī ti vadāmi, jātajātaṭṭhāne[4] gūthabhakkhā bhaveyyan' ti musāvādena sapathaṃ akāsi. Te cattāro janā aparena samayena kālaṃ katvā Viñjhāṭaviyaṃ petā hutvā nibbattiṃsu. Tattha kūṭavāṇijo kammaphalena pajjalantaṃ bhūsaṃ ubhohi hatthehi gahetvā attano matthake ākiritvā mahādukkhaṃ anubhavati. Tassa putto ayomayehi muggarehi sayam eva attano sīsaṃ bhinditvā anappakaṃ dukkhaṃ paccanubhoti. Tassa suṇisā kammaphalena sunisitehi ativiyavipulāyatehi nakhehi attano piṭṭhimaṃsāni okantitvā[5] okantitvā khādantī aparimitaṃ dukkhaṃ anubhavati. Tassa bhariyāya sugandhaṃ suvisuddhaṃ apagatakāḷakaṃ sālibhattaṃ upanītamattam eva nānāvidhakimikulākulaṃ paramaduggandhajegucchagūthaṃ sampajjati. Taṃ sā ubhohi hatthehi pariggahetvā bhuñjantī mahādukkhaṃ paṭisaṃvedeti. Evaṃ tesu catūsu janesu petesu nibbattitvā mahādukkhaṃ anubhavantesu āyasmā Mahāmoggallāno pabbatacārikaṃ caranto ekadivasaṃ[6] taṃ ṭhānaṃ patto te[7] disvā

Bhūsāni eko[8] sālim punāparo[9]
ayañ ca[10] nārī sakamaṃsalohitaṃ
tuvañ[11] ca gūthaṃ asuci-akantikaṃ[12]
paribhuñjasi kissa ayaṃ vipāko ti 1.

imāya[1] gāthāya tehi katakammaṃ pucchi.

Tattha bhūsānī ti palāsāni. Eko[13] ti ekato.[14] Sālin ti sālino. Sāmi-atthe h'etaṃ upayogavacanaṃ. Sālino

---

[1] *om.* B. [2] mayaṃ, S_1. S_3. [3] kanditvā, B.
[4] jātaṭhāne, B. [5] kantitvā, B., *but only once.* [6] B. *adds* ca.
[7] tato pete, S_1; tato te pete, S_3.
[8] eke, S_1. S_3. [9] °pare, S_1. S_3.
[10] saññā, S_1. S_3. [11] tvañ, C. D.; S_1. S_3. B.
[12] akantaṃ, M.; B. [13] eke, S_1. S_3. [14] eko, S_1. S_3.

palāsāni pajjalantāni attano sīse avakiratī[1] ti adhippāyo. Punāparo ti puna aparo, yo hi so mātu sīsaṃ paharati so ayomuggarehi attano sīsaṃ paharitvā sīsabhedaṃ pāpuṇāti.[3] Taṃ[4] sandhāya[4] vadati[4] sakamaṃsalohitan ti attano piṭṭhimaṃsalohitañ ca paribhuñjatī ti yojanā. Akantikan[5] ti akantaṃ[4] amanāpaṃ jegucchaṃ. Kissa ayaṃ vipāko ti katamassa pāpakammassa idaṃ phalaṃ yaṃ[4] idāni tumhehi paccanubhavīyatī ti attho.

Evaṃ therena[6] tehi katakamme[7] pucchite kūṭavāṇijassa bhariyā sabbehi tehi katakammaṃ ācikkhantī

Ayaṃ pure mātaraṃ hiṃsati
ayaṃ pana kūṭavāṇijo
ayaṃ maṃsāni khāditvā
musāvādena vañceti.[8] 2
Ahaṃ manussesu manussabhūtā
agāriṇī sabbakulassa[9] issarā
santesu parigūhāmi[10] mā ca[11] kiñci ito adaṃ
musāvādena chādemi 'natthi etaṃ mama[12] gehe,[13]
sace santaṃ nigūhāmi[14] gūtho me hotu bhojanaṃ'. 3
Tassa kammavipākena musāvādassa c'ūbhayaṃ
sugandhasālino bhattaṃ gūthaṃ me parivattati. 4
Avañjhāni[15] ca kammāni na hi kammaṃ vinassati
duggandhaṃ kimīnaṃ mīḷhaṃ bhuñjāmi ca pivāmi cā ti 5

gāthā abhāsi.

Tattha ayan ti puttaṃ dassentī vadati. Hiṃsatī ti thāmena paribādheti muggarena paharatī[16] ti attho. Kūṭavāṇijo ti bālavāṇijo vañcanāya vaṇijjakārako[17] ti

[1] °kirayatī, B. [2] °paro, B.
[3] sīsabhedapāpunaṭṭhānagato, B. [4] om. B.
[5] akantan, B. [6] tena, S_1. [7] °kammaṃ, B.
[8] °si, M. C. D. [9] kulassa, S_1. S_2.
[10] °guhāmi, M. D.; B.; °guyhami, S_1. S_2. [11] om. S_2.
[12] mamaṃ, M. [13] ito, C. D.; iti, M.
[14] °gūhāmi, D.; °guyāmi, B.; °guyhāmi, S_1. S_2.
[15] avañjhāni, M.; avañjāni, C.; B.; avañcāni, D.; avajjāni, S_1. S_2. [16] paharī, S_1. S_2. [17] vaṇijjako, B.

attho. Maṃsāni khāditvā ti parehi sādhāraṇaṃ maṃsaṃ sayaṃ[1] eva[1] khāditvā nāhaṃ[2] khādāmī ti musāvādena[3] vañcesi.

Agāriṇī ti gehasāminī. Santesū ti vijjamānesv eva[4] parehi yācita-upakaraṇesu. Parigūhāmī[5] ti paṭicchādemi.[6] Kālavipallāsena h'etaṃ vuttaṃ. Mā ca kiñci ito adan ti ito mama santakato kiñci mattam pi atthikassa parassa na adāsi. Chādemī ti natthi etaṃ mama gehe ti musāvādena chādesi.

Gūthaṃ me parivattatī ti sugandhasālibhattaṃ mayhaṃ kammavasena gūthabhāvena parivattati pariṇamati. Avañjhānī[7] ti amoghāni anipphalāni. Na hi kammaṃ vinassatī ti hetupacitaṃ[8] kammaṃ phalaṃ adatvā na hi vinassati. Kimīnan ti kimivantaṃ sañjātakimikulaṃ. Mīḷhan ti gūthaṃ.

Sesaṃ heṭṭhā vuttanayattā uttānam eva.[9]

Evaṃ thero tassā petiyā vacanaṃ sutvā taṃ pavuttiṃ Bhagavato ārocesi. Bhagavā taṃ atthaṃ atthuppattiṃ katvā sampattaparisāya dhammaṃ desesi. Sā desanā mahājanassa sātthikā ahosi.[10]

Bhūsapetavatthuvaṇṇanā.

III, 5.

Accherarūpaṃ Sugatassa ñāṇan ti. Idaṃ[11] Kumārapetavatthuṃ. Tassa kā[12] uppatti? Sāvatthiyaṃ kira bahū upāsakā dhammagaṇā hutvā nagare mahantaṃ maṇḍapaṃ kāretvā taṃ nānāvaṇṇehi vatthehi alaṅkaritvā kālass' eva Satthāraṃ bhikkhusaṅghañ ca nimantetvā mahārahavarapaccattharaṇatthatesu āsanesu buddhappamukhabhikkhusaṅghaṃ nisīdāpetvā gandhapupphādīhi pū-

---

[1] *om.* B. [2] na, B. [3] S₁ *adds* te.
[4] °mānass' eva, S₁. [5] °guyhāmi, S₁. S₂.
[6] °desi, S₁. S₂. [7] avajjāni, S₁. S₂. [8] katup.°, B.
[9] [illegible]yam eva, S₁; B. *adds* ti. [10] *all MSS. add* ti.
[11] *om.* S₁. S₂. [12] *om.* B. S₁.

jetvā[1] mahādānaṃ pavattenti. Taṃ disvā aññataro maccheramalapariyuṭṭhitacitto puriso taṃ sakkāraṃ asahamāno evam āha: 'varam etaṃ sabbaṃ[2] saṅkārakūṭe chaḍḍitaṃ, na tveva imesaṃ muṇḍakānaṃ dinnan' ti. Taṃ sutvā upāsakā saṃviggamānasā 'bhāriyaṃ vata iminā purisena pāpaṃ pasutaṃ, yena evaṃ buddhappamukhe bhikkhusaṅgho aparaddhan' ti tam atthaṃ tassa mātuyā ārocetvā 'gaccha[3] sasāvakasaṅghaṃ[4] Bhagavantaṃ khamāpehī' ti āhaṃsu. Sā sādhū ti paṭisuṇitvā puttaṃ santajjentī saññāpetvā Bhagavantaṃ bhikkhusaṅghañ ca upasaṅkamitvā puttena kataṃ accayaṃ desentī khamāpetvā Bhagavato bhikkhusaṅghassa ca sattāhaṃ yāgudānena pūjaṃ akāsi. Tassā putto na cirass' eva kālaṃ katvā kiliṭṭhakammaupajīviniyā gaṇikāya kucchiyaṃ nibbatti. Sā ca naṃ jātamattaṃ yeva dārako ti ñatvā susāne chaḍḍāpesi. So tattha attano puññabalen' eva[5] gahitārakkho kenaci anupadduto mātu aṅke viya sukhaṃ supi. Devatā tassa ārakkhaṃ gaṇhiṃsū ti vadanti. Atha Bhagavā paccūsavelāyaṃ mahākaruṇāsamāpattito vuṭṭhāya buddhacakkhunā lokaṃ olokento[6] taṃ dārakaṃ sīvathikāya[7] chaḍḍitaṃ disvā suriyuggamanavelāya sīvathikaṃ āgamāsi. 'Satthā idhāgato, kāraṇen' ettha[8] bhavitabban' ti mahājano sannipati. Bhagavā sannipatitaparisāya 'nāyaṃ dārako oññātabbo[9] yadi pi idāni susāne chaḍḍito anātho ṭhito, āyatiṃ pana diṭṭhe yeva[10] dhamme abhisamparāyañ ca uḷārasampattiṃ paṭilabhissatī' ti vatvā tehi manussehi 'kin nu kho bhante iminā[11] purimajātiyaṃ kataṃ kamman' ti puṭṭho 'buddhappamukhassa bhikkhusaṅghassa pūjaṃ akāsi janatā uḷāraṃ,[12] tatr' assa cittassa[13] ahu aññathattaṃ[14] vācaṃ abhāsi pharusaṃ asabbhin' ti ādinā tena dārakena kataṃ kammaṃ āyatiṃ pattabbasampattiñ ca pakāsetvā sannipatitaparisāya ajjhāsayānurūpaṃ dhammaṃ kathetvā upari sāmukkaṃsikaṃ dhammadesanaṃ akāsi. Saccapariyosāne

---

[1] pūjitvā, B. [2] B. *adds* sakkāraṃ. [3] gacchasi, S_1; B. *adds* tvaṃ. [4] sāvaka.°, S_1. [5] °balena, B. [6] volokento, B. [7] °kāyaṃ, S_1. [8] kāraṇ' evatthā, S_1. [9] oññāpetabbaṃ, B. [10] diṭṭh' eva, B. [11] *om.* B. [12] uḷārā, B. [13] cittaṃ, B. [14] °thatthaṃ, B. S_1.

caturāsītiyā pāṇasahassānaṃ dhammābhisamayo ahosi. Tañ ca dārakaṃ āsītikoṭivibhavo eko kuṭimbiko[1] 'Bhagavato sammukhā 'va mama[2] putto' ti aggahesi. Bhagavā 'ettakena ayaṃ dārako rakkhito mahājanassa ca anuggaho kato' ti vihāraṃ agamāsi. So aparena samayena tasmiṃ kuṭimbike[3] kalakate[4] tena[5] nīyāditaṃ dhanaṃ paṭipajjitvā kuṭumbaṃ saṇṭhapento tasmiṃ nagare yeva mahāvibhavo gahapati hutvā dānādipuññānirato ahosi. Ath' ekadivasaṃ bhikkhū dhammasabhāyaṃ kathaṃ samuṭṭhāpesuṃ 'aho nūna Satthā sattesu anukampako, so pi nāma dārako tadā anātho ṭhito etarahi mahatiṃ sampattiṃ paccanubhavati uḷārāni ca puññāni karotī' ti. Taṃ sutvā Satthā 'na bhikkhave tassa ettakā 'va sampatti atha kho āyupariyosāne[6] Tāvatiṃsabhavane[7] Sakkassa devarañño putto hutvā nibbattissati mahatiñ ca dibbasampattiṃ paṭilabhissatī' ti vyākāsi. Taṃ sutvā bhikkhū mahājano ca idaṃ kira kumāraṃ disvā 'dīghadassī Bhagavā jātamattass' eva tassa[8] āmakasusāne chaḍḍitassa tattha gantvā saṅgahaṃ akāsī' ti Satthu ñāṇavisesaṃ thometvā tasmiṃ atthabhāve tassa pavuttiṃ kathesuṃ. Tam atthaṃ dīpentā saṅgītikārā

Accherarūpaṃ Sugatassa ñāṇaṃ
Satthā yathā puggalaṃ vyākāsi:
ussannapuññāpi bhavanti[9] h'eke[10]
parittapuññāpi bhavanti[9] h'eke.[10] 1
Ayaṃ kumāro sīvathikāya chaḍḍito
aṅguṭṭhasnehena yāpesi rattiṃ,
na yakkhabhūtā na siriṃsapā[11] vā
na heṭhayeyyuṃ[12] katapuññakumāraṃ
sunakhāpi imassa[13] palihiṃsu[14] pāde
dhaṅkā siṅgālā parivattayanti. 2

---

[1] kuṭumbiko, B. [2] mayhaṃ, B. [3] °ko, S_1. [4] °kato, S_1. [5] taṃ, B. [6] āyuhapari.°, B. [7] tāvatiṃse, S_1; *om.* S_2. [8] °mattass' evassa, B. [9] °puññābhibhavanti, B. [10] loko, C. [11] sarisapā, M. C. D.; B. [12] hedha.°, M.; vihedha.°, D.; B.; viheṭha.°, S_1. S_2; no podha.°, C (*taken from the Commentary*). [13] h'imassa 1 pi imassa, M. C. D.; B. [14] pala.°, *all MSS. exc.* M.

Gabbhāsayaṃ pakkhigaṇā haranti
kākā pana akkhimalaṃ haranti
na imassa[1] rakkhaṃ vidahiṃsu keci[2]
na osadhaṃ[3] sāsapadhūpanaṃ vā. 3
Nakkhattayogaṃ pi na[4] uggahesuṃ
na sabbadhaññāni pi ākiriṃsu
etādisaṃ uttamakicchapattaṃ[5]
rattābhataṃ sīvathikāya chaḍḍitaṃ. 4
Nonītapiṇḍaṃ[6] viya[7] pavedhamānaṃ[8]
sasaṃsayaṃ jīvitasāvasesaṃ
tam addasa devamanussapūjito[9]
disvā 'va[10] taṃ vyākari[11] bhūripañño:
ayaṃ kumāro nagarass' imassa
aggakuliko bhavissati bhogato.[12] 5
Kissa vataṃ kiṃ pana brahmacariyaṃ
ki 'ssa suciṇṇassa ayaṃ vipāko?
etādisaṃ vyasanaṃ pāpuṇitvā
taṃ tādisaṃ paccanubhossat' iddhin ti 6

cha[13] gāthā avocuṃ.

Tattha accherarūpan ti acchariyasabhāvaṃ. Sugatassa ñāṇan ti aññehi asādhāraṇaṃ Sammāsambuddhassa ñāṇaṃ āsayānusayañāṇādi-sabbaññutañāṇam eva[14] sandhāya vuttaṃ. Tayidaṃ aññesaṃ avisayabhūtaṃ[15] kathaṃ[16] ñāṇan[17] ti[17] āha: Satthā yathā puggalaṃ vyākāsī ti. Tena Satthu desanāya evaṃ ñāṇassa acchariyabhāvo[18] viññāyatī[17] ti dasseti. Idāni taṃ[17] vyākaraṇaṃ dassento Ussannapuññāpi[19] bhavanti h'eke, parittapuññāpi[19] bhavanti h'eke ti āha. Tass' attho: ussannakusaladhammāpi idh' ekacce puggalā

---

[1] n'imassa, M. [2] ke pi, S_2.
[3] usathaṃ, S_1; ūsapaṃ, S_2. [4] pana l. pi na, S_1. S_2.
[5] parama.°, C. [6] navanīta.°, C. D.; B.; nonitta.°, M.
[7] va, M. [8] vedh.°, S_1. S_2.
[9] devamanussehi pūj.°, M. C. D. [10] ca, M. C. D.
[11] °kariṃ, S_1. S_2. [12] bhogavā, C. D.; B.; *all MSS. add* ca.
[13] satta, S_1. S_2. [14] B. *adds* vā.
[15] B. *adds* ñāṇaṃ. [16] kathan ti, B. [17] *om.* B.
[18] °bhagavato, B. [19] °puññāni, S_1. S_2.

laddhūpacayassa[1] tādisassa apuññassa[2] vasena jāti-ādinā nihīnā bhavanti, parittapuññāpi appatarapuññadhammāpi eke sattā khettasampatti-ādinā tassa puññassa mahājutikatāya uḷārā bhavantī ti. Sīvathikāyā ti susāne. Aṅguṭṭhasnehenā ti aṅguṭṭhato pavattasnehena devatāya aṅguṭṭhato paggharitakhīrenā ti attho.

Na yakkhabhūtā[3] na sirimsapā[4] vā ti[5] pisācabhūtā vā yakkhabhūtā vā sirimsapā vā ye keci sarantā[6] gacchantā vā. Nā heṭhayeyyun[7] ti na bādheyyum.[8] Palahimsu pāde ti attano jīvhāya pāde palahimsu.[9] Dhaṅkā ti kākā. Siṅgālā parivattayantī ti mā nam kumāram keci vihimseyyun[10] ti rakkhantā[11] nirogabhāvajananattham apāraparam parivattanti.

Gabbhāsayan ti gabbhamalam. Pakkhigaṇā ti gijjhakulalādayo sakuṇagaṇā. Harantī ti apanenti. Akkhimalan ti akkhigūtham.[12] Kecī ti keci manussā, amanussā[13] pana rakkham samvidahimsu.[14] Osadhan[15] ti tadā āyatiñ ca ārogyāvaham agadam.[16] Sāsapadhūpanam vā ti yam jātassa dārakassa rakkhanatthāya sāsapena dhūpanam karonti, tam pi tassa karontā nāhesun ti dīpenti.[17]

Nakkhattayogam pi na uggahesun ti nakkhattayuttam pi na uggaṇhimsu[18] 'asukasmim[19] rāsimhi asukasmim nakkhatte asukasmim tithimhi tamhi muhutte ayam jāto' ti evam jātakammam p'issa na keci[20] akamsū ti attho. Na sabbadhaññāni pi ākirimsū ti maṅgalam[21] karontā agadavasena yam[20] sāsapatelamissitam[22] sāli-ādi dhaññam ākiranti[23] tam p'issa[24] nākamsū ti attho. Etādisan ti

[1] laddhapaccayatāya, B.; °paccayassa, S_2. [2] puññassa, S_1.
[3] B. *adds* ti yakkhā vā bhūtā vā; °bhūtāni, S_1.
[4] sarisapā, B. [5] B. *continues:* ye keci *and so on.*
[6] B. *adds* vā. [7] vihedha.°, B. [8] na podheyyum, B.
[9] lehayisu, B. [10] vihedheyyun, B.
[11] paccakkhantā, S_1. [12] atthi.°, S_1. S_2. [13] *om* S_1.
[14] visam.°, S_2. [15] osapan, S_2; osajan, S_1.
[16] agadā, B. [17] dīpeti, S_1. S_2. [18] gaṇhimsu, B.
[19] asukamhi, B., *and continues:* nakkhattehi pi thimhi (*sic!*) mahutte (*sic!*) *and so on.* [20] *om.* B.
[21] maṅgalāni, B. [22] sabbatela.°, S_1. S_2.
[23] ākirintām, S_1. [24] pi, B., *and adds* manussā.

evarūpaṃ. Uttamakicchapattan ti paramakicchaṃ āpannaṃ ativiyadukkhappattaṃ. Rattābhatan ti rattiyaṃ ābhataṃ.

Nonītapiṇḍaṃ[1] viyā ti navanītapiṇḍasadisaṃ maṃsapesimattattā evaṃ vuttaṃ. Pavedhamānan ti dubbalabhāvena pakampamānaṃ.[2] Sasaṃsayan ti jīvati nu kho nanu kho jīvatī ti saṃsayitattāya saṃsayavantaṃ.[3] Jīvitasāvasesan ti jīvitaṭṭhitiyā hetu bhūtānaṃ sādhanānaṃ abhāvena kevalaṃ jīvitamattāvasesaṃ.[4] Aggakuliko bhavissati bhogato[5] ti bhoganimittaṃ bhogassa vasena aggakuliko seṭṭhakuliko bhavissatī ti attho.

Ki'ssa vatan[6] ti ayaṃ gāthā Satthu santike ṭhitehi upāsakehi tena katakammassa pucchāvasena vuttā sā ca kho[7] sīvathikāya sannipatitehi[8] veditabbā. Tattha ki'ssā ti kiṃ assa. Vatan ti vatasamādānaṃ. Puna kissā ti kīdisassa suciṇṇassa vatassa brahmacariyassa cā[9] ti vibhattiṃ[10] vipariṇāmetvā[11] yojanā. Etādisan ti gaṇikāya kucchiyā nibbattanaṃ susāne chaḍḍitan ti evarūpaṃ. Vyasanan ti anatthaṃ. Tādisan ti tathārūpaṃ Aṅguṭṭhasnehena yāpesi rattin ti ādinā Ayaṃ kumāro nagarass' imassa aggakuliko bhavissatī ti ādinā ca[12] vuttappakāran[13] ti attho. Iddhin ti deviddhidibbasampattin ti vuttaṃ.

Idāni tehi upāsakehi puṭṭho Bhagavā yathā tathā[14] vyākāsi, taṃ dassento saṅgītikārā

Buddhappamukhassa bhikkhusaṅghassa[15]
pūjaṃ akāsi janatā uḷāraṃ
tatr'assa cittassa[16] ahu aññathattaṃ[17]
vācaṃ abhāsi pharusaṃ asabbhiṃ. 7
So taṃ vitakkaṃ paṭivinodayitvā[18]
pītipasādaṃ paṭiladdhā[19] pacchā

---

[1] nava.°, B. [2] saṃk.°, B. [3] sasaṃsavanti, S_1. S_2.
[4] °sesakaṃ, B. [5] bhogavā, B.
[6] vattan, S_1. S_2. [7] ko, S_1. S_2. [8] S_1. S_2 *add* ti.
[9] vā, S_1. S_2. [10] vibhakti, S_1. [11] pari.°, S_1. S_2.
[12] *om.* S_1. S_2. [13] pavutta.°, S_1. S_2.
[14] tadā, B. [15] saṅghassa, M. C. D.
[16] cittaṃ, M.; B. [17] °ttaṃ, S_1; °tattaṃ, S_2; °tatthaṃ, B.
[18] vinod.°, M. C. D. [19] °laddhaṃ, C.; S_1; °laddha, M. D.

Tathāgataṃ Jetavane vasantaṃ
yāguyā upaṭṭhāsi so[1] sattarattaṃ. 8
Tassa vataṃ[2] taṃ pana brahmacariyaṃ
tassa suciṇṇassa ayaṃ vipāko
etādisaṃ vyasanaṃ pāpuṇitvā
taṃ tādisaṃ paccanubhossat' iddhiṃ. 9
Ṭhatvāna[3] so vassasataṃ idh' eva
sabbehi kāmehi samaṅgibhūto
kāyassa bhedā abhisamparāyaṃ
sahavyataṃ gacchati Vāsavassā ti 10

catasso gāthā avocuṃ.

Tattha janatā ti janasamūho[4] upāsakagaṇo ti adhippāyo. Tatrā ti tassa pūjāyaṃ. Assā ti assa dārakassa. Cittassa[5] ahu aññathattan[6] ti purimabhavasmiṃ cittassa aññathābhāvo anādaro agāravaṃ apaccayo ahosi. Asabbhin ti sādhu sabhāya vattuṃ ayuttaṃ pharusaṃ vācaṃ abhāsi.

So ti so ayaṃ. Taṃ vitakkan ti taṃ pāpakaṃ vitakkaṃ. Paṭivinodayitvā ti mātarā katāya[7] paññattiyā[8] vūpasametvā.[9] Pītipasādaṃ paṭiladdhā[10] ti paṭilabhitvā uppādetvā. Yāguyā upaṭṭhāsi ti yāgudānena upaṭṭhahi. Sattarattan[11] ti sattadivase.[12]

Tassa vataṃ[13] taṃ pana[14] brahmacariyan ti taṃ[15] mayā heṭṭhā vuttappakāraṃ attano cittappasādanaṃ[16] dānañ ca imassa puggalassa vataṃ taṃ brahmacariyañ ca aññaṃ kiñci natthī ti attho.

Ṭhatvānā ti yāva āyupariyosānā[17] idh' eva manussaloke ṭhatvā. Abhisamparāyan ti punabbhave. Sahavyataṃ gacchati Vāsavassā ti Sakkassa devānam in-

---

[1] *om.* C. D. [2] vattaṃ, S_1. [3] ṭhatvā, S_1.
[4] °samudāyo, B. [5] cittaṃ, B. [6] °tatthan, B.
[7] kasāya, S_1. S_2. [8] saññattiyā, S_2; saññitatiyā, S_1.
[9] °samitvā, B. [10] °laddhan, B.
[11] °rattin, S_1. S_2. [12] satti.°, S_1. S_2.
[13] vattaṃ, S_1. [14] *om.* S_1. [15] *om.* B.
[16] cittassa pasā°, B. [17] āyuhapariyosāne, B.

dassa puttabhāvena sahabhāvaṃ gamissati. Anāgatatthe hi idaṃ[1] paccuppannakālavacanaṃ.

Sesaṃ sabbattha uttānam eva.[2]

Kumārapetavatthuvaṇṇanā.

III, 6.

Naggā dubbaṇṇarūpāsī ti. Idaṃ Satthari Jetavane viharante[3] Serinipetiṃ ārabbha vuttaṃ. Kururaṭṭhe kira Hatthinipure Serinī[4] nāma ekā rūpūpajīvinī ahosi. Tattha ca uposathakaraṇatthāya tato tato bhikkhū sannipatiṃsu. Puna mahābhikkhusannipāto ahosi. Taṃ disvā manussā tilataṇḍulādi sappinavanītamadhu[5]-ādiñ ca bahuṃ dānūpakaraṇaṃ[6] sajjetvā mahādānaṃ pavattesuṃ. Tena ca samayena sā gaṇikā assaddhā[7] appasannā maccheramalapariyuṭṭhitacittā tehi[8] manussehi[9] 'ehi tāva imaṃ dānaṃ anumodāhī' ti ussāhitāpi 'kin tena muṇḍakānaṃ samaṇānaṃ dinnenā' ti apasādam eva nesaṃ pavedesi[10] 'kuto appamattakassa pariccāgo' ti? Sā aparena samayena kālaṃ katvā aññatarassa paccantanagarassa parikhāpiṭṭhe petī hutvā nibbatti. Atha Hatthinipuravāsī aññataro upāsako vāṇijjāya taṃ nagaraṃ gantvā rattiyā paccūsasamaye parikhāpiṭṭhaṃ gato tādisena payojanena. Sā tattha taṃ disvā sañjānitvā naggā aṭṭhitacamattāvasesasarīrā ativiyabībhacchadassanā avidūre ṭhatvā attānaṃ dassesi. So taṃ disvā

Naggā dubbaṇṇarūpāsi — II, 1, 1 (*see* p. 68) 1

gāthāya pucchi. Sā pi 'ssa

Ahaṃ bhaddante petī 'mhi — II, 1, 2 2

gāthāya attānaṃ pakāsesi. Puna tena

Kin nu kāyena — II, 1, 3 3

gāthāya katakammaṃ pucchitvā

---

[1] S_1. S_2 *add* pana. [2] B. *adds* ti. [3] *om.* S_1.
[4] Sesarini, S_2. [5] sappidadhimadhu, B.
[6] bahujanadānu.°, S_1. [7] asaddhā, S_2. B. [8] kehici, B.
[9] B. *adds* taṃ. [10] sampavedesi, B.

Anāvaṭesu[1] titthesu vicini addhamāsakaṃ
santesu deyyadhammesu dīpaṃ nākāsiṃ attano. 4
Nadiṃ upemi tasitā, rittakā parivattati
chāyaṃ upemi uṇhesu, ātapo parivattati. 5
Aggivaṇṇo ca[2] me vāto dahanto upavāyati
etañ ca bhante arahāmi aññañ ca pāpakaṃ tato.[3] 6
Gantvāna Hatthinipuraṃ vajjesi mayhaṃ mātaraṃ:
dhītā ca te mayā diṭṭhā duggatā Yamalokikā
pāpakammaṃ karitvāna petalokaṃ ito gatā. 7
Atthi[4] me ettha nikkhittaṃ anakkhātañ ca taṃ mayā
cattāri satasahassāni pallaṅkassa ca heṭṭhato. 8
Tato[5] me dānaṃ dadatu[6] tassā ca hotu jīvikā
dānaṃ datvā ca[7] me mātā dakkhiṇaṃ ādisatu[8] me
tadāhaṃ sukhitā hessaṃ sabbakāmasamiddhinī ti 9

imāhi chahi gāthāhi attanā katakammañ[9] c'eva puna tena[10] attano kātabbaṃ atthañ ca ācikkhi.

Tattha anāvaṭesu[11] titthesū ti kenaci anivāritesu nadītaḷākādīnaṃ titthapadesesu yattha manussā nahāyanti udakakiccaṃ karonti tādisesu ṭhānesu. Vicini addhamāsakan ti manussehi ṭhapetvā vissaritaṃ api nām' ettha kiñci labheyyan ti lobhābhibhūtā hutvā addhamāsakamattam pi vicini gavesi. Atha vā anāvaṭesu[11] titthesū[10] ti[10] upasaṅkamanena kenaci anivāritesu sattānaṃ payogāsayasuddhiyā[12] kāraṇabhāvena titthabhūtesu samaṇabrāhmaṇesu vijjamānesu vicinī addhamāsakan ti maccheramalapariyuṭṭhitacittā kassaci kiñci adentī addhamāsakam pi visesena[13] vicini na sañcini puññaṃ. Tenāha: santesu deyyadhammesu dīpaṃ nākāsiṃ attano ti.

Tasitā ti pipāsitā. Rittakā ti kākapeyyasandamānā pi nadī mama pāpakammena udakena rittā tucchā vāḷuka-

[1] anāvajjesu, S_1. S_2. [2] va, B. [3] kato, S_1. S_2.
[4] S_1. S_2 *add* ca. [5] M. *adds* ca. [6] detu, M.
[7] datvāna, M.
[8] udisatu, M.; uddisatu, C.; anvādissatu, S_1. S_2.
[9] S_1 *omits* kata *before* kammañ. [10] *om.* S_2.
[11] °vajjesu, S_1. S_2. [12] payogāya suṭṭhiyā, S_1. [13] vasena, S_1.

mattā hutvā parivattati. Uṇhesū ti uṇhakālesu.[1] Ātapo parivattatī ti chāyaṭṭhānaṃ mayi upagatāya ātapo sampajjati.

Aggivaṇṇo ti samphassena aggisadiso. Tena vuttaṃ: dahanto upavāyatī[2] ti. Etañ ca bhante arahāmī ti bhante ti taṃ upāsakaṃ garukārena vadati. Bhante etañ ca yathā vuttaṃ pipāsādi-dukkhaṃ aññañ[3] ca tato pāpakaṃ dāruṇaṃ dukkhaṃ ahaṃ[4] anubhavituṃ arahāmi, tajjassa[5] pāpassa katattā ti adhippāyo.

Vajjesī ti vadeyyāsi.

Ettha[6] nikkhittaṃ[7] anakkhātan ti ettakaṃ nikkhittaṃ[8] anācikkhitaṃ. Idāni tassa parimāṇaṃ ṭhapitaṭṭhānañ ca dassentī[9] āha: cattāri satasahassāni pallaṅkassa ca heṭṭhato ti.

Tattha pallaṅkassā ti pubbe attano sayanapallaṅkassa.

Tato ti nihitadhanato[10] ekadesaṃ gahetvā mayhaṃ[11] uddissa dānaṃ[12] detu. Tassā ti mayhaṃ mātuyā.

Evaṃ tāya petiyā vutte so upāsako tassā vacanaṃ sampaṭicchitvā tattha attano karaṇīyaṃ tīretvā[13] Hatthinipuraṃ gantvā tassā mātuyā tam atthaṃ ārocesi. Tam atthaṃ dassetuṃ

Sādhū ti so[14] paṭisutvā[15] gantvāna Hatthinipuraṃ:
dhītā[16] ca te[17] mayā diṭṭhā duggatā Yamalokikā
pāpakammaṃ karitvāna petalokam ito gatā. 10
Sā maṃ tattha samādapesi:[18] mayhaṃ mātaraṃ vajjesi
'dhītā ca te mayā diṭṭhā duggatā Yamalokikā
pāpakammaṃ karitvāna petalokam ito gatā. 11
'Atthi me ettha — v. 8 12

---

[1] °samayesu, B. [2] vāyatī, S_1. [3] ayañ, S_1. S_2.
[4] *om.* S_1. [5] tassajjassa, S_1. S_2. [6] *om.* S_1. B.
[7] *om. all MSS.* [8] *all MSS. add* ti. [9] dassento, B.
[10] nikkhittavittato, B. [11] mamaṃ, B.
[12] B. *adds* me. [13] katvā, B. [14] S_1. S_2 *add* tassā.
[15] °suṇitvā, D.; S_1. S_2. B.
[16] *all MSS. insert before* dhītā: avoca tassā (tassā avoca, S_1. S_2) mātaraṃ, *but this spoils the metre and seems to be a later interpolation.* [17] taṃ, C.
[18] *all MSS. add* gantvāna Hatthinipuraṃ.

'Tato me dānaṃ dadatu = v. 9 13 [1]
Tato hi sā dānam adāsi[2] tassā dakkhiṇam ādisi
petī ca sukhitā āsi sarīraṃ cārudassanī[3] ti 14

saṅgītikārā āhaṃsu.

Tā suviññeyyatthā[4] 'va. Taṃ sutvā tassā mātā bhikkhusaṅghassa dānaṃ datvā tassā ādisi. Tena sā paṭiladdhūpakaraṇasampattiyaṃ[5] ṭhitā mātu attānaṃ dassetvā taṃ kāraṇam ācikkhi, mātā bhikkhūnaṃ ārocesi, bhikkhū taṃ pavuttiṃ Bhagavato ārocesuṃ. Bhagavā tam atthaṃ atthuppattiṃ katvā sampattaparisāya dhammaṃ desesi. Sā desanā mahājanassa sātthikā ahosi.

Serinipetavatthuvaṇṇanā.

III, 7.

Naranāripurakkhato yavā ti. Idaṃ Bhagavati Veḷuvane viharante migaluddakapetaṃ ārabbha vuttaṃ. Rājagahe kira aññataro luddako[6] rattiṃ divaṃ mige[7] vijjhitvā[7] mige vadhitvā jīvitaṃ[8] kappesi. Tass' eko upāsako mitto ahosi. So taṃ[9] sabbakālaṃ pāpato nivattetuṃ asakkonto 'ehi samma rattiyaṃ pāṇātipātato viramāhī' ti rattiyaṃ puññe[10] samādapeti.[11] So rattiyaṃ viramitvā divā eva pāṇātipātaṃ karoti. So aparena samayena kālaṃ katvā Rājagahasamīpe vemānikapeto hutvā nibbatto[12] divasabhāgaṃ mahādukkhaṃ anubhavitvā[13] rattiyaṃ pañcahi kāmaguṇehi samappito samaṅgibhūto paricarati.[14] Taṃ disvā āyasmā Nāradatthero[15]

---

[1] datvāna me, *also* S_1. S_2; M. C. *have* (13 ab) Tato tuvaṃ dānaṃ dehi tassā ca dakkhiṇaṃ ādisaṃ; *they have also* tadā sā sukhitā l. tadāhaṃ sukh.°.

[2] S_1. S_2 *add* datvā ca.

[3] tassā c'āsi sujīvikā l. sarīraṃ cāru.°, M.; B.; cāpi l. c'āsi, C. D. [4] °viññeyyā 'va, B. [5] paṭiladdhasabbu.°, B.

[6] *om.* S_1. [7] *om.* B. [8] °kaṃ, S_1.

[9] S_1. S_2 *add* sabbena. [10] puññaṃ, S_1. S_2.

[11] °dapesi, S_1. S_2. [12] nibbatti, S_1. S_2.

[13] avibh.°, S_1. [14] °vāresi, B. [15] Nārado, B.

Naranāripurakkhato yuvā rajanīye[1] kāmaguṇehi[1] sobhasi
divasaṃ anubhosi[2] kāraṇaṃ, kiṃ akāsi purimāya jātiyā ti 1

imāya gāthāya paṭipucchi.

Tattha naranāripurakkhato ti paricārikabhūtehi devaputtehi devadhītāhi ca purakkhato payirupāsito. Yuvā ti taruṇo. Rajanīye ti ramaṇīyehi rāguppattihetubhūtehi. Kāmaguṇehī ti kāmakoṭṭhāsehi. Sobhasī ti samaṅgibhāvena virocasi[3] rattiyan ti adhippāyo. Tenāha: divasaṃ anubhosi kāraṇan ti divasabhāge[4] pana nānappakāraṃ kāraṇaṃ ghātanaṃ paccānubhavasi. Rajanī ti vā[5] rattīsu, ye ti nipātamattaṃ. Kiṃ akāsi purimāya jātiyā ti evaṃ[6] sukhadukkhasaṃvattaniyaṃ[7] kiṃ nāma kammaṃ ito purimāya jātiyā tvaṃ akattha, taṃ kathehī[8] ti attho.

Taṃ sutvā peto therassa attanā katakammaṃ ācikkhanto

Ahaṃ Rājagahe ramme ramaṇīye Giribbaje
migaluddo pure āsiṃ[9] lohitapāṇi dāruṇo. 2
Avirodhakaresu pāṇisu puthusattesu paduṭṭhamānaso
vicari atidāruṇo sadā parahiṃsāya rato asaññato. 3
(Tassa) me sahāyo suhadayo[10] saddho āsi upāsako
so ca[11] maṃ anukampanto nivāresi punappunaṃ: 4
Mākāsi pāpakaṃ kammaṃ mā tāta[12] duggatiṃ agā
sace icchasi pecca[13] sukhaṃ, virama pāṇavadhaṃ asaṃ-
yamaṃ. 5
Tassāhaṃ vacanaṃ sutvā sukhakāmassa hitānukampino
nākāsiṃ sakalānusāsaniṃ cirapāpābhirato abuddhimā. 6
So maṃ puna bhūrisumedhaso[14] anukampāya saṃyame
nivesayi:
sace divā hanasi pāṇino, atha te rattiṃ bhavatu[15] saṃ-
yamo. 7

---

[1] rajaniyehi kāmehi, M. [2] D., B. *add* kiṃ.
[3] virocesi, B. [4] °bhāgena, B. [5] ca, B.; *om.* S_2.
[6] *om.* S_2. [7] sukhadukkhavatt.°, S_1. S_2.
[8] kathesī, S_1. S_2. [9] M. C. D. *add* luddho; luddo, B.
[10] suhadeyyo, S_1. S_2. [11] pi, M. C. D.; B. [12] tāva, M.
[13] pacca, C. D.; B. [14] bhūrimedhaso, M.
[15] hotu, M.

So[1] ahaṃ divā hanitvāna[1] pāṇino virato[2] rattiṃ ahosi[3] saññato
rattāhaṃ paricāremi[4] divā khajjāmi duggato. 8
Tassa kammassa kusalassa anubhomi rattiṃ amānusiṃ
divā[5] paṭihatā 'va[6] kukkurā upadhāvanti samantā khāditum. 9
Ye ca te satatānuyogino[7] dhuvaṃ payuttā Sugatassa sāsane
maññāmi te amatam eva kevalaṃ adhigacchanti[8] padaṃ asaṅkhatan ti 10

imā gāthā abhāsi.

Tattha luddho ti dāruṇo. **Lohitapāṇī** ti abhiṇhaṃ pasughātena[9] lohitamakkhitapāṇi. **Dāruṇo** ti ghoro, sattānaṃ hiṃsanako ti attho.

Avirodhakaresū ti avirodhaṃ karontesu[10] migasakuṇādisu.[11]

Asaṃyaman ti asaṃvaraṃ dussīlyaṃ.

Sakalānusāsanin ti sabbaṃ anusāsaniṃ sabbakālaṃ pāpato paṭiviratin ti attho. **Cirapāpābhirato**[12] ti cirakalaṃ pāpe abhirato.

Saṃyame ti sucarite. **Nivesayī** ti nivesesi. **Sace divā hanasi pāṇino atha te rattiṃ bhavatu saṃyamo** ti nivesitākāradassanaṃ. So kira sūlapāsasajjanādinā rattiyaṃ pi[13] pāṇavadhaṃ anuyutto ahosi.

Divā khajjāmi duggato ti idāni duggatiṃ gato mahādukkhappatto divasabhāge khādiyāmi. Tassa kira divā sunakhehi migānaṃ khādāpitattā kammasarikkhakaṃ kammaphalaṃ hotī ti[13] divasabhāge mahantamahantā[14] sunakhā upadhāvitvā aṭṭhisaṅghātamattāvasesaṃ sarīraṃ karonti, rattiyā pana upagatāya taṃ pākatikaṃ eva hoti, dibbasampattiṃ anubhavati. Tena vuttaṃ:

---

[1] hanitvā, C.; hantvāna, M. [2] viratā, S_1. S_3.
[3] rattāhosi, C. [4] °hāremi, S_1. S_3, *but* III, 8, 9 paricāremi.
[5] divāsaṃ, C. [6] ca, M. D.; B.
[7] sattā.°, S_1. S_3. [8] °gacchantaṃ, M.
[9] pāṇa.°, B. [10] kena virodhaṃ akarontesu, S_1. S_3.
[11] migassakādisu, S_1. S_3. [12] °ānirato, S_1. S_3.
[13] *om.* B. [14] mahantā, B.

Tassa kammassa kusalassa anubhomi rattiṃ amānusiṃ
divā[1] paṭihatā 'va[2] kukkurā upadhāvanti samantā khāditun ti.

Tattha paṭihatā ti paṭihatacittā bandhaghātā viya hutvā. Samantā khāditun ti mama sarīraṃ samantato khādituṃ upadhāvanti, idañ ca nesaṃ ativiya attano bhayāvahaṃ upagamanakālaṃ gahetvā vuttaṃ. Te pana upadhāvitvā aṭṭhimattāvasesaṃ sarīraṃ katvā gacchanti.

Ye ca te[3] satatānuyogino[4] ti osānagāthāyaṃ[5] ayaṃ saṅkhepattho: ahaṃ pi nāma rattiyaṃ pāṇavadhamattato virato evarūpaṃ sampattiṃ anubhavāmi, ye pana[6] te purisā Sugatassa Buddhassa Bhagavato sāsane adhisīlādhike dhuvaṃ payuttā daḷhaṃ payuttā[7] satataṃ sabbakālaṃ anuyogavanto te puññavanto kevalaṃ lokiyasukhena asammissaṃ asaṅkhatan[8] ti laddhanāmaṃ amataṃ eva adhigacchantī ti maññe. Natthi tesaṃ tadadhigame 'va[9] koci vibandho[10] ti.

Evaṃ tena[11] vutte thero taṃ pavuttiṃ Satthu ārocesi. Satthā tam atthaṃ atthuppattiṃ katvā sampattaparisāya dhammaṃ desesi. Sabbaṃ[12] vuttanayam eva.

Migaluddapetavatthuvaṇṇanā.

III, 8.

Kūṭāgāre 'va[13] pāsāde ti. Idaṃ Bhagavati Veḷuvane viharante aparam pi migaluddapetaṃ ārabbha vuttaṃ. Rājagahe kira aññataro māgaviko mānavo[14] vibhavasampanno pi samāno bhogasukhaṃ pahāya rattiṃ divaṃ mige hananto vicarati. Tassa sahāyabhūto eko upāsako anuddayam paṭicca 'sādhu samma pāṇātipātato viramāhi, mā te ahosi dīgharattaṃ[9] ahitāya dukkhāyā' ti ovādam adāsi.

---

[1] divasa, S₁. S₂. [2] ca, B. [3] *om.* S₁. S₂.
[4] sattānu.°, S₁. S₂. [5] °gāthāya, B. [6] na, S₁.
[7] yuttapayuttā, B. [8] B. *adds* padan. [9] *om.* B.
[10] pabandho, S₁. S₂. [11] B. *adds* petena. [12] B. *adds* pi.
[13] ca, S₁. S₂. [14] māṇavo, B.

So taṃ anādayi. Atha so upāsako aññataraṃ attano[1] manobhāvanīyaṃ khīṇāsavattheraṃ yāci 'sādhu bhante asukapurisassa tathā dhammaṃ desetha, yathā so pāṇātipātato virameyyā' ti. Ath' ekadivasaṃ[2] so thero Rājagahe piṇḍāya[3] caranto tassa gehadvāre aṭṭhāsi. Taṃ disvā so māgaviko sañjātabahumāno paccuggantvā gehaṃ pavesetvā[4] āsanaṃ paññāpetvā adāsi. Nisīdi thero paññatte āsane. So pi theraṃ upasaṅkamitvā nisīdi. Tassa thero pāṇātipāte ādinavaṃ kathetvā[5] tato viratiyā ānisaṃsañ ca pakāsesi. So taṃ sutvā[6] tato[7] viramituṃ na icchi. Atha naṃ thero āha 'sace tvaṃ āvuso sabbena sabbaṃ viramituṃ na sakkosi, rattiṃ[8] tāva viramassū' ti. So 'sādhu bhante viramāmī' ti tato rattiṃ[9] virami. Sesaṃ anantaravatthusadisaṃ, gāthāsu pana

Kūṭāgāre 'va pāsāde pallaṅke goṇasaṇṭhite[10]
pañcaṅgikena turiyena ramasi suppavādite. 1
Tato ratyā vivasāne[11] suriyuggamanaṃ[12] pati
apaviṭṭho[13] susānasmiṃ bahudukkhaṃ nigacchasi. 2
Kin nu kāyena vācāya manasā dukkaṭam kataṃ
kissa kammavipākena[14] idaṃ dukkhaṃ nigacchasī ti? 3

Tīhi gāthāhi[15] Nāradatthero naṃ paṭipucchi.[16] Ath' assa peto[17]

Ahaṃ Rājagahe ramme ramaṇīye Giribbaje
migaluddo[18] pure āsiṃ luddo āsiṃ[19] asaññato. 4
(Tassa) me sahāyo suhadayo saddho āsi upāsako

---

[1] B. *puts* attano *before* añña.°.
[2] B. *adds* eva. [3] piṇḍā, S_1. [4] °vesitvā, B.
[5] *om.* B. [6] B. *adds* pi. [7] tathā, B.
[8] rattim pi, B. [9] B. *puts* rattī *before* tato.
[10] °sandhate, B.; °kattate, M. C. D.; °saṇṭhate, S_2; °satthate, S_1.
[11] vivasānena, B.; vivasane, S_1. S_2.
[12] suriyass' ugg.°, S_1. S_2. [13] °viṭṭhe, S_2
[14] kammassa vip.°, M. C. D. [15] S_1. S_2 *add* ca.
[16] pucchi, S_1. S_2. [17] S_1. S_2 *add* āha.
[18] °luddako, C. [19] *om.* S_1.

tassa kulupako bhikkhu āsi Gotamasāvako
so pi[1] mam anukampanto nivāresi punappunam: 5
Mākāsi pāpakam kammam — III, 7, 5 (*see* p. 205) 6
Tassāham vacanam sutvā — III, 7, 6 7
So mam puna — III, 7, 7 8
Sv āham divā — III, 7, 8 (*see* p. 206) 9
Tassa kammassa — III, 7, 9 10
Ye ca te — III 7, 10 11[2]

tam attham[3] ācikkhi.

Tāsam attho heṭṭhā vuttanayo 'va.

Dutiyaluddapetavatthuvaṇṇanā.

III, 9.

Mālī kirīṭī kāyūrī ti. Idam Satthari Veḷuvane viharante kūṭavinicchayikapetam ārabbha vuttam. Tadā Bimbisāramahārājā[4] māsassa chasu divasesu[5] uposatham upavasati. Tam anuvattantā bahū manussā uposatham upavasanti. Rājā attano santikam[6] āgatāgate manusse pucchati[7] 'kim tumhehi uposatho upavuttho udāhu na upavuttho' ti? Tatth'[8] eko adhikaraṇe niyuttakapuriso[9] pisunāvāco[10] nekatiko lañcagāhako sāhasiko[11] 'na upavuttho 'mhi' ti[12] vattum bhāyanto 'upavuttho 'mhi devā' ti āha. Atha nam rājasamīpato[13] nikkhantam sahāyo āha 'kim samma ajja tayā upavutthan' ti? 'Bhayenāham samma rañño sammukhā yeva avocam, nāham uposathiko' ti. Atha nam sahāyo āha 'yadi evam upaḍḍhuposatho pi tāva te ajja hotu, uposathaṅgāni samādahī'[14] ti. So tassa vacanam sādhū ti sampaṭicchitvā geham gantvā abhutvā va mukham vikkhāletvā uposatham adhiṭṭhāya rattiyam vāsūpagato

---

[1] hi, M. C. D.; B.
[2] S_1. S_2 *have* dhāvayuttā, *and* ca *after* °gacchanti.
[3] S_1. S_2 *add* sa. [4] Bimbisārarājā, B. [5] divase, S_1.
[6] santike, S_1. S_2. [7] pucchi, S_1. [8] tatr', B.
[9] niyuttap.°, B. [10] S_1. S_2 *add* ti. [11] *om.* B.
[12] *om.* S_2, *also the following words till* devā ti.
[13] °parisato, B. [14] °diyāhi, B.

rittāsayasambhūtena balavavātahetukena[1] sūlena upacchinnāyusaṅkhāro cuti[2]-anantaraṃ[3] pabbatakucchiyaṃ vemānikapeto hutvā nibbatti. So hi ekarattiṃ upaḍḍhuposathaṛakkhaṇamattena[4] vipākaṃ[5] paṭilabhi[6] dasakaññāsahassaparivāraṃ mahatiñ ca dibbasampattiṃ anubhavitvā,[7] kūṭavinicchayikatāya pana pesunikatāya ca attano piṭṭhimaṃsāni sayam eva ukkantitvā[8] khādati. Taṃ āyasmā Nārado Gijjhakūṭato otaranto disvā

'Mālī kirīṭī[9] kāyūrī gattā te candanussadā
pasannamukhavaṇṇo 'si suriyavaṇṇo[10] va sobhasi. 1
Amānusā pārisajjā ye te me parivārikā[11]
dasa kaññāsahassāni yā temā paricārikā. 2
Tā[12] kambukāyūradharā kañcanāveḷabhūsitā[13]
mahānubhāvo 'si tuvaṃ lomahaṃsanarūpavā. 3
Piṭṭhimaṃsāni attano sāmaṃ ukkantvā[14] khādasi
kin nu kāyena vācāya manasā dukkaṭaṃ kataṃ
kissa kammavipākena piṭṭhimaṃsāni[15] khādasi'? 4
'Attano 'haṃ anatthāya jīvaloke acārisaṃ[16]
pesuññamusāvādena nikativañcanāya ca. 5
Tatthāhaṃ parisaṃ gantvā saccakāle upaṭṭhite
atthaṃ dhammaṃ niraṅkatvā[17] adhammaṃ anuvattisaṃ.[18] 6
Evaṃ so khādat'[19] attānaṃ[20] yo hoti piṭṭhimaṃsako[21]
yathāhaṃ[22] ajja khādāmi piṭṭhimaṃsāni attano. 7

---

[1] °hetuketukena, S₁. S₂. [2] *om.* S₂; pūti, S₁.
[3] °tarā, S₁. S₂. [4] uposatha.°, B.
[5] vimānaṃ, S₁. S₂. [6] °labhati, B.
[7] *om.* B. [8] nikantitvā, S₁. S₂.
[9] mālāharīti, S₂; māli tiriṭi, M.; mālihi tiriti, S₁.
[10] °vaṇṇi, S₁. [11] °cārikā, M.; B. S₁.
[12] kā, C. D.; S₂.
[13] katvānāvela.°, S₁. S₂; kañcanāvella.°, C. D.; B.
[14] ukkacca, M. C. D.; B.
[15] *all MSS. add* attano sāmaṃ ukkantvā (ukkacca, *as before*).
[16] acārisaṃ, M. D.; B.; acarissaṃ, C.; ācarisaṃ, S₁. S₂.
[17] nirakatvā, C. [18] °vattiyaṃ, S₁. S₂; °vattissaṃ, C. D.; B.
[19] khādati, C.
[20] khādi-t-attānaṃ, M. D.; B.; khādan' attānaṃ, S₂.
[21] °siko, M, C. D. [22] yadāhaṃ, D.

Tayidaṃ tayā Nārada sāmaṃ diṭṭhaṃ, anukampakā yo kusalā vadeyyuṃ
mā pesuṇaṃ mā musā bhaṇi[1] mā kho 'si piṭṭhimaṃsako[2] tuvan'[3] ti 8

thero catūhi gāthāhi pucchi, so pi tassa catūhi gāthāhi etam atthaṃ vissajjesi.

Tattha mālī ti mālābhārī[4] dibbapupphehi paṭimaṇḍito ti adhippāyo. **Kirīṭī**[5] ti veṭhitasīso. **Kāyūrī** ti keyūrī[6] bāhālaṅkārapaṭimaṇḍito ti attho. **Gattā** ti sarīrāvayavā. **Candanussadā** ti candanasārānulittā. **Suriyavaṇṇo**[7] **va sobhasī** ti bālasuriyasadisavaṇṇo eva[8] hutvā[8] virocasi. Aruṇasadisavaṇṇavā[9] ti vā pāli. Aruṇan[10] ti araṇiyehi[11] devehi sadisavaṇṇa-ariyāvakāso[12] ti attho.

Pārisajjā ti parisapariyāpannā upaṭṭhakā ti attho.

Tuvan[13] ti tvaṃ. **Lomahaṃsanarūpavā** ti passantānaṃ lomahaṃsajananarūpayutto, mahānubhāvatā samatthatā h'etaṃ vuttaṃ.

Ukkantvā[14] ti ukkantitvā chinditvā ti[15] attho.

Acārisan[16] ti acariṃ paṭipajjiṃ. **Pesuññamusāvādenā** ti pesuññena musāvādena ca. **Nikativañcanāya cā** ti nikatiyā vañcanāya ca, paṭirūpadassanena paresaṃ vikārena vañcanāya ca.

Saccakāle ti saccaṃ vattuṃ yuttakāle. **Atthan** ti diṭṭhadhammikādibhedaṃ[17] hitaṃ.[18] **Dhamman** ti kāraṇaṃ ñāyaṃ.[19] **Niraṅkatvā** ti chaḍḍetvā pahāya.

So ti yo pesuññādim ācarati so satto.

Sesaṃ sabbaṃ heṭṭhā vuttanayam eva.

Kūṭavinicchayikapetavatthuvaṇṇanā.

---

[1] abhāṇi, M.; abhaṇi, B. [2] °siko, *all MSS.*
[3] tvan, S₁; *om.* M. C. [4] °dhārī, B.
[5] harīti, S₂; hiriti, S₁. [6] B. *adds* vā. [7] °vaṇṇi, S₁.
[8] *om.* B. [9] ariyavaṇṇavā, B.
[10] araṇan, S₁. S₂; bhaṇan, B. [11] ariyehi, B.
[12] B. *adds* vā; ariyasāvakāho ti, S₁. [13] tvan, S₁.
[14] ukkaccā, B.; ukkantitvā, S₁. [15] *om.* S₁.
[16] acarisan, S₁. S₂.
[17] °dhammikābhedaṃ, S₂; °dhammabhedādikaṃ atthaṃ, B.
[18] h'etaṃ, S₁. [19] paññāya, B.

III, 10.

Antalikkhasmiṃ tiṭṭhanto ti. Idaṃ Dhātuvivaṇṇapetavatthuṃ.[1] Bhagavati Kusinārāyaṃ[2] Upavattane Mallānaṃ sālavane yamakasālānam antare parinibbute dhātuvibhāge ca kate rājā Ajātasattu attanā laddhadhātubhāgaṃ gahetvā satta vassāni satta[3] māse satta ca divase buddhaguṇe anussaranto uḷārapūjaṃ pavattesi. Tattha asaṅkheyyā aparimeyyā manussā cittāni pasādetvā saggūpagā ahesuṃ. Chaḷāsītimattāni pana purisasahassāni cirakālabhāvitena asaddhiyena[4] micchādassanena ca vipallatthāni pasādanīye pi ṭhāne attano cittāni padosetvā petesu uppajjiṃsu. Tasmiṃ yeva Rājagahe aññatarassa vibhavasampannassa kuṭumbikassa[5] bhariyā dhītā suṇisā ca pasannacittā dhātupūjaṃ karissāmā ti gandhapupphādīni gahetvā dhātuṭhānaṃ upagantuṃ[6] āraddhā. So kuṭambiko[5] 'kiṃ[1] aṭṭhikānaṃ pūjanenā'[1] ti tā paribhāsitvā[7] dhātupūjaṃ vivaṇṇesi. Tā pi tassa[8] vacanaṃ anādiyitvā tattha gantvā dhātupūjaṃ katvā gehaṃ āgatā tādisena puññakammena[8] rogena abhibhūtā na cirass'eva kālaṃ katvā devaloke nibbattiṃsu. So pana kodhena abhibhūto na cirass' eva kālaṃ katvā tena pāpakammena petesu nibbatti. Ath' ekadivasaṃ āyasmā Mahākassapo sattesu anukampāya tathārūpaṃ iddhābhisaṅkhāraṃ abhisaṅkhāresi yathā manussā te pete tā ca[9] devatāyo passanti. Tathā pana katvā cetiyaṅgaṇe ṭhito taṃ[1] dhātuvivaṇṇakaṃ petaṃ imāhi gāthāhi paṭipucchi,[10] tassa so peto vyākāsi:

Antalikkhasmiṃ tiṭṭhanto duggandho pūti vāyasi
mukhañ ca te kimiyo pūtigandhaṃ khādanti. 1
Kiṃ kammaṃ akāsi pubbe tato satthaṃ gahetvāna
okantanti punappunaṃ[11]
khārena[12] paripphositvā okantanti punappunaṃ? 2
Kin nu kāyena — III, 8, 3. (see p. 208) 3

* * *

[1] om. B. [2] °rāya, B. [3] B. adds ca. [4] assadiṭṭhiyena, S₂. [5] kuṭim.°, S₁. [6] gandhaṃ, B. [7] °bhāsetvā, B. [8] tādissa, S₁; tādisassa, S₂. [9] om. S₁. S₂. [10] pucchi, B. [11] °urena kantanti puna.°, S₁. S₂; *the Commentary is in favour of the readings of B., nevertheless I had rather dropped these words at all.* [12] kārena, S₁. S₂.

Ahaṃ Rājagahe ramme ramaṇīye Giribbaje
issaro dhanadhaññassa supahūtassa[1] mārisa. 4
Tassāyaṃ me bhariyā ca[2] dhītā ca suṇisā ca me
tamālaṃ uppalañ cāpi paccagghañ ca vilepanaṃ
thūpaṃ harantiyo vāresiṃ, taṃ pāpaṃ pakataṃ mayā. 5
Chaḷāsītisahassāni mayaṃ paccattavedanā[3]
thūpapūjaṃ vivaṇṇetvā paccāmi[4] niraye bhusaṃ. 6
Ye ca kho thūpapūjāya vattante arahato mahe
ādīnavaṃ pakāsenti vivecayetha ne[5] tato. 7
Imā ca passa āyantiyo māladhārī[6] alaṅkatā
mālāvipākaṃ 'nubhonti[7] samiddhā[8] tā[9] yasassiyo.[10] 8
Tañ ca disvāna accheraṃ abbhutaṃ lomahaṃsanaṃ
namo karonti sappaññā vandanti taṃ mahāmuniṃ. 9
So 'haṃ[11] nūna[12] ito gantvā yoniṃ laddhāna mānusiṃ
thūpapūjaṃ karissāmi appamatto punappunan ti. 10

Tattha duggandho ti aniṭṭhagandho kuṇapagandhagandhī ti attho. Tenāha: pūti vāyasī ti.

Tato ti duggandhavāyanato kimīhi khāditabbato[13] ca upari. Satthaṃ[14] gahetvāna okantanti punappunan ti kammasañcoditā sattā nisitadhāraṃ satthaṃ gahetvā punappunaṃ[15] tava mukhaṃ avakantanti. Khārena parippho-sitvā[16] okantanti punappunan ti avakantitaṭhāne khārodakena āsiñcitvā[17] puna pi[18] avakantanti.

Issaro dhanadhaññassa supahūtassā[19] ti ativiya-

---

[1] subah.°, M. C. D.; B. [2] *om.* S_1. S_2.
[3] upa.°, C. [4] pacāma, S_1. S_2.
[5] no, S_2. [6] °bhārī, M. C. D.
[7] °vipākaṃ anubhontiyo, *so all MSS. except* M., *which has* 'nubhontiyo, *and* B., *which has* °vipākaṃ anubhonti.
[8] M. *adds* ca. [9] ca, C. [10] yasassiniyo, S_1. S_2.
[11] hi, C. [12] dāni, M.; B. S_1. S_2.
[13] khāyit.°, B. [14] tattha, S_1. S_2. [15] B. *adds* taṃ.
[16] S_1. S_2 *have* paripposeti (paripeseti, S_1) avakantita-avakantitakkhaṇena (°khaṇe, S_1) khāro.°.
[17] paritositvā siñcitvā, S_1. S_2.
[18] punappunam pi, S_1; punappunan ti, S_2.
[19] suppabhūtassā, S_1. S_2; subahutassā, B.

pahūtassa[1] bahuno[2] dhanassa dhaññassa ca issaro sāmi, aḍḍho mahaddhano ti attho.

Tassāyaṃ[3] me bhariyā ca[4] dhītā ca suṇisā cā ti tassa mayhaṃ ayaṃ purimattabhāve bhariyā ayaṃ[4] dhītā[4] ayaṃ suṇisā ti[4] tāva-d-eva bhūtā[5] ākāse ṭhitā ti[2] dassento vadati. Paccagghan ti abhinavaṃ. Thūpaṃ harantiyo vāresin ti thūpaṃ pūjetuṃ upanentiyo dhātuṃ vivaṇṇento paṭikkhipiṃ. Taṃ pāpan ti[6] dhātuvivaṇṇapāpaṃ. Pakataṃ samācaritaṃ mayā ti vippaṭisārapatto vadati.

Chaḷāsītisahassānī ti chasahassādhikā asītisahassamattā. Mayan ti te[2] pete attanā saddhiṃ saṅgahitvā[7] vadati. Paccattavedanā ti paccattaṃ[2] visuṃ visuṃ attanā[2] anubhūyamānā mahādukkhavedanā[8] ti[2] dasseti.[2]

Niraye[4] ti[4] balavadukkhatāya pettivisayaṃ[9] nirayasadisaṃ katvā āha. Ye ca kho thūpapūjāya vattante arahato mahe ti arahato sammāsambuddhassa thūpaṃ uddissa pūjāmahe vattamāne[10] ahaṃ viya ye thūpapūjāya[11] ādīnavaṃ dosaṃ pakāsenti te puggale tato puññato vivecayetha vivecāpayetha[12] paribāhire jāniyāthā[13] ti aññāpadesena[14] attano mahājāniyataṃ vibhāveti.

Āyantiyo ti ākāsena āgacchantiyo.

Mālāvipākan ti thūpe katamālāpūjāya vipākaphalaṃ.[15] Samiddhā ti dibbasampattiyā samiddhā. Tā[16] yasassiniyo[17] ti paricāriniyo.[18] Tañ ca disvānā ti tassa atiparittassa pūjāpuññassa acchariyaṃ abbhutaṃ lomahaṃsanaṃ ati-uḷāraṃ vipākavisesaṃ disvā.

Namo karonti sappaññā vandanti taṃ mahāmunī ti bhante Kassapa imā itthiyo taṃ uttamapuññakhettabhūtaṃ vandanti abhivandanti namo karonti namakkārañ ca karontī ti attho.

---

[1] °bahutassa, B. [2] *om.* B. [3] tassāhaṃ, S_1. S_2.
[4] *om.* S_1. S_2. [5] *om.* S_2. [6] S_1 *adds* ti.
[7] °gahetvā, B. [8] dukkhavedanā, B.
[9] pittiv.°, S_1. B. [10] pavatt.°, B.
[11] °pūjā, S_1. [12] viveceyyātha, S_1. S_2.
[13] jānayethā, B. [14] añña.°, S_1. S_2. [15] °balaṃ, B.
[16] ṭhitā. S_1. S_2. [17] *so all MSS.* [18] °vāravantiyo, B.

Atha so peto saṃviggamānaso saṃvegānurūpaṃ āyatiṃ attanā kātabbaṃ dassento So 'haṃ nūnā ti gātham āha. Taṃ uttānattham eva.

Evaṃ petena vuttaṃ. Mahākassapo tam atthaṃ atthuppattiṃ katvā sampattaparisāya dhammaṃ desesi.[1]

Dhātuvivaṇṇapetavatthuvaṇṇanā.[2]
Cūḷavaggavaṇṇanā.[3]

IV, 1.

Vesāli nāma nagar' atthi Vajjinan ti. Idaṃ Ambasakkharapetavatthuṃ. Tassa kā uppatti? Bhagavati Jetavane viharante Ambasakkharo nāma Licchavi rājā micchādiṭṭhiko natthikavādo Vesāliyaṃ rajjaṃ kāresi. Tena samayena Vesālinagare aññatarassa vāṇijassāpaṇasamīpe cikkhallaṃ hoti. Tattha bahujanā[4] uppatitvā atikkamanto[5] kilamanti, keci kaddamena limpanti. Taṃ disvā[6] vāṇijo 'mā ime manussā kalalaṃ akkamiṃsū' ti apagataduggandhaṃ saṅkhavaṇṇasannibhaṃ[7] gosīsaṭṭhiṃ[8] āharāpetvā nikkhipāpesi. Pakatiyā ca sīlavā ahosi akkodhano saṇhavāco paresañ ca yathābhūtaṃ guṇaṃ kitteti. So ekasmiṃ divase attano sahāyassa nahāyantassa pamādena anolokentassa nivāsanavatthaṃ kīḷādhippāyena apanidhāya taṃ dukkhāpetvā adāsi.[9] Bhāgineyyo pan' assa corikāya paragehato bhaṇḍaṃ āharitvā tass' eva āpaṇe nikkhipi. Bhaṇḍasāmikā vīmaṃsantā bhaṇḍena saddhiṃ tassa bhāgineyyaṃ tañ ca rañño dassesuṃ. Rājā 'imassa sīsaṃ chindatha, bhāgineyyaṃ pan' assa sūle āropethā' ti āṇāpesi. Rājapurisā tathā akaṃsu. So kālaṃ katvā bhummadevesu uppajji. So gosīsena setuno katattā seta-

---

[1] B. *adds* ti. [2] B. *adds* niṭṭhitā.
[3] *om.* S_1; M. C. D. *add after* Dhātuvivaṇṇapetavatthudasamaṃ:

Udānaṃ.

Abhijjamāno Koṇḍañño Rathakāri bhūsena ca kumāro gaṇikā c'eva dve luddā piṭṭhi pūja so vaggo tena pavuccati.

[4] °jano, B. [5] °tā, B. [6] S_3 *adds* so.
[7] °paṭibhāgaṃ, B. [8] gosiṭṭhiṃ, B. [9] adisi, B.

vaṇṇaṃ dibbaṃ manojavaṃ assājāniyaṃ paṭilabhi, guṇavantānaṃ[1] vaṇṇakathanena tassa gattato dibbagandho vāyati,[2] sāṭakassa pana apanihitattā[3] naggo ahosi. So attanā pubbe katakammaṃ olokento tadanusārena attano bhāgineyyaṃ sūle āropitaṃ disvā karuṇāya codiyamāno[4] manojavaṃ assaṃ abhiruyhitvā[5] aḍḍharattasamaye[6] tassa sūlāropitaṭṭhānaṃ gantvā avidūre ṭhito 'jīva bho jīvitaṃ eva seyyo' ti divase divase vadati. Tena samayena Ambasakkhararājā hatthikkhandhavaragato nagaraṃ padakkhiṇaṃ karonto aññatarasmiṃ gehe vātapānaṃ vivaritvā rājavibhūtiṃ passantiṃ ekaṃ itthiṃ disvā paṭibaddhacitto hutvā paccāsanne nisinnassa purisassa 'imaṃ[7] gharaṃ[7] imañ ca itthiṃ upadhārehī' ti saññaṃ datvā anukkamena[8] rājagehaṃ paviṭṭho taṃ purisaṃ pesesi 'gaccha bhaṇe tassā itthiyā sassāmikabhāvaṃ[9] vā assāmikabhāvaṃ[10] vā jānāhī' ti. So gantvā tassā[11] sassāmikabhāvaṃ[12] ñatvā rañño ārocesi. Rājā tassā[13] pariggahakaraṇūpāyaṃ[14] cintento tassā sāmikaṃ pakkosāpetvā 'ehi bhaṇe maṃ upaṭṭhāhī' ti āha. So anicchanto pi 'rājā attano vacanaṃ akaronte mayi rājadaṇḍaṃ kareyyā' ti bhayena rājupaṭṭhānaṃ sampaṭicchitvā divase divase rājupaṭṭhānaṃ gacchati. Rājā pi tassa bhattavetanaṃ dāpetvā katipayadivasātikkame[15] pāto 'va upaṭṭhānaṃ āgataṃ evaṃ āha: 'gaccha bhaṇe asukasmiṃ[16] ṭhāne ekā pokkharaṇī atthi, tato aruṇavaṇṇaṃ mattikaṃ rattuppalāni ca[7] ānehi, sace ajj' eva nāgacchasi jīvitaṃ te natthī' ti. Tasmiñ ca gate dvārapālaṃ āha: 'ajja anatthaṃgate eva suriye sabbadvārāni thaketabbānī' ti. Sā ca pokkharaṇī Vesaliyā tiyojanamattake hoti. Tathāpi so puriso maraṇabhayatajjito vātavegena pubbaṇhe yeva taṃ pokkaraṇiṃ sampāpuṇi. 'Sā ca pokkharaṇī amanussapariggahitā' ti pageva sutattā bhayena so 'atthi nu kho ettha koci parissayo' ti samantā

[1] °tā, S₁. [2] pavāyati, B. [3] °hitatā, S₁; °hitattha, B. [4] codito, B. [5] °rūhitvā, B. [6] aggharatti.°, B. [7] *om.* B. [8] B. *adds* attano. [9] sāmika.°, B. [10] sasāmika.°, B. [11] *om.* S₁. S₂. [12] sasāmika.°, B. [13] B. *adds* itthiyā. [14] pariggahaṇūpāyaṃ, B. [15] °mena, B. [16] amumhi, B.

tato anupariyāti. Taṃ disvā pokkharaṇīpālako amanusso karuṇāyamānarūpo manussarūpenāgantvā[1] 'kim atthaṃ bho purisa idhāgato 'sī' ti āha. So tassa taṃ pavattiṃ kathesi. So 'yadi evaṃ yāva-d-atthaṃ gaṇhāhī' ti attano dibbarūpaṃ dassetvā antaradhāyi. So tattha aruṇavaṇṇaṃ mattikaṃ rattuppalāni[2] ca[3] gahetvā anatthaṃgate eva suriye nagaradvāraṃ sampāpuṇi. Taṃ disvā dvārapālo tassa viravantass' eva dvāraṃ thakesi. So thakite dvāre pavesanaṃ alabhanto dvārasamīpe sūle āropitaṃ purisaṃ[4] 'ete mayi anatthaṃgate eva suriye āgate viravante eva[5] dvāraṃ thakesuṃ, ahaṃ kālass' eva āgato, mama doso natthi, tayā pi ñātaṃ hotū' ti sakkhiṃ akāsi. Taṃ sutvā so āha:[6] 'ahaṃ sūle āvuto vajjho maraṇābhimukho, kathaṃ tava sakkhi homi? Eko pan' ettha peto mahiddhiko mama samīpaṃ āgamissati, taṃ sakkhiṃ karohī' ti. 'Kathaṃ pana so mayā daṭṭhabbo' ti? 'Idh' eva tvaṃ tiṭṭha,[7] sayam eva dakkhissasī' ti. So tattha ṭhito majjhimayāme[8] taṃ petaṃ[9] āgataṃ disvā sakkhiṃ[10] akāsi. Vibhātāya[5] rattiyā rañño 'mama āṇā tayā atikkantā, tasmā rājadaṇḍaṃ te kāressāmī'[11] ti vutte 'deva na mayā tava āṇā atikkantā, anatthaṃgate suriye ahaṃ idhāgato' ti. Tattha 'ko[12] te sakkhī' ti? So tassa sūlāvutassa purisassa[3] santike āgacchantaṃ naggapetaṃ[13] sakkhī ti niddisitvā[14] 'kathaṃ etaṃ amhehi saddhātabban' ti raññā vutte[15] 'ajja rattiyaṃ tumhehi saddhātabbaṃ, purisaṃ mayā saddhiṃ pesethā' ti āha. Taṃ sutvā rājā sayam eva tena saddhiṃ tattha gantvā ṭhito, petena pana[16] tattha gantvā 'jīva bho[17] jīvitam eva seyyo' ti vutte taṃ Seyyā[18] nisajjā may imassa atthī ti ādinā pañcahi gāthāhi paṭipucchi. Idāni ādito pana Vesāli nāma nagar' atthi Vajjīnan ti gāthā tāsaṃ[19] sambandhadassanatthaṃ saṅgītikārehi ṭhapitā:

---

[1] °rūpena upasaṅkamitvā, B. [2] °lādīni, B.
[3] *om.* B. [4] B. *adds* disvā. [5] B. *adds* ca.
[6] *om.* S_1. S_2. [7] tiṭṭhāhi, B. [8] pacchima.°, B.
[9] *om.* B. S_1. [10] sakkhi, *all MSS.* [11] karissāmi, B.
[12] *om.* S_2. [13] petaṃ, B. [14] dassetvā, B.
[15] vuttamatte, B. [16] ca, B.
[17] jīvato, B. [18] seyyo, S_1. S_2. [19] gāthāsaṃ, S_1.

Vesāli nāma nagar' atthi Vajjinaṃ
tattha ahu Licchavi Ambasakkharo
disvāna petaṃ nagarassa bāhiraṃ
tatth' eva pucchittha taṃ kāraṇatthiko: 1
Seyyā[1] nisajjā nay imassa atthi
abhikkamo natthi paṭikkamo vā[2]
asitapītakhāyitavatthabhogā
paricārikā[3] sā pi tam assa[4] natthi. 2
Ye ñātakā diṭṭhasutā suhajjā
anukampakā yassa ahesuṃ pubbe
daṭṭhum pi[5] dāni na[6] labhanti taṃ[7] pi[7]
virādhitatto[8] hi janena tena. 3
Na oggatattassa[9] bhavanti mittā
jahanti mittā vikalaṃ viditvā
atthañ ca disvā parivārayanti[10]
bahū[11] mittā uggatattassa[12] honti. 4
Nihīnattho sabbabhogehi kicco[13]
sammakkhito[14] samparibhinnagatto
ussāvabindu va[15] palimpamāno
ajja suve jīvitass' uparodho.[16] 5
Etādisaṃ uttamakicchapattaṃ
uttāsitaṃ picumandassa[17] sūle
atha tvaṃ kena[18] vaṇṇena vadesi
yakkha 'jīva bho[19] jīvitam eva seyyo' ti? 6

Tattha tatthā ti tassaṃ[20] Vesāliyaṃ. Nagarassa bāhiran ti nagarassa bāhirabhāgaṃ,[21] Vesālinagarassa bahi[22]

---

[1] seyyo, S_1. S_2. [2] ca, M.; B.
[3] °cāraṇā, M. [4] imassa, M. C. D.; B.
[5] M. adds te. [6] M. adds taṃ, C. D.; S_1. S_2 add te.
[7] only B. [8] viraṭhitatto, C.; virājitatto, M.; S_1. S_2. B.
[9] okkantattassa, C. D.; duggatassa, S_1. S_2.
[10] °cārayanti, B. [11] S_1. S_2 add ca.
[12] uggatassa, S_1. S_2. B.; M. C. D. add te.
[13] only M. D., B. add kicco; °bhoge kiccā, C.
[14] sama.°, S_1. S_2. [15] M. adds ca.
[16] jīvitassa 'parodho, S_1. S_2. [17] °mandhassa, M.; °[illegible]tassa, C. D.; B. [18] tena, C.; S_1; om. S_2.
[19] jīvato, M. [20] tassa, S_1. S_2.; tissam, B.
[21] bahi bhavaṃ, S_1. S_2. [22] bāhiram, B.

eva jātaṃ pavattaṃ.[1] Tatth' evā ti yattha taṃ passi tatth' eva ṭhāne. Tan ti taṃ petaṃ. Kāraṇatthiko ti jīva bho jīvitam eva seyyo ti[2] vutte[3] atthassa kāraṇena atthiko hutvā.[4]

Seyyā nisajjā nay imassa atthī ti piṭṭhipasāraṇalakkhaṇasaṅkhātā[5] seyyā pallaṅkābhujanādilakkhaṇā nisajjā ca[6] imassa sule āropitapuggalassa natthi. Abhikkamo natthi paṭikkamo vā ti abhikkamādilakkhaṇaṃ[7] appamattam pi gamanaṃ imassa natthi paricārikāsāmītiyā.[8] Asitapītakhāditavatthaparibhogādilakkhaṇa - indriyānaṃ[9] paricārikā sā pi imassa natthi, pariharaṇā[10] sā pī ti vā asitādiparibhogavasena indriyānaṃ pariharaṇā[11] sā pi imassa natthi. Vigatajīvitattā ti[12] attho. Paricāraṇā sā pī[13] ti keci paṭhanti.

Diṭṭhasutā suhajjā anukampakā yassa ahesuṃ pubbe ti sandiṭṭhasahāyā c'eva adiṭṭhasahāyā ca[14] yassa[14] ca[15] mittā anuddayavanto ye assa imassa pubbe ahesuṃ. Daṭṭhum pī ti passitum pi. Na labhantī ti kuto sahavasitun ti attho. Virādhitatto[16] ti pariccattasabhāvo. Janena tenā ti tena ñāti-ādijanena.

Na oggatattassa[17] bhavanti mittā ti apagataviññāṇassa[18] matassa mittā nāma na honti tassa mittehi kātabbakiccassa atikkantattā. Jahanti mittā vikalaṃ viditvā ti mato tāva tiṭṭhatu, jīvantam pi[4] bhogavikalaṃ purisaṃ viditvā na ito kiñci gayh' upagan ti mittā pajahanti.[19] Atthañ ca disvā parivārayantī[20] ti tassa pana santakaṃ atthaṃ dhanaṃ disvā piyavādino mukhullokikā hutvā taṃ parivārenti.[21] Bahū mittā uggatattassa[22] hontī ti

---

[1] jātasambandhaṃ, S₁. S₂. [2] *om.* S₂.
[3] vutta, S₁. B. [4] *om.* S₁. S₂.
[5] °pasāraṇa.°, *all MSS;* S₁. S₂ *omit* saṅkhātā *and join the compound with* seyyā. [6] va, S₁. S₂.
[7] atikkam.°, B. [8] paricāraṇā.°, B. [9] °khāyita.°, B.
[10] paricārakā, B. [11] °cāraṇe, B. [12] vighāta.°, B.
[13] cāpi, B. [14] *om.* B. [15] o'assa, B. [16] virājitattho, B.
[17] dukkhatassa, S₁. S₂.
[18] apagatakāyaviññ.°, B.
[19] jah.°, S₁. S₂. [20] °cārayantī, B. [21] °carenti, B.
[22] uggatassa, S₁. S₂.

vibhavasampattiyā[1] uggatasabhāvassa samiddhassa bahū anekā mittā[2] honti ti[3] ayaṃ lokiyasabhāvo ti attho.

Nihīnattho sabbabhogehī ti sabbehi upabhogaparibhogavatthūhi parihīnattho kicco. **Sammakkhito**[4] ti ruhirena[5] makkhitasarīro.[6] **Samparibhinnagatto** ti sūlena abbhantare vidālitagatto.[7] **Ussāvabindu**[8] **va palimpamāno** ti tiṇagge limpamāna-ussāvabindusadiso. **Ajja suve** ti ajja vā suve vā imassa nāma purisassa jīvitassa uparodho nirodho,[9] tato[10] uddhaṃ na pavattatī ti attho.

Uttāsitan ti āvutaṃ āropitaṃ. **Picumandassa sūle** ti nimbarukkhassa daṇḍena[11] katasūle. **Kena vaṇṇenā** ti kena kāraṇena. **Jīva bho jīvitam eva seyyo** ti bho purisa jīva. Kasmā? Sūlaṃ āropitassāpi te idha jīvitam eva ito cutassa jīvitato satabhāgena sahassabhāgena seyyo sundaratarо ti.

Evaṃ tena raññā[12] pucchito so peto attano adhippāyaṃ pakāsento

Sālohito eso[13] ahosi mayhaṃ
ahaṃ sarāmi purimāya jātiyā
disvā ca[14] me kāruññaṃ ahosi
mā[15] pāpadhammo nirayaṃ patāyaṃ. 7
Ito cuto Licchavi esa[16] poso
sattussadaṃ nirayaṃ ghorarūpaṃ
uppajjati[17] dukkhatakammakārī
mahābhitāpaṃ kaṭukaṃ bhayānakaṃ. 8
Anekabhāgena guṇena seyyo
ayam eva sūlo nirayena tena,
mā ekantadukkhaṃ[18] kaṭukaṃ bhayānakaṃ[19]
ekantatippaṃ nirayaṃ patāyaṃ. 9

---

[1] tava samp.°, S_1. S_2. [2] animittā, S_1. S_2. [3] *om.* S_1. S_2. [4] sama.°, S_1. S_2. [5] ruhirehi, B. [6] sammakkhikasarīro, B. [7] vālitagatto, S_1. S_2; vicaritag.°, B. [8] ussāvāpi bindu, S_1. [9] *om.* B. [10] jāto, B. [11] [illegible]bbena, S_2. [12] tenāssa, S_1. S_2. [13] esa, M. C. D. [14] [illegible] S_2. [15] rāja mā, *all MSS.* [illegible] S_1. [17] [illegible] B. [18] mā dkh.°, [illegible] C. B. [illegible] S_1.

Idañ ca sutvā vacanaṃ mam' eso
dukkhūpanīto vijaheyya pāṇaṃ
tasmā ahaṃ santike na bhaṇāmi
mā m' ekato jīvitass' uparodho ti

catasso gāthā abhāsi.

Tattha sālohito ti samānalohito yonisambandhanena[1] sambandho[2] ñātako ti attho. Purimāya jātiyā ti purimattabhāve. Mā pāpadhammo nirayaṃ patāyan ti ayaṃ[3] pāpadhammo puriso nirayaṃ mā pati[4] mā nirayaṃ uppajjī ti.[5] Imaṃ[6] disvā me[7] kāruññaṃ ahosī ti yojanā. Sattussadan ti pāpakārīhi sattehi ussannaṃ. Atha vā pañcavidhabandhanamukhe tattalohasecanaṃ aṅgārapabbatāropanaṃ lohakumbhipakkhepanaṃ[8] asipattavanappavesanaṃ Vetaraṇiyaṃ samotaraṇaṃ mahāniraye pakkhepo ti imehi sattahi pañcavidhabandhanādīhi dāruṇakāraṇehi[9] ussannaṃ uparūpari nicitan[10] ti attho. Mahābhitāpan ti mahā-aggisantāpaṃ.[11] Kaṭukan ti aniṭṭhaṃ. Bhayānakan ti bhayajanakaṃ.

Anekabhāgena guṇenā ti anekakoṭṭhāsena ānisaṃsena. Ayam eva sūlo nirayena tenā ti tato imassa uppattiṭṭhānabhūtato nirayato[12] ayam eva sūlo seyyo ti. Nissakke hi idaṃ karaṇavacanaṃ. Ekantatippan ti ekanten' eva tikhiṇadukkhaniyatamahādukkhan ti attho.

Idañ ca sutvā vacanaṃ mam' eso ti ito cuto ti ādimā vuttaṃ. Idaṃ mama vacanaṃ sutvā eso puriso dukkhūpanīto mama vacanena nirayadukkhaṃ upanīto viya hutvā. Vijaheyya pāṇan ti attano jīvitaṃ parivajjeyya.[13] Tasmā ti tena kāraṇena. Mā m' ekato ti mayā ekato[14] imassa purisassa jīvitassa uparodho mā hotū ti imassa santike idaṃ vacanaṃ ahaṃ na bhaṇāmi. Atha

---

[1] °bandanako ti, S_1; °bandanasokā ti, S_2.
[2] *om.* S_1. S_2. [3] mayaṃ, S_1. S_2.
[4] S_1 *adds* ti. [5] upapajjita, B.; uppajjati, S_1. S_2.
[6] idaṃ, B. [7] *om.* S_2. [8] °pakkhepo, S_1. S_2.
[9] °kāruṇehi, S_1. S_2. [10] nivisitan, S_1. S_2.
[11] mahādukkhaṃ mahā-abhisantānaṃ vā, S_1. S_2.
[12] narakato, B. [13] pariccajeyya, S_1; parittajeyya, S_2.
[14] kato, B.

kho 'jīva bho jīvitaṃ eva seyyo' ti idam eva bhaṇāmī ti adhippāyo.

Evaṃ petena attano adhippāyo pakāsito puna rājā petassa pavuttiṃ pucchituṃ okāsaṃ karonto imaṃ gātham āha

'Aññāto[1] eso purisassa attho
aññam[2] pi icchāmase pucchituṃ tuvaṃ
okāsakammaṃ[3] sace[4] no karosi[5]
pucchāma taṃ[6] no[7] na ca kujjhitabbaṃ'. 11
'Addhā paṭiññā[8] me[9] tadā ahu
nācikkhanā[10] appasannassa hoti
akāmā saddheyyavaco ti[11] katvā
pucchassu[12] maṃ kāmaṃ[13] yathā visayhan' ti. 12

Imā rañño petassa vacanapaṭivacanagāthā.[14]

Tattha aññāto[15] ti avagato.[16] Icchāmase ti icchāma. No ti amhākaṃ. Na ca kujjhitabban ti ime manussā yaṃ kiñci pucchantī ti kodho na[17] kātabbo.

Addhā ti ekaṃsena. Paṭiññā ti [illegible][18] mayhaṃ pucchassu ti,[19] okāsadānan ti attho. Tadā ahū ti tasmiṃ kāle paṭhamadassanena ahosi. Acikkhanā[20] appasannassa hotī ti akathanā[21] appasannassa hoti. Pasanno eva hi pasannassa kiñci katheti, tvaṃ pana tadā mayi appasanno ahañ ca tayi. Tena paṭijānitvā kathetukāmo nāhosi.[22] Idāni panāhaṃ tuyhaṃ akāmā saddheyyavaco akāmo eva saddhātabbavacano iti katvā iminā kāraṇena.

---

[1] ajjhito, M. C. D.; B. [2] añño, S_1; aññā, S_2.
[3] okāsakaṃ mama, S_2; okāsakamma, S_1.
[4] no sace, S_1. S_2. B.; ce, C. D. [5] ākarosi, S_1.
[6] pucchāmi 'haṃ, S_1. S_2. [7] na ca no, *all MSS. exc.* M.
[8] paññā, S_1. [9] tav' etaṃ, M. C. D.; B.
[10] aci.°, *all MSS. exc.* M. [11] °vahe ti, S_1. S_2.
[12] °assa, S_1. S_2. [13] *om.* B. [14] °kathā, S_1. S_2.
[15] ajjhito, B.
[16] avigato, S_1. S_2; *perhaps* āvikato; adhigato, B.
[17] kodhena, S_1. S_2.
[18] navasena, S_2; apaṭiññā ti na paṭiññā, B., *but both* a *before* paṭiññā *and* na *has been inserted by a later hand*; B. *adds also* tava saṃsayaṃ. [19] pucchissati, S_1. S_2.
[20] °no°, S_1. [21] akatthanā, S_1. S_2. [22] na hosi, S_1. S_2.

Pucchassu maṃ kāmaṃ yathā visayhan ti tvaṃ[1] yathā icchasi tam atthaṃ[2] maṃ pucchassu,[3] ahaṃ pana yathā visayhaṃ yathā[4] mayhaṃ[4] sahituṃ sakkā tathā attano ñāṇabalānurūpaṃ kathessāmi ti adhippāyo.

Evaṃ petena pucchanāya[5] okāse kate rājā

Yaṃ kiñcāhaṃ[6] cakkhunā passissāmi[7]
sabbaṃ pi tāhaṃ abhisaddaheyyaṃ
disvā pi[8] taṃ no pi ce[9] saddaheyya
kareyyāsi me yakkha niyassa kamman ti 13

gātham āha.

Tass' attho: ahaṃ yaṃ[10] kiñci-d-eva cakkhunā passissāmi taṃ sabbaṃ pi[11] tath'[12] eva ahaṃ abhisaddaheyyaṃ paṭiññeyya,[13] taṃ pana disvā tava[13] vacanaṃ no pi ce[14] saddaheyyaṃ yakkha mayhaṃ niyassa kammaṃ niggatakammaṃ[15] kareyyāsī ti. Atha vā: yaṃ kiñcāhaṃ cakkhunā passissāmī ti ahaṃ yaṃ kiñci-d-eva cakkhunā passissāmi acakkhuno parassa[16] adassanato sabbam pi tāhaṃ abhisaddaheyyan ti sabbam pi te ahaṃ diṭṭhaṃ sutaṃ aññaṃ[17] vā pi[11] abhisaddaheyyaṃ, tādiso hi mayhaṃ tayi abhippasādo ti adhippāyo. Pacchimapadassa pana yathā vutto 'va attho.

Taṃ sutvā peto

'Saccappaṭiññā[18] tava me sā hotu
sutvāna dhammaṃ labhassu[19] pasādaṃ
aññatthiko no ca paduṭṭhacitto
yan te sutaṃ asutaṃ vā pi[20] dhammaṃ
sabbaṃ[21] akkhissaṃ yathā pajānaṃ'. 14

---

[1] attano, S$_1$. S$_2$. [2] icchitamattaṃ, S$_2$; °matthaṃ, S$_1$. [3] pucchassu maṃ, S$_1$. S$_2$. [4] om. S$_2$. [5] pucchamānāya, S$_1$. S$_2$; pucchitāya, B. [6] kiñci 'haṃ, M. [7] passāmi, M. C. [8] va, M. C. D.; B. [9] om. M. C. D. [10] om. S$_1$. S$_2$. [11] om. B. [12] tad, S$_1$. S$_2$. [13] 'va taṃ, B. [14] no, S$_1$. S$_2$. [15] nigaha.°, S$_1$. S$_2$. [16] gocarassa, B. [17] ayaṃ, S$_1$. S$_2$. [18] saccampa.°, B. [19] labhassa, S$_1$. S$_2$. [20] asutañ cāpi, M. C. D.; B. [21] C. D., B. *add* pi.

'Setena assena alaṅkatena
upayāsi sūlāvutakassa[1] santike
yānaṃ idaṃ abbhutaṃ dassaneyyaṃ
kiss' etaṃ kammassa ayaṃ vipāko'? 15
'Vesāliyā tassa[2] nagarassa majjhe
cikkhallamagge[3] narakaṃ[4] ahosi
gosīsam ekāhaṃ pasannacitto
setuṃ gahetvāna narakasmiṃ[5] nikkhipiṃ. 16
Etasmiṃ pādāni patiṭṭhapetvā
mayañ ca[6] aññe[7] ca atikkamamha[8]
yānaṃ idaṃ abbhutaṃ dassaneyyaṃ
tass' eva kammassa ayaṃ vipāko'. 17
'Vaṇṇo ca te sabbadisā pabhāsati
gandho ca[6] te sabbadisā pavāyati
yakkhiddhipatto 'si mahānubhāvo
naggo c'asi[9] kissa ayaṃ vipāko'? 18
'Akkodhano niccapasannacitto
saṇhāhi vācāhi janaṃ upemi[10]
tass' eva kammassa ayaṃ vipāko
dibbo me vaṇṇo satataṃ pabhāsati. 19
Yasañ ca kittiñ ca dhamme ṭhitānaṃ
disvāna[11] mantemi[12] pasannacitto
tass' eva kammassa ayaṃ vipāko
dibbo[13] me gandho satataṃ pavāyati. 20
Sahāyānaṃ titthasmiṃ nahāyatānaṃ
thale gahetvā nidahissa dussaṃ
khiḍḍatthiko[14] no ca[15] paduṭṭhacitto
ten' amhi naggo kasirā ca vutti'.[16] 21

---

[1] °vutassa, C. D.; °vatakassa, S_1. S_2. [2] *om.* M. C. D.; B.
[3] °magge, M. C.; °pathe, D.; B.; °pubbe, S_1. S_2.
[4] nagaraṃ, S_1. S_2. [5] nagarasmiṃ, C. D.
[6] *om.* B. [7] añño, C. D.; S_1. S_2. [8] °kkamimhā, M. C. D.; B.
[9] c' āsi, M. C. D.; B. [10] upesi, *all MSS. exc.* M.; B.
[11] disvā ca, D.; B. [12] disvā su mantemi, M.
[13] M. D., B. *add* ca. [14] khiṭṭa.°, D.; B.; kiñca.°, C.; S_1. S_2. [15] *om.* M. D.; nāma l. no ca, S_2.
[16] kasirā pavutti, S_1. S_2.; kas.° ca tutthi, C.

'Yo kīḷamāno pakaroti[1] pāpaṃ
tass' īdisaṃ[2] kammavipākam āhu
akīḷamāno pana yo karoti
kiṃ tassa kammassa vipākam āhu'? 22
'Ye[3] duṭṭhasaṅkappamanā[4] manussā
kāyena vācāya ca saṅkiliṭṭhā
kāyassa bhedā abhisamparāyaṃ
asaṃsayan te nirayaṃ upenti. 23
Apare pana sugatim āsamānā[5]
dāne ratā saṅgahitattabhāvā
kāyassa bhedā abhisamparāyaṃ
asaṃsayan te sugatiṃ upentī' ti. 24

Tesaṃ ubhinnaṃ vacanapaṭivacanagāthā[6] honti.

Tattha saccappaṭiññā tava me sā hotū ti[7] tava esā paṭiññā mayhaṃ saccaṃ hotu. Sutvāna dhammaṃ labhassu pasādan ti mayā vuccamānaṃ dhammaṃ sutvā sundarapasādaṃ labhassu. Aññatthiko ti ājānanena atthiko. Yathā pajānan ti yathā añño pi pajānanto, yathā pajānan ti vā mayā yathā ñātan ti attho.

Kiss' etaṃ kammassa ayaṃ vipāko ti kiss' etaṃ kissa nāma etaṃ kissa kammassa ayaṃ vipāko. Etan ti vā nipātamattaṃ, kissa kammassā ti yojanā. Kissa te ti ca keci paṭhanti.

Cikkhallapathe[8] ti cikkhallavati pathamhi.[9] Narakan ti āvāṭaṃ. Ekāhan ti ekaṃ ahaṃ. Narakasmiṃ nikkhipin ti yathā kaddame[10] na akkamīyati eva tasmiṃ[11] cikkhallāvāṭe ṭhapesiṃ.

Tassā[12] ti[12] tassa gosīsena setukāraṇassa.

Dhamme ṭhitānan ti dhammacārīnaṃ samacārīnaṃ. Mantemī ti kathemi. kittayāmi.[13]

---

[1] ca karoti, S_1. S_2; va kar.°, C. [2] edisaṃ, M.
[3] so, S_1. [4] °mānā, S_1.
[5] °māna, B. S_1; āsisamānā, C. [6] °kathā, S_1. S_2.
[7] B. *adds* sabbam pi tāhaṃ abhisaddaheyyan ti.
[8] °pabbe, S_1; °vatipabbe, S_2. [9] sandhimhi, S_1. S_2.
[10] kaddamo, S_2; °mohe, S_1. [11] *om.* S_2.
[12] *om.* B. [13] °yissāmi, B.

Khiḍḍatthiko[1] ti hassādhippāyo. No ca paduṭṭhacitto ti dussasāmikena dūsitacittena apaharaṇādhippayo[2] nāpi vināsādhippāyo ti attho.

Akīḷamāno ti akhiḍḍādhippāyo, lobhādīhi dūsitacitto. Kiṃ tassa kammassa vipākam āhū ti tassa yathā[3] mayā katassa[4] pāpakammassa kīva kaṭukaṃ dukkhavipākaṃ paṇḍitā āhu.

Duṭṭhasaṅkappamanā[5] ti kāmasaṅkappādivasena dūsitamanovitakkā. Etena manoduccaritam āha. Kāyena vācāya ca saṅkiliṭṭhā[6] ti pāṇātipātādivasena kāyavācāhi malino.

Āsamānā ti āsiṃsamānā patthayamānā.

Evaṃ petena saṅkhepen' eva kammaphale suvibhajitvā dassite sutaṃ asaddahanto rājā

Taṃ kin ti[7] jāneyyaṃ ahaṃ avecca
kalyāṇapāpassa ayaṃ vipāko
kiṃ vāhaṃ disvā abhisaddaheyyaṃ
ko vā pi maṃ saddahāpeyya etan[8] ti 25

gātham āha.

Tattha taṃ kin ti jāneyyaṃ ahaṃ aveccā ti yo 'haṃ[9] tayā Ye duṭṭhasaṅkappamanā manussā kāyena vācāya ca saṅkiliṭṭhā ti ādinā Apare pana[10] sugatim āsamānā ti ādinā ca kalyāṇassa pāpassa ca kammassa vipāko[11] vibhajitvā[12] vutto taṃ kin ti kena kāraṇena[13] ahaṃ avecca[14] aparappaccayabhāvena saddaheyyaṃ. Kiṃ vāhaṃ disvā abhisaddaheyyan ti kīdisaṃ vā panāhaṃ[15] paccakkhabhūtaṃ nidassanaṃ disvā paṭiñeyyaṃ. Ko vā pi maṃ saddahāpeyya etan ti ko vā viññū[16] puriso paṇḍito[16] etam atthaṃ maṃ[17] saddahāpeyya taṃ

---

[1] khiṭṭ.°, B.; khiḍḍh.°, S_1. S_2.
[2] S_1. S_2 *have* nidussabhāmike usita-(uṭa.°, S_2) citto tavaharaṇādhi.°. [3] tathā, S_1. S_2. [4] pakatassa, S_1. S_2.
[5] °mānā, S_1. S_2. [6] pasaṃk.° l. ca saṃk.°, S_1.
[7] kiñci, S_1. [8] °hāyye ca taṃ, C. [9] 'yaṃ, S_1. S_2.
[10] *om.* S_1. S_2. [11] kammavipāko, B. [12] bhavitvā, S_1.
[13] tena pakāreṇa, S_2; pakāreṇa, S_1. [14] *om.* B.
[15] S_1. S_2 *add* ca. [16] viññāpaṇḍito, S_1. S_2. [17] *om.* B. S_2.

kathesī ti attho. Taṃ sutvā peto kāraṇena taṃ atthaṃ tassa pakāsento

Disvā ca sutvā abhisaddahassu[1]
kalyāṇapāpassa ayaṃ vipāko:
kalyāṇapāpe ubhaye asante
siyā nu sattā sugatā duggatā vā. 26
No c' ettha kammāni kareyyuṃ[2] maccā
kalyāṇapāpāni manussaloke
nāhesuṃ sattā sugatā duggatā vā
hīnā paṇītā ca manussaloke. 27
Yasmā ca kammāni karonti maccā
kalyāṇapāpāni manussaloke
tasmā[3] sattā[4] sugatā duggatā vā
hīnā paṇītā ca manussaloke. 28
Dvay' ajja[5] kammānaṃ vipākam āhu
sukhassa dukkhassa ca vedanīyaṃ[6]
tā devatā pariṇāmayanti[7]
paccanti bālā dvayataṃ[8] apassino ti 29

gāthā abhāsi.

Tattha **disvā**[9] ti paccakkhato disvā pi.[10] **Sutvā** ti dhammaṃ sutvā 'va[10] tadanusārena nayaṃ nento anumi-nanto.[11] **Kalyāṇapāpassā** ti kalyāṇassa[10] pāpassa[10] kusalassa[12] akusalassa ca kammassa ayaṃ sukho ayaṃ dukkho ca vipāko ti abhisaddahassu.[1] **Ubhaye asante** ti kalyāṇapāpe ti[13] duvidhe kamme avijjamāne. **Siyā nu sattā sugatā duggatā vā** ti ime sattā sugatiṃ[14] gatā[10] duggatiṃ[15] gatā[16] vā[10] sugatiyaṃ vā[17] aḍḍhā duggatiyaṃ daḷiddā vā ti[18] ayaṃ attho. Kin nu siyā kathaṃ bhaveyyā[19] ti attho. Idāni yathā vuttaṃ atthaṃ

[1] °hassa, S_1. S_2. [2] °yya, S_1. S_2. B. [3] M. *adds* hi.
[4] tassa, S_1. [5] dvayañ ca, C. [6] paved.°, S_1.
[7] °cārayanti, M. C. D.; B. [8] dvayaṃ taṃ, C. D.
[9] B. *adds* ca. [10] *om.* B. [11] *om.* S_1. S_2.
[12] B. *adds* ca. [13] kalāṇe pāpe cā ti, B.
[14] °gatiyā, B. [15] duggatiyā vā, B. [16] sattā, S_1.
[17] S_1. S_2 *add* pi vā. [18] *om.* B., *and has* yaṃ l. ayaṃ.
[19] sambhav.°, B.

No c'ettha kammānī ti Yasmā ca kammānī ti[1] ca gāthādvayena vyātirekato anvayato ca vibhāveti.

Tattha hīnā paṇītā ti kularūpārogyaparivārādīni hīnā uḷārā ca.

Dvay' ajja kammānaṃ vipākam āhū ti dvayaṃ duvidhaṃ ajja idāni kammānaṃ sucaritaduccaritānaṃ vipākaṃ vadanti kathenti. Kin tan ti āha.[2] Sukhassa dukkhassa ca vedanīyan ti iṭṭhassa ca aniṭṭhassa[3] ca[3] anubhavanayoggaṃ. Tā devatā parivārayantī[4] ti ye ukkaṃsavasena[5] sukhavedanīyaṃ vipākaṃ paṭilabhanti, te[6] devatā hutvā dibbasukhasamappitā indriyāni parivārenti.[7] Paccanti bālā dvayataṃ apassino ti ye bālā kammañ ca kammaphalañ cā ti dvayaṃ apassantā asaddahantā te pāpapasutā dukkhavedanīyaṃ vipākaṃ anubhavantā nirayādīsu kammanā[8] paccanti dukkhaṃ pāpuṇanti.

Evaṃ kammaphalaṃ saddahanto[9] pana tvaṃ kasmā evarūpaṃ dukkhaṃ paccanubhavasī ti anuyogaṃ sandhāya

Na m' atthi kammāni sayaṃ katāni
datvā pi me[10] natthi so ādiseyya
acchādanaṃ sayanam atha 'nnapānaṃ
ten' amhi naggo kasirā ca vuttī[11] ti 80

gātham āha.

Tattha na m'atthi kammāni sayaṃ katānī ti yasmā[12] sayaṃ attanā pubbe katāni puññakammāni mama natthi na vijjanti,[13] yehi idāni acchādanādīni[14] labheyyaṃ. Datvā pi me natthi so ādiseyyā ti yo samaṇabrāhmaṇānaṃ dānaṃ datvā 'asukassa petassa hotū' ti me ādiseyya[15] uddiseyya so[16] natthi.[16] Ten' amhi naggo kasirā ca vuttī ti tena duvidhena[17] kāraṇena idāni

---

[1] B. *omits this phrase.*
[2] B. *adds* ti, *and omits* kin tan ti āha. [3] *om.* S₁.
[4] °cārayanti, B. S₂. [5] okkassa.°, S₁; okassa.°, S₂.
[6] *om.* B., *and* (*also* S₂) *adds* devaloke tā. [7] °cārenti, B.
[8] kammunā, B. [9] asadd.°, B. [10] *om.* M.; S₁, S₂.
[11] kasirā pavutti, S₂. [12] B. *adds* ca. [13] vijjati, B.
[14] B. *adds* na. [15] ādise, S₁, S₂. [16] *om.* B.
[17] B. *adds* pi.

naggo niccolo amhi kasirā dukkhā ca[1] vutti[2] jīvikā[3] hoti.

Taṃ sutvā rājā tassa acchādanādilābhaṃ ākaṅkhanto

Siyā nu kho[4] kāraṇaṃ kiñci yakkha
acchādanaṃ yena tuvaṃ labhetha
ācikkha me tvaṃ[5] yad atthi hetu
saddhāyitaṃ[6] hetuvaco suṇomā[7] ti 81

gātham āha.

Tattha yenā ti yena kāraṇena tvaṃ acchādanaṃ labhetha labheyyāsi[8] kiñci taṃ kāraṇaṃ siyā nu kho bhaveyya nu kho ti attho. Yad atthī ti yadi atthi.

Ath' assa peto taṃ kāraṇaṃ ācikkhanto

Kappitako nāma idh' atthi bhikkhu
jhāyī susīlo arahā[9] vimutto[10]
guttindriyo saṃvutapātimokkho
sītibhūto uttamadiṭṭhipatto. 82
Sakhilo vadaññū suvaco sumukho
svāgamo suppaṭimuttako ca
puññassa khettaṃ araṇavihārī
devamanussānañ ca dakkhiṇeyyo. 83
Santo vidhūmo anīgho nirāso
mutto visallo amamo avaṅko
nirupadhī sabbapapañcakhīṇo
tisso vijjā anuppatto jutimā. 84
Appaññāto disvā pi[11] na[12] sujāno[13]
munī ti naṃ Vajjīsu voharanti
jānanti[14] taṃ yakkhabhūtā anejaṃ
kalyāṇadhammaṃ vicarantaṃ[15] loke. 85

---

[1] *om.* S_1. S_2. [2] pavutti, S_1. [3] °ka, *all MSS.*
[4] C. *adds* te. [5] S_1. S_2 *add* yatva.
[6] °yidaṃ, C. D.; °yikaṃ, M.
[7] suṇomi, C.; suno, S_1. S_2. [8] °yyā ti, B.
[9] ahosi, M. [10] arahādhivatto, B.
[11] 'va, D.; B.; *om.* M. C.
[12] pana l. pi na, S_1. S_2; C. *adds* ca. [13] subbijāno, M.
[14] *om.* S_1. [15] °ti, M. C.; S_1. S_2.

Tassa tuvaṃ ekaṃ[1] yugaṃ duve vā
mam uddisitvāna sace dadetha
paṭiggahitāni ca[2] tāni c'assu[3]
mamañ ca passetha sannaddhadussan ti 36

gāthā abhāsi.

Tattha Kappitako nāmā ti Jaṭilasahassassa abbhantare āyasmato Upālitherassa upajjhāyaṃ sandhāya vadati. Idhā ti imissā[4] Vesāliyā samīpe. Jhāyī ti aggaphalajhānena jhāyī. Sītibhūto ti sabbakilesadarathapariḷāhavūpasamena sītibhāvaṃ[5] patto. Uttamadiṭṭhipatto ti uttamaṃ aggaphalaṃ sammādiṭṭhipatto.

Sakhilo ti mudu. Suvaco ti subbaco. Svāgamo ti suṭṭhu āgatāgamo.[6] Suppaṭimuttako cā[7] ti suṭṭhu[7] paṭimuttabhāṇī[8] ti attho. Araṇavihārī ti mettāvihārī. Santo ti upasantakileso. Vidhūmo ti vigatamicchāvitakkadhūmo.[9] Anīgho ti niddukkho. Nirāso ti nittaṇho. Mutto ti sabbabhavehi vimutto.[10] Visallo ti vigatarāgādisallo. Amamo ti mamaṃkāravirahito.[11] Avaṅko ti kāyavaṅkādivaṅkavirahito. Nirupadhī ti kilesābhisaṅkhārādi-upadhippahāyī. Sabbapapañcakhīṇo ti parikhīṇataṇhādipapañco. Jutimā ti anuttarāya ñāṇajutiyā jutimā.

Appaññāto ti paramappicchatāya paṭicchannaguṇattāya na pākaṭo[12] ca.[13] Na sujāno ti gambhīrabhāvena disvā pi evaṃsīlo evaṃdhammo evaṃpañño ti na suviññeyyo. Jānanti taṃ yakkhabhūtā anejan ti yakkhabhūtā ca anejaṃ nittaṇhaṃ arahā ti taṃ jānanti. Kalyāṇadhamman ti sundarasīlādiguṇaṃ.

Tassā ti tassa Kappitakamahātherassa. Ekaṃ yugan ti ekaṃ vatthayugaṃ. Duve vā ti dve vā[7] vatthayugāni. Mam uddisitvānā ti mamaṃ udisitvā. Paṭiggahitāni

---

[1] eka, M. D.; B. S_1. [2] pi, M.
[3] assu, C.; passa, S_1. S_2. [4] imassā, S_1.
[5] °bhavaṃ, S_1. [6] āgamo, S_1. S_2. [7] *om.* B.
[8] suppaṭimuttakavāco muttabhāṇī, B.; paṭimatta°, S_1. S_2.
[9] °[illegible]mo, S_1. S_2. [10] mutto, S_1. S_2. [11] rahito, S_1. S_2.
[12] B. adds disvā. [13] °va, B.

ca tāni c'assū[1] ti tāni vatthayugāni tena[2] paṭiggahitāni ca[3] assu bhaveyyuṃ.[4] Sannaddhadussan ti dussena katasannāhaṃ laddhavatthaṃ hutvā. Nivatthapārutadussan ti attho. Tato rājā

Kasmiṃ padese samaṇaṃ vasantaṃ
gantvāna passemu mayaṃ[5] idāni
yo[6] m'ajja[7] kaṅkhaṃ vicikicchitañ ca
diṭṭhivisūkāni[8] vinodaye[9] me[10] ti 37

therassa vasanaṭṭhānaṃ pucchi.

Tattha kasmiṃ padese ti katarasmiṃ padese. Yo[11] m'ajjā ti yo ajja. Ma-kāro padasandhikaro. Tato peto

Eso nisinno Kapinaccanāyaṃ[12]
parivārito devatābahūhi[13]
dhammakathaṃ[14] bhāsati saccanāmo
sakasmiṃ averake[15] appamatto ti 38

āha.

Tattha Kapinaccanāyan ti kapīnaṃ vā[16] narānaṃ[16] naccanena Kapinaccanā ti laddhavohāre padese. Saccanāmo ti jhāyī susīlo arahā vimutto ti ādīhi guṇanāmehi yāthāvanāmo[17] aviparītanāmo.[18]

Evaṃ petena vutte rājā tāva-d-eva therassa santikaṃ gantukāmo

Tathāhaṃ[19] kassāmi gantvā idāni
acchādayissaṃ samaṇaṃ yugena
paṭiggahitāni[20] ca[21] tāni c'assu[22]
tuvañ ca passemu sannaddhadussan ti 39

gāthaṃ āha.

---

[1] passā, S_1. S_2. [2] kena, B. [3] te, S_1. S_2.
[4] °yyaṃ, *all MSS.* [5] yaṃ, M. [6] so, C. D.; sa, S_1. S_2.
[7] p'ajja, C. [8] C. D., S_1. S_2 *insert* ko. [9] °dayeyya, M. C. D.; B. [10] ce, S_2; ve, S_1. [11] sa, S_1. S_2, *and* so. *l.* yo.
[12] Kasiṇajjhānāyaṃ, C. [13] devatāhi b.°, *all MSS. exc.* M.
[14] dhammā°, M. C. D.; B. [15] accharake, S_1; accherake, S_2. B. [16] *om.* S_1. [17] yathā.°, S_1. [18] °paritta.°, S_1. S_2.
[19] yathāhaṃ, M. D.; B. [20] °ggahāni, D. [21] pi, M.
[22] c'assaṃ, C. D.; B.; passa, C. D.

Tattha kassāmi ti karissāmi.

Atha petānam[1] thero dhammam desesi. Tasmā nāyam upasaṅkamanakālo ti dassento

Mā akkhaṇe pabbajitam upāgami
sādhu vo Licchavi n'esa dhammo
tato ca kāle upasaṅkamitvā
tatth' eva passāhi[2] rahonisinnan ti 40

gātham āha.

Tattha sādhū ti āyācane nipāto. Vo Licchavi n'esa dhammo ti Licchavirāja tumhākam rājūnam esa dhammo na hoti, yam akāle upasaṅkamanam. Tatth' evā ti tasmim yeva ṭhāne.

Evam petena vutte rājā sādhū ti sampaṭicchitvā attano nivesanam eva gantvā puna yuttapattakāle aṭṭha vatthayugāni gāhāpetvā theram upasaṅkamitvā ekamantam nisinno paṭisanthāram katvā 'imāni[3] bhante aṭṭha vatthayugāni paṭigaṇhathā' ti āha. Tam sutvā thero samuṭṭhāpanattham 'mahārāja pubbe tvam adānasīlo samaṇabrāhmaṇānam viheṭhanajāto[4] ca,[5] katham paṇītāni vatthāni dātukāmo jāto' ti? Tam sutvā rājā tassa kāraṇam ācikkhanto petena samāgamam tena ca attanā[6] kathitam sabbam therassa ārocetvā vatthāni datvā petassa uddisi. Tena peto dibbavatthadharo alaṅkatapaṭiyatto assam ārūḷho therassa ca rañño ca purato pātubhavi. Tam disvā rājā attamano pamudito pītisomanassajāto 'paccakkhato vata mayā kammaphalam diṭṭham, na dānāham pāpam karissāmi puññam eva karissāmī' ti vatvā tena petena sakkhi akāsi so ca peto 'sace tvam Licchavirāja ito paṭṭhāya adhammam pahāya dhammam carasi evāham tayā[7] sakkhi karissāmi santikañ ca te āgamissāmi[8] sūlāvutañ ca purisam sīgham sūlato mocehi, evam so jīvitam labhitvā dhammam caranto dukkhato muccissati[9] therañ ca kālena kālam upasaṅkamitvā dhammam suṇanto puñña-

[1] peto devatānam, S₁. S₂. [2] passāmi, C. D.; S₁. S₂. [3] imāni, S₁. S₂. [4] °jātiko, B. S₁. [5] 'va, B. [6] attanā [illegible], B. [7] [illegible], B. [8] [illegible], S₁. S₂. [9] [illegible], S₁. S₂.

ni karohī' ti vatvā gato. Atha rājā theraṃ vanditvā nagaraṃ pavisitvā sīghaṃ sīghaṃ Licchaviparisaṃ[1] sannipātāpetvā[2] te anujānāpetvā taṃ purisaṃ sūlato mocetvā 'imaṃ arogaṃ[3] karothā' ti tikicchake[4] āṇāpesi therañ ca upasaṅkamitvā pucchi 'siyā nu kho bhante nirayagāminīkammaṃ katvā ṭhitassa nirayato muttī' ti 'siyā mahārāja, sace uḷāraṃ puññaṃ karotī[5] muccatī' ti vatvā thero[6] rājānaṃ saraṇesu pañcasu[7] sīlesu ca[6] patiṭṭhāpesi. So tattha patiṭṭhito therassa ovāde ṭhatvā sotāpanno ahosi. Sūlavuto pana puriso arogo hutvā saṃvegajāto bhikkhūsu pabbajitvā na cirass' eva arahattaṃ pāpuṇi. Tam atthaṃ dassento saṅgītikārā

Tathā ti[8] vatvā agamāsi tattha
parivārito dāsagaṇena Licchavi
so taṃ nagaraṃ upasaṅkamitvā
vās' upagañchittha[9] sake nivesane. 41
Tato ca kāle gihikiccāni[10] katvā
nhātvā[11] pivitvā ca khaṇaṃ[12] labhitvā
viceyya peḷato[13] yugāni aṭṭha
gāhāpayi dāsagaṇena Licchavi. 42
So taṃ padesaṃ upasaṅkamitvā
taṃ addasa samaṇaṃ santacittaṃ
paṭikkantaṃ gocarato[14] nivattaṃ[15]
sītibhūtaṃ rukkhamūle nisinnaṃ. 43
Tam enaṃ avoca upasaṅkamitvā
appābādhaṃ phāsuviharañ ca pucchi:
'Vesāliyaṃ Licchavi 'haṃ[16] bhaddan[17] te
jānanti maṃ Licchavī Ambasakkharo.[18] 44

---

[1] °saṃgha, S_1. [2] °pātetvā, B. [3] ārogaṃ, S_1. S_2.
[4] tikicchike, S_1. [5] karotī ti vatvā, S_1. S_2.
[6] *om.* B. [7] B. *adds* ca. [8] hi, M.; S_1. S_2.
[9] °gacchittha, M. C. D.; B. [10] tihi k.°, S_1. S_2.
[11] C. D., B. *add* ca. [12] khaṇaṃ, B.
[13] veḷato, S_1; *all MSS. exc.* B. *add* ca.
[14] te carato, S_2; to car.°, S_1. [15] nivatthaṃ, B.
[16] ahaṃ, C. D. [17] bhadan, M.; S_2.
[18] Appa.°, M.; Amu.°, S_1. S_2.

Imāni me aṭṭha yugāni subhāni[1]
paṭigaṇha bhante dadāmi[2] tuyhaṃ
ten' eva atthena idhāgato 'smi
yathā ahaṃ[3] attamano bhaveyyaṃ'. 45
'Dūrato 'va samaṇā brāhmaṇā ca[4]
nivesanan te parivajjayanti
pattāni bhijjanti tava nivesane
saṅghāṭiyo cāpi[5] vipātayanti.[6] 46
Athāpare[7] pādakudārikāhi[8]
avaṃsirā samaṇā pātayanti[9]
etādisaṃ pabbajitā[10] vihesaṃ
tayā kataṃ samaṇā pāpuṇanti.[11] 47
Tiṇena telaṃ[12] pi na tvaṃ adāsi
mūḷhassa maggaṃ[13] pi na[14] pāvadāsi
andhassa daṇḍaṃ sayaṃ ādiyāsi
etādiso kadariyo[15] asaṃvuto[16]
atha tvaṃ kena vaṇṇena kim eva disvā
amhehi saha saṃvibhāgaṃ[17] karosi?'[18] 48
'Paccemi[19] bhante yaṃ tvaṃ vadesi
vihesayi[20] samaṇe brāhmaṇe ca[21]
khiḍḍatthiko[22] no ca paduṭṭhacitto
etaṃ pi me dukkaṭaṃ eva bhante. 49
Khiḍḍāya[23] kho pasavitvā[24] pāpaṃ
vedeti dukkhaṃ asamattabhogī[25]

---

1 bhante, M. O. D.; B. 2 padāmi, S_1. S_2. 3 *om.* S_1. S_2.
4 samaṇabrah.° ca, M. O.; sam.° me, D.; B.; samaṇabrāh.°, S_1. S_2. 5 pāpi, S_1. S_2. 6 vipātayanti, D.; B.; pātayanti, M.; viphāliyanti, O.; vināsayanti, S_1. S_2. 7 pure, S_1. S_2.
8 °dārikāhi, O. D.; S_1. S_2; °dhārikāhi, M.; B.
9 pāṭiyanti, S_1. S_2; phāliyanti, O.
10 °taṃ, S_1; sabba pi taṃ, S_2. 11 °pāti, S_1. S_2.
12 tesaṃ, D.; S_1. S_2. 13 mattaṃ, S_1. S_2.
14 M. D. *add* tvaṃ. 15 *om.* M. D.
16 asaṃyato, M. D.; M. O. D., B. *add* tuvaṃ. 17 *om.* S_1.
18 saṃkarosi, S_1. 19 saccemi, S_1. S_2. 20 vimosayi, S_1. S_2. B.
21 samaṇabrāhmaṇe 'tha, S_1. S_2.
22 khiṭṭa.°, D.; B.; khiḍa.°, S_2; kiddhattiko, S_1.
23 khiṭṭaya, D.; B.; khiḍḍhāya, S_1. S_2.
24 [illegible] S_1. S_2.; °tvāna, D. 25 asamatta hotu, S_1. [illegible] S_2; [illegible] bhogī, M. O. D.; B.

daharo yuvā nagganiyassa bhāgī
kiṃ su tato dukkhatar' assa[1] hoti? 50
Taṃ disvā saṃvegamalattham[2] bhante
tappaccayā cāhaṃ[3] dadāmi dānaṃ
paṭiganha bhante vatthayugāni aṭṭha:
yakkhass' im' āgacchantu dakkhiṇāyo'.[4] 51
'Addhā hi[5] dānaṃ bahudhā pasaṭṭhaṃ[6]
dadato ca[7] te akkhayadhammam atthu[8]
paṭigganhāmi te vatthayugāni aṭṭha:
yakkhass' im' āgacchantu dakkhiṇāyo'.[4] 52
Tato hi[9] so ācamayitvā Licchavi
therassa datvāna yugāni aṭṭha
paṭiggahitāni ca tāni[10] c'assu[11]
yakkhañ ca passetha[12] sannaddhadussaṃ. 53
Tam addasa candanasāralittaṃ[13]
ājaññaṃ ārūḷhaṃ[14] uḷāravaṇṇaṃ
alaṅkataṃ sādhunivatthadussaṃ
parivāritaṃ yakkhamahiddhipattaṃ. 54
So taṃ disvā attamano udaggo
pahaṭṭhacitto ca subhaggarūpo
kammañ ca disvāna mahāvipākaṃ
sandiṭṭhikaṃ cakkhunā sacchikatvā. 55
Tam enam avoca upasaṅkamitvā:
'dassāmi dānaṃ samaṇabrāhmaṇānaṃ
na cāpi me kiñci adeyyam[15] atthi
tuvañ ca me yakkha bahūpakāro'. 56
'Tuvañ ca me Licchavi ekadesaṃ
adāsi dānāni amoghaṃ etaṃ

---

[1] dukkhātur' assa, S_1. S_2.
[2] saṃvegamatthaṃ, S_1; saṃvegamalamatthaṃ, C. D.; B.
[3] vāhaṃ, D.; B.; vā pi, M. C. [4] °ṇayo, S_1. S_2.
[5] adāhi, S_1. S_2.
[6] bahu pāpasaṭṭhaṃ, S_2; bahū pāpaṭṭhaṃ, S_1.
[7] pa, S_1. S_2. [8] aṭṭhuṃ, S_1. S_2. [9] ca, S_1. S_2.
[10] pattāni, S_1. S_2. [11] vā c'assu, B.; vāsu, S_1. S_2.
[12] passettha, M.; B.; passatha, C.
[13] °sāravilittaṃ, M. C.
[14] āruḷhaṃ, M.; B.; āruḷha, C. D.; āruyhaṃ, S_2; āruyha, S_1.
[15] dadeyyam, D.; deyyam, C.; adadeyyaṃ, B.

sv ahaṃ[1] karissāmi tayā 'va[2] sakkhiṃ
amānuso mānusakena saddhiṃ'. 57
'Gati ca bandhu ca[3] parāyanañ ca
mitto mamāsi[4] atha devatā me[5]
yācāmi taṃ[6] pañjaliko bhavitvā
icchāmi taṃ yakkha[7] punāpi daṭṭhuṃ'. 58
'Sace tuvaṃ[8] assaddho bhavissasi
kadariyarūpo vippaṭipannacitto[9]
ten' eva maṃ lacchasi[10] dassanāya
disvā ca[11] taṃ nāpi[12] ca ālapissaṃ. 59
Sace[13] tvaṃ[14] bhavissasi dhammagāravo
dāne rato[15] saṅgahitattabhāvo[16]
opānabhūto samaṇabrāhmaṇānaṃ
evaṃ mamaṃ lacchasi[10] dassanāya
disvā ca taṃ ālapissaṃ bhaddan[17] te. 60
Imañ ca sūlato lahuṃ[18] pamuñca
yato nidānaṃ akarimha sakkhiṃ
maññāmi[19] sūlāvutakassa kāraṇā
te aññamaññaṃ akarimha sakkhiṃ. 61
Ayañ ca sūlato[20] lahuṃ[21] pamutto
sakkacca dhammāni[22] samācaranto
mucceyya[23] so nirayā 'va[24] tamhā
kammaṃ siyā aññatra vedanīyaṃ.[25] 62

---

[1] disvāhaṃ, M. C. [2] ca, M. C. D.; B.
[3] 'va, C. [4] vā māsi, C. D.; ca mālisi, S_1. S_2.
[5] devatāsi, S_1. S_2; devatāse, M.
[6] yathā mahaṃ, S_1. S_2. [7] yakkhaṃ, S_1.
[8] tvaṃ, M.; B.; bhavetuṃ, S_2. [9] °rūpo, M.
[10] Licchavi, S_1. S_2. [11] pa, S_1. S_2. [12] no pi, M. C. D.; B.
[13] M. C. D., B. *add* pana. [14] tuvaṃ, S_1. S_2. B.
[15] nirato, C. [16] saṃtahitattābhavo, S_1.
[17] bhadan, M.; S_1. S_2.
[18] lahu, S_1. S_2.
[19] maññāmi, M. C. D.; B.; maññāma, S_1; maññama, S_2.
[20] sūlāvuto, S_1. S_2. [21] lahu, S_2.
[22] kammāni, M. [23] muñceyya, S_1. S_2.
[24] ca, M.; B.; nirayo 'va, S_1. S_2; nirayamhā, C. D.
[25] savedaniyaṃ, S_1. S_2.

Kappitakañ[1] ca upasaṅkamitvā
tena saha saṃvibhajitvā[2] kāle
sayaṃ mukhena upanisajja puccha
so te[3] akkhissati etam atthaṃ. 63
Tam eva bhikkhuṃ upasaṅkamitvā pucchassu
puññatthiko[4] no ca[5] paduṭṭhacitto
so tesu taṃ asutaṃ cāpi[6] sabbaṃ[7]
dhammaṃ[8] akkhissati yathā pajānaṃ'.
(sato[9] ca dhammaṃ sugatim akkhissa) 64
So tattha rahassaṃ[10] samullapitvā[11]
sakkhiṃ karitvāna[12] amānusena
pakkāmi so Licchavinaṃ[13] sakāsaṃ
atha bravi[14] parisaṃ sannisinnaṃ: 65
'Suṇantu bhonto mama ekavākyaṃ
varaṃ varissaṃ[15] labhissāmi atthaṃ
sūlāvuto puriso luddakammo
paṇītadaṇḍo anupattarūpo.[16] 66
Ettāvatā vīsatirattimattā
yato āvuto[17] n'eva jīvati na mato
tāhaṃ mocayissāmi[18] dāni
yathā matiṃ anujānātu saṅgho'. 67
'Etañ ca aññañ[19] ca[19] lahuṃ pamuñca
ko taṃ[20] vadethā ti[21] tathā karontaṃ
yathā pajānāsi[22] tathā karohi
yathā matiṃ anujānāti saṅgho'. 68

---

[1] Kappitañ, M. [2] °bhajetvāna, B. [3] tena, M. C.
[4] muṃñatthiko, S_1; muñcatthiko, S_2.
[5] no ca, M. D.; B. S_2; no 'va, S_1; n'eva, C. [6] vā pi, S_1. S_2.
[7] dhammaṃ, C.; S_1. S_2. B. [8] sabbaṃ pi, C.; S_1. S_2. B.
[9] *In* M. C. D., B. *this verse is missing.*
[10] rāhassi, M.; rahassaṃ, D.; arahassaṃ, C.
[11] samūla.°, S_1. S_2. [12] akaritvāna, S_1. S_2.
[13] Licchavi, D. [14] bravi, S_2.
[15] carissaṃ, B.; vadissaṃ, S_1. S_2.
[16] anupatta.°, M.; anuppatta.°, D.; anumatta.°, C.; anusatta.°, S_1. S_2. B. (*but in v.* 71 B. *has* anum.°).
[17] bhāvuto, B. [18] mocarissāmi, M.; mācar.°, C.
[19] *om.* S_1. [20] tava, S_2.
[21] °thā ti, M. C.; °mā ti, D.; B.; °mo ca, S_1. S_2.
[22] °āti, C. D.; °āhi, M.

So[1] tam padesam upasaṅkamitvā
sūlavutam mocayi khippam eva
mā bhāyi sammā ti[2] ca[2] tam avoca
tikicchakānañ ca upaṭṭhapesi. 69
Kappitakañ ca upasaṅkamitvā
tena saha[3] samvibhajitvā[4] kāle
sayam mukhen' upanisajja[5] Licchavi
tath' eva[6] pucchi[7] nam[8] kāraṇatthiko:[9] 70
'Sūlāvuto puriso luddakammo
paṇītadaṇḍo anupattarūpo
ettāvatā vīsatirattimattā
yato āvuto n'eva jīvati na mato. 71
So mocito ca[10] gantvā mayā idāni
etassa yakkhassa vaco hi[11] bhante
siyā nu kho kāraṇam kiñci-d-eva
yena so nirayam no vajeyya? 72
Ācikkha bhante yadi atthi hetu
saddhāyitam[12] hetu vo [illegible]
na tesam[14] kammānam vināsam atthi
avedayitvā idha vyantibhāvo'? 73
'Sace so dhammāni[15] samācareyya
sakkacca rattindivam appamatto
muñceyya so nirayā 'va[16] tamhā
kammam siyā aññatra vedanīyam'. 74
'Aññāto[17] eso purisassa attho
mamam pīḍāni anukampa[18] bhante
anusāsa mam ovada bhūripañña[19]
yathā aham[20] no[21] nirayam vajeyyam'. 75
'Ajj' eva[22] buddham saraṇam upehi

---

[1] *om.* S$_1$. [2] *om* S$_1$. S$_2$. [3] samā, S$_1$. S$_2$.
[4] °vibhajitvāna, *all MSS. exc.* M.
[5] C. D., S$_1$. S$_2$ *have* n'eva (na, B.) *before* upa.°.
[6] kath' eva, C.; S$_1$. S$_2$. B. [7] pucchittha, M. C. D.; B. S$_2$.
[8] *om.* S$_2$. [9] kālam kār.°, M. C.; S$_1$. S$_2$.
[10] *om.* M.; B. [11] ti, M. C. D. [12] °kam, M.; B. S$_2$.
[13] vaco, M. C. D.; B. [14] tesam na, M.
[15] kammāni, S$_1$. S$_2$. [16] ca, M. C. D.; B.
[17] °so 'mhi, M. [18] °kampam, S$_1$. S$_2$; °kamma, C.
[19] °paññā, S$_2$. [20] yathāham, S. [21] n' eva, S$_1$. S$_2$. [22] [illegible], B.

dhammañ ca saṅghañ ca pasannacitto
tath' eva sikkhāpadāni[1] pañca
akhaṇḍaphullāni samādiyassu.[2] 76
Pāṇātipātā viramassu[3] khippaṃ
loke adinnaṃ parivajjayassu
amajjapo mā ca musā abhāsi[4]
sakena dārena[5] ca hohi[6] tuṭṭho. 77
Imañ ca (ariyaṃ[7]) aṭṭhaṅgavaraṃ upetaṃ
samādiyāhi[8] kusalaṃ sukhundriyaṃ. 78
Cīvaraṃ piṇḍapātañ ca paccayaṃ sayanāsanaṃ
annapānaṃ khādaniyaṃ vatthaṃ[9] senāsanāni ca
dadāhi ujubhūtesu[10] vippasannena cetasā. 79
Bhikkhū ca[11] sīlasampanne vītarāge bahussute
tappehi[12] annapānena, sadā puññaṃ pavaḍḍhati. 80
Evañ ca dhammāni[13] samācaranto
sakkacca[14] rattindivaṃ appamatto
muñceyya[15] tvaṃ nirayā 'va[16] tamhā
kammaṃ siyā aññatra vedanīyaṃ'. 81
'Ajj' eva buddhaṃ saraṇaṃ upemi
dhammañ ca saṅghañ ca pasannacitto
tath' eva sikkhāpadāni[1] pañca
akhaṇḍaphullāni samādiyāmi.[17] 82
Pāṇātipātā viramāmi khippaṃ
loke adinnaṃ[18] parivajjayāmi
amajjapo no ca musā bhaṇāmi
sakena dārena ca[19] homi tuṭṭho. 83
Imañ ca (ariyaṃ[7]) aṭṭhaṅgavaraṃ upetaṃ
samādiyāmi[20] kusalaṃ sukhundriyaṃ. 84

---

[1] sikkhāya pad.°, M.; sikkhāni pad.°, S_1. S_2.
[2] °dayassu, D.; S_1; °dayassa, S_2. [3] °assa, S_1.
[4] abhaṇi, M. C. D.; B. [5] dārakena, S_1. [6] hoti, C.
[7] *om.* S_1. S_2. [8] °dayāhi, B. S_1.
[9] vattha, *all MSS. except* S_1. [10] M. C. D., B. *continue:* sadā (dadā, B.) puññaṃ pavaḍḍati, bhikkhū ca *and so on.*
[11] pi, M. D. [12] tappesi, C. D.; S_1. S_2.
[13] kammāni, S_1. S_2. [14] °ccam, C. D.; B.
[15] muñca, S_1. S_2; M. *adds* so.
[16] nirayamhā, M. C. D.; B. [17] °dayāmi, D.
[18] adinnā, S_1. [19] pa, S_1. S_2. [20] °dayāmi, B.

Cīvaraṃ piṇḍapātañ ca paccayaṃ sayanāsanaṃ
annapānaṃ khādaniyaṃ vatthaṃ[1] senāsanāni ca
(bhikkhū ca sīlasampanne vītarāge bahussute)
dadāmi na vikampāmi[2] buddhānaṃ sāsane rato'. 85
Etādiso Licchavi Ambasakkharo[3]
Vesāliyaṃ aññataro upāsako
saddho mudu kārakaro ca[4] bhikkhū
saṅghañ ca sakkacca[5] tadā upaṭṭhahi. 86
Sūlāvuto[6] ca ārogo hutvā
serī sukhī[7] pabbajjaṃ upāgami
bhikkhuñ ca āgamma Kappitakuttamaṃ[9]
ubho pi sāmaññaphalāni[10] ajjhaguṃ. 87
Etādisā sappurisānaṃ[11] sevanā
mahapphalā hoti sataṃ vijānataṃ
sūlāvuto aggaphalaṃ aphussayi[12]
phalaṃ kaniṭṭhaṃ pana Ambasakkharo[3] ti 88

gāthāyo avocuṃ.

Tattha vās' upagañchitthā[13] ti vāsaṃ upagañchī[14] ti.

Gihikiccānī[15] ti gehaṃ[16] āvasantena[17] kātabbakuṭumbakiccāni.

Viceyyā ti sundaravatthagahaṇatthaṃ[18] vicinitvā.

Paṭikkantan ti piṇḍapātapaṭikkantaṃ. Tenāha: gocarato nivattan ti.

Avocā ti Vesāliyaṃ Licchavi 'haṃ[19] bhaddan te[20] ti ādikaṃ āvoca.

Vipātayanti[21] ti vipāḷiyanti.[22]

Pādakudārikāhi[23] ti pādasaṅkhātāhi kudārikāhi.[24]

Pātayantī[25] ti pasāriyanti.[26]

---

[1] vattha, *all MSS. except* S_2. [2] vikampāmi, S_1; na kappāmi, S_2; vikkappāmi, M. C. D.; B. [3] Appa.°, M.
[4] *om.* S_1. S_2. [5] °ccaṃ, *all MSS. exc.* M.
[6] °vutako, C. D. [7] sukhaṃ, S_1. S_2. [8] °gacchi, M.; B.
[9] kampita.°, S_1. S_2. [10] °phalā, D [11] °puriso, B.
[12] phussayi, B.; phussasi, S_1. S_2. [13] °gacchitthā, B.
[14] °gacchi, B. [15] tihi k.°, S_1. S_2. [16] gehe, B.
[17] āvasavenana, B. [18] sindhura.°, S_1. S_2. [19] ahaṃ, S_1. S_2.
[20] bhante, S_1. S_2. [21] vidālayanti, S_1. S_2. [22] vidāliyanti, S_1. S_2.
[23] °kudhārikāhi, B.; °kumārikāhi, S_1. S_2. [24] kudh[illegible], B.
[25] p[illegible]yanti, S_1. S_2. [26] pariyanti, S_1; pari[illegible], S_2.

Tiṇenā ti tiṇaggenāpi. Mūḷhassa maggaṃ pi na[1] pāvadāsī ti maggamūḷhassa maggaṃ pi tvaṃ na kathayasi, 'evāyaṃ puriso ito c'ito ca[2] paribbhamatū' ti kelisīlo hi ayaṃ rājā. Sayam ādīyāsī ti andhassa hatthato yaṭṭhiṃ sayam eva acchinditvā gaṇhasi. Saṃvibhāgaṃ karosī ti attanā paribhuñjitabbavatthuto ekaccāni datvā saṃvibhajasi.

Paccemi bhante yaṃ tvaṃ vadesī ti bhante tvaṃ Pattāni bhijjantī ti ādinā yaṃ vadesi taṃ paṭijānāmi, sabbaṃ[3] yeva[4] taṃ mayā kataṃ kārāpitañ cā ti dasseti. Etaṃ pī ti etaṃ khiḍḍādhippāyena[5] katam pi, khiḍḍā[5] ti khiḍḍāya.[5]

Pasavitvā ti upacinitvā. Vedetī ti anubhavati. Asamattabhogī[6] ti aparipuṇṇabhogo. Tam eva aparipuṇṇabhogataṃ dassetuṃ Daharo yuvā ti ādivuttaṃ. Nagganiyassā ti naggabhāvassa. Kiṃ su tato[7] dukkhatar' assa hotī ti kiṃ su nāma tato[7] naggabhāvato dukkhataraṃ assa petassa hoti.

Yakkhass' im' āgacchantu dakkhiṇāyo[8] ti imā mayā dīyamānā vatthadakkhiṇāyo[8] petassa upakappantu.

Bahudhā pasaṭṭhan[9] ti bahūhi pakārehi buddhādīhi vaṇṇitaṃ. Akkhayadhammam atthū ti aparikkhayadhammaṃ hotu.

Ācamayitvā[10] ti hatthapādadhovanapubbakaṃ mukhaṃ vikkhāletvā.

Candanasāralittan ti sārabhūtacandanalittaṃ. Uḷāravaṇṇan ti seṭṭharūpaṃ.[11] Parivāritan ti anukulavuttinā parijanena parivāritaṃ. Yakkhamahiddhipattan ti mahatiṃ yakkhiddhiṃ deviddhiṃ[12] patvā ṭhitaṃ.[13]

Ekadesaṃ adāsī ti catūsu paccayesu[14] ekadesabhūtaṃ vatthadānaṃ sandhāya[15] vadati. Sakkhin ti sakkhibhāvaṃ.

---

[1] B. *adds* tvaṃ. [2] *om.* S₂. [3] saccaṃ, B.
[4] eva, B. [5] khiddhā.°, S₂; khiṭṭā.°, B.
[6] appamatta.°, B. [7] gato, S₁. S₂. [8] °ṇayo, S₁. S₂.
[9] ca saṭṭhan, S₁. S₂. [10] ācayitvā, S₂. [11] iṭṭha.°, B.
[12] *om.* S₂.
[13] *All MSS. add* Tam enam avocā ti tam enaṃ avoca.
[14] S₁. S₂ *add* ca. [15] saddhāya, S₁. S₂.

Mamāsī[1] ti me āsi.[2] **Devatā me**[3] ti mayhaṃ devatā āsī ti yojanā.

Vippaṭipannacitto ti micchādiṭṭhipaṭipannamānaso[4] dhammiyaṃ paṭipadaṃ pahāya adhammiyaṃ paṭipadaṃ paṭipanno ti attho.

Yato nidānan ti yaṃ nimittaṃ yassa santikaṃ āgamanahetu.

Saṃvibhajitvā[5] ti dānasaṃvibhāgaṃ katvā. **Sayaṃ mukhena upanisajja pucchā** ti aññe purise apesetvā upanisīditvā samukhen' eva puccha.

Sannisinnan ti sannipatitavasena nisinnaṃ.

Labhissāmi atthan ti mayā icchitam[6] atthaṃ labhissāmi. **Paṇītadaṇḍo** ti ṭhapitasarīradaṇḍo. **Anupattarūpo**[7] ti rājānaṃ anupattapakatiko.[8]

Vīsatirattimattā ti vīsatimattā rattiyo. Ativattā ti attho. **Tāhan** ti taṃ ahaṃ. **Yathā matin** ti mayhaṃ yathā ruciṃ.

Etañ ca aññañ cā ti etaṃ sāle āvutaṃ purisaṃ aññañ ca yassa rājāṇā paṇītā tañ ca. **Lahuṃ pamuñcā** ti sīghaṃ mocehi. **Ko taṃ vadethā**[9] ti tathā dhammiyakammaṃ karontaṃ taṃ imasmiṃ Vajjiraṭṭhe ko nāma pamocehī[10] ti vadeyya. Evaṃ vattuṃ koci pi na labhatī ti attho.

Tikicchakānañ cā ti tikicchake ca.

Yakkhassa vaco ti petassa vacanaṃ. Tassa bhante petassa vacanena evam akāsin ti dasseti.

Dhammānī ti pubbe kataṃ pāpakammaṃ abhibhavituṃ samatthe aññadhamme. **Kammaṃ siyā aññatra vedanīyan** ti yaṃ tasmiṃ pāpakamme uppajjavedanīyaṃ[11] taṃ ahosi kammaṃ nāma hoti, yaṃ pana aparāpariyāyavedanīyaṃ taṃ aññatra aparāpariyāyavedayitabbaphalaṃ hoti. Satisaṃsārappavattiyan ti attho.

---

[1] māmasī, S_1. [2] āsi, S_1. [3] devatāsī, S_1. S_2.
[4] micchāpaṭippanna.°, B.; °diṭṭhipanna.°, S_2.
[5] °jetvānā, B. [6] B. *adds* pi. [7] °satta.°, S_1. S_2.
[8] rājānattasabhāvo, S_1. S_2. [9] vademā, B.; vadetā, S_2 (*in* S_1 *a whole leaf, viz. fol.* bbai *is missing, the text recommences with* °dabhimukho *on p.* 245 *l.* 9 *fr. t.*); B. *has after* ti: tathā karontan ti. [10] āpam.°, S_1. S_2. [11] upapajja.°, B.

Imañ cā ti attanā vuttamānatāya[1] āsannaṃ paccakkhaṃ vā[2] katvā vuttaṃ. Ariyaṃ aṭṭhaṅgavaraṃ upetan ti parisuddhaṭṭhena ariyaṃ Pāṇātipātāveramaṇī ādihi aṭṭhahi aṅgehi upetaṃ yuttaṃ uttamaṃ uposathasīlaṃ. Kusalan ti anavajjaṃ. Sukhundriyan ti sukhavipākaṃ.

Sadā puññaṃ pavaḍḍhatī ti sakid eva puññaṃ katvā alam ettāvatā ti accharituṭṭho[3] hutvā aparāparaṃ sucaritaṃ pūrentassa sabbakālaṃ puññaṃ abhivaḍḍhati aparāparaṃ vā[4] sucaritaṃ[4] pūrentassa puññasaṅkhātaṃ puññaphalaṃ uparūpari vaḍḍhati paripūretī ti attho.

Evaṃ therena vutte rājā upāyadukkhato utrastacitto ratanattaye puññadhamme ca abhivaḍḍhamānapasādo tato[4] paṭṭhāya[5] saraṇāni sīlāni ca samādiyanto[6] Ajj' eva buddhaṃ saraṇam upemī ti[7] ādim[7] āha.

Tattha etādiso ti ediso[8] yathāvuttarūpo. Vesāliyaṃ aññataro upāsako ti Vesāliyaṃ anekasahassesu[9] aññataro upāsako hutvā. Saddho ti ādikalyāṇamittasannissayena tassa purimabhāvato[10] aññādisataṃ[11] dassetuṃ vuttaṃ. Pubbe hi so asaddho kakkhaḷo bhikkhūnaṃ akkosakārako saṅghassa ca anupaṭṭhānako ahosi, idāni pana saddho muduko[12] hutvā bhikkhū saṅghañ ca[7] sakkaccaṃ tadā upaṭṭhayī[13] ti.

Tattha kārakaro ti upakārakārī.

Ubho pi ti dve pi sūlāvuto[14] rājā ca. Sāmaññaphalāni ajjhagun ti yathā'rahaṃ sāmaññaphalāni adhigañchiṃsu.[15] Tayidaṃ yathā rahaṃ dassetuṃ Sūlāvuto aggaphalam aphussayi, phalaṃ kaniṭṭhaṃ pana Ambasakkharo ti vuttaṃ.

Tattha phalaṃ kaniṭṭhan ti sotāpattiphalaṃ sandhāyāha. Yaṃ pan' ettha atthato avibhattaṃ taṃ suviññeyyam eva.

Evaṃ rañño petena attanā ca[4] vuttam atthaṃ āyasmā Mahākappiṭako Satthāraṃ vandituṃ Sāvatthiṃ gato Bhagavato[16]

---

[1] vucca°, B. [2] S, *adds* ti. [3] apari°, B. [4] *om.* B.
[5] uṭhāya, B. [6] °dayanto, B. [7] *om.* S_2. [8] etādisaṃ, S_2.
[9] B. *adds* upāsakesu. [10] °sabhāvato, B. [11] asadi°, B.
[12] mudukāro, B. [13] °ahī, S_2. [14] °vutako, B.
[15] °gacchiṃsu, B.; agañchiṃsu, S_1. [16] *om.* S_1. S_2.

ārocesi. Satthā tam attham atthuppattim katvā sampattaparisāya dhammam desesi. Sā desanā mahājanassa sātthikā ahosi.[1]

Ambasakkharapetavatthuvaṇṇanā.

IV, 2.

Suṇātha yakkhassa[2] vāṇijānañ ca[3] ti. Idam Serissakapetavatthum.[4] Tam yasmā Serissakavimānavatthunā nibbisesam tasmā tattha atthuppattiyam gāthāsu ca yam vattabbam tam Paramatthavibhāvaniyam Vimānavatthuvaṇṇanāyam vuttam eva. Tasmā tattha[5] vuttanayen' eva veditabban ti.

Serissakapetavatthuvaṇṇanā.[4]

IV, 3.

Rājā Piṅgalako nāmā ti. Idam[5] Nandakapetavatthum.[6] Tassa kā uppatti?[7] Satthu parinibbānato vassasatadvayassa accayena Suraṭṭhavisaye Piṅgalo nāma rājā ahosi. Tassa senāpati Nandako[6] nāma micchādiṭṭhiviparītadassano N'atthi dinnan ti ādinā micchāgāham paggayha vicari. Tassa dhītā Uttarā nāma upāsikā paṭirūpe kule dinnā ahosi. Nandako pana kālam katvā Viñjhāṭaviyam mahati nigrodharukkhe vemānikapeto hutvā nibbatti. Tasmim kālakate Uttarā sucisītalagandhodakapūritam pānīyaghaṭam kummāsābhisaṅkhatehi vaṇṇagandharasasampannehi pūvehi paripuṇṇasarāvañ[8] ca aññatarassa khīṇāsavattherassa datvā 'ayam dakkhiṇā mayham pitu upakappatū' ti uddisi. Tassa tena dānena dibbapānīyam aparimitā ca[9] pūvā pātubhavimsu. Tam disvā so evam cintesi: 'pāpakam vata mayā katam yam mahājano Natthi dinnan ti ādinā micchāgāham gāhito, idāni pana Piṅgalo rājā Dhammāsokassa rañño ovādam[10] dātum gato, so tam tassa datvā āgamissati, handāham natthikadiṭṭhim vinodessāmī' ti. Na ciren' eva[11] Piṅgalo rājā Dhammāsokassa rañño ovādam[10] datvā paṭini-

[1] S. B. add ti. [2] B. adds ca. [3] vā, S.. [4] Serisaka[illegible] [5] om. S.. [6] Nandiko, B. *throughout.* [7] [illegible] [8] [illegible]vakañ, S.. [9] 'ya, B. [10] uppādam, B. [11] [illegible] ca.

vattanto maggaṃ paṭipajji. Atha so peto attano vasanaṭṭhānābhimukhaṃ taṃ maggaṃ nimmini. Rājā ṭhitamajjhantike samaye tena maggena gacchati. Tassa gacchantassa purato maggo dissati, piṭṭhito pan' assa antaradhāyati. Sabbapacchato gacchanto puriso maggaṃ antarahitaṃ disvā bhīto visaraṃ viravanto dhāvitvā rañño ārocesi. Taṃ sutvā rājā bhīto saṃviggamānaso hatthikkhandhe ṭhatvā catasso disā olokento petassa vasananigrodharukkhaṃ disvā tadabhimukho agamāsi saddhiṃ caturaṅginiyā senāya. Athānukkamena rañño taṃ ṭhānaṃ patte peto sabbābharaṇavibhūsito rājānaṃ upasaṅkamitvā paṭisanthāraṃ katvā pūve[1] pānīyañ ca dāpesi. Rājā saparijano nahātvā pūve khāditvā pānīyaṃ pivitvā paṭipassaddhamaggakilamatho Devatā nu 'si gandhabbo ti ādinā petaṃ pucchi. Peto ādito paṭṭhāya attano pavuttiṃ ācikkhitvā rājānaṃ micchādassanato vimocetvā saraṇesu[1] sīlesu ca patiṭṭhāpesi. Tam atthaṃ dassetuṃ saṅgītikārā:

Rājā Piṅgalako nāma Suraṭṭhānaṃ adhipati
ahu Moriyānaṃ upaṭṭhānaṃ gantvā Suraṭṭhaṃ punar[2]
āgamā.[3] 1
Uṇhe majjhantike kāle rājā paṅkaṃ[4] upāgami
addasa maggaṃ ramaṇiyaṃ petānaṃ taṃ vaṇṇapathaṃ.[5] 2
Sārathiṃ āmantayi[6] rājā: 'ayaṃ maggo ramaṇiyo
khemo sovatthiko sivo, iminā[7] sārathi yāma'.[8] 3
(Suraṭṭhānaṃ[9] santike ito tena pāyāsi Soraṭṭho[10]
senāya caturaṅginiyā:[11]) 4
Ubbiggarūpo[12] puriso Soraṭṭhaṃ[13] etad abravi:[14]

---

[1] B. *adds* ca. [2] puna, S_1. S_2; punaṃ, B.
[3] *I suppose that the second line runs in the original:* Moriyānaṃ upaṭṭhānā Suraṭṭhaṃ punar āgamā.
[4] vaṅkaṃ, M. C. D.; B.; caṅkaṃ, S_1. S_2.
[5] petānaṃ vaṇṇanāpathaṃ, S_1. S_2. [6] °teyi, C.
[7] S_1. S_2 *add* va; D., B. *add* ca. [8] yāhi, S_1. S_2; āyāma, C.
[9] Suddhodana, S_2; suṭṭho na, S_1. [10] Sur.°, M. C.; B.
[11] °aṅgiyā, S_2; *it would be no great loss if we remove* v. 4.
[12] ubbiṅga.°, C. [13] Sur.°, S_1. S_2.
[14] eta bravi, S_1; eta bruvi, S_2.

'kumaggaṃ[1] paṭipannamhā bhiṃsānaṃ lomahaṃsanaṃ
purato dissati[2] maggo pacchato ca na[3] dissati. 5
Kumaggaṃ[4] paṭipannamhā Yamapurisānaṃ santike
amānuso vāyati gandho ghoso sūyati dāruṇo'. 6
Saṃviggo rājā Soraṭṭho[5] sārathiṃ etad abravi:[6]
'kumaggaṃ[1] paṭipannamhā[7] bhiṃsanaṃ lomahaṃsanaṃ
purato[8] dissati maggo pacchato ca[9] na dissati. 7
Kumaggaṃ[10] paṭipannamhā Yamapurisānaṃ santike
amānuso vāyati gandho ghoso sūyati dāruṇo'. 8
Hatthikkhandhaṃ[11] samāruyha[12] olokento catuddisā
addasa rukkhaṃ[13]nigrodhaṃ[14] pādapaṃ chāyāsampannaṃ
nīlabbhavaṇṇasadisaṃ meghavaṇṇasirannibhaṃ. 9
Sārathiṃ āmantayi rājā: 'kiṃ eso[15] dissati brahā
nīlabbhavaṇṇasadiso meghavaṇṇasirannibho'? 10
'So[16] nigrodho mahārāja pādapo chāyāsampanno
nīlabbhavaṇṇasadiso meghavaṇṇasirannibho'. 11
Tena pāyāsi Soraṭṭho[17] yena so dissati[18] brahā[19]
nīlabbhavaṇṇasadiso meghavaṇṇasirannibho. 12
Hatthikkhandhato oruyha rājā rukkhaṃ upāgami
nisīdi rukkkhamūlasmiṃ sāmacco saparijano
pūraṃ pāniyakarakaṃ[20] pūve citte ca addasa. 13
Puriso ca[13] devavaṇṇī[21] sabbābharaṇabhūsito
upasaṅkamitvā rājānaṃ Soraṭṭhaṃ[17] etad abravi:[22] 14
'Svāgatan te mahārāja atho te adurāgataṃ
pivatu devo[23] pāniyaṃ, pūve khāda arindama'. 15
Pivitvā rājā pāniyaṃ sāmacco saparijano
pūve khāditvā[24] pivitvā (ca) Soraṭṭho[25] etad abravi:[22] 16

---

[1] kummaggaṃ, C.; S_2.
[2] padissati, S_1 S_2; 'va dissati, B, [3] pana. *l.* ca na, S_1.
[4] kumm.°, S_2. [5] Sur.°, C. D.; S_1. S_2. [6] eta brūvi, S_2.
[7] °ha, M. [8] purato 'va, C.; S_1. S_2. B.
[9] pana, S_1. [10] kumm.°, C. [11] °kkhandhanto, C.; °kkhandañ ca, S_1. S_2. [12] ār.°, S_1. S_2. [13] *om.* S_1. S_2.
[14] S_1. S_2 *add* ramaṇīyaṃ. [15] eko, C. [16] *om.* M. C. D.; B.
[17] Sur., S_1. S_2. [18] dissate, M.; B. [19] brahmā, C. D.
[20] °karaṇaṃ, M. D.; B.; °kaṇaṃ, C. [21] M., S_1. S_2. B. *add* il.
[22] abruvi, S_1; eta bruvi, S_2. [23] deva, C. [24] M. C. D., B. *add* arindamo tattha uhatvā. [25] Sur., *all MSS. exc.* C.

'Devatā nu[1] 'si gandhabbo ādu Sakko purindado?
ajānantā[2] taṃ pucchāma, kathaṃ jānemu taṃ mayaṃ'? 17
'Namhi devo na gandhabbo nāpi[3] Sakko purindado
poto aham mahārāja Suraṭṭhā[4] idham āgato'. 18
'Kiṃ sīlo kiṃ samācāro Suraṭṭhasmiṃ pure tuvaṃ
kena te brahmacariyena ānubhāvo ayaṃ[5] tava'? 19
'Taṃ suṇohi mahārāja arindama raṭṭhavaḍḍhana*)
amaccā pārisajjā ca brāhmaṇo ca purohito: 20
Suraṭṭhamhā[6] ahaṃ deva[7] puriso pāpacetaso
micchādiṭṭhi ca dussīlo kadariyo paribhāsako. 21
Dadantānaṃ karontānaṃ vārayissaṃ bahujanaṃ
aññesaṃ dadamānānaṃ antarāyakaro[8] ahaṃ. 22
Vipāko natthi dānassa saṃyamassa kuto phalaṃ
natthi ācariyo nāma adantaṃ ko damissati?[9] 23
Samatulyāni bhūtāni kuto[10] jeṭṭhāpacāyikā[11]
natthi balaṃ[12] viriyaṃ vā[13] kuto uṭṭhānaporisaṃ?[14] 24
Natthi dānaphalaṃ nāma na visodheti[15] verinaṃ
laddheyyaṃ[16] labhate macco niyati pariṇāmajaṃ. 25
Natthi mātā pitā bhātā loko natthi ito paraṃ
natthi dinnaṃ natthi[17] hutaṃ sunihitaṃ[18] na vijjati. 26
Yo pi haneyya[19] purisaṃ parassa[20] chindate[21] siraṃ
na koci kiñci hanati[22] sattannaṃ vivaraṃ antare. 27
Acchejjabhejjo[23] jīvo aṭṭhaṃso guḷaparimaṇḍalo
yojanāni[24] satā pañca ko jīvaṃ[25] chetum[26] arahati? 28

---

[1] na, S_2. [2] °to, S_1. S_2. [3] na pi, S_1. S_2.
[4] °ṭṭha, S_1. S_2; M. *has* Suraṭṭhā 'haṃ idhāgato.
[5] ahaṃ, C.
[6] °amā, S_1. S_2; °smiṃ, M. C. [7] *om.* S_1. S_2.
[8] antarāyaṃ karom' ahaṃ, M. D.; °rāya karom' ahaṃ, C.; °rāyaṃ karo, B. [9] dapessati, S_1. S_2.
[10] kule, *all MSS. exc.* D. [11] °yako, B.; °yiko, S_1. S_2.
[12] phalaṃ, C. D.; B.; M., B. *add* vā. [13] *om.* M.
[14] upaṭṭhāna°, S_1. [15] sodheti, S_1. S_2.
[16] labheyyaṃ, M. C. [17] *om.* S_2. [18] S_1. S_2 *add* pi.
[19] nā hanoti, S_1. S_2; na haneyya, C. D. [20] purisassa, M. C.; B.
[21] chinde, M. D.; B.; °dite, S_1. S_2. [22] hanatthi, S_1. S_2.
[23] M. C. D.; B. *add* 'si. [24] °nānaṃ, M. C.
[25] koṭinaṃ, S_1. S_2. [26] setuṃ, B.

*) °na, *so the Burmese MSS. nearly everywhere this word recurs, the Sinhalese MSS., however, have* °naṃ.

Yathā suttaguḷe khitte nibbeṭhentaṃ[1] palāyati
evaṃ eva ca[2] so jīvo nibbeṭhento[3] palāyati. 29
Yathā gāmato nikkhamma aññaṃ gāmaṃ pavisati
evaṃ eva[4] ca[2] so jīvo aññaṃ bondiṃ[5] pavisati. 30
Yathā gehato nikkhamma aññaṃ gehaṃ pavisati
evaṃ eva pi[6] so jīvo aññaṃ bondiṃ pavisati.[7] 31
Cūḷāsīti mahākappino[8] satasahassāni pi[9]
ye[10] bālā ye[11] ca paṇḍitā saṃsāraṃ khepayitvāna 32
Dukkhass' antaṃ karissare, mitāni sukhadukkhāni[12]
doṇehi piṭakehi ca, jino[13] sabbaṃ pajānāti. 33
Samūḷhā[14] itarā[15] pajā, evaṃdiṭṭhi pure āsiṃ
samūḷho[16] mohapāruto[17] micchādiṭṭhi ca dussīlo
kadariyo paribhāsako.[18] 34
Oraṃ me chahi māsehi kālakiriyā bhavissati,
ekantaṃ kaṭukaṃ ghoraṃ nirayaṃ papatiss' ahaṃ.[19] 35
Catukkaṇṇaṃ catudvāraṃ vibhattaṃ bhāgaso[20] mitaṃ
ayopākārapariyantaṃ[21] ayasā paṭikujjitaṃ.[22] 36
Tassa ayomayā bhūmi jalitā tejasāyutā
samantā yojanasataṃ pharitvā tiṭṭhati[23] sabbadā. 37
Vassasatasahassāni[24] ghoso sūyati tāvade
lakkho[25] eso mahārāja satabhāgavassakoṭiyo.[26] 38
Koṭisatasahassāni niraye paccare janā
micchādiṭṭhī ca[27] dussīlā ye[27] c'āriyūpavādino. 39
Tatthāhaṃ dīghaṃ addhānaṃ dukkhaṃ vedissaṃ vedanaṃ
phalaṃ pāpassa kammassa tasmā socām' ahaṃ bhusaṃ. 40

---

[1] °dhentaṃ, M. C. D.; B.; °dhetaṃ, S_1. S_2.
[2] pi, S_1. S_2. [3] °dhento, *all MSS.* [4] evaṃ, C. D.; S_1. S_2.
[5] kāyaṃ, C.; S_1. S_2. [6] ca, M. C. D.; B.
[7] nivīsati, M. C. D. [8] matākappi navasata.°, M.
[9] hi, M.; ti, C. D.; *om.* S_1. S_2. [10] C. D., S_2 *add* ca.
[11] *om.* C. [12] dukkhadukkhāni, S_1.
[13] pi no, S_1. S_2. [14] °ḷhāyaṃ, B.; samuṇhāyaṃ, S_1. S_2.
[15] ittarā, S_1. [16] samuṇho, S_1. S_2.
[17] mopāparuto S_1. S_2. [18] °bhāsiko, S_1.
[19] ahaṃ, M.; B. [20] bhāgasso. D.
[21] °pāṇārapariḳhittaṃ, B. [22] pari.°, S. [23] °si, C.
[24] vassāni.°, M. D.; B.; vassānaṃ, C.; vassasah.°, S_1.
[25] sakho, S_1. S_2. [26] °bhāgaṃ vassa.°, S_1. S_2; °bhāgaṃ°, C. D.; B. [27] *om.* S_2. [28] yeva, S_2; ye ca, C. D.; S_1. B.

Taṃ suṇohi mahārāja arindama raṭṭhavaḍḍhana:
dhītā mayhaṃ mahārāja Uttarā, bhaddam atthu[1] te. 41
Karoti[2] bhaddakaṃ kammaṃ sīlesuposathe[3] ratā
saññatā[4] saṃvibhāgī ca vadaññū[5] vigamaccharā.[6] 42
Akhaṇḍakārī sikkhāya[7] suṇhā parakulesu[8] ca
upāsikā Sakyamunino[9] Sambuddhassa sirīmato. 43
Bhikkhu ca sīlasampanno gāmaṃ piṇḍāya pāvisi
okkhittacakkhu[10] satimā guttadvāro[11] susaṃvuto
sapadānaṃ caramāno agamā[12] taṃ nivesanaṃ.[13] 44
Tam addasa mahārāja Uttarā, bhaddam atthu[14] te
pūraṃ pāniyakarakaṃ[15] pūve citte ca sā adā
«pitā me kālakato bhante tassa taṃ[16] upakappatu.»[17] 45
Samanantarānudiṭṭhe vipāko upapajjatha[18]
bhuñjāmi kāmakāmī rājā Vessavaṇo yathā. 46
Taṃ suṇohi mahārāja arindama raṭṭhavaḍḍhana:
sadevakassa lokassa buddho aggo pavuccati
taṃ buddhaṃ saraṇaṃ gaccha saputtadāro[19] arindama. 47
Aṭṭhaṅgikena maggena phusanti amataṃ padaṃ
taṃ dhammaṃ saraṇaṃ gaccha saputtadāro[19] arindama. 48
Cattāro maggapaṭipannā[20] cattāro ca phale[21] ṭhitā
esa saṅgho ujubhūto paññāsīlasamāhito
taṃ saṅghaṃ saraṇaṃ gaccha saputtadāro[19] arindama. 49
Pāṇātipātā viramassu khippaṃ*)
loke adinnaṃ parivajjayassu

---

[1] *om.* S_1; attha, S_2. [2] karohi, B.
[3] sīle upos.°, M. C. D.; B. [4] puññatā, S_1. S_2.
[5] °ññā, S_1. S_2. [6] vigataṃ.°, S_1. S_2; vitaṃ.°, C. D.; B.
[7] sikkhāyaṃ, S_1. S_2. [8] parasu kul.°, S_1.
[9] Sakka.°, S_1. [10] ukkhitta.°, S_1. S_2. B.
[11] °dvāre, S_2; °dvāresu, S_1. [12] āgamā, B.
[13] nivesaṃ, S_1. [14] atta, S_1. S_2.
[15] pāniyassa karakaṃ, S_1. S_2; pāniyasaraṇaṃ, M.; pāniyakaraṇaṃ, D.; B. [16] tass' etaṃ, M. C. D.; B.
[17] okappatu, S_1. S_2.
[18] uda.°, M. C. D.; B.; uppajj.°, S_1.
[19] °dāre, S_1. S_2. [20] ca paṭi.°, M. C. D.; B.
[21] bale, B.

*) cp. Dhammapada, ed. Fausböll, p. 97.

amajjapo[1] mā[2] ca musā abhaṇi[3]
sakena[4] dārena ca hohi[5] tuṭṭho'. 50
'Atthakāmo 'si me yakkha hitakāmo 'si devate
karomi tuyhaṃ vacanaṃ tvam 'si[6] ācariyo mama. 51
Upemi saraṇaṃ buddhaṃ dhammañ cāpi anuttaraṃ
saṅghañ ca naradevassa gacchāmi saraṇaṃ ahaṃ. 52
Pāṇātipātā viramāmi khippaṃ
loke adinnaṃ parivajjayāmi
amajjapo[7] no ca musā bhaṇāmi
sakena dārena ca[8] homi tuṭṭho. 53
Odhunāmi[9] mahāvāte nadiyā vā[10] sīghaṃ gāmiyā[11]
vamāmi[12] pāpakaṃ diṭṭhiṃ buddhānaṃ sāsane rato'. 54
Idaṃ vatvāna Soraṭṭho[13] viramitvā pāpadassanaṃ
namo Bhagavato katvā pāmokkho[14] rathaṃ āruyhī[15] ti 55

gāthāyo avocuṃ.

Tattha rājā Piṅgalako nāma Suraṭṭhānaṃ adhipati ahū ti piṅgalacakkhutāya Piṅgalo ti pākaṭanāmo Suraṭṭhadesassa issaro rājā ahosi. Moriyānan ti Moriyarājūnaṃ Dhammāsokaṃ sandhāya vadati. Suraṭṭhaṃ punam[16] āgamā ti Suraṭṭhavisayaṃ uddissa Suraṭṭhagāmimaggaṃ[17] paccāgañchi.

Paṅkan[18] ti mudubhūmi.[19] Vaṇṇapathan[20] ti petena nimmitaṃ mudubhūmimaggaṃ.[19]

Khemo ti nibbhayo. Sovatthiko ti sotthibhāvāvaho. Sīvo[21] ti anuppaddavo.

Suraṭṭhānaṃ santike ito ti iminā maggena gacchantā mayaṃ Suraṭṭhavisayassa samīpe yeva. Soraṭṭho[22] ti Suraṭṭhādhipati.

Ubbiggarūpo ti utrastasabhāvo. Bhiṃsanan[23] ti

---

[1] °pā, *all MSS. except* M.; B. [2] no, C. D.
[3] abhāni, S₂. [4] sakkena, S₂. [5] hoti, S₁.
[6] asi, C. D.; S₁. S₂. [7] °pā, C. D. [8] *om.* M.; S₁.
[9] ophu.°, M. C. D.; B.; otu.°, S₁. S₂. [10] *om.* M.
[11] gāmamyā, S₂. [12] viramāmi, C. [13] Sur.°, S[illegible]
[14] pamukho, M. [15] āruyha, S₁. S₂; āruhi, C.; [illegible]
[16] puna, S₁. S₂; punam, B. [17] °gāminaṃ [illegible]
[18] vaṅkan, B. [19] maru.°, B. [20] vaṇṇanā[illegible]
[21] siho, S₁. S₂. [22] Sor., *all MSS.* [23] bh[illegible] B.

bhayajananaṃ. Lomahaṃsanan ti bhīsanabhāvena[1] lomānaṃ haṃsanaṃ.[2]

Yamapurisānaṃ santike ti petānaṃ samīpe vattāma.[3] Amānuso vāyati gandho ti petānaṃ sarīragandho vāyati. Ghoso sūyati dāruṇo ti paccekanirayesu kāraṇaṃ kārīyamānānaṃ sattānaṃ ghorataro saddo sūyati.

Pādapan ti pādasadisehi mūlāvayavehi udakassa pivanato pādapo ti laddhanāmaṃ taruṃ. Chāyāsampannan ti sampannaṃ chāyaṃ. Nīlabbhavaṇṇasadisan ti vaṇṇena[4] nīlameghasadisaṃ. Meghavaṇṇasirannibhan ti meghavaṇṇasaṇṭhānaṃ hutvā khāyamānaṃ.

Pūraṃ pāniyakarakan[5] ti pānīyena puṇṇaṃ[6] pānīyabhājanaṃ.

Pūve ti khajjake. Citte ti cittijanane[7] madhure manuññe tahiṃ tahiṃ sarāve pūretvā ṭhapitapūve addasa.

Atho te adurāgatan ti ettha atho ti nipātamattaṃ avadhāraṇatthe vā. Mahārāja te āgamanaṃ[8] durāgataṃ[9] na hoti, atha kho svāgatam evā ti mayaṃ sampaṭicchāmā ti attho. Arindamā ti arīnaṃ damanasīla.

Amaccā[10] pārisajjā[10] ti[10] amaccā pārisajjā ca[11] vacanaṃ suṇantu brāhmaṇo ca tuyhaṃ purohito taṃ suṇātū ti yojanā.

Suraṭṭhamhā ahan ti Suraṭṭhadesato ahaṃ. Devā ti rājānaṃ ālapati. Micchādiṭṭhī ti natthikadiṭṭhiyā viparītadassano. Dussīlo ti nissīlo. Kadariyo ti thaddhamaccharī. Paribhāsako ti samaṇabrāhmaṇānaṃ akkosako.

Vārayissan ti vāremi.[12] Antarāyakaro ahan ti dānaṃ dadantānaṃ upakāraṃ karontānaṃ antarāyakaro hutvā aññesaṃ ca[11] paresaṃ dānaṃ dadamānānaṃ. Dānamayapuññato ahaṃ bahujanaṃ vārayissan vāremi[13] ti yojanā.

Vipāko natthi dānassā ti ādi-vāritākāradassanaṃ. Tattha vipāko natthi dānassā ti dānaṃ dadato tassa

---

[1] *so all MSS.* [2] lomahaṃsāpanaṃ, S₁. S₂.
[3] pattāma, S₁. S₂. [4] nīlavaṇṇena, B.
[5] pāniyassa karakan, S₁. S₂; pāniyaṃ karaṇan, B.
[6] pūraṃ, B. [7] °janena, S₁. [8] āgataṃ, B.
[9] dūrāg.°, B. [10] *om. all MSS.* [11] *om.* S₁. S₂.
[12] vāresi, S₁. S₂. [13] vāresī, S₁; vāresinī, S₂.

vipāko āyatiṃ pattabbaphalaṃ natthī ti vipākaṃ paṭibāhati. Saṃyamassa kuto phalan ti sīlassa pana kuto nāma[1] phalaṃ. Sabbena sabbaṃ[2] natthi evā[3] ti adhippāyo. Natthi ācariyo nāmā ti ācārasamācārasikkhāpako[4] ācariyo nāma koci natthi sabhāvato, eva hi sattā dantā vā[5] adantā vā hontī ti adhippāyo. Tenāha: adantaṃ ko damissatī ti.

Samatulyāni bhūtānī ti ime sattā sabbe pi aññamaññaṃ samasamā. Tasmā jeṭṭho eva natthi · kuto jeṭṭhāpacāyiko. Jeṭṭhāpacāyanapuññaṃ nāma natthī ti attho. Natthi balan ti yamhi attano bale[5] patiṭṭhitā sattā viriyaṃ katvā manussasobhagyataṃ ādiṃ katvā yāva arahattasampattiyo pāpuṇanti,[6] taṃ[7] viriyabalaṃ[8] paṭikkhipati viriyaṃ vā natthi. Kuto uṭṭhānaporisan ti idaṃ no[9] purisaviriyena purisakārena[10] pavattan ti evaṃ[11] pavattavādapaṭikkhepavasena vuttaṃ.

Natthi dānaphalaṃ nāmā ti dānassa phalaṃ[12] nāma kiñci natthi, deyyadhammapariccāgo bhasmāhutaṃ viya nipphalo[13] evā ti attho. Na visodheti verinan ti attha[7] verinan ti[14] veravantaṃ verānaṃ vasena[5] pāṇātipātādīnaṃ vasena katapāpaṃ puggalaṃ dānasīlādi-vātato na visodheti kadāci pi suddhaṃ[15] na karoti. Pubbe[16] Vipāko natthi dānassā ti ādinā dānādito attano[17] paresaṃ nivāritākāradassanaṃ, Natthi dānaphalaṃ nāmā ti ādinā[18] pana attano[17] micchābhinivesadassanan[19] ti daṭṭhabbaṃ. Laddheyyan ti laddhabbaṃ. Kathaṃ pana laddhabban ti āha: Nīyati pariṇāmajan ti ayaṃ satto sukhaṃ vā dukkhaṃ vā labhanto nīyati pariṇāmavasena[20] labhati. Na kammassa katāya[21] issarādinā cā[22] ti adhippāyo.

---

[1] taṃ, S_1. S_2. [2] B. *adds* taṃ. [3] *om.* B.
[4] ācara.°, B. [5] balena, S_1. S_2. [6] °ṇāti, S_1. S_2.
[7] *om.* S_1. S_2. [8] °phalaṃ, B., *also before.* [9] so, S_2.
[10] °kāyena, B. [11] eva, S_1. S_2. [12] dānaph.°, B.
[13] °le, S_2; °laṃ, B. [14] veravantiṃ, S_2; veramantiṃ, S_1.
[15] visuddhiṃ, B. [16] puññe, S_1. S_2. [17] attanā, S_1. S_2.
[18] ādi, S_1. S_2.
[19] °nivesane dass.°, S_2; °nivesana dassan, S_1.
[20] vipari.°, B.; pariṇāmajavas.°, S_1. S_2; B. *adds* eva.
[21] kaṭāya, S_1. S_2. [22] vā, S_1. S_2.

Natthi mātā pitā bhātā ti mātādīsu[1] sammāpaṭipattimicchāpaṭipattīnaṃ phalābhāvaṃ[2] sandhāya vadati. Loko natthi ito paran ti ito idhalokato[3] paraloko nāma koci natthi. Tattha tatth' eva sattā ucchijjantī ti adhippāyo. Dinnan ti mahādānaṃ. Hutan ti pahonakasakkāro[4] tadubhayaṃ pi phalābhāvaṃ[2] sandhāya natthī ti paṭikkhipati. Sunihitan ti suṭṭhu nihitaṃ. Na vijjatī ti yaṃ samaṇabrāhmaṇānaṃ dānaṃ nāma anugāmikaṃ nidānan ti vadanti taṃ na vijjati. Tesaṃ taṃ vācāvatthumattam evā ti adhippāyo.

Na koci kiñci hanatī ti yo[5] puriso paraṃ purisaṃ haneyya parassa purisassa sīsaṃ chindeyya tattha paramatthato na koci kiñci hanati,[6] sattannaṃ kāyānaṃ chindabhāvato[7] hananto viya hoti. Kathaṃ satthappahāro[8] ti āha: Sattannaṃ vivaram antare ti[9] paṭhaviyādīnaṃ sattannaṃ kāyānaṃ vivarabhūte antare chinde satthaṃ[10] pavisati. Tena sattā[9] asi-ādīhi pahaṭā viya honti. Jīvo viya pana sesakāyā pi niccasabhāvato[11] na chijjantī ti adhippāyo.

Acchejjabhejjo[12] jīvo ti ayaṃ sattānaṃ jīvo satthādīhi na chinditabbo niccasabhāvato.[13] Aṭṭhaṃso guḷaparimaṇḍalo ti eso pana jīvo kadāci aṭṭhaṃso hoti kadāci guḷaparimaṇḍalo. Yojanāni satā pañcā ti kevalībhāvaṃ[14] patto pañcayojanasatubbedho hoti. Ko jīvaṃ chetum arahatī ti[15] niccaṃ nibbikāraṃ jīvañ ca ko nāma satthādīhi chindituṃ arahati. Na so kenaci vikopeyyā ti vadati.

Suttaguḷe veveṭhetvā katasuttaguḷe khitte ti nibbeṭhanavasena khitte. Nibbeṭhentaṃ palāyatī ti pabbate vā rukkhagge vā ṭhatvā niveṭhīyamānaṃ[16] khittaṃ sutta-

---

[1] ādīsu, B. [2] phala.°, S_1. [3] S_1. S_2 *add* pana.
[4] pahona.°, S_1. S_2. [5] so, S_1. S_2. [6] hananti, S_2.
[7] nicca.°, B. [8] satta.°, S_1. S_2. [9] *om.* S_2. [10] sattaṃ, B.
[11] niccasabhāvattā, B.; niccabhāvatā, S_1; vinicchapabhāvatā, S_2. [12] B. *adds* 'ssi.
[13] °bhāvatā, S_1; °pabhāvatā, S_2.
[14] kevalaṃ bhāvappatto, B.
[15] B. *omits the following passages till* pabbate vā *and so on.*
[16] nibbedhiy.°, B.

guḷaṃ nibbeṭhentaṃ[1] eva gacchati. Evam evan ti yathā taṃ suttaguḷaṃ nibbeṭhīyamānam[1] eva gacchati, sutte[2] khīṇe na[2] gacchati,[2] evam eva so jīvo cūḷāsīti mahākappino satasahassānī ti vuttakālam eva attabhāvaguḷaṃ nibbeṭhento[1] palāyati pavattati,[2] tato uddhaṃ[3] na ppavattati.

Evam eva ca[3] so jīvo ti yathā koci[4] puriso attano nivāsagāmato[5] nikkhamitvā tato aññaṃ gāmaṃ pavisati kenaci-d-eva karaṇīyena, evaṃ eva[6] so jīvo ito sarīrato[7] nikkhamitvā aññaṃ aparaṃ sarīraṃ niyativasena pavisatī ti adhippāyo.

Bondin ti kāyaṃ.

Cūḷāsīti ti caturāsīti. Mahākappino ti mahākappānaṃ tattha ekamhā mahāsarā Anotattādito vassasate vassasate[8] kusaggena ekekaṃ udakabinduṃ nīharantena[9] iminā upakkamena sattakkhattuṃ tamhi sare nirudake[10] jāte eko mahākappo nāma hotī ti vatvā evarūpānaṃ mahākappānaṃ caturāsītisatasahassānī[11] ti saṃsārassa parimāṇan ti vadati.[12] Ye bālā ye ca paṇḍitā ti ye ca[4] andhabālā ye ca sappaññā sabbe pi te saṃsāraṃ khepayitvānā ti[4] yathāvuttakālaparicchedaṃ saṃsāraṃ aparāparuppattivasena khepetvā.[13]

Dukkhass' antaṃ[14] karissare ti vaddhadukkhassa[15] pariyantaṃ pariyosānaṃ[16] karissanti. Paṇḍitā pi antarā sijjhituṃ[17] na sakkonti bālā pi tato uddhaṃ na ppavattantī ti tassa laddhi. Mitāni sukhadukkhāni doṇehi piṭakehi cā ti sattānaṃ sukhadukkhāni nāma doṇehi piṭakehi mānabhājanehi mitāni viya yathāvuttakālaparicchedena parimitattā[18] paccekañ ca tesaṃ tesaṃ[11] sattānaṃ tāni[2] niyatipariṇāmajātāni[19] pariṇāmitāni, tayidaṃ jino sabbaṃ pajānāti[20] jinabhūmiyaṃ ṭhito kevalaṃ-pajānāti saṃsārassa samatikkantattā.[21]

---

[1] nibbedh.°, B. [2] *om.* B.
[3] *om.* S_1. S_2. [4] eko, B. [5] nivāsana.°, B.
[6] evaṃ, B. [7] kāyato sarato, S_1. S_2. [8] S_1 *adds* 'va.
[9] nīharanti, S_1. S_2. [10] ninnudake, S_1. S_2. [11] *om.* S_1.
[12] vadanti, S_1. S_2. [13] khepitvā, B. [14] *om.* S_2.
[15] vaṭṭa.°, B. [16] vesānaṃ, S_1; sosānaṃ, S_1. [17] su.°, B.
[18] °paricchamitattā, B. [19] °jāni, S_1. S_2.
[20] jānāti ti, S_1. S_2. [21] matikk.°, B.

Saṃsāre pana paribbhamati[1] samūḷhāyaṃ itarā pajā, evaṃdiṭṭhi pure āsin ti yathāvuttanatthikadiṭṭhiko pubbe[2] ahaṃ ahosiṃ. Samūḷho mohapāruto ti yathāvuttāya diṭṭhiyā hetubhūtena sammohena[3] samūḷho, taṃ sahajātena pana[4] mohena pāruto paṭicchāditakusalabījo ti adhippāyo. Evaṃ pubbe yā[5] attano uppannā pāpadiṭṭhi tassā vasena kataṃ pāpakammaṃ dassetvā idāni attanā āyatiṃ anubhavitabbaṃ tassa phalaṃ dassento Oraṃ[6] me chahi māsehi ti ādim āha.

Tattha vassasatasahassānī[7] ti vassānaṃ satasahassāni atikkamitvā ti vacanaseso, bhummatthe vā etaṃ paccattaṃ vacanaṃ. Vassesu satasahassesu vītivattesū ti attho. Ghoso sūyati tāvade ti yadā ettako[8] kālo atikkanto hoti tāva-d-eva tasmiṃ kāle idha paccantānaṃ vo mārisā vassasatasahassaparimāṇo kālo atīto ti evaṃ tasmiṃ niraye saddo sūyati. Lakkho eso[9] mahārāja satabhāgavassakoṭiyo[10] ti satabhāgā[5] satakoṭṭhāsā vassakoṭiyo mahārāja niraye paccantānaṃ sattānaṃ[11] āyuno eso lakkho, eso paricchedo ti attho. Idaṃ vuttaṃ hoti. Dasadasakaṃ[12] sataṃ nāma, dasasatāni sahassaṃ nāma, dasadasasahassāni[13] satasahassaṃ nāma, satasatasahassāni[14] koṭi nāma, tāsaṃ koṭīnaṃ vasena satasahassavassakoṭiyo[15] satabhāgā vassakoṭiyo, sā ca kho nerayikānaṃ yeva vassagaṇanavasena veditabbā, na manussānaṃ devānaṃ vā. Īdisāni[16] anekāni vassakoṭisatasahassāni nerayikānaṃ āyu.[17] Tenāha: koṭisatasahassāni niraye paccare janā ti. Yādisena pana pāpena[18] sattā evaṃ nirayesu paccanti, taṃ nigamanavasena dassetuṃ Micchādiṭṭhī ca dussīlā ye ca ariyupavādino ti[11] vuttaṃ.

Vedissan ti anubhavissaṃ. Evaṃ āyatiṃ attanā[19] anubhavitabbaṃ pāpaphalaṃ dassetvā idāni Kena te brah-

---

1 °manti, S_1. 2 S_1. S_2 *add* 'va.
3 samena, S_1; samāna, S_2; sammohane, B.
4 B. *adds* tena. 5 *om.* B. 6 uddhaṃ, S_1. S_2.
7 vassāni sata.°, B. 8 ekako, S_1. S_2; etthako, B.
9 S_1 *adds* vā. 10 °bhagassa koṭiyo, S_1. S_2. 11 *om.* S_2.
12 vassasakaṃ, B. 13 dasasah.°, S_1. S_2. 14 dasasata.°, S_1. S_2.
15 °vassāni.°, B. 16 edisāni, B. 17 *om.* S_1. S_2.
18 S_1 *has* pā-paccaṃ ti taṃ *and so on.* 19 attano, B.

macariyena ānubhāvo ayaṃ tavā ti raññā pucchitam atthaṃ ācikkhitvā taṃ saraṇesu[1] sīlesu ca patiṭṭhapetukāmo Taṃ suṇohi[2] mahārājā ti ādim āha.

Tattha sīlesuposathe[3] ratā ti niccasīlesu[4] uposathasīlesu[4] ca abhiratā.

Adā ti adāsi.

Taṃ dhamman ti taṃ aṭṭhaṅgikamaggaṃ amatapadañ ca.

Evaṃ petena saraṇesu sīlesu ca samādapito rājā pasannamānaso tena attanā[5] kataṃ upakāraṃ tāva kittetvā saraṇādīsu patiṭṭhahanto Atthakāmo ti ādikā tisso gāthā vatvā pubbe attanā[6] gahitāya pāpikāya diṭṭhiyā paṭinissaṭṭhabhāvaṃ pakāsento Odhunāmī[7] ti gātham āha.

Tattha odhunāmi mahāvāte ti mahante vāte vāyante bhusaṃ viya taṃ pāpakaṃ diṭṭhiṃ[8] yakkha tava dhammadesanāvāta odhunāmi [illegible][9]. Nadiyā vā sīghaṃ [illegible] ti sīghaṃ [illegible] vā tiṇakaṭṭhapaṇṇa[illegible] viya pāpakaṃ [illegible] ti adhippāyo. Vamāmi pāpakaṃ diṭṭhin ti [illegible] pāpikaṃ[10] diṭṭhiṃ uḍḍayāmi[11] chaḍḍayāmi[12]. Tattha kāraṇam āha: Buddhānaṃ sāsane rato ti yasmā ekaṃsena amatāvahe[13] buddhānaṃ bhagavantānaṃ sāsane rato,[14] tasmā taṃ diṭṭhisaṅkhātaṃ visaṃ vamāmī ti yojanā.

Idaṃ vatvānā ti osānagāthā saṅgītikārehi ṭhapitā.

[illegible] pāmokkho ti pācīnadisābhimukho[15] hutvā. [illegible] āruyhī ti rājā[16] gamanasajjaṃ attano rathaṃ[17] abhiruyhi. Āruyha[18] yakkhānubhāvena taṃ divasam eva attano nagaraṃ anuppatto[19] rājabhavanaṃ pāvisi. So aparena samayena[20] imaṃ pavuttiṃ bhikkhūnaṃ ārocesi.

---

[1] B. *adds* ca. [2] sunāhi, S_1. S_2. [3] sīle up.°, B.
[4] °sīle, S_1. S_2. [5] °no, S_1. [6] °no, B.
[7] ujunāmi, S_1. S_2. [8] diṭṭha, S_1. S_2.
[9] nināmi, S_1; niddhunāmi, S_2; onidhunāmi, B.
[10] pāpakaṃ, S_1. [11] ucchayāmi, S_1; ucchindayāmi, [illegible]
[12] *om.* S_1. B. [13] °vaso, S_2; °tāso, S_1.
[14] B. *adds* abhirato. [15] nip.°, S_1. S_2. [16] *om.* B. [illegible]
[17] rājaratham, B. [18] °hi, S_1. S_2. [19] patvā, [illegible]
[20] *om.* S_2.

Bhikkhū taṃ[1] therānaṃ ārocesuṃ. Therā tatiyasaṅgītiyaṃ saṅgahaṃ āropesuṃ.[2]

Nandakapetavatthuvaṇṇanā.

IV, 4.

Uṭṭhehi Revate supāpadhamme ti. Idaṃ Revatipetavatthuṃ. Taṃ yasmā Revativimānavatthunā nibbisesaṃ tasmā yad ettha atthuppattiyaṃ gāthāsu ca vattabbaṃ taṃ Paramatthadīpaniyaṃ Vimānavatthuvaṇṇanāyaṃ[3] vuttanayen' eva veditabbaṃ. Idaṃ hi Nandiyassa[4] devaputtassa vasena Vimānavatthupāliyaṃ saṅgahaṃ āropitaṃ taṃ pi Revatipaṭibaddhāya gāthāya[5] vasena Revatipetavatthun ti pāliyaṃ[6] pi saṅgahaṃ āropitan ti daṭṭhabbaṃ.

Revatipetavatthuvaṇṇanā.

IV, 5.

Idaṃ mama ucchuvanaṃ mahantan ti. Idaṃ Ucchupetavatthuṃ. Tassa kā uppatti? Bhagavati Veḷuvane viharante aññataro puriso ucchukalāpaṃ khandhe katvā ekaṃ ucchuṃ khādanto gacchati. Atha aññataro upāsako sīlavā kalyāṇadhammo bāladārakena saddhiṃ tassa[7] piṭṭhito[8] gacchati. Dārako ucchuṃ passitvā[9] dehī ti parodati. Upāsako dārakaṃ[10] parodantaṃ disvā taṃ purisaṃ gaṇhanto tena saddhiṃ sallāpaṃ akāsi. So pana puriso tena saddhiṃ na kiñci ālapi, dosena nāma dārakassa ucchukhaṇḍam pi nādāsi. Upāsako dārakaṃ dassetvā 'ayaṃ dārako ativiya rodati, imassa ekaṃ ucchukhaṇḍaṃ dehī' ti āha.[11] Taṃ sutvā so puriso asahanto[12] paribhavacittaṃ[13] upaṭṭhapetvā anādaravasena ekaṃ ucchulaṭṭhiṃ piṭṭhito khipi. So aparena samayena kālaṃ katvā ciraparibhāvitassa lobhassa vasena[14] petesu nibbatti. Tassa phalaṃ

[1] *om.* S_2. B. [2] tatiyaṃ saṅgahaṃ ārocesuṃ, B.
[3] °vatthupāliyaṃ, B. [4] Nandikassa, S_1. S_2.
[5] gāthāyaṃ, S_1. S_2. [6] Petavatthup.°, B. [7] *om.* S_1. S_2.
[8] S_1. S_2 *repeat* pi.°. [9] B. *adds* ucchuṃ gahetvā.
[10] B. *omits the following words till* dassetvā. [11] *om.* B.
[12] apasārento, B.. [13] paṭihata.°, B. [14] phalena, B.

nāma kammasarikkhakaṃ hoti. Aṭṭhakarisamattaṭṭhānaṃ[1] avattharantaṃ añjanavaṇṇaṃ musaladaṇḍaparimāṇehi ucchūhi ghanasañchannaṃ mahantaṃ[2] ucchuvanaṃ[2] nibbatti. Tasmiṃ khāditukāmatāya ucchuṃ gahessāmī[3] ti upagatamatte taṃ ucchū[4] abhihananti.[5] So tena mucchito[6] papati. Ath' ekadivasaṃ āyasmā Mahāmoggallāno Rājagahaṃ[7] piṇḍāya gacchanto antarāmagge taṃ petaṃ addasa. So theraṃ disvā attanā[8] katakammaṃ pucchanto

Idaṃ mama[9] ucchuvanaṃ mahantaṃ
nibbattati puññaphalaṃ anappakaṃ
taṃ dāni me[10] paribhogaṃ na[11] upeti[12]
ācikkha[13] bhante kissa ayaṃ vipāko? 1
Vihaññāmi khajjāmi ca[14] vāyamāmi[15]
parisakkāmi paribhuñjituṃ kiñci
sv ahaṃ[16] chinnātumo[17] kapaṇo lālapāmi[18]
kissa kammassa ayaṃ vipāko? 2
Vighāto cāhaṃ[19] paripatāmi chamāyaṃ
parivattāmi vāricaro va ghamme
dūrato[20] ca me assukāni galanti[21]
ācikkha bhante kissa ayam vipāko? 3
Chāto kilanto ca pipāsito ca
santassito[22] sātasukhaṃ na vinde
pucchāmi taṃ etam atthaṃ bhaddan[23] te
kathan nu ucchuparibhogaṃ labheyyaṃ? 4

* * *

---

[1] °karissa.°, S₁. [2] om. B. [3] gahiss.°, B.
[4] ucchuvanaṃ, B. [5] °haranti, B. [6] muñchito, B.
[7] °gahe, S₁. S₂. [8] °no, B. [9] mamaṃ, M.
[10] C. D., B. *add* na; M. *adds* taṃ.
[11] *om.* M. C. D.; B. [12] eti, M. [13] ācikkhi, S₁.
[14] 'va, S₂. [15] C. D., B. *add* ca. [16] disvāhaṃ, C.
[17] chinditathāmo, M.; B.; chindituthāmo, D.; chinditukāmo, C.; chinditumhe, S₁; chinditube, S₂; C. *had* chinnātumo *which, however, has been corrected to* chinditukāmo.
[18] sāla.°, S₁. S₂. [19] ca 'haṃ, M.; B.; ahaṃ, S₁. S₂.
[20] rudato, S₁. S₂.
[21] assukāni galanti, D.; asukāni gaḷ.°, B.; assukā (assukā, S₁) niggalanti, S₁. S₂.
[22] °tasito, S₁. S₂. [23] bhadan, M.; B.

Pure tuvaṃ kammam akasi[1] attanā
manussabhūto purimāya jātiyā
ahañ ca taṃ etam atthaṃ vadāmi
sutvāna tvaṃ etam atthaṃ vijāna.[2] 5
Ucchuṃ tuvaṃ khādamāno payāto
puriso[3] te piṭṭhito[4] anvagacchi[5]
so ca taṃ paccāsanto kathesi[6]
tassa tuvaṃ na kiñci ālapittha. 6
So ca taṃ abhaṇantaṃ[7] āyāci[8]
deh' ayya[9] ucchun ti ca taṃ avoca
tassa tuvaṃ piṭṭhito ucchuṃ adāsi
tass' etaṃ kammassa ayaṃ vipāko. 7
Iṅgha tvaṃ[10] 'piṭṭhito gaṇheyyāsi[11] ucchuṃ
gahetvā[12] khādassu yāva-d-atthaṃ
ten' eva taṃ attamano bhavissasi
haṭṭho c'udaggo[13] ca[14] pamodito ca'. 8
Gantvāna so piṭṭhito aggahesi[15]
gahetvāna taṃ khādi yāva-d-atthaṃ
ten' eva so attamano ahosi
haṭṭho c'udaggo ca[14] pamodito cā[16] ti 9
vacanapaṭivacanagāthā petena therena vuttā.[17]

Tattha kissā ti kīdisassa kammassā ti adhippāyo.

Vihaññāmī ti vighātaṃ āpajjāmi. Vihaññāmī ti vā vibādhiyāmi, visesato pīḷiyāmī ti attho. Khajjāmī ti khādiyāmi asipattasaṇṭhānasadisehi[18] nisitehi khādantehi viya ucchupattehi kantiyāmī ti attho. Vāyamāmī ti ucchuṃ khādituṃ vāyāmaṃ karomi. Parisakkāmī ti payogaṃ karomi. Paribhuñjitun ti ucchurasaṃ paribhuñjituṃ[19] khāditun ti attho. Chinnātumo[20] ti chinnasabhāvo[21] upacchinnathāmo,[22] parikkhīṇabalo ti attho

[1] akāsim, C. D.; akasim, M. [2] °naṃ, S_1. S_2.
[3] M. C. D., B. *add* ca. [4] pacchato, M. C. [5] anvā.°, D.; B.; anugañchi, S_1. S_2. [6] katheti, S_2. [7] abhiṇhaṃ, S_1. S_2.
[8] āyapi, S_1. S_2. [9] dehi, S_1. S_2. [10] tuvaṃ, S_1. S_2.; M. C. D., B. *add* gantvāna. [11] gaṇha, S_1. S_2. [12] °tvāna taṃ, B.
[13] udaggo, C.; S_1. S_2. B. [14] *om.* C. D. [15] °hesuṃ, S_2.
[16] S_1. S_2 *omit this Pāda.* [17] B. *has only* petādihi vuttā.
[18] asipattasadisehi, B. [19] B. *inserts* ucchuṃ. [20] chinditathāmo, B. [21] chinda.°, B.; chinnabhāvo, S_2. [22] ucchinna.°, S_1.

Kapaṇo ti[1] dīno.[1] Lālapāmī[2] ti dukkhena addito[3] ativiya vilapāmi.

Vighāto ti vighātavā vihatabalo vā. Paripatāmi chamāyan ti ṭhātuṃ asakkonto[4] bhūmiyaṃ patāmi. Parivattāmī ti[1] pariyāmi.[5] Vāricaro vā ti maccho[6] viya. Ghamme ti ghammasantatte thale.

Santassito[7] ti kaṇṭha[1]-oṭṭhatālūnaṃ[8] so sampattiyā suṭṭhu tasito. Sātasukhan ti sātabhūtaṃ sukhaṃ. Na vinde ti na labhāmi. Tan ti tuvaṃ.

Vijānā[1] ti[1] vijānāhi.

Payāto ti gantuṃ āraddho. Anvāgacchī[9] ti anubandhi. Paccāsanto ti paccāsiṃsamāno.

Tass' etaṃ[10] kammassā ti ettha etan ti nipātamattaṃ. Tassa kammassā ti attho.

Piṭṭhito gaṇheyyāsī ti attano piṭṭhipassen' eva ucchuṃ gaṇheyyāsi. Pamodito ti pamudito.

Gahetvāna taṃ[11] khadi yāva-d-atthan ti therena mattaniyāmena ucchuṃ gahetvā yathā ruciṃ khāditvā ca[1] mahantaṃ ucchukalāpaṃ gahetvā therassa upanesi. Thero taṃ anugaṇhanto ten' eva taṃ ucchukalāpaṃ gāhāpetvā Veḷuvanaṃ gantvā Bhagavato adāsi. Bhagavā bhikkhusaṅghena saddhiṃ taṃ paribhuñjitvā anumodanaṃ akāsi.

Peto pasannacitto vanditvā gato. Tato paṭṭhāya sukhaṃ ucchuṃ paribhuñji. So aparena samayena kālaṃ katvā Tāvatiṃsesu uppajji.

Sā pan'[1] esā[1] petassa pavutti manussaloke pākaṭā ahosi. Atha manussā Satthāraṃ upasaṅkamitvā taṃ[12] pavuttiṃ pucchiṃsu. Satthā tesaṃ taṃ atthaṃ vitthārato[13] kathetvā dhammaṃ desesi. Taṃ sutvā manussā maccheramalato paṭiviratā ahesuṃ.[14]

Ucchupetavatthuvaṇṇanā.

---

[1] *om.* B. [2] sālap.°, S_1. S_2. [3] ajjito, B.
[4] asakko, S_1. S_2. [5] paribbhamāmi, B.
[6] pucchā, S_1. S_2. [7] °tasito, S_1. S_2.
[8] kaṇṭhaṭṭhatā.°, S_1; oṭhakaṇhatā.°, B. [9] anugacchi, S_1. S_2. [10] eva taṃ, S_1. [11] *om.* S_1. S_2. [12] idaṃ, S_1. S_2.
[13] °rena, S_2. [14] *all MSS. add* ti.

IV, 6.

Sāvatthi nāma nagaran ti. Idaṃ Satthā Jetavane viharanto dve pete ārabbha kathesi. Sāvatthiyaṃ kira Kosalarañño dve puttā pāsādikā pathamavaye ṭhitā yobhanamadamattā paradārakammaṃ katvā kālam katvā parikhāpiṭṭhe petā hutvā nibbattiṃsu. Te rattiyaṃ bheravena saddena paridevimsu. Manussā taṃ sutvā bhītatasitā. Evaṃ kate idaṃ avamaṅgalaṃ vūpasammatī ti buddhapamukhassa bhikkhusaṅghassa mahādānaṃ datvā taṃ pavuttiṃ Bhagavato ārocesuṃ. Bhagavā pana 'upāsakā tassa saddassa savanena tumhākaṃ na koci antarāyo ti vatvā tassa kāraṇam ācikkhitvā tesaṃ dhammaṃ desetuṃ.

Sāvatthi nāma nagaraṃ Himavantassa passato
tattha āsuṃ[1] dve kumārā[2] rājaputtā ti me sutaṃ. 1
Pamattā[3] rajaniyesu kāmassādābhinandino[4]
paccuppannasukhe giddhā na te passiṃsu nāgataṃ. 2
Te cutā ca[5] manussattā paralokaṃ ito gatā
te 'dha[6] ghosenti[7] na[8] dissanto[9] pubbe dukkaṭam attano: 3
Bahūsu vata[10] santesu deyyadhamme upaṭṭhite
nāsakkhimhā[11] ca attānaṃ sotthi kātuṃ parittasukhāvahaṃ.[12] 4
Kiṃ tato pāpakaṃ[13] assa yan no rājakulā cutā
uppannā[14] pettivisayaṃ[15] khuppipāsāsamappitā? 5
Sāmino[16] idha hutvāna honti asāmino[17] tahiṃ
caranti[18] khuppipāsāya manussā unnatonatā.[19] 6
Etam[20] ādīnavaṃ ñatvā issaramadasambhavaṃ[21]

---

[1] tatthāsuṃ, C.; tattha su, S_1. S_2; tatthāhesuṃ, D.; B.
[2] M., S_1. S_2 *add* ca. [3] sammattā, M.
[4] °dane, S_2; °dano, S_1. [5] 'va, M. C. D.
[6] ca, D.; B.; 'va, M. [7] ghosanti, S_1. S_2.
[8] *om.* M. C. D. [9] dissanti, M. D.; B.; °tā, C. [10] tesu, M.
[11] °kkamhā, S_2. [12] parittasotthiṃ kātuṃ sukhā.°, S_1. S_2.
[13] pāpakammaṃ, C. D. [14] upapannā, M. C. D.; B.
[15] petiv.°, B.; petav.°, S_1. S_2; pittiv.°, M. C. D.
[16] sāmiko, S_1. S_2. [17] assā.°, C. D.; S_2. B.
[18] bhamanti, M. D.; maranti, C. [19] onna.°, S_1. S_2.
[20] evaṃ, S_1. S_2. [21] °manasam.°, S_1. S_2.

pahāya issaramadaṃ bhave saggagato naro
kāyassa bhedā sappañño[1] saggaṃ so upapajjatī ti 9

gāthāyo[2] abhāsi.

Tattha iti me sutan ti na kevalaṃ attano ñāṇena diṭṭham eva, ettha kho loke pākaṭabhāvena evaṃ[3] mayā suttan[4] ti attho.

Kāmassādābhinandino ti kāmaguṇesu assādavasena abhinandanasīlā. Paccuppannasukhe giddhā ti vaddhamānasukhamatte[5] giddhā gadhitā hutvā. Na te passiṃsu nāgatan ti duccaritaṃ pahāya sucaritaṃ caritvā anāgataṃ āyatiṃ devamanussesu laddhabbaṃ sukhaṃ te na cintesuṃ.

Te 'dha[6] ghosenti na 'dissanto ti te pubbe rājaputtabhūtā petā idha Sāvatthiyā samīpe adissamānarūpā ghosenti kandanti. Kiṃ kandantī ti āha: Pubbe dukkaṭam attano ti idāni tesaṃ taṃ[7] kandanassa kāraṇaṃ hetuto[8] phalato vibhajitvā dassetuṃ Bahūsu vata santesū ti ādi vuttaṃ.

Tattha bahūsu vata santesū ti anekesu dakkhiṇeyyesu vijjamānesu. Deyyadhamme upaṭṭhite ti attano santake dātabbadeyyadhamme samīpe ṭhite labbhamāne ti attho. Parittasukhāvahan ti appamattakam pi āyatiṃ sukhāvahaṃ puññaṃ katvā attānaṃ sotthiṃ nirupaddavaṃ kātuṃ nāsakkhimha vatā ti yojanā.

Kiṃ tato pāpakaṃ assā ti tato pāpakaṃ lāmakaṃ nāma kiṃ aññaṃ assa[9] siyā. Yan no rājakulā cutā ti yena pāpakammena mayaṃ rājakulato cutā idha pettivisayaṃ[10] uppannā petesu nibbattā[11] khuppipāsāsamappitā vicarāmā ti attho.

Sāmino idha hutvānā ti idha imasmiṃ loke yasmiṃ[12] yeva ṭhāne pubbe sāmino hutvā vicaranti. Tahin ti[13] tasmiṃ yeva ṭhāne honti assamikā. Manussā unnatonatā ti manussakāle sāmino[14] hutvā kālakatā kammavasena

---

[1] sampanno, S_1. S_2. [2] gāthā, B. [3] eva, B.
[4] vuttan, B. [5] vatta.°, S_1. B.; °mattena, B.
[6] ca, B. [7] *om.* B. [8] ca, S_1. S_2. [9] *om.* S_2.
[10] pittiv.°, B. [11] °ttitvā, S_1. S_2. [12] *om.* S_2. [13] *om.* S_1. S_2.
[14] sāmi, S_1.

onatā caranti,[1] khuppipāsāya passa saṃsārapakatin ti dasseti.

Etam[2] ādīnavaṃ ñatvā issaramadasambhavan ti etaṃ[2] issariyamadassa[3] vasena sambhūtaṃ apāyūpapattisaṅkhātaṃ ādīnavaṃ dosaṃ ñatvā pahāya issaramadaṃ puññapasuto hutvā. Bhave saggagato naro ti saggaṃ devalokaṃ gato yeva bhaveyya.

Iti Satthā tesaṃ petānaṃ pavuttiṃ kathetvā tehi manussehi kataṃ dānaṃ tesaṃ petānaṃ uddissāpetvā sampattaparisāya ajjhāsayānurūpaṃ dhammaṃ desesi. Sā desanā mahājanassa sātthikā ahosi.[4]

Kumārapetavatthuvaṇṇanā.

IV, 7.

Pubbe katānaṃ kammānan ti. Idaṃ Satthā Jetavane viharanto rājaputtapetaṃ ārabbha kathesi. Tattha yo so atīte Kitavassa nāma rañño putto atīte paccekabuddhe aparajjhitvā bahūni vassasahassāni niraye paccitvā tass' eva kammassa[5] vipākāvasesena petesu uppanno. So idha rājaputtapeto ti adhippeto.[6] Tassa vatthuṃ heṭṭhā Sānuvāsipetavatthumhi vitthārato āgatam eva. Tasmā tattha vuttanayen' eva gahetabbaṃ. Satthā hi[7] therena attano ñātipetānaṃ pavuttiyā kathitāya 'na kevalaṃ tava ñātakā yeva, atha kho tvam[8] pi ito anantarātīte[9] attabhāve[10] peto hutvā mahādukkhaṃ anubhavī'[11] ti vatvā tena yācito

Pubbe katānaṃ kammānaṃ vipāko mathaye[12] manaṃ
rūpe sadde rase gandhe[13] poṭṭhabbe ca manorame. 1
Naccaṃ gītaṃ ratiṃ khiḍḍaṃ anubhutvā anappakaṃ
uyyāne paricaritvā[14] pavisanto Giribbajaṃ

---

[1] bhamanti, B. [2] evam, S_1. [3] °mada.°, B.
[4] *all MSS. add* ti. [5] *om.* S_1. S_2. [6] ādhippāyo, S_1; °ppā, S_2 *which, besides, inserts:* Atīte Kitavassa nāma rañño putto āsā.
[7] B. *adds* tadā. [8] tuvam, B. [9] antarā.°, S_1. S_2.
[10] °bhāvo, S_1. [11] °bhavati, B.
[12] thapaye, C., *but corrected from* mathaye.
[13] gandhe rase, D.; B. [14] caritvāna, S_1. S_2.

Isiṃ Sunettam[1] addakkhi attadantaṃ samāhitaṃ
appicchaṃ hirisampannaṃ uñche[2] pattagate[3] rataṃ. 3
Hatthikkhandato oruyha[4] laddhā bhante ti c' abravi[5]
tassa pattaṃ gahetvāna uccaṃ paggayha khattiyo. 4
Thaṇḍile[6] pattaṃ bhinditvā hasamāno apakkami
rañño Kitavassāhaṃ putto, kiṃ maṃ bhikkhu karissasi?[7] 5
Tassa kammassa pharusassa vipāko kaṭuko ahu
yaṃ rājaputto vedesi nirayamhi samappito. 6
Chaḷ eva caturāsīti vassāni nahutāni ca
bhusaṃ dukkhaṃ nigacchittho[8] niraye katakibbiso. 7
Uttāno pi ca paccittha nikujjo[9] vāmadakkhiṇo
uddhaṃ pādo ṭhito c' eva ciraṃ bālo apaccittha.[10] 8
Bahūni vassasahassāni pūgāni[11] nahutāni ca
bhusaṃ dukkhaṃ nigacchittho niraye katakibbiso. 9
Etādisaṃ kho kaṭukaṃ appaduṭṭhapadosinaṃ
paccesi pāpakammantā isiṃ āsajja subbataṃ. 10
So tattha bahuvassāni vedayittha bahudukkhaṃ
khuppipāsahato[12] nāma peto āsi[13] tato cuto. 11
Etaṃ[14] ādīnavaṃ ñatvā[15] issaramadasambhavaṃ
pahāya issaramadaṃ nivātam anuvattaye. 12
Diṭṭhe 'va dhamme pasaṃso yo[16] buddhesu sagāravo
kāyassa bhedā sappañño saggaṃ so upapajjatī ti 13

idaṃ[17] Rājaputtapetavatthuṃ[18] kathesi.

Tattha pubbe katānaṃ kammānaṃ vipāko mathaye manan ti purimāsu jātīsu katānaṃ akusalakammānaṃ phalaṃ uḷāraṃ hutvā uppajjamānaṃ[19] andhabālānaṃ cittaṃ mathayeyya[20] abhibhaveyya. Paresaṃ anatthakaraṇamukhena[21] attano atthaṃ[22] uppādeyyā ti adhippāyo.

---

[1] Sunitam, M. D.; B.; isim muni taṃ, C., *but corrected from* isiṃ Suṇitam.
[2] uñcho, S_1. S_2; ucche, C. D.; B. [3] pattā°, C.; B. S_1. S_2.
[4] orūyha, M. C. D.; S_1. [5] c'ābravi, D.; B.; c' abruvi, S_1.
[6] gaṇḍile, C. [7] kari, S_1. [8] °gacchittha, C.
[9] nikuñjo, S_1. S_2. [10] °itha, S_1. S_2; °atha, M.; °itta, B.
[11] cutāni, S_1. S_2. [12] °hito, S_1. S_2; °pāso, M. [13] asi, S_1. S_2.
[14] evaṃ, S_1. S_2. [15] disvā, S_1. S_2. [16] yesa, S_1. S_2.
[17] imaṃ, B. [18] rājayutta.°, S_1. S_2; Petavatthuṃ, B.
[19] upapajjantānaṃ, B. [20] path.°, S_1. S_2.
[21] °karaṇā°, S_1. S_2. [22] anatthaṃ, B.

Idāni taṃ[1] cittamathanaṃ[2] visayena saddhiṃ dassetuṃ Rūpe sadde ti ādivuttaṃ. Tattha rūpe ti rūpahetu. Yaticchitassa[3] manāpiyassa rūpārammaṇassa palobhanimittan[4] ti attho. Sadde ti ādīsu pi es' eva nayo. Evaṃ sādhāraṇato vuttaṃ atthaṃ asādhāraṇato niyametvā dassento Naccaṃ gītan ti ādim āha.

Tattha ratin ti kāmaratiṃ. Kiḍḍan ti sahāyakādīhi keliṃ. Giribbajan ti Rājagahaṃ.

Isin ti asekkhānaṃ[5] sīlakhandhādīnaṃ esanaṭṭhena isiṃ. Sunettan[6] ti evaṃnāmakaṃ paccekabuddhaṃ. Attadantan ti uttamena damathena damitacittaṃ. Samāhitan ti arahattaphalasamādhinā samāhitaṃ. Uñche[7] pattagate ratan ti uñchena bhikkhācārena laddhe[8] pattagate[9] pattapariyāpanne[10] āhāre rataṃ santappaṃ.[11]

Laddhā bhante ti c' abravī ti api bhante bhikkhā laddhā ti vissāsajananatthaṃ kathesi. Uccaṃ paggayhā ti uccataraṃ katvā pattaṃ ukkhipitvā.

Thaṇḍile pattaṃ bhinditvā ti kharakaṭhāne[12] bhūmippadese khipanto pattaṃ bhinditvā. Apakkamī ti thokaṃ apasakki apasakkanto ca akāraṇen' eva andhabālo mahantaṃ anatthaṃ attano akāsī ti karuṇāya[13] vasena olokentaṃ paccekabuddhaṃ rājaputto āha: rañño Kitavāsassāhaṃ putto, kiṃ maṃ bhikkhu karissasī ti?

Pharusassā ti dāruṇassa. Kaṭuko ti aniṭṭho. Yan ti yaṃ vipākaṃ. Samappito ti allīno.

Chaḷ eva caturāsīti vassāni nahutāni cā[14] ti uttāno nippanno caturāsīti vassasahassāni nikujjo vāmapasse[15] dakkhiṇapasse[15] uddhaṃ pādo olambiko yathā ṭhito cā[14] ti evaṃ[16] caturāsīti sahassāni vassāni[17] honti. Tenāha:

Uttāno pi ca paccittha nikujjo vāmadakkhiṇo
uddhaṃ pādo ṭhito c'eva ciraṃ bālo apaccitthā ti.

---

[1] *om.* S₁. S₂. [2] °pathana, S₁. S₂. [3] yaṃ kiñci tassa, B. [4] paṭilābh.°, B. [5] seṭhānaṃ, B. [6] Sunitan, B. [7] uñcho. S₁. S₂. [8] laddhena, S₂; S₁. S₂ *add* ca. [9] tatte, S₁. S₂. [10] cattapari.°, S₁. [11] °taṭhaṃ, B. [12] karakaṭhine, S₁; kiraṇaṭhā.°, B. [13] °ṇāyana, S₁. S₂. [14] 'thā, S₁. S₂. [15] °passena, S₁. S₂. [16] evañ ca. [17] *om.* B.

Tāni pana vassāni yasmā anekāni nahutāni honti tasmā vuttaṃ nahutānī ti.

Bhusaṃ dukkhaṃ nigacchiṭṭho ti ativiyadukkhaṃ pāpuṇi. Pūgānī ti vassasamūhe idha purimagāthāya ca accantasaṃyoge upayogavacanaṃ daṭṭhabbaṃ.

Etādisan ti evarūpaṃ. Kaṭukan ti atidukkhaṃ, bhāvanapuṃsakaniddeso[1] Ekamantaṃ nisīdī ti[2] ādisu viya. Appaduṭṭhapadosinaṃ isiṃ subbutaṃ āsajja āsādetvā pāpakammantā puggalā evarūpaṃ kaṭukaṃ ativiyadukkhaṃ paccantī ti yojanā.

So ti so rājaputtapeto. Tatthā ti niraye. Vedayitvā ti anubhavitvā. Nāmā ti vyattapākaṭabhāvena. Tato cuto ti nirayato cuto. Sesaṃ[3] vuttanayen' eva.

Evaṃ Bhagavā rājaputtapetakathāya tattha sannipatitaṃ mahājanaṃ saṃvejetvā upari saccāni pakāsesi. Saccapariyosāne bahū sotāpattiphalādīni pāpuṇiṃsu.

Rājaputtapetavatthuvaṇṇanā.

IV, 8.

Gūthakūpato uggantvā ti. Idaṃ Satthā[4] Jetavane viharanto[5] ekaṃ gūthakhādakapetaṃ ārabbha kathesi.[6] Sāvatthiyā kira avidūre aññatarasmiṃ gāmake eko kuṭumbiko attano kulupakaṃ bhikkhuṃ uddissa vihāraṃ kāresi. Tattha nānājanapadato bhikkhū āgantvā paṭivasiṃsu. Te disvā manussā pasannacittā paṇītena paccayena[7] upaṭṭhahiṃsu.[8] Kulupako[9] bhikkhu taṃ asahamāno issāpakato hutvā tesaṃ bhikkhūnaṃ dosaṃ vadanto[10] kuṭumbikaṃ ujjhāpesi. Kuṭumbiko te bhikkhū kulupakañ ca paribhavanto paribhāsi. Atha kulupako kālaṃ katvā tasmiṃ yeva vihāre vaccakuṭiyaṃ peto hutvā nibbatti. Kuṭumbiko pana[11] kālaṃ katvā tass' eva upari peto hutvā nibbatti. Ath' āyasmā Mahāmoggallāno taṃ disvā pucchanto

---

[1] °niddoso, S_2; °pumñaṃsakaniddeso, S_1; B. *adds* yaṃ.
[2] *om.* B.
[3] tesaṃ, B. S_2.
[4] Satthari, B.
[5] °te, B.
[6] vuttaṃ, B.
[7] °ye, S_1. S_2.
[8] °sambhariṃsu, B.
[9] kulūpako, S_1 *throughout.*
[10] dosavanto, B.
[11] *om.* S_1. S_2.

Gūthakūpato uggantvā[1] ko nu dīno[2] patiṭṭhasi[3]
nisaṃsayaṃ[4] pāpakammanto kin nu saddahase[5] tuvan' ti 1

gāthaṃ āha. Taṃ sutvā peto

Ahaṃ bhaddan te[6] peto 'mhi duggato Yamalokiko
pāpakammaṃ karitvāna petalokam ito gato ti 2

gāthāya attānaṃ ācikkhi. Atha naṃ thero

Kin nu kāyena vācāya manasā dukkaṭaṃ kataṃ
kissa kammavipākena idaṃ dukkhaṃ nigacchasī ti 3

gāthāya tena katakammaṃ pucchi. So[7] peto[7]

Ahu āvāsiko mayhaṃ issukī kulamaccharī
ajjhosito[8] mayhaṃ ghare kadariyo paribhāsako. 4
Tassāhaṃ vacanaṃ sutvā bhikkhavo paribhāsissaṃ
tassa kammavipākena[9] petalokam ito gato ti 5

dvīhi gāthāhi attanā katakammaṃ kathesi.

Tattha ahu[10] āvāsiko mayhan ti mayhaṃ āvāse mayā katavihāre eko bhikkhu āvāsiko nibaddhavasanako[11] ahosi. Ajjhosito[12] mayhaṃ ghare ti kulupakabhāvena mama gehe taṇhābhinivesena[13] abhiniviṭṭho.

Tassā ti tassa kulupakabhikkhussa. Bhikkhavo ti bhikkhū. Paribhāsissan ti akkosiṃ. Petalokam ito gato ti iminā ākārena[14] petayoniṃ upagato petabhūto.

Taṃ sutvā thero itarassa gatiṃ pucchanto

Amitto mittavaṇṇena yo te āsi kulupako
kāyassa bhedā duppañño kin nu pecca[15] gatiṃ gato ti 6

gāthaṃ āha.

---

[1] upagantvā, S_1. [2] S_1. S_2 *add* 'si.
[3] tiṭṭhasi, S_1. S_2. [4] saṃs.°, S_1. S_2.
[5] saddayase, D.; saddāy.°, C. [6] bhante, M. C.; S_2. B.
[7] *om.* S_1. [8] ajjhesito, C.; B.; ajjhāsito, S_1. S_2.
[9] kammassa vip.°, C. [10] *om.* S_1. S_2.
[11] nibandhanav.°, B.; nibandhav.°, S_1.
[12] ajjesiko, B.; ajjāsiko, S_1. S_2.
[13] °vessase *or* °vesasase, S_1. S_2. [14] pakārena, S_1. S_2.
[15] pacca, M. C. D.; B.

Tattha mittavaṇṇenā ti mittarūpena[1] mittapaṭirūpatāya.[2]

Puna peto therassa tam attham ācikkhanto

Tass' evāhaṃ pāpakammassa[3] sīse tiṭṭhāmi matthake
so ca paravisayaṃ patto mam eva paricārako.[4] 7
Yaṃ bhaddan[5] te hanant' aññe[6] etaṃ me hoti bhojanaṃ
ahañ ca kho yaṃ hanāmi etaṃ so upajīvatī ti 8

gāthādvayam āha.

Tattha tass' evā ti[7] mayhaṃ pubbe kulupakabhikkhubhūtassa petassa. Pāpakammassā[3] ti pāpasamācārassa. Sīse tiṭṭhāmi matthake ti sīse tiṭṭhāmi tiṭṭhanto ca[8] matthake eva tiṭṭhāmi. Na sīsappamāṇe ākāse ti attho. Paravisayaṃ patto ti manussalokaṃ upādāya paravisayabhūtaṃ pettivisayaṃ[9] patto. Mam eva mayhaṃ eva paricāriko ahosī ti vacanaseso.

Yaṃ bhaddan te[10] hanant' aññe[11] ti bhaddante ayya Mahāmoggallāna tassaṃ [illegible] yaṃ[12] aññe[6] ohananti[13] vaccaṃ osajjanti etaṃ[14] me hoti[15] bhojanan ti etaṃ vaccaṃ mayhaṃ divase divase bhojanaṃ hoti. Yaṃ hanāmī ti taṃ pana vaccaṃ khāditvā yaṃ[16] p' ahaṃ[17] vaccaṃ karomi. Etaṃ so upajīvatī ti etaṃ mama vaccaṃ so kulupakapeto divase divase[8] khādanavasena upajīvati attabhāvaṃ yāpetī ti attho. Tesaṃ[18] kuṭumbiko pesale bhikkhū evaṃ[19] 'āhāraparibhogato varaṃ tumhākaṃ gūthakhādanan' ti akkosi, kulupako pana kuṭumbikam pi tathā vacanena[20] samādapetvā sayaṃ tathā akkosi. Ten' assa tato[21] patikuṭṭhatarā[22] jīvikā ahosi[23].

---

[1] °paṭirūpena, B. [2] °kāya, B. [3] °dhammassa, B.
[4] °vārako, S_2; °cāriko, C.; B. [5] bhadan, M.
[6] añño, S_1. S_2. [7] S_1. S_2 *add* tass' eva.
[8] *om.* S_1. S_2. [9] petav.°, S_1. S_2.
[10] bhante, S_1. [11] aññā, S_1. S_2. [12] *om.* B.
[13] ohanti, S_2; uhananti, B. [14] eta, S_1. S_2.
[15] honti, S_1. S_2. [16] *twice*, S_1. S_2.
[17] mayham *l.* p' aham, S_1. S_2.
[18] tesu, S_1. S_2. [19] eva, S_1. S_2. [20] vacane, B.
[21] B. *adds* pi; S_1 na. [22] patikiliṭṭhatarā, S_1. S_2.
[23] [illegible], S_1. S_2.

Āyasmā Mahāmoggallāno taṃ pavuttiṃ Bhagavato ārocesi. Bhagavā taṃ atthaṃ atthuppattiṃ katvā upavāde[1] ādīnavaṃ dassetvā sampattaparisāya dhammaṃ desesi. Sā desanā mahājanassa sātthikā ahosi.[2]

Gūthakhādakapetavatthuvaṇṇanā.

IV, 9.

Gūthakūpato uggantvā ti. Idaṃ Satthari Jetavane viharante aññataraṃ gūthakhādakapetiṃ ārabbha vuttaṃ. Tassa vatthuṃ anantaravatthusadisaṃ. Tattha upāsakena vihāro kārito ti upāsakassa vasena āgataṃ, idha pana upāsikāya ti ayam eva viseso. Sesaṃ vatthusmiṃ gāthāsu ca apubbaṃ natthi.

Gūthakhādakapetavatthuvaṇṇanā.

IV, 10.

Naggā dubbaṇṇarūpā 'thā[3] ti. Idaṃ Satthari Jetavane viharante sambahule pete ārabbha vuttaṃ. Sāvatthiyaṃ kira sambahulā manussā gaṇabhūtā assaddhā appasannā maccheramalapariyuṭṭhitā cittādānādīsu caritavimukhā hutvā ciraṃ jīvitvā[4] kāyassa bhedā nagarasamīpe[5] petayoniyaṃ nibbattiṃsu. Ath' ekadivasaṃ āyasmā Mahāmoggallāno Sāvatthiyaṃ piṇḍāya gacchanto antarāmagge pete disvā

Naggā dubbaṇṇarūpā 'tha kisā dhamanisaṇṭhitā[6]
upphāsulikā[7] kisakā, ke nu tumhe 'tha[8] mārisā ti 1

gāthāya pucchi.

Tattha dubbaṇṇarūpā 'thā ti dubbaṇṇasarīrā hotha. Ke nu tumhe 'thā[9] ti tumhe ke nu nāma bhavatha. Mārisā ti te attano sāruppavasena ālapati. Taṃ sutvā petā

---

[1] apavāde, B. [2] *all MSS. add* ti.
[3] *om.* B. [4] jīvitā, B. [5] nagarassa saṃ.°, B.
[6] °sandhatā, C. D.; B.; °santhatā, B. [7] uppā.°, *all MSS.*
[8] 'ttha, M. C. D.; B. [9] 'tthā, B.

Mayam bhaddan[1] te pet' amhā[2] duggatā Yamalokikā
pāpakammam karitvāna petalokam ito gatā ti 2

gāthāya attano petabhāvam pakāsetvā, puna therena

Kin nu kāyena vācāya manasā dukkaṭam katam
kissa kammavipākena petalokam ito gatā 3

gāthāya katakammam pucchitā

Anāvaṭesu[3] titthesu vicinimh' addhamāsakam
santesu deyyadhammesu dīpam nākamha-m-attano. 4
Nadim upema tasitā, rittakā parivattati
chāyam upema uṇhesu, ātapo parivattati. 5
Aggivaṇṇo ca[4] no[5] vāto[6] dahanto upavāyati
etañ ca bhante arahāma aññañ ca pāpakam tato. 6
Api yojanāni[7] gacchāma[8] chātā[9] āhāragiddhino[10]
aladdhā[11] yeva nivattāma, aho no appapuññatā. 7
Chātā[12] pamucchitā[13] bhantā[14] bhūmiyam paṭisumbhitā
uttānā paṭikirāma avakujjā[15] patāmase. 8
Te ca tatth' eva patitā[16] bhūmiyam paṭisumbhitā
uram sīsañ ca ghaṭṭema,[17] aho[18] no appapuññatā. 9
Etañ ca bhante arahāma aññañ ca pāpakam tato
santesu deyyadhammesu dīpam nākamha-m[19]-attano. 10
Te hi nuna ito gantvā yonim laddhāna mānusim
vadaññū sīlasampannā[20] kāhāma kusalam bahun ti 11

attano katakammam kathesum.

Tattha api yojanāni gacchāmā ti anekāni pi[21] yojanāni[21] gacchāma. Katham?[22] Chātā āhāragiddhino[23]

---

[1] bhadan, M. [2] petā 'mhā, M.; pet' amha, S_2.
[3] anavajjesu, S_1; °jjasu, S_1.
[4] 'va, S_1. S_2. [5] ne, S_1. [6] vahato, S_2.
[7] °nā, S_1. [8] pagacch.°, S_1. [9] sātā, C.; nātā, S_1.
[10] °gedhino, M. C. D.; B. [11] asaddhā, S_1. [12] nātā, S_1.
[13] samucch.°, M. C. D.; B.
[14] bhanto, B. S_2; bhantā, M. C.; bhantvā, D.; bhante, S_1.
[15] avakuḍḍā, S_2.
[16] tattha papatitā, M. C. D.; °papahitā, B.
[17] ghaṭema, S_1. [18] ho, S_1. S_2. [19] °ha, M. C. D.; B.
[20] °sampanno, S_1. S_2. [21] *om.* S_1. S_2. [22] *om.* B.
[23] °gedhino, B.

ti' ciraṃ kālaṃ jigacchāya[1] jigacchitā[2] āhāre giddhā abhijighacchantā hutvā evaṃ gantvā pi kiñci āhāraṃ aladdhā yeva nivattāma. Appapuññatā ti apuññatāya[3] akatakalyāṇatāya.

Uttānā paṭikirāmā ti kadāci uttānā hutvā vikirīyamānaṅgā viya vattāma.[4] Avakujjā patāmase ti kadāci avakujjā hutvā patāma.

Te ti te mayaṃ. Uraṃ sīsañ ca ghaṭṭemā[5] ti avakujjā hutvā[1] patitā uṭṭhātuṃ asakkontā vedanantā[1] vedanappattā attano uraṃ sīsañ ca paṭihaṃsāma[6] yeva. Sesaṃ heṭṭhā vuttanayam eva.

Thero taṃ pavuttiṃ Bhagavato ārocesi. Bhagavā tam atthaṃ atthuppattiṃ katvā sampattaparisāya dhammaṃ desesi. Taṃ sutvā mahājano maccheramalaṃ pahāya dānādīni[7] puññāni karonto ahosi.[8]

Gaṇapetavatthuvaṇṇanā.

IV, 11.

Diṭṭhā tayā nirayā tiracchānayonī ti. Idaṃ Satthari Jetavane viharante aññataraṃ vimānapetaṃ ārabbha vuttaṃ. Sāvatthivāsino[9] kira Pāṭaliputtavāsino ca bahū vāṇijā nāvāya Suvaṇṇabhūmiyaṃ[10] agamaṃsu. Tatth' eko upāsako ābādhiko mātugāme paṭibaddhacitto kālam akāsi. So katakusalo pi devaloke[11] na[1] uppajjitvā[12] itthiyaṃ paṭibaddhacittatāya[13] samuddamajjhe vimānapeto hutvā nibbatti. Tattha[14] so[15] paṭibaddhacitto sā ca itthi Suvaṇṇabhūmiṃ gāminī taṃ[1] nāvaṃ abhiruyha gacchati. Atha kho so peto taṃ itthiṃ gahetukāmo nāvāya[16] gamanaṃ uparundhi. Atha vāṇijā 'kiṃ nu kho kāraṇaṃ, ayaṃ nāvā

---

[1] *om.* B. [2] jigacchatāya, B.; jigacchātā, S_1. S_2.
[3] apaññāya, S_1. S_2; sabbapuññatāya, B.
[4] °mānaṅgapaccaṅgā viya patāma, B. [5] ghaṭemā, S_1. S_2.
[6] paṭipisāma, B.
[7] °dīsu, B., *and continues* caritanirato ahosī ti.
[8] *all MSS. add* ti. [9] S_2 *adds* ca. [10] °bhūmi, B.
[11] °lokaṃ, B. [12] anuppa.°, B. [13] B. *adds* pana.
[14] yattha, S_2; yassaṃ, B., *and adds* pana.
[15] S_1. S_2 *add* pana, S_1 *also* pi. [16] nāvā.°, S_1; nāva.°, S_2.

na gacchatī' ti vīmaṃsantā kālakaṇṇisalākaṃ vicāresuṃ. Amanussiddhiyā yāva tatiyaṃ[1] tassā eva itthiyā pāpuṇi[2] yassaṃ[3] so paṭibaddhacitto. Taṃ disvā vāṇijā veḷukalāpaṃ samudde otāretvā tassa upari taṃ itthiṃ otāresuṃ. Itthiyā otāritamattāya nāvā vegena Suvaṇṇabhūmiyābhimukhā pāyāsi. Amanusso taṃ itthiṃ[4] attano vimānaṃ āropetvā tāya saddhiṃ abhirami. Sā ekaṃ saṃvaccharaṃ atikkamitvā[5] nibbiṇṇarūpā[6] taṃ petaṃ[7] yācantī[8] āha: 'ahaṃ idha vasantī mayhaṃ samparāyikaṃ[9] atthaṃ kātuṃ na labhāmi, sādhu mārisa maṃ Pāṭaliputtam eva nehī' ti. So tāya yācito

Diṭṭhā tayā nirayā tiracchānayonī
petā asurā[10] athā vā pi[11] manussā devā
sayam addasa kammavipākam attano
nessāmi taṃ Pāṭaliputtam akkhataṃ
tattha gantvā kusalaṃ karohi kamman ti 1

gātham āha.

Tattha diṭṭhā tayā nirayā ti[12] ekacce paccekanirayā[13] pi tayā diṭṭhā. Tiracchānayonī ti mahānubhāvā nāga-supaṇṇādi-tiracchānā pi diṭṭhā tayā ti yojanā. Petā ti khuppipāsādibhedā petā. Asurā[14] ti kāḷakañjakabhedā[15] asurā. Devā ti ekacce cātummahārājikā devā. So kira attano ānubhāvena antarantarā[16] taṃ gahetvā paccekanirayādike dassento vicarati. Tena evam āha: Sayam addasa kammavipākam attano ti nirayādike visesato gantvā passanti sayam eva attano katakammānaṃ vipākaṃ paccakkhato addasa addakhi. Nessāmi taṃ Pāṭaliputtam akkhatan ti idānāhaṃ taṃ akkhataṃ, kenaci[17] aparikkhatamanussarūpen' eva Pāṭaliputtaṃ nessāmi, tvaṃ pana tattha gantvā kusalaṃ karohi kammaṃ. Kammavipākassa paccakkhato diṭṭhattā yuttapayuttā[18] puññāni ratā hohi[19] ti attho.

---

[1] tatiyakaṃ, S_1. S_2. [2] pāpuṇiṃsu, B. [3] yassā, S_1. S_2.
[4] B. *adds* disvā. [5] °metvā, B. [6] nibbinda.°, B.
[7] petiṃ, B. [8] S_1 *adds* ti. [9] sāpar.°, B.
[10] asūrā, M. [11] *om.* M.
[12] S_1. S_2 *add* tiracchānayonī ti. [13] °ye, S_1. S_2.
[14] asūrā, B. S_2. [15] °kañjakā, B. [16] antarā, S_1. S_2.
[17] tena pi, S_1. S_2. [18] yuttā ca yutta, S_2. [19] [illegible], B.

Atha sā itthi tassa vacanaṃ sutvā attamanā

Atthakāmo 'si[1] me yakkha hitakāmo 'si devate
karomi tuyhaṃ vacanaṃ tvaṃ 'si[2] ācariyo mama[3]
diṭṭhā mayā nirayā tiracchānayonī
petā asurā[4] atha vā pi[5] manussā devā
sayam addasa[6] kammavipākam attano
kahāmi puññāni anappakānī ti 2

gātham āha. Atha so peto taṃ itthiṃ gahetvā ākāsena[7] gantvā Pāṭaliputtanagarassa majjhe ṭhapetvā pakkāmi. Ath' assā ñātimittādayo[8] taṃ disvā 'mayaṃ pubbe samudde pakkhittā[9] matā[10] ti assumha, sā[11] ayaṃ diṭṭhā vata bho sotthinā āgatā' ti abhinandamānā samāgantvā tassā pavuttiṃ pucchiṃsu. Sā tesaṃ ādito paṭṭhāya attanā diṭṭhaṃ anubhūtañ ca sabbaṃ kathesi. Sāvatthivāsino pi kho te vāṇijā anukkamena Sāvatthiyaṃ[12] upagatā kālena[13] Satthu santikaṃ upasaṅkamitvā vanditvā ekamantaṃ nisinnā taṃ pavuttiṃ Bhagavato ārocesuṃ. Bhagavā tam atthaṃ atthuppattiṃ katvā catunnaṃ parisānaṃ dhammaṃ desesi. Mahājano saṃvegajāto dānādikusaladhammanirato[14] ahosi.[15]

Pāṭaliputtapetavatthuvaṇṇanā.[16]

IV, 12.

Āyañ ca te pokkharaṇī surammā ti. Idaṃ Satthari Sāvatthiyaṃ viharante ambapetaṃ ārabbha vuttaṃ. Sāvatthiyaṃ kira aññataro gahapati parikkhīṇabhogo ahosi. Tassa bhariyā kālam akāsi. Ekā dhītā yeva hoti. So taṃ[17] attano mittassa gehe ṭhapetvā iṇavasena gahitena kahāpaṇasatena bhaṇḍaṃ gahetvā satthena saddhiṃ vāṇijjāya[18] gato na ciren' eva mūlena saha udayabhūtāni pañcakahāpaṇasatāni labhitvā satthena saha paṭinivatti. Antarā-

---

[1] *om.* S₁. [2] asi, C.; S₁. S₂; ca, B. [3] me, S₁. S₂.
[4] asūrā, C. D.; B. [5] *om.*, C. [6] °si, S₁. [7] °se, S₁.
[8] ñātimaccāmittādayo, B. [9] paṭikkhittā, B.
[10] patitā, B. [11] *om.* S₁. [12] °tthiṃ, B.
[13] kāle, S₁. S₂. [14] °kamma°, S₂. [15] B. *adds* ti.
[16] S₁. S₂ *omit* vaṇṇanā. [17] *om.* S₁. S₂.
[18] *nearly always written with one* j.

magge corā pariyuṭṭhāya sattham pāpuṇiṃsu. Satthakā ito c'ito ca palāyiṃsu. So pana gahapati aññatarasmim gacche kahāpaṇe nikkhipitvā[1] avidūre nilīyi. Corā taṃ gahetvā jīvitā voropesuṃ. So dhanalobhena tatth' eva peto hutvā nibbatti. Vāṇijā Sāvatthim gantvā tassa dhītuyā taṃ pavuttiṃ ārocesuṃ. Sā pitu maraṇena ājīvikabhayena ca ativiyasañjātadomanassā[2] bāḷhaṃ paridevi. Atha naṃ so pitu sahāyo kuṭumbiko 'yathā nāma kulālabhājanaṃ[3] sabbaṃ bhedanapariyantaṃ evam eva sattānaṃ jīvitaṃ bhedanapariyantaṃ, maraṇaṃ nāma sabbasādhāraṇam appaṭikārañ ca, tasmā mā tvaṃ pitari[4] atibāḷhaṃ soci mā paridevi, ahan te pitā tvaṃ mayhaṃ dhītā, ahaṃ tava[5] pitu[6] kiccaṃ karomi, tvaṃ pituno[7] gehe viya imasmiṃ gehe avimanā abhiramassū'[8] ti vatvā samassāsesi. Sā tassa vacanena paṭipassaddhasokā pitari viya tasmiṃ[9] sañjātagāravabahumānā attano kapaṇabhāvena tassa veyyāvaccakarī hutvā vattamānā pitaraṃ[10] uddissa matakiccaṃ kātukāmā yāguṃ pacitvā manosilāvaṇṇāni suparipakkāni madhurāni ambaphalāni kaṃsapātiyaṃ ṭhapetvā[11] yāguṃ ambaphalāni ca dāsī gāhāpetvā vihāraṃ gantvā Satthāraṃ vanditvā evam āha: 'Bhagavā mayhaṃ dakkhiṇāya paṭiggahaṇena anuggahaṃ karothā' ti. Satthā mahākaruṇāya sañcoditamānaso tassā manorathaṃ pūrento nisajjākāraṃ dassesi. Sā haṭṭhatuṭṭhā paññattapavarabuddhāsanaṃ[12] attanā[13] upanītaṃ sucisuddhavatthaṃ attharitvā[14] adāsi. Nisīdi Bhagavā paññatte āsane. Atha sā Bhagavato yāguṃ upanāmesi.[15] Paṭiggahesi[16] Bhagavā yāguṃ. Atha saṅghaṃ uddissa bhikkhūnam pi yāguṃ adāsi.[17] Yāguṃ[17] datvā puna[18] dhotahatthā ambaphalāni Bhagavato upanāmesi. Bhagavā tāni paribhuñji. Sā[19] Bhagavantaṃ vanditvā

---

[1] nikkhitvā, S_2; nikkhamitvā, S_1. [2] °somanassā, S_2.
[3] kuṭalā.°, B. [4] dhītaro, S_2; °tare, S_1. [5] vata, S_2. B.
[6] dhītu, B. [7] pi, S_1. S_2.
[8] °ramassa, S_1. S_2; °rammasu, B. [9] imasmiṃ, B.
[10] °tarī, S_1. S_2. [11] vaḍḍhetvā, S_1. S_2. [12] °sane, S_1. S_2.
[13] attano, S_1. S_2. [14] °retvā, B. [15] upanesi, B.
[16] paggahesi, S_1. S_2. [17] *om.* B. [18] pana, S_1. S_2.
[19] *om.* S_2.

evam āha: 'ayaṃ me bhante paccattharaṇayāgu-ambaphaladānavasena pavattā dakkhiṇā, sā me pitu pāpuṇātū'[1] ti. Bhagavā evaṃ hotū ti vatvā anumodanaṃ akāsi. Sā Bhagavantaṃ vanditvā padakkhiṇaṃ katvā pakkāmi. Tāya dakkhiṇāya samuddiṭṭhamattāya so peto ambavanuyyānavimānakapparukkhapokkharaṇiyo mahatiñ ca dibbasampattiṃ paṭilabhi.[2] Atha te vāṇijā aparena samayena vāṇijjāya gacchantā tam eva maggaṃ paṭipannā pubbe vasitaṭṭhāne ekarattiyaṃ[3] vāsaṃ kappesuṃ. Te disvā so vimānapeto uyyānavimānādīhi saddhiṃ tesaṃ attānaṃ dassesi. Te vāṇijā taṃ disvā tena laddhasampattiṃ pucchantā

> Ayañ ca te pokkharaṇī suramma
> samā sutitthā[4] ca mahodakā ca
> sampupphitā bhamaragaṇānukiṇṇā
> kathaṃ tayā laddhā ayaṃ manuññā? 1
> Idañ ca te ambavanaṃ surammaṃ
> sabbotukaṃ dhārayati phalāni
> sampupphitaṃ[5] bhamaragaṇānukiṇṇaṃ
> kathaṃ tayā laddham idaṃ vimānan ti 2

imā dve gāthā avocuṃ.

Tattha suramma ti suṭṭhu ramaṇīyā. Samā ti samatalā. Sutitthā[6] ti ratanamayasopānatāya sundaratitthā. Mahodakā ti bahujalā.

Sabbotukan ti pupphūpagaphalūpagarukkhādīhi[7] sabbesu utūsu sukkhāvahaṃ. Tenāha: dhārayati phalānī ti. Supupphitan[8] ti niccaṃ pupphitaṃ.[9]

Taṃ sutvā peto pokkharaṇī-ādīnaṃ paṭilābhakāraṇaṃ ācikkhanto

> Ambapakkodakaṃ[10] yāguṃ sītacchāyā manoramā
> dhītāya dinnadānena tena me idha labbhatī ti 3

gāthaṃ āha.

---

[1] paṇātū, S_1. S_2. [2] °labhati, B. S_2. [3] °ratti, S_1. S_2.
[4] °suppatitthā, S_1. S_2. B. [5] sup.°, S_1. S_2.
[6] suppatitthā, S_1. S_2. [7] °jagajalādīhi, S_1. S_2.
[8] *so here* S_1. S_2. B. [9] supupphitam, S_1. S_2.
[10] °pakkudakaṃ, D.; B.; °paggu.°, C.; °pakkaṃ dakaṃ, M.

Tattha tena me idha labbhatī ti yaṃ taṃ Bhagavato bhikkhūnañ ca ambapakkaṃ udakaṃ yāguñ ca mama[1] uddissa dentiyā mayhaṃ dhītāya dinnadānaṃ. Tena dhītāya dinnadānena idha imasmiṃ dibbe ambavane sabbotukaṃ ambapakkaṃ imissā dibbāya manuññāya pokkharaṇiyā dibbaṃ udakaṃ yāguyā attharaṇassa ca dānena uyyānavimānakapparukkhādīsu sītacchāyā manoramā idha labbhatī sijjhatī[2] ti attho.

Evañ ca pana vatvā so[3] peto te vāṇije netvā tāni pañca kahāpaṇasatāni dassetvā 'ito upaḍḍhaṃ tumhe gaṇhetha[4] upaḍḍhaṃ ca[5] mayā gahitaṃ iṇaṃ sodhetvā sukhena jīvatū ti mayhaṃ dhītāya dethā' ti āha. Vāṇijā anukkamena Sāvatthiṃ patvā tassa dhītāya kathetvā tena attano dinnabhāgaṃ pi tassā eva adaṃsu. Sā kahāpaṇasataṃ dhanikānaṃ[6] datvā itaraṃ attano pitu sahāyassa datvā[3] sayaṃ veyyāvaccaṃ karontī tassa kuṭumbikassa niyādesi. So[3] 'idaṃ sabbaṃ tuyhaṃ yeva hotū' ti[7] tassā yeva paṭidatvā taṃ attano jeṭṭhaputtassa gharasāminiṃ akāsi. Sā gacchante kāle ekaṃ puttaṃ labhitvā taṃ upalāpentī[8]

Sandiṭṭhikaṃ[9] eva[10] passatha dānassa
damassa saṃyamassa vipākaṃ
dāsī ahaṃ[11] ayyakulesu hutvā
suṇisā homi agārassa issarā ti 4

imaṃ gāthaṃ vadati.

Ath' ekadivasaṃ Satthā tassā ñāṇaparipākaṃ[12] oloketvā obhāsaṃ pharitvā sammukhe ṭhito viya attānaṃ dassetvā

Asātaṃ sātarūpena piyarūpena appiyaṃ
dukkhaṃ sukhassa rūpena pamattaṃ[13] ativattatī ti[14]

imaṃ gāthaṃ āha. Gāthāpariyosāne sā[3] sotāpattiphale patiṭṭhitā[15] dutiyadivase buddhapamukhassa bhikkhusaṅ-

---

[1] mamaṃ, S_1; mamañ ca, S_2. [2] samijjhatī, B.
[3] *om.* B. [4] gaṇhātha, S_1; gaṇhatha, B.
[5] *om.* S_1. S_2. [6] iṇakaraṇaṃ, S_1. S_2. [7] B. *adds* so taṃ.
[8] uddhārenti, B. [9] sandiṭṭha.°, C. D.; S_1. S_2; M. O. D., B. *add* kammaṃ. [10] evaṃ, D.; B. S_1. [11] C. D., S_1. S_2 *add* ca.
[12] bhaṇa.°, B. [13] samatta, S_1; S_2 *is here curtailed.*
[14] *this verse, missing in* M. O. D., *does not form part of the* P. V. [15] S_1. S_2 *add* sā.

ghassa dānaṃ datvā taṃ pavuttiṃ Bhagavato ārocesi. Bhagavā tam atthaṃ atthuppattiṃ katvā sampattaparisāya dhammaṃ desesi. Sā desanā mahājanassa sātthikā ahosi.[1]

Ambapetavatthuvaṇṇanā.

IV, 13.

Yaṃ dadāti na taṃ hotī ti. Idaṃ[2] Akkhadāyikapetavatthuṃ. Tassa kā uppatti?[3] Bhagavati Sāvatthiyaṃ viharante aññataro Sāvatthivāsi-upāsako sakaṭehi bhaṇḍassa pūretvā vāṇijjāya Videhaṃ gantvā tattha attano bhaṇḍaṃ vikkiṇitvā paṭibhaṇḍaṃ sakaṭesu āropetvā Sāvatthiṃ uddissa maggaṃ paṭipajji. Tassa maggaṃ gacchantassa aṭaviyaṃ ekassa sakaṭassa akkho bhañji.[4] Atha aññataro puriso rukkhagahaṇatthaṃ[5] kuṭhāripharasuṃ gāhāpetvā attano gāmato nikkhamitvā araññe vicaranto taṃ ṭhānaṃ patvā taṃ upāsakaṃ akkhabhañjanena domanassapattaṃ disvā 'ayaṃ vāṇijo akkhabhañjanena aṭaviyaṃ kilamatī' ti anukampaṃ upādāya rukkhaṃ chinditvā daḷhaṃ akkhaṃ katvā sakaṭe yojetvā adāsi. So pana[2] aparena samayena kālaṃ katvā tasmiṃ yeva aṭavipadese bhummadevatā hutvā nibbatti. So attano kammaṃ paccavekkhitvā rattiyaṃ tassa upāsakassa gehaṃ gantvā gehadvāre ṭhatvā

Yaṃ dadāti na taṃ hotī deth' eva dānaṃ
datvā ubhayaṃ[6] tarati[6] ubhayaṃ tena[7] gacchati
jāgaratha mā pamajjathā ti

gāthaṃ āha.

Tattha yaṃ dadāti na taṃ hotī ti yaṃ deyyadhammaṃ dāyako deti na taṃ devaloke[8] tassa dānassa phalabhāvo[9] hoti, atha kho aññaṃ bahuṃ iṭṭhaṃ kantaṃ phalaṃ hoti yeva. Tasmā deth' eva dānan ti yathā[10] dānaṃ detha eva. Tattha kāraṇam āha: datvā ubhayaṃ taratī

---

[1] *all MSS. add* ti. [2] *om.* S_1. S_2.
[3] kā tassa upp.°, B. [4] bhaji, S_2; bhijji, B.
[5] °gaṇanatthaṃ, S_1; °gaṇanaṇatthaṃ, S_2.
[6] *om.* S_1; C. *puts* dānaṃ *after* tarati.
[7] S_1. S_2 *add* dānena. [8] devaparaloke, S_1. S_2.
[9] °bhāvena, S_1. S_2. [10] S_2 *adds* tathā.

ti dānaṃ datvā diṭṭhadhammikaṃ pi samparāyikaṃ pi[1] dukkhaṃ anatthañ ca atikkamati. Ubhayaṃ tena gacchatī ti diṭṭhadhammikaṃ samparāyikañ cā ti ubhayam pi sukhaṃ tena dānena upagacchati pāpuṇāti. Attano paresañ ca hitasukhavasenā ti[2] ayam attho yojetabbo. Jāgaratha mā pamajjathā ti evaṃ ubhayānatthanivāraṇam ubhayahitasādhanaṃ dānaṃ[3] sampādetuṃ jāgaratha dānupakaraṇā nisajjetvā tattha ca[3] appamattā hothā ti attho. Ādaradassanatthañ[4] c'ettha āmeṇḍitavasena vuttaṃ.

Vāṇijo attano kiccaṃ tīretvā paṭinivattitvā[5] anukkamena Sāvatthiṃ patvā dutiyadivase Satthāraṃ upasaṅkamitvā vanditvā ekamantaṃ nisinno taṃ pavuttiṃ Bhagavato ārocesi. Satthā tam atthaṃ atthuppattiṃ katvā sampattaparisāya dhammaṃ desesi. Sā desanā mahājanassa sātthikā ahosi.[6]

Akkharukkhapetavatthuvaṇṇanā.

IV, 14.

Mayaṃ bhoge saṃharimhā ti. Idaṃ Bhogasaṃharaṇapetavatthuṃ. Tassa kā[1] uppatti? Bhagavati Veḷuvane viharante Rājagahe kira catasso itthiyo mānakūṭādivasena sappimadhuteladhaññādīhi vohāraṃ katvā ayoniso bhoge saṃharitvā jīvantiyo kāyassa bhedā parammaraṇā[7] bahinagare parikhāpiṭṭhe[8] petiyo hutvā nibhattiṃsu. Ta rattiyaṃ dukkhābhibhūtā

Mayaṃ bhoge saṃharimha samena visamena ca
te aññe[9] paribhuñjanti mayaṃ dukkhassa bhāginī ti

vippalapantiyo bheravena mahāsaddena vicariṃsu. Manussā taṃ sutvā bhītatasitā vibhātāya rattiyā buddhapamukhassa bhikkhusaṅghassa mahādānaṃ sajjetvā Satthāraṃ bhikkhusaṅghañ ca nimantetvā paṇītena khādaniyena paṇītena[3] bhojaniyena parivisitvā Bhagavantaṃ bhuttāviṃ oṇītapattapāṇiṃ upanisīditvā taṃ pavuttiṃ pavedesuṃ[10]. Bhagavā 'upāsakā[11]

[1] *om.* S₁. [2] pi, S₁. S₂. [3] *om.* S₁. S₂.
[4] attano āda.°, B. [5] °vatto, B. [6] *all MSS. add* ti.
[7] *om.* B. [8] piṭṭhe, S₁. S₂; parikkhātatire, B.
[9] aññā, S₁. S₂. [10] ni.°, B. [11] B. *adds* na.

tena vo[1] saddena koci antarāyo natthi,[1] catasso pana petiyo dukkhābhibhūtā attanā dukkaṭakammaṃ kathetvā paridevanavasena[2] vissarena viravantiyo

Mayaṃ bhoge — as above

imaṃ gāthaṃ āhaṃsū ti avoca.

Tattha bhoge ti paribhuñjitabbatthena bhogā ti laddhanāmo[3] vatthābharaṇādike vittūpakaraṇavisese. Saṃharimhā ti maccheramalena pariyādinnacittā kassaci kiñci adatvā sañcinimha. Samena visamena cā ti ñāyena ca[4] aññāyena ca[4] ñāyapaṭirūpakena[5] vā aññāyena.[1] Te bhoge amhehi saṃharite idāni aññe paribhuñjanti. Mayaṃ dukkhassa bhāginī ti[4] mayaṃ pana kassaci[6] sucaritassa akatattā duccaritassa ca katattā[7] etarahi petayonipariyāpannassa mahato dukkhassa bhāginiyo bhavāma. Mahādukkhaṃ anubhavāmā ti attho.

Evaṃ Bhagavā tāhi petīhi vuttaṃ gāthaṃ vatvā tāsaṃ[8] pavuttiṃ kathetvā taṃ atthuppattiṃ katvā sampattaparisāya dhammaṃ desetvā upari saccāni pakāsesi. Saccapariyosāne bahū sotāpattiphalādīni pāpuṇiṃsu.[9]

Bhogasaṃharapetavatthuvaṇṇanā.[10]

IV, 15.

Saṭṭhivassasahassānī ti. Idaṃ Seṭṭhiputtapetavatthuṃ. Tassa kā uppatti? Bhagavā Sāvatthiyaṃ viharati Jetavane. Tena kho pana samayena rājā[11] Pasenadikosalo alaṅkatapaṭiyatto hatthikkhandhavaragato mahatiyā rājiddhiyā mahantena rājānubhāvena nagaraṃ anusañcaranto aññatarasmiṃ gehe uparipāsāde vātapānaṃ vivaritvā taṃ rājabhūtiṃ olokentā rūpasampattiyā devaccharāpaṭibhāgaṃ ekaṃ itthiṃ disvā adiṭṭhapubbe ārammaṇe sahasā samuppannena kilesasamudācārena pariyuṭṭhitacitto sati[12]

---

[1] *om.* B. [2] S_1. S_2 *add* saddena vilapantiyo. [3] °nāmena, S_2. [4] *om.* S_1. S_2. [5] paññāpaṭi.°, S_1. S_2. [6] B. *adds* pi. [7] pakatattā, B. [8] taṃ, S_1. S_2. [9] *all MSS. add* ti. [10] °saṃhāraṇa.°, B. [11] B. *puts* rājā *after* Kosalo. [12] B. *adds* pi.

kularūpācārādiguṇavisesasampanne[1] antepurajane, sabhāvalahukassa pana duddamassa[2] cittassa vasena tassaṃ[3] itthiyaṃ paṭibaddhamānaso hutvā paccāsanne nisinnassa purisassa saññaṃ datvā sabbaṃ Ambasakkharapetavatthumhi āgatanayen' eva veditabbaṃ. Ayaṃ pana viseso. Idha[4] puriso[5] suriye anatthaṃgate yeva āgantvā nagaradvāre thakite attanā ānītaṃ aruṇavaṇṇamattikaṃ[6] uppalāni ca[7] nagaradvārakavāṭe laggitvā[8] nipajjituṃ Jetavanaṃ āgamāsi[9]. Rājā pana sirisayane vāsūpagato majjhimayāme[10] sa[11] iti[12] na[13] iti du[14] iti so iti ca imāni cattāri akkharāni mahatā kaṇṭhena uccāritāni viya[7] vissaravasena assosi. Tāni pi[5] kira atīte kāle Sāvatthivāsīhi catūhi seṭṭhiputtehi bhogamadamattehi[15] yobbanakāle paradārikakammavasena bahuṃ apuññaṃ pasavitvā[16] aparabhāge kālaṃ katvā tass' eva nagarassa samīpe Lohakumbhiyaṃ nibbattitvā paccamānehi Lohakumbhiyā Mukhavaṭṭiṃ patvā ekekā gāthā vattukāmā[17] [illegible] te taṃ[7] paṭhamaṃ akkharaṃ eva vatvā [illegible] Lohakumbhiyaṃ [illegible]. Rājā pana taṃ[7] saddaṃ [illegible] bhītatasito[18] saṃviggo[19] lomahaṃsajāto[20] taṃ rattāvasesaṃ [illegible] vītināmetvā vibhātāya rattiyā purohitaṃ pakkosāpetvā taṃ pavuttiṃ kathesi. Purohito rājānaṃ bhītatasitaṃ ñatvā lābhagiddho uppanno 'kho ayaṃ mayhaṃ brāhmaṇānañ ca lābhūpāyo'[21] ti cintetvā 'mahārāja mahā vatāyaṃ upaddavo uppanno sabbacatukkaṃ yaññaṃ yajāhī' ti āha. Rājā tassa vacanaṃ[22] sutvā amacce āṇāpesi 'sabbacatukkayaññassa upakaraṇāni sajjethā' ti. Taṃ sutvā Mallikā devī rājānaṃ evaṃ āha: 'kasmā mahārāja brāhmaṇassa vacanaṃ sutvā anekapāṇavadhahiṃsanakiccaṃ kātukāmo 'si, nanu sabbattha appaṭihatañāṇacāro Bhagavā pucchitabbo

[1] kulasīlarūpacāturiyādi.°, B. [2] duṭṭhamassa, S_1.
[3] tassa, S_1; *om.* S_2. [4] tañ ca, S_2; ta ca, S_1.
[5] *om.* B. [6] aruṇavanta.°, S_2; aruṇamatt.°, B.
[7] *om.* S_1. S_2. [8] laggetvā, B.
[9] agam.°, B. S_2. [10] pacchima.°, B. [11] du, B.
[12] B. *adds* vā. [13] sa, B.; S_1 *repeats* na iti. [14] na, B.
[15] *om.* S_2. [16] °vetvā, B. [17] vuttaṃ, S_1. S_2.
[18] bhīto, S_1; dhammābhīto, S_2. [19] °veggo, B.
[20] lomahaṭṭho.°, B. [21] lābhuppādanupāyo, B. [22] vacanaṃ, B.

yathā ca te Bhagavā vyākarissati tathā paṭipajjitabban' ti? Rājā tassā vacanaṃ sutvā Satthu santikaṃ gantvā taṃ pavuttiṃ Bhagavato ārocesi. Bhagavā 'na mahārāja tato nidānaṃ tuyhaṃ koci antarāyo' ti vatvā ādito paṭṭhāya tesaṃ Lohakumbhiniraye nibbattasattānaṃ pavuttiṃ kathetvā tehi paccekaṃ uccāretuṃ āraddhagāthāyo[1]

Saṭṭhivassasahassāni paripuṇṇāni sabbaso
nirayo paccamānānaṃ kadā anto bhavissati? 1
Natthi anto kuto anto[2] na anto paṭidissati
tathā hi pakataṃ pāpaṃ[3] tuyhaṃ mayhañ ca mārisa. 2
Dujjīvitaṃ ajīvamha[4] ye[5] sante[5] na dadamhase
santesu deyyadhammesu dīpaṃ nākamha attano. 3
So hi[6] nuna ito gantvā yoniṃ laddhāna mānusiṃ
vadaññū sīlasampanno kāhāmi kusalaṃ bahun ti 4

paripuṇṇaṃ[7] katvā[7] kathesi.[7]

Tattha saṭṭhivassasahassānī ti vassānaṃ[7] saṭṭhivassāni sahassāni tasmiṃ kira Lohakumbhiniraye nibbattasatto adho gacchanto[8] tiṃsāya vassasahassehi heṭṭhimatalaṃ pāpuṇāti, tato uddhaṃ gacchanto[9] pi tiṃsāya eva vassasahassehi Mukhavaṭṭippadesaṃ pāpuṇāti. Tāya saññāya so Saṭṭhivassasahassāni paripuṇṇāni sabbaso ti gāthaṃ vattukāmo sa iti vatvā adhimattavedanāpatto[10] hutvā adho mukho pati. Bhagavā pana taṃ rañño paripuṇṇaṃ katvā kathesi. Esa nayo sesagāthāsu pi. Tattha kadā anto bhavissatī ti Lohakumbhiniraye paccamānānaṃ amhākaṃ kadā nu kho imassa dukkhassa anto pariyosānaṃ bhavissati.

Tathā hī ti yathā tuyhaṃ[11] mayhañ ca imassa dukkhassa natthi anto na anto[7] paṭidissati tathā tena pakārena pāpakaṃ kammaṃ pakataṃ tayā mayā cā ti vibhattipariṇāmetvā vattabbaṃ.

Dujjīvitan ti viññūhi garahitabbaṃ jīvitaṃ. Ye sante[12] ti ye mayaṃ[13] sante vijjamāne deyyadhamme. Na dadam-

[1] araddha.°, B.; aladdha.°, S_1. S_2. [2] attho, S_1. [3] S_1. S_2 *add* mama. [4] jīvamha, C. [5] yesaṃ no, M. C. D.; B. [6] 'haṃ, C. D.; B. [7] *om.* S_1. S_2. [8] ogacch.°, B. S_1. [9] uggacch.°, S_1. S_2. [10] atimatta.°, S_2. [11] S_1. S_2 *add* ca. [12] yesaṃ te, S_1. S_2; yesaṃ no, B. [13] mayhaṃ, B. S_2.

hase ti na adamha. Vuttam evattham pākaṭataram[1] kātum Santesu deyyadhammesu dīpam nākamha attano ti vuttam. So[2] ti so aham. Nunā ti vuttaparivitakke[3] nipāto. Ito ti imamhā[4] Lohakumbhinirayā. Gantvā ti apagantvā. Yonim laddhāna mānusin ti yonim manussatthabhāvam labhitvā. Vadaññū ti pariccāgasīlo[5] vā[6] yācakānam vā vadaññū. Sīlasampanno ti[7] sīlācārasampanno.[7] Kāhāmi kusalam bahun ti pubbe viya pamādam anāpajjitvā bahum pahūtam kusalam puññakammam karissāmi upacinissāmī ti attho.

Satthā imā gāthāyo vatvā[8] vitthārena dhammam desesi. Desanāpariyosāne mattikārattuppalahārako[9] puriso sotāpattiphale patiṭṭhāhi. Rājā sañjātasamvego paraparigghahe abhijjham pahāya sadārasantuṭṭho ahosi.[10]

Seṭṭhiputtapetavatthuvaṇṇanā.

IV, 16.*)

Kim nu ummattarūpo cā ti. Idam Satthari Veḷuvane viharante aññataram petam ārabbha vuttam. Atīte kira Bārāṇasinagare aññataro[6] kira[6] pīṭhasappī sālittakasippe kusalo tathā hi[11] sakkharakhipanasippe nipphattim gato nagaradvāre nigrodharukkhamūle nisīditvā sakkharappahārehi hatthi-assarathamanussakūṭāgāradhajapuṇṇaghaṭādirūpāni[12] nigrodhapattesu dasseti. Nagaradārakā attano [illegible] māsakaddhamāsakādīni datvā yathā rucim[13] tāni sippāni kārāyanti.[14] Ath' ekadivasam Bārāṇasirājā nagarato nikkhamitvā[15] tam nigrodhamūlam upagato nigrodhapattesu hatthirūpādivasena[16] nānāvidharūpavibhattiyo anappakā[17] disvā manusse pucchi: 'kena nu kho imesu nigrodhapattesu evam nānāvidharūpavibhattiyo katā' ti? Manussā tam pīṭhasappim dassesum: 'deva iminā katā'

---

[1] pākaṭam, S_1. S_2. [2] so 'ham, B. [3] pari.°, B.
[4] asmā, B. [5] cāgaparicāgasīlo, B. [6] *om.* B.
[7] *om.* S_1. [8] *om.* S_1. S_2. [9] mattikuppala.°, B.
[10] *all MSS. add* ti. [11] tahi, B. [12] rūpā, B.
[13] cittam, B. [14] kārāpenti, B. [15] °metvā, B.
[16] S_2 *adds* nānāvidharūpādivasena. [17] appatitā, B.
*) cp. Jāt. vol. I, p. 418 sqq.

ti. Rājā taṃ pakkositvā[1] evaṃ āha: 'sakkā nu kho bhaṇe mayā dassitassa ekassa purisassa kathentassa ajānantass' eva kucchiyaṃ ajalaṇḍikāhi[2] pūretun' ti? 'Sakkā devā' ti. Rājā taṃ attano rājabhavanaṃ netvā bahubhāṇike purohite nibbiṇṇarūpo[3] purohitaṃ pakkosāpetvā tena saha vivitte okāse sāṇipākāraparikkhitte nisīditvā mantayamāno pīṭhasappiṃ pakkosāpesi. Pīṭhasappī nāḷimattā ajalaṇḍikā ādāya āgantvā[4] rañño ākāraṃ ñatvā purohitābhimukho nisinno tena mukhe[5] vivaṭe[6] sāṇipākāravivarena[7] ek' ekaṃ[8] ajalaṇḍikaṃ tassa galamūle patiṭṭhapesi. So lajjāya uggilituṃ asakkonto sabbā[9] ajjhohari.[10] Atha naṃ rājā ajalaṇḍikāhi pūritodaraṃ[11] vissajji 'gaccha brāhmaṇa, laddhaṃ[12] tayā bahubhāṇitāya[13] phalaṃ, madanaphalaṃ piyaṅgupattādīhi abhisaṅkhataṃ pānakaṃ[14] pivitvā ucchaḍḍehi, evaṃ te sotthi bhavissatī' ti tassa ca pīṭhasappissa tena kammena attamano hutvā cuddasa gāme adāsi. So gāme labhitvā attānaṃ sukhento pīṇento parijanaṃ[12] pi[12] sukhento[12] pīṇento[12] samaṇabrāhmaṇādīnaṃ[15] atthikānaṃ[16] yathā rahaṃ kiñci[16] dento diṭṭhadhammikaṃ samparāyikañ ca atthaṃ gāhāpento sukhena[17] jīvati attano santikaṃ upagatānaṃ sippaṃ sikkhantānaṃ bhattavetanaṃ deti. Ath' eko puriso tassa santikaṃ upagantvā evaṃ āha: 'sādhu ācariya mamaṃ[18] pi etaṃ[19] sippaṃ sikkhāpehi, mayhaṃ pana alaṃ bhattavetanenā' ti. So taṃ purisaṃ taṃ[20] sippaṃ[20] sikkhāpesi.[21] So[22] sikkhitasippo sippaṃ[20] vīmaṃsitukāmo gantvā[23] Gaṅgātīre nisinnassa[23] Sunettassa nāma[20] paccekabuddhassa sakkharābhighātena[24] sīsaṃ bhindi. Paccekabuddho tatth' eva Gaṅgāya[25] tīre parinibbāyi.

---

[1] °sāpetvā, B. [2] °kehi, S_1. S_2; ajalenḍukā paripūretun, B.
[3] nibbinda.°, B. [4] gantvā, B. [5] mukhena, B.
[6] *twice*, B. [7] °vatena, S_1. [8] ekaṃ, S_1. S_2.
[9] B. *adds* ca. [10] S_2 *adds* ti. [11] purāyo.°, S_1. S_2.
[12] *om.* S_2. [13] bahubhāni, S_2.
[14] ati.°, B. [15] S_2 *has* °brāhmaṇādiṭṭhidhammikaṃ samparāyikañ ca, *and omits the rest.*
[16] *om.* S_1. [17] sukhen' eva, B. [18] maṃ, B.
[19] ekaṃ, S_1. S_2. [20] *om.* S_1. S_2. [21] °petvā, B. [22] *om.* B.
[23] °tīrena gacchantassa, B. [24] °ravighāvena, S_1. S_2.
[25] Gaṅgā.°, B.

Manussā taṃ pavuttiṃ sutvā[1] taṃ purisaṃ tatth' eva leḍḍudaṇḍādīhi paharitvā jīvitā voropesuṃ. So kālaṃ kato Avīcimahāniraye nibbattitvā[2] bahūni vassasahassāni niraye paccitvā tass' eva kammassa vipākāvasesena imasmiṃ buddhuppāde Rājagahanagarassa avidūre peto hutvā nibbatti. Tassa[3] kammassa[4] sarikkhakena vipākena bhavitabbaṃ kammavegukkhittāni pubbaṇhasamayaṃ majjhantikasamayaṃ sāyaṇhasamayañ ca saṭṭhi ayokūṭasahassāni matthake nipatanti. So chinnabhinnasīso adhimattavedanāpatto bhūmiyaṃ patati.[5] Ayokūṭesu pana apagatamattesu paṭipākatikasiro[6] tiṭṭhati. Ath' ekadivasaṃ āyasmā Mahāmoggallāno Gijjhakūṭā[7] otaranto taṃ disvā

Kin nu ummattarūpo va migo bhanto va dhāvasi[8]
nisaṃsayaṃ pāpakammaṃ[9] kin nu saddahase[10] tuvan ti 1

imāya gāthāya paṭipucchi.

Tattha ummattarūpo vā ti ummattasabhāvo[11] viya ummādappatto viya. Migo bhanto va dhāvasī ti bhantamigo viya ito c'ito ca[3] dhāvasi. So hi tesu ayokūṭesu nipatantesu[12] parittānaṃ[13] apassanto[14] 'siyā nu kho evaṃ pahāro'[15] ti ito pi etto pi palāyati. Te pana kammavegukkhittā yattha katthaci ṭhitassa[16] matthake yeva upari[3] patanti.[17] Kin nu saddayase[18] tuvan ti kin nu kho tuvaṃ saddaṃ karosi ativiyavissaraṃ karonto vicarasi.[19] Taṃ sutvā peto

Ahaṃ bhaddan te[20] peto 'mhi duggato Yamalokiko
pāpakammaṃ karitvāna petalokaṃ ito gato. 2

---

[1] disvā, B. [2] °ttetvā, B. [3] *om.* B. [4] kamma, B.
[5] nipati, B. [6] °sariro, B.; °dhiro, S1. [7] °kuṭapabbatā, B.
[8] dhāsi, S1. [9] °kammanto, M. C. D.; B.
[10] saddāyase, M. C.; S1; saddayase, S2. B.
[11] ummattakassa bhāvo, B.
[12] nipatentesu, B.; nipattantesu, S1; nipātt.°, S2.
[13] caritānaṃ, S2; caritānānaṃ, S1. [14] appasanto, S2.
[15] parihāro, B. [16] B. *adds* pi tassa.
[17] nipatanti, B. [18] saddāy.°, S1. [19] dhāvasi, B.
[20] bhādan te, M.; bhante, C.

Saṭṭhikūṭasahassāni paripuṇṇāni sabbaso
sīse mayhaṃ nipatanti te bhindanti ca matthakan ti 3

dvīhi gāthāhi paṭivacanaṃ adāsi.

Tattha saṭṭhikūṭasahassānī ti[1] saṭṭhimattāni[1] ayokūṭasahassāni.[2] Paripuṇṇānī ti anūnāni. Sabbaso ti[2] sabbabhāgato. Tassa kira saṭṭhiyā ayokūṭasahassānaṃ patanappahonakaṃ mahantaṃ pabbatakūṭappamāṇaṃ sīsaṃ nibbattati. Taṃ tassa bālakoṭimattaṃ[3] pi ṭhānaṃ asesetvā tāni kūṭāni patantāni[4] matthakaṃ bhindanti. Tena so aṭṭassaraṃ karoti. Tena vuttaṃ: sabbaso sīse mayhaṃ nipatanti te bhindanti ca matthakan ti.

Atha nam thero katakammaṃ pucchanto

Kin nu kāyena — II, 1, 3 (*see* p. 68) 4
Saṭṭhikūṭasahassāni — v. 3[5] 5

dve gāthā abhāsi. Tassa peto attanā katakammaṃ ācikkhanto

Ath' addusāsiṃ sambuddhaṃ Sunettaṃ bhāvitindriyaṃ
nisinnaṃ rukkhamūlasmiṃ jhāyantaṃ akutobhayaṃ. 6
Sālittakappahārena[6] bhindissan tassa 'matthakaṃ'
tassa kammavipākena idaṃ dukkhaṃ nigacchissaṃ.[7] 7
Saṭṭhikūṭasahassāni — v. 3 8

tisso gāthāyo abhāsi.

Tattha sambuddhan ti paccekasambuddhaṃ. Sunettan ti evaṃnāmakaṃ. Bhāvitindriyan ti ariyamaggabhāvanāya bhāvitaṃ saddhādindriyaṃ.

Sālittakappahārenā ti sālittakaṃ vuccati dhanukena aṅgulīhi eva vā sakkharakhipanapayogo.[8] Tathā[9] sakkharāya paharaṇena, sālittakappahāre[10] ti vā pāṭho. Te bhindissan[11] ti[10] te bhindiṃ.[12]

---

[1] *om.* S₂. [2] *om.* S₁. [3] vālaggakoṭi°, B.
[4] patanti, S₁. S₂. [5] *only* tuyhaṃ *in the place of* mayhaṃ.
[6] S₁. S₂ *add* vo. [7] °gacchati, S₁. S₂.
[8] S₁ *adds* ti. [9] B. *adds* hi. [10] *om.* B.
[11] bhindanti, B. [12] bhindiṃsu, B.

Taṃ sutvā thero attano katakammānurūpam eva idāni purāṇakammassa[1] idaṃ phalaṃ paṭilabhatī[2] ti[3] dassento

Dhammena te kāpurisa saṭṭhikūṭasahassāni (paripuṇṇāni sabbaso[4])
sīse tuyhaṃ nipatanti te bhindanti ca matthakan ti 9

osānagāthaṃ āha.

Tattha dhammenā ti anurūpakāraṇena.[5] Te ti tava. Tasmiṃ paccekasambuddhe aparajjhante[6] tayā katassa pāpakammassa anucchavikam ev' etaṃ phalaṃ tuyhaṃ upanītaṃ. Tasmā kenaci devena vā Mārena vā Brāhmunā vā api Sammāsambuddhena pi appaṭibāhanīyam ev'[1] etan ti dasseti.

Evañ ca pana vatvā tato nagare[3] piṇḍāya caritvā katabhattakicco sāyaṇhasamaye Satthāraṃ[7] upasaṅkamitvā taṃ pavattiṃ Bhagavato[1] ārocesi. Bhagavā[8] taṃ atthaṃ aṭṭhuppattiṃ katvā catunnaṃ parisānaṃ[9] dhammaṃ desento paccekabuddhānaṃ guṇānubhāvaṃ kammānañ ca avatthānaṃ pakāsesi. Mahājano saṃvegajāto saddhājāto[1] pi[1] hutvā pāpaṃ pahāya dānādīni[10] puññāni nirato[11] ahosi.[12]

Saṭṭhikūṭasahassapetavatthuvaṇṇanā.[13]

Ye te petesu nibbattā sabbadukkaṭakārino
yehi kammehi tesaṃ taṃ pāpakaṃ kaṭukapphalaṃ 1
Pucchakkhato vibhāventi pucchāvissajjanehi ca[14]

[1] om. B. [2] patita, S1. S2. [3] om. S1. S2.
[4] *Although all MSS. have these two words, nevertheless they appear to be interpolated.* [5] pati-anu.°, S1. S2. [6] B. *adds* pa.
[7] Satthu santikaṃ, B. [8] Satthā, B. [9] sampattaparisāya, B.
[10] dānādi, B. [11] rato, B. [12] *all MSS. add* ti.
[13] °sahassānipeta.°, B.; M. C. D. *have after* Saṭṭhikūṭapetavatthu soḷasamaṃ: Tass' udānaṃ.
Ambasakkaro (Appa.°, M.) Serisako Piṅgalo Revatī Ucchukhādakā dve kumārā dve gaṇa (gudhabhojanā, C..D.) Pāṭali Pokkharaṇī Akkharukkha (°hato, C. D.) Bhogasaṃhatā (°satā, C.; °sammatā, D.) Seṭṭhiputta Sālittakā Saṭṭhikūṭasahassāni vaggo tena pavuccati.
B. *adds after* °vaṇṇanā: ettāvatā pa.
[14] vā, S1. S2.

sā[1] desanā niyamena[2] sattasaṃvegavaḍḍhanī[3] 2
Yaṃ gāthāvatthukusalā[4] supariññātavatthukā
Petavatthū ti nāmena saṅgāyiṃsu mahesayo. 3
Tattha[5] atthaṃ pakāsetuṃ porāṇaṭṭhakathānayaṃ
nissāya yā samāraddhā atthasaṃvaṇṇanā mayā 4
Yā tattha paramatthānaṃ tattha tattha yathā rahaṃ
pakāsanā Paramatthadīpanī nāma nāmato 5
Sampattā pariniṭṭhānaṃ anākulavinicchayā
sā paṇṇarasamattāya[6] pāliyā bhāṇavārato. 6
Iti taṃ saṅkharontena yaṃ taṃ adhigataṃ mayā
puññaṃ kammassānubhāvena lokanāthassa sāsanaṃ 7
Ogāhetvā[7] visuddhāya[8] sīlādipaṭipattiyā
sabbe pi dehino hontu[9] vimuttirasabhāgino. 8
Ciraṃ tiṭṭhatu lokasmiṃ Sammāsambuddhasāsanaṃ
tasmiṃ sagāravā niccaṃ hontu sabbe 'va[10] pāṇino. 9
Sammā vassatu kālena devo pi jagatiṃ sadā[11]
saddhammanirato lokaṃ dhammen' eva pasāsatū[12] ti. 10

Vadattitthavihāravāsinā[13] munivarayatinā[14] bhadantena[14] Ācariya-Dhammapālena katā Petavatthuvaṇṇanā samattā.[15]

---

[1] *om.* S_2. [2] °men' eva, S_1. S_2. [3] sataṃ saṃv.°, B. [4] kathā.°, S_1. S_2. [5] tass', S_1. S_2. [6] sampanna.°, S_2; sapaṇṇa.°, S_1. [7] °hitvā, B. [8] visuddhā ca, S_1. S_2. [9] honti, B. [10] pi, B. [11] jagati pati, S_1. S_2. [12] pasāsabhū, B. [13] Vasititthagiri.°, S_1. S_2. [14] *om.* B. [15] niṭhitā, B.; S_1. S_2 *add* ti.

INDICES.

I. INDEX OF PROPER NAMES.

* The numbers in italics refer to the text of the Petavatthu, the asterisk indicates that the word recurs more than once.

II. INDEX OF WORDS.*

(Nouns and adjectives are given in their crude form.)

* In this list only such words have been marked which are missing in Childers, or are given there without any reference at all or any other but to the Abhidhānappadīpikā.

III. QUOTATIONS, WORKS NAMED, REFERENCES.

SYNOPTICAL TABLE

ON

THE PETAVATTHU.[1]

I, 3, 1 c d (14) = III, 10, 1 c d, 2 a (212)

I, 3, 3 (15) = III, 9, 8 (211)

I, 4, 3 (17) = I, 5, 10 (24)

I, 4, 4 (17) = I, 5, 11 (24)

I, 5, 3 e f (23) = III, 2, 11 e f (182) = III, 2, 15 c d 20 e f 24 e f 29 e f (183)

I, 6, 1 (32) = I, 7, 1 (36)

I, 6, 1 a (32) = II, 1, 1 a (68)

I, 6, 1 b (32) = III, 10, 1 b (212)

I, 6, 1 d (32) = II, 1, 1 d [illegible]

I, 6, 2 (32) = I, 7, 2 (36) = II, 7, 2 (100) = IV, 8, 2 (267)

I, 6, 2 b (32) = III, 2, 2 b (179) = III, 2, 6 b (180)

I, 6, 2 c d (32) = II, 3, 2 c d (83) = II, 4, 2 c d (90) = II, 4, 15 c d (91) = III, 2, 2 c d (179)

I, 6, 2 d (32) = 3, 4 d (83) = II, 4, 4 d (90) = IV, 8, 5 d (267) = IV, 16, 2 (284)

I, 6, 3 (32) = I, 7, 3 (36)

I, 6, 4 a b (33) = I, 7, 4 a b (37)

I, 6, 5 (33) = I, 7, 5 (37) ~ II, 1, 3 (68) = II, 3, 3 (83) = II, 4, 3 (90) = II, 7, 3 (100) = IV, 10, 3 (270) = IV, 16, 4 (285) ~ II, 10, 6 (143) ~ II, 12, 13 (156) ~ III, 8, 3 (208) = IV, 8, 3 (267) ~ III, 9, 4 c—f (210) ~ III, 10, 3 (212)

I, 6, 6 b (34) = I, 7, 8 d (37)

I, 6, 6 c d (34) = I, 7, 8 a b (37)

I, 6, 7 c d e f (34) = I, 7, 9 (37)[2]

---

[1] The numbers in brackets refer to the pages of the present edition; ~ signifies similarity, not equality.

[2] *See* Corrections and Additions.

I, 6, 8 (34) — I, 7, 10 (37)[1]

I, 6, 8 b c (34) — I, 7, 10 b c (37) — II, 12, 16 a b (158)

I, 6, 9 (34) — I, 7, 11 (37)[1]

I, 8, 5 (41) — II, 6, 16 (98) — II, 13, 13 (166)

I, 8, 6 (41) — II, 6, 17 (98) ~ II, 13, 14 (167)

I, 8, 7 (41) — II, 6, 18 (98) ~ II, 13, 15 (167)

I, 8, 8 (41) — II, 6, 19 (98)

I, 10, 3 a b c (48) — II, 4, 5 a b c (90)

I, 10, 4 a b (49) — II, 4, 7 a b (91)

I, 10, 5 b (49) — II, 4, 8 b (91)

I, 10, 5 c d (49) — II, 3, 24 c d (85) — II, 4, 8 c d (91)

I, 10, 5 d (49) — II, 3, 24 d (85) — II, 4, 8 d (91) — II, 12, 8 d (156)

I, 10, 6 c d (49) — II, 3, 26 c d (85)

I, 10, 6 d (49) ~ II, 4, 9 k (91)

I, 10, 7 (50) — II, 1, 8 (70) — II, 2, 9 (81) — II, 3, 27 (85) — II, 4, 10 (91)

I, 10, 7 a (50) — III, 2, 12 a. 16 a (182) — III, 2, 21 a. 25 a. 30 a (183) — IV, 3, 46 a (249)

I, 10, 7 a b (50) — IV, 3, 46 a b (249)

I, 10, 8 a b (50) — II, 1, 9 a b (70) — II, 2, 10 a b (81) — II, 3, 28 a b (85) — II, 4, 11 a b (91)

I, 10, 12 a b (51) — II, 7, 12 c d (101) ~ IV, 3, 35 a b (248)

I, 10, 12 c d (51) — II, 7, 13 a b (101) — IV, 3, 35 c d (248)

I, 10, 13 (51) — II, 7, 13 c—f (101) — IV, 3, 36 (248)

I, 10, 14 (51) — II, 7, 14 (101) — IV, 3, 37 (248)

I, 10, 15 (51) — II, 7, 15 (101) — IV, 3, 40 (248)

I, 11, 11 d (59) ~ II, 3, 18 d (84) — III, 1, 9 d (172) — III, 6, 4 d (202) — IV, 10, 10 d (270) — IV, 15, 3 d (281)

II, 1, 1 (68) — II, 2, 1 (79) — II, 3, 1 (83) — II, 7, 1 (100) — III, 6, 1 (201) ~ IV, 10, 1 (269)

II, 1, 1 a b (68) — II, 3, 23 a b (85)

---

[1] *See* Corrections and Additions.

II, 9, 3 d (114) — II, 9, 5 d (114)

II, 9, 4 d (114) — II, 9, 6 d (115)

II, 9, 7 a (115) — II, 9, 8 a (115)

II, 9, 7 c (115) — II, 9, 8 c (115)

II, 9, 18 (118) — II, 9, 20 (118)

II, 9, 24 (119) — II, 9, 33 (126)

II, 9, 25 (119) — II, 9, 34 (126)

II, 9, 26 (123) — II, 9, 29 (124) — II, 9, 30 (125)

II, 9, 33 b (126) — II, 9, 35 b (126)

II, 9, 34 (126) ~ II, 9, 36 (126)

II, 9, 39 a b (127) — II, 9, 40 a b (127)

II, 9, 41 a b (128) — II, 9, 42 a b (128)

II, 9, 43 c (128) — II, 9, 49 b (131)

II, 9, 44 c (130) — II, 9, 45 c (130)

II, 9, 47 a b (131) — II, 9, 48 a b (131)

II, 9, 48 d (131) — II, 9, 49 d (131)

II, 9, 52 c (133) — II, 9, 53 c (134) — II, 9, 54 c (134)

II, 9, 56 d (134) — II, 9, 57 b (134) — II, 9, 66 b (138)

II, 9, 57 c d (134) — II, 9, 58 c d (136)

II, 9, 59 b (136) — II, 9, 60 d (136) — II, 9, 64 d (138)

II, 9, 69 c d (138) — II, 9, 70 c d (138)

II, 10, 7 c—f (143) ~ II, 10, 8 c—f (143)

II, 11, 3 c d (146) — II, 11, 5 c d (148)

II, 11, 3 e (146) — II, 11, 5 e (148) ~ IV, 11 h (278)

II, 12, 5 a b (156) ~ III, 2, 22 a b (183)

II, 12, 6 a b (156) — III, 2, 23 a b (183)

II, 12, 10 c d (156) — II, 12, 13 d e (156) — II, 12, 18 e f (158) ~ II, 12, 17 c d (158)

II, 12, 13 c (156) ~ III, 4, 4 a (198)

II, 12, 16 d (158) — II, 12, 17 b (158)

II, 13, 2 c d (162) — II, 13, 4 e f (163) — II, 13, 6 e f (163)

II, 13, 4 a b c d (163) — II, 13, 6 a b c d (163)

III, 1, 7 c d (172) — IV, 10, 8 a b (270)

IV, 1, 51 c d (235) ~ IV, 1, 52 c d (235)
IV, 1, 59 c d (236) ~ IV, 1, 60 d e (236)
IV, 1, 62 c d (236) = IV, 1, 74 c d (238)
IV, 1, 63 a b c (237) = IV, 1, 70 a b c (238)
IV, 1, 66 c d. 67 a b (237) = IV, 1, 71 (238)
IV, 1, 67 e (237) = IV, 1, 68 e (237)

IV, 1, 74 (238) ~ IV, 1, 81 (239)
IV, 1, 76 (238 sq.) ~ IV, 1, 82 (239)
IV, 1, 77 (239) = IV, 3, 50 (249 sq.) ~ IV, 1, 83 (239) = IV, 3, 53 (250)
IV, 1, 78 (239) ~ IV, 1, 84 (239)

IV, 1, 79 a—d (239) = IV, 1, 85 a—d (240)
IV, 1, 80 a b (239) = IV, 1, 85 e f (240)
IV, 3, 5 b (245) = IV, 3, 14 d (246) ~ IV, 3, 16 d (246)
IV, 3, 5 c—f (246) = IV, 3, 7 c—f (246)

IV, 3, 6 (246) = IV, 3, 8 (246)

IV, 3, 9 e f (246) ~ IV, 3, 10 c d (246) = IV, 3, 12 c d (246)
IV, 3, 13 a (246) = IV, 7, 4 a (264)
IV, 3, 17 a b (247) ~ IV, 3, 18 a b (247)
IV, 3, 20 a b (247) = IV, 3, 41 a b. 46 a b (249)

IV, 3, [illegible] (248) ~ IV, 3, 51 (248)

IV, 3, 47 e f (249) ~ IV, 3, 48 c d. 49 e f (249)
IV, 3, 51 c d (250) = IV, 11, c d (273)
IV, 5, 1 d (258) = IV, 5, 3 e (258) ~ IV, 5, 2 e (258) ~ IV, 5, 7 e (259)
IV, 5, 4 c (258) ~ IV, 5, 5 d (259)

IV, 5, 8 (259) ~ IV, 5, 9, (259)

IV, 6, 7 a b c (261 sq.) = IV, 7, 12 a b c (264)
IV, 6, 7 e f (262) = IV, 7, 13 c d (264)
IV, 6, 7 e (262) = IV, 7, 13 c (264) ~ IV, 8, 6 c (267)
IV, 7, 7 c d (264) = IV, 7, 9 c d (264)
IV, 7, 13 c (264) ~ IV, 8, 6 c (267)
IV, 8, 1 c d (267) = IV, 16, 1 c d (284)
IV, 11, 1 a b c (272) ~ IV, 11, 2 e f g (273)

IV, 12, 1 (275) ~ IV, 12, 2 (275)

IV, 15, 1 a b (281) ~ IV, 16, 3 a b. 5 a b. 8 a b (285)
IV, 16, 3 c d 285) = 16, 9 c d (286)

CORRECTIONS AND ADDITIONS.

Page

1 *l.* 12 *fr. b.* °tisu

8 *l.* 9 *fr. b.* evaṃ *for* javaṃ (cp. Preface, p. VII)

10 *l.* 12 *fr. t.* uttatta.° (ud + tapta)

12 *l.* 12 *fr. t.* pesuññābhirato

18 *l.* 8 *fr. t.* °cittatāya

15 *l.* 8 (*also l.* 18) *fr. t.* duṭṭha.°

17 *l.* [illegible] *fr.* [illegible] sādhāraṇabhāvāsahana.°

18 [illegible] °mattaṃ

[illegible]

[illegible] ye pete [illegible] *and* [illegible]

24 *l.* 14 *fr. separate* °ghara-dvārānaṃ

24 *l.* 17 *fr. b. read* siṅghā-

28 *l.* 6 *fr. b.* sampattipaṭi.°

32 *l.* 8 *fr. b.* evarūpā

38 *l.* 18 *fr. b.* pātuu

37 *l.* 8 *fr. b.* puttabalūpetā

37 *l.* 10 *sqq. fr. b. verse* 9 *corresponds with* I, 6, 7 c d e f, *whereas* I, 7, 10 *and* I, 7, 11 *correspond with* I, 6, 8 *and* I, 6, 9 (cp. p. 34)

45 *l.* 14 *fr. b.* āsevanāyā

48 *l.* 12 *fr. b.* aṭṭā dukkhitā *for* dātukkhittā

48 *l.* 15 *fr. t.* harāyāmi

50 *l.* 16 *fr. t.* dibbabhojana.°

54 *l.* 2 *fr. b.* agāravā puñña-

54 *l.* 11 *fr. b.* dassāmi

55 *l.* 14 *fr. t.* vātavassābhihataṃ

56 *l.* 11 *fr. b. separate* āru-ḷhassa

57 *l.* 6 *fr. t.* sukhī (S₁. S₂ *have* [illegible])

58 *l.* 8 *fr. b.* °bhogesū

60 *l.* 8 *fr. b.* yathāvato (*so runs the reading of* S₁. S₂, *whereas* B. *has* yāthāvato, cp. J. P. T. S. 1889, p. 206, *but also* yathāvat occurs, cp. Itiv. Duk. II, 12, ed. Windisch, p. 44)

67 *l.* 5 *fr. t.* paṭivasanti

70 *l.* 9 *fr. t. I have put* so tassā *into brackets, because these words seem to have been interpolated,* [illegible] *spoil the metre.* [illegible] *compare this verse with* [illegible] *we may read also here* [illegible] 21) sādhū ti so paṭisutvā *or* [illegible] ti paṭisuṇitvā. *From these parallels ought to be separated* III, 6, 8 (p. 190)

72 *l.* 9 *fr. b. I prefer* loke *instead of* lokaṃ

73 *l.* 12 *fr. t.* Tattha

76 *l.* 6 *fr. b.* sā

76 *l.* 9 *sqq. fr. b.* paṭicchada; S₁. S₂, *however, have* °cchādā, *except once where they, too, have* °cchada.

77 *l.* 8 *fr. b.* dibba.°

78 l. 6 *fr. t.* Veḷuvane

78 l. 18 *fr. b.* sabbapātheyyaṃ *seems to be the right reading.*

79 *l.* 9 *fr. b.* anagārā

88 *l.* 5 *fr. b.* paṃsuguṇṭhitā, *but neither* °kuṭṭhitā *nor* °kuṇṭhitā *seems to be the right reading, and therefore also* p. 84 *l.* [illegible] *t. and* p. 86 *l.* 6 *fr.* [illegible]

Page

paṃsugunṭhitā, *also l.* 7 oggunṭhitā *instead of* ugg.° (*reading of* S_1. S_2)

85 l. 9 *fr. t.* puggalo

l. 14 *fr. t. read* = II, 1, 8 *instead of* = II, 1, 8 b *and* II, 1, 9 a

87 *l.* 9 *fr. t.* pucchitaṃ

88 *l.* 1 *fr. t.* Bhutassa

94 *l.* 13 *fr. b.* addhito (S_1. S_2 *have clearly written* addhito)

108 *l.* 4 *fr. t.* visati.°

108 *Notes l.* 7 *fr. t. read* M. C. D., B. *add* ahu *instead of* M. C. D.; B *adds* ahu

112 *l.* 18 *fr. b.* 'vyāvato

132 *l.* 1 *fr. t.* seyyo (*all MSS. have* seyyā)

Page

133 *l.* 4 *fr. b.* āmutta.°

134 *l.* 11 *fr. t.* gāthā

148 *l.* 8 *fr. t.* ūpalabbhati

149 *l.* 8 *fr. b.* ūpalabbhati

160 *l.* 7 *fr. b.* sampatta.°

l. 11 *fr. b.* Mahā.°

169 l. 8 *fr. b.* pubbaddhapeto

171 l. 9 *fr. b.* viya

186 l. 19 *fr. t.* Sānu.°

237 l. 7 *fr.* t. te sutaṃ *instead of* tesu taṃ

239 *l.* 1 *fr. t.*, *also l.* 8 *fr. b.* *I prefer* sikkhāya padāni (*reading of* M.)

240 *l.* 8 *fr. b.* vipāṭiyanti.

www.ingramcontent.com/pod-product-compliance
Lightning Source LLC
Chambersburg PA
CBHW031030120726
47905CB00007B/2125
9783337385071